王爷的末日

穹庐传（一）
QIONGLU ZHUAN

姜兆文 著

生死荣辱，兴衰际遇，风起云涌
统统湮没在金戈铁马的呼啸中
尔虞我诈，明争暗斗，悲欢离合，随处可见草原男儿的侠骨柔情

内蒙古文化出版社

图书在版编目(CIP)数据

王爷的末日 / 姜兆文著. —呼伦贝尔：内蒙古文化出版社，2018.2
ISBN 978-7-5521-1416-4

Ⅰ. ①王… Ⅱ. ①姜… Ⅲ. ①长篇小说-中国-当代 Ⅳ. ①I247.5

中国版本图书馆 CIP 数据核字(2018)第 028168 号

王爷的末日

姜兆文　著

责任编辑　　王　春
特约校对　　文　榀
出版发行　　内蒙古文化出版社
（呼伦贝尔市海拉尔区河东新春街 4 付 3 号）
印刷装订　　三河市华东印刷有限公司
开　　本　　710 毫米 × 1000 毫米　1/16
印　　张　　33.25
字　　数　　511 千字
版　　次　　2018 年 2 月第 1 版
印　　次　　2020 年 9 月第 2 次印刷

ISBN 978-7-5521-1416-4
定价：78.00 元

写 在 前 面

我早就渴望出个全集,对写作生涯作个总结。但又知道,我此生只从事长篇小说创作,全集只能是长篇小说的汇总。这在小说界虽说未必绝无仅有,毕竟少之又少。但内蒙古文化出版社丁永才编审告知,决定给我出全集,这令我喜出望外。

原以为这事很简单,但干起来却很不简单。特别是重新排版后的校对,既繁重,又需细心和耐力。结果,我的家人(妻子傅玉玲、儿子姜謇、儿媳胡小丹、女儿姜睿、女婿苏舟、孙女姜思齐、外孙女苏乔)都加入到这项单调乏味和令人生厌的工作中。特别要提到的是我的儿子姜謇。他才华出众、为人厚道,操作电脑的水平出类拔萃。他的文字功底甚至在我之上。为了我的全集早日问世,他决然放弃了自己宏伟的写作计划。有时为了一个词、一个字的妥帖,不仅要看原书、原稿,甚至翻遍辞书。这使我的全集少了许多遗憾之处。有这样的好儿子,是上天对我的眷顾,我期望他陪我到终老。可是,上天却又在我感到我的儿子如此宝贵的时候,把他夺走了!竟让我这年近八旬的白发人哭送四十四岁的黑发人!呜呼哀哉!痛杀我也!痛杀我也!……

在我的全集付梓之际,我要感谢儿子为我做过的一切,愿他的在天之灵安息。

我还要再一次表达对内蒙古文化出版社和丁永才先生的诚挚的谢忱。没有他们的努力和心血,便不会有我这部全集作为厚礼送给爱子姜謇,送给朋友,送给世人!

姜兆文

2017 年 10 月 31 日于海拉尔

内 容 提 要

《王爷的末日》是《穹庐传》的第一部。

这是一部描写19世纪末20世纪初哲里木盟蒙古族人民反抗色旺诺尔布桑保(又译"色旺诺尔布桑布")王爷封建统治的长篇小说。

小说从1867年白凌阿起义失败,副将桑布流落多伦村,结婚后生下格力图尔写起。格力图尔与邻女乌日娜金度过了青梅竹马的少年时代,成为年轻牧人时,乌日娜金受到淫荡的杰尔登布的威胁,不得不同父亲一起逃出多伦村;格力图尔被扎布曼都老爷罚做一年苦役,成为科尔丹少爷的驭手。小说围绕格力图尔和科尔丹少爷两个主要人物之间的矛盾冲突,展现了这一历史时期深广的社会生活画面。作品不仅描写了牧民的悲惨遭遇,也写出了他们的觉醒;不仅描写了王府内的骄奢淫逸,更深刻揭露了官场上的尔虞我诈和明争暗斗;不仅描写了复杂的阶级矛盾,而且描写了沙俄侵略者同整个蒙古民族的冲突。其间悲欢离合,生死荣辱,兴衰际遇,转瞬沧桑,构成波澜起伏曲折跌宕的故事情节。

作品结构严谨、绵密,多条线索交叉演进,且丝丝入扣;语言俊逸,清新流畅,充满了草原生活气息。

主要人物表

格 力 图 尔：多伦村的年轻牧人，曾是科尔丹的驭手，因行刺扎布曼都被全盟通缉，后成为牧民起义的领导者之一。

乌 日 娜 金：牧奴。格力图尔的情人。

珉　　　　玛：格力图尔的表妹、妻子。

桑　　　　布：格力图尔的父亲。曾参加1861年白凌阿反清起义，失败后流落多伦村。

其 　木　 格：桑布的妻子。格力图尔的母亲。

敖 　尔　 敦：其木格的哥哥。珉玛的父亲。因告密升任百夫长。

班　　　　卡：吉利图的妻子，乌日娜金的母亲。被"强盗"掳走后成为出名的女"盗"魁，化名巴兰森格。

奥 　良　 哈：还俗的喇嘛。

吉 　利　 图：班卡的丈夫。乌日娜金的父亲。由阿拉特沦为牧奴。

奈 曼 乌 勒：牧奴。格力图尔的好朋友。后成为牧民起义的领导者之一。

菊　　　　花：奈曼乌勒的情人。

杰 尔 登 布：多伦村百夫长。后被珉玛刺死。

科 　尔　 丹：喀喇沁旗札萨克台吉扎布曼都的嗣子。清朝国子监蒙学馆肄业生，后出任哲里木盟梅伦。

扎 布 曼 都：喀喇沁旗札萨克台吉。科尔丹的父亲。

斯　　　　琴：扎布曼都的妻子。科尔丹的母亲。

额勒瓦奇尔：扎布曼都的胞弟。科尔丹的叔父。曾任哲里木盟梅伦和王府

　　　　　　　　工程总监。后成为牧民起义的统帅。
罕　　都　　烈：扎布曼都的管家。
博　克　拿　多：哲里木盟协理台吉。
色旺诺尔布桑保：科右中旗札萨克兼哲里木盟盟长。牧民起义后，自缢于
　　　　　　　　格根庙。
索　拉　吉辽　夫：华俄道胜银行襄理帮办。后任俄国驻华使团商务参赞。
维　连　斯　基：华俄道胜银行吉林分行副总经理。
索　伦　扎　鲁：牧奴。格力图尔、奈曼乌勒的朋友。
松　　和　　拉；牧奴。奈曼乌勒等年龄最小的一个朋友。
斯　　　　　　卡：扎布曼都管理牧奴劳动的总监工。
哈　　　　　　森：斯琴的女仆。
库　　　　　　玛：科尔丹的驭手。

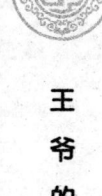

1

多伦村夏牧扎营的地方是一片平缓的丘陵地,四周是一望无际的碧绿的草原。红、白色的芍药花,紫色的马莲花,鲜红的百合花,米红的火柴头花,粉红的山苏子花,还有许多叫不出名字的黄色花、蓝色花,在绿色的海洋中争奇斗艳,显露着令人爱怜的艳质娇姿。一条小河从北面缓缓流来,在这片肥沃的牧场上差不多绕了一周,又折向东南。河岸上生长着一丛丛河边柳,间或也有些山丁子树和高大的杨树。一切还都是天工,是尚未经过人类的手改造的原始的自然景象,但你不能不说它有着使人惊叹的美。这是一种纯朴的、引人入胜的和使人心旷神怡的自然美。它不仅使人陶醉和倾倒,而且置身其间,飘飘然有超尘出世之感。

世代在这里游牧的牧民们,从来没有人向世界夸耀过这里是人间最美的地方,但也从来没有人说过不喜欢这个地方,更从来没有人想过要同其他地方生活的人们交换一下环境。

这里的牧民也不像已进入半定居状态的辽河岸边卓索图盟的牧民,他们仍然过着古朴的游牧生活。只有夏季河里开始有了充足的水,青草可以填饱牲畜肚皮的时候,才有牧民们暂住在这里。一到冬季,他们则搭好伴,三五个牧户组成临时性的小单位,分散到东面或南面,有时也到稍西或稍北的地方进行冬牧。

其木格和其他人一样,几乎是出于古老的习惯,每到夏季便居住在这里;按祖传的方式放牧畜群和饮用河水;也按着传统的习俗,在野花盛开的季节里,采摘一朵芍药或百合,插在头顶;也像先辈们经历过的一样,在十九岁的年龄开始注意自己的青春。

是啊,美丽的好脸红的其木格确实开始想自己的心事了。还是在早晨出牧前,敖尔敦哥哥吞吞吐吐地央求她去探听一下村里最漂亮的姑娘班卡的心意。她问道:"你时常想念她吗?"她那时对哥哥产生了同情,但却为自己突然冲出口的话弄得满脸飞起少女的羞红,立即垂下那双坦白的眼睛,同时少女的春心就在那一刻涌起波澜了。但其木格不像二十五岁的哥哥那样,在心里想念着某一个人。她只觉得自己应该被某一个牧人思念,自己也需要思念某一个牧人。这个一开始就猛烈地撞击着她心房的念头,使可爱的其木格不能再平静了,脸颊也时时偷偷地飞起火热的红晕。但这个需要她放在心上的人儿是谁呢?她自己也摸不清;这个人应该是个怎样的小伙子呢?她自己也塑造不出清晰的形象。但总不能只是一个想象的人物,而应该是一个具体的活生生的人。可不可能是吉利图呢?她心里的声音说:"不,不是。"她喜欢吉利图的温柔、善良和诚实,喜欢他少有的沉思寡言,也喜欢他那总是低着的双眼和略带忧郁表情的瘦长脸,更喜欢他奏出的沉郁古雅的马头琴声和无人匹敌的驯马技术。但那如同她喜欢敖尔敦的嘲弄人的幽默、做事的果断和聪明一样,是一种兄妹之爱的感情。从十年前他们三个孤儿组成一个独特的阿拉特①牧户开始,他们便吃住在一起,这似乎使其木格不能超越出和吉利图之间的同胞一样的感情。那么可能不可能是布仁巴特呢?那也是个好牧人,而且不能说缺少男人的勇武美,但其木格也偷偷地摇头否定了。是杰尔登布吗?这个全村中有权势的头等富户的年轻主人,也曾表示过希望娶她。但她却更坚定地皱起眉头,心里大声说:"不,更不是!"这当然不奇怪,美丽而纯洁的其木格,怎么能够把自己珍贵的身体和深沉的爱,献给这个娶过三房老婆的恶棍呢?是啊,脱离了蒙昧期进化到文明阶段的人类,是不能把自己的情爱随便互相赐与的。但是,游牧生活和往往是单独的劳作,使他(她)们缺少互相观察和透露柔情蜜意的机会。因此,往往使缺少自持能力和泼辣性格的少女,由于在野外的一次偶然的动情而造成了失足,便只好一辈子委身给一个实在是不值得爱恋的人。

其木格将怎样处置自己的感情呢?我们暂时还无从知道。但她确实是苦恼起来了。她根本不知道将来要和怎样一个男人住在一座毡帐里。她想遍了同村的年轻牧人,仍然不知道谁可以成为她的夫婿。她胡思乱想着,心里乱作一团。她一面把随意摘下来的一朵刚刚开放的淡红色芍药花插入发

---

① 阿拉特:意为属民,即牧民,为封建社会蒙古人的最基本的阶级,对领主承担繁重的实物贡赋和劳役,亦称为"黑骨人"。

中,一面哼起一支小调。这是一组只有声音而无意义的音节。所有春心启动的年轻男女,在心烦意乱或无法发泄自己奔腾的感情时,都有这样一支没有词句的歌子,"无所寄托",便是这些声音的主题了。每逢这种时候,他(她)们都如置身世外一样,忘记自己在干什么了。其木格就是如此,直到另一个少女的声音在耳边戏谑地响起来,才记起自己是在放牧畜群。

"其木格,是你吗?我们可快掺群了!"

"唔,班卡!你好。"

"你好。你是在想什么心事,对吧?"

其木格红起脸笑着说:"你猜对了。可是实在对不起,我竟没看到你的羊群。"

"那没关系。这不很好吗?我们是难得碰到一起的。再说,我们的羊群当中还有一段距离呢——我是先看到了你,才离开羊群过来的。"

偶然的相遇,使其木格想起了哥哥的委托,不由得笑了起来。

班卡挑了挑又浓又黑的眉毛,问道:"你笑什么?其木格妹妹。"

"没有什么。"其木格轻轻说道,脸上又是一阵羞红,"只觉得什么都好笑。"

"我呢?也好笑吗?班卡感兴趣地笑着问道。

"你也是一样,也好笑。"其木格盯着班卡,忍不住笑出声来。

"这真是怪事了!"班卡大声说,两只清澈而大胆的眼睛闪着惊讶的亮光,"我能知道我为什么可笑吗?"

"为什么不能呢?你看,你今天还是个姑娘,无忧无虑,可是也许就在明天,你就有了一个丈夫了。"

班卡响亮地笑起来。这毫无顾忌的笑声是班卡特有的。其木格不喜欢班卡这种放肆的大笑,那清脆而有节奏的畅笑常常使其木格产生厌烦的感觉而皱起眉头。不过今天,她却没有产生这种感觉,甚至自己也很想这样笑一笑。

"原来是这个……"班卡好不容易止住笑说道,"天呐,这奇怪吗?你不也一样会有一个丈夫吗?"

"是啊,你说的也许是对的。"其木格沉闷地叹了口气,"咳,真是作孽!"

"看样子,你心里是有了一个男人了吧?他是谁呀?"

"不知道……"

"那怎么可能？我知道你一定在想念什么人。他是——"

"别瞎说！那是没有的事。"

"得了吧，其木格。今天我可要好好审问你了。你想的是巴音布？"

"唉呀！"其木格扬着红脸，跺着脚央求道："你别乱编排了！"

"不。非说不可！是不是布仁巴特？"

"不是……"

"是吉利图？"

"不！都不是！谁也不是……"

"那不可能。一定是吉利图吧？"

"不是！你别往下点名了！"

"真不是吉利图吗？"

"要发誓吗？"

"那可没必要。"班卡笑着说，"不是就拉倒。那么到底是谁呢？是怎样一个英俊的小伙子弄得我们可爱的其木格心慌意乱呢？"

"唉，我不知道……真的，我什么也不知道。别再说了，好吗？"其木格无奈地说着，迷惘地看着羊群。

班卡早就从心里喜欢其木格，但由于对方的冷淡，使她们很少有单独接触的机会，即便是班卡到敖尔敦兄妹的毡帐里欣赏吉利图的马头琴声时，其木格也是尽量坐得离她远些，以避免交谈。但今天，却是个例外，两人的感情好像近了一些。这毫不奇怪。情意缠绵的少女，面前只要不是自己的情敌，她会把任何同性引为密友的，甚至对父母不能说的话，也会毫无忌讳地和盘托出。班卡看着其木格被烧红的诚实的脸，心里更涌起少女间的爱恋的感情。她亲昵地抱住其木格的肩膀，低声说："我真喜欢你，好妹妹。你这么美，这么温柔，害羞得脸红，男人是喜欢你这样的姑娘的……"

其木格从来没被另一个人这么拥抱过，感到不太舒服。但她还是忍住了，并且又一次记起哥哥想念的正是身边这个不少男人追求的少女。她第一次从这么近的地方看着班卡：那浓眉和火热的双眸，粉红的耳朵，两缕柔发微掩的稍稍隆起的额角，微微翘起的鼻子和高额头，两片鲜红的薄唇和嘴角时隐时现并常常微颤的浅靥，那么恰到好处地安排在美丽的线条清晰的脸上，真有一种火一般的令人销魂的美。同时，其木格也感觉到，班卡的身体也是火热的，而且又结实又富于弹性。心里想："难怪那么多男人都被她

弄得神魂颠倒!"她不由得挑逗地说道:"我看更多的人却是喜欢你。"

"也许是吧。"班卡厌恶地拧起眉头说,"但是那些嘴里说喜欢我的人,却是在心里恨着我……"她看到其木格投过来不解的眼色,"你不明白吗?"

其木格诧异地摇摇头,说道:"不,不明白。怎么会又是爱又是恨呢?"

"你不明白吗?我给你举个例子吧。那个杰尔登布常说喜欢我,但当我把他的手推了开去,并给了他一个耳光以后,便几乎恨死了我。"

"那么说,凡是表示过喜欢你的人,你都拒绝了吗!"

"没有一个例外。"班卡板着脸孔说道,慢慢松开了搂着其木格的手,"我信不过他们!他们的爱不会持久。你知道,我忍受不了沉闷和寂寞。而男人们却不喜欢自己的女人太快乐……他们不是说我是个骚货吗?"

班卡的脸上和声音里表露出来的怨恨使其木格打起了冷战,她低声问道:"你没有喜欢上任何一个人吗?"

"你真会问呐!我的好其木格。"班卡换上了笑容,又抱住了其木格,把自己火热的脸紧紧贴在其木格的同样火热的脸上,"我确实喜欢上一个人,……可是,我不知道他能不能经受住一个女人的爱……不是,我是说,不知道他是不是像我一样……唉,怎么说呢?总之,他是唯一不用嘴巴表示喜欢我的男人……是啊,他是个顶顶出色的好牧人,他从来没有说过……爱我……唉哟,你看呐!"班卡使劲儿地抱住其木格,咯咯地笑了起来,"在一个诚实的姑娘面前,我是多不应该隐藏秘密啊!"

"他是谁呢?"

"我的好其木格,现在真是无法回答你.以后我会告诉你的……"

"随你的便吧。"其木格已看出班卡是不可能爱敖尔敦了,但她还想问个究竟,好回复可怜的哥哥,"可是你能不能告诉我,你为什么不喜欢我哥哥呢?"

"你指的是什么呢?是我没答应嫁给他,还是昨天晚上的事?"

"就算这些都在内吧。"

班卡又松开其木格,冷冷地说:"你问我为什么不喜欢他?我会直接告诉他的……"

其木格看班卡停住嘴,便追问道:"那么昨晚的事呢?"

"唉哟,叫我当着妹妹数落哥哥的不是!"

"那有什么不可以?也许我和哥哥的想法是不一样的……"

5

"可是我听说,你特别不喜欢我。不喜欢我的人会同意我的看法吗?其木格,你是不是特别不喜欢我?"

其木格脸一红,笑了笑说:"只是有点儿,不是'特别'。不过,我今天却觉得你并不是那样不惹人喜欢的……"

"你真是个诚实得不掺一点儿假的姑娘。我是越来越喜欢你了。"

"谢谢。但你并没回答我的问题啊。"

"你非叫我说不可吗?"班卡考验似的看着其木格,"那么,我就说吧。敖尔敦昨天晚上的事做得很不光彩。他对吉利图太刻薄了。人们早就注意到你们的畜群已超过中等牧户了,猜测两个二十五岁的光棍汉迟早得分开。但人们最关心的是敖尔敦能分给吉利图多少?所以,昨天晚上你们分家时,那么多人都跑来看热闹。你们有八十匹马,二百多头牛,三千只羊。结果,吉利图只分得十匹马、五头牛和二百只羊。我看着非常气不过,当着敖尔敦的面骂了吉利图一句:'你真是个废材!就是有人踢了你一脚,你也会说这只脚受了委屈的!'我知道,我这句话敖尔敦听了很不受用。但是,要不是一场暴雨把人们驱散,还会有很多人说话呢!"

其木格深感内疚地低下头,轻声说:"是啊,你说得对。分给吉利图哥哥的太少了……"

"你真是这样想的吗?"

"真的……可是事到如今,应该怎么办呢?"

"怎么办?你以为敖尔敦会再给吉利图一些补偿吗?不要说别人,你也说服不了他。是不?"

"是……他觉着自己比任何人都精明,而且认为自己很公平……"

"精明!是啊,他是出奇的精明。但不是正直的精明。"

"你是说他不正直吗?"

"不正直。不少人都说,他将来会和杰尔登布一样。"

"天呐,多可怕!"

班卡对着其木格恐怖的坦白的眼睛,怜悯地笑着说:"哟,我对你哥哥的责备带给你多大的刺激啊!别生我的气,好吗?"

其木格紧紧拉住班卡伸过来的双手,激动地说:"你说得对。你这样说出来,比我听到别人背地议论和看到别人指手划脚要好受得多……"

"你很为这件事痛苦吗?"

"我一夜都没合眼……"其木格说着,流下泪来。

班卡抽出一只手,轻轻揩掉其木格脸上的泪水:"别哭。我知道你是同情吉利图的。可是……——唔!我们真得分手了,光顾唠嗑,我们的羊群都快混到一起了。"班卡说着,准备上马。

"我们就放在一起吧。你不愿意搭我这个伴吗?"

班卡笑着回答:"我是非常愿意和你在一起的。只是我的羊群是三家的,再和你的混到一起,那晚上就更费劲儿了。"

"那好吧。你打算往哪边赶呢?"

"往西。到山那边去。"

"山那边行吗?杰尔登布可是不允许羊群把那里的草弄脏啊!"

"管他呢!我偏要给他弄脏!"

"对了,我还要告诉你,吉利图就在山那边放马,好像是杰尔登布的马群。你知道吗?"

"是吗?那看来是真的了。"班卡扶着鞍桥皱着眉头说,"我以为看花眼了呢……给杰尔登布放马……哼——好,再会吧!"

班卡的手在鞍桥上一按,腾身跃起,轻轻地坐在马鞍上。其木格对班卡连镫都不踩就骑上马背的轻盈姿态,心里有说不出的赞佩。她久久地注视着把羊群往西拢去的班卡,自己也慢慢上了马。为了使自己的牛羊在中午能喝上水,其木格便向东边河湾处赶去。

大约是下午三点钟前后,站在水里躲避酷热和蚊虻的牛一个接一个走上岸来,趴在地上的羊群也开始活动起来以后,其木格便把畜群向东北赶去。那里有一座坡度平缓的小山,叫敖包山,山东边是一带平旷的原野,有一条古老的官道直通喀喇沁旗札萨克官邸。山南边是一带丛林。其木格打算在山东边长着茂草的平旷处略事停留,就绕过小山返回村子。当畜群被赶到预定的地点并开始安静地吃起青草的时候,其木格跳下马背,继续为自己未来的生活设计起新的场面了。

突然,羊群在她前面惊散开来,混乱地咩咩惊叫着,使其木格从幻想中醒来。

"狼吗?"其木格本能地想道,一阵战栗过后,她立刻跳上马背,握紧手中的套马杆,向羊群惊散的地方驰去。大概是坐骑也发现了可怕的东西,向旁猛然一闪,险些把她甩掉,她赶紧勒住马缰,那马仍是害怕地打着响鼻。

"啊!死人!"

在这空旷的原野看到僵卧的死尸,其木格立刻觉得毛骨悚然。她下意识地四下环顾,没有发现可以壮胆的任何活着的人。微动的茂草,不远处的森林,惊恐的羊群,都增加了阴森可怖的气氛。她恨不得一下子把畜群飞一样赶回家,然后依在畜栏上好好地喘息一番。但好奇心使她又把视线停在那仆卧在草丛中的僵尸。虽然心里害怕,但这回毕竟看清了,那是个男人,衣服破破烂烂,紧束的上身和仍然握在手里的大刀,说明着他曾是一个骑马打仗的战士,并且几乎刚刚从战场上下来。这时,那僵卧的人好像受了惊扰似的蠕动了一阵……

"天呐,他没有死!"

其木格喃喃地说,心里在合计着:面对眼前这种情况,应该怎么办……

2

他终于感到刀伤的痛楚,意识到自己的存在了。他听到了呻吟声,同时听到了一个少女的柔和而惊喜的声音:"他醒了!"另一个浑重的年轻男子的声音说:"看你高兴的样子!有点儿过分呐,妹妹!"然而,他分不清这些声音哪个是自己的,哪个是身外的,好像是从另一个世界传来的那样飘忽不定。他努力挑开沉甸甸的眼皮,他看到两张如梦如烟的模糊的脸,看到了在旋飞的毡帐的穹顶。他感到一阵晕眩,马上又把眼睛闭上了。

他稀里糊涂,惊诧莫名,不知道自己是个存在的实体,还是一团虚幻的幽灵。但一阵紧接一阵的刀伤的痛楚,渐渐复苏了他的意识,唤醒了他的记忆。他猛然想起,自己是桑布,是半月村的光棍汉,是白凌阿①义军里的统领……

"我是那个声名显赫的桑布吗?可这是在什么地方啊?"他在心里悲哀地自问道,"我好像做了一场噩梦,好像经历了一次轮回……天呐,为什么又让我记起这一切!"是的,一切往事都在他刚刚恢复的意识中混乱不堪地堆砌起来……

他记起坐落在辽河岸上的卓索图盟半月村的一座破毡帐。在这座破毡帐里,霍乱病魔夺去了他父母的生命,使他从此孑然一身。咸丰十一年(公元1861年)秋,也是在这座破毡帐的门前,他跨上了白凌阿给他的一匹战马,成了反清义军里一名骁勇的战士……这以后,便是一系列的征战、砍杀,义军的马队几乎踏遍了卓索图盟的整个草原,杀得满清官员叫苦连天。在五六年的南征北战、东奔西突中,他立下了无数战功。同治六年(公元1867年),他升任统领,手下有一千三百名勇敢的骑手。就在这一年夏天,朝廷派

---

① 白凌阿以及后文的弥勒僧格系1861年卓索图盟一次抗清起义的领袖。

出重兵围剿。义军几经大战,损失惨重,最后陷入重围……白凌阿不得不下最大的决心,作出偷袭正前方清军大营然后冲出包围圈的决定。最后的决战,在一个凌晨开始了……

这是一次殊死的搏斗,是一场罕见的恶战。桑布可以忘掉上百次的大小战绩,但无论如何不能忘记这最后的一次拼杀。然而,他永远说不出这次战斗的细节,留在他记忆里的只是一片刀光剑影,一片混乱的厮杀。战场变成了大屠杀场。骑兵和骑兵格斗,步兵和步兵拼杀,马蹄践踏着尸体,大刀下溅着血花,受伤的人在地上呻吟呼号,失掉主人的战马带着空鞍狂奔乱叫……低哑的咒骂声,浑浊的呼吸声,刀枪的铿锵声,混成一组死亡交响曲……这些便是留给桑布的全部记忆。后来,他从重创的昏迷中苏醒,从尸体的世界爬起来的时候,战斗早已结束,战场变得寂静起来,天空中已布满了星斗……他抓住一匹失掉主人的受伤的马……他开始寻找自己的人,寻找白凌阿。

他知道,没有白凌阿的命令,他根本不知道自己干什么,但他谁也没有找到,到处都是追剿义军残部的凶恶的清兵。一切希望都破灭后,他只剩下了死或活的选择。他最后选择了"活",继续他的人生征途……

想活下去,便不能留在卓索图盟。六七年的征战,已使他远近闻名,随时都有被捉去处死的可能。因此,他便骑着受伤的马,向着大约是北的方向走去……

在一个阴雨的夜晚,受伤的马把饿了两天的主人送到一个长满杨树的山脚下,便和主人诀别了。

第二天,雨住了,云散了,太阳耀人眼目地跳出地面。他从树下站起来,握着变得十分沉重的大刀,踉踉跄跄地迈开步。天气越来越热,草上的雨珠被蒸发掉,湿了半截的裤腿也干了,但他却仍没发现一座毡帐,没看到一群马。旷野变得无边无际……

他继续向前走着。两腿迈不到一条线上,身体左右晃着,平旷的草原逐渐在眼前成为坑坑洼洼,远处的直耸天空,脚下的却向下沉去,就像波涛,沉下又涌起。他不敢走了。叉开双腿呼哧着站在那里,两手握着曾烜赫一时的大刀以支撑沉重的上身。他觉出脸上有无数只多足的虫在爬,眼前的景象突然变幻得使他惊奇而又糊涂:星斗满布周围,嬉闹着向他冲来。他不敢再看,闭上眼,前一刹那还知道自己活着,并觉得身体随着大地往下猛陷,想到"天塌地陷了",后一刹那,他就什么也不知道了……

"那么说,我还活着!"桑布回忆完上面那些记得起来的生活片断后,想道。他开始清醒起来,确信自己不是躺在辽河岸上的那座破毡帐里,刚才看到的两个面孔也不是白凌阿和弥勒僧格。"但是,这是什么地方呢?是被救了还是被捉了?是人间还是地狱?"他感到心绪如此烦躁、纷乱,好像身体中有一种无法名状的块垒,非迸发出去不能安宁下来。他猛地睁开眼。

在桑布眼前,那毡帐的穹顶已不再旋飞,而原来的两张如梦如烟的模糊的脸,此刻只剩下一张清晰而美丽的少女的脸。那脸上的表情是疼爱、怜悯和担忧,一双沉思的好像有所期待的深幽的明眸正关注地、无遮掩地凝视着他,他的心感到一阵悸动。

其木格发现她救回来的年轻人睁开了眼睛,还目不转睛地盯着她,立刻为自己刚才在心海里翻动的柔情的浪花羞红了脸。她咬着嘴唇有些慌乱地垂下眼帘,然后又像松了一口气似的轻声说:"你到底醒了……你病得真吓人……你想吃点儿什么吧?"

桑布摇了摇头。

"那怎么行?这三天你只喝了几口牛奶……"

桑布惊讶地拧起眉头,声音沙哑地说:"三天?"

其木格点头道:"从我在野外看到你,到现在,整整三天了。这三天你一直昏迷不醒。我和哥哥都替你担心……你身上那么多伤,一定流了不少血……现在好了。哥哥要是知道你已经能说话了,一定会非常高兴……"

桑布听着其木格的话,心里很感动,同时注意到胳膊上的刀伤已经包扎上了,而且身上换了一件半新的长袍。他想到自己的肉体曾被一个不相识的姑娘看到和触摸过,一阵热流冲上面颊,不敢再正眼去看面前的姑娘了,只是轻声说道:"谢谢,你们真好……"

"别那么说。我们可不能见死不救呀。我叫其木格,哥哥叫敖尔敦。你是谁?能告诉我吗?"

"我叫桑布。"

"桑布……"其木格重复着这个名字,觉得很好听,并且很亲切,"你的家在哪儿?"

桑布掩饰不住悲哀地说:"我没有家……我是孤零零一个人……"

"那么……你想上哪儿去?"

桑布摇了摇头说:"不,不知道……"他觉得他的回答不会令救命恩人满意,但事实如此,有什么办法呢?所以他深感抱歉地看了其木格一眼,却发现那双诚实而美丽的眼睛里高兴地闪了一下,那俊俏的圆脸上也飞起一阵红晕,弄得桑布莫名其妙。

其木格稳定了一下情绪,又问道:"白凌阿是谁?"

桑布惊问道:"你知道他?"

"不。你这几天总是不断念叨这个名字。他一定是你的亲人吧?"

桑布痛苦地闭上眼睛,喃喃地说:"是的,是我的亲人……一个我最尊敬的人……他,死了……"他说着,想起和白凌阿在一起时的痛快的戎马生活,觉得胸膛里开始膨胀,他举起胳膊想猛挥一下,但一阵伤口坼裂的剧痛,使他大声呻吟起来,额头上沁出大颗大颗的汗珠。

其木格看到桑布痛苦的样子,双手捂着嘴,差点儿没惊叫起来,心里责备起自己的失言,伤心地流下泪来,啜泣着说:"看我多不好……我不知道……"

桑布睁开眼,咬着嘴唇克制着呻吟,费劲儿地说:"你……怎么了?哭了?"

其木格背过脸去,又抽搭起来。

桑布苦笑了一下说:"这不怪你。你不说,我也会想起他的……"心里却在说:"真是个又善良又软弱的姑娘。"

其木格擦去泪水,深感内疚地飞快地看了桑布一眼,说道:"你刚醒过来,我不该和你说这么些话……"然后她把桌子上的铜盘放在桑布身边,那里盛着六七样食物,还有一碗马奶酒,"吃吧,这还有马奶酒……"说完,有些害羞地站起来,走出毡帐。

等其木格再次轻轻开门走进来时,发现从可怕的昏迷中刚刚苏醒过来的桑布又在极度疲惫中沉沉睡去了,看他那胸脯平稳地起伏着和脸上轻松怡然的样子,其木格放心了。她又看了看铜盘,里面的食物几乎一扫而光,马奶酒连一滴也没剩。她感到惊讶,又觉得好玩儿,想象着他狼吞虎咽的样子,差点儿笑出声来,不由得把视线从那张长着略厚的嘴唇、微翘的鼻子的黑紫脸膛上,移到那粗壮的胳膊和又宽又厚的胸脯上,突然想起那个"一顿饭吃半只羊,一巴掌能打倒一头牛的勇士。这个名叫乌恩的勇士,一直是她崇拜的偶像,以为只有这样的男人,才值得姑娘倾心。但是,她没有听人讲

过《元朝秘史》里的勇士，否则一定会认为刚才的比喻是不足以描述酣睡中的像公牛一样健壮的桑布的。这时，一个从未产生过的念头袭进她的心头，多么想去抚摩一下他那胳膊上的健美的肌肉和宽阔的胸膛……但这一念头刚刚产生，自己也大吃一惊，心里不由得通通地响起纷乱的鼓点，满脸羞得通红，她捂住脸，从桑布身边逃开了……

最可悲的莫过于男人缺少一种勇武美。哪一个少女不崇拜力量，哪一个少女不崇拜勇敢，哪一个少女不希望自己身边的是使别的男人胆战心寒的勇士呢？是的，其木格差不多是"一下子"被桑布迷住了，这么快、这么深、这么莫名其妙、又这么自觉自愿地陷入情网了。从那把大刀，看出桑布肯定是一个拼斗中的好汉；从那些刀伤，想象出桑布同时和很多对手搏击的惊险场面；从他扑倒地上仍握着大刀，说明他最终是个胜利者，敌人要么被他砍死，要么丢盔卸甲地逃窜。"是的，肯定是这样，不会错的！"站在门外眼望草野的其木格，又像是鼓励自己又像和谁争辩似的在心里大声说，她甚至认为躺在毡帐里的年轻人早就在她的保护之下并且永远不允许任何人去伤害他。此刻的其木格，在突然爆发的爱情冲击下，已不能再去想别的什么了，她再也不用去向自己发问：谁是自己思念的人？她也没有去想一想：这个人肯不肯做自己的丈夫？好像这个人必须而且已经属于她，好像这是冥冥中安排好了的，她躲避不了，她也不想躲避；任何人不得干预，也干预不了。痴心的其木格哟，那个桑布已经成为她心目中唯一的男人了！

其木格第三次返回毡帐时，已不显得局促了，俨然像一个妻子似的给熟睡中的桑布盖上毛毯，把搭在胸口的一只胳膊小心翼翼地挪下来，然后，跪坐在旁边，双手支着下颏，深情地注视起那张越来越英俊的面孔。直到敖尔敦在外面喊她帮忙时，她才从遐想中惊醒过来。

敖尔敦这几天确实累坏了。他原来想找个长年帮工，却没有一个人愿意干，连穷得丁当响的布仁巴特也婉言回绝了。可巧，其木格又从野外捡来个半死的流浪汉，她又像伺候丈夫似的守在毡帐里。结果，一个独立家庭的全部劳作几乎全压在他敖尔敦肩上了。又是牛群，又是马群，还有羊群，一会儿这群向东，一会儿那群向西，一会儿羊群炸了营，一会儿马群跑得没了影儿，一会儿牛群趴在地上赖着不肯动……弄得敖尔敦手忙脚乱、无所适从，连从马背上下来喘口气的机会都没有了。而且，畜群到了家，牛吼马嘶的，其木格却躲在毡帐里连听也听不到，她不知道一个人把畜群赶进栅栏要费多大劲儿吗？所以，当其木格从毡帐里轻盈而又稍显羞怯地跑出来时，敖尔敦什么也没有说，只是埋怨地瞪了她一眼。

其木格看出哥哥生气的样子，不好意思地低下眼睛，赶忙跑到栅栏边，解下一匹备用马，爬上马背，去驱赶远处行动迟缓的牛群。

兄妹俩费了半天劲儿，总算把那些乱窜的牲畜赶到栅栏里。敖尔敦累得气喘吁吁，满头大汗，他把缰绳甩给其木格，自己则一屁股坐在勒勒车的辕子上，一面撩起衣襟揩汗，一边赌气地转过脸去。

其木格像一个偶然惹了大人生气的孩子，为了弥补自己的过失，抢着活儿干。她在一阵忙乱中，拴好了哥哥的铁青马，把马鞍整理得好好的，放在鞍架上，又挨个儿检查了一遍栅门，然后才怯生生地走到哥哥面前，讨好似的笑了一下，柔声说道："哥哥，进去吃饭吧。"

敖尔敦瞪了其木格一眼，连话也没说，站起来就朝毡帐走去。

"哥哥。"其木格跟在哥哥后面说道，"你知道吗？他……好了。"

"什么？谁好了？"

"他呀！那个人……他叫桑布，家里什么人也没有……他醒过来了，能说话了，还……吃了不少东西……"

敖尔敦慢慢停下脚步，转过脸朝着其木格，他在妹妹那双眼里看出了激动和快乐，心里感到既委屈又气愤，他大声说道："嚙！瞧你那高兴的样子！'他醒了''他说话了''他吃东西了'！多好啊！我的妹妹。你都快高兴得唱起来了呢！可你的哥哥都快累死了，却连一句问候的话也舍不得给哥哥！看样子只要他（敖尔敦特别加重了这个字）好了，哥哥累死了你都满不在乎呢！"

其木格看敖尔敦那极度抱怨的样子，开始怔了一下，接着忍不住噗哧一声笑了，说道："哥哥，看你的嫉妒心多厉害呀！等我有了嫂子，她要救了一个男人，你准会杀了她呢。不过，你放心吧，哥哥，妹妹还是关心你的，我白天就打算好了，明天开始，就叫哥哥在家躺着睡大觉、喝酒、吃牛肉。怎么样，这回你该高兴了吧？"其木格说着，抱住了敖尔敦的胳膊。

其木格从来没像今天这样和哥哥做出撒娇的举动，这使敖尔敦很激动，抱怨早消了，并差点笑出声来。他看着妹妹仰起的红脸和黑眼睛，摇头道："尽说大话！那是三群牲口啊！——可是，你是说那个家伙好了？"

"好了，哥哥。我看他是个……好人。你们一定会处得来的……"

"是吗？你对他了解得那么多了？这可真使我万分惊讶！"

其木格赧然低下头，故意赌气地说："信不信由你。我不跟你说了……"

"那可不行，我还要说呢。其木格妹妹，我看你好像被这个家伙迷上了，你是不是想让他做你的丈夫呀？"

其木格使劲儿地摇着敖尔敦的胳膊，娇嗔地喊道："哥哥！"然后咬起了嘴唇，把那飞满红晕的脸埋到胸前了。

敖尔敦皱起眉头看着妹妹的娇羞样子，不由得想起三天前的早晨兄妹两人的争吵。那时，她责备哥哥对吉利图不公平，敖尔敦不客气地说："你是想让我多分给他一些吗？你是想嫁给吉利图吧？"当时其木格恼怒地喊道："敖尔敦哥哥！我不希望你拿这些话伤害我！就凭你这句话，我也永远不会嫁给他！"现在再看看，他说的好像也是上次那么一句话，可其木格呢，只是那么动听地喊了一声"哥哥"，还害羞地咬起了嘴唇，还摇晃他的胳膊，看样子，她巴不得哥哥再说一次呢！

敖尔敦想着，轻轻叹了口气，换上了很严肃的表情，对其木格说道："其木格，你可千万要小心啊！我看这个人不是个安分守己的好牧人……他会给我们招惹是非呀！……"

"不会的，哥哥。不会的……"

"会的，其木格。你看到他那把刀了吗？还有身上的伤……"

"那怕什么？把刀藏起来，伤在衣服里面，谁能看得见？"

"你的脑袋真简单啊，其木格妹妹……"

"那么……哥哥，你想把他赶走吗？"

"现在当然不能赶走他。他还是个病人……但等他能站起来的时候，还是让他远走高飞吧。你说呢，妹妹？正好趁着谁也不知道……"

其木格低头想了想，然后看着敖尔敦的眼睛，十分坚定地说："不。我不准你赶走他！我不允许……我宁可什么也不要！哥哥，我一定不允许你赶走他！除非……除非他自己想走……"

其木格说完，眼里闪起泪花，急急地走进毡帐。也许直到此刻，她才惊恐地想到：桑布不一定想留在这里。

敖尔敦看着其木格的背影，重重地叹了一口气。

第二天，其木格坚持要哥哥留在家里，她自觉地承担起放牧的任务。临行前，忽然显得清瘦起来的其木格什么也没说，只留给哥哥一个半乞求半

15

命令的注视,甚至还多少带点儿威胁的成分。敖尔敦坐在毡帐里觉得很不自在,简直不知道干什么才好……

后来,桑布醒了,他送过去牛奶和腌肉,并谨慎地和桑布谈了几句话。他发现,从外表和谈话来看,桑布不是个讨厌的小伙子,而且既庄重又坦白,令人尊敬和同情。他觉得心绪很乱,便丢下桑布一个人躺在毡帐里,自己走到外面坐在门口的木墩上。

的确,从天而降的桑布使敖尔敦费尽了脑汁。他看出了桑布的身份,知道他是什么人,并且确信自己绝没看错。他在心里埋怨妹妹的轻率和善心。他曾一度产生到杰尔登布那里告密的想法,那桑布无疑会被"逮捕归案"。但他也看出妹妹的心理,她会更加痛恨哥哥的,他还不希望妹妹也像其他人一样成为自己的敌人。那么让他隐瞒身份留下来?如果真能留下来,而且不出差错……唔,那倒也不错。桑布身强力壮,要不了多久就能到外面干活儿。布仁巴特不是不愿意来帮工吗?这个桑布可抵得上一打布仁巴特啊!而且,妹妹说得对,把刀藏起来(甚至扔掉!),把刀伤盖在衣服里不叫任何人看到,谁能看出他是一个逃犯?想到这里,忧虑已退居到次要地位,一个圆满的计划占据了他的整个脑海:让桑布以一个没有亲眷(这倒是事实)的迷路人的身份,久住下来,在能替他把全部活计承担起来(这毫无问题)以后,他腾出手来试着做点儿买卖,而这样发家自然会加快起来。甚至,假如桑布表现出是一个能干而又可靠的小伙子,那么将来做他的妹夫也未必不可以,并且只要多少给点儿陪嫁就会使其木格心满意足。当然,这首先必须向杰尔登布报告,取得他的同意,才算名正言顺。"这有什么难处?"敖尔敦想道,"我能用三匹马使他对我和吉利图析产一事保持沉默,为什么不可以用同样的办法使他答应我收留一个迷路的单身汉呢!"想到这里,他觉得很兴奋,决定马上去见杰尔登布。

3

杰尔登布是多伦村第四任百夫长①。在我们讲述的这一年,他刚好满二十四岁。但外表看去,却像三十开外的人。不劳而食形成的过多的脂肪使他显得臃肿和老成,性生活的放纵和暴饮更摧残了他的青春。他平时总是表现出懒洋洋、漠视一切和昏昏欲睡的样子。但他生就一副聪明的头脑,即便是醉酒以后,也能从任何一件事上分析出利弊并作出利于自己的决定。比如在他十九岁的时候,他只用十匹好马,结交了喀喇沁旗的笔帖式②贡扎布,使他虽然既无战功又无高贵的出身,却在多伦村的一次公中③的时候,巧妙地登上了百夫长的宝座。他后来又用更多的牲畜代价,换取了罕都烈的友谊,甚至不惜把自己漂亮的未婚妻也让给了罕都烈。罕都烈比杰尔登布大三岁,聪明过人,是喀喇沁旗④老札萨克台吉⑤的亲信,虽然年轻,却握有实权。和这样一个人物结交至密,杰尔登布就不会担心有人来争夺他的地位了。再比如,他明明看出敖尔敦和吉利图析产一事上,吉利图吃了大亏。但他想,如果主持公道,他本人会获得什么好处呢?而且,牧马好手吉利图对他是很有用的。他早就看上吉利图的为人了,那是个诚实、善良和不会用心术的大好人:放起马来,出奇的认真;精通马的习性和膘情,知道怎样使马匹在啃青和霜黄的季节里吃得饱;甚至在马匹有了病症时,他还是个出色的兽医,宁可自己不吃不睡也要把病马从垂危中挽救过来,而不索取额外的报

---

① 百夫长:兼有行政、军事两种职能的地方长官,在本文中相当于村长。
② 笔帖式:蒙旗中的文职官员,相当于文书。
③ 公中:由公众推举地方长官。
④ 喀喇沁旗:本应为科尔沁×翼×旗,为哲里木盟的一个旗.这里是虚拟的一个旗名。
⑤ 札萨克台吉:台吉为诸王统称。札萨克意为执政者。未获领地者称闲散台吉,获得领地者称札萨克台吉。

酬。尤其是他驯出来的马,和他本人一样,肯出力气又没有令人着恼的脾性,可以卖出高价钱。所以,杰尔登布虽然为敖尔敦的精明和刻薄感到嫉妒,甚而有些恼怒,却毫不动声色,并在当晚就把无力支撑独立门户的吉利图雇用了。仅仅几天,杰尔登布就发现自己的马群大大变样了,他获得的好处,比表面上人们所知道的可要多得多呀!他当然高兴,而且越想越高兴。那坛子上等烈性老白干当然也要马上为它的主人助兴了。

正当杰尔登布喝得高兴的时候,一个穿戴很简单但很得体的年轻人带着两个随丁①骑着马走进杰尔登布的栅门,在这座处于多伦村当中的华帐门前下了马。立刻有人恭敬地接过马缰,有人到毡帐里通报。杰尔登布几乎是飞出来一样,跑到来客的面前,哈哈笑着说:"噢!我的爷爷!今天是什么日子呀!快乐之神竟把高贵的罕都烈大人送到我的门前!"

罕都烈稳重地笑了一下,掏出手帕擦了擦脸上的汗,对扑面而来的烈酒的气味微微皱了皱眉头,流露出令人难以觉察的厌恶表情,嘴里却说道:"你是悠闲到不喝酒就无法消遣时间了吧?你是不是正在痛饮你称之为'甘露'的东西啊?"

"甘露!简直是甘露!哈……赶快请进——巴亚尔!把那两位带去用饭。要用上等酒食招待。——您呢,罕都烈大人,请屈尊寒庐,我的山肴野蔌、淡茶薄醪,正等贵客等得不耐烦了呢!"

"实在有拂盛情。第一,我时间有限;第二,天气又这么热;第三,我又不会喝酒……"

"得,得!您会随口诌出一百个理由呢!不管怎样,还是请赏脸吧。"杰尔登布一面絮絮不休地说,一面拽起罕都烈的胳膊,"我知道你在你的恩主的感召下,是视酒如仇的。不过,我最近弄来一坛子上等陈酒,真是美不可言。碰到这样的好酒不开开斋,那才是罪过呢。你知道,酒这个东西是个奇妙的家伙,它可以使你得到无限的好处……是啊,平常想得到又得不到的东西,你能从它毫不吝啬的恩赐中获得……"

罕都烈被拖着走进毡帐,听着主人的议论,不由得笑了一下说道:"这我实在无幸领教。但请你告诉我,你的神奇的甘露可曾赏给你那个班卡吗?"

"唉哟!耳聪目明的罕都烈哟,你对我的事情不是知道得太多了吗?"

---

① 随丁:即牧奴、奴才、奴婢,终身为主人服役,主人有权把他们出卖或赠送于人。

罕都烈一面落座,一面笑着说道:"很多人都在传说你和班卡的趣闻呢,偏我应该毫无所闻吗?"

杰尔登布羞得满脸通红,恨恨地说道:"该死的人们啊!他们对我的光彩事儿就不那么费劲儿去宣扬了!"

"这怎么能怨得着人们呢?——说实在的,那个班卡很漂亮吗?"

"你可以自己去看看。"

"天呐,我凭什么去看人家啊?而且,在鉴赏和品评女人方面,我是个十足的外行。"

"唉!"杰尔登布不知羞耻地搔着头皮说,"那真是个撩人的骚货!"

"骚货!那真是世间的尤物了。哈……听说女人中的骚货是妙不可言的东西。尤其是她们浪起来的时候,会弄得男人头晕目眩呢!"

"嘿!还说罕都烈大人在女人问题上是外行呢。那该是个多大的错误呀!"杰尔登布说完大笑一阵,跳起来推开门高声命令巴亚尔快上菜。

罕都烈微笑着注视起杰尔登布,呷了一口茶水说道:"天这么热,贵体又如此发福,真是难为你了。"

"他妈的!越来越胖了。不过,没关系……"

等到杰尔登布又坐下以后,罕都烈问道:"你在班卡身上一直没得手吗?"

"哼!得手……她在我脸上可得手了呢!"

杰尔登布的话逗得罕都烈大笑起来,最后,笑的尾声掺和到一起,像唱歌一样说道:"是那样厉害吗?要不要让我来帮你报复一下?"

"报复?"

"是啊,应该让她尝尝苦头,才好知道拒绝杰尔登布是要倒霉的。"

"敢问其方?"

"押送王府。"

"送给色旺诺尔布桑保①?"

"他可是最喜欢这类礼物啊!"

"得!我的爷爷。那我可连想都不能去想了。无论如何不能给他享用!"

---

① 色旺诺尔布桑保:当时是科右中旗札萨克兼哲里木盟盟长。

"可是早晚要有人享用她啊,并且可能还是你的同村人。那你不更窝火吗?"

"嘿……我根本也不想娶她当老婆啊!她会叫我当王八的!"

"你是想叫另一个人当王八喽?"

"那样不是更光彩吗?哈……"

罕都烈陪着主人笑了一阵,然后转换话题说道:"说实在的,我在尊府是不能久留的。我这次没有经过驿站去换马,而绕道多伦村,首先是借此机会拜访阁下,其次,我是太讨厌额勒吉卡的饶舌。"

"听说那个驴①老爷竟留起胡子了,啧啧,才二十几岁!真是条讨厌的驴!——你这是准备到什么地方去?"

"图什业图王府。"

"嗬!你真成了显赫人物了!是办一件我不该打听的事吧?我可不是个多嘴多舌的家伙呀!"

"也没有什么特别的事。只是一般事务。"

"是代表老札萨克吗?"

"是,但也可以说不是。他在昨晚升天了。"

"什么!你说什么?杰尔登布惊得瞪圆了眼睛,把手里的茶杯轻轻推到桌子里面,"他,升天了?"

"是的。昨天晚上。"罕都烈一面平静地重复了一句,就像在述说一匹老马死了一样,不动声色,这倒使杰尔登布更加惊奇。

"那么说,他真是死了?"

罕都烈忍不住笑着说:"看你,好像不重复第三遍,你就会以为是开玩笑似的。"

"不过,我实在想不通,春天里还是满面红光,还骑马打猎呀!"

"这样的人物,至死也是红光满面的。而且那是春天,现在是夏季了。春到夏,是有一段距离喽。"

杰尔登布面对罕都烈泰然处之的神情,沉吟了半晌,然后说道:"你是在十七岁——是十七岁吧?——唔,你是在十七岁上得到老札萨克的宠幸的,到今年已整整十个年头了。你不为他的死感到悲痛吗?"

---

① 额勒吉卡在蒙古语中和驴(额勒济格)的发音相近。

"悲痛是给他的亲属预备的。我这号人,哪有时间去悲痛?况且,老一代人总是要死去的呀!"

"唉哟,你真冷酷!好像死了一个过路人。"

"难道不是吗?我们又何尝不是个过路人?你为他的死悲痛吗?"

"暂时弄不清楚……我只觉得太突然,好像……"

"不大可信。是不是?最迟在明天,就会有准确的消息,讣告正在赶写。"

"那就是说,要大出丧,要敛集大丧的贡物了?"

"猜得分毫不差。"

"数量很大吗?"

"照常例。——单从这一点,你是不大乐意他死的,对吗?"

"猜得分毫不差。"

过了一会儿,杰尔登布又问道:"谁是继任人呢?"

"不知道。你怎么提出这么个问题呢?"

杰尔登布狡黠地笑了笑,说道;"好像谁都可以这样问一问啊。情况是挺复杂的,对不?可你竟说'不知道',这倒是顶顶奇怪的事了。"

"我为什么一定要知道呢?这是他们的家务。而我,只是他们可以任意支配的一只胳膊。"

"有道理!只是……这只胳膊已经从老札萨克身上掉了下来,长到另一个人身上去了。——闲言少叙吧,请问你这次去王府,是报丧吗?"

"多少有点儿联系,却不是报丧。那要他儿子们去做。可是,你的厨师干得太慢了,我大概吃不上你的腊羊肉了。"

这时,毡帖的门被拉开了,杰尔登布说:"看,马上就可以吃腊羊肉了。"可是进来的巴亚尔并没有端菜,却对杰尔登布说:"敖尔敦请你说话。"

"敖尔敦?真他妈捣乱!告诉他,有事明天再来!"

"我说过了,说你在会客。可他坚持说只说几句就可以。"

"去吧,既然只是几句话。"罕都烈说,露出不耐烦的神色,"顺便催一催你的厨师。"

"你们在上面的人真不知道我们的麻烦。"杰尔登布抱怨地说,"请多包涵,我马上就回来。"

罕都烈一面慢慢地喝茶,一面搜索记忆中的敖尔敦的样子。不大一会儿,杰尔登布连同腊羊肉、蒸羊脯、火腿、腌牛肝、腊肠和其他几样菜,一齐进入了毡帐。

"来吧,罕都烈。请鉴赏一下我厨师的手艺。放心,我是不会耽误你的大事的。"

喝了几杯酒以后,杰尔登布又问道:"三位少爷是谁主持丧事呢?"

罕都烈怔了一下,心里想:"这真是个聪明的家伙,只可惜,太贪酒色了。"不过嘴上却说:"老大悲痛得糊里糊涂,老三年龄太小,恐怕这重担要落在扎布曼都身上了。"

"是啊,好偈是应该这样。"

"你这话怎么讲?"

"我好像只说了一句普普通通的话呀。"

罕都烈笑了笑说:"的确是。——可是请问,你刚才处理了一件什么事啊?"

"一件小事。敖尔敦救活了一个快饿死的迷路牧人。因为还在病中,一时走不了,特意来报告。"

"他很善良,很守法呀。只是这个迷路人……"

"你担心可能是逃犯吗?"

"谨慎一些总没有害处。听说白凌阿溃散的地方离我们不太远……"

"多谢你的指教。我一定好好审查一番。"

罕都烈似笑非笑地说:"我知道你们这些人所说的审查是什么意思。但千万不要为了一点儿眼前利益而酿成大错哟!"

"你放心就是。我是奉公守法的。"

"但愿如此。你刚才说的敖尔敦,是那个很倔强、很漂亮的孤儿吗?"

"正是。你的记性真是好极了。"

罕都烈耸动了一下特别厚重的眉毛,笑了一下说:"怎么会忘记呢,我们还一起赛过马。他现在很走运吧?他可是个机灵鬼呢!"

"简直是阿哈图黑①的宠儿!他成了富户了。"

"看样子,他是想让那个迷路人给他效劳喽?"

"你猜的和我想的完全一致。他刚刚独立门户,正需要帮手。"

---

① 阿哈图黑:蒙古族传说中的命运之神。

"但愿那个迷路人别是白凌阿的叛匪。"

"那大概不会。卓索图盟离这里那么远,不过,我不会让敖尔敦独占了太大的便宜。"

罕都烈笑道:"你说的和我猜的毫无二致。"

"我也不会忘记你喽。如果有一天,这个倒霉的家伙看上了一个姑娘,就会忘掉了自己的家乡。那时,在丁册上就要麻烦罕都烈大人了。"

"好说。我希望能为精明人效劳。——唔,时间不早了,我可要在今晚赶到王府。"

"我是实在舍不得叫你走。不过,看样子你是办一件和某一个重要人物的命运有关的紧要事了。那么,请喝下这杯酒,祝你和扎布曼都诸事顺遂吧!"

罕都烈不由得一抖,又赶忙恢复常态,干了杯中酒,起身说道:"谢谢你的招待和祝愿。也祝你人畜两旺!"

杰尔登布站起来推开门喊道;"巴亚尔!派去抓马的人回来了吗?"

巴亚尔在外面回答道:"已经鞴好了。"

杰尔登布对走出门的罕都烈说道:"我给你换了三匹最快的马。但愿我的马加快了你的进程,不要忘记它们主人的效劳。"

"谢谢。我将永铭肺腑。"

不大一会儿,三匹精力充沛的快马驮着主仆三人飞快地消失在远方了。杰尔登布站在栅门外面微笑地摇头自语道:"老札萨克三位少爷的混战,要在罕都烈到达王府的一刻开始变得激烈起来呢……"

1

濒于死亡的桑布,在两个主人的照拂下,足足躺了两个月,伤口全部愈合,并开始落痂。但其木格却在明显地消瘦下去,在那双越来越明亮的眼睛周围,出现了灰黑色的晕圈。敖尔敦曾几次要和妹妹交换一下当前的不太合理的分工,其木格无论如何不肯。每天早晨,她不仅给毡帐里的两个男人准备好一天的吃食,还在他们睡梦中,就把畜群赶到牧场去了。她认为,敖尔敦哥哥在对待桑布这件事上,做得超过了她的愿望,理应由自己把最劳累的活计承担起来。她觉得,她现在的忙碌有了新的意义,所以,她的心情是非常愉快的,甚至在牧场上和班卡碰见时,竟也发出了有节奏的畅笑。

但是,桑布不能再躺下去了。他为敖尔敦兄妹的善心而感动,更为其木格的劳瘁而不安。一天早饭后,桑布慢慢坐起来,一阵轻微的晕眩过后,他感到元气并没有消失,生命仍旧是十分旺盛的,他还是原来的桑布。他又看了看胳膊上的健美的肌肉,想起在和伙伴们摔跤、角力中的不败记录,笑了。接着,他蹬上靴子,站起身来,重新束紧了腰带,像主人一样把半碗马奶酒一饮而尽。他准备到门外去看看这里的环境,并想一想怎样报答敖尔敦兄妹的救命之恩。

此时,其木格早就把畜群赶了出去。敖尔敦留在家里收拾勒勒车。桑布出来的时候,敖尔敦正使劲儿挥着斧子,向车辕上的断轴猛劈。

桑布伸展了一下四肢,轻轻走到敖尔敦跟前,默默地把脸上流着汗水的敖尔敦推开,一下子便把毁坏的车轴从车辕上拔了下来。敖尔敦着实惊佩桑布的臂力,不由得暗中叫好,心里想:"是个好样的!如果不出岔子,真是个太好的帮手了。但不知他想不想留下……"

桑布把断轴扔到地上,平静地看着正在吃惊的敖尔敦,好像在问:"还有什么我可以效力的活计吗?"丝毫没有流露出要听两句赞扬话的意思。

但这毕竟是值得赞扬的,所以敖尔敦说道:"你真是个大力士!"

桑布平静地说:"这其实不是太费力的活儿。"

敖尔敦看着对方有点儿冷淡却很坦白的眼睛,心事重重地说道:"来,坐在这里,我们好好谈一谈。——看样子,你已经好起来了,是吗?"

"是完全好了。"桑布说着,坐在车辕上。

敖尔敦点燃了烟袋递过去,对方谢绝了以后,自己慢慢吸了起来,心里在掂量着怎么说才能坚定桑布留下来的决心。桑布则趁沉默的机会,使自己发光的眼睛饱览起攫人心思的大草原。这里确实是好到不能再好的牧场了。远处林木葱茂的连山,广阔的浮苍流翠的草野,闪闪发光的溪流,缓动的羊群和马群,不时飘过来的牧歌……这一切都勾动着桑布的心弦。他想起自己的放牧生活,和伙伴们在辽河岸边纵马飞逐,以及后来的战斗,激动得手都抖动起来了。他真想立刻跃上马背去纵情驰骋……是啊,草原上的健儿,如果离开马背,不是比失掉恋人更痛苦百倍吗?但他心里明白,着急也不行,他必须隐藏自己,应该安下心来在这里呆上一年,一方面打听一下白凌阿的确切下落,一方面报答主人的恩情……

敖尔敦并没有注意桑布的表情,他低头沉思着,直到他吸起第二袋烟时,才终于开始了这场谈话。

"那么说,你是白凌阿手下的人了?"

桑布从遐想的海洋中被拉回到现实的海岸上,回过头来看着敖尔敦,长出了一口气说道:"是。"

"那就是说,我不单单救助了一个迷路的乡亲,还是在窝藏逃犯呢,是不?"

"你是在窝藏逃犯。"桑布冷冷地说,第一次对敖尔敦产生了厌恶之感。

"多可怕呀!你说,这不是很可怕吗?"

"很可怕……应该说是一个非常可怕的事。"

"这会叫我很不幸呢。"

"唔,的确是这样。"桑布平静地说,把自己的脸又转向远处的山野。

"可是,听你的语气,把我送到不幸中的人好像不是你,而是另外一个人!"

"那是一样的。"桑布笑了笑道,"现在好像造成不幸的原因并不是主要的。"

敖尔敦吃惊地看着桑布,皱着眉头问道:"那么,请问什么是主要的呢?"

"摆脱不幸——我猜你想的正是这个。并且,你是完全可以摆脱这个不幸的。"

"这样说说倒是用不着费力气的哟。"

"这也是很容易的事。你把我像对待断轴一样扔掉好了。"

"你是说把你打发走?"

"当然听便。甚至你还可以去立一功。"

"什么!你说?"敖尔敦惊叫道,抬起头看了桑布一眼,一接触对方冷淡而厌恶的表情,浑身便打了一个冷战,心里在和自己嘀咕起来:"天呐!他没弄懂我的意思呀!"的确,他原是想让桑布明白敖尔敦兄妹是担了很大风险的,然后说出一堆感恩图报的话。没想到桑布却说出这样一番话来,他的心里十分不满,但马上想道:"惹得他生气了,必须把这个可怕的局面扭转过来!"

敖尔敦叹了一口气,说道:"我们可不能办出缺德事呀!唉!风险是有一些……有什么办法呢?都怪我们兄妹太善良,太心软了。但愿你别弄漏了自己的身份……让我们和睦相处吧,唉,这也许是天意……"

桑布立即明白了敖尔敦的本意,讥讽地笑了笑,但又立刻严肃起来,很真诚地说:"我感谢你们兄妹。我不会知恩不报。如果你们没有其他担心,那么,我将无偿地给你们效劳一年。"

"一年?唔,桑布……我们可不是……当然,你能留下来,我们还是高兴的……"敖尔敦结结巴巴地说完,又低下头来,开始计划这一年给桑布安排什么活计。两个人都不做声了。

"敖尔敦,那边骑马过来的人是谁?"

"啊,杰尔登布!"敖尔敦立刻紧张起来,他压低声音,接着说,"我给他送去了三匹马……不过,他还会盘问你,你一定要让他确信你是迷路的单身汉……"

"听你的吩咐,我一定照办。可是,你这样惊慌,倒会把事情弄坏呢!"

"我不惊慌,不惊慌……"敖尔敦为了镇静自己,咳嗽了一声,然后站起来,把烟袋插到腰带上,堆起笑脸向杰尔登布迎去。

杰尔登布一边下马,一边说道:"你们挺忙啊,乡亲。"

"杰尔登布巴彦①!没想到您会屈尊来到我这里,请到里面坐。"

杰尔登布把马缰绳握在背后,没有回答敖尔敦,却眯起蒙眬的醉眼,望着从车辕上慢慢站起来的桑布,口齿不清地咕噜道:"我参加札萨克葬礼才回来,……路过这里,来看看你那个……迷路的客人……你不是病倒了吗?"

桑布不动声色地回答道:"多多感谢您的牧场,这里的新鲜空气和敖尔敦兄妹的善心,已使我恢复了健康。"

"叫什么名字?"

"桑布。"

"桑布?好熟悉的名字……"

"真的吗?那我可太荣幸了。只是叫桑布的人太多了。老爷可能认识一百个桑布。您也一定认识白凌阿手下的桑布吧?"

敖尔敦吓得一抖,手心立刻冒出了汗。

"那么说,你知道白凌阿?"杰尔登布继续问道。

"怎么能不知道?是我的同乡呢。据说那是个精明的统帅。"

"呸!精明的统帅!那是个叛匪首领,是个十恶不赦的坏蛋!"

"是吗?我可从来不知道。"

此刻,敖尔敦已恨透了桑布,如果斧子在手里,他一定会向桑布头上砍去。

"敖尔敦——"这是一个尖脆的少女的声音,伴随一阵急促的马蹄声,火红的骏马把漂亮的班卡送到三个青年人面前。

班卡矫健地从马身上跳下来,扯了扯衣襟,满脸通红地笑着说:"敖尔敦!你的妹妹真自私啊!领家来一个漂亮小伙子,怎么也不告诉我一声?"

杰尔登布把淫荡的红红的眼睛转向班卡的脸上,说道:"你来干什么?"

"哈!原来是百夫长杰尔登布大人!我得恭喜你,你又多了一笔收入。"

"坏种,滚开!"

班卡笑吟吟地说:"我说得不对吗?老爷,我怎样说才对呀?"

"你小心点儿,我早晚把你送给王爷当老婆。"

"哈……"班卡一阵大笑,"你怎么能干出那样的蠢事?你才巴不得自己是个女人,去给王爷当老婆,巴不得自己养个姑娘送给王爷呢!只可惜你不

---

① 巴彦:蒙古族对富有者的通称。

是,你没有!"

"滚,滚开!"杰尔登布气得嘴巴直哆嗦,向班卡扬起马鞭。

班卡飞快地闪到一边,对桑布说:"你一定是桑布吧?有空儿欢迎你去做客,我会好好招待你的。"说完,脸一红,飞身上马,又转向杰尔登布:"老爷,来赛赛马吗?"

杰尔登布咬牙骂了一句"骚货",又转向桑布随便问了几句,警告他不得"胡作非为",并说,如果不是答应了敖尔敦,是决不收留他的。然后骑上马,望着班卡驰去的背影,讪讪地走开了。

桑布也望着班卡的背影问道:"她是谁?"

"班卡。"

"真漂亮。"

"只可惜不老实,专门勾引男人。——不过今天亏她来打个岔,要不我可真担心你会说漏呀!现在行了,你放心住下好了。"

5

敖尔敦越来越喜欢起桑布来。他发现,妹妹"捡来"的大力士是个不苟言笑、性格孤僻、不愿和任何人交往的年轻人,实在本分极了。他认为,这是桑布天生的脾气。因而也就不再担心桑布在未来的日子里惹事生非。

但是,桑布的本来面目并非如此。他原本是一个非常活跃开朗的人,在白凌阿的队伍里,他以剽悍和幽默闻名,他的笑话常常使人们笑得前仰后合。的确,他是个不甘寂寞的人。他之所以沉闷,是因为害怕自己一时不慎暴露了身份,给敖尔敦兄妹招惹麻烦。他也知道自己不会成为一个安分守己的好牧人,因为他心里有一团火,一团复仇的烈火。现在,他在孤独的生活里怎么能不感到苦闷,感到精神上的压抑?在他和其木格一齐出牧时,他常常扔下渴望和他单独相处的姑娘,驱马在草原上狂奔。后来,他认识了班卡和吉利图,班卡的豪放和吉利图的马头琴声吸引了他。从此,他常常是和班卡赛马或是一同听吉利图的演奏。只是在这种时候,他才感到生命中还有生动的内容。其木格对此很妒忌,有时怨恨不已。但她想:"像桑布这样的勇士,必须有班卡的美貌和烈性才能相配吧?"这又使她陷入不能自解的悲哀里。

有一天,桑布和班卡赛了一阵马后,站在山坡上喘息。班卡说道:"桑布,你把其木格丢在一边,她不伤心吗?"

"你说什么?我不明白……"

"你在装糊涂呢!她把你已经当成丈夫了。"

桑布悲哀地摇头道:"不会……这是不可能的。"

"你真不想娶她吗?"

"不。"桑布盯着班卡说道,"你认为我应该娶她吗?"

班卡误解了桑布的注视和语气,红着脸说道:"我明白……我也喜欢你。

但是……真可惜,你来晚了一步……"

桑布惊恐地叫道:"班卡!你在说什么啊!"

班卡又误解了桑布的心意,低下头说:"如果你早来半年……不过,现在也许还来得及……"

桑布像呻吟一样低声说:"唔……这是怎么了?班卡……你误会了。"

"什么?我误会了?"班卡抬起脸,惊异地看着桑布。

"是的,班卡。我连想也没想过……"

"真的吗?"班卡嘴唇打着颤说,"你根本没想过要娶我?"

"没有。我发誓。"

"没有!还'发誓'!哼!"班卡的自尊心强烈地受到了严重伤害,她狠狠瞪着桑布,大声说,"我还是第一次碰上不喜欢我的人!"

"班卡!"桑布摇头道,"为什么你希望所有的男人都追求你呢?你嫁给吉利图吧,一定要嫁给他,他是个好牧人。"

"住口!"班卡怒吼道,"看来,你根本没有瞧得起我!你还向我下命令!你以为到了这里,一切都要按你的意愿安排吗?你想错了,并不是所有人都像其木格和敖尔敦那样听你的指教。滚开吧!"

桑布绝没想到这场谈话会是如此这般的结局。他还从来没听到过这样的训斥,感到十分恼火。但是,等他从头晕目眩的状态中恢复过来,准备用几句刻毒的话去回敬这个放肆的少女的时候,班卡已骑上马跑远了,连头也没有回一次……

可巧,在发生这场风波时,其木格离他们不远。她没听到那两个人的谈话,但清清楚楚看到班卡跑了。这给不知底蕴的其木格带来一团疑云。她猜测一定是桑布在追求班卡,因而对桑布产生了幽怨,对班卡产生了嫉妒。同时,她又猜测,好像班卡拒绝了桑布,她虽然倒真希望如此,却由于对桑布的倾倒,不能不同情他,并为班卡的骄傲替桑布不平。事情的真相,桑布和班卡都不能讲给其木格听,其木格又不好去追根问底打听个究竟,那么,可爱的其木格陷入纠结的复杂感情中就在所难免了。

这些复杂的心理状态,多伦村的居民是无法洞见的。生活太忙碌了,表面上的细微变化,人们照例不去留意观察和仔细推敲。人们都会说:一切都一如既往。事实也的确如此。到了深秋,人们都和前一年或再前一年一样,呈现出极度忙碌的景象。为了冬季移营,他们要准备献给札萨克的贡物,缝

制冬衣,补缀哈那①,修理勒勒车和酿制马奶酒。人们一年又一年地机械地重复着这些劳动。但这三个人的心情在冬季风暴的袭击下,却发生了明显的变化。

这一年,冬天来得特别早。在移营前,多伦村就遇到了一次少有的白毛风。这次白毛风是下午刮起来的。牧场上的畜群乱作一团,在吼叫的风雪中,疯了一样嘶叫着四下跑散。一直到午夜,风势减弱了一些,一个个变成雪人的骑手才终于赶回一群群打颤的牲口。最后,只剩下吉利图没有踪影。杰尔登布急得在毡帐外面团团转,不停地骂吉利图,并发誓说,如果他的马群不回来,谁也别想移营。显然是在威胁全村人,使他们好去为他寻找马群。但是,在这漆黑的夜晚,刮着狂风,大雪弥漫,任你是怎样的牧马好手,也有可能把畜群弄丢、永远找不回来,甚至可能冻死人,人们又能干什么呢?

此时,桑布已帮助好几个人手较弱的牧户稳住了畜群,才终于知道吉利图还没有回来。他赶紧回家找敖尔敦,但敖尔敦说什么也不肯去冒这个险,只是答应桑布可以骑那匹铁青马,因为那是"找马群的好手"。

桑布生气地离开敖尔敦,走出毡帐,在风雪中从他的坐骑上卸下马鞍。这时班卡飞骑而来。

"桑布!"班卡叫道,她第一次在桑布面前显得这样郑重和焦急,"找到你真不容易呀!"说完用毛绒绒的袖头抹掉脸上的白霜,使桑布看到了那张好久没看到的漂亮脸上刻着明显的求援的表情。

桑布一边观察班卡急如火燎的表情,一边把马身上结的冰块弄掉,心里想:"到底还是你先来找我吧!"

班卡看着桑布脸上得意的微笑,脸一红,低下头去,说道:"桑布,求你别再提那些不愉快的事了……吉利图还没有回来,你知道吗?"

"知道。"桑布故作平静地说。

"怎么办呐?桑布!"

"有什么办法?这样的夜晚……"桑布故意装出要收起马鞍去休息的样子,心里却在哈哈大笑。

"桑布,我们去找一找吧!"

"你要去送死吗?这可不是开玩笑。我实在不敢奉陪。"

---

① 哈那:毡帐梗架外的毡裙。

班卡的羞赧和央求立刻变成了愤怒,她大声喊道:"谁在开玩笑!你……原来是这么个人,哼!"说完,狠狠瞪了桑布一眼,左脚引上了镫。

桑布突然大笑起来:"哈……看到班卡着急的样子真是太有意思了。——你先别着忙,我不过说个玩笑话。我正准备去找他,为没有伴当着急呢。"接着,他转向看护畜栏的其木格:"其木格!请把你哥哥的铁青马牵来!"

其木格立刻牵着铁青马,跑了过来。她看到班卡和桑布站在一起,心里很不痛快,连招呼也没打。

"什么事?桑布。"

"我骑它去找吉利图。"

"桑布,我也去!"

"那怎么行?"

"怎么不行?"

"你哥哥不会答应。"

"不管他!"

"家里也要有人照看啊。"

"叫哥哥照看吧。他什么也不管吗?"其木格说着,回身向毡帐跑去,她在门外喊道,"哥哥!我和桑布去找吉利图,你照看点儿畜栏!"

其木格跑回来,很快鞴好马。等敖尔敦气极败坏地跑出来喝骂其木格发疯了时,三匹马已经没影了。

这时,杰尔登布仍在痛骂那些只顾看护自己的畜群而不愿为他卖命的阿拉特们。

桑布在杰尔登布面前勒住马,怒气冲冲地喝道:"听着,杰尔登布!滚回你的毡帐,让这些穷苦人安静些。难道你要逼他们去送死吗?"

"哈!桑布,听你的口气,倒真像白凌阿手下的人啊!"

"就算是,又怎么样?我今天就叫你看看白凌阿的幽灵!"桑布喊着,劈手夺过杰尔登布的皮鞭,"如果你还想拿着皮鞭抽来抽去,我就代替白凌阿砍下你的脑袋!还有,吉利图回来,你敢动他一指头,我就叫你先进天堂!"

桑布说完,把皮鞭扔到地上,抖起缰绳,带着两个姑娘,向风雪中飞驰而去。

在场的阿拉特们,惊讶地瞪直了眼睛,他们从来没看到哪一个人敢这样训斥百夫长。

第二天早上,桑布和班卡、其木格找到了吉利图。班卡看吉利图冻得那样厉害,哭了起来。要不是她当着桑布的面把吉利图的手插入自己的怀里,那双手肯定保不住。

由于吉利图的马群没有跑散,完好无缺地赶了回来,杰尔登布对桑布夜晚的举动也就不再说什么,甚至有些刮目相看了。但多伦村的居民却产生了对桑布的种种猜测。桑布也就借机打听白凌阿的消息。冬天过去了,结果一无所获。因此,一年后,桑布没能离开多伦村,他报恩的劳作一直延续到第四年。

与此同时,多伦村发生的事值得一说的是吉利图和班卡结婚了,并在婚后第二年生了个胖儿子。班卡结婚不久,敖尔敦娶了本村的姑娘扎惹。扎惹又美丽又温柔。有了越来越多的财产,又有了娇妻,敖尔敦就很快不去想班卡了,他只盼望着没有"开怀"迹象的扎惹有一天给他生下一男半女。

6

敖尔敦结婚后,把妹妹其木格留在自己的毡帐,在附近支起另一座毡帐,给桑布居住。敖尔敦确信有一天桑布会娶了其木格的,其木格也每天都盼望能成为桑布新毡帐里的女主人。敖尔敦为了成全妹妹的婚事,经常给他们创造单独接触的机会,并且拿出六匹好马和五头肥牛央求杰尔登布给桑布入籍。

但是,无论是敖尔敦的努力也好,其木格的暗示也好,桑布都无动于衷。他只是默默地下力气干活儿,不断替敖尔敦增加牲畜的数量,一到牲畜归圈,一言不发地吃完饭,便一头钻进毡帐不出来了。除了有时到吉利图毡帐听听马头琴外,几乎哪儿也不走动。后来,吉利图的儿子夭折了,吉利图被悲哀压得不再拉奏马头琴了,他便几乎不出毡帐了。

这样,几个年头又过去了,年已二十六岁的其木格,仍旧委屈地和哥哥嫂子住在一起。

敖尔敦对桑布的冷漠态度很气愤,骂"桑布的血是冷的""长一颗石头造的硬心",并劝妹妹"别再理他这个铁石心肠的坏小子!找个男人结婚,让他打一辈子光棍好了!"其木格哭了,并患了一场大病。敖尔敦一怒之下,不顾其木格的哀求和扎惹的拦阻,直接出面去找桑布"算账"了。

"桑布!你想打一辈子光棍吗?"敖尔敦冲进桑布的毡帐,怒视着坐在皮褥上的桑布,开门见山地摊了牌。

桑布稍显惊讶地看了敖尔敦一眼,然后沉下脸来,冷冷地说:"这是我自己的事,不劳下问。你找我还有别的话要说吗?"

"当然有啊!"敖尔敦怒气犹盛地大声说,"你说说,桑布,你是怎么活到现在的?"

桑布说:"你和令妹是我的救命恩人。"

"是嘛。看来你还记得嘛。那么你再说说,我们对你怎样?"

"对我好,非常好!"

"你呢?说说你嘛!你对我们怎样?"

"这个,倒要由我向你发问了。"桑布憎恶地盯着敖尔敦,"我做得不够吗?我给你白白地劳动八年,还不够吗?"

"不够!"敖尔敦简直在怒吼了,"你是个忘恩负义的人!"

"敖尔敦!请把话说明白。"

"要说明白的,就要说明白的!你说,其木格怎么样?"

"其木格是个非常好的姑娘。"

"'非常好的姑娘'!亏你说得出口!她是你的救命恩人,对吧?"

"当然。"

"'当然''非常好',哼!你的一切都该属于其木格!可是你……你明明看出其木格……嗯,你知道她……她的心思。你没看到她瘦了吗?你这个狠心人!你,你为什么不娶她?你说说,她哪儿不好?"

"等一等。"桑布恼怒地站起来说,"你说的这些,是我报恩所必须完成的内容吗?"

敖尔敦被问得张口结舌,半天没说出话来,他在地上踱了几步,恨恨地说:"好……桑布!你当真不想娶其木格?"

"你是威胁还是下命令?如果你没有别的话要说,就请你出去!"

"你赶我!谁是这里的主人?是你还是我?"

"是你。我出去好了。"

"你走吧!冷血人!你永远离开多伦村!"

"一切遵命。但你要记住,不是我自己要离开,是你要赶走我……"

这时,门被拉开,脸色苍白的其木格,拖着疲惫的病体,趔趄着走了进来。她靠在哈那上,泪流满面地说:"哥哥,桑布……别吵了……都是我不好……"

敖尔敦看了看正在穿靴子的桑布,转向其木格咬着牙说:"痴心的姑娘!对男人太倾心的姑娘是个大傻瓜!"说完,一步跨出毡帐。敖尔敦走后,其木格低下泪脸,悲哀地说道:"桑布,别生哥哥的气……都怪我……你骂我吧……"

桑布抬头想说话,但又立刻低下头,重重地叹了口气。

"桑布,你真要走吗?"

"……"

其木格无声地流了一阵泪,后来,她把眼泪擦干,默默地注视着整理行装的桑布。

桑布一切收拾停当后,走到其木格面前,真诚地说道:"其木格,我知道你是个好姑娘……娶你的人是有福的……但是,我不是你合适的丈夫……"

"别说了!"其木格强忍住泪说,"我曾担心这里会使你厌倦……现在你已经开始厌倦了。我没有权利留下你……如果有更吸引你的地方,你就走吧……"

桑布叹息道:"我也不知道我将在什么地方落脚。也许命中注定是个流浪汉。我希望在野外荒郊找到一个归宿,使我临死前能最后一次回忆起一个善良的姑娘……"

"谢谢你,桑布。这已经够了。你的话是对我的最高报偿……你放心地走吧……"

"再见吧,我的好妹妹。你会快乐起来的。"

"不。我的快乐已经超过我的愿望了。这八年,我每天都是快乐的。这八年就是我的一生……"

桑布低着头不安地走出毡帐。但当他跨上马背,开始向南驰去时,心情一下子开朗起来,他感到有一种摆脱困境获得自由的感觉,恨不得一下子飞到辽河岸边!但忽然间,他耳边似乎又响起了其木格的声音:"这八年,就是我的一生……"他一下勒住马,想道:"不,不对!我要害了一个多么善良的姑娘呀!我怎么会单考虑我自己,而忘了一个姑娘的生命呢?"他掉转马头,一弓身,猛地向毡帐驰去。到了门前,他跳下马背,冲进毡帐里去。桑布一下惊呆了。

其木格站在地当中,手里托着他遗落在皮褥底下用粉红绸缎包裹的大刀。她没有听到外面传来的马蹄声,没有听到开门声,没有看到有人走到面前,只是瞪着眼睛直视前方。桑布发现,其木格眼里充满泪水,透过泪水,他看到了悲哀、绝望和平静的决心……

"其木格……"桑布轻轻地唤着。

其木格没有动,只是略显惊讶地闪了一下眼睛,凄凉地说:"桑布……我又听到了你的声音……这么快就追上了你吗?"

桑布走过去,抓住其木格的手,其木格颤抖了一下,吃惊地看着桑布。

"你！桑布？"

"其木格！我……不走了！"

"你说什么？不对！我是在做梦！"

"不！其木格……我们结婚吧！"

其木格这时才从精神的失常中震醒过来，她抖动的双手顺着桑布的袖口直摸到肩头，然后嘴唇一颤，扑到桑布怀里。几乎是立即昏了过去。

桑布流着泪说："可怜的……姑娘……我这后半生要让你……葬送了……"他说着，抱起其木格轻飘飘的身体，放在皮褥上，自己则坐在旁边，捂着脸哭了起来。

桑布和其木格很快就举行了婚礼。婚后的生活是平静的。其木格很快乐，觉得一切都满意。桑布也深深爱着妻子。敖尔敦给妹妹的陪嫁比预料的还要少，但其木格和桑布都没有说话。杰尔登布又借故不断敲诈。有了家庭的桑布更不愿和杰尔登布弄僵，总是满足他。这样，夫妻俩就要比以前忙碌多了。桑布也没有时间再去想寻找白凌阿下落的事了。婚后的第六年，他们有了儿子，取名格力图尔。生活比以前快乐，也比以前更忙碌。两个人的脸都比敖尔敦更早地有了皱纹。格力图尔一周岁时，班卡又生了一个女儿，穷困潦倒的吉利图又开始有了点生气。不久，扎荟也生了个女儿，乐得敖尔敦几天睡不着觉。这三个家庭，由于有了同样的喜事儿，来往比以往密切了一些，但在财产上是互无瓜葛的。

格力图尔四岁的时候，就经常跟桑布出去放牧了。有时，桑布把小格力图尔放在马背上，让他抓住马鬃，然后从后边把马抽一鞭子，格力图尔银铃般的笑声就会飞遍草原。为此，其木格常常气得骂桑布，桑布却捻着胡须哈哈大笑。

总之，桑布一家是美满的，假如仅仅贫困不算不美满的话。

敖尔敦一家是最美满的。他的财产已和杰尔登布相差无几，并且仍是蒸蒸日上的。他雇了长年帮工，自己很少干活儿了。

要是不考虑财产，吉利图一家也应该是美满的。因为吉利图有一个美丽的妻子，虽然已是中年之人，却仍像二十几岁年纪似的，谁不羡慕呢？但是，也正由于班卡一直那样年轻、那样美丽，却给吉利图带来了不幸。有一天，发生了一件轰动全村的事件，一下子把吉利图推入悲哀的深渊，从此，这个一无所有的老实人便一蹶不振了。

那是个下午。桑布正在毡帐里和敖尔敦喝酒,门被拉开了,吉利图抱着三岁的女儿乌日娜金,失魂落魄地跑了进来。

桑布问道:"发生什么事了?吉利图。"

"班卡……"

"班卡怎么了?"

"被强盗抢走了……"

桑布吃惊地跳起来问:"什么时候?"

"有一袋烟工夫了。"

"那你为什么才来!"

"乌日娜金又哭又闹……"

"唉!你呀!"桑布怨恨地说,"往哪边跑了?"

"西边……"

桑布对其木格说:"把乌日娜金抱过来。"然后拉起吉利图就往外跑,又回头招呼敖尔敦,"你也来,快!"

三个人迅速骑上马,拚命往西奔驰而去。

他们没有看到强盗的踪影,却发现从山上爬下来的杰尔登布,他们看到杰尔登布满脸伤痕,还在流血。桑布跳下马问道."你这是怎么了?杰尔登布。"

杰尔登布呻吟了一会儿,说道:"别提了……我看到一个强盗……抢走了……班卡。我上去和他……搏斗了一场……差点儿被他……打死。唔……救救我吧!赶快把我……送回去吧!"

三个人互相看了看,都有点儿不相信杰尔登布会如此仗义。但想到他平常对班卡的追求,再看看他的伤,倒像那么回事儿,也就半信半疑了。三个人把杰尔登布弄回毡帐。杰尔登布躺了一个月,伤好后,逢人便讲他和强盗拚斗的惊险场面,不少人便也认为杰尔登布有时也能见义勇为。但班卡却从此没有了消息。

从那以后,吉利图简直变成了傻瓜,很少有人听他说话,马头琴也被他摔碎了。其木格抚养起乌日娜金。乌日娜金稍稍长大后,桑布经常带领她和格力图尔去放牧。后来,为了每年送给札萨克五张狐皮,桑布买了猎枪,每年,带领两个孩子至少去打两个月猎。这使格力图尔从小练就了一手好枪法,乌日娜金也练出一身好骑术。直到乌日娜金九岁时,为了慰藉孤独的吉利图,其木格才把她送回去。

7

公元1789年,格力图尔十七岁了,长成了一个强壮的牧人。同村人都说,像他这样标致精悍、骑术高超、枪法纯熟,在全村的年轻人中,是仅有的。这一年,乌日娜金十六岁,出落得分外漂亮。人们都说,除了她母亲班卡,还没有见过如此美丽的姑娘。只是她从不像班卡那样毫无顾忌地畅笑,唯其如此,也就更加迷人了。就在这一年,他们的马背上都有了鞍子。吉利图捡来一个别人丢弃的破鞍桥,用他的巧手修补好,制成了一副鞲皮上饰有图案的崭新的马鞍。桑布用过的镶着大小铜钮的鞍子,也把格力图尔陪衬得更加威武。每当这一对年轻人朝气勃勃地赶着畜群,经过多伦村的每一座毡帐,驰向牧场时,总是引起阿拉特们的啧啧赞美。他们到了野外,照例重演着从少年开始的追逐游戏。那时,两家的牲畜合在一起,也只是很小的一群。他们常常可以丢下畜群,骑着马从一个山头开始,比赛看看谁先到达另一个山头;或者拿着套马杆,同时去追赶一匹狂奔的烈马。是的,他们还没有真正接触坎坷的世事,无论是桑布,也无论是吉利图,都不愿让自己唯一的后代分担自己的忧愁。这就使格力图尔和乌日娜金在那样艰难的岁月里,度过快乐的童年和少年。

有一次,他们追逐着跑向一个山头,几乎同时到达了峰顶。他们勒住马缰,欢笑地喘息着,任凭峰顶的微风吹拂他们红红的脸。两人对望着,同时发现对方的眼睛异常的明亮,第一次不好意思地把头低下来。过了一会儿,格力图尔轻轻跳到地上,照例伸手要把乌日娜金扶下马来。

"下来吗?"格力图尔轻声问道,心里感到有一阵奇异的悸动。

"嗯。"乌日娜金看着格力图尔,温顺地点点头。她左手按住鞍桥,右脚抽出马镫,但不慎一下子失去了重心,左脚还没来得及用力,身体便整个向下栽过去,她笑着扑向格力图尔,后者飞快地扬起胳膊,用力抱住了乌日娜金。两个人火热的嘴唇短暂地接触了一下。

在这一刹那间，两人都感到一阵浑身充血的战栗，紧握的手也产生了未曾体验过的快感。他们赶忙互相松开，害怕地倒退了一步。乌日娜金的心通通地快速地跳着，脸像被烈火烤着，手和脚都不知放在哪里才好。她那感到湿润的眼睛一直注视着格力图尔。她突然发现，对方的眼睛里呈现出前所未有的神情，越来越明亮，越来越深邃，好像她的整个身影都沐浴在那温柔的眼波中。她感到酥软得像要瘫痪一样，赶忙低下头来。

就这样过了不知多久，两颗心都觉得乱糟糟的，谁也弄不清心里到底想着什么事，都感到力量快要耗尽了。乌日娜金偷偷瞟了格力图尔一眼，干燥的喉咙里勉强推出一句："我们……走吧。"便咬着下唇，牵着马，低着头，梦一样地向山下走去。格力图尔也茫茫然不知所措地缓缓跟在后面……

从那以后，他们就很难得随便说笑了。一见面就脸红。谁的视线也不敢在对方的脸上多停留一会儿。互相追逐的游戏，到了落幕的时刻了。

的确，青年人的春心萌动就在那一刹那开始了。如果有谁没有体验过这种使人兴奋又使人胆怯的、清楚而又无法名状的春心萌动的喜悦，和接踵而来的，使人心里若有所失的苦恼，沉默的准备阶段的梦一样的迷惘，那么，他就不可能领受爱情的全部赐与。格力图尔和乌日娜金同时陷入了理性的抑制之中了。他们意识到，天真无邪的玩耍时期永远结束了。这一时期，曾给了他们那么多甜蜜和快乐，留给他们那么多美妙的回忆。突然间，这一切都像雷鸣一样戛然而止，变得寂然无声了。他们似乎不大情愿，甚至感到有点儿遗憾。但是，说得更确切些，他们倒又好像宁肯这一时期是在前一天、前一年或者更前一年就结束了。他们暗自埋怨起自己，为什么不早些发生这次突然的情爱的接触呢？为什么直到今天才出现第一次呢……那么，下一步该怎么走呢？到哪里去获得启示，找谁去求得指引呢？是的，他们正经历着一个过渡阶段。这是一个少不了的阶段。不仅是过渡，也是准备。他们希望这个过渡阶段尽量地短，甚至没有才好。他们觉得这个阶段出乎意料地长，好像时间被拉长了，迟迟不肯完结。这是一个令人十分苦恼和不得安宁的阶段，然而更是爱情中最美妙、最甜蜜的阶段。你看，他们同时在默默酝酿着，用火热的深情的短暂的一瞥，向对方做着挑动的暗示和鼓励，自己却又在不断下着决心，准备勇敢地拨开两人当中的柔软的薄纱，大胆地倾吐出爱情的温馨的话语，尽情地用幸福的眼泪去浇灌对方爱情的嫩苗了。

唔,这该是多么令人不安而又神往的过渡啊!

我们盼望着并应该看到这一对年轻恋人的幸福结合。但是,就像苍劲的青松,它的幼苗必然要经历风吹雨打的考验一样,一场突如其来的狂风骤雨击碎了这对小情人的幻梦。

一天傍晚,桑布和其木格议论了一下近来格力图尔和乌日娜金两人的异常表现,认为两个家庭的家长应该介入其间了,决定由桑布出面,直接去找吉利图。桑布立刻拎着酒肉去找吉利图了。巧得很,桑布敲响吉利图的门时,后者也正想出来找他,而且不谋而合,这一晚想办的是同一件事儿。两个人一说,不由得互相抓着胳膊开怀大笑起来。吉利图笑得流出了泪水,有过去的辛酸,有现在的快乐,有未来的希望。这也许是吉利图自从失去班卡后的十几年里,第一次也是最后的一次笑声。两个人拍了一阵肩膀,说了几句笑话,便坐下高高兴兴地喝酒。他们谈定,来年秋天办喜事儿,在这之前好好准备准备,要请全村人喝喜酒。后来,乌日娜金回来了,披在身后的油黑的浓发还是湿漉漉的,显然是刚刚在河边用心地洗濯过。一个是现在的家长,一个是未来的家长,不好在女儿和未来的儿媳妇面前继续谈论儿女亲事,便改换了话题。但他们忍不住常常要朝兴奋的和总是失神的乌日娜金看一眼,甚至两人相对哈哈大笑。乌日娜金虽然没有听到关于亲事的谈话,但从两位老人那飞动的眼神和酒晕里喧哗的笑意,多少悟出点儿底蕴,害羞得满脸通红。当桑布让她斟酒时,她跪坐在那里,连眼睛都不敢抬,反而把酒倒得满桌子全是。在两位老人的畅快的大笑声中,她捂着脸跑出门去。在门口,她和杰尔登布撞了个满怀,她赶紧后退一步,微笑着跑开了。

"嗯?"杰尔登布站在那里怔怔地注视起乌日娜金的背影,心里泛起一阵无耻的骚动。

杰尔登布已经五十五岁了。但他的精力远远没有耗尽。无所事事,在官场步步高升的希望破灭,越来越多的财产,酒量和食肉量的长进,使他的淫念越来越旺盛。遗憾的是,对班卡一直没能上手,反倒着着实实地挨过无数次痛骂和响亮的耳光。要不是他渴望有一天能在美丽的班卡身上发泄他的兽欲,他早就把她打发到上帝那儿去了。后来一个强盗当着他的面把班卡夺去了,使他终于没有达到目的。从此,他很少到吉利图的毡帐里来。今天,他正在闲逛,听到吉利图毡帐里从来没有过的笑声,想进去看看,却不想挨了乌日娜金一撞,而这一撞,使他半天都处在惊讶和骚动中。这眼前一闪而逝的小姑娘,迅速而强烈地燃起了他的欲火。他还一直没有注意到几年前还是哇哇叫的小娃娃,已经长成撩拨人心的大姑娘了!她笑得真甜!碰到前胸的身体那么富有弹性!而且,那对隆起的小巧的乳峰,那雪白脖颈下的一角酥胸,那丰满而细嫩的皓腕,那紧束的纤细的蜂腰,都有力地把他的满怀欲火推到他的脸上,使他的眼睛都红了。

五十五岁的杰尔登布站在那里,望着十六岁的乌日娜金逝去的背影,身体酥软了。而这时,毡帐里关于乌日娜金和格力图尔婚事的话又飘到耳畔。他站在那里想了一会儿,没去拉门,扭过身,向自己的毡帐走去。

第二天早晨,吉利图被叫到杰尔登布的毡帐。

"坐下吧。"杰尔登布冷冷地说。

吉利图看了杰尔登布一眼,坐了下去,低下头等待主人的训话。

"昨天晚上桑布到你的毡帐干什么去了?"

"我们……商量孩子们的亲事……"

"说定了吗?"

"说定了,杰尔登布老爷。我们打算在来年秋天结亲。"

"不行!"杰尔登布不容反驳地厉声道,"不行!听到了吗?你必须立即打消这个鬼念头!桑布是什么人?逃犯!白凌阿的副将!别以为我什么都不知道!"

"可是……"

"什么'可是'!说!'可是'什么?"

"我是说他现在是阿拉特……再说,我们已经说定了呀!我以为您是会赞同的……"

"我赞同?"杰尔登布喊道,恶狠狠地瞪了吉利图一眼,"废话!我赞同什么?我会赞同你把女儿嫁给逃犯的儿子?"

"这是我们两家都愿意的呀!桑布娶了其木格,格力图尔不可以娶乌日娜金吗?"

"住口!不准你和我顶撞!在我说话的时候,你只要用耳朵听就行了。一会儿见到桑布,再呱嗒你的臭嘴吧!听着,去告诉桑布,你们的婚事是不合适的!乌日娜金嫁给谁,要由杰尔登布做主,她不能嫁给逃犯的儿子!告诉桑布,乌日娜金有丈夫,让他死了心吧!听到了吗?"

"听是听到了,可我们并不是牧奴啊!"

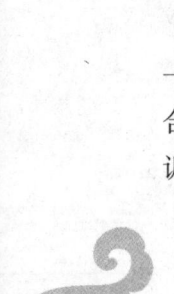

"你是想说你是个自由的阿拉特,对吧?告诉你,我明天就可以叫你成为牧奴!"

"你能的,老爷,我知道你是能这样做的。但我还是不能昨天晚上说定,今天早上就赖账。我说我女儿有丈夫,这不是骗人吗?"

"不是骗!听到了吗?不是骗!乌日娜金有丈夫,这个人是杰尔登布!"

吉利图像遭了雷击,顿时失去了知觉,好半天,他才感到自己的存在,记起是坐在杰尔登布的对面,而且听到了一句晴天霹雳般的话。他猛地跳起来,觉得天旋地转,他踉踉跄跄地向外走去,抖动着发青的嘴唇,喃喃地说:"不!不……我不会答应的!我不会的……我宁可让她死……"

"谅你也不敢!"杰尔登布拍着桌子叫道,"移营前必须把乌日娜金送到我的毡帐!否则,我会叫很多人跟着倒霉!"

吉利图一步一个趔趄地走回自己的毡帐,呻吟着一头倒在皮褥上了。他无论如何也没想到杰尔登布会提出这样无耻的要求。十几年来,班卡的离去使他的生活十分凄苦,但杰尔登布不再来胡缠了,总算是安宁的。谁料到,小小的乌日娜金竟又成了惹祸的根苗了!杰尔登布啊杰尔登布,你要不是个畜生,怎么会产生这样的邪念啊!但吉利图是宁死不会答应的。他必须保护自己的爱女。去把杰尔登布的话原原本本告诉桑布吗?那准会闹出大乱子。

像吉利图这样被生活折磨得失去信心的人,很难果断地下个决心。但现在,他在极度的痛苦中,为了自己的女儿,却作出了一个似乎不符合他的性格的决定,并且这是我们要描写的一场悲剧的开端。

格力图尔和乌日娜金这一对小情人知道两家已订了亲,他们白天一起放牧没有呆够,并都认为应该有点儿什么新的内容,所以当晚进行了第一次幽会,地点当然是空气清新的野外。

两人都按时赴了约。他们在薄暮的笼罩下默默地走着。温馨的春风吹拂着他们火热的面颊。他们踏着碧绿的柔软的草地,慢慢地走着。他们离得很近,心跳得都很激烈,好像在互相响应着。每当衣袖碰触,他们的心海就会激起一阵波涛,盼望着相碰的不仅仅是衣袖……

草地上点缀着早放的花朵,在青草的簇拥下轻轻摇摆着。较高的一丛丛芍药正生机勃勃,有的已伸出了待放的嫩苞。格力图尔轻轻折下一枝,闻了闻那花苞里刚刚能发散出来的微香。

"送给我吧。"乌日娜金站下来说道。

格力图尔没像以前那样把花枝插入乌日娜金的浓发,却无声地递了过去。两个人的手在发生了那次偶然的拥抱后,第一次在花蒂上接触了。快乐的战栗在交叠的手指间互相沟通畅流,他们谁也没有动,谁也不想第一个挪开自己的手。在暮色中,两个人的眼睛含情脉脉地、火辣辣地交接了。几乎同时,他们的双臂张开了,两个年轻的火热的身体,拥抱在一起了,第一次有意识地互相拥抱在一起了,紧紧的,久久的……他们就在这种梦幻般的境界里,尽情地享受着爱情生活的美妙的开端。

"乌日娜金——"这是从村边传来的老迈的吉利图的喊声。

"叫你呢。回去吗?"

"不。再过一会儿……"

天已开始暗下来。远山和村子都模糊在茫茫的暮色中。两个人都感到异常疲劳,但精神却异常兴奋,都不肯松开双臂。

不久,从远处的山脚处慢慢伸出一条白亮的雾带,沿着山根缓缓地缠绕。再过一会儿,它就越过小溪,朝他们移动过来,从他们的腿旁悄悄挤过去。今天的雾带有半人深,草尖都看不见了。置身其间,恍如云中。几头晚归的牛只露出头和脊背,好像在广阔的海洋里游动的带角的鲸鱼。

时间飞也似的跑走了。

"我们回去吧。"乌日娜金喃喃地说,却更紧紧地依偎在格力图尔的怀里。

后来,他们松开了拥抱,想结束这第一次的甜蜜的幽会了。

两个人像在缥缈的云雾中飞翔一样,走过了一段路。格力图尔突然兴致勃发,大声说:"等一等。"说着一下子抱起乌日娜金,把她放在牛背上,"坐好。"然后闪开一步,拍手道:"多美!我们像驾着云彩,你就是天上的仙女!"

乌日娜金不好意思地笑着说:"我能有那么好吗?来,你也上来吧!"

格力图尔跑了一步,腾身一跃,跳上牛背,坐在乌日娜金后面,两个人又紧紧地拥抱在一起了。这一次,格力图尔大胆地吻了她的嘴唇……

8

第二天,多伦村的人们大吃一惊地发现吉利图的毡帐没有了,勒勒车和牲畜也没有了。吉利图在深夜里,带着自己唯一的心爱的女儿逃跑了。

格力图尔站在吉利图的毡帐的"遗址"处,茫然若失,喉咙哽咽。他想着这些不应该发生的事情,想着吉利图父女可能的去处,向自己索取着主意。这时,暴怒的杰尔登布,正从东吼到西,骂着他的随丁,喝令他们赶快鞴马去追赶吉利图,并且嘴里不干不净地撵格力图尔"滚开"。格力图尔不像那些深知杰尔登布的为人的老一辈,暂时还猜测不到是这个老色鬼逼走了乌日娜金。他只是狠狠地瞪了杰尔登布一眼,然后,失魂落魄地走回自己的家。牛奶再香也喝不下去了。他心情烦躁,转来转去,常常发火,不愿看见任何人。

桑布很同情自己的儿子,对格力图尔的失魂落魄和烦躁并不责怪。他心里在埋怨着吉利图。为了什么事情要逃走呢?在他看来,逃走未必是个顶好的办法,而且,既然两家已同意结亲,那么为什么这样严重的决定也不来合计合计呢?如果说明了理由,证明逃走是唯一可行的办法,难道桑布会阻拦吗?

其木格却只有苦恼和悲哀。她替儿子难过,暗地里流泪,心里不住地骂着杰尔登布。

艰难的一天在全村人的议论纷纷中过去了。杰尔登布派出去的人在夜晚空手回来了。格力图尔一宿没有睡。第二天,他瞪着因失眠而充血的眼睛,很早就鞴上了马。

"格力图尔,你要干什么去呀?"其木格推开门担心而疼爱地轻声问道。

桑布一把拉回其木格:"我的好老伴儿,让他去吧。年轻人的心,劝说也没用……"

"他不会出事吗?"

"不会。睡吧,睡吧。现在还太早……"

"唉,可怜的孩子……"其木格颓然地坐在那里,开始替儿子祷告起来。

格力图尔开始寻找自己的恋人了。但是,这不是件容易事。特别是在感情上,他有些承受不了。这和那次向幽会地点急切地走去时的心情完全不同了。那时,他是多么激动呀!盼望着会面时刻的到来,催促自己的腿以最大幅度、最快的速度向约会地点前进,恨不得一步迈到乌日娜金的身边。当他在提前到达的地点踱来踱去,盼望着夜幕赶快落下,乌日娜金的倩影终于出现在眼前的时候,他的心是何等快乐呀!今天的心境却是忧伤、急躁……乌日娜金在哪里?她经过什么地方又向什么地方去了?哪一棵青草曾被她的芳足踩过?哪一朵鲜花曾被她的小手抚摩过呀?假如他知道必须和恋人分手,并且眼望她向天边慢慢走去,他的心会被折磨得哭泣起来;但是,他毕竟知道她向什么地方走去,终于消失在什么地方,一旦有机会,有可能,他就会跨上骏马,向着那个方向、那个地方驰去,怀着希望永远奔驰下去!可是格力图尔哟,他的乌日娜金经过哪一片草地、涉过哪条小溪,越过哪座山岭,穿过哪一带森林啊?她不是在格力图尔眼前慢慢消失的,而是突然间,一下子就无影无踪了……这叫格力图尔怎么受得了呢?他的一颗刚刚充满快乐的心一下子被击碎了!

几天了,格力图尔的失望在一分分增加。如果说,头几天离家时是怀着不大清晰的希望,设想着奇遇的场面;那么在几天后,从骑上马的那一刻开始,面对茫茫的草原,再也不敢去想希望中的事了。然而,格力图尔仍在继续寻觅着恋人的踪影。

几乎任何一个方向都找遍了。多伦村如果是个轴毂,那么格力图尔跑过的道路则是无数根辐条。但是,哪一根辐条上也没有留下乌日娜金的一丝踪迹。乌日娜金从地面上消失了吗?她是专门为了给格力图尔带来痛苦的天使,又返回微茫的天庭去了吗?格力图尔到底没弄明白,即便他的马和乌日娜金相距咫尺,也会失之交臂的。因为,他盼望着遇见一辆勒勒车,赶车的是吉利图,车上坐着乌日娜金。但赶车和坐车的人看见有人骑马过来,是唯恐避之不及的。他只认为自己走的路太少,只认为还需要更虔诚。其实,也许他和乌日娜金有过几次相遇的机会,但由于他在应当接近的地方却向相反的方向走去,或者乌日娜金的泪眼把骑马人的面貌抹上了另一层色

彩,终于使这一悲剧继续向前发展……

阳光很耀眼,天气很闷热。格力图尔骑在疲劳不堪的马上,理不清纷乱的心绪。他举目四望,绿野茫茫,无边无际,蔚蓝的天空,缀着几片白云;浩淼苍穹,隐藏着无穷的奥秘。一切都仿佛静止了,一切都沉默着,一切都是无情的,格力图尔被冷漠和沉闷包围了。他的心有如一团乱麻,越扯越乱,理不出一点儿头绪;心里空洞洞的,像一间徒具四壁的旷室,凄凉而无声息……

马无精打采,人恍恍惚惚……

唉,可怜的格力图尔哟,你可知道,当你痛苦地寻觅着乌日娜金踪迹的时候,杰尔登布在打着什么鬼主意呀?

杰尔登布自从突然发现乌日娜金是个迷人的少女,因而为之神魂颠倒以后,他就下决心把她夺进自己的毡帐。他可不去扮演过去挨耳光的吃亏角色了,他要在老实胆怯的吉利图身上施展权威了。但结果,吉利图反抗了他,而且竟然采取了一个十分令人恼怒的办法:拔营起寨,逃跑了!

杰尔登布一连骂了好几天,骂得全村都知道他想要娶乌日娜金,也终于没有骂出乌日娜金的去向。

作为一个老头子,和一个十七岁的年轻人争夺一个十六岁的少女,杰尔登布是又羞又恼。而格力图尔出去寻找乌日娜金,又燃起了杰尔登布的欲火和十倍的愤恨、百倍的嫉妒。他真想把格力图尔一口吞进肚子里去,把这个乌日娜金钟爱的青年的骨头嚼得格格响,就像他骂了好几天毫无结果,而坐在华帐里嚼着脆骨一样。

杰尔登布把嘴里嚼碎的脆骨使劲儿咽到肚子里去,又马上把杯里的酒也喝进去,那满腔的、火热的、浑浊的血液猛地布置到粗糙的肥脸上,他嘴里骂了一句:"狗东西!"骂的是谁?是吉利图还是桑布?是格力图尔还是乌日娜金?是别的人还是自己?他也没弄清。但骂了一句,他感到轻松了一点儿。他慢慢拿起一根排骨,眯着眼,晃着头,开始用锋利的牙齿撕咬那上面的肉,又在想乌日娜金了。他确信吉利图不会逃得太远,有一天会被抓回来,那时把乌日娜金弄进自己的毡帐,理由也就更充分了。想到这里,他倒觉得轻松了。不过格力图尔毕竟是个对头,而且是个极难调理的家伙,必须想法收拾他一下!他心里骂道:"这个逃犯的狗儿子!"并把手里的骨头猛地扔到地上。

47

"逃犯！逃犯的儿子！"

杰尔登布一遍又一遍地在心里骂着，突然，他不骂了，静静地凝视起桌上的肉，思考了一阵。接着，他推开了酒杯，兴冲冲地跳了起来，迅速地下达了叫仆从准备官服、叫巴亚尔鞴马等一系列命令。不大一会儿，穿戴得整整齐齐的杰尔登布骑上快马，抄近路向扎布曼都官邸飞奔而去……

9

承袭了喀喇沁旗札萨克的扎布曼都已经六十岁了,由于养尊处优,又善于运动,身体是很健康的。他有一副老于世故的平板的脸型。因为长期动用心思,眼角和额头布满了皱纹。说到他的表情,一个"冷"字便可概括无余。如果可以说他的脸有如一堆雪,那么两只眼睛就恰似两块冰。他望着你的时候,你要不感到冷得发抖才怪!不过,平时他总是半合着眼,一旦把眼皮撩开,那准会有人要倒霉了,因为那表明他已发怒。

这一天,扎布曼都坐在他通常和手下人议事及宴客的大厅里,慢慢地翻阅着厚厚的丁册。他亲自翻阅丁册这还是第一次。这些琐碎的小事,平常都由他的僚属处理。扎布曼都一页页翻着,突然"啪"的一声合上丁册,吓得立在一旁的哈森浑身一抖,赶紧把手里的水烟袋递过去,心里弄不明白那厚厚的本子里有什么东西使老爷如此动怒。扎布曼都接过水烟袋,用他那独特的冷静、低沉却十分清晰的嗓音说:"唤罕都烈。"等哈森轻轻退出去向敞厅里的随丁传达老爷的命令以后,那锃亮的铜烟壶里的水,就稳重地咕噜噜叫了起来。伴着这单调的声音,扎布曼都合着双眼,板着面孔,似乎在用心想着什么。哈森毕恭毕敬地站在旁边,用劲儿看着主人的脸,寻找着那张脸上的细微变化。

过了好一会儿,五十五岁的瘦削的罕都烈兴冲冲地移动着碎步趋了进来。

"老爷,有什么吩咐?"

扎布曼都仍旧没有改变原来的姿势,轻声说道:"坐下。"

罕都烈退后一步,轻轻坐在离扎布曼都大约两米远的一张有靠背和扶手的椅子上,静静地等着老爷的命令。

又过了一会儿,在水烟袋最后咕噜噜叫了两声被遣送到桌角以后,扎布曼都问道："一切都准备就绪了吗？"

"是。一切都按着老爷吩咐做的。奴才从来不敢偷懒。"

"很好。你这样用心，我很高兴。"

"老爷夸奖。"

"谢不过，要有一个小小的变更。这次，我打算亲自去走一趟。"

罕都烈惊讶地挺起脖颈，说道："老爷，您……"一开始，他有点儿口吃，但很快又流利起来，"老爷，您好久没有冒这个风险了。现在已年近花甲，应以保养为重。如果是不相信奴才办事的能力和对老爷的忠心，那我决不敢反对老爷此行。但若并非如此，却要轻移贵体，老年涉险，奴才实在不敢奉命。请老爷三思。"

"多谢你的关照。第一，并非不相信你，你的才能和忠诚是保证你在我府上能供职近四十年的基础；第二，也不是涉险，舒展舒展筋骨，并不是坏事。况且，我还没到老耄昏愦的程度，对领地上的事情也应该多知道一些。"

"可是……"

"就这样办。把我的车子准备好。照原定时间出发。"

"是。"

"你要和我同行。旗内的事务可暂交管旗章京处理。"

"是。"

"等一等。"扎布曼都止住要起身的罕都烈，"我还有另外一件事问你。"

罕都烈又重新坐好。

"你知道白凌阿吗？"

"白凌阿？"罕都烈眉毛攒动地思考起来，"白凌阿……唔，对了，记起来了。是那个聚众反抗朝廷的匪首吧？"

"你的记忆力很好。我想请你给我讲讲他的历史。"

"白凌阿的历史？老爷怎么对这个匪首的事突然发生了兴趣？"

扎布曼都的眼皮慢慢撩开了，两束冰冷的目光直射到罕都烈的脸上，使罕都烈打了个冷战，心里开始紧缩起来，马上低下眼睛。这样过了一会儿，扎布曼都那多肉的眼皮又缓缓垂落下来，脂肪丰富的身体仰靠在椅背上，这意思就是说："我叫你干什么，你就干什么。其他都是多余。"

罕都烈还不能一下子弄明白老爷的意图，但命令是不可违抗的，只好舐了舐嘴唇，开始讲起白凌阿的历史故事了："……是咸丰十一年，匪首白凌

阿、弥勒僧格,哨聚不法歹徒,打杀朝廷命官,作恶于辽河两岸,横行于卓盟内外……"

罕都烈按着自己的意思讲完了这段历史。扎布曼都微微晃动着的头停住了,眼皮没有撩开,嘴唇却轻轻掀动起来:"你是说,这伙匪徒全部伏法了?"

"是的,朝廷天威,歹徒是不能长久张扬的。"

"你确信全部剿除了吗?"

"即使当时没有全部正法,经过三十年的缉查,是不会有幸免的。"

"如果有人窝藏了逃匪,应当定以何罪?"

"窝藏逃犯者同罪,这是朝廷定律。"

扎布曼都没有说话,他纹丝不动的脸是不会告诉罕都烈任何东西的。过了好久,他才慢慢睁开眼,直起上身,左手伸到桌子上轻轻抚摩着厚厚的丁册,意味深长地慨叹道:"三十多年,他却没有引颈就戮,大概是天意吧?"

罕都烈诧异而惊恐地说:"老爷,您的意思……"

扎布曼都慢慢翻开丁册,眼皮整个撩起来了,冷冷地但很平静地问道:"桑布是谁?他是什么人?现在在哪里?"

罕都烈的脑袋"嗡"的响了一下,感到有些晕眩了,几颗豆大的冷汗从他脑门沁出。此刻他终于弄明白老爷为什么头一晚上要丁册,今天又叫他讲白凌阿的故事了。他心里想:"难道老爷知道了?"

扎布曼都没等罕都烈继续想下去,又问道:"你收受了多少贿赂?"

"老爷……"

"好了。别谈那些丢人的事了。"扎布曼都把丁册合上了,继续说了下去,"桑布是白凌阿手下凶悍的副将。你知道吗?"

"什么!"罕都烈诚惶诚恐地站了起来,浑身已是湿淋淋了,"老爷,这,奴才实在不知道。"

"坐下讲。"

"是。"罕都烈坐下去,掏出手帕擦了擦脸上的汗水,"老爷,奴才只知道他参加过匪帮,而且是他已在多伦村住了五六年以后才知道。但那时……这全怪杰尔登布……"

"杰尔登布是个蠢材。你呢,在这件事上也不精明。"

"是,老爷。奴才实在是惶恐之至。"

"只是什么'惶恐之至'是不够的。这种事,特别需要我们对朝廷的忠诚。可是,你们往往为了一点点好处,就敢于犯下欺君罔上之罪……而且,也搞得太马虎……当然,也不能全怪你们,那些年,我也无暇过问这些,后来也忽略……"

"这实在是奴才们的过错,那是在令台升天的次日,我去王府经过多伦村,杰尔登布说有一个迷路的病人要在多伦村住下。后来,您去图什业图王府找色旺诺尔布桑保王爷……"罕都烈说到这里,看到扎布曼都睁开眼睛,便把下半句话咽了回去,"那时,杰尔登布又来找我,说桑布很守法,又结了婚,生了儿子,还送上五张狐皮。这才给他注了册。后来,我才知道桑布是逃犯,一来没出什么事,二来已经入籍,便没敢申报。不过,我勒令桑布必须每年交付五张狐皮,这些狐皮均入老爷的收益账目,奴才没敢私取分毫……可是,老爷,这件事应该如何处置?"

"遗憾的是,你着急得太晚了。根据法律,我应该把桑布、敖尔敦、杰尔登布和你一起处死——不必害怕得那样……"

扎布曼都看到罕都烈的惊恐,稍停了一下:"我这次就是想看看这个桑布,就便查看一下我的领地上还存在哪些漏洞。据说,桑布还怂恿阿拉特们逃跑。如果……唔,看一看然后再说吧。大概把他押送原籍或就地处死都不是聪明的办法。听说他的儿子都十七岁了……我看你可以走了。"

罕都烈胆战心惊地站起来,畏畏缩缩地转身向外走去。他一边擦汗,一边在心里佩服扎布曼都老爷的睿智和明察秋毫。但他眼前忽然一亮,想起昨天杰尔登布曾拜见了老爷,"一定是他!这个蠢货!可是他为什么……混蛋!"

经过几天的精心准备,声名显赫的扎布曼都老爷开始亲自视察他的领地了。

这正是明媚的春天,天气温暖宜人,青草和鲜花把原野装扮得分外美丽。扎布曼都仰坐在他华丽的驷马车里,在一片有节奏的马蹄声和悦耳的铃声伴随下,向前驰去。车前车后簇拥着大批扈从人员,显示着扎布曼都老爷的尊贵身份。

扎布曼都获得如此崇高、荣耀的身份和地位是不容易的,他为此曾作了长期机智而韧性的搏斗。他并不是自己父亲名正言顺的继承者——长子,也不是最受溺爱的幼子。也就是说,他是在家庭中最不受注意的次子。在

家庭及整个领地的决策上,他从不受父母的重视。"可有可无",这便是他在家庭中的地位。有时,他为自己的可怜地位偷偷哭泣,有时忽然策马在草原上狂奔。他甚至曾颓然地想:既然生活不必担忧,何不放心挥霍,放纵一生?但他总是不甘心,觉得自己比哥哥和弟弟更有才能,应该在他们之上,不能甘拜下风。于是,他心里的不平变成了仇恨,嫉妒变成了发愤。在哥哥寻欢作乐、酗酒狎妓的时候,他把自己关在书房里潜心苦读,学识的长进,使他有了一副相当聪明的头脑,而且成为一个忍辱负重、能隐藏住自己情感的人。几年里,他低三下四地结交了不少有权势的人物,甚至以虚心聆教来争取同辈人的好感。更通过各种渠道,和图什业图王爷的嗣子色旺诺尔布桑保也搞得火热。毫不吝惜地把自己手里的金钱供色旺诺尔布桑保挥霍。当这位王储在洮南眠花宿柳而金钱不敷支用时,扎布曼都毫不犹豫地卖了皮袄和一个宝石戒指,替这个浪子还债解围。从那时起,他们就成了莫逆之交了。不久,色旺诺尔布桑保承袭了王位,扎布曼都酝酿已久的计划也终于实现了。

  一天,喀喇沁旗老札萨克突然暴卒。除了扎布曼都和他未来的协理罕都烈,谁也不知道满面红光的老札萨克是因为什么原因突然升天的。在哥哥昂布尔和弟弟额勒瓦奇尔惊魂未定、涕泪涟涟的时候,由扎布曼都主持了全部葬仪。他一面安慰哭成泪人的妈妈和不知所措的弟弟,一面对长兄昂布尔说:"你要好好休息,继承爸爸的事业后,你是要更劳累的。"昂布尔对扎布曼都的热心代劳由衷地感谢,并答应在以后治理喀喇沁旗的事务上赋予他很大的权力。以后的几年中,也许由于南方太平军的冲击,使朝廷在多事之秋无暇顾及北方的琐事,对本来在哲盟就无足轻重的小小喀喇沁旗根本就不放在眼里,或者因为别的什么原因,承袭札萨克的诏令一直没有下来。在这一阶段里,当然的继承人和最受溺爱者为了承袭札萨克而明争暗斗起来,形成了对垒局面。只是由于扎布曼都不辞辛苦地处理旗务,才使这个旗的官僚系统不至瘫痪。昂布尔和额勒瓦奇尔都知道扎布曼都和当代王爷关系密切,以往不被看重的老二,此时成了对垒双方所努力争取的支持者了。扎布曼都私下对双方都作了承诺,答应为之斡旋,使双方都感到满意,特别是长兄昂布尔觉得扎布曼都肯定站在自己这一方,所以宁肯让他更多地取得处理旗务的权力,也不敢稍有得罪,甚至认为扎布曼都不断奔赴王府,也一定是在为他昂布尔打通关节。

终于有一天,诏令下来了。当诏书被王爷派来的使者宣读完毕,扎布曼都显得十分惊讶,并连连说:"不敢,不敢!有兄长在,我岂能僭位?实难从命!"这时,恍若梦醒的昂布尔,已感到完全无能为力了,他苦笑着看了看扎布曼都,挥了挥手,蹒跚地踱回自己的房间。怨恨、绝望的昂布尔采取了一个明智的办法,在当晚就追赶老札萨克陈述自己的不幸去了。

经过几年的混乱,虽然形式上初步确定了继承权,但为了维持产业和治好喀喇沁旗,扎布曼都是要花费更多的心血的。他调整和精减了官僚机构,亲自选择了旗属的全部官员,起用罕都烈充任协理并兼他的私人管家。扎布曼都相信罕都烈,罕都烈忠于扎布曼都,主子和奴才合作得得心应手。从不引人注目的小小喀喇沁旗,在扎布曼都的治理下,不仅恢复了元气,还大有日新月异之势。年轻的札萨克的威名,很快就令人敬畏地传播开了。那时,扎布曼都还没有结婚,不少大巴彦和王公贵族都想攀这门高亲,巴望扎布曼都成为自己的乘龙快婿。后来,临旗的一个富有的巴彦的女儿被他选中了。因为那个巴彦正缠在一桩诉讼里,想通过扎布曼都和色旺诺尔布桑保的关系,帮助他打赢这场官司,所以把漂亮的女儿连同自己近一半的家产都送给了他。这样,除威名远播外,扎布曼都又步入了令人瞩目的最富有者的行列。

威名和财富都是引起忌恨和祸患的根苗。扎布曼都在获得它们之前,曾处心积虑、不择手段地追求,一旦获得它们以后,就不能不有所担忧了。他的担忧共有两点。一是儿子承袭了札萨克后能否守好他所开创的家业。他埋怨他的妻子斯琴,竟在他们唯一的儿子科尔丹身上培养出一种柔弱的性格和一副软心肠。有一次,小科尔丹偶然看到监工斯卡鞭打一个有了过错的老牧奴,他竟抱住斯卡的胳膊哭喊道:"别打了,别打了……"一天晚上,小科尔丹领了一群小牧奴竟跑到札萨克官邸的院子里玩起捉迷藏,罕都烈喝跑了那群小牧奴后,科尔丹委屈得连晚饭也不吃了。扎布曼都想:"这怎么行,这能承袭札萨克吗?"对此,扎布曼都采取了紧急补救措施,走了不少门路把十六岁的科尔丹送到京师蒙学馆①去深造。最近,他接到了科尔丹的

---

① 京师蒙学馆:清朝设置的专门培养满蒙贵族子弟的学校,隶属国子监。

一封信,科尔丹说到自己学业的长进,并因此被理蕃院①注意,甚至有可能在学业结束后被理蕃院留用几年。扎布曼都很高兴,创业后的守成问题可以不必担忧了。

扎布曼都的第二点担忧,更为切近一些,那就是由于威名和财富使他产生了很多"政敌"。这些"政敌"一直在虎视眈眈地窥视着他,寻找机会准备给他致命的一击。这些人对他继承札萨克的合法性早就议论纷纷了,只是由于色旺诺尔布桑保的庇护,才使事态没有发展。但扎布曼都本人的担心却一时一刻没有消除。现在,一个白凌阿手下的副将,竟在离他的官邸如此之近的多伦村安然地度过了三十个春秋,并且还是上了他的丁册的阿拉特,自己也接受了每年五张狐皮的贿赂!这件事本身倒不算什么,可以把桑布处死或押送原籍。但可怕的是,这两种办法势必引起阿拉特们的议论,而他的政敌们就可能据此对他攻讦,并且再一次对老札萨克的暴死和他的继承权问题提出疑问。假如有人向朝廷上条陈,那恐怕色旺诺尔布桑保王爷也帮不了他的忙了。那时,扎布曼都也许在一个早上就会从一旗之主的宝座上跌进囚牢,他的威名也会成为骂名,几十年的苦心经营会在顷刻间灰飞烟灭!

扎布曼都获得目前的崇高地位,是何等不易呀!威名,他是需要的;财富,他也是需要的。所以,扎布曼都这次不惮辛苦,非要去亲自视察领地。他的第一个甚至是唯一的目的地是多伦村,他要在那里惩治桑布,同时做到不使此事张扬出去。

---

① 理蕃院:清政府于崇德元年(公元1636年)设立蒙古承政(俗称"蒙古衙门"),此为理蕃院前身,主要管理蒙古事务。后为管理边疆民族事务,崇德三年(公元1638年)六月,改蒙古衙门为理蕃院,其中有处理蒙古事务的专司。京师蒙学馆培养出的学生,有很多人留在理蕃院供职。

10

一大早,多伦村的村民们被告知,今天所有阿拉特牧户的家长必须留在家里,随时准备接受旗札萨克的召见。杰尔登布还亲自耀武扬威地来到桑布的毡帐,奸笑了一下说道:"等着吧,桑布!今天扎布曼都老爷就要来收拾你这个逃犯了!顶好收敛点儿你的傲气。还有,从明天开始,不准你的儿子去找乌日娜金!找到了也甭想娶她!呸!想得好!叫他打一辈子光棍吧!"当时,桑布气炸了,第一次痛快淋漓地把杰尔登布臭骂一顿,要不是其木格死死抱住他,那挥起的拳头准把杰尔登布的鼻子砸扁!

事情真像杰尔登布说的那样,下午三点钟,扎布曼都来了,并立刻派人把桑布单独叫去。

桑布被带进杰尔登布的毡帐,他站在靠近门口的地方,随随便便叉开腿,环顾左右。他认识罕都烈,此人正坐在桌子的右边饮茶,不大经意地看了看被传唤的人。杰尔登布坐在桌子左边,他先干咳了一声,然后就恶狠狠地盯住桑布的脸。坐在正面的人半闭着眼,显出疲惫和傲岸。桑布确信,这个人肯定就是声名远扬的扎布曼都老爷。

罕都烈把头伸向扎布曼都,低声说:"他就是桑布……"

扎布曼都的脸微微动了一下,大概是无声的微笑吧,心里想道:"大名鼎鼎的桑布,原来是这样的一个家伙!哼!"嘴上问道:"你叫桑布?"

桑布点了几下头。

"祖籍卓索图盟,叛匪白凌阿的副将。对吗?"

桑布看了看扎布曼都,又点了点头。他明白了扎布曼都的来意——是专为他桑布的事情来的。不幸已降临头顶,也许生命到了该有个归宿的时候了!

"唔,大概是三十年前吧,我的领地接待了你。是三十年前吧?"

桑布似乎微笑了一下,平静地说:"老爷真是好记性。几乎正好是三十年。"

"就是说,是我的草原养活了你,还使你成了家、有了儿子。是这样吗?"

"几乎是这样,老爷。"

"你少用'几乎'这个词儿。应该简单地说'是这样'——所以,为了你,我们对朝廷犯了罪,犯了容留逃犯的罪。"

"是这样。"

"什么'是这样'?"

"老爷,我的意思是说,这正是老爷您大慈大悲的仁义之处。"

"我不用你来颂扬!你这是在哪儿学来的这么多冠冕堂皇的话?"

"那可是很久以前了。"桑布扬起回忆的脸,"那时,我骑着马,拿着刀。那刀曾从不少老爷的脖颈上砍过。不少老爷在临死前跪在我的马头前说:'饶了我吧,饶了我的狗命吧!老爷您是大慈大悲的仁义之人!'……"

"住口!"扎布曼都的脸开始抖动了,怒火已在他胸膛里猛烈燃起,但他说话的声音还是很平静,"我应该告诉你,你的头颅的价钱还没有降低……我准备把你送回原籍,你看怎样?"

桑布低头看着自己的靴子尖,没有立刻回答,心里骂道:"兔崽子!当年我砍掉一个'老爷'的脑袋,就是手起手落的事。你那时要是落在我的手里,早就叫你的脑袋搬家了。只可惜,我不是当年的桑布了……"他这时想起他在义军中的一个场面。有一次,他们抓住一个官吏,这个胖得像一头猪似的家伙跪在桑布面前,浑身抖作一团,口里不住地哀求:"老爷,饶……饶了我的命吧!……桑布大人,饶了我吧!……"桑布咧嘴笑了,用马鞭子抵着那个家伙下巴上挂着的一堆肉,问道:"你怎么这么胖呀?"站在旁边的伙伴安道尔凶神般地把大刀压在那胖脖子上说:"你,兔崽子!到了该宰的时候了!"那个家伙立刻尖声叫起来:"啊!救命——"他把"饶命"错喊成"救命",以及那如同屠场中临死的猪样的声音,引起了一阵哄笑,夹杂着憎恶的咒骂。安道尔说道:"让他升天吧!"……

回忆这些,是令人兴奋的。但桑布知道,那种轰轰烈烈的使人惬意的场面是不会再出现了。他怨起其木格,也恨自己。是啊,这些年,他被家庭束缚住了手脚,因此,要听别人的训斥,每年要额外向扎布曼都交付五张狐皮,为了"呈报丁册"的"麻烦"和给杰尔登布造成的"损失",需要他桑布加倍补偿。随着时间的流逝,桑布脸上的皱纹增加了,而杰尔登布的填不满的欲望之坑却永远朝桑布张着大口。而且,杰尔登布逼走了吉利图父女,害得格力图尔吃不下、睡不着。桑布的身世,又显然是这个杰尔登布向扎布曼都报告的。他又想起早晨杰尔登布的奸笑和那些不知羞耻的威吓。这一切都把桑布的怒火点燃了。他后悔此刻腰间没有带着匕首……

扎布曼都并不知道此刻桑布正在回忆着痛快的往事,心里燃起复仇的怒火。他看到桑布低头不语,以为自己的话击中了桑布的要害,脸上露出明显的讥讽的微笑。他慢声慢气地问道:"你看怎样啊?把你送回原籍会使你满意吧?桑布大人。"

桑布抬起头,从混乱的回忆里回到现实,迷惘地看着扎布曼都,渐渐的,那目光变成了逼人的怒视,脸上松驰的肌肉轻微地抽动着,他的胡子动了一下,接着在嘴角露出轻蔑的微笑:"这样顶好。您早就该这么做了。要知道,桑布逃到您的领地已整整三十年了。对吗?老爷。"

扎布曼都已被桑布的逼视和表情弄得如芒刺背了,听了这样的回答,又不由一怔,心里猛地哆嗦了一下,实在感到骇然了。但善于控制自己的扎布曼都又立刻恢复到原来的表情,冷笑了一下说道:"你大概想错了吧?桑布,我说的话可以马上兑现!"

"我确信这一点,老爷。所以,请您叫我暂时离开您,我得回去做好准备。必须把这次移营的贡物,特别是为了您的善心使我荣幸地孝敬您的五张狐皮,全数献给您。不然,老爷您想,在审问我的时候,他们问:'喂,桑布,你在多伦村最后一次移营应交的贡物和为了入籍额外交纳的五张狐皮都按数交给扎布曼都老爷了吗?'老爷,他们这样问我,我怎么回答呀?难道我可以说:'没有,三十年,就差这最后一次。'老爷,您说说看,我能这样回答吗?"

扎布曼都气得脸上的肉块直动弹。他看了看罕都烈,又看了看杰尔登布,使这两个人心里不由得一抖,都明白这怒气里包括着对自己的恨,赶忙垂下头。扎布曼都很快转向桑布,狠狠地说:"你这样怙恶不悛,无视国法,是要明正典刑的!"

"随便吧,老爷。能活在人间这么多年,我已经始料未及了。"说完,转身走了出去。

扎布曼都用手止住了要跳起来的杰尔登布和罕都烈,说道:"让他去吧。"然后闭上眼睛静静地思考了一会儿,又睁开眼睛怨恨地盯了盯面前的两个人,继续说下去:"我不能把这件事张扬得让所有的人都知道。马上召集全体阿拉特,在我训话时,你们定他一个'不恭'罪,打断他的腿,罚他儿子服一年苦役。听懂了吗?"

"听懂了,老爷。"

11

格力图尔牵着疲倦的马走进村子,天色已经大黑。满天的星斗闪烁着不定的光,像悲哀又像戏谑地眨着眼。潮湿的并带有凉意的晚风轻声呜咽着。格力图尔犹如在梦境中,毫无声息地晃悠悠地走回自己的家,把缰绳系在断了轴的勒勒车上。

"表哥!你可回来了,快进去看看姑父……"这是玳玛的声音,虽然很低,但从那焦急的语调上,格力图尔意识到一定发生了什么不幸。他霎时忘掉了疲劳和痛苦,飞身向毡帐跑去,也没看清门外围着多少人,人们怎样给他让开路。他拉开门,立刻被吓呆了。

"格力图尔!"其木格凄惨地看着儿子,又泣不成声了。

"爸爸——"格力图尔费力地喊了一声,一下伏倒在桑布的身边。

敖尔敦擦了把眼泪,扶起格力图尔:"外甥,跪到这儿。奥良哈爷爷就要祷告了……"

格力图尔跪了下来,大声抽泣着,泪水模糊的眼睛看到了静静地躺在皮褥上的爸爸,身上的衣服破烂得零零碎碎,脸上布满了一道道黑紫色的鞭痕,裸露的大腿无力地瘫在地上,缠着的棉布还在向外浸出暗紫色的血液。……时间在令人难忍的寂静中缓缓地移动着脚步,死神就在头顶游逛,时时都有落下来的可能。人们都失去希望了,用眼睛互相传说着桑布的死讯。其木格失神的眼睛里滚出两串泪珠,声音颤抖着,喃喃地说:

"桑布,你就……这样把我们扔下了吗?"

格力图尔仍处于懵懂之中,他不知道父亲怎么会这样凄惨地死去?他突然转向敖尔敦:"舅舅,到底是怎么回事?"他的声音是悲哀而执拗的。

敖尔敦知道不告诉格力图尔是不行了,只好简单地说了一下经过:在扎布曼都老爷训话时,杰尔登布说桑布打瞌睡犯了"不恭"罪,被扎布曼都手下人打断了腿……格力图尔一听到杰尔登布,眼里立刻冒出了火。他猛地跳起,一把摘下毡壁上挂了三十年的大刀,夺门冲了出去,同时喊道:"等一会儿,爸爸!我让你拎着杰尔登布的脑袋上路!"

事情太突然,人们来不及阻拦,格力图尔已消失在夜色中了。敖尔敦知道再过一会儿会发生多么可怕的事情,他立刻对门口几个瞪直眼睛的年轻人喊道:"快去把他追回来!去!都去!抬也要把他抬回来!"然后自己又嘟囔起来:"疯了!……简直胡闹,要闯大祸的……"

过了一会儿,十几只手终于在夜色掩护下,强捺下格力图尔的鲁莽和悲愤的冲动,把他拖进毡帐。他仍在悲哀地喊着:"松开我!让我去啊!……"

不知是格力图尔的喊声,也不知是姜汤和按摩终于发生了效力,抑或是桑布根本就不该死去。就在这时,桑布的胸脯动了一下,随着一口长气和低微的呻吟,那浮肿的眼皮终于慢慢张开了!

"桑布!"其木格第一个喊了起来。

接着,人们也都发出了惊喜过望的轻呼:"桑布——"

"爸爸!"格力图尔这时才扔下大刀,扑到爸爸身边,哭了起来。

桑布好像一下子明白了刚才的场面,赞许地端详着格力图尔,说道:"不要哭。把刀收起来……"然后,满怀感恩之情看着在场的人,惨淡地苦笑了一下,很困难地说着:"这么快……天就……黑了。累得你们……不得休息……"

敖尔敦说:"你可算活过来了,刚才真担心你……"接着,人们你一句我一句地说出好不容易才找到的没有准备过的话。桑布忍着疼痛,苦笑着断断续续地说:"阎王爷嫌我太瘦……不大喜欢我的……好打瞌睡……"

毡帐里的喜悦很快传到门外。人们都议论起来,快乐的气流立刻开始翻滚了。只有其木格还不敢相信眼前的事实,她闭着的眼睛流着泪水,直到桑布听到外面玳玛的哭声,叫她把玳玛和乡亲们请到毡帐里时,她才如梦初醒一样,轻轻呜咽了一声,揩了把眼泪,站了起来……

直到半夜,人们确信桑布已脱离险期,才相继离去。只有敖尔敦和玳玛陪着桑布一家,度过了这个不眠之夜。

一连四天,在风平浪静中过去了。

这四天,格力图尔差不多没有离开过毡帐,他不时和突然苍老、糊涂起来的其木格小声商量怎样治好爸爸的腿。这四天,敖尔敦每天来探望两次,

61

按着奥良哈的嘱咐带来一些干净的布头和棉花,并叫玳玛来帮其木格做饭。奥良哈还特意送来一些外用药和自制的腿夹板。

第五天,桑布的精神很好,甚至可以和人们说说笑话了。格力图尔被派去突泉镇买药。

"桑布,大难不死,必有后福呀!"有谁说了这么一句,引起大家附会了不少这类可以起到很好疗效的话。

桑布笑着说:"是吗?那——我倒要感谢杰尔登布和扎布曼都了!"

奥良哈说:"杰尔登布可不想要你的感谢呢,他又派人到扎布曼都那里去了。"

"扎布曼都已打道回府了吗?"

"可不是!"奥良哈说,"看样子,他是专门来多伦村的。听说他在返回的途中险些送命……"

"是吗?是报应吧?"

奥良哈说:"也许是吧,谁知道呢?但他遇到的不是天神,而是一伙强盗。据说,他们正走着,突然一阵飞沙走石、天昏地暗,等他们清醒过来,还不知道发生了什么事。可是车呀、马呀、枪呀,全不知去向了。看来,传说的巴兰森格①,是实有其人了……"

"是巴兰森格?你怎么知道?"

"是杰尔登布的老随丁巴亚尔说的。我给他治过病,没收报酬,有些事儿他还不瞒着我。他说,扎布曼都来训话的当天晚上,罕都烈派手下人敲开了杰尔登布的门,叫他套一辆车和鞴十几匹马立刻带走,因为扎布曼都在途中遇到马贼,车马全被抢走了。他还说,领头的叫巴兰森格,是个女的,可能有三十多岁,手下人都喊她巴兰森格妈妈……"

"唔,巴兰森格?"桑布沉吟着说,"好像十年前就听说过这个名字。可是,既然是女的,又为什么叫巴兰森格呢?"

"可能是化名吧,我想。我也早就听说有这么个骑术、刀法和枪法三绝又非常漂亮的女强盗,总是夜间出来打家劫舍,而且一阵风似的就没影儿了。据说,她只是抢马匹和金钱,从来不伤人。她在喀喇沁旗出现,这还是第一次……"

---

① 巴兰森格:蒙古族小说《巴兰森格》的主人公,此处为女"强盗"班卡的化名。

"从来不伤人！这真是怪脾气！不过,我听了还是很高兴。我倒愿意给这个巴兰森格首领当一个副将,那一定很有趣。"

"你们听啊！"坐在一旁的其木格叫道,"他还嫌惹的祸少呢。你要再当一回什么副将,我们就全没命了！"

桑布悲哀而怜悯地看着其木格,心里说:"如果不是你的眼泪,我可不至于过三十年窝囊日子！也许早就成了远近闻名的首领了……咳,可怜的……可恨的……女人呐！"

正当此时,外面传来一阵急促的马啼声。马啼声停下来后,有人在外面大声喊道:"桑布听着！为了惩罚你对老爷的不恭罪,特责令你的儿子格力图尔到札萨克官邸服苦役一年！十天内必须报到。否则,褫夺全部产业,严惩不贷！"

桑布听着这冷酷的命令,气得浑身抖动,他想狂怒地高喊一声,但还没发出声音,就昏厥过去了。其木格瞪着桑布,抖抖的嘴唇说不出一句话,她突然跳起向外冲去,却和走进来的敖尔敦撞了个满怀。

"妹妹！进去合计合计吧……"

其木格抱着敖尔敦,失声痛哭起来……

当西边天际和山巅接触的地方收敛起最后一线光亮的时候,敖尔敦才离开桑布的毡帐。他一边走,一边重重打着"咳"声,在心里说:"其木格妹妹哟,你怎么突然老了这么多！糊涂得颠三倒四,给你们合计事儿,倒像我有事求到你们头上……"想到这里,他挥了一下胳膊,"可有什么办法？你是我的妹妹哟！谁让我答应你嫁给这个倒霉的家伙了呢？自作自受,自作自受！"他又挥了一下胳膊,已经站到自己毡帐门前了。他仰起头,眯着眼,看着天上稀疏的星斗,慢慢坐到木墩上,望着桑布毡帐顶上冒出的淡淡的炉烟,点上烟袋,一口一口吸起浓辣的旱烟,不自觉地脱口说出:"办法！办法……鬼知道办法在哪儿！"

"敖尔敦,你回来了吗？你在和谁说话呀?"这是毡帐里传出的扎惹的说话声。

"什么！我说话了吗?"敖尔敦惊讶地说。

扎惹推门走了出来,看着满脸愁云的敖尔敦说:"你问什么'在哪儿'？"

"扎惹,你坐在这儿。"

扎惹撩起衣襟擦了擦湿漉漉的手,坐在另一个木墩上。

"替我想个办法吧,扎惹。怎么办哪?"敖尔敦用左手支着沉重的头,苦恼地说。

"你说的是桑布?"

"还有谁呢? 我们不能不管啊!"

"桑布……可咋办呀!"

"说的就是这个呀! 咳……桑布总是半阴半阳,其木格,咳! 她简直成了傻子了。我们的外甥呢,又只会胡闹……"

"那可怎么办呐?"

"就是啊,怎么办啊?"

"咱们想想办法吧。是咱们的妹夫。"

"我的好扎惹,你说得对呀! 可是办法在哪儿? 格力图尔一走就是一年啊!"

"格力图尔要走?"

"你不知道呢,扎布曼都让格力图尔去服一年苦役。"

"天那,这可怎么好? 妹妹的身体也不行了……"

"就是这嘛! 怎么办?"

"我们是亲戚……"

"我们不能不管……"

"咳!"

"咳!"

接下来,便是"咳"和沉默的交替了。时间也在这"咳"和沉默的交替中向前行进。四周传来牲口归圈的声音。

"听,玳玛回来了!"敖尔敦扬起快要埋进腿里的脸,说道。

"嗯,是她。"

玳玛吆喝牲畜的声音既清脆又柔和,唯恐吓坏了牲畜似的。敖尔敦夫妇就是从一百个吆喝牲畜的声音里,也能分辨出玳玛的声音。

"你去帮她一下,回来就吃饭。"

"布和砍木头还没有回来吗?"

"没有。哪能那么快呢。"

敖尔敦站起来,向玳玛走去。畜群一阵杂乱的叫声,时而夹杂玳玛着急的吆喝:"你呀! 怎么这么不听话?""别往那儿跑!""这才对呀……"你又调

皮！真拿你没办法！"……

"玳玛！"

"爸爸！快来帮忙吧。我真制服不了这些调皮的家伙！"玳玛说着，用袖子擦了一下脸上的汗，坐在马鞍上喘起来，不好意思地笑了笑，"和表哥一样犟！"

"表哥欺侮你了吗？"

"表哥倒没有。他的牲口可真不听话！"

"唔，是这么回事儿。"敖尔敦呵呵笑了起来，"表哥的牲口赶回去了吗？"

"我看都赶到咱们圈里吧。反正他们没人照看，明天还得一起赶出去……以后也得在一起吧？"

"我的好玳玛，你想得真周到啊！就照你说的办吧。"

父女俩费了半天劲儿，才把那些乱蹦乱窜的牲畜赶进圈里。敖尔敦伏在畜栏上看着去关栅门的玳玛，也感到累了。他笑着说："怪不得我的玳玛着急，这些东西调皮得真出奇。"

玳玛扬起脸说："是不是像表哥？"说完，觉得脸上一阵热，赶忙埋下头。

敖尔敦笑起来说："可不是！简直是一群格力图尔！"

玳玛关好栅门，卸下马鞍后，靠在爸爸旁边的栏杆上，掠了掠披散下来的长发，说道："爸爸，表哥他们怎么办哪？听说他要服一年苦役……"

"唉……"

在玳玛听来，敖尔敦这"唉"声是同情桑布一家而又没有办法的表示。但敖尔敦注视着玳玛的眼睛却是另一种意思，他在想："我们这一家啊，怎么都这么心肠软呢？十六岁的玳玛也在难受了……"

"爸爸，你不能想个办法吗？表哥走后，姑妈怎么办啊！"

敖尔敦拉过玳玛发烫的小手，看着那两只大眼睛里闪动的泪花，轻声说："我的玳玛，爸爸在想啊！可是，有什么办法呢？"

"爸爸，我们两家一起过吧！"

敖尔敦吃惊地说："一起过？"

"不行吗！"

敖尔敦从来没这么想过。似乎他也不可能这样想。但玳玛的话却在他聪明的头脑里飞快地盘旋起来。"一起过……"是啊，这听来是幼稚的话，只是一个孩子的善良心灵的呼声，事实上却是不可能的。但是，敖尔敦却从这

65

句简单的话里,受到了复杂的启示。对此,他是真正需要动一番脑筋了。

玳玛看爸爸好久没有说话,便问道:"爸爸,你说行吗?"

敖尔敦不想让女儿看出自己此刻的复杂心理,只是轻轻地说:"那,怎么能行?"

"爸爸!"玳玛的眼睛里射出失望和忧虑的光。

"你看,妈妈着急了。"敖尔敦看到门里闪了一下灯光,便拉着玳玛的手,向毡帐走去,"走,我们去吃饭吧。"

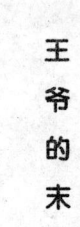

王爷的末日

12

繁星满天。整个村子在晚餐中变得寂静起来,只听得见牲畜的踏蹄声和时而发出的嘶叫声。

其木格理不清自己乱糟糟的思绪。她总是坐在毡帐里,失神地看着桑布。有时格力图尔叫她弄点儿吃的,她才恍然大悟地去忙乱一阵,又往往是吹亮了炉火后不知还应干什么了。扎布曼都派人传下对桑布家灾难性的命令后,她更觉得头昏脑胀,什么也不能想了。敖尔敦临走时对她说:"妹妹,别上火。事到如今,上火顶个啥?你睡一觉吧,眼睛都熬红了。我回去想想办法。"但其木格一点儿也不觉得需要闭眼睛,只是坐在那里不住地想:"哥哥怎么还不拿来办法呀?"

已经很晚了,门开了,进来的不是敖尔敦,却是玳玛。

"姑妈,爸爸让你和表哥睡,我来照看姑父。"

其木格只是用眼睛示意她坐下。

"表哥,你睡吧。"

格力图尔看了看玳玛,说道:"我睡不着……"他正在修理马具和牛轨。他必须在走以前把这些都拾掇好。玳玛看他干得满头大汗,很心疼,便也帮上忙了。这些活计玳玛都不外行。

大约时近午夜的时候,敖尔敦来了。他拉着门,看看毡帐里的情况,然后对其木格做了一个招呼的手势,轻轻地说:"妹妹,你来一下。"

其木格点了点头,擦着眼角站起来。敖尔敦又对玳玛说:"你就帮着表哥忙一会儿吧。"

到了敖尔敦家,其木格木然地坐下去。扎惹递过去一碗热奶茶。其木格看着哥哥嫂子,眼里是乞求援助和无措的神情。

过了一会儿,敖尔敦一面吸烟,一面开始了这场严肃的谈话:"妹妹,把你找来,有一件事咱们商量商量。"

其木格的眼睛在说:"你说吧,哥哥。怎么都行啊,我是什么主意都没有了……"

"说起过去呢,你把桑布救回来,我没有怪罪你,却叫你们成了家。后来,你们过得还不错。我也很放心。我啥时也没忘了你是我的妹妹,我们相处得比别人想象的还好。对你们的困难,我从来没冷眼旁观。你说是不,妹妹?"

其木格眼里的泪花闪了一下,无声地回答着:"哥哥,你说的一点儿也不错呀……"

"这回,祸从天降……我们不能看着你们的灾难不管。这几天,我和扎惹都在为你们想办法。特别是今天……这不是,这么晚了,还没有睡。可是想来想去,也没有什么好主意。唉……"

其木格的眼睛幽怨地说:"我的哥哥,深更半夜把我叫来,就是为了说一句'没有什么好主意'呀?"

"别着急,妹妹。不管怎么说,你的事就是你哥哥嫂子的事。"敖尔敦说着,吧嗒了几口烟,"我们不能不管。我们原来想,让我们在一起过上一年,等格力图尔回来,你们再恢复自己的家,以尽我当哥哥的一点儿心意。但是,想来想去,这样不行呀。你想,妹妹,杰尔登布对你们从来没放松过。以后也不会放松啊!我们两家合到一起了,畜群大了,他不得趁这个机会狠狠地捞一把吗?那样,我们就都倒霉了……你说呢,妹妹?"

其木格眼里的一线希望的光刚刚亮起,又熄灭了。

"别失望,妹妹。我们想啊,想啊,终于想出个好办法。"敖尔敦又大口大口地吸起烟,一袋烟都已成了烟灰,并被有节奏地磕到地上以后,敖尔敦才把这"好办法"公布出来,"当年,我把你嫁给桑布。现在,"敖尔敦又装上烟草,好像费了好大劲儿才下定决心的样子,"现在,我们想把玳玛嫁给你的格力图尔!让我们亲上加亲。玳玛很能干,配得上你的儿子。这样,在事实上,我们就成为一家了,你的牲畜就可以放到我的圈里。你就对别人说这是聘礼,实际上是我们代放。你们留下自己食用的牛和羊,其他的需用我们给你想办法。等格力图尔回来,你们的牲畜还归你们。这一年过去就好了。杰尔登布总不能把人也抢过去!"

其木格感动地听着,流下了泪水。扎惹递过去一块毛巾,叹了口气。

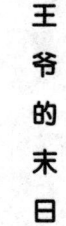

"这样……很好。我真感谢你们……"

把玳玛嫁给格力图尔这个主意,是玳玛的话的启发敖尔敦想出来的。但把扎惹说服却十分不容易。扎惹钟爱自己的女儿,盼望她找一个好的女婿才放心。她也知道,格力图尔是全村中少有的又能干又帅气的小伙子,而且又是亲戚。但是,那又是一个逃犯的儿子。扎惹明明看到桑布由于身世而屡遭苦难,格力图尔也同样不会给玳玛一个不犯愁的安稳日子。所以,一开始她坚决不同意这门亲事。敖尔敦三番五次地劝说,她就是不肯点头,甚至说:"不管怎么说,我不答应!我宁可领着玳玛单独过!"最后,敖尔敦终于下决心把自己的设想和盘托出了。他说(他原本不想这样明白地说):"扎惹,你想想看,玳玛在桑布家不会受气,这个就不必说了。我是说,你再想想看,桑布的腿怎样?我看是不大可能好了,他快上阎王爷那儿去了。其木格也还能有几年活头啊?她这几天一下子老了那么多,离坟墓也不远了。你说,到了那时,我们不是既有了女儿,又有了儿子吗?你怎么不想想这一层呢?我的好扎惹,格力图尔很能干,一年就能回来。这不是咱家的一个好劳力吗?再说,格力图尔有了妻子,还能找乌日娜金吗?杰尔登布也就不会再难为他了。你别像一般娘儿们那样,只看到鼻子尖下的一点儿好处。……"敖尔敦看到自己这番话还稍稍打动了扎惹,便又反复说将起来。最后,扎惹不得不相信敖尔敦的种种美好的描绘了。这样,他才找来其木格,说出了这个"好主意"。

不管怎么说,这确实是个可行的办法。其木格是再也想不出比这更合她心意的主意了。为此,她流了那么多感激的泪水,觉得只有哥哥嫂子才是世界上最关心她的人。

送走了妹妹,敖尔敦疲惫地躺下以后,又和扎惹商量怎么办才能使这次结亲尽量少破费一些,并要争取尽快办完,使格力图尔在启程前能有充分的时间和玳玛像夫妻一样亲近起来。

第二天,敖尔敦和扎惹忙了一上午。牲畜是布和赶出去的。玳玛仍在桑布家帮忙。下午,杰尔登布和全村的长者都被请来了。一开始,敖尔敦没有说到主题,他和客人们一起抽着烟,议论着桑布的腿,甚至还习惯地说了几句老年人一起才能说的笑话。不久,扎惹把烤羊、奶酪和腌制的羊心、羊肝摆上方桌,碗和筷子也拿上来了。一大桶马奶酒就放在敖尔敦身边。三碗酒顺利地流进每个人的胃里以后,敖尔敦开了口:"各位乡亲,今天把大家请来,是为了我那个不争气的妹夫……咳! 大家吃吧,喝吧,酒有的是。"敖尔敦让了一阵,继续说下去:"桑布能在多伦村过了这么些年,是和杰尔登布巴彦及各位乡亲的关照分不开的。对于这一点,我和桑布永生永世都要感谢善心的乡亲和仁慈的杰尔登布巴彦……"敖尔敦说到这里,下意识地看了看杰尔登布,后者正津津有味地品着马奶酒和大口地吃着羊心,并在享用之中对敖尔敦的话赞同地点点头。敖尔敦擦了擦胡子上的酒滴,心里说:"你可不是仁慈的呀,杰尔登布。今天我送去一大坛子马奶酒,一大包黄油,说了多少好话呀! 你要不是看到这些,特别是,要不是因为格力图尔不等乌日娜金就结婚,你能那么痛快地答应到我的毡帐里来吗?"但敖尔敦没让自己往下多想,喝了一口酒,又让了让在座的人,接着说下去。"可是,我的妹夫又断了一条腿,说不定在哪一天死去,格力图尔又要去服苦役。咳……对于我妹夫,这以后一年的生活确实一想就叫人打哆嗦呀……"敖尔敦的话,不仅感动了在座的乡亲,也感动了他自己,他擦了擦眼角滚出的泪珠。人们也借着酒劲儿,你一言我一语地说开了,都表示一定想办法让桑布一家能顺利度过这多灾的一年。

"我替妹夫感谢大家的好心……还有一件事,我先向大家告罪……"

接着,敖尔敦讲了要把玳玛嫁给格力图尔,但桑布现在无力办一次像样的婚礼,他的腿又不适宜办喜事的欢乐气氛。因此,想违背习惯,就这样把玳玛送过去,待格力图尔回来,再补上这次不应缺少的筵席。对此,善良的乡亲们你看看我,我看看你,都没有作声。有的人心里认为,这样很应该,甚至今天的酒也可以免了。也有人认为敖尔敦又要扮演一次精明的角色,发一笔名正言顺的不义之财。他们这样想,都没敢说,因为都不知道杰尔登布的意思。这样,大家的眼睛便都相继落在微醉的杰尔登布的脸上了。

杰尔登布擦了擦嘴巴,用高傲回答着大家尊敬的注视,以仲裁者的身份说道:"我看,就这么办吧。"

除敖尔敦外,所有人都感到新鲜得令人惊奇。

"谢谢杰尔登布巴彦,谢谢各位乡亲。"敖尔敦说道,高高举起酒碗,"还请大家回去以后,和年轻人解释一下。来,干了这一碗!"

玳玛历来对父亲的酒筵不怎么关心,更无从知道这一次酒筵竟和自己有关。所以,当她从桑布家出来,走到自己家门口,无意间听到把她嫁给格力图尔的话时,浑身顿时烧得火热。她忘了自己是回来拿锯子的,飞快地离开毡帐向小河沟跑去。她坐在河边的石板上，拉过刚刚冒芽的柳条在手里摆弄。手在剧烈地抖动，心在通通地跳。她不相信会有这种事。但听得那样清楚，一点儿也错不了。怪不得昨天夜里姑妈回去后对她格外温存，还搂着她贴着脸说："姑妈不会错待你，我苦命的玳玛……"单纯的玳玛当时还不能理解这话的意思。但现在想起来，这不正是明确地告诉了自己吗？她想，难道昨天晚上就决定了？"怎么办？"这是亟待回答的问题，它开始啃食十六岁的纯洁的心了。她知道，她心里喜欢表哥，可从来没想到住进他的毡帐啊！表哥和乌日娜金那么要好，为了乌日娜金的离去，他难过到不能睡不能吃，他能再爱上自己吗？乌日娜金要是知道自己和表哥结婚了，不会痛苦吗？不会恨自己吗？

玳玛就这样坐在石板上，想着这些十六岁的心灵本不该想的复杂问题。大颗大颗的泪珠顺着红红的面颊滚下去，掉在潺潺的流水中，随着河水流到远方去了。她的眼睛看着河水，看着树丛，看着蓝天，到处都有格力图尔的面孔对着她凄然地微笑。眼泪流完了，柳枝从手中离开在头上抖动，终于从十六岁的心里，挖掘出不知什么时候潜伏在那里的话："格力图尔，我也热烈地爱着你呀！"这个想法使她脸红，使她心跳，使她激动，使她愉快，甚至使她大胆起来。这一切对于她是那样新颖，这吸引人的未知的领域是那样具有诱惑力，使她要勇敢前行。

"只要表哥肯，那就好了。"她这样想道，在心里盼望着父亲和姑妈尽快促成这门亲事。

"是啊，这不就是两家合到一起过了吗？姑妈不会发愁了……"她这样结束了自己的想法，并确信自己的爱是高尚的，是牺牲式的。

事情进行得比玳玛想的还要快，她也竟感到没有充分的精神准备。就在当晚，父母亲把她送到刚刚搭在桑布毡帐跟前的一座小毡帐里。这和她看到过的婚礼没有丝毫相像之处。但母亲告诉她，这就算完了，剩下来，就是等着新郎进来了。

并不是所有的新郎都是愉快的。格力图尔就没有愉快的心情。在母亲和舅父的说服下，他表示了顺从。他可怜自己的妈妈，不愿用自己的倔强和执拗使妈妈再受一次打击。他也喜欢玳玛，但那是对可爱的小妹妹的喜欢，并不曾使他产生像对乌日娜金那样的冲动。

还是在傍晚的时候，也就是一切都准备就绪以后，敖尔敦把这次精心的安排告诉了桑布。桑布很不以为然。但是躺在皮褥上连翻身也需要帮助的桑布不能不产生一种悲哀的却又是非常现实的想法:既然没通过自己,亲事就决定了,而且在自己昏睡中就着手办喜事了,那就是说,自己被当成无用的人了。"行吧,如果格力图尔同意……"他这样说了一句,便掉过头去不吱声了。

"格力图尔,夜深了,去看看玳玛吧。"其木格送走哥哥后,这已是第五次催促坐在那里沉思的格力图尔了。

新郎终于慢腾腾地站了起来,低着头走出去。脚步很沉重。天上乱眨眼的星斗,四周乱叫的牲畜和扑面的春风,使他的心十分慌乱。他刚要拉开"自己的"毡帐的门,却又颓然松开手,无力地坐在外面潮湿的地上了。

格力图尔想不到,他的脚步声和拉门的轻微响动,使坐在热乎乎的火炉旁的玳玛多么快乐,产生了多么担心的悸动;也想不到当新娘明白他不愿进去后,又是多么失望!玳玛的心一下子沉了下去,眼泪那么快地簌簌落了下来,冲洗着她那绯红的脸,同时,也冲洗掉了这一天积累起来的全部快乐。她很快把眼泪擦干,她不愿让一旦进来的格力图尔看到她在哭,那会使他不痛快的,为什么再给他痛苦的心罩上一层阴影呢? 玳玛心里明白,格力图尔一定在想念乌日娜金。这是玳玛从松开手里的柳枝那时开始已经完全忘了的问题,此刻又猛地闯入她的心灵了! 但她并不因此怨恨表哥,却是同情他、可怜他。她希望他能愉快起来。一旦乌日娜金回来了,她可以毫无怨言地把位置让出去,甚至不管父母怎样责难!

"但是,你为什么不进来呀,表哥! 难道是玳玛把乌日娜金姐姐逼走的吗?"玳玛的心在喊,喉咙又哽咽了。她努力克制着自己,使眼泪没有涌出来……

玳玛已经是第三次往炉里填牛粪了。

"外面一定很凉。"她想,"为什么要在外面受冷呢?"玳玛此刻那种作为新娘的羞赧已由于看透了自己成为不愉快的角色而跑得无影无踪了。纯粹是出于妹妹对哥哥的关心,她整理了一下身上的新绿袍,勇敢地打开了门。

"表哥,进来吧。外面不冷吗?"

"玳玛……"格力图尔把埋在肘间的头抬起来,眼里闪着泪花,"好玳玛,你先睡吧。"

玳玛把门关好,也坐在格力图尔的身边了。

"表哥,你心里难受吗?是不是在想她……"

格力图尔看了看玳玛,又低下头,他找不到回答她的话。

多么长的一段时间的沉默呀!格力图尔抬着头,眼睛一动不动地注视着星空;玳玛则低着头,两手抚弄着腰带。

一勾弯月挂在天上。它好像也感到羞赧,感到痛苦,赐给人间的是一片朦胧的光。远处的山岭在幽淡的月光下,似海中浊浪在起伏波动。几片不大的稀薄的灰白色云,飞快地聚拢又散开,散开又聚拢,不厌其烦地重复着这一单调的变化。一行嘎嘎叫着的大雁在寻找夜晚栖息的所在。静静的春夜啊,一切都似乎凝结了!

时间在悄悄逝去。而我们的一对新人,还保持着原来的姿势坐在那里。

玳玛终于打破了沉默:"表哥,你为什么不说话?你说说,我们怎么办啊?"

"我也不知道,玳玛……"

"你想不想去找乌日娜金?"

"玳玛……"

"你说吧,表哥。"

"找不到了。"

"为什么?"

"你想想,一年,这是三百多天啊!一年以后,她会在什么地方啊?"

"那你永远这样难过下去吗?"

格力图尔的眼睛碰上玳玛的注视,赶忙低下头,只是叹了口气。

"表哥,你听我说。不能老是这样难过。我知道你心里不好受。我也为你着急呀!我也想乌日娜金姐姐,盼望她回来呀!……"玳玛善良的心又牵引出不少泪水,"……也许你心里烦我,生我的气……"

"不,玳玛……"

"听我说,表哥。要不我心里实在憋得慌……"玳玛说着,又抽咽起来。

"别哭,好玳玛……"

玳玛抬起泪眼看着格力图尔,说道:"表哥,今天的事不全怪爸爸,我明知道你心里只有乌日娜金,可我还是答应了。我心里也……爱着你呀!我原想,这样就这样吧,为了姑妈、姑父,还有你,我有什么不能做呀?可是,并不像我想的……表哥,你说我该怎么办呀!"

"玳玛,你不要也和我一样难过。你以为我……唉,好玳玛,我答应了,就不能再说别的了。我们结婚了,我就不会做出对不起你的事。就是乌日娜金回来了,我也不能把你丢开呀!我想她,这是真的,我只是担心她碰到什么不幸……"

"不,表哥。你说的不是心里话。我知道我今天做错了。可是真正明白做错了的时候,已经晚了……当时又有什么办法呀!我想,不这样做,姑妈和姑父的日子不好过……他们可怎么熬过这一年啊?!"玳玛的眼泪又扑簌簌落下来,但她马上擦干,抑制住抽泣。她抬起眼,庄重地看着格力图尔,"表哥,我们既然办了,就要像真结婚那样,姑妈看着也高兴。你不要老是在外面,晚上到里边睡,我给你生炉子,要不,你会受凉的,你还要……吃很多很多……苦头呀!……"玳玛几乎控制不住就要涌流出的泪水了,她咬着嘴唇,使那痛苦的抽泣限制在喉咙里,整个喉咙马上感到肿胀起来,等到终于又能说话时,她又接着说下去,"好在,你过几天就走了。等你回来,我们再和姑妈、爸爸说清楚我们并没有真正结婚。那时,你再去找乌日娜金,我,再搬回爸爸的毡帐……"

格力图尔实际上并没有说谎。当他同意和玳玛结婚时,就决定和她一起过一辈子。虽然他明明知道,自己仍旧想念乌日娜金。但格力图尔毕竟错了,错在他没能看出他想通过自己的牺牲统一起来的是两个不能并存的对立物。他以为和玳玛住进一个毡帐,也可以去思念另一个姑娘,而又不能稍稍减弱对玳玛的爱抚。直到此刻,他才真正明白,这事实上是不可能的。但他也是到了此刻,又有一种崭新的想法袭进了他的脑海。他发现玳玛是真心地爱他,并且这样善良、温柔。特别是在今晚这种情况下,能说出那么多有分量的话,玳玛在格力图尔的心里已不再是只会红脸的小姑娘了,而是一个真诚的既能体贴人又能动心思的少女了。格力图尔对玳玛妹妹般的感情,迅速地变成强烈的情爱的冲动了。他深情地拉过玳玛,把那由于抽泣还在抖动的身体搂在怀里。

"玳玛,可爱的玳玛!别生我的气……我们真的结婚吧,我会真心爱你的。"

一开始,玳玛并没有拒绝表哥的温存,她伏在那宽阔、结实的胸脯上,觉得自己终于累得昏沉沉了,终于有了依靠,心灵是那么恬静,真想在那有力的臂膊间甜蜜地睡去。但她终于意识到,这决不是一场梦,她所面对的是冷

峻的现实；在现实中，她是不敢企望这样大的幸福的。所以，她很快醒来，使劲儿从那温热的怀抱中挣脱出来。她胆怯地但果断地向后挪了一步，然后说道："以后不准你这样对待我……我仍旧是你的表妹……"

"可我们也是夫妻呀……"

"也许会是的。但那是以后……表哥，你听我说，你不应当这么快就忘掉乌日娜金，你也不会忘掉她……在你还对寻找乌日娜金存在希望的时候，不要对我作出丈夫的样子……"

这以后，他们沉默了好久，好久……

新婚之夜里，新娘新郎终于在火炉旁的静坐中过去了。在他们俩看来，"婚后"这八天的时间简直是一眨眼的工夫。如果不是扎布曼都的命令不可违抗，那玳玛是决不会放格力图尔走的。他们虽然没有经历一个晚上的真正的夫妻生活，但都知道两颗心是离得太近了。在未来的漫长日子里，不可能不痛苦地互相思念。在这八天中，格力图尔每天都忙得满头大汗，几辆勒勒车都修好了，马具也工整地摆在毡帐外的木架上。移营前的准备工作总算完成了。玳玛有时帮助格力图尔干些零活儿，有时和其木格一起整理格力图尔要带的东西。格力图尔走的那一天，不少年轻人来送行。而玳玛呢，一直送出去五里地，并且直到格力图尔骑着马消失在天边，才在心灵的哭声的猛烈冲击下，慢慢走了回来。十六岁的玳玛，这个深深爱着丈夫的假新娘，擦干了泪水，挺着胸膛准备迎接这一年困苦的考验了。谁知道会有什么不幸在等着可爱的玳玛呀！

13

露　布

　　全旗阿拉特知悉：札萨克台吉扎布曼都老爷之嗣子科尔丹少爷在京师蒙学馆受业告成，不日旋归府上。此乃札萨克及全旗之大喜事。阿拉特皆应有所贡献以表庆贺。按先祖法典和朝廷律例，每十户献壮马一匹，牛车一辆；有乳牛三头以上者，献奶油一肚，五头以上者，献奶子酒一瓶；有羊百只以上者，献毛毡一条。少爷经由之地，各巴彦、阿拉特及领内各驿站务妥为照顾，切切此布，不得有误！

喀喇沁旗札萨克
一八九九年一月十二日

　　这篇《露布》，除了由笔者加了标点和把纪年改为公历外，都是原原本本一字不易地抄录的。从那里我们知道，喀喇沁旗札萨克台吉扎布曼都的儿子科尔丹是在一八九九年一月十二日，也就是光绪帝的"百日维新"被西太后挫败，"戊戌六君子"遇难，梁启超逃往日本以后一百天左右，离开正阳门，踏上归途的。他一跨进父亲的领地，便看到了那张《露布》。虽然他估计不会没有这张《露布》，但还是皱起了眉头，想道："还是原来的扎布曼都老爷！"嘴角上掠过一丝难以捉摸的苦笑。

　　不过，科尔丹在本文里出场的时候，是早已忘掉那张《露布》了。此刻，他仰坐在飞驰的雪橇上，紧身的羔皮缎面长袍显出他颀长的身材，高额头上的一对总是紧蹙的卧蚕眉，此时已经舒展开；总是充满梦一样迷惘、好奇、稚气的眼睛里，正被兴奋、紧张和冒险统治着；清瘦皙白的圆脸被寒冷涂上了一层红晕，紧闭的薄嘴唇、唇边的浅髭在微微颤动。科尔丹已被一场奇异而出色的雪夜旅行强烈地吸引住了。

这是哲里木茫茫雪原上冬云低压的黑夜。狂风吼叫，雪涛横卷，搅得天昏地暗。如果不是出奇的勇敢和经验丰富的当地驭手，并且是在迫不得已的情况下，谁也不会拿自己的生命来和这样危险的天气开玩笑。

本来，当晚是该住在驿站的。那里很暖和，主人还说："备有薄醪，请略酌数杯。"这是个很热情的驿站长，又是有经验的老驭手，他说："这样的夜晚是不能走的。"专程来迎接科尔丹少爷的管家罕都烈，更是希望跑了半天以后喝上一顿，然后躺在热乎乎的毡帐里睡上一觉。可是低头饮茶的科尔丹听了驿站长的话后，却抬起他漂亮的脸笑了一下说："这样的夜晚不能走吗？我倒要试试看。"说着，站了起来。

"不行啊，少爷。这不是太冒险吗？"罕都烈惊讶地说，想劝住这个与众不同的小少爷。

"冒险吗？那太好了。"科尔丹说着，开始戴帽子了。经过一天多的旅行，他确信驭手格力图尔在最后一段路上是不会出错的。而且，他还想试试自己的胆量，体验一下由于心理紧张而产生的未曾领略过的快乐。这使他兴致勃发，非要尝尝黑夜里搏击风雪的滋味不可了。

"真要走吗？"罕都烈这回可真着急了。

"快穿衣服吧！你的水还没有喝足吗？"科尔丹说道，显得有些不耐烦了。他看了罕都烈一眼，分明在责备对方不该扫他的兴。

"我们是不是需要等等行李车呢？"罕都烈一面不太情愿地穿衣服，一面还想找出新的理由使科尔丹取消这次冒险。

"不必等。"科尔丹干脆地说，然后转向驿站长，"就叫行李车在这里过夜好了。请去把我的驭手喊来。"

驿站长顺从地鞠了一躬，走出毡帐。

罕都烈想，假如格力图尔不愿去冒这个险，那就好了。在这种事情上，往往要取决于驭手的意见。只要格力图尔说一句"我不敢。没把握。"任何理由不用解释，科尔丹就走不成。这样，罕都烈就把最后的希望寄托在格力图尔身上。

随着从门口挤进的一阵吼叫的风雪，格力图尔大步跨进毡帐，站在少爷和管家面前了。科尔丹抬起头看着眼前这个粗犷而剽悍的年轻驭手，发现他黑红的方脸上显出不耐烦的神情，两只炯炯有神的眼睛闪着大胆的、略带野性甚至是挑衅的光,好像在说:"这么晚,你们又把我掇弄出来干啥!"科尔丹不由得心里想道:"这真是一个少女们一见就会倾倒、小伙子一见就先有三分怯的彪汉啊!"

科尔丹刚想张口,罕都烈却抢先说道:"少爷想立刻启程,你有把握吗?少爷,你问问格力图尔,他恐怕也不敢拿少爷的生命闹着玩儿吧?"

科尔丹瞪了罕都烈一眼,然后鼓励地看着格力图尔说:"我相信你是有这个胆量的。对吗?"

一开始,格力图尔并不想满足科尔丹的好奇心,既然摆着能休息一夜的机会,为什么不利用呢?他甚至认为科尔丹简直有些孩子气。罕都烈的话,又显然是在威胁他,叫他不要同意。他先是看了看科尔丹期待的眼睛,又瞥了一下罕都烈,觉得有些滑稽。但罕都烈那着急而胆怯的样子实在好笑,格力图尔忽然觉得应该借此机会去捉弄他一番。

"叫你过一个真魂出窍的夜吧!"格力图尔在心里笑着说,装作没看见罕都烈丢给他的眼色,对科尔丹响亮地回答:"出发吧!晚上赶雪橇最有趣!"

"坏蛋!"罕都烈在心里骂道,狠狠瞪了格力图尔一眼,后者回答他一个微笑,刺得他一阵恼怒,在心里又骂了一句:"该死!"

决定出发已使罕都烈担惊受怕,他希望仅仅受点儿冷,千万别发生意外。而科尔丹坐上雪橇后又兴致勃勃地对格力图尔说:"格力图尔,拿出你驾驭的最高本领,叫我们的雪橇长上翅膀,飞回去!这更使罕都烈的心猛地一抖。他知道,"该死"的格力图尔真能使那两匹烈马撒蹄腾空令雪橇飞将起来呢!并且,这个"坏蛋"是什么事都干得出来,要是真想把他罕都烈丢给风雪去玩弄,那他就得迎风悲号了。

"放心吧,少爷,比飞还要快!"格力图尔愉快地回答着科尔丹,并戏谑地朝着怨气冲天的罕都烈眨了眨眼睛,"罕都烈管家,您的马可不要落后啊!"

科尔丹在飞驰的雪橇上想着出发前的情景,回头看了看隐现在风雪中的罕都烈,又把视线落在驭手刚健的后背上,心里赞叹道:"真是少有的驭手,抵得上一打湘军!"他这时想起在蒙学馆中人们偷偷传说的曾国藩写奏折的趣闻:"当年曾国藩手下如果都是这样勇敢的彪汉,怎么能败得几次想自杀,又何必煞费苦心地把'屡战屡败'改成'屡败屡战'呢?"科尔丹不由得笑起来。

格力图尔却不能像科尔丹那样可以想想这、想想那,让自己的思想任意驰骋。他正高度紧张地望着深不可测的黑夜,在不足两丈远的视野里寻找着通向扎布曼都老爷官邸的道路,简直可以说不是凭眼睛,而是凭着感觉。于他而言,并不存在科尔丹那种想立刻到家的急切心情。在这有如孤帆掠险的情况下,他有理由把速度放慢些。但他却非要把雪橇赶得越来越快,左手抖着缰绳,右手有时还猛挥几鞭,那雪橇一直向前狂奔,使科尔丹也感到有点儿恐惧,并担心会丢掉罕都烈。

在这次奇特的旅行中,最倒霉的要算罕都烈了。他本来可以不进行这次艰难的旅行,因为有很多身份相当的人都想担任迎接科尔丹的使命。但作为喀喇沁旗协理兼扎布曼都老爷管家的罕都烈,为了表示对老爷的忠心和对小主人的关心,不仅派自己的儿子海哥敦扎布带领奈曼乌勒等几个精明的牧奴去补收贡物,还固执地要求担当迎接少爷这个苦差事。而且,他又选择了一个顶大胆的驭手,来驾驶科尔丹的雪橇。没想到这正使他自己大吃了一场苦头。他时时担心有被甩在夜海茫茫中找不到归路的可能,不管怎样快马加鞭,还是不能跟上雪橇的速度。有几次,雪橇在他前面失踪了,他惊骇得直冒冷汗,想到:"完了!"像有一桶冷水泼到头上。虽然最后还是追上去了,但那余悸却平息不下来,也许马上又有一个"完了"在等着他。他的胳膊累得又酸又疼,却不敢少挥一鞭。他的头戴着风雪帽,还用一条羊毛围巾紧紧裹着,只露出一双眼睛。那围巾出奇的宽大,在头上绕了三圈儿,还有一段像尾巴一样在脖子后头飞舞。由于喘息的速度越来越快,围巾结的冷霜也就随着增加,有时遮住了眼睛,得时时擦擦眉毛,死盯着雪橇的模糊背影,心里不禁骂道:"该死的格力图尔,等我回去收拾你!"

格力图尔觉得把平时耀武扬威的罕都烈捉弄得差不多了,便有意把雪橇速度放慢,使罕都烈的坐骑能和雪橇并行。当罕都烈终于挣扎着赶上来的时候,格力图尔好奇地想看看罕都烈的眼睛是什么样,唔,那帽沿和围巾当中露出的眼睛瞪得那样大!就是在这样晦暗的雪雾中也能看出里面又惊又怕、又恼又恨的神色。格力图尔暗自发笑道:"怎么样?草包!"罕都烈却无暇判断格力图尔眼神说的是什么话,他抓住"赶上来了"的机会,呼哧带喘地说:"就这个速度吧,不要太快!"他自己也听得出来,这个命令和哀告差不多。

此时的科尔丹并不知道自身以外的这两个人之间的心理角斗。在雪橇有如凌空腾越的疾驶中,他闭着眼,身体在轻微地、催眠般地晃动着。但他并没有睡去,他的思想在激烈地活动着。越是接近自己的家,对父母的思念便越强烈。妈妈怎样? 她一定想儿子想得憔悴了,她是那样温柔,那样寡言,她这几天一定时时都准备迎回自己的儿子吧? 他也想到了严厉的父亲,是啊,怎样向父亲解释这次的"被逐"呢?"爸爸是能理解我同情我,还是生我的气痛斥我呢?"这个从踏上归途便萦绕不去的问题,此时更在啮食他的心。"回来得不光彩吗?"他想,"是的,的确不值得炫耀。但这算得了什么? 我没有背叛我的灵魂和我的前导者。"

科尔丹是热爱家乡的草原的,小溪,群山,羊群,奔马,牛鸣,开阔的原野,这些是他在儿时就钟爱的,直到此刻也没能稍稍减弱热爱的程度。京城当然热闹,但那拥挤的房舍、熙来攘往的人流、繁华的街衢、雄伟的宫殿、灯红酒绿的妓院,都未曾也不能吸引住他,而当他踏上家乡的土地的时候,那旅途的疲倦和烦恼便顿时消逝了。望着一片银白的草原,心灵的窗扉一下子洞开了,这一切,多么可爱啊! 只有这些,才是他自己的!

科尔丹感觉出雪橇的速度慢了下来,睁开眼睛看了看,发现那狂风暴雪已逐渐平息下去。夜,变得单调起来。一阵睡意袭上他的心头,他把毛毯往上拉了拉,盖住脸,摒弃了各种愉快的和不愉快的念头,决心要在到家前美美地睡上一觉。他在久久的高度兴奋后,实在是太需要安静一下了。几乎就在闭上眼的一刹那,便进入和家人团聚的梦境里……如果不是也在这一刹那里,而是过了几分钟,科尔丹就会被梦魇紧紧缠住,那他就不可能听到雪夜中奇怪的枪声了。

"停下!"被枪声惊醒的科尔丹抬起上身,拉住格力图尔的胳膊,屏息谛听着,验证到底是梦境中的情节还是实实在在的枪声。

雪橇在吱嘎声中猛地停下来。窜到前面去的罕都烈不知发生了什么事,赶快掉转马头,走到雪橇旁等着回话。他看到科尔丹和格力图尔都聚精会神地注视着右前方,便也擦了擦眉毛上的冷霜,向那里看去,隐约地看到了忽明忽暗的亮光。

"格力图尔,你听到枪声了吗?"科尔丹问道。

"听到了。"

"在什么地方?"

格力图尔指了指右前方的亮光说:"就在那里。"

"那亮光是……"

"马灯。"

"确实是枪声吗?"

"错不了。"

好像为了证明格力图尔的判断,又是一声枪响。这一回,连罕都烈也听得很真切。

格力图尔不耐烦地回答着科尔丹的问话,心里却在设想着那惊心动魄的场面:"一定是什么人遭遇不测。"要不是服苦役的时间过去了大半,要不是驾驭着载有科尔丹少爷的雪橇,那他肯定会立刻跑过去看个究竟。

科尔丹的好奇心又被鼓动起来了,他略微思索之后对格力图尔命令道:"赶过去看看!"

"不行!少爷。罕都烈急忙喊道,心里埋怨这个又想胡闹的小主人,但是一阵风过来,几乎把夜晚的冷气通通灌进他的肚子里去,使他"嗝"了一下,半天说不出话来。

"这里离家还有多远?"科尔丹又问道,眼睛又去搜索那神秘的亮光。

罕都烈对眼前站在什么地方茫然无知,只好由格力图尔来回答了:"二十多里。"

"那马灯离我们多远?"

"最多一里地。"

"我们过去看看不会绕很大圈子和耽搁太多的时间吧?"

"不会。"

"那么——把雪橇赶过去!"

"等一等!"罕都烈急忙喊住要抖动缰绳的格力图尔,又转向科尔丹,似乎是乞求地说道:"不行啊,少爷。这很危险。四处都是马贼,地面上不太平啊!"

科尔丹也明知道这的确是真正的冒险,而且他听说过家乡附近也确有马贼,甚至还听说有一个叫巴兰森格的女盗魁十分厉害。但他又想,在离札萨克官邸仅二十里的地方,竟敢有提着马灯行抢的强盗吗?目前在哲里木盟还不至于此。这一定是哪一个巴彦在追捕逃跑的牧奴。对的,肯定是这样。那么为什么不能去看一看呢?也许这场戏正好可以调剂一下这单调的旅程。所以他安慰罕都烈说:"不要紧啊,罕都烈,这是在我们家门口,而你又是本旗赫赫有名的协理啊。"

"少爷！你怎么像小孩子一样！这不是闹着玩儿的事儿。这是拿性命当游戏啊！"

"你说得太严重了吧,罕都烈协理？不必那样害怕。格力图尔,赶……"

"不行！少爷。"此刻,罕都烈也不管那冷风怎样往口里猛钻了,一面拢着乱蹦的坐骑,一面大声喊着,"我要对你的安全负责！你出了事,我可没法向老爷交代啊！"

科尔丹知道罕都烈担心的原因,那是奴才对主子的一片耿耿忠心。只是觉得他的谨慎近乎胆怯。科尔丹呢,此时的好胜心早已战胜了一开始的微弱担心了,决心非去不可。而且,他也决不愿意把今晚的事变成听人控制的开始,并想让罕都烈明白,他科尔丹想干的事,任何人也不能阻拦。因此他坚定而恼怒地说:"没法交代吗？我要真出了事,你还能活着去见爸爸吗？你要是准备活着去报告我的死讯,那你就在后面远远地跟着吧！格力图尔！把我们的雪橇以最快的速度赶过去！"

格力图尔此时顾不得去注意那怕得要死的罕都烈,迅速地把马头拉向右方,对准那眼看就要被黑夜吞食的火光,用力抖起缰绳……

被弄得精神快要崩溃的罕都烈,捋着胡子停了片刻,然后在心里长叹一声,无可奈何地追了上去。

当雪橇赶到出事地点停了下来,目睹那马灯光照射下皮鞭挥舞的可怕场面时,格力图尔惊骇得险些昏倒,他感到身体里的力量和头脑里的思想,随着一声轰然巨响,在刹那间全部冲了出来,弥散在飞快旋转的夜空中了。他无力地伏在马身上,喃喃地说;"乌日娜金……竟会——是你吗？"

14

乌日娜金随着爸爸吉利图逃出多伦村以后,日子并没有好过起来。

从春天到冬天,杰尔登布的淫威和追索像影子一样不肯离去。父女二人得常常匆忙拆掉搭起不久的毡帐,驾起勒勒车,继续他们漫长而又无目的的征途。为了糊口,他们失去了全部马匹,最后连毡帐也更换了主人。因善良而受苦的爸爸和因美貌而屡遇灾难的女儿,已经到了山穷水尽、无以为生的窘境了。吉利图每天都向"阿哈图黑"祷告,但这个幸福之神的手总是不肯向苍穹下的两个苦命人伸过来。

一天晚上,风雪和寒冷把他们逼进一个小村子。这里的阿拉特不到十户,归驿站长额勒吉卡管辖。以一个巴彦身份当一个不足一道的驿站长,这在喀喇沁旗是仅有的;以一个驿站长的身份竟有一大群牲畜和十三个随丁,这在喀喇沁旗也是仅有的。吉利图带着女儿进入额勒吉卡的毡帐,申说是串亲迷了路,请求准许在驿站过夜。

额勒吉卡一口应允,留他们住在附近的一座小毡帐里。到了第二天,额勒吉卡又执意挽留他们,还派人送去奶酪和炒米,甚至还有腊羊肉和一只牛腿。他还亲自到那座小毡帐里对吉利图说:"你们就在这儿住下去吧。不管你们是不是真的迷路,别以为我猜不出,你那漂亮的女儿准是乌日娜金!我不会亏待你们。"

吉利图从额勒吉卡溜向乌日娜金的目光上,明白这不是什么好意,他站起来,看着额勒吉卡那大得出奇的脑袋、浓密的黄胡子、厚厚的多肉的嘴唇和红得像两盏灯笼似的大眼睛,委婉地说:"老爷,我们感谢您的好意,可我们得回家呀!"

"什么家?哪儿不是家?这里不也可以成为你的家吗?"额勒吉卡想做出和善的样子,但他的声音和面孔还是吓坏了吉利图。他看吉利图正欲说话,便摆了摆足有半尺宽的大手,"好了,好了。就在这儿住吧!"说完,弯腰走出门去。

"巴图,你要好好照看他们爷儿俩!"

吉利图和乌日娜金听着额勒吉卡在外面下着命令,知道走不脱了。第三天,额勒吉卡把吉利图安排到外面去干活儿,毡帐里只剩下乌日娜金。她在毡帐里提心吊胆地转了几圈,预感到那个丑恶的魔鬼一定会来的。她想把门拴上,却找不到绳索;她希望手里有一个防身的武器,可是唯一的一把牛角刀挂在爸爸的腰上带走了。而这时,她已听到了逐渐走近的脚步声。她跑到门口,用力抓住门拉手,清楚地觉出有人在拽门。

"开门,小东西!"乌日娜金听出这正是那个可怕的魔鬼的声音。

"滚开!"乌日娜金大声骂道,把全身力量都集中到十个手指头上了。

但是,额勒吉卡的力量足以拉倒整个毡帐,乌日娜金终于力不能支,那扇挡身的小门从她发麻的手指中飞开了。涎着长脸的额勒吉卡,跨进毡帐。趁势伸出长臂,猛地抱住了乌日娜金。

刹那间,乌日娜金的心几乎停止跳动,她知道,不可避免地要受到凌辱了,浑身的力量一下子消失殆尽。她扬起两只小拳头用力向那宽厚的前胸砸去。那牛头一样的脸,却在淫荡地微笑,嘴里吐着酒气说:"使劲,使劲!没有用了,小东西。杰尔登布没摸着,这回我可要……"那呵呵笑着的血盆大口开始追逐乌日娜金的脸。她想喊,喉咙却像被堵住了一样,她枉然挣扎,那两只长臂越箍越紧,眼看要窒息了。突然,她一股急劲儿,狠狠地咬了过去……

额勒吉卡狂叫一声,使劲儿把乌日娜金推倒在地上,用手捂着流血的鼻子,忿忿骂道:"小东西!我早晚会制服你的!"

额勒吉卡原以为把老头儿打发到外面去,他就可以进入毡帐为所欲为了。但万万没料到,会在鼻子上留下两道永远抹不去的牙印,那两排锋利的小牙齿竟差点儿深入到软骨里去。额勒吉卡没有灰心,却下了狠心非把她弄到手不可!他在心里说道:"乌日娜金!我就不信力大无穷的额勒吉卡治不了你这么个小东西!"不过,首战失利后,他不得不把计划放在鼻子稍稍好了以后去施行。他把巴图叫到自己的毡帐,用手帕捂着鼻子的至高点——即称作面王的地方,下达新的命令:"明天不叫老头儿出去干活儿!你要把他们看住!尤其是晚上。如果有了差错,我敲碎你的脑袋!"巴图捂着脑袋勉强分辨出主人的浑浊鼻音。

一直受主人宠幸的诨号为"酒篓"的巴图，领受了主人不可违抗的命令，抖擞起精神去尽自己的职责了。他独自栖身的小毡帐就在吉利图父女住处的对面，推开门就可以一眼看清那"脑袋"所系的毡帐，那儿的任何动静都不会逃过他的眼睛。巴图是很能恪尽职守的，整整三天，没有出过一点儿"差错"。但这毕竟是个苦差事，白天还可以睡一觉，一到晚上，他就倒霉了。他需要时时提起马灯，在狂吼乱叫的风雪中走出去，查看吉利图父女的毡帐。特别是到了第四天晚上，风雪更大，夜，真是冷透了，就连正当壮年、四肢发达的巴图也感到畏惧。他只好每去一趟，就咕嘟一阵白干儿，后来干脆捧着酒坛子往嘴里倒了。

鼻子快好起来的额勒吉卡，在这时正用和巴图不同的形式对付着漫漫的冬夜。两个侍妾在昏沉沉地敲着他有些麻痹的腿。他微眯双眼，喝着酒，吃着肉，想着自己的问题。酒是好酒，是特意为接待科尔丹少爷买来的；肉是好肉，是叫随丁特意选割的臀尖；问题是个吸引人的好问题，引出来的口水够多了。的确，和标致的乌日娜金比较，自己的那些老婆们简直都是丑八怪，他恨不得马上把那娇小可爱的身体揽进自己的怀里。想到这里，他下意识地摸了摸不光彩的鼻头，心里说："科尔丹少爷顶好别经过我的驿站，要不，顶好是晚上来。在白天，他会看清我鼻子的……"是啊，有谁能猜不出那到底是为什么留下的记号呢？

夜深了。科尔丹少爷没有来。巴图却疯了一样跑进额勒吉卡的毡帐。随着挤进来的风雪，那上气不接下气的巴图身上的雪也簌簌落了下来。不用巴图说话，额勒吉卡也明白发生了什么事。他踢开侍妾，腾地跳起来，左手一把抓住巴图的前襟，右手在巴图沾满霜雪的左脸上打出了一声清脆的暴响。

"你说！怎么了？"

"跑……跑了！"巴图的醉意早在发现毡帐空起来的一刹那吓跑了。当他大喊一声跑向主人的毡帐，他就意识到要倒大霉了。所以左脸和主人的右手配合得恰到好处。在这一点上，巴图是训练有素的。

草原上冬天的风雪可怕，额勒吉卡发起脾气要比风雪可怕十倍！而且，他那骂人的荤词儿有的是，不用想就可以连续骂上一整天。他先是气得浑身打颤，然后是用牙齿狠狠咬出"混蛋"两个字，同时在巴图伸出等在那里的脸上制造了第二声和第三声暴响;最后,像狂风一样,在小毡帐的穹顶下刮来刮去,刮得那两个侍妾缩在那里直打冷战……

"你是条蠢驴!只会发出难听的叫声!你是条赖狗,只会啃骨头!你贪恋火炉的温暖、洒肉的香味,忘了主人神圣的命令!你是魔鬼和野兽一同养出来的坏蛋!我要吃了你,剥了你的皮,拿你的脑袋当尿罐!你……"

额勒吉卡还有无数的更高级的荤词可以一古脑儿滚出来。但此刻他不能了,他知道,现在去痛骂巴图不是时候;便又拽住巴图,大声喊道:"去!叫醒所有的随丁,给我追——"

此时,吉利图父女正在逃跑的途中。

牛车艰难地向前走着,车轮在积雪中缓慢地滚动,风之暴君的讪笑压住了它的呻吟声。赢瘦的老牛,用它的老力拖着车身,眼里满是泪水,像是对这凄厉的寒夜发出声声悲叹……

吉利图明明知道这样逃走仍是凶多吉少。他和女儿的逃走已不是第一次了。但每一次这样挣扎的结果,总是证明这种挣扎的徒然无用,而那困厄的绳索一次比一次更紧地缠住了他瘦骨嶙嶙的身体。就象一条毒蛇,它的头在向吉利图脸上伸去,每接近一点儿,那蛇身便把他的身体缠得更紧一些。他时常想:"听任命运的摆布吧!"便静等着阎王爷来召回他那一天的到来。

但是人类啊,本能里就隐藏着巨大的反抗力,就是上帝的手紧紧把他的眼睛合拢时,他也要努力挣扎着睁开眼睛去看一下自己生活过的世界,不愿意在那最后的一霎做上帝驯顺的子孙。另外,人类所谓"习惯"的素质里,总是存在着固执的侥幸幸心理,即或在最后一次绝望中,也还是要把一切可能都试一试,以免那"后悔"的蚕在未来的时日里,一点儿一点儿地啮食自己的心。

除此而外,天性善良的吉利图还对自己的女儿有一种超过父爱的更深的感情——好像乌日娜金才是一个真正存在的生命,他自己只是这可贵生命的外在的附属物。为了天地间这个最可爱的生命,他对自己可能遭遇到什么不幸,是置之度外了!因此,他这次还是听了女儿的话:"逃!"

但,逃向何方?在这样风狂雪骤的寒夜!乌日娜金指不出方向,就是在人间生活了五十六年的吉利图,也没有想出一块可以安定地生活的土地。而且,从额勒吉卡的咒骂中知道,他们逃了这么久,不但没走出喀喇沁旗,反而离多伦村越来越近了！所以当他们飞速地驾好牛车,父女俩用眼睛互相询问该往何处去的时刻,那逃跑前的紧张和看到一线希望的喜悦,就顿时云散了。

在失掉自信心以后,人们往往把希望寄托在凭借物上。吉利图呢,此刻就全靠那头忠实于他的老黄牛了。

他不是牵着牛,而是跟在牛的旁边。他佝偻着身体,双手插入袖筒抱在胸前,任凭那无知的老黄牛把他带到任何地方。他不去驱赶牛,却把皮鞭夹在肘间,任凭那无知的老黄牛以任何速度前行。时间越久,身体越冷,那一线希望也就越渺茫。吉利图似乎是无意识地走在雪途上。他的帽子上、脸上、衣服上,落满了雪花,但他不去抖掉。他那满布皱纹的苍老的脸上,死板得毫无表情。他不像一般的逃跑者那样,惊慌地四处张望,紧张地加鞭。不,他没这样。他好像在无意识地机械地走着。然而,他的心脏在跳动,他的脑海在沸腾啊！

吉利图把对女儿深切的爱看作是最宝贵的财产和最高的享受。但他自己却从来未体验过父爱和母爱的温暖。他从小失去了父母,是在邻居们帮助下,凭着年幼的旺盛的生机长大起来的。虽然他曾成为出名的驯马手,但由于先天的不足和后天的恶劣条件,过早地摧残了他的身体;接连的不幸,又过早地摧残了他的精神。他根本不知道什么是快乐。劳动是繁重的,但他牙关咬得紧。他总是把疼痛的呻吟和悲怆的清泪留给黑夜。敖尔敦的贪婪吞噬了他应得的财产。美丽的妻子班卡的失踪更是打击得他再也抬不起头了。只是在哄着小乌日娜金时,他空寥的心才算有了点儿寄托。他有时也想跟杰尔登布干一场。但他的心像一堆潮湿的树叶,燃不起火苗,只是腾起一阵浑浊的烟雾而已。有一次,杰尔登布打乌日娜金的坏主意而进入他的毡帐时,他把杰尔登布推了出去,嘴里说:"滚！滚出去！"后来,桑布赞扬他这一举动后,问他:"你为什么不揍他一顿？"他只是重重地叹了口气……

逃跑中的吉利图的脑海里,此刻是不是这些残存的记忆在翻滚,他自己也搞不清。也许这些零碎断片,就像一团团飞雪一样,交错碰撞着落在一起,在他心里成为一堆,使他冷得更加瑟缩起来……

雪小多了,云却没散,风还在吼。视野显得开阔了一些。吉利图的步履更艰难了。牛车在风中左右摇摆,车篷底下坐着乌日娜金。

十七岁的乌日娜金,这已经是第三次为了同样的原因逃跑了。

她坐在能稍稍挡住狂风却不能挡住寒冷的毡棚里,有时掀开鼓动的毡帘,看看老迈的父亲,不由得一阵心酸,十七岁的心在抽搐了。她抓住毡帘,紧紧贴在脸上,两颗泪珠在眼角越聚越大,终于滚落下来。她爱父亲,更确切地说,她可怜父亲。父亲干瘦的大手,曾在多少个夜晚抖抖地爱抚着她的小脸啊!为了她,父亲几乎失掉了全部的财产,现在竟没处安下毡帐了。在他们住进额勒吉卡的小毡帐的第二天,父亲悲怆地说:"孩子,爸爸对不起你呀,你……恨爸爸吗?"那时,乌日娜金的心震撼了,她抑制着恸哭,抱着父亲衰老的身体,抽咽着说:"爸爸……好爸爸……"十七岁的心沸腾起人生的波涛了!

坐在逃跑的牛车上,乌日娜金哭着爸爸,也哭着自己。后来,她自然而然地又回忆起小毡帐里的可怕的一幕,惊骇地闭上眼睛,心里说:"总算过去了……但是,会不会追来呢?就算这次逃跑成功,以后怎么办?真还不如回到多伦村……真的,格力图尔现在该怎样为乌日娜金焦急啊!"十七岁的心灵被这一连串的问题弄得支离破碎了……

突然,"啪",响起了枪声。这响声夹杂在风的怒号中,使黑夜更加凄厉可怖。吉利图狠狠打了牛背一下,却不知怎么喊了一声"唷——"那老牛刚抻起脖子想用力,却被那停止的命令弄得糊涂起来,站在那里扬起哀怨的眼睛,疑问地斜睨着吉利图。吉利图回过头向远处望去。

又是一声枪响。乌日娜金从毡帘里探出头。

父女俩清楚地看到,几只马灯的光在向这里晃动,隐约地传来粗野的喊骂声。再往前走是没有用了。吉利图看了女儿一眼,把身上残留的雪拍了拍,便靠在车辕上不动了。

不大一会儿,可怜的牛车就被凶悍的骑马的打手们团团围住。在四只马灯光亮的照耀下,额勒吉卡跳下马来,他把马缰绳缠在左腕上,瞪着要吃人的眼睛,向吉利图一步步逼近。他敞着皮袄,毛茸茸的。他站在吉利图对面,把魁梧的上身向前伸去,腕上挂着短鞭的右手攥起大拳头在吉利图眼前晃动着:"老——东——西!你逃不脱老爷的手心,就像你逃不脱这暴雪和狂风!给我回去!"

吉利图闭起眼睛,摇了摇头。

"混蛋!"额勒吉卡气得嘴唇发抖,举起皮鞭,重重地抽在吉利图的肩上,"给我——回去!"

吉利图轻微地呻吟一声,又摇了摇头。

牛车的周围是强有力的打手们。他们个个凶悍异常,好像额勒吉卡按照自己的样板精心挑选的。进过关帝庙的人都能记住那个狰狞的周仓,这些打手个个都有过之而无不及。马在嘶叫,马灯的光在晃来晃去。额勒吉卡的鞭子又举起来了。

"不准你打我爸爸!"勒勒车的毡帘猛地掀开,乌日娜金跳了下来。她的语调像在哭喊,但她一站到额勒吉卡面前的时候,立刻停止了抽泣。眼里的泪水也马上被怒火烧干,胸脯在激烈地起伏着。

额勒吉卡扬鞭的手在空中停了一会儿,慢慢垂落下来。那杀气腾腾的眼里,透出淫邪和狞笑的光。他又向前挪了一步,眼睛盯着乌日娜金的脸和丰满的胸脯。

"乌日——娜金!"额勒吉卡恶狠狠地说,"你跑——你跑不了!给我回——去——!"他喊着,伸出大手,紧紧拽住乌日娜金的胸襟,拉到自己的面前,好像要一口吃掉她。

被仇恨燃烧的乌日娜金觉着自己身上忽然长出了千斤力量,她猛地扬起右掌,"啪"一声击在那可恶的脸上。

额勒吉卡受到沉重的一击,整个脸一下子扭歪了,每一根胡子都在抖动,身体好像在发着疟疾,眼睛里全是兽性和杀气了。

"好!不识抬举的小骚狐狸!在老爷眼里,你只不过是一只羊,一只不值一文的乌鸡!我!我……我今天要让你和这狂风一起哭号!"接着,额勒吉卡的皮鞭向乌日娜金的身上劈下去。

乌日娜金没有躲闪,昂着头,身体在抽动,脸上一阵阵轻微痉挛。

如果不是怕看到爱女受折磨,吉利图今天是不能跪下去的。他实在心疼自己的女儿,跪下去说:"老爷,饶了她吧!你们……打我……"

额勒吉卡的怒火已是按捺不住了。他一脚踢倒吉利图,喊道:"我要把你们都打死!"

乌日娜金一下子扑到爸爸身旁,把他的上身扶起。她看到爸爸脸上的每一条皱纹都在抖动,紧闭的眼睛浸出两颗泪珠,嘴唇哆嗦着说不出话来。她哭喊了一声"爸爸",接着愤怒地扬起头,朝着额勒吉卡骂道:"强盗!野兽!"

额勒古卡一把拉起乌日娜金,瞪着要吃人的眼睛,恶狠狠地看了一两秒钟,然后又一用力,把她摔倒在雪地上,回身对那些仍骑在马背上的打手们喊道:"过来!你们这些只会瞪眼睛的蠢驴!把你们的鞭子蘸满寒雪,抽进她的皮肤!把她抽成碎片,来点缀我的雪原!"他的狂吼和风的怒号在比赛,在互相呼应。

被称为"蠢驴"的打手们,跳下马来,一齐涌上,七个人的力量准备一齐向十七岁的少女身上使去。

科尔丹飞驰的雪橇,正是在这个时候吱嘎一声停下来的……

15

没等雪橇停稳,科尔丹就跳下来,一眼看清了眼前的场面。他大声喊道:"先别动手!乡亲们!"

打手们看到一个穿戴考究的人向他们走过来,都不知如何处置自己刚刚举起的悬在空中的手了,刚刚运足准备打下去的力量,在犹豫之中,慢慢散去,一条条皮鞭便纷纷滑落到他们自己的髀间。额勒吉卡一面把缰绳在腕上又缠一扣,一面斜着眼冷淡地看着走过来的人,同时瞥了一下停在黑暗处的雪橇,隐约看到一个驭手模样的人依在马身上。

格力图尔在看清乌日娜金的瞬间,觉得身体的力量一下子消失了。他依在马身上,怔怔地看着正把吉利图扶起来的乌日娜金。她站在灯光下,格力图尔看得很清楚。还像几个月以前一样,那略高而直的鼻梁,清澈如泉的双眸,长圆的脸型,稍稍尖削的下颏,这些依然保留在那张可爱的脸上。可是她又变了——那单薄破旧的衣服里的身体显然瘦多了。充溢在眉宇间的是凄凉苦痛,挂在嘴角的是冷漠憎恨,而那脸上却是一拼而死的决然表情。

"乌日娜金,你吃了多少苦啊⋯⋯"格力图尔在心里悄悄说着。他知道,眼前那个丑恶的家伙一定是像杰尔登布一样,看上了乌日娜金的美貌。"魔鬼!我会叫你尝尝我的拳头的!"他在心里骂道,站直了身体,力量也开始恢复了,他把缰绳慢慢缠在雪橇上,看着已经站在额勒吉卡面前的科尔丹。他在这近两天的旅途中,特别是今晚的冒险,对科尔丹少爷产生了一种使自己也感到惊讶的好感,但还猜不透他能否在面临的斗争中帮助乌日娜金。

科尔丹扫了一眼那群凶恶的打手,面对额勒吉卡问道:"你们这里发生了什么事啊?"

额勒吉卡把侧身斜视改成和科尔丹正面相对的姿态,轻蔑地问:

"你是谁?"

"我吗,过路的。"

"那就赶路吧,年轻人。"额勒吉卡不客气地说,"这里的事和你没关系。我在惩治牧奴!"

格力图尔听了,在心里怒骂道:"放屁!他们是阿拉特!我会为他们作证的。"

科尔丹看着这个怒气冲冲的"老爷",心里憋不住好笑。他好像见过这个人,但在什么时候、在什么地方呢?他在记忆的残片中搜索着、整理着,终于想起来了。那是好几年以前,科尔丹还纯粹是个孩子呢。额勒吉卡带着厚礼到扎布曼都府上做客。那时,从来不和人开玩笑的扎布曼都在酒后对额勒吉卡说:"你这么个仪表堂堂的老爷,怎么叫这么个不光彩的名字,叫起驴来了?"弄得额勒吉卡在哄堂大笑中涨红着脸,嘿嘿了半天。不过,那时的额勒吉卡没这么长的胡子,脸也好看得多。后来,听爸爸讲过这个沉缅于酒色的额勒吉卡过着怎样放荡的败家生活,最后只得去当一个驿站长。

从那次宴会后,科尔丹再也没见过这位"驴老爷",只是这个豁亮的名号却牢牢地留在记忆里了。在此刻,科尔丹实在不能不为这个健壮如牛的额勒吉卡哀叹一声,但那粗野的声音和"驴老爷"的名字一相碰,科尔丹还是忍不住笑了一下。他存心要和这位"驴老爷"开开玩笑了。

"我好像认识你。"科尔丹故作思索地说,"你不是那位'驴老爷'吗?"

额勒吉卡早就怒火熊熊了。"不识抬举"的乌日娜金已使他的心飞一样扇动,忽地又跳出这么个不识相的娃娃,竟敢拿他额勒吉卡的大名开玩笑,更是在火上浇了一瓶油,他大怒道:"放肆!我的鞭子一样可以打烂你这个狗崽子!"说着便朝科尔丹举起了手中的鞭子。

格力图尔早就恨不得一拳砸碎那可恶的头颅,趁这一瞬间,他一个箭步蹿上去,伸手攥住那握鞭的腕子,右拳早就飞到那张长满黄胡子的脸上了。然后松开左手,当胸又是一拳,额勒吉卡吭哧了一声,仰面倒了下去,使他的坐骑骇然地闪了一下。

科尔丹吃惊地目睹了这刹那间的两拳,心里赞叹道:"真是好样的,打得好!简直是一员神将!"

乌日娜金只是听到了拳击声,看到额勒吉卡重重地倒下去和从那幸存的鼻子里流出的鲜血,却看不清站在黑影中的两个人的面孔。因而她很惊讶,不知道是谁替她出了一口气,她紧紧地抱着吉利图的胳膊,想要仔细看

上一看。

额勒吉卡被这闪电般的两拳击得莫名其妙,躺在那里半天说不出话来。等他的鼻子觉出疼痛,扬手抹了一把粘糊糊的血,才清醒过来。他一使劲儿,爬了起来,恶狠狠地说:"好你个兔崽子!,但他还没站稳,却又扑到雪里了,他挣扎几下,这回没站起来,而是坐在那里,正好面对那些目瞪口呆的打手们,他用力挥动着两个拳头,狂怒地喊道:"蠢驴们!给我上,打死他们——"

打手们呼喊一声围了过来,格力图尔迅速拔出匕首,准备迎战。科尔丹拽了格力图尔一下,示意叫他退回雪橇那里。然后他对那些打手们大声喝道:"站住!你们再敢往前多走一步,就别想活过今天晚上!"

打手们被科尔丹威严而自信的声音镇住了,他们又踌躇起来,迈出第二个半步时,叉着腿停下了。他们实在弄不清,眼前坐在雪地上鼻孔流血的老爷,和站在那里倒背着手的老爷,哪一个权势更大些。

额勒吉卡眼看自己的打手们被使了定身法似的僵在那里,气得发疯了。他猛地跳了起来,抹了把鼻孔下的血,骂起打手们的祖宗,然后转过身,恶狠狠地看着似乎在嘲弄他的科尔丹,咬牙说道:"小崽子!我要亲手把你劈成两瓣儿!"

后赶上来的罕都烈,在看清那暴跳着的人是额勒吉卡时,就彻底放心了。他把马拴在雪橇上,看了一会儿,见恼羞成怒的额勒吉卡又发作起来,便快步走过去。

"额勒吉卡!不得无礼!"

"罕都烈!是你?"

额勒吉卡一看到罕都烈,猛然想起科尔丹少爷今天回府。这面前的年轻人莫不是科尔丹少爷?天呐!要是得罪了科尔丹少爷,那可是太岁头上动土、老虎嘴上拔须了!他不由得一阵寒栗,立刻出了一身冷汗。他松开握在手里的鞭子。那鞭子就像他本人的经不起考验的神气一样,一下子耷拉下去。他胆怯地看了一眼正在微微冷笑的科尔丹,又向罕都烈拱了一下手,说道:"罕都烈管家,协理大人,这……"

科尔丹不想再理他了,把眼睛转向挨打的人,并向前走了两步。他看到,那个刚刚挨打的少女正搀扶着她年迈的父亲站在牛车旁。在马灯的微光下,长长的睫毛在脸上投下暗影,使她的眼睛大而攫人;像洁玉一样润泽的脸泛着微红,薄薄的衣服被风吹得紧紧贴在身上,通体的线条便清晰地展现出来,在雪夜里显得那样妩媚!而那充满怨恨又不言不动的样子,却犹如一座即将爆发的火山。

科尔丹的眼睛一接触这个冷若冰霜但美丽动人的少女,马上全身一颤,惊讶地,十分惊讶地盯在那脸上了,并且立刻明白了驴老爷为什么大动肝火。他心里想:"真没想到,在我们民族里竟有这样美的典型!这样的身体,要是穿上最高贵的服装,真会令'六宫粉黛无颜色'呢!"科尔丹发觉那少女很讨厌自己的注视,便转过羞红的脸,向恶魔般的额勒吉卡看去,心里骂道:"怪不得你这个淫棍动心!"

科尔丹在心里一边赞叹着偶然相遇的"美的典型",一边笑骂着这个"驴老爷"的多情。同时,为今晚碰到这么一件令人不痛快的事情而产生了厌烦情绪,久久没有说话。

此时,罕都烈已骂了一顿惹了大祸的额勒吉卡,正在仔细地观察着科尔丹少爷的举动。

额勒吉卡则一直在惶恐地看着科尔丹。他发现对方正看着自己,便提心吊胆地向科尔丹迈近一步,一揖到地地说道:"奴才没有认出少爷,一时冒犯,死罪死罪……"

科尔丹瞅着这个毕恭毕敬的"驴老爷",油然产生讨厌和憎恶的心情。在他的逼视下,驴老爷连连后退,一直退到雪橇旁边,他的坐骑正好停在格力图尔身旁,使后者移动了一下身体。

格力图尔陷入一种不能自解的复杂的苦恼之中了。他没有想到会在这种情况下,会在一年的苦役过去了九个月的时候,碰到了他日夜想念的乌日娜金。九个月来,他无时无刻不在回忆着他和乌日娜金两人单纯而多难的爱情,那神思绵绵、情意脉脉的初恋;那情侣失踪后废寝忘食、梦绕魂牵的苦恼;那追风赶日般寻觅恋人踪迹的绝望!而现在,奇迹般地,她就在眼前!向前走十步,就可以握住那双曾多少次握在手里的灼灼欲燃的小手,乌日娜金会喜出望外地惊呼一声投入他烈火般的怀抱!可是,可是……她知道格力图尔已经有了妻子吗?她知道他还没有真正成为一个丈夫吗?她——知道吗?天呐,格力图尔的精神简直要支持不住了!然而,不管怎么说,对乌日娜金的万缕情愫仍旧深埋在他的心底。而她,目前正处在一个万分危险的境地,他必须马上想出搭救她的办法,使她免遭鞭打和凌辱,他苦苦地思

索起来……

这时,额勒吉卡又说话了:"科尔丹少爷,寒庐离此不远,备有酒菜,奴才恭请少爷赏脸……"

科尔丹心里想:"呸!和你在一个桌子上吃饭那真够倒霉了!"他不由得又看了看那个漂亮的少女,同时发觉自己很可怜她。要是这个"驴老爷"真的把她抱进毡帐……科尔丹不敢往下想了。他在一种自己也解释不清的心情驱使下,向乌日娜金走去。那些打手们,已经看出这个年轻人有着不可轻视的身份,都恭敬地让开了,使科尔丹走到和乌日娜金相当接近的地方。吉利图无望而木然地站在那里,不知道是怎样的命运在等着不幸的女儿……

"你叫什么名字?"科尔丹问道,自己也觉出那语气过分温和了。

乌日娜金没有回答他。

额勒吉卡在后面谄媚地搭腔道:"她叫乌日娜金。"

科尔丹十分厌恶地回头说道:"没叫你开口,你顶好别作声!"

"是。奴才遵命就是。"

科尔丹又转向乌日娜金:"乌日娜金,老爷为什么打你?"

科尔丹仍旧没有得到回答。他摇了摇头,又问道:"乌日娜金,为什么对第一次见面的人就这样冷淡?也许我能帮助你呢。"

乌日娜金轻蔑地看了科尔丹一眼,把头转向一边,根本不去理他了。科尔丹心里说:"你不说话,我也明白你的意思。你是在说:'哼!一样的货色!'不过,倔强的姑娘,这回你可错了!"科尔丹这时在心里恨起了额勒吉卡:"就是你们这些'驴老爷',把王公贵族的高贵声誉丢尽了!"他愠怒地转向额勒吉卡。

"额勒吉卡!你是想让她做你的老婆,是吗?"

"少爷,这……"

一直注意观察每一个细节的罕都烈在一旁讥讽地说:"少爷,那还用问吗?"

"她不答应?"科尔丹又问道。

"她……不识抬举!"

"请问贵庚几何?"

"少爷……"额勒吉卡被问得茫然无措了。

罕都烈笑着敲起边鼓:"忘了?"

"少爷,奴才虚度五十八岁。"

科尔丹心里骂道:"就是再有个五十八年,也还是虚度!"嘴上却笑着说:"还很年轻啊!你打算怎么处置她?"

"科尔丹少爷……我……听您吩咐。"

科尔丹忍不住笑出声来,说道:"天呐!我可怎么吩咐你呢?"

额勒吉卡抬头看了看怒目而视的乌日娜金,已顾不得羞耻了,他狠狠地说:"少爷,我能制服她。她再要不识抬举,我就抽烂她!"

科尔丹止住笑,心里想:"真会抽烂她呢?这家伙的力量还不减当年哪!"但此时,科尔丹实在感到厌倦了,突然袭上心头的烦躁使他想快些了结眼前的局面,尽快离开这个丑恶的"驴老爷"。

"好吧,额勒吉卡。"科尔丹挥了挥手,说道,"把你的乌日娜金带回去吧。不过,不要动鞭了。"

"是。少爷。"

一直担心科尔丹会把乌日娜金夺走的额勒吉卡,此刻才大大地放心了。罕都烈对科尔丹的话感到大惑不解。而格力图尔则对这出人意外的结局简直要气炸了!

格力图尔知道,在这刻不容缓的紧急时刻,他必须拿出行动。他恨透了眼前的一群人,更恨透了科尔丹,他伸手摸出匕首,准备刺死那三个老爷,然后——管他呢!就在要扑过去的时候,他发现额勒吉卡的左腕上紧紧缠着缰绳,而那坐骑就在自己的眼皮底下,新的行动方案一下子神奇地跳进脑海。他不再思索什么,有的只是按捺不住的心头怒火。他咬着牙,飞快地举起匕首,一道寒光闪过,锋利的匕首深深刺入额勒吉卡的马臀……

额勒吉卡的坐骑忍受不了这突如其来的剧痛,嘶叫一声蹬起后蹄,又猛地竖起前腿,使额勒吉卡来不及思考和躲避,就已经被甩得惨叫着摔到地上。科尔丹连忙后退。那匹发疯的马吼叫着就从科尔丹身边蹿过去,把额勒吉卡拖到不可知的命运里去了。

科尔丹拍打着那马蹄踏起溅在身上的雪,还不能一下子弄清发生了什么事。在场的人,都被这突然的事件惊呆了,瞪着眼睛不知所措。

罕都烈终于最先镇定下来,对那群呆若木鸡的打手说:"赶快去救回你们的老爷!等一等!给我一盏马灯!"

打手们这才如梦初醒,飞身上马,去追赶他们的主人去了。

罕都烈提着马灯,朝着倚在马身上若无其事的格力图尔走过去,一把扯下他腰间的匕首的空鞘。科尔丹也憬然有悟,走过来问道:"这是你捣的鬼吗?"

"是我。"格力图尔平静地说。那意思分明是:"是我又怎样?打吧,老爷。"

罕都烈怒视着格力图尔大胆的眼睛,哼了一声说:"仍旧恶习不改!和你的强盗爸爸一样,无恶不作!对你而言,额勒吉卡同样也是个老爷!"

"罕都烈,回去再说吧。"科尔丹制止住要发作的罕都烈,第一次仔细地观察起眼前这个年轻力壮的驭手,心里说道:"这样的机智和胆量真令人佩服。可是,这又是个多么不驯顺的家伙呀!"而表面上,只是摇了摇头,对格力图尔说:"格力图尔,你这样做,有点太过分了。"

对于刚刚过去的惊险场面,乌日娜金是冷眼相观的,对额勒吉卡的惨状,她只是在心里无比痛快,"活该!顶好叫马拖死,拖得零零碎碎!"而对造成这一结果的原因却没去细想,更没有留神雪橇旁的三个人为什么事发生了小小的争吵,或许是在商谈如何处置他们父女俩吧?但是,当"格力图尔"这几个时时响在心灵上的字,被扑面的冷风送到她的耳畔时,她猝然一惊,不由得她不去审视被马灯的光晃照着的驭手。那不正是她的格力图尔吗?她先是声音颤抖地轻轻说道:"格力图尔……"接着不要命地扑了过去,哭喊着恋人的名字,投到那迎接她的怀抱里去了。

"乌日娜金!"格力图尔深情地叫着,紧紧搂着那冰冷的颤抖的身体,眼泪泉涌般滚落下来。

"格力图尔呀,可再别是梦吧!"乌日娜金令人荡气回肠地哭喊着,双手交叠在一起,紧紧箍着格力图尔的脖颈,把自己的泪脸用力贴在那宽阔的剧烈抽动着的胸膛上,伤心地大声呜咽起来,她,再也说不成话了……

科尔丹更加惊讶了,他看了看同样惊讶的罕都烈,转向走过来的吉利图问道:"老乡亲,这是怎么回事?你们认识?"

吉利图站在科尔丹面前,流着老泪讲了一遍带着女儿逃出多伦村的原委。

罕都烈这回可知道眼前的父女正是杰尔登布要追捕的逃跑的阿拉特了。而科尔丹觉得,今晚的事有点儿太离奇。

下一步该怎么办?科尔丹感到很为难。事情是清楚了,吉利图父女是

97

多伦村逃出来的阿拉特,并不是额勒吉卡的牧奴。但处于目前情况下,应该怎么办才算最得体呢?等额勒吉卡回来说清楚,再把吉利图父女押回多伦村吗?那说不定会等多久,而且,那个倒霉的"驴老爷",也许早就死于非命了。那么,网开一面,放他们一条生路,让他们远走他乡?不用说格力图尔不会答应,乌日娜金也决不肯再离开自己的情侣;就是额勒吉卡,他一旦活着回来,不知道乌日娜金的去向,也一定会编造出耸人听闻的情节来毁坏科尔丹的声誉的……

科尔丹想了好一会儿,朝罕都烈问道:"罕都烈管家,对逃跑的阿拉特怎样处置?"

"按律例可罚作牧奴。"罕都烈答道,微微笑了一下。

"那就带回府上,听候发落。额勒吉卡犯了容留逃跑阿拉特罪……如果他不死,要按律例罚他牲畜三九①!"

"是,少爷。"

看来,也没有别的良策了。只好带上牛车慢慢地走。科尔丹疲惫地躺在雪橇上,听着驭手座位上两个情侣的谈话,心里想:"真是天生的一对。把乌日娜金嫁给格力图尔吧!让他们赶快结婚,然后等格力图尔苦役期满,再双双返回多伦村。那时,杰尔登布也就没办法了。他还敢得罪科尔丹这样的媒人吗?"科尔丹想着,为自己以未来札萨克的身份给阿拉特当月下老而偷笑……他又想:"那倒霉的额勒吉卡,此时不知怎样了?但愿他的生命就此'虚度'完。"

但是额勒吉卡没有死。厚厚的积雪救了他的命。而且,他的一只手还可以从腰带上摸出匕首割断腕上缠得越来越紧的缰绳。不过,当打手们追上刚刚和飞驰的马脱离的额勒吉卡时都发现,他们的驴老爷已变成雪老爷了。额勒吉卡躺在那里喘了一会,挣扎着爬起来,连雪也不拍,就从一个随丁的手中夺下缰绳,爬到马背上去了。

"老爷,我怎么办?"

"鬼知道你怎么办!滚回去吧!"

额勒吉卡带着余下的打手,很快追上了科尔丹的雪橇。在这个夜晚,额勒吉卡真有些发疯了。他喊了一声:"站住!"

---

① 三九:是刑罚的一种,即勒交羊九只、牛九头、马九匹。

雪橇停了下来,额勒吉卡也跳下马背,威胁地朝着科尔丹喊道:"把乌日娜金还给我!"

科尔丹的心情一下子变了。额勒吉卡的狂悖无礼,把他的火煽了起来。他大声喊道:"住口!你这头蠢驴!你要还想多活几年,就赶快滚开!"

"好啊,科尔丹!我就知道你眼馋了!"

科尔丹的脸气得煞白,他从雪橇上跳下来,逼近额勒吉卡说道:"你知道容留逃跑的阿拉特犯法吗?"

"告诉你,为了乌日娜金,我宁可不当驿站长和失掉整个牧场!"

"当真吗?那好!罕都烈,立即接管额勒吉卡的牧场和驿站!"

"遵命,少爷。"罕都烈跳下马来说道。

"额勒吉卡,听着!从此,你必须从喀喇沁旗的土地上永远滚蛋!"科尔丹大声说道,又转向那些打手,"从现在起,你们就属于我了!"

额勒吉卡知道自己的过分激动闹坏了事。科尔丹的话是完全可以兑现的。还是在几天前,他为了讨好科尔丹,准备了丰盛的食物,还特地派人到很远的突泉镇买回上好的白酒,想借此机会取得少爷的欢心。现在,完了!那些酒啊、肉啊,都在眼前戏谑地晃来晃去。而自己的牧场和驿站真的被接管,那可是件要命的事。额勒吉卡低下头这样想着,突然飞身上马,对打手们说:"走!回驿站!"

但充当打手的随丁们却真的不想回去了。他们在额勒吉卡眼里是"一群蠢驴",在科尔丹眼里,额勒吉卡又何尝不是"一头蠢驴"呢?他们难道不希望为一个更强有力的主人服务吗?为什么放着有更多的酒肉可以享用的地方不去呢?所以,他们都低下头,不想让自己的眼睛和被抛弃的老爷的视线相遇。

额勒吉卡气得牙齿咬得咯咯响。他狠狠地啐了一口,使劲儿地把鞭子抽下去。

在风的吼声中,传来额勒吉卡的狂叫:"拿去吧!强盗——"

罕都烈不由得笑出声来。气得不知怎样才好的科尔丹却狠狠瞪了罕都烈一眼,躺回到雪橇上。科尔丹开始为今夜的事后悔起来。他没想到,回家乡后的第一回合竟是和这个"驴老爷"周旋!他使劲儿唾了一口,像是把什么脏东西吐出去一样;然后,拉过毛毯,把自己的头严严实实地盖上了……

16

雪后的阳光分外耀眼,好像为了向被风吹散的云雾夸耀自己的威力,把它的全部光辉毫无保留地倾洒下来,使茫茫雪原变成亮晶晶的一片。远处起伏的山岭也是白色的,像被谁涂上了几笔淡淡的蓝色,还稍稍给人以立体感。一簇簇柳树上挂满了雪,在微风不得要领地抚摩下,一团团地往下飞落。

眼前是一带肥沃的牧场。虽然整个大地披着白色外衣,但这里茂密的的野草仍露着它们的头顶,恰似雪原的白色肌肤上长了一层黄色的绒毛。那冬牧的畜群已忘了前两天在雪骤风狂中如何悲鸣了,此时正在得意地摇着尾巴,掠食那凉丝丝的草尖。

在这片牧场的中间,有一条被雪橇、马蹄和勒勒车开辟出来的大道,一直通向一座红漆大门。大门外是打扫得干干净净的广场,两侧有拴马桩和下马石之类。广场前面,大道的左侧是紧紧相邻的牛栏和马棚,马棚的后面是几个小山一样的草垛。它们对面隔道相望的是羊圈。在这些畜栏的外面,一个个白的或灰的毡帐在雪原上整齐地排着队,这是那些正在忙碌的牧奴们的栖息之所了。

红漆大门里是一个相当宽绰的大院,四周是一丈多高的青砖围墙,最上层砌成十字花洞。这一道高墙里面,便是赫赫有名的喀喇沁旗札萨克扎布曼都老爷的官邸了。还是在二十年前,扎布曼都舍弃了老札萨克在世时堪称宏伟的建筑(据说那座建筑是凶宅,扎布曼都的父亲和哥哥都是在那里暴毙身亡),选定这块水草丰美、风光旖旎的土地建成了自己的札萨克官邸。

扎布曼都的官邸共有三栋青砖琉璃瓦的半宫殿式建筑。三栋房子都有精心雕制的花窗。檐牙伸出至少有两米,下面每隔三米就有一根漆红饰金的廊柱,檐牙下是联络三栋的石板过道。过道和由正房直通大门的甬道,正好把院子分成两个相等的长方形。长方形的每个边,都是在春夏能开出丁香花和梅花的树丛。西厢的一栋,北面是科尔丹的书房和卧室;南面是管家兼协理罕都烈的住处。东厢的一栋,是梅伦①台吉以下全部八个官员的办公处,这些官员都是住在院外的,有的携眷,有的独身。除了贴近的仆侍住在和厨房相连的后厦,其余听差包括总监工斯卡,全部住在院外的毡帐里。正面的一栋是这院子里最高的建筑,它比围墙高出一倍。它的正门前还有一个宽敞的带有飞檐的门房,两边却不是砖墙,而是设计得独具匠心的雕栏;炎夏时,这里可以摆上茶几、坐椅之类,同时坐上十几个人品茗消暑而不至显得拥挤。而且,四角都有镂花的黑漆木座,在适当的季节,摆上盆景以供观赏。走进这挡不住光线的雕栏,推开第一道双扇大门,再掀开第二道绣花门帘,经过第三道木质花墙当中的圆门,便是一间敞厅,就是冬天也是芝兰之香充溢其间。敞厅正面,是一个硕大无比的插屏,插屏上是摹制的元代《蒙古射雁图》。正面粉壁的两边,各开一个月门,其一通向厨房,另一通向高级客人的下榻处。敞厅的东西两侧,又各有一个六边形门,都挂着轻质的帐幔,其西侧通向扎布曼都的小客厅和卧室,其东侧通向宴客和议事的五开间的大厅。

这一天,扎布曼都照例起得很早。正在小客厅喝早茶的时候,罕都烈进来了,报告说科尔丹少爷已在午夜到家,因老爷正在酣睡,没有惊动。

扎布曼都喝着茶,眯着眼听着罕都烈的报告。儿子回来了,心里是高兴的;但这高兴却压不住严重的烦躁。他听到罕都烈的声音停顿下来,以为这报告已经结束,便眼皮也没抬一抬地淡淡地说:"累你受苦了。先休息去吧,午宴时过来。"

罕都烈是不理解扎布曼都的烦躁的。他自己既然平安到家,给老爷接来了少爷,而且又同自己的胖老婆睡了小半宿觉,早晨的精力是很充沛的。所以,不管老爷为什么烦躁,不管老爷已在命令他下去,还是唠唠叨叨绘声绘色地讲了一遍科尔丹途中的奇迹,才兴犹未尽地离去。此刻,扎布曼都老爷确实很烦躁。但他想的不是如何打开创业局面的开端,而是如何使儿子继承和守好他所开创的大业。他的年龄使他不能不越来越多地考虑自己百

---

① 梅伦:和后文中出现的章京、骁骑校、佐领等,均为蒙旗官员。本文中的梅伦,是专管财政的文职官员。

年之后可能怎样。他这走上"邪路"的独子,使他为未来担忧。尤其是手头的一封信,是科尔丹从京师发出的,更使他的担忧平添上恼怒和悲哀。罕都烈兴致勃勃地走后,扎布曼都把这封信从怀里摸出来,打算再看一看,但想了想,觉得今天早晨应该创造一个使人愉快的气氛,便把那信放到茶几上,尽量不去想它,强制自己在脑子里回想罕都烈讲的科尔丹在路上的故事。

"额勒吉卡,这个蠢货!"扎布曼都仰靠在椅背上闭上眼睛想道,"简直是一个只知皮肉舒服的淫棍。扎布曼都可不会瞧得起你这样的东西……"真的,以清白著称的扎布曼都,要不是一个不贪女色的好汉,怎么会在三十多岁的时候即有了贤妻又有大批牲畜呢?

扎布曼都想着,嘴角稍微扯动了一下,算是微笑。他拿起水烟袋,把那弧形的铜嘴送到唇边,但没有吸,又放到茶几上,顺手拿起那封长信,心里继续想道:"昨晚的事情,足见科尔丹的精明了。但竟在京师搞出这样的名堂!"扎布曼都以一声重重的长叹,算是把自己的所思所想作了总结。

这时,忙得满脸汗水的女仆哈森进来报告说:"老爷,舅妈说午宴开在客厅。"

"知道了。去请少爷。"扎布曼都说道,把信放到茶几上,捧起水烟袋,开始吸烟了。

扎布曼都老爷的水烟袋发出咕噜噜的声音时,科尔丹还在睡梦中。漫长而紧张的旅途完结后,躺在柔软温和的被褥里是再舒服不过了。他睡得沉沉如醉,脸上的红晕早已消逝,又显露出那白嫩得透明的面庞。他的母亲斯琴擦了擦眼角的泪水,忍不住又俯身轻轻吻了一下那微微鼓起的饱满、可爱的额头,并回头用眼睛制止住刚刚进来要说话的哈森,又用手指了指窗子。哈森蹑手蹑脚走过去,把那簇新的紫色金丝绒窗幔拉开。屋里顿时明亮起来。

斯琴起得比扎布曼都还要早,她走出卧室便获悉儿子回来了。她顾不得穿好外衣,就跑向儿子的卧室,嘴里埋怨着罕都烈没有在科尔丹一到家时就叫醒她。

斯琴是个性情孤僻的女人。她在这个显赫的家庭里,对一切都无动于衷。她过去并不这样。她是在一个优裕的有教养的家庭长大的,能读懂经

文和《秘史》①,能画一手说得过去的水彩画。据说,她婚前临摹了一张尹湛那希的《雀梅图》②,几乎和原作毫无二致。她耳闻扎布曼都是个有才干的年轻札萨克,而且和色旺诺尔布桑保王爷关系很好,可以在使她为之着急的诉讼中帮助自己的父亲,便欣然同意嫁给比自己大十几岁的扎布曼都。婚后,她失望了。丈夫不仅不能理解她的心,对她的读书和绘画不感兴趣,甚至对她的美貌也很冷淡。她终于看出,扎布曼都最有感情的是牲畜和牧场;畜栏向外扩充的时刻,便是他最高兴的时刻。不仅如此,他对斯琴的父亲,也就是他的岳丈大人,一点儿也没有尽力,也根本不想尽力。尽管斯琴可怜的爸爸不断地把牲畜赶进乘龙快婿的畜栏,而且低声下气地哀求,扎布曼都却依然是在听到赶来牲畜时睁睁眼睛而已。斯琴为此暗自落了不少泪。但她有什么办法呢?扎布曼都是难得和"娇妻"说上一两句话的,结婚数十年来,和她说的话,不会比两篇经文长多少。只是在她生下科尔丹时,她才感到生活总算有了内容。她的日子经常是在不断流着泪亲着科尔丹柔软的小脸蛋中度过的。科尔丹离家这两年,要算她一生中最难熬的时日了。她常常因为想儿子而走到草原上偷偷落泪。

现在,科尔丹回来了,在沉沉的睡梦中。她从早上就守在床边,又不忍心叫醒他。有时,她去厨房指点忙着准备午宴的女仆们,甚至亲手示范如何做好科尔丹最喜欢吃的酥饼。然后,又匆匆回来,坐在儿子的床边。

不知是由于母亲的注视呢,还是由于射进来的光线的刺激,科尔丹睁开了眼睛。

"妈妈!"科尔丹一下子坐了起来,攥住了妈妈颤抖的手。

斯琴使劲儿搂过科尔丹,眼泪又落了下来,嘴里像呜咽着似的说:"我的……科尔丹……"

"妈妈,妈妈……我真想你啊!"

"谢谢你,我的好儿子!"

科尔丹感动地用手指揩去妈妈脸上的泪珠。不用解释,科尔丹从那张老了不少的脸上,就知道妈妈在思念儿子的心情中怎样度过了这两年。

---

① 《秘史》:全名为《蒙古秘史》或《元朝秘史》,是蒙古第一部书面文学作品,成书于13世纪中叶。

② 《雀梅图》:系19世纪蒙古族历史学家、文学家和画家尹湛那希的一幅名画。

"妈妈,我从京师给你带来了礼物,是一直陪伴在我身边的。"科尔丹挣脱了妈妈的怀抱,跳下床,从桌子上捧过一个方盒。

"好孩子,妈妈一会儿看。快穿好衣服,去见爸爸吧。"

科尔丹答应了一声,拿起早就准备在那里的温湿的毛巾擦了擦脸,在妈妈的帮助下穿好衣服,留给妈妈一个深情的注视,然后有点担心地去向爸爸请安去了。

对于科尔丹这次返家,在感情上,父亲和母亲显然是两种截然不同的态度。母亲的态度是只要儿子回来了,便是最大的喜事和最叫她快乐的事。她的空寞寂寥的心境终于又有了她渴望的内容来填补了。扎布曼都则不然。要说他不爱科尔丹,那是不公平的。他只有这么一个儿子。他的希望和未来全部寄托在这唯一的子嗣身上。但也正因为只有这么一个儿子,而且对他抱着热切的希望,对他的培养所花去的心血,也就格外多,衡量他的尺度也就分外严格。所以,不管要走多少门径,花多少钱,还是想办法让他进了最有声望的蒙学馆。当他发现儿子没有达到自己所盼望的那样——增长担当札萨克的才干,而是不成器、走了邪路,心里难过的程度也就愈强烈。但科尔丹毕竟是自己的儿子,又离别了两年,那天性中的父爱也不是不在鼓动着年近耳顺的扎布曼都去和儿子表示父子的亲昵。但是,他没这样做。扎布曼都是个善于自持的人,不愿意在这些感情上过分放任自己而忘掉了更重要的事情,不希望由于过分的亲热反倒使科尔丹毫无顾忌地继续放纵下去。

正是上述那些纷杂的矛盾想法在扎布曼都的脑海里交替涌动的时候,他看到科尔丹走进来了。在科尔丹轻轻叫了一声"爸爸",行过跪拜礼的一刹那,扎布曼都首先想到的是把儿子搂过来,让自己的眼泪滴在那可爱的头上;再一刹那,又想把握在手里的信摔给他,威严地训斥两句。但结果,他一样也没做,只是轻轻叹口气,把那信又随手放在茶几上,说道:"你回来了,很好。坐下吧。"接着又简单询问了几句毫无必要的关于旅途的话,便不想再多说了。

科尔丹一进屋就发现父亲手里握着那封信。他猜想,父亲一见面就谈这个不愉快的话题,大概是不可避免了。那封长长的信,是他在京城启程前一个月几乎用了两个不眠之夜写成的。那是在烦乱的心绪、在一片讥讽的谈笑声里的大作。信中他谈到蒙学馆削夺了他的学籍的因由和自己认为正

确得像太阳东起西落一样的理论。那时,他曾希望父亲同情他、支持他,也好把自己精深的思想和博大的计划,首先在喀喇沁旗实行起来,以便挽救衰败的时代。他不认为自己是在梦幻中,也不认为荒漠落后的塞北永远成不了时代的前驱。他相信自己的信念,相信自己的力量,更相信自己的决心,完全有可能在这天朝存亡绝续的时代有一番大的作为。所以,那封信写得热情奔放、大胆泼辣,把对光绪帝和康有为的尊崇、对西太后的不满,全部发泄得淋漓尽至。他觉得,写完信后,自己的思想更渐清晰、更趋完整,心也更加明澈。人,常常是这样,在遭到突然打击又不甘心失败时,会蜷缩一隅,在与外界完全隔绝的思想里,描绘出异常高尚的宏图。而当他睁开眼睛又回到现实中,那原来似乎无懈可击的"宏图"就会渐渐模糊起来。是的,科尔丹并不知道,想要付诸实施的思想,与塞北家乡的传统势力是水火不相容的;更不知道,自己天性中固有的因素,并没有被新的思想完全排挤出去。这样,当科尔丹踏上家乡的土地、默默地读着那《露布》的时候,尤其在雪夜旅行中碰到的不愉快事件的时候,他的热情便逐渐减弱下来以至几乎冷却了。他想:"家乡的草原多么阴森可怖!这一切又多么清楚地说明父亲的不可扭转的固执啊!"他后悔起来,那封信干吗写得那样明白呢?现在,看到父亲不加掩饰的阴沉表情和握在手里的那封信,他的心发抖了。他恭敬地心不在焉地回答了父亲的几句询问后,便准备去聆听那严厉的却是他不能接受的庭训。他下意识地又溜了一眼被送到茶几上的那几张可怜的信纸,感到刺眼,更感到刺心,一股热流从心房一直冲向脸颊,赶快低下头。他确信和父亲第一次交锋就惨败了。

然而,扎布曼都到底没有谈起那封信,甚至连科尔丹回来的原因一个字也不提及,只是很久地用一种无可奈何的悲哀的眼神凝视着科尔丹,用那微抖的手指盖剔着水烟袋。这使科尔丹的心更为紧缩,更为难堪。他偷偷瞟了父亲一眼。父亲身后的墙壁上是一幅很大的《蒙古远征图》,父亲的头部,结合到画上恰好像成为成吉思汗象征性的形象了。但此时科尔丹觉得,父亲的心理比那神奇的威名远振的成吉思汗更难捉摸。

"是不是我先说呢?"科尔丹想道,"反正是要谈起来的。莫如早一点……"他慢慢抬起头来。

扎布曼都看透了儿子的心思,凝眸看定科尔丹,用那不紧不慢、没有高低音、平淡的声调说:"科尔丹,我知道你有些话要说……唔,这样吧,这几天你好好休息一下,还需要很多的时间会客。"

扎布曼都的话说完了,哈森也正好走了进来,俯首道:"老爷,少爷,都准备好了。"

扎布曼都的眼皮动了一下,表示知道了。哈森便退了出去。敞厅里的走动和议论声隔着三道门轻轻传送过来。

"走吧,科尔丹。今天的午宴是专为你准备的。"扎布曼都站起来,努力挤出个微笑。

科尔丹赶忙随着站起,急走几步,给父亲掀起门帘。

午宴是相当丰盛的。扎布曼都把请柬的日期写在两日后,客人还没来拜贺。所以,餐桌上只有扎布曼都一家和受主人信任的罕都烈,共四个人,可基本称作家宴。扎布曼都昂首上座,科尔丹在他左手,斯琴在他右手,母子正好相对,罕都烈虽然坐在扎布曼都对面的客位上,但实际上却是唯一的陪客。

这个五开间的大厅,是平时扎布曼都老爷发号施令或宴客的地方。朝南的一面是格式精美的花窗,北壁上布置着花卉鸟兽画屏,都出自斯琴的手笔。画屏下的一张躺椅,是扎布曼都的常备坐位,除了这张躺椅前的紫檀木的条几外,四壁还有十几把矮椅和它们当中的正方形茶几。每个茶几的后面,都有冬青、月菊、云松和矢竹兰一类的盆景,最显眼的是一进门的两大株万年青。地当中是一方紫地黑花的地毯。室内是宽敞明亮的,午宴的餐桌就摆在靠南窗的一面。因为一直有七八个女仆往来忙碌,所以,偌大一个厅堂并未曾给人以空寥之感。斯琴之所以坚持把午宴开在这里,是因为她认为科尔丹在京城看到的尽是高大的房屋,不想使刚一到家就突然有一种狭小、压抑的感觉。

年已六十的主人和刚满十八岁的未来的主人,大概是把在卧室里的不愉快心情带到了餐桌上,罕都烈发觉这宴会的气氛并非有如他想象的那样热烈。扎布曼都间或说一句"你回来了,我很高兴。"或者"吃吧,吃吧"这类不冷不热的话。而科尔丹除了小口地呷呷酒,便只是低头抚弄自己手里的高脚杯,像要问问这高脚杯是什么时候添置似的。斯琴则和往常一样,一言不发,只是那游移在丈夫和儿子脸上的视线显出一种不解的疑惑。

罕都烈对面前父子之间微妙感情的底蕴,是不能理解的。但他知道,这肯定和科尔丹写来的那封信有关。因为扎布曼都读那封信时神色异样,不像以前几次喜形于色地叫罕都烈高声朗读一遍。至于这封信的内容,罕都烈就不得而知了。罕都烈是个很会应酬的人,可以在任何难堪而复杂的场合局面找到一个恰到好处的调节的方法。此时,他为了尽自己的职责,一面用餐巾揩着汗渍渍的手,一面又一次饶有风趣地讲述起途中的奇遇了。当他模仿额勒吉卡的暴怒和狼狈相时,微眯双眼的扎布曼都竟也笑了笑,给这个家宴的沉闷空气添上了一个愉快的音符。这显然是使扎布曼都最感兴趣的一段了。

而且,扎布曼都竟略带讽刺地说起话来:"对额勒吉卡,就得这样去捉弄他!他是越来越像一条驴了。"他顿了一顿,略略抬起靠在椅背的身体,把手放在桌子上,用冷峻的眼光斜睨了科尔丹一下,"作为一个王公贵族的后代,想要发家致富、光宗耀祖,必须不放过任何一个机会,把财产和权势抓到自己手里,毫不放松。哪怕是一只羊,一把羊毛剪!"他做了一个有力的"抓"的动作,并把抓在手里的酒杯端起,第一次来了一个一饮而尽。

科尔丹知道,父亲希望他这时回答说:"爸爸,我一定记住您的教导。"但他没有说,也不想说。父子间思想上的距离及父亲那种好像在赞扬实则训教的口吻,使他很不愉快,有点儿心烦意乱了。他惘然一笑,低头默然不语。他想道:"毫无变化,还是原来的扎布曼都老爷。照此下去,在这乱世中,如何去消弥天变呐!"想到这里,他拿起酒杯,猛地送到唇边,那热辣辣的白酒便飞快地流进他干燥的喉咙里去了。

等在旁边的侍女,赶快给父子俩斟上酒。

胸膛里的一阵热,立刻冲击到科尔丹的脸上和眼睛里。他抬起被酒弄得发红的水汪汪的眼睛,一丝似乎兴奋又似乎痛楚的笑意在嘴角上一掠而过。他决心要打开闷葫芦了,早晚要有这场涉及父子未来关系的谈话,莫如借着酒力,现在就撕开这中间的一层薄纸,看看父亲到底持什么态度。如果不为父亲所容,那就干脆在父亲百年之前不再踏回父亲的领地。总有一天,喀喇沁旗的土地要归他科尔丹主宰的!

"爸爸。"科尔丹把酒杯往旁边推了推,说道,"我这次从京师回来……"

扎布曼都不容反驳地打断了科尔丹的话,岔开话头说道:

"你讲讲京师的繁华,也让我们久处荒野的人了解一下。"

科尔丹无奈地看了父亲一会儿,长长地吐出一口气,像似一声呻吟。

罕都烈凑趣地说:"对哟,少爷。你在途中不是应许要好好讲讲京师的面貌吗？正好老爷有兴致，卑职也可借机饱饱耳福了。"

科尔丹狠狠地瞪了罕都烈一眼，低下头，勉强地笑了笑，沉思片刻后，说道："京师的繁华……是啊，的确繁华。可是讲些什么呢？"他稍稍停了一下，抬头看了看父亲，寻找那难以捉摸的反应。

扎布曼都呷了一口酒，又仰在椅背上，眯起了眼睛，那意思是说："随便胡诌吧。反正你心里明白，你讲什么我也不会感兴趣。"

科尔丹又无奈地笑了笑。此刻那胃里的酒正顺着神经和血管向头部冲击。科尔丹的悲哀里渗进了兴奋。他扬目看着正托腮注视自己的母亲，装出一种要炫耀一番的样子，信口开河地讲起那楼台殿阁、奇花异草、觥筹交错、车毂相击、纨袴锦绣、灯红酒绿的盛况。他不时侧目瞥一眼似听非听的父亲，突然，他想起了一件事，暗自在心里叫起好来："别着忙，爸爸。你会感到兴趣的，也许要大大惊讶一番呢！"嘴上却继续对京师的繁华不着边际地大加渲染起来，就像神话一样。

罕都烈听得目瞪口呆：

"少爷，照你这样说，那黄眼珠的人除了吃喝玩乐，就是会客了？"

"可不，正是那样。"

"那不——唉呀，那不都成了皇上了？"

"嗯。不过，也不一样。"

"他们也骑马吗？"

"怎么不骑？骑的都是油光水滑、膘满肉肥的高头大马。那马颈上和鞍镫上全是宝石，闪闪发光……"

"噢哈，天呐！"

"那马蹄上钉着铁掌，跑起来'哒哒哒'的响。"

"街上那么多人，可不会碰着？"

科尔丹看了看瞪直眼睛一个劲儿刨根问底的罕都烈，慢声应道："不会。哪里会碰着人，人还没看见马，就被锣声吓跑了。"

"锣？骑马怎么还用锣？"

"用，怎么能不用锣？"科尔丹说着，喝了一口酒，吃了一口菜，戏谑地看了父亲一眼，接着把声音放得极其游移，好像故意不让别人听清他的话，略带神秘地接着说，"有一天，博克拿多到尊王府去，没有来得及躲避，被抓去了，还是我作保把他弄出来的。"

扎布曼都的眼睛一下子睁开了，猝然发问道："你说什么？"

科尔丹匿声笑了笑，心里想："我就知道你会吃惊的。"但他对父亲脸色刷地变白，却感到骇异，没想到自己的话会引起这样强烈的反应。稍作思索后，故意拿出无所谓的神情，漫不经心地说道："我是说，那些官老爷骑马上街，要用锣开道。"

"不。"扎布曼都一本正经地说，"你说博克拿多到什么王府去？他去干什么？"

科尔丹一笑，意味深长地说："是色旺诺尔布桑保王爷叫他去的。不过，爸爸，我们干吗要说他？还是谈谈京师的繁华吧，还有天坛、日坛和好几个地方没讲到呢。"

扎布曼都知道这是科尔丹对他的一次"回敬"，心里一阵好笑，想道："这小鬼东西！在和爸爸呕气呢。"但博克拿多去尊王府对他毕竟是个谜，也可能涉及到喀喇沁旗的事呢！他的心不由得又猛跳起来。他以探询的口气，压低声音说："不。你先讲讲博克拿多吧。他去……干什么？奇怪！"

科尔丹看出父亲急切而担心的心理，只好认真地说起来："我请他吃过饭，曾问起他到京师有何公干。他却对我使鬼脸，不肯说。后来只是说'你放心，决不会涉及到你父亲的事情'……"科尔丹说到这里，发现父亲的脸由白到红，又由红到白，心里愈加纳闷起来；又看看罕都烈，后者正在频频擦汗。怎么回事？也许父亲曾经有过什么不光彩的行为？而这不光彩的行为，又有罕都烈参与其中？可是，科尔丹说起这件事，并不是为了刺痛父亲过去的伤疤，引起他对灵魂的某些污点的回忆，而是为了另外的目的，为了达到这一目的的话可还没有说出来！这时，已不容科尔丹多想，扎布曼都镇定了一下，又在飞快地追问了："后来呢？"

"后来，我再三追问，他才在半醉中俯在我耳边说：'科尔丹，回去后到王府供职吧，保你满意！'还说'王爷和令尊是好朋友，一定不会亏待你。'"

"唔，这家伙在为你谋求官职？"

"不，爸爸。他不会把这些小事情放在心上。况且，我那时正有希望留在理藩院，这他是知道的。他更知道，我又是爸爸的唯一继承人，王府的官职中不会给我留一个比札萨克还要崇高的位置……"

"唔，那么说，这是很早以前的事了？"扎布曼都沉吟着说，紧张的心理似乎松弛了一些，"他到底干什么去了呢？"

"我也一直不甚了然。但看他那神秘的样子,一定为了一件很重要的事……"

"奇怪。"扎布曼都闭上眼睛,心里已经很坦然了,但他却纳闷起来,"奇怪。"停了一会儿,他睁开眼睛,又说了一句:"奇怪。"

科尔丹等到父亲用三个"奇怪"对自己的心情注解完了以后,又说下去:"是很奇怪。我从那以后,很注意他的行踪,那个家伙在京师整整呆了两个月。"

"唔!你还没有讲完吗?继续说下去!"

"听说,他在京师的两个月,仅他自己的生活用度,就花了至少有两百两银子。"

扎布曼都轻轻以手击案道。"奇怪!"沉默有间。

"后来呢?"扎布曼都又问道,"后来你再没听到什么吗?"

"后来——倒是听到一些,不过有点真假难辨。"

"就把你听到的说一说。"

"我听说,博克拿多为了见到尊王爷,花了几百两银子,又为了买一张皇宫图纸,花了整整一千两……"

"皇宫图纸?"

"是的。是皇宫图纸。博克拿多临行前,还曾回拜我,他手里拿着一个密封的木箱,沉甸甸的,有二三十斤,一刻也不敢离身。他说,不出京师,那木箱就决不交给随从……"

"你没问那是什么吗?"

"他说是古董。但我想,那就是别人说的图纸了。"

"奇怪。"扎布曼都站起来,在座位旁踱了几步,"奇——怪!图纸……哼!皇宫的图纸,难道……"他按着科尔丹的椅背俯下身去。"你说,科尔丹,色旺要给自己修一座宫殿吗?"

科尔丹仰起头说:"也不是没有这种可能。"

"宫殿——哼!老混蛋!"

"爸爸,王爷不是当今皇上的姑父[①]吗?"

[①] 这是清廷"南不封王,北不断亲"的产物。皇帝将公主下嫁内蒙古王公,目的在于羁縻和监视,所以有时下嫁的并非真正的公主。

"鬼知道他是谁的姑父！不知道皇宫把谁家的姑娘硬充公主嫁给了他，他就受宠若惊，不知东南西北了。"扎布曼都说完，又坐回到自己的靠椅。"哼！宫——殿！他竟打这个鬼主意！"

"事情还没有完呢。博克拿多走后，京城里闹了一场小风波，说是尊王府把皇宫图纸盗卖了。弄得尊王爷叫苦连天。最后查明真图纸没丢，尊王爷卖的是假图纸，这个案子才算了结。不过，尊王府也花了不少钱……"

"是假的吗？"

"看样子是的。要不，皇上是不会停止追查的。我这次经过王府去看博克拿多，讲了这个案子，他吓得脸都白了，求我对任何人都不要讲起这件事。还保证给我在王府留一个梅伦的职位。看来，那些传说像是真的了。"

"是啊，如此说来，当然是真的。哼！"

午宴终于结束了。罕都烈先告辞，去到帐房忙碌。扎布曼都也要休息一下身体和养一会儿神，回到了卧室。科尔丹在把父亲送到敞厅时，斯卡曾走进来，看到老爷和少爷，便毕恭毕敬地垂手立在一旁。

"你来干什么？"扎布曼都冷冷地问。

"又冻死了一个。"

扎布曼都问明白死的是人的时候，对斯卡微愠地说："知道了。这些事情也要来向我报告！"

"老爷，奴才以为罕都烈管家在这里。"

"死了用雪埋上。去吧。"

"是。"

科尔丹听到父亲平静的语调，倒抽了一口冷气。送完爸爸后，他踱回到自己的房间，开始饮茶解酒。一会儿，斯琴轻轻走了进来。

"妈妈。"科尔丹亲切地叫了一声，把斯琴扶坐到椅子上，自己就坐在斯琴脚前的一把矮凳上。

斯琴用手抚摸着科尔丹的头发。那油黑的发辫盘结的样式，还是她过去亲手设计的那一种，这又引起她无限感慨。

"妈妈，你一定很累了吧？"

"累。可是，我想看看你……"

"妈妈！"科尔丹感动地叫道，流下泪水。

"科尔丹，什么事惹爸爸不高兴？能告诉妈妈吗？"

"妈妈!"

"别哭。你老老实实告诉我。是你的功课不好吗?"

"不,不是。"

"有什么不光彩的行为了?"

"不是,妈妈。不是。"

"那么,为什么呢?"

"没有什么,好妈妈,真的没什么。"

"科尔丹!"斯琴失望地嗔怪道,"你的'好妈妈'只能得到你一句'没有什么'的回答吗?"

"妈妈,你别生气。"科尔丹紧紧握着妈妈的手,"我现在心里……难受……"

斯琴怜爱地搂过科尔丹的头,就像她当年搂着不足五岁的小科尔丹那样亲昵,眼泪簌簌掉下来。

"好孩子,你到底发生了什么事啊?"

"妈妈,你坐好。"科尔丹接过哈森端来的茶碗递到斯琴手里,"我现在就给你讲……"

17

科尔丹花去了很大精力给妈妈讲了一遍使爸爸不高兴的缘由。他不知道妈妈是否听懂了,也不知道妈妈是什么态度。他只发现她是注意地听,好像在琢磨他的每一句话;但一直沉默到最后。临了,说了一句:"唔,是这样……"

科尔丹送走了妈妈以后,叫哈森喊来罕都烈。他叫罕都烈详细讲讲格力图尔来府上服苦役的原因。罕都烈向他介绍了一番。

"他服苦役的时间只剩三个月了?"

"是的,少爷。但是可以延长半年。"

"为什么?"

"为了昨天夜里……"

"算了!"科尔丹挥了挥手道,"没有必要。假如以另一种方式……唔,再说吧。请你告诉他,从明天开始,他就是我的驭手了。"

"什么?少爷!这,这不合适吧?"

罕都烈接连说出好几个"不合适"的理由。科尔丹连听也没听,不耐烦地打断了他的话,说道:"放心好了。这是我自己要的,不是你安排的。——就这么定了!"

罕都烈只好摇摇头,不再说什么了。

后来,科尔丹谈了另外一件事,说他准备出任哲里木盟梅伦,不知行不行。对此,罕都烈显得异乎寻常的固执,一直坚持否定态度。

"不能去,少爷。我作为管家,是你的仆人,仰你的鼻息,唯你之命是听,是我的本分;但做为年长者,我不能不奉劝你几句。既然回来了——也许你不愿把这次回来的真正原因告诉奴才,奴才也就不敢再问了——我是说,既然回来了,不管是什么东西挡住了你在京师青云直上的仕途,总算是回家了。那么，首先要做的，就是安慰安慰年老的父母亲，这是做子息者应尽的孝道，无须奴才多讲；你想想，你是老爷唯一的儿子，母亲又那样溺爱你，怎好刚一下雪橇就作出离家的打算呢？当然，话说回来，老爷是望子成龙，你去王府增长才干，他会不高兴？但这过一年再去也不迟。在这一年里，一方面使令尊、令堂得享天伦之乐，一方面少爷自己可广结各旗王公，为一旦出任梅伦创造'人和'的条件，这样岂不两全？所以，奴才奉劝少爷，把去王府供职的打算放在一年以后去实行，至少再过半年……"

科尔丹仰卧在床上，看着屋顶上的单调的六边形图案，心里在七上八下地翻滚着。在京城和在王府，博克拿多曾两次应许过给他梅伦的官位。但那时，他没有动心。色旺诺尔布桑保王爷没有给他好印象，博克拿多也不是堪称楷模的长者。回到家后，看到父亲墨守成规，感到自己无力改变父亲的意志。既然他在父亲的领地上没有用武之地，可否先在哲盟梅伦的位置上打开局面呢？这样，他才感到博克拿多的承诺是很具诱惑力的。可是，马上就准备去吗？罕都烈说的不是没有道理。况且，父子终归是父子，这里总有一种摆脱不了的血统上的感情。那么，留下来吗？也许很快就会和父亲弄得僵持起来。他轻轻叹了口气。

罕都烈看科尔丹不出声，停了一下，又接下去说："当然，梅伦是个美缺。但是，不管你什么时候去，色旺王爷和博克拿多协理也不会把你安置在比梅伦更小的职位上啊！再说，老爷也该少操点儿心了，你在家里也是个帮手。你呢，少爷，也可以学学老爷管理喀喇沁旗的手段了。"

"老爷的……手段！"科尔丹在心里暗自说道，"大概爸爸也不会把喀喇沁旗很放心地交给我管理吧？哼！也许他现在又看那封信呢！"

科尔丹没有想错。点上灯以后，扎布曼都处理完旗内的公务，回到卧室，又展开了那封倒霉的信笺。在第三页上，科尔丹引据了不少生僻的句子，扎布曼都也不能一下子全看懂。

"……夫方今之病，在笃守旧法而不知变。处列国竞争之世，而行一统垂裳之法，此如已夏而衣重裘，涉水而乘高车，未有不病喝而沦胥者也……"

"简直是一派胡言！"扎布曼都在心里骂了一句，算是对那一段文章的评语，又继续看下去。

"……且法者，所以守地者也。今祖宗之地既不守，何有于祖宗之法乎？夫使能守祖宗之法，而不能守祖宗之地，与稍变祖宗之法，而能守祖宗之地，孰得孰失,孰重孰轻,殆不待辨矣。"

"真真岂有此理! 简直是荒唐! 法既不存,地何能守? 以无法之新,代成法之旧,天下岂不大乱! 真真岂有此理!"在扎布曼都看来,变法就等于无法,那还了得! 他有奴隶,有领地,阿拉特向他进贡,他可世世代代保有家业,子孙万代都可享受荣华富贵,靠的是什么? 是先祖法典,是朝廷律例,没有这些,他扎布曼都就会成为一无所有的穷光蛋! 奴隶对他俯首帖耳,阿拉特对他毕恭毕敬,所有人对他都望而生畏,靠的是什么? 还是先祖法典,是朝廷律例,没有这些,黑骨头们就会放肆起来,变生肘腋。"真真岂有此理!"心里又这样重复地说着,将那信又按到茶几上,端起水烟袋,猛吸几口,心里又酝酿出下边的话:"这康有为斗胆! 败得有理! 竟使好端端一个科尔丹陷入你的魔障! 真是可杀不可留!"

他这次只看了科尔丹引用的那些难懂的话,科尔丹的诠释和热情奔放的妄言,他是不打算重读了。所以他的恨就全部集中到康有为一伙的身上了。

当然,扎布曼都有他自己的道路。因为他不知道他自身以外的任何东西。在他的词汇中,只有牧场、牛羊和奶酪。他不知道自一八九六年到一八九八年,这三年中在整个神州到底发生了些什么比他的牧场更重大的事情。他不知道,这时的大清"天朝",几乎成了帝国主义的"势力范围"。不,他不懂这些事情的意义,甚至对这些事闻所未闻。就是知道了这些又怎样呢? 长江流域的英国人也好,山东的德国人也好,福建的日本人也好,云南和两广的法国人也好,和他扎布曼都有什么关系呢? 这些外国人的好坏,让当地人去评价好了。至于俄国人,这倒是眼前的,但他们不是仅仅在这里买他牧场上的牛皮和黄油吗? 买吧,有的是! 况且,这种贸易只会给扎布曼都带来好处。因此,扎布曼都的心情绝不被那些与己无关的事情所干扰。他也不会像美国驻华公使康格,竟发出"除了直隶一省外,事实上没有其他地方剩下来给美国了"的悲叹。

扎布曼都骂完康有为后,觉得心里舒畅多了,而且,对儿子的怨和恨,也似乎消去了一多半,甚至可怜起儿子来。他揭去茶碗的小盖,呷了一口茶水,开始把思想集中到科尔丹身上。虽说怨和恨消去了一多半,可怜的心情又使剩下的那一小半减弱了力量,但他总觉得在自己的心房里有一道阴影在徘徊。他只有这么一个儿子。他后悔当初为什么不多生几个儿子,也好

115

有个选择的余地。但现在晚了,只好多花费一些心血,把科尔丹从魔障中拯救出来。他抬头看了看坐在躺椅里沉思的斯琴,不明白她今天为什么破例地坐在离他这么近的地方。他想道,这个平常差不多被他遗忘的人,能不能帮助他改变他们共同的儿子呢?他有意试探地把那封信递过去。

斯琴撩起眼皮看了一眼,摇了摇头说:"我知道了。"

"那就更好。我们需要操一番心了。"

结果,他们之间进行了一次从未有过的长谈。扎布曼都突然发现,斯琴的思想竟和他那么接近!甚至比他还要透彻!他真为长期不注意这个沉默寡言的女人后悔了。她说,必须首先培养起科尔丹对财产的酷爱和对守业的责任感。扎布曼都当然非常赞同。

罕都烈按着每天的时间,准确无误地来作一天中最后一次报告。在这种时候,斯琴照例是要到厨房查看一遍的。但这次,她却没有起身,使罕都烈感到很意外。

"老爷,还有什么吩咐吗?"

"唔……那个吉——"

"吉利图。我已经安排好了。按老爷意旨,罚作牧奴。罚额勒吉卡三九牲畜的命令已拟完,明天请老爷过目。"

"你干得这样快。这很好。"

"不敢怠慢。老爷。"

"还有什么事?"

罕都烈看斯琴一眼,往前走了几步,说道:"老爷,我才从少爷房里出来。老爷知道科尔丹少爷打算去王府供职吗?"

"不知道。有这等事吗?"扎布曼都惊讶地问,看了看更加惊讶的斯琴。

"是博克拿多约他去的。有一个梅伦的美缺。"

"喔,科尔丹吃饭时说过。不过,这是真的吗?"

"是真的。这次接少爷,我在王府听博克拿多说过。但奴才又听说,现在出任梅伦是不合时机的。恐怕有一场涉及切身利益的纠纷要卷到里边去……"

"科尔丹真要去吗?"斯琴问道。

"他原本是要去的。不过奴才已经把少爷说服了。他答应在半年后再考虑考虑。我想,那时大概是个好时机。"

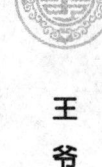

"哦。"扎布曼都沉吟了一会儿,摸着胡子说道,"其实呢,去一去也好。但既然这样说了,就推半年吧。反正我三年五年还死不了。再说,这里还有一个难舍难分的难题呢!"扎布曼都第一次对斯琴微笑着戏谑这么一句。

打动扎布曼都的,不仅仅梅伦是个美缺,管理一盟财务的是自己的儿子,那好处自不必说;还有一点,虽然色旺诺尔布桑保昏悖无能,大协理博克拿多却是个人物,他那谁也无法匹敌的侃侃而谈和事事精明的心机,一定会逐渐影响科尔丹。

"老爷,还有什么吩咐吗?"

"没有了——等一等。"扎布曼都想起了一件事,喊住了刚想退出去的罕都烈,"色旺又要下请柬了……"

"是,快到他的五十九岁寿辰了。"

"那个叫菊花的姑娘,多大了?"

"十八岁。"

"这次就是她吧。还可以吧?"

"完全可以。越来越漂亮了。"

"她还往奈曼乌勒那里跑吗?"

"她不敢。对她的看管一直没有放松。"

"很好。从明天起,叫她干轻活,加牛奶。一个月后,安排到院里来,也该让她懂懂礼数。"

"记住了,老爷。"

"还有,那个新来的姑娘,听说也很漂亮?"

"是,要比菊花强多了。对此,老爷有什么吩咐?"

"不。我只是问问。她叫什么?"

"乌日娜金。"

"唔,名字很熟……对了,令郎回来了吗!"

"回来了,老爷。全部补收完。是上灯前到家的。"

"很好。令郎很能干。"

"老爷谬奖了。"

"好,你去休息吧。"

"是,老爷。"

18

吉利图和乌日娜金的"新居"不能说不好。这是一座八成新的小巧玲珑的毡帐。有一个不露风的门,还有一般毡帐所不具备的三个小窗。牛粪炉也是半新的,牛粪火在里面烧得很旺。地上铺着羊皮,甚至还有一张四方的矮桌。还是在科尔丹的雪橇一到家,罕都烈立刻喊醒了斯卡,叫他找人以最快的速度把这座小毡帐支起来。这样,吉利图还没来得及思考下一步该怎么办,格力图尔正为安顿他们发愁的时候,父女俩就被很客气地带进这座毡帐了。

早晨,他们没敢吃罕都烈派人送来的奶茶和点心,只是把自己仅存的一些干硬的奶酪和炒米嚼了几口,权作充饥。罕都烈的殷勤拜访,给了乌日娜金一个可怕的预感,每次拜访,他都说是科尔丹少爷叫来的,并再三说:"放心吧,少爷不会亏待你们!"

傍晚,罕都烈又微醉地闪了进来,他看到送来的食物仍原封未动地摆在小桌上,遗憾地摇了摇头,捻着下颏的几根稀疏的黄胡子说道:"这是少爷关照赏给你们的,吃吧,怎么能饿肚子呀?"

乌日娜金坐在那里冷冷地说:"不。谢谢他的好意吧!我们还得走呢。"

罕都烈笑了:"往哪儿走啊?这样的冬天!这里不是很好吗?"他稍稍停顿了一下,转向茫然站立的吉利图,"老头儿,在这里安心住下去吧。有的时候,一个人已经绝望了,却会突然时来运转呢!说起来,我们年轻时也认识,你还记得吗?"

吉利图摇头道:"不记得了,老爷。"

"是啊,还没等我们留神,日子就飞快地跑走了。那时我们都还年轻,都是好骑手啊!可现在,却是一把胡子喽!所以,我们这些老头子,该好好想想我们的孩子了。不能让找到头上来的运气跑掉哟!对不,吉利图?"

"老爷,我不懂您的话……"

"你慢慢会懂的。放心好了,我可不会像敖尔敦那样对待你,不会给你们亏吃。"

"可是老爷,您到底要把我们怎样啊?叫我们干活儿吧,我们什么都会干,只要……"

"不要着急呀,一切都会比你想象的还要好呢!"

乌日娜金听着罕都烈拉着长调说出的话,证实了白天产生的预感,脸上飞起一阵红晕,但立刻又变得煞白。她感到委屈,她想哭;她感到气愤和不平,她要问问苍天:为什么刚刚逃出额勒吉卡的魔窟,还没等喘息一下,就又让她落进科尔丹的罗网呢?为什么这种可怕的不幸没有一刻离开过她呢?为什么命运之神要把残酷的打击统统都加到她一个十七岁的少女头上呢?但响在她耳边的不是上帝的声音,而是听到父亲在说——

"老爷,您就跟我说吧,少爷是不是想要……"

"爸爸!"乌日娜金怕听到那些她不愿听到的话,哀怨地对着父亲喊着,"不要问了,不要听了,我们快离开这里吧!"

罕都烈袖起手笑道:"傻姑娘,不要耍性子嘛。再说,你们就是走了,到哪里也是把你们当逃犯论处。回多伦村?杰尔登布可会善罢甘休?与其和蛮不讲理的杰尔登布周旋,就不如在这里接受仁慈宽厚的少爷的保护喽!"

"我们用不着他的保护!"乌日娜金大声说道,弯腰把小桌上的食物捧起,用力塞到罕都烈的怀里,"给你的少爷送回去吧!叫他死了那条心吧!"

"啧啧!"罕都烈咂着响舌说道,"这是何苦呢?科尔丹少爷可是一片好心哪。我们少爷不好吗?年轻,漂亮,才思过人,温柔敦厚,未来的札萨克呀!不要太执拗嘛。要是少爷知道你们不接受他的好意,会不高兴的,那就反为不美了。来,拿着吧!"他说着,把怀里的东西又塞到吉利图的手里。

"老爷,我们不能要。我们自己有……"

"你们自己有多少?够吃一辈子吗?可在这里,善良的少爷为你们准备了几辈子也享用不完的好东西。看看你的姑娘,长得那么漂亮,可穿的是啥呀?你应该想办法让女儿吃得好、穿得美、快快乐乐才对。等回头我挑两件新袍拿来,把乌日娜金打扮得利利索索、漂漂亮亮的。我替你们高兴啊,阿哈图黑向你们微笑了呢!好了,放心住下去吧。科尔丹少爷会亲自来看望你们的……"

119

"不准他来!"乌日娜金喊道,"他要来,我就把他赶出去!"

"不会的。不会的。"罕都烈笑着说,朝吉利图眨了眨眼,走出去了。

吉利图怔怔地看着轻轻关合的门,知道又落进了圈套,也知道这里不比多伦村和驿站,要走是不大可能了。他心灰意冷地叹了口气,无可奈何地看了看咬着嘴唇的女儿,把怀里的食物放到小桌上,便重重地躺下去了。

如果换作别的姑娘,也许会由于被一个有着崇高身份又温文尔雅的少爷垂青感到骄傲和快乐。但乌日娜金却不会在一刹那产生这样的心情。十七岁的乌日娜金,比同时代的同龄人要成熟得多。那涎脸呵呵笑的老爷,那赫赫威严横眉立目的老爷,乌日娜金都见过,并且是豁出性命从他们的淫威中挣脱出来的。所以,十七岁的乌日娜金得出一条不可动摇的结论:只要是"老爷",准不是好东西!这个科尔丹虽有堂堂的仪表,似乎有好善乐施的性格,但也不会是个例外。不过科尔丹可得小心那弱不禁风的身体,可架不住乌日娜金的一拳头!乌日娜金这样想着,坐了下去,在牛粪炉里加了几块干牛粪。她是准备再来一场搏斗了,管它结果如何!更何况这里有格力图尔,这是她身外的无穷的力量。

吉利图稀里糊涂地躺了一阵,算计着自己的口粮还能维持几天。后来,又一句句想起罕都烈的话。他突然睁开眼,看着凝目沉思的女儿,心里想道:"有这副好模样,到哪儿也不会平安啊……要是科尔丹少爷真想娶她……唉,乌日娜金会答应吗?"他摇了摇头。但他这个念头一经进入脑海,便不肯轻易退出。他回忆起昨夜途中的经历,觉得科尔丹确实很善良、态度和悦、面貌也清秀,身份又高贵,看样子还真喜欢乌日娜金,一天三次叫管家探视。乌日娜金能有这样一个丈夫,也不枉为人一世了,他吉利图也可以有一个不再逃匿的安宁的晚年……是呀,反正早晚是要嫁人的,嫁给杰尔登布或额勒吉卡,那当然拼死也不能同意;嫁给格力图尔,能使乌日娜金有个好的归宿吗?眼前的事,如果不是梦,倒是打着灯笼也找不着的啊!"吉利图想到这些,兴奋起来了,也觉出饥肠辘辘,很想吃点儿什么。他很轻快地坐起来,看了看女儿,顺手从小桌上拿起一块新鲜的奶酪。

"爸爸!"乌日娜金嗔怪地喊道。

吉利图笑了笑说:"你也吃点儿吧,既然少爷赏脸……"说着,拿起一块腌肉递过去。

乌日娜金生气地跳起来,劈手夺过吉利图两只手里的食物,狠狠抛向门口,嘴唇抖动着喊:"不能吃他的东西!"

吉利图惊慌地看着盛怒中的女儿,摇头说道:"乌日娜金,爸爸不吃就是了。"

乌日娜金看着,可怜的老爸爸,一阵伤心,眼角流下两颗泪珠。她知道自己的话和举动刺痛了他,低下头走过去坐在他的身边,柔声说:"爸爸,咱们不能吃他的东西。"

吉利图叹息了一阵说,"可是,我们总不能天天饿着啊!今天不吃,明天呢?以后呢?"

"爸爸,只要是他的东西,我们饿死也不吃。"

"那……我们就只好饿死了……这里不像别处,我们跑不出去了。"

"科尔丹不是说把我们罚作牧奴吗?我们给他干活儿,他就得给吃的。"

"乌日娜金……吉利图轻轻拉过女儿的小手,说道,"你说,他真是想让我们当牧奴吗?可他没让我们去干活儿,还派管家送这送那……我看,科尔丹少爷……"

"我知道……"乌日娜金红着脸说,"他休想!"

"唉,乌日娜金……你早晚得嫁人呐!"

乌日娜金抽回手,吃惊地说:"爸爸!你说什么?"

"好孩子,听爸爸慢慢和你说……爸爸一生无能,很对不住你呀!你才十七岁,就跟爸爸吃这么些苦……"

"别说了,爸爸。我从来没有怨恨过爸爸!"

"不,你应该怨恨爸爸。可是我老了,再也没有能力了。要是能看到你有个依靠,我就是死了,也能闭上眼睛了……你看……乌日娜金,你看科尔丹少爷还……好吗?"

"你在说什么哪,爸爸!你是想叫我嫁给科尔丹吗?"

吉利图看着乌日娜金惊慌和怨恨的眼睛,叹了一口气,说道:"可怜的孩子,你从小就失去了妈妈。你知道你妈妈是怎么离开家的吗?她也是因为长得太好看……很多人想娶她,可她嫁给了我这么个窝囊废。杰尔登布没有一天不想……欺侮她。后来,她被强盗抢去了,也是因为她……太漂亮了。现在,你妈妈的不幸,又同样……缠住了你呀!你就是真嫁给格力图尔,也不会平安啊!我就想,罕都烈的话也有道理。我看科尔丹少爷也很好,年龄也相当,你跟着他,就不会再吃苦了……"

乌日娜金忍住哽咽,第一次对父亲怀着怨恨的心情,大声说道:"别说了!爸爸。你要叫我嫁给一个少爷!你要把我送给人,换取他的恩典!这是我爸爸说的话吗?"

"乌日娜金!科尔丹少爷不好吗?咱们总不能忘了是他救了咱们啊!"

"不是!不是他救的!是格力图尔救了咱们!你忘了科尔丹要叫额勒吉卡把我带走吗?你这么快就忘了吗?爸爸,你活了这么久,走了这么多地方,在老爷堆儿里,你见过一个好人吗?科尔丹这么快就把你迷住了!他是披着人皮的狼!和你说吧,爸爸,除了格力图尔,我谁也不嫁惑!要不,你就让我死吧!我反正……也活够了!"乌日娜金说完,捂着脸伤心地哭起来。

吉利图失神地看着乌日娜金,慢慢低下头去,原来的念头渐渐从脑海里爬了出去,最后终于后悔起来,他深感羞愧地说:"乌日娜金,都怪爸爸一时糊涂……你别哭了,爸爸再也不说了,都……听你的。我只是担心啊,怎么办?罕都烈还会来,科尔丹少爷也不会罢休呀!"

乌日娜金抽咽着说:"叫格力图尔把我们送回多伦村!"

"唉,我不是不想回去。我也想多伦村的人啊,特别是桑布……可是,你长得好,我们还是免不了遭殃啊!"

乌日娜金抬起泪脸,看着爸爸正拭着眼角,心里一阵猛烈的冲荡,觉得自己的美貌,是他们父女一切不幸的根源。她突然伸过手,从爸爸腰上扯下牛角刀。

吉利图惊恐地扑过去,死死按住乌日娜金的手,哀告地喊道:"乌日娜金!快放下!你要干什么?"

乌日娜金用力争夺着牛角刀,悲痛欲绝地说道:"给我,爸爸,给我!好爸爸,让我变成个丑八怪吧!老爷死心了,我们也就安定了……求求你松开吧,好爸爸——"

吉利图用力掰开乌日娜金的手,老泪纵横地说道:"千万别这样,可怜的孩子呀!你想让爸爸心疼死吗?噢,老天爷呀,长得好……有罪吗?"

正在这时,毡帐的门开了,闪进一个老女人。她见状大吃一惊,立刻放下手中的挎篮,急忙帮助吉利图夺下乌日娜金手中的牛角刀,心疼而嗔怪地说道:"姑娘,可不能寻短见呐!"

乌日娜金喘息着擦干了泪水,怀疑地注视着来客。她心里想,也许又是科尔丹的有意安排吧?"不管你外表多善良,嘴里有多少花言巧语,休想叫乌日娜金动心!"乌日娜金的目光更加冷峻起来,她觉得自己那颗柔弱的心已经变得冷酷了。

老女人什么也没有说,把奶壶放在火上后,就坐在乌日娜金的旁边,把篮子里的两只碗拿出来放在方桌上,每只碗里放上一把炒米,然后倒满了热热的牛奶。她端起一碗,递给已经坐起来的吉利图。吉利图双手颤抖地接过碗,不知是否应该喝下去。她又把第二碗递给乌日娜金,乌日娜金的眼睛却在更严厉地审视着她,没去接那碗牛奶。

"拿着吧,姑娘。这是我们自己的……唉,已经到了这儿了,我们就是一个地狱里的人了。我叫赛音高娃,是个老牧奴;儿子叫奈曼乌勒,也是个牧奴。"

一句话,便使乌日娜金确信这个老妈妈不是科尔丹的说客,感情的潮水涌流起来,但那感动又来得太突然。她接过碗来,竟一时不知说什么才好了。

吉利图端着另一个苦命人递过来的牛奶,想起自己过去还算安稳的日子,每天还能坐在火炉旁喝上一碗热热的炒米或奶茶,甚至还有马奶酒和羊脯;可是今天,不得不接受一个牧奴的赐与了。一阵莫名的心酸,又引出无数泪水。乌日娜金看到爸爸在一个不相识的人面前流泪,埋怨地轻声说道:"爸爸!"

"不要紧啊,孩子。"赛音高娃揩着眼角,说道,"我们天天……看到泪水。"

乌日娜金满腹感激地看着好心的赛音高娃,不由得热泪盈眶。

"喝吧,好孩子,喝吧,这里还有。"

赛音高娃轻抚着乌日娜金耸动的肩膀,看她喝完放下碗后,又问道:"几岁了?"

"十七岁。"

赛音高娃用手指去乌日娜金脸上的泪水,疼爱地说:"多好个姑娘。才十七岁,就这么……命苦……"说着,忍不住老泪横流了。

乌日娜金自母亲失踪后,还是第一次感受到女性这样的爱抚,她想着自己的不幸,望着这慈祥的老妈妈,控制不住自己的感情,一下子扑到赛音高娃的怀里,呜呜痛哭起来。

吉利图也不断用袖口擦着眼睛。牛奶的热量似乎使他又有了点儿活力,他突然说:"这地方不能呆!我们还要走!"

赛音高娃紧紧搂着乌日娜金,问吉利图道:"你们往哪儿走啊!"

"往哪儿走?"吉利图喃喃地说。他还没这样问过自己,就是问过,他也答不出啊。"往哪儿走?……反正得走!"

"唉,不容易啊。到处都一样。你们不要着急,奈曼乌勒刚才回来了,我让他和格力图尔想想办法。"

此刻,乌日娜金的心情是矛盾的。要走吧,好不容易又见到了格力图尔,如果再分手,那要比第一次分离更使自己的心绞痛。经过这十个来月的辗转离徙,她已经尝够了和恋人分离的痛苦。想到格力图尔,她的眼里闪出快乐的火花,但立刻又熄灭了。一股幽怨袭上心头,她在心里喊道:"格力图尔,你为什么不来看我?你的心……变了吗?"

19

人生真是个奇妙的过程！虽说它只包括两个因素：愿望和事实。正是这两个看来很简单的因素,反过来把人生点染得梦一样难以理喻,并且为人间创造了"悲哀"这种谁也摆脱不了的感情。是的,热切的愿望和残酷的事实,并不总能交汇融合,人们常常是怀着这样一种愿望,却生活在另一种现实中。

格力图尔正处在这种境遇里,深深地苦恼着。他爱乌日娜金,照一般说法,爱得发疯。乌日娜金的失踪,使他痛苦得要死。后来,他和玳玛组成了一个"家庭"。也就是说,爱情宫殿中的偶像没变,具体生活中的伴侣却是另一个姑娘。"和玳玛的婚姻——事实,和乌日娜金的爱情——愿望。"现在,这道题的两个因素交叉了,格力图尔解答得了吗？这个很单纯、甚至还有点儿野性的小伙子,陷入了一种新的残酷的心理矛盾中,被弄得疲惫不堪了。他躺在三个独身汉共居的毡帐里,整整一天,没吃也没动。

这里的人,没有谁知道格力图尔和乌日娜金的关系,却都知道他有一个漂亮的妻子在结婚几天后,一直空守毡帐等着他。人们议论起乌日娜金,也都认为是格力图尔一时性起、偶然冲动,才使科尔丹有机会夺来这个可怜的美人。人们怎么能知道格力图尔的巨大苦恼呢？"怎么办？"

这个从雪夜途中就在心头激荡不去的问题,此刻还在不停地猛击着格力图尔。对她说自己已和玳玛结婚了,让她不要等,各奔前程吗？这可会使受尽折磨的乌日娜金的心裂成碎片！和她说,自己并没有和玳玛真正结婚,当时那种形势,只是为了在这一年里,躲避杰尔登布利益的榨取而采取的权宜之计吗？可是,拿玳玛怎么办？把她从毡帐里赶出去？不用说,玳玛是心甘情愿受这个打击的。她说过,等找到乌日娜金,她就把毡帐让出来,回娘家。但愈是这样,愈是不能把她赶走。难道玳玛有什么地方对不起格力图尔吗？没有。她在为格力图尔作着巨大牺牲……这些问题，对于刚刚迈进十八岁门槛的格力图尔，确实是难以解决的。

"嘀！你看咱们的'大王'！"冻得哒哒哈哈的松和拉钻进毡帐后，对跟在后面的素伦扎鲁说道："躺了一天了。可炉子却快灭了！"

素伦扎鲁把靴子上的雪跺了跺，瞪起他那对机灵的总是充满幻想的小眼睛，把下颌往上翘的长脸拉得更长了，他抱怨地说："哼！简直和外面一样，连灯也不点！"

素伦扎鲁看格力图尔没有搭话，甚至连眼皮也没动一下，心里很生气。他摘下帽子，使劲儿在身上拍了拍，说道："我说格力图尔，你可是有点儿——那个！你自己也不觉得冷吗？"

"别招惹他了。咱们自己动手。可别冻坏了咱们的'大王'！"松和拉朝格力图尔挤了挤眼睛，然后用手把炉里的灰捧出几把，用力吹起那仅有的余烬。

素伦扎鲁看着地上毫无反应的格力图尔，耸了耸肩膀，把帽子掼到地上，自己也坐下去，拿出烟袋。

松和拉揉了揉被炉灰眯了的眼睛，对素伦扎鲁说："嘀！你也不动手了？干脆别烧了，看谁喊冷！"

素伦扎鲁无奈地叹了口气，摔下烟袋，拎起破筐头到外面收进一些干牛粪，嘴里嘟囔着："又多了一个'老爷'……简直就是老爷！"松和拉小心地把干牛粪一块块地放在炉里的微弱的火星上，没有闲情逸致去欣赏素伦扎鲁如何故意把烟袋往木墩上猛磕。他不停地用嘴轻轻吹着，在牛粪的空隙处，终于升起暗黄色的粪烟，不大一会儿，那火苗便热闹地呼呼叫起来。毡帐里很快暖和了。

这三个独身汉，数松和拉年龄最小，才十五岁。他家三辈都是牧奴。祖父什么样，他一点儿也不知道。就是父母亲，他也仅仅记得是一个男牧奴和一个女牧奴。父亲是发热病死的，松和拉还记得在毡帐里静静地躺着一个男人，后来就不知去向了。他的母亲死时什么样，他也是茫然无知的。后来，人们告诉他，他的母亲是在挤马奶时被生气的母马踢死的。在他五岁的时候，曾目睹了一个被马踢死的女牧奴，他指着那因断气前挣扎而变了形的身体，问他旁边的人："我妈妈也是这样吗？""你妈妈？鬼知道你妈妈是什么样！"一个不和善的人就这样回答了想知道妈妈什么样的小松和拉。他是在

一个老妇人关照下长大的。在他十三岁时，那个老妇人寿终正寝了。孤零零的松和拉从此被塞进索伦扎鲁独据的毡帐。

索伦扎鲁的来历却不大有人知道。据他自己说，他家原本很富有，从小过着不愁吃穿的好日子，很有希望成为可以扬眉吐气的巴彦。但后来，他爸爸得罪了扎布曼都老爷，被鞭打至死，使这个未来的巴彦在二十岁上成了一无所有的牧奴了。他时常说："他妈的！我总有一天也会成为老爷，比你扎布曼都还要威风！"他这样偷偷叫喊了三年了，却还是住在扎布曼都老爷为牧奴准备的毡帐里；并且，在罕都烈管家和斯卡总监面前比别人还要唯命是听毕恭毕敬；而在背地里说："别忙，早晚让他们加倍还给我！"在他的左脸直贯脖颈有一道虫子一样的鞭痕，这是怎么留下来的，他怎么也不肯说。

最近，索伦扎鲁已不常常发泄要当"老爷"的念头了。松和拉却不放过他。毡帐里只要一显得寂寞，松和拉就要提起"当老爷"的话题，逼得索伦扎鲁红着脸大发脾气。松和拉和格力图尔就能哈哈大笑一阵。

毡帐里的陈设再简单不过了。地上是草，草上是皮褥。晚上都和衣而卧，皮大哈就是被子。有两个木墩，放油灯，兼作餐桌，有时又是"坐椅"，是一身多职的宝贝。地当中是牛粪炉。有三只碗，却常常躲到乱草里，惹得发火的主人找来找去。除此而外，便是三个壮小伙子了。

陈设虽然简单，但在那数以百计的毡帐里，这要算作最热闹最有生气的"家"了。不管怎么劳累，不管有多少毡帐里精疲力尽的人们已进入忘我的梦乡，这座毡帐里却依旧能笑声盈耳。当然，有时也是争吵不休的声音，争持不下付诸最后裁决时，就得由奈曼乌勒来做仲裁者了。奈曼乌勒除了和心爱的姑娘幽会，几乎每个晚上都到这里来做客。他一来，那空气就格外活跃起来，有时还能使主人们听上一段故事或一首民歌。

但今天，毡帐里的空气显然被纹丝不动的格力图尔弄僵了。索伦扎鲁没好气地吧嗒着烟嘴。松和拉想说什么，又找不到话题，板着尖下颏、高颧骨的小脸，转动着总是不甘寂寞的大眼睛，坐在那里，不知干什么才好。索伦扎鲁吸完第二袋烟以后，身上已暖和过来，他从火炉前往后挪了挪，瞭了一眼格力图尔，双手抱着膝盖，以年长者的口吻，开始了他故意放慢的谈话："格力图尔，我们在一起快一年了。虽不能说我们亲如手足，也差不多就是最好的朋友了。有些话呢，我不能不说。"他顿了顿，又装上一袋烟，"你躺了一天了，想的该差不多了吧？你说说，何苦来？羊肉没吃上，弄了一身膻。

127

那个乌日……什么的和那个老头儿,你以为会感谢你?人家需要的是牛奶,是炒米,是衣服。你呢?拿得出?"又顿了一下,吧嗒了几口烟,"再说,你是救了他们,还是害了他们?在额勒吉卡那儿,还能把牛车赶出十几里地;到了这儿,嘿!一步也别想动!"

一般地说,松和拉总是站在格力图尔一边,这次也不例外,所以,在格力图尔毫无反应的情况下,就由他来说出和索伦扎鲁相反的看法了:"照你这么说,就眼看着乌日娜金被那个老混蛋带走?那,她可就没命了。"

"你别多嘴!顶好是找个奶羊认个妈妈,再吃两年奶……"

"别扯淡!等当了老爷再来训人吧。"

"当老爷又怎么样?总有一天……哼!等着瞧吧!"索伦扎鲁脸一红,转过头去不说话了。

松和拉撇了一下嘴说:"还'哼'呢,'哼'了三年了,不还是这个属味!"

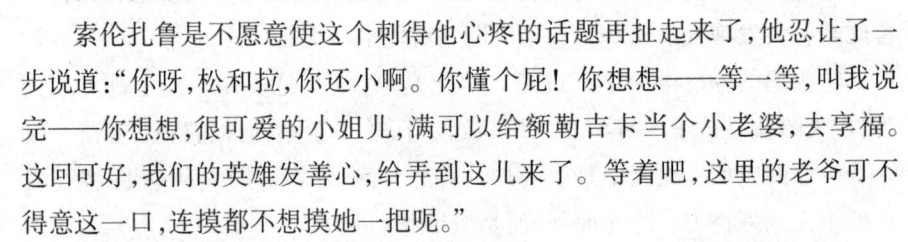

索伦扎鲁是不愿意使这个刺得他心疼的话题再扯起来了,他忍让了一步说道:"你呀,松和拉,你还小啊。你懂个屁!你想想——等一等,叫我说完——你想想,很可爱的小姐儿,满可以给额勒吉卡当个小老婆,去享福。这回可好,我们的英雄发善心,给弄到这儿来了。等着吧,这里的老爷可不得意这一口,连摸都不想摸她一把呢。"

"你就是能瞎编!想当小老婆还跑?"

"这,你他妈就是外行了,"索伦扎鲁嘿嘿笑了两声,"哪个骚娘们儿不来这一套?老爷要说'喂,小美人,给我当老婆吧','不嘛,我不干',娇滴滴来这么一句,还能'呜呜呜,呜呜呜'哭那么几声。岂不知,她心里可能却在说'你动手啊,老爷,你快动手啊'!"

"别放屁了!狗嘴里吐不出象牙。要是你嘛,你要是个娘们儿,早就三更半夜钻进老爷被窝去了!"

"要是我呀?呸!这他妈和我有什么关系?"停了一下,索伦扎鲁继续说,"话是这么说,可你知道吗?"索伦扎鲁把声音放低,好像挺神秘的样子,"你说,科尔丹就看上了这个乌日……什么的?""那还用问?刚来一天,就三番五次地送东西……"

"你呀,要不我说你狗屁不懂呢!"索伦扎鲁磕掉烟灰,又装上一袋,"你以为科尔丹眼睛那么低?人家在京城什么样的没见过?再说,老爷也不会答应科尔丹娶这么个又穷又酸的牧奴啊!"

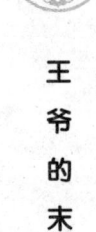

王爷的末日

128

松和拉也觉得这话似乎有点儿道理,看对方那认真的样子,好像又知道什么底细,便问道:"你怎么知道科尔丹少爷不想……?"

"这,你慢慢就会知道了。"索伦扎鲁故意把声音拉长,歪着头,吧嗒起烟嘴。

"那,会把她和老头儿怎样呢?"

"这,你慢慢就会知道了。"

"呸!你除了胡诌就不会做别的买卖!"

"胡诌?就算胡诌吧,那你说怎么样……说呀,瞪什么眼睛?还不是,你也说不出来吧?"又停了一会儿,索伦扎鲁朝松和拉来个挤眉弄眼,笑了笑,"反正这个小东西甭想走了。科尔丹不能娶她。大不了玩那么几次,然后就撒手。那时,小子,你知道,这里的单身汉不多……你呢,年龄太小,格力图尔有老婆,备不住……嘿嘿嘿,就会赏给我!那时,你们就从我的毡帐里滚蛋吧!"

这时,格力图尔一骨碌坐了起来,发亮的眼睛虎虎地瞪着,索伦扎鲁吓得赶快往后蹭了蹭。

"你们不说行不行?"威胁而略带哀求的声音,使索伦扎鲁翻了翻白眼,松和拉吐了吐舌头。

"行,行。不说就不说呗!干吗发那么大火?好像那个姑娘是你的……"

格力图尔悲哀地闭上眼,把头重重垂下去。小毡帐里只剩下牛粪火的轻微爆裂声。这样持续了一会儿,格力图尔抬起发青的眼睛,看了看两个同伴,又躺下去,侧着身,把眼睛牢牢地闭上了。

今天,索伦扎鲁比别人兴致高,忍不了多久,又张开了嘴巴:"咱们不说那个姑娘了。可咱不能不为你担心啊!你把额勒吉卡捉弄了,别看给科尔丹少爷带来那么多好处,罕都烈管家可不会放过你。你得想办法和少爷近乎近乎,让他给说几句好话……"索伦扎鲁看格力图尔一点儿也没听进去的样子,叹了口气,不说了。

一阵细碎的脚步声传来,门被拉开了,探进来斯卡的半个身子。斯卡是罕都烈管家笃信的总监工,人都叫他"总监",以示敬畏。他的相貌很不平凡,说他獐头鼠目,稍嫌过分,但那尖尖的嘴巴、小小的眼睛,确乎使人望而却步。两只胳膊出奇的有力,在四肢中,这算是最发达的两肢了。说话的声

129

音和嘴巴的尖度相似。两只大耳朵能扇动,很像蝙蝠的肉翅。

斯卡微笑着巡视了一遍三个单身汉,张开了尖尖的嘴巴,操着尖溜溜的声音说道:"格力图尔,别睡这么早啊!少爷请你去——赴宴!"谁都知道,从斯卡嘴里说出"赴宴"的真正含义。有些牧奴常常在"赴宴"回来后呻吟一个晚上,几天都在"睡意朦胧"中。

斯卡说完,又用眼睛扫了一遍小毡帐的四周,看到格力图尔站起来,他就关上门走了。

格力图尔不声不响地跟出去以后,索伦扎鲁看着松和拉,好像在说:"怎么样?"

十五岁、二十三岁的两个独身小伙子,互相看着,一声不响,等着皮开肉绽的格力图尔。已经习惯了,有一个去挨皮鞭,另两个就一言不发地等着。回来后,先发泄地骂上几句,以此来治疗那疼痛者。

"咦?你听!奈曼乌勒。"松和拉说道。

"嗯,不会是别人。"

他们从那稳重的脚步声,就知道准是奈曼乌勒来了。

推门进来的果然是奈曼乌勒。他虽然只有二十四岁,看上去却好像早已过了三十。他有一张生动而稍显滑稽的脸,嘴唇很薄,鼻头很圆,眼睛热情而幽深。左额角有一块暗红色的疤,那是他八岁时在给扎布曼都放羊的途中打瞌睡跌破的。他走路的姿态和那些长年骑在马背上或走在牛车旁的牧人一样,背略微有点儿驼。他机智、健谈,会唱很多民歌,甚至自己还能编出很像样的歌词。

他由于驾驭本领高超和对喀喇沁旗道路谙熟,便被派去做了海哥敦扎布补收贡物雪橇队的第一名驭手。

这支队伍是在晚上上灯以后回到扎布曼都官邸的。奈曼乌勒卸完雪橇,回到自己的毡帐,正赶上母亲挎着小篮子去看望新来的邻居,他连坐也没坐,便拎着耿玛给格力图尔捎来的小布包,到三个独身汉的毡帐来了。

奈曼乌勒拉开门进来说;"怎么了?就像老爷大出丧,我们最快乐的毡帐也罩上了乌云。"

"快来,大哥。"松和拉热情地说,把木墩往前挪了挪,"快坐下。"

索伦扎鲁问道:"才回来吗?"

"刚卸完车。扎布曼都老爷又一次大丰收!格力图尔呢?"奈曼乌勒说

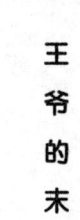

着,放下小包裹,坐在木墩上,"他看那个老头儿去了?"

索伦扎鲁讥讽地撇了撇嘴,"哼"了一声,说道:"看老头?去'赴宴'"

"为什么?"

"咱们的'大王'不是又办了一件'路见不平,拔刀相助'的善事吗?"索伦扎鲁说,简单讲述了一遍格力图尔昨夜途中的事件。这件事传得如此之快,索伦扎鲁竟也能讲出令人发笑的细节。这大概是额勒吉卡的打手们的功劳。那些奴才,很善于在背后描绘主人的不光彩的行为的。

奈曼乌勒惊讶地问:"你说的那个额勒吉卡,是驿站长吗?"

"正是他。我……我见过他。那是个顶喜欢女人的家伙。"

"那个姑娘叫什么?"

"名字不好记。是叫乌日……什么?"

"乌日娜金?"

"对对。你怎么知道?"

奈曼乌勒没有回答他,心里猛然间想起玳玛来。

他们补收贡物的雪橇队在今天上午路过多伦村,因为海哥敦扎布被杰尔登布拉去喝茶,他们便在村里稍事停留。奈曼乌勒决定去探望一下格力图尔的家。他把雪橇交给一个同伴代管,看到前面走着一个背布袋的姑娘,便紧走几步跟了上去。

"喂!好心的乡亲,你好啊!"

前面的人站住了,没有回过头来,只是轻声问道:"有什么事?"

"我找一个人。请你指给我格力图尔的家。"

那姑娘慢慢回过头来,疑惑地看着奈曼乌勒,说道:"你认识格力图尔?"

奈曼乌勒仔细地端详起眼前的漂亮面孔,弄得对方冻红的脸更加红起来,有点儿生气地又转过头去。奈曼乌勒呵呵笑了几声,说道:"我知道你是谁。你是玳玛!我没猜错吧?"

玳玛不由得又转过身来,皱着眉辨认着面前这个素昧生平的人:"你是谁?"

"我吗,你可不认识。我却能一眼认出你来。怪不得格力图尔老想家。"

奈曼乌勒的话使玳玛的心惊喜地跳起来,脸却像被火烧了一样,不好意思地低下头。

"说正经的,把我带到你的家,我要代格力图尔问候你们的双亲。"

玳玛抬起头,眼里露出了光芒,嘴角上挂起了笑意,两个微颤的小酒窝显出激动和羞赧,她柔声问道:"你和他在一起吗?"

"我们是非常好的朋友。格力图尔很想念你……"

玳玛又低下头,在那羞赧中似乎偷偷袭进一丝悲哀,她惨然地笑了笑说:"走吧。我领你去。"

"桑布大伯的腿好些吗?"

"姑父的腿还不好,老是又出脓又出血的……"玳玛一边走一边心情凄凉地说。

奈曼乌勒奇怪玳玛叫桑布姑父,为什么不叫爸爸呢?他看了玳玛一眼,又问道:"没有办法治好吗?"

"什么办法都用了。奥良哈爷爷也摇头……我们缺钱……"

"听说你娘家很富有呀!"

玳玛咬着嘴唇低头走了一会儿,好像不大愿意或不好意思说出下面的话:"我们不在一起过……爸爸说,他们也够紧了……"

奈曼乌勒拧紧了眉头,沉默地走了一会儿,又问道:"你刚才好像从杰尔登布那里出来?"

"我去拿炒米。"

"借的吗?"

"不。我给他挤奶……"玳玛说着,顿了一下,"我们这边三口人,总到爸爸那里背也不行啊!爸爸有时不大乐意……格力图尔回来就好了。"

奈曼乌勒仔细地听着从玳玛口中说出的断断续续的话,轻轻摇了摇头,在心里叹息着,不再问了。一切都很明白,这个不幸的家庭,全靠眼前的看来很孱弱的女人支撑着……

"到了。"玳玛在一个很破旧的毡帐前停下来说道,顺手拉开门,"爸爸,来客人了。"

奈曼乌勒跺了跺靴子上的雪,看了玳玛一眼,奇怪她喊起"爸爸"而不是"姑父",然后,把鞭子放在门旁,弯腰走了进去。

奈曼乌勒的拜访,给桑布和其木格带来了快乐。但这快乐没有延续多久,奈曼乌勒刚刚接过奶茶,外面就喊着启程了。他只好站起来,匆匆告别。玳玛赶紧把几块熟肉包好,塞到奈曼乌勒的手里。

其木格把奈曼乌勒送到毡帐外,叮嘱道:"告诉格力图尔,爸爸的腿快好

了,叫他安分点儿,熬过这几个月……"

奈曼乌勒答应着,又转向玳玛:"你没有什么话要捎去吗?"

玳玛看其木格向门口走去,便低声说:"你告诉他,有人在额勒吉卡的驿站,看见了……乌日娜金。"

"乌日娜金是谁?"

"她……格力图尔会知道的。"玳玛轻轻说道,低着头,痛苦地涨红了脸。

他们说话的声音很低,但其木格还是听到了。她回过头来说:"不告诉他……更好一些……"

"不。告诉他!一定要告诉他吧!"玳玛恳切地央告道,然后回转身急急地跑开了。奈曼乌勒分明看到玳玛眼里涌出了泪水。

奈曼乌勒的脑海闪过在多伦村和玳玛接触的一幕,又想到格力图尔即将面临的难题,不由得在心里慨叹了一声。

这时,索伦扎鲁又说道:"你说,这么胡来,老爷还不教训教训他?"

"今天老爷也能想到这件事?"

"是少爷喊去的。不过,快点儿也不是坏事。省得提心吊胆地等……"

三个人都不作声了。就在这时,格力图尔出乎意料地走了进来,他对毡帐里的人看都没看一眼,把怀里的东西扔到皮褥上,闷头倒下去了。

三个人你看看我,我看看你,又都看看格力图尔,好像都在问:"怎么回事?"

奈曼乌勒皱着眉头,把格力图尔扔下的东西拣起来看了看:一件挂面的新皮袍,一双芝麻皮船型月牙高筒马靴,靴筒里又掉下来一把精致的匕首。

索伦扎鲁已经不敢相信自己的眼睛了,顺手夺过匕首,就着牛粪火仔细地鉴赏着,说道:"这是……只有老爷才能用上这样的物件!"

20

科尔丹少爷选定格力图尔做他的驭手,并非一时心血来潮的草率决定,而是经过了再三斟酌。首先,在归途中,他看出格力图尔是个出色的驭手,自己原也打算回来后,坐上飞快的雪橇痛痛快快玩儿上几天,以便进一步领略那雪原的奇景和舒散一下郁闷的心情,那么,格力图尔是最合适的驭手了。其次,他想把格力图尔从野性和不驯顺引向正路,成为听任他摆布的勇士。科尔丹有这个自信。要是连一个年轻驭手都驯服不了,他还敢企望驾驭整个草原吗?

但这两天,科尔丹一直忙于应酬。在那觥筹交错的场合中,他还得扮演主角。那么多远远近近的巴彦都登门拜访,对科尔丹表示祝贺。一些邻旗的札萨克台吉也派专使送来了贺礼,有的甚至派协理台吉"亲造华帐"了。对于一些有身份的人,科尔丹不得不走出大门去迎接;而对那些不知名的巴彦如杰尔登布之流,他连客厅的门都不出。虽说如此,这也使科尔丹闷得昏昏然,他既穷于应付,又感到那些披金挂玉的人们俗不可耐。他的心早就飞到那茫茫雪原上去了。第三天下午,扎布曼都算了一下,该来的差不多都来了,下午也不打算再大摆筵席,在科尔丹拜受了色旺诺尔布桑保王爷派人送来的礼物后,扎布曼都告诉科尔丹,他不必候客了,可以出去散散心。科尔丹这才舒了口气,连忙趔回到自己的卧室,穿好妈妈送过来的新的狐皮大衣,从墙上摘下一支老式的猎枪,准备亲自去找格力图尔。甚至打算动手,帮助格力图尔套好雪橇。科尔丹兴冲冲走出卧室,在外间正好遇见匆匆而来的罕都烈。

"少爷!你这是……"

"去打猎。"

"真遗憾,少爷,你又不能出去了。"罕都烈抱歉地笑了笑,想尽量把话说得简洁,"斯卡报告,索拉吉辽夫先生驾到,老爷请少爷去等着会客。"

"索拉吉辽夫?外国人?"

"华俄道胜银行的要员。"

"唔,俄国银行家……"科尔丹说道,皱着眉思考片刻,然后挥了一下手,"不,告诉爸爸,我不想见。"

"少爷!老爷再三说,一定让你见见他。"

"我为什么要认识外国人?活见鬼!"

"少爷,请赶快换衣服。此人已到了大门口,奴才必须马上去迎接。"

科尔丹生气地说:"什么大人物,弄得你如此惶恐!"

罕都烈咧嘴笑了一下说:"此人不简单啊!少爷,奴才去了。"

"等一等。告诉爸爸,饭后我去拜见。"

"少爷……"

"去吧,我不远走,就在门外散散步……"

"也好,也好。"罕都烈勉强地应允着,很快退出去迎接外国客人了。

科尔丹走回卧室,把拎在手里的猎枪摔到床上,脱下狐皮长袍,泄气地坐到椅子上了。他忿然地想道:"左一个会见,右一个拜访!简直令人生厌!这回更有好戏,竟要去见一个外国人!"他在京师见过俄国人,在图什业图王府也见过俄国人,现在竟在自己家里也出现了俄国人!俄国人为什么像影子一样跟在身边?科尔丹站起来,走到窗前,想看一看这即将要会见的俄国人是什么样。此时,罕都烈和索拉吉辽夫已走上院内的石板甬道。索拉吉辽夫抱着罕都烈的胳膊,两个人热烈地谈着,好像都在互相说着恭维话。"此人的蒙古语一定说得不错。"科尔丹想道。甬道上的两个人已经离科尔丹的窗子很近了。索拉吉辽夫个头很高,隆鼻深目,粉红色的脸上显出一副生动的表情,说得上是个神采外溢的美男子。"他为什么是这样一副打扮?"科尔丹想道。他在京师看到的俄国人穿的是燕尾服,在图什业图王府见到的俄国人穿的是呢料披风,而眼前的这个,却是穿绛紫色丝绸面的蒙古长袍,腰扎嫩绿色缠带,头戴卷沿圆帽,帽顶上有一个红色的琉璃球,两条青色的飘带在脑后随风舞动;马蹄袖严密地护着手背;脚上是光可照人的黑皮靴。看着索拉吉辽夫的这副打扮,科尔丹讥讽地笑了笑。他忽然觉得这个外国人很面熟,似曾相识,但在什么地方、什么时候和为什么见的面,在记忆中却搜索不出踪影了。等他想再仔细地看看,那外国人的背影一闪,便消失在敞厅的第一道门里了。"算了。不去想他……"

科尔丹对自己说,离开窗子,到了外间。他命令侍女哈森进去收拾一下床铺,便推开门向外走去。

科尔丹终于走出大门,站到大道上了。他面对一望无际的雪景,深深吸了几口凉爽的清新的空气,觉得舒服了许多,一肚子的不快活也立刻飞到了九霄云外。他对碎步跑来的斯卡挥手道:"去吧,没有事。"但斯卡还是跑到他面前鞠躬禀道:"少爷,按照您的吩咐,已将吉利图父女安排妥当……"

科尔丹皱了皱眉说:"按照我的吩咐?"

"是呀,少爷。"斯卡眨了眨小眼睛说,"罕都烈管家按照少爷的吩咐,奴才按照罕都烈管家的吩咐,一切都搞得有条不紊。您看,他们的毡帐在那儿,一、二、三……唔,对了,那个毡帐有三个小窗,是独一无二的。"

科尔丹忍不住笑了笑,说道:"你很会啰唆呢。"

"少爷夸奖,少爷夸奖。还有,这几天没让他们干活儿,当然,照样给吃的,而且……"

"算了。不要再啰唆了。以后,这类琐碎的事不用向我报告,我不喊你,你也不必到我跟前来。去吧。"

"是。少爷。"斯卡鞠躬后退了几步,转过身,朝羊圈走去了。

科尔丹一边在大门口慢慢徘徊,一边想着斯卡的话:"按照我的吩咐?有意思……不过罕都烈安排得很好,先让他们歇几天也对……也许……我该去看看他们……"想着,他顺着大道向前走去。对那些习惯地垂手鞠躬的牧奴,他只是不耐烦地挥挥手。他先停在马棚的外面。那里,十几个老年牧奴正在梳理准备出售的马。

"少爷,您有什么吩咐?"一个牧奴俯身问道。

科尔丹摇了摇头,把身子转过来。他的面前是活动着的各种人:赶车的,驱牛的,担粪的,背草的,挑奶的,扛料的;姿态也各种各样——有佝偻蹒跚的,有挺胸后仰的,有趑趄不前的,有快步如飞的,有一步一颠的,有呻吟气喘的,有闭目咬牙的,有踉跄欲仆的,有左右摇摆的,有冷得瑟索发抖的。但有一点相同,这些人大都羸瘦得鸠身鹄面,满脸的汗污和满身的泥土。

科尔丹叹了一口气,紧锁眉头,在心里又默诵起在京师作的文章,并想道:"这里还是老规矩,父亲还是个'鞭子主义者'。岂不知人各有心,心有所欲,忍受是有限度的。处于今天的乱世,这不是十分危险的吗?唉!"

科尔丹正想得出神,忽听对面羊圈里传来一声连一声的惨叫。他快步走过去。

羊圈里,斯卡正在惩治一个犯了过错的姑娘。那可怜的姑娘骇得瞪着恐怖的眼睛,像看着神明一样看着斯卡,斯卡手里的皮鞭连连向她抽去。她的身边是被奶羊踢翻的奶桶。

"斯卡!"科尔丹愤怒地喊了一声。

斯卡闻声抬起头来,看到圈栏外面的少爷,脸上立即现出一副谄笑,一脚踢开那姑娘,几个箭步就蹿到科尔丹面前,说道:"少爷,您要什么?这里的姑娘都是丑八怪,那个乌……"

"住口!你跟我胡扯些什么?"科尔丹强忍住愤怒,才使自己的手没飞到斯卡的脸上。

"是,少爷。您有何吩咐?"

"你非用鞭子吗?"

"少爷,这是罕都烈管家乃至少爷和老爷给奴才的权力。老爷常说,这群黑骨头是专为了挨皮鞭才生到世上的。"

科尔丹沉吟了一下说:"以后,如果再看到你在我面前动鞭子,我不会饶了你!"

斯卡又闪了闪小眼睛,大惑不解地轻声说道:"是,少爷……"

停了一下,科尔丹问道:"她们为什么干得慢?"

"懒惰!"斯卡不假思索地说,"非打不可!"

"哼!又是一个'鞭子主义者'!我早晚让你也去当当牧奴。"科尔丹这样想道,嘴上却说:"他们冷,知道吗?因为冷,手不听使唤。""冷?"斯卡眨着眼说道,"这是冬天么,怎么能不冷?"

"所以,得想办法使他们不冷。"

"少爷,那奴才可没办法了。天老爷的事,可不归咱管。"

"奶茶呢?奶茶也不归你管吗?每天应该加两遍热热的奶茶。懂吗?"

"不,少爷。奴才……不懂。"

"笨蛋!"科尔丹骂道,"你懂得什么?还需要我请求你吗?"

"可是——"

"马上弄去!科尔丹不耐烦地大声说,"如果罕都烈问,就说是我给的。"

"遵命,少爷。"斯卡无法弄懂为什么要给牧奴加奶茶,但少爷的命令,比罕都烈的命令更不可违抗。他不解地摇摇头,然后回转身,高声喊道:"丑姑娘们!少爷赏你们奶茶喝了——"喊完,跳出圈栏,找人烧奶茶去了。

科尔丹赶紧离开羊圈,以免面对那些惊讶疑惑或者感恩怀德的眼睛。他向稍远的地方走去。他想,往哪儿走呢?这"心"原是"散"不了的。去看看格力图尔吧!几天没见,还真有点儿想念这个英俊的驭手呢。但,到哪儿去找他呢?科尔丹还没来得及弄清格力图尔的住处。他想:"对,先去看看那老头儿和他的姑娘吧。有三个小窗的毡帐,那一定很好找……"

科尔丹绕过羊圈,很快找到了那座与众不同的毡帐。这座毡帐的四周很空荡,显然在前几天这里还是一片空地,科尔丹想起来了,这是几年前为牧奴开辟出来的摔跤场。科尔丹在门前站了一霎,听到里面有说话声,便拉开门走了进去,一眼看到吉利图脸上挂着泪水,乌日娜金瞪着惊异的眼睛辨认着进来的人。

"唔……"科尔丹想道,"那张脸在半明半暗中不是更动人吗?真像白里裹朱,前额、下颏和颈子却又像鹅羽,两只黑眸在长长的睫毛下闪着湿润的光……噢!真是美啊!这样的姑娘……如果她……唉!可惜……"

科尔丹在拉开门的一刹那这样想着,慢慢走到吉利图跟前,坐下去。

这时,吉利图总算认出了眼前的人,他惶恐地想站起来:"唔!科尔丹少爷!是你……"

"不要站起来。"科尔丹和悦地说,"我随便来看看……"

乌日娜金原想把罕都烈送来的那堆东西抛到科尔丹脸上,但事情来得太突然,又看到他那温厚的样子,反倒没了主意,只是冷冷地说:"你来干什么?有话就快说!"

科尔丹抚掌笑了起来,说道:"你这个小姑娘真怪!怎么把我当作仇人一样呢?我可没怀一点儿歹意呀!"

乌日娜金看了看他,转过脸不说话了。

科尔丹又说道:"你们慢慢就会知道我是什么样的人了。吉利图老爹,这几天还好吗?"

"好,好。"吉利图惶惑地说,看了乌日娜金一眼,唯恐她发起脾气来。

"你们吃了不少苦,应该好好歇几天,吃和住还可以吗?"

"多谢少爷关照。我真不知道怎样感谢好心的少爷!"

"不必这样想。这算不了什么,谁都会这样做的。唉,大概是做老爷的好事干得太少，你就对碰到的很平常的顺心事当作奇遇了……""您真好，少爷。"吉利图感动地说，并壮起胆子盯着科尔丹的脸，"少爷，您是把我们……罚作牧奴了吗？"

科尔丹笑了笑说："我只是那样说说。要不然，额勒吉卡那个混蛋什么话都会说出来。"

"那……还让我们走吗？"

科尔丹思忖了一下说："怎么能不让你们走呢？不过我想，你们还是在这里住下去更好一些。跑来跑去，有什么好处呢？"

"这是我们自己的事，不用你来操心。"乌日娜金带着敌意，看着科尔丹，冷冰冰地说道，"趁着我们还没喝你一口牛奶，让我们走好了。"

"乌日娜金，何必那么着急呢？这里的人会对你很和善，你不会碰到额勒吉卡那样的恶棍。再说，你们上哪儿去呢？"

"我们回多伦村。"

"回多伦村？"科尔丹说着，摇了摇头，"去等格力图尔吗？"

"你这样的少爷真少有！管的事太多了。"

"不是我想管，乌日娜金。我在路上就想，你和格力图尔是很好的一对。可是——看来，格力图尔并没和你讲出实话，否则，你是不会再生出回多伦村的念头的……"

乌日娜金抬起惊疑的眼睛，问道："你说什么？我不明白……"科尔丹犹豫了片刻，然后说道："也许格力图尔怕你痛苦，才没把实情告诉你……是啊，人生就是个苦恼的过程，往往是想获得的却恰恰得不到。当我知道格力图尔已经和他的表妹结婚了的时候，心里也实在为你们感到遗憾。"

科尔丹的话像迅雷一样猛击着乌日娜金的心，她觉得眼前一片黑，似乎要昏厥过去。她那霎时苍白起来的脸上，每一处都表现出一种绝望。她尽力支撑着，眼睛一动不动地盯着科尔丹，只看到那发出迅雷的嘴仍在无声地动着。这是真的吗？格力图尔和玳玛结婚了！"不，不可能……"乌日娜金梦呓般轻声说，紧接着，她猛地跳起来，令人毛骨悚然地喊道，"不！你说谎！你骗人！"

科尔丹同情而悲哀地看着要发疯的乌日娜金，叹了口气说道："我也希望这不是真的……可是在九个月前，格力图尔和玳玛举行了婚礼，这里很少有人不知道这件事。"

"格力图尔……不！他没有结婚！你在欺骗我！你,出去!"乌日娜金用全身力量和心灵作着抗争,可是她终于溃败了,她虽然大声喊着,力量却在迅速消失,她觉得胸膛里猛地抽搐一下,眼前一片漆黑,不由自主地倒了下去。

吉利图和科尔丹同时跳起来,扶住失去知觉的可怜的姑娘,把她放在皮褥上。吉利图急得不知所措,一面唤着女儿的名字,一面抚着她纹丝不动的胸脯。这样过了几分钟,乌日娜金才深深吸了口气,接着爆发出一阵痉挛般的痛哭。又紧张又后悔的科尔丹这才放心地出了口气。

吉利图抬起泪脸,乞求又掺杂着怨恨地看着站在乌日娜金身旁的科尔丹,说道:"少爷,您为什么要告诉她呢？她够可怜的了……您,走吧!"

科尔丹歉疚地笑了一下,说:"都怪我……可是,她总要知道的呀！过一阵,就会好了。等她平静下来以后,你告诉她,就在这里住下去吧,有我在,就不会有人欺侮她,我一定想办法使她有个好的归宿。我去告诉罕都烈管家,暂时不安排你们干活儿,等忘掉了那天夜里的惊恐和今天的痛苦后,随便拣点儿轻活儿干干,一切都会好起来的。还有,一定要吃好,不要以为所有人给的奶酪、腌肉里都隐藏着歹意。"

科尔丹说完,又看了看仍在激烈痛哭的乌日娜金,轻轻走了出去,顺手掏出手帕,擦了擦脸上的汗。一抬头,却见格力图尔朝这里走来。显然,格力图尔已看清科尔丹是从乌日娜金的毡帐出来的,眼睛里是疑惑和妒恨的神色,使科尔丹为之一怔。

"唔,格力图尔!"

"少爷,套雪橇吗？"格力图尔站在科尔丹对面,冷冷地说道。

"不。我刚刚去看乌日娜金……"科尔丹的话还没有说完,就被匆匆跑来的罕都烈一把抓住了。

"少爷！可把你找到了!"

科尔丹猛然想起要会客的事,歉然笑了一下说:"我倒忘了。宴会结束了吗？"

"早就结束了,正在等你。快去吧!"

科尔丹回头看了看小毡帐,又看了看格力图尔,心绪纷杂地轻叹一口气,便随罕都烈走了。

站在雪地上的格力图尔,用仇恨的目光盯着一仆一主离去的背影,猜想科尔丹一定在重演着额勒吉卡的丑剧,心里一阵猛跳,真想几步追过去扇他一个耳光!但毡帐里的痛哭声使他的心又一阵悸动,赶忙跑了过去。

　　一进入毡帐,格力图尔就看到乌日娜金正伏在吉利图怀里令人寒栗地哭着。他走过去,从吉利图臂肘间抱过乌日娜金,把她轻轻放在皮褥上,握着她冷冰冰的手,焦急地问道:"乌日娜金,你怎么了?"但乌日娜金仍在哭着,胸脯在剧烈抽动,紧闭的双眼不住地渗出泪珠,根本听不到身外的声音了。

　　"大伯,她怎么了?科尔丹来干什么?欺侮她了吗?"

　　吉利图擦了把泪水,用幽怨的眼睛看了看格力图尔,说道:"你和玳玛……结婚了吗?"

　　格力图尔一抖,无力地松开乌日娜金那冷冰冰的手,吃惊地问;"你怎么知道?"

　　"刚才科尔丹说的。"

　　格力图尔觉着心里一阵痛苦的颤动,脑门上立即渗出大颗大颗的汗珠,他无可奈何地说:"这个坏蛋!他为什么要告诉你?"

　　昏迷中的乌日娜金似乎听到了一个梦中的声音,她用力睁开双眼,当她看清眼前确是她朝思夜想的格力图尔时,又爆发出一阵撕裂肺腑的哭声。

　　格力的图尔拉过乌日娜金的手,内疚地唤着:"乌日娜金!"

　　过了一会儿,乌日娜金猛地抽回自己的手,使足力气坐起来,瞪圆眼睛大声说:"离开我!"

　　"乌日娜金!"

　　"别叫我的名字!回去找你的玳玛吧!"

　　"乌日娜金,听我说……"

　　"我不听!这么几天你都等不了,你以为……我已经死了?"

　　"不。乌日娜金,我也不想这样,可是……"

　　"可是你喜欢玳玛,对不?看来科尔丹没有骗我,你竟在几个月里把我忘得光光的!"

　　"乌日娜金……"格力图尔流着泪说,"我怎么能忘了你?我没办法呀!妈妈为了躲避杰尔登布的榨取,听了舅舅的话,把家里的牲畜都当彩礼存到舅舅家。家里人都得活呀,爸爸的腿叫扎布曼都打断了,我被罚作苦役,这一年怎么熬啊!乌日娜金,我有什么办法?老人说定了的事,我能违背吗?

妈妈一哭,我的心都碎了!……可我,心里一直是只有你呀,不信,你挖出我的心来……看看吧!"格力图尔说着,双手捂住脸,泪水直流……

乌日娜金用泪眼扫了一下悲痛欲绝的格力图尔,嗓子一哽咽,回身伏在吉利图的肩上又抽泣起来。

王爷的末日

21

扎布曼都老爷专为华俄道胜银行使者设的丰盛的便宴,在恰到好处的时候,彬彬有礼地结束了。火腿、全羊、各种肉菜和刀叉、高脚杯之类,已随着大餐桌从紫色地毯上消失。客厅里,肉香被茶香取代。

索拉吉辽夫先生坐在靠近窗子的茶几旁,已经卸袍去冠,另是一番打扮了。他露出一头卷发,绣花领带和黑色燕尾服,显得卓尔不群,却又用谦恭的样子表明自己是文明国度里有文明素养的一类人。

扎布曼都照例坐在他的常备座位上。作为主人,他稍显矜持,但脸上的表情就和他独处时一样,几乎没有一点儿变化。

抚弄了一阵精致的茶具后,扎布曼都喝了一口茶,说道:"没想到在这白雪漫漫、北风萧瑟的冬天,索拉吉辽夫先生竟能光临寒舍……"

索拉吉辽夫欠身道:"我实在无法克制对扎布曼都老爷的想念。敝国有一句俗话:'友谊能给人温暖。'今天,正是您的深情厚谊使我没感到寒冷。"

扎布曼都没有因对方的恭维而稍变其态度,剔了剔牙说:"你们的事业一定很兴隆吧?"

"其实,并不像人们传说的那样使人愉快。如果说还有些许收获,也是您这样的大蒙王公沟通和帮助的结果。"

"客气。"扎布曼都从牙缝里剔出最后一块残留的肉渣,说道。

"实实在在,实实在在。"

这时,敞厅里的仆侍通报道:"少爷到——"随着这悠长的通报声,科尔丹潇洒自如地走进客厅。

索拉吉辽夫早就等着的会见突然到来了。他像被弹起来一样从座位上跳起来,姿态轻盈地迎上去,一把抓住科尔丹的手,像唱歌一样说道:"科尔丹少爷,久仰了。"他一面说着,一面略歪着头,鉴赏起正惊疑地看着他的科尔丹,"我一直在心里设计着一个蒙古贵族的美少年,现在我有幸亲近的更比我想象的英俊百倍喽!"

听着索拉吉辽夫的恭维,科尔丹心里很不舒服。但他实在为对方能将蒙古话说得这样流利优雅而感到惊异,他轻轻抽回自己的手说:"您是……"

扎布曼都说:"你们应该认识认识。这位先生是——"

"索拉吉辽夫。"被介绍者左手扪胸颔首道。

站在一旁的罕都烈补充道:"华俄道胜银行的副总经理。"他自己并不知道说的不准确。说实话,经理也好、襄理也好、分行也好、帮办也好,这些新颖的词汇的含义,对他都不十分明了。他最熟悉的,还是本民族的"老爷"、"阿拉特"、"王爷"和"协理"这一类意义绝不能混淆的称呼。

索拉吉辽夫虽然对罕都烈的"口误"有点儿生气,但为了照顾那个"老面子",他没有为这不准确的介绍进行更正。他依然保持着优雅的姿态,赞美地看着科尔丹的眼睛,继续说起令对方惊讶不止的标准蒙古语:"我和少爷原可以在王府会面的。但失之交臂,真使我感到有相见恨晚的遗憾。"

索拉吉辽夫的话使科尔丹一惊,眼前忽地闪出在图什业图王府的一幕:

那天,他正在大协理博克拿多的房间里。博克拿多指着窗外漫步赏雪的一个外国人说:"这就是华俄道胜银行吉林分行的'襄理帮办',名叫索拉吉辽夫,是个精明鬼,神通很广大……对了,听说,他即将成为俄国驻华使馆的要员了……"

科尔丹当时很奇怪地问道:"他来此贵干?"

博克拿多狡黠地看了看科尔丹,说道:"你以后就会知道了。如果你肯……屈就梅伦之职,是要经常和他打交道的。看来……他启程去京师的时间,不会很快到来。"

"他好像有什么心事?"

"心情烦躁。"博克拿多说,耸了耸肩膀。

"为什么?"

"王爷玉体欠安,暂不能接见他。算了,别扯他了。我们还是谈点儿别的吧!"

这一幕飞快地闪过后,科尔丹心里想:"这眼前站着的不正是那个漫步赏雪的外国人吗?王爷为什么不接见他?他为什么急于见王爷?又为什么这么快就到喀喇沁旗来了呢?"嘴上却说:

"久仰大名。请坐。"

在客厅里,他们谈的话,无非是些寒暄套语,天气和买卖,没有涉及到任何重要的主题。但是,扎布曼都也猜出,这不平凡的拜访准隐藏着一件什么重要的事情。因为每年都是在春天时,索拉吉辽夫来呆上一半天,除送一些稀奇的礼物外,就是简单商谈一下俄商到喀喇沁旗交易的事项。这次不同,竟然是在深冬,是破例的拜访。不过,扎布曼都可不愿先开口发问,等着对方揭题,也好取得优势地位。罕都烈照例是要等着大的方面谈定,由他来和索拉吉辽夫商谈详细款项,在老爷客厅里,他只能旁听,尽量理解和掌握老爷的意图,或在适当的时候说几句调节气氛的话。但这次却一言不发,只是注意地看着年轻的少爷和中年的银行家,眼里闪动着一种难以捉摸的光,好像不急于等待哪一方亮出题目。罕都烈的这种奇怪的沉默,也是破例的。

那么索拉吉辽夫呢,好像是等着主人发问,即便主人真发问了,他也不见得说。他要看看势头,尤其要仔细估量一下他这次拜访的主要对象——科尔丹。但科尔丹显然有点儿心不在焉。索拉吉辽夫猜测科尔丹一定有什么心事,岂知科尔丹却也正在估量着他,在寻找"这个俄国人来此贵干"的答案。同时,科尔丹也想起在京城听说的,西太后与俄国公使喀西尼的关系,担心父亲和色旺诺尔布桑保王爷也在走这条危险的路。

后来,在这场互相戒备、毫无必要的酬答中,科尔丹终于发现,这个外国人突兀地"光临",和自己的回来,特别是和自己在图什业图王府的驻跸不无关系。索拉吉辽夫曾说:"听说少爷荣归故里,特备芹献,当亲至椒兰面呈。"那么,这拜访和"出任梅伦"一事有关是无可怀疑的了,要不,有什么话不可以在父亲面前说呢?一场闪暂腾挪的谈话,已在科尔丹的脑海里翻波舞浪了。

果然不出所料!

傍晚时,索拉吉辽夫在罕都烈的房间里闲聊至上灯时分,没有获得任何有意义的情报,便悻悻然踅回到下榻处,略作踌躇,就命随从捧起他的礼物,去"椒兰面呈"了。

科尔丹很得体地接待了来访者。

索拉吉辽夫打发走随从后,亲自解开木箱的丝绳,轻轻地把盖掀去,不住口地说:"粗鄙得很,粗鄙得很。少爷不要见笑。"接着,像魔术师一样,从小箱里变出一件件稀罕物:一只金壳怀表,一套酒具,一把镂花银鞘匕首,几样精细的雕刻品,一枝崭新的可以拆成两段的猎枪;还有一套奇特的茶具——鹅卵形茶盘,檀木为之,其一端向上伸出一个裸体女人立像,她的左手叉腰,右手前举,拇指和食指间有一个空隙。索拉吉辽夫把茶几上的火柴盒拿起,正好夹在那空隙间。茶盘里放着一个细高的茶壶和四只无耳的茶盅,都描着图案。

"一点儿小意思。还望少爷笑纳是幸。"

科尔丹伸手让了一下说:"请坐。您太破费了,真令我惶恐不安……"

索拉吉辽夫并没有坐下,却把左手搭在科尔丹的肩上,诚恳地说:"哪里,哪里,只是略表心意。"

"请坐,索拉吉辽夫先生。"科尔丹又一次让道。

索拉吉辽夫微笑颔首,表示感谢,坐了下去。科尔丹就在那雕像手指间的火柴盒上擦着了火柴,给他点上烟,略带感慨地说:"我真不知道怎样表达我的谢意。"

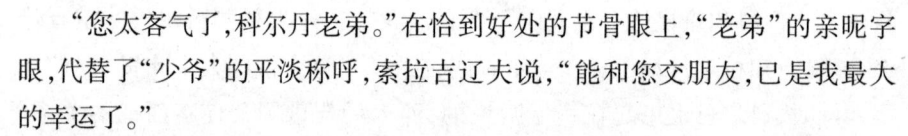

"您太客气了,科尔丹老弟。"在恰到好处的节骨眼上,"老弟"的亲昵字眼,代替了"少爷"的平淡称呼,索拉吉辽夫说,"能和您交朋友,已是我最大的幸运了。"

"可是,在这漠漠的荒野,我们能给您什么好处呢?"

"不,不。我们来到这里,决不是期望获得什么利益,我们是用通商的途径来沟通我们两个民族的关系……"索拉吉辽夫这样说着,同时也在暗暗思忖道:"真是不同凡响!到底是受过教育的人。他这么快就射出了一枪,必须小心应付才是。"

"索拉吉辽夫先生的话,使我高兴。不过自从天朝的闭关自守的政策放弃后。就是我们自己也清楚地看到,我们被欧洲远远抛在后面了。以我们蒙古族而论,和贵国的文明比较,我们还几乎是处于蒙昧状态啊!"

索拉吉辽夫为之一抖,却赶忙说道:"科尔丹老弟,这您说到哪儿去了?贵民族的率直而好客、文明而剽悍,一直是我们敬仰的;神武的成吉思汗给敝民族留下了难忘的崇高形象。"

"回击得很得体。"科尔丹在心里笑道,嘴上又射出一箭:"遗憾的是,成吉思汗的后裔没能给先祖增添光彩。"

"科尔丹少爷,您是太自谦了。"

称呼的变换表明了感情上的波动。但这并没有影响科尔丹的情绪,倒

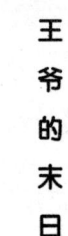

是被自己的话触动得感慨万千了,他站起来,说道:"不,索拉吉辽夫先生,这不是自谦。不出深山,当然不知世俗的污秽,但也不识宫室街衢之美;不见万仞之山,尚以百尺小丘为高啊!您想,我们辈辈人都只知奶乳毛革之务,而不图振兴展翅,就连喝水的壶碗,也须远走汉地购取。您惠赠的猎枪是如此精致,而我们,"科尔丹踱到床前,指了指壁上大为逊色的老式猎枪,"还以有此鄙物为荣呢。"

"人各有长么,少爷。民族又何尝不如此呢?贵民族的畜牧业不是当今世界的前驱吗!"

科尔丹看着索拉吉辽夫,笑了笑说:"您说得对。这也许就是我们得天独厚的地方吧。但唯其如此,我们就把牲畜看得不甚有价值了。不过——"科尔丹说着,坐了下去,为自己点上一支烟,把话头一转,"您这次光临舍下是……"

"啊——"这先是上滑音后是下滑音的长长的一声,有充分的时间考虑应该说什么话,"我是——专程拜访。当然,假如可能,我希望在今后能同您合作,在加深两民族关系上共同作出贡献。"

"如果能为阁下效劳,我是不会吝惜自己的力量的。"

"实在感谢!"索拉吉辽夫话一出口,才觉得不妥,但已是"驷马难追"了,马上改口道:"为了友谊,共同携手吧。"

"宝号是……"

"华俄道胜银行。"

"是,记起了。我早就在京师有所闻。人们常说:'南汇丰,北道胜。'宝号是名声籍甚喽!"

"少爷过誉了。汇丰是个老行,敝号却是新开张。"

"一新,一旧。"科尔丹笑着说,"'夫物新则壮,旧则老……新则活,旧则板,新则通,旧则滞,物之理也。'"科尔丹说完,大声笑起来。

索拉吉辽夫也随着笑起来:"科尔丹……少爷,真是满腹文章,口生莲花呀!"

科尔丹笑毕,招呼在外间的哈森:"看茶!"哈森进来斟茶完毕,科尔丹又说:"去厨房备两份夜餐。"

喝了一口茶后,科尔丹又改变了话题:"索拉吉辽夫先生,您的到来,使我有很多感慨。说实在的,有时,我为生在这样的穷乡僻壤感到遗憾……真

147

希望有机会去看看您所生活的富庶的国家……"

索拉吉辽夫忘掉了刚才的窘态,侃侃地说道:"科尔丹老弟,我一定把您的厚意转达给公使,在有机会的时候,请您去我的国家旅行观光……"

"那我一定会长很多见识的……"

索拉吉辽夫心里骂道:"鬼东西,你的见识已超过需要了!"嘴上却说:"您一定会受到热情而真诚的款待。敝民族同贵民族一样,是好客而率直的。"

科尔丹听懂了对方的话,笑着说;"我相信您的话。在您身上,我看到了一个高贵民族的高贵品质。"

索拉吉辽夫当然也听懂了对方的话,笑了笑说:"其实,在我们民族里,我算是不成器的一类。如果您能结交像喀西尼、维连斯基那样高贵的伯爵,您会产生一个更好的印象。"

"您太过谦了。"科尔丹说,并在心里骂道:"别以为我不认识你的那些伯爵之流!哼!不成器!强占伊犁的算成器吧?在乌苏里江逞凶的算成器吧?普提雅廷、倭良嘎哩、喀西尼①算成器吧?强盗!"

这类嘴上的和心理上的对话,他们继续了很长时间,直到夜餐摆上来,酒杯已经斟上第三次酒了,谈锋仍然未钝。但对于索拉吉辽夫先生,并不是为了来作一次"温文尔雅"的交谈。他担负着一件重要使命,此行是关涉到华俄道胜银行的一项巨大收入能不能实现的一环。拜访虽然未算结束,却使索拉吉辽夫先生产生了一个相当悲观的印象,那些"非正式会谈"似乎在警告他:注意!前面是悬崖!

"事情可能要费一番周折。索拉吉辽夫抚着下颏想着,"为什么偏偏在这个时候,来个节外生枝,王爷要任命科尔丹就任梅伦之职呢?眼前这个青年真有可能成为我的最大障碍呢。"

当然,索拉吉辽夫先生知道,这项合同迟早是要签订的。威胁他的不是事实本身,而是时间!他还清楚地记得这件事是怎样提到日程上的。有一天,维连斯基伯爵在接待了图什业图王府协理台吉博克拿多后,把对方提出的借款事项交给他全权处理。维连斯基伯爵明确交代了"基本精神"后,曾对他说:这项交涉能否成功,将关系到索拉吉辽夫在行里的名誉和辉煌的前

---

① 这几个人都曾在19世纪先后出任俄国驻华公使。

程！索拉吉辽夫立刻意识到，他命运中的真正的黄金时代终于要到来了！他仔细地斟酌了每一个细节，拟出了无懈可击的行动计划。他要干得成功，干得漂亮，干得叫所有人都大吃一惊。兴奋之余，他向已升任财政副大臣的舅舅作了详细汇报，还带去了他精心草拟的合同文本。舅舅很高兴，当即向外交部推荐了这个有外交天才的外甥。外交部对合同文本倍加赞扬，指示驻华公使密切注意索拉吉辽夫的工作，并把这个才华横溢、精力充沛的年轻人列为驻华使团的候选人之一。舅舅的鼓励、维连斯基伯爵的信任和外交部的赏识，培养起索拉吉辽夫的勃勃雄心，他更加确信了自己的才干，看到了自己生命的巨大价值。从此，豪华使馆的辉煌灯光下的外交官索拉吉辽夫的形象，强烈地诱惑着他，就像当年道胜银行重要职员索拉吉辽夫的形象曾强烈地诱惑他一样。索拉吉辽夫离大展宏图的日子不远了！通向这"宏图"道路的宝贵的"腰牌"便是这"借贷合同"的签押。索拉吉辽夫原以为这是不成问题的，以他和蒙古王公贵族打交道的经验，只要肯花血本，没有不成功的先例。可是事情并未沿着良好的开端顺利地向前发展。半路里又杀出个科尔丹！他在图什业图王府里，曾给了博克拿多足够的好处，后者暗示可以帮忙，但又让他在即将就任的梅伦身上打打主意。还说，科尔丹在京师受业，很有真知灼见，协理台吉恐怕也左右不了他。事实也确是如此，面前这个柔中有刚的年轻人，看样子是个不大可能进油盐的家伙，他如果真的就任梅伦，那要比一打博克拿多还不好对付。

抚着下颔的索拉吉辽夫在短暂的沉思中，想到了上面那些话，不由得一阵心绪烦躁，一向谈笑自如的翩翩风度消失得无踪无影。

但是，反正来了，不能糊里糊涂回去。是红，是黑，那宝盖终得揭开。何况，试一试就有成功的可能呢？

他端着送给科尔丹的酒杯，喝着送给扎布曼都的白兰地，第四杯酒落肚后，抹了抹嘴唇，故意用一种不十分在意的神态问道："科尔丹少爷，听说您要去图什业图王府供职，是吗？"

"唔，序幕拉开了！"科尔丹想到，霎时，图纸、借款、博克拿多、梅伦，这一点，那一点，终于在科尔丹头脑里连成了一条明确的线。"看来，色旺诺尔布桑保王爷真要借款修王府，索拉吉辽夫是来拜访即将出任的梅伦的！科尔丹心里一阵好笑，"这才叫图欲穷、匕将现了呢！"

科尔丹这些心里话，索拉吉辽夫听不见，也猜不出。他只是看到科尔丹沉思了一会儿，然后听科尔丹慢悠悠地说道："这事倒是说过。但我还没最后决定，仍在犹豫不决——以您之见，去好还是不去好呢？"

索拉吉辽夫心里想："今天真是太不幸了，总是被动。本来是我问他，却变成了他问我！我怎样回答才得体呢？"的确，索拉吉辽夫是不好表明态度的。按他的想法，当然不希望这个血气方刚的精明人去王府供职，倒是愿意看到永远由那些敢于公开贪赃枉法的王公贵族在王府当权。但要说"不去更好吧"，不仅这话难于出口，就是硬着头皮说出来，那科尔丹也许更加渴望那个美缺，一旦他就任梅伦，想起自己曾不希望和他打交道，那不是更糟吗？要说"以去为胜"呢，也许科尔丹真会听了他的意见，坚定了就任梅伦的决心。索拉吉辽夫只假设着坏的一面，而这，又确实是不能排除的。他对眼前这个比自己小十多岁的年轻人心理的捉摸，真犹如捕风捉影一般。既然不好回答，也只好来个反守为攻，所以他说："那么，您自己怎么想呢？哪种想法更胜一筹？"

科尔丹笑着说："两种想法势均力敌。一方面留恋家庭，而且，札萨克的合法继承人，也无须在当前进入艰难的仕途；另一方面，又想在家父健在的时候，有一个锻炼的机会，并期望对振兴哲里木盟的经济尽一点儿菲薄的力量。这两种想法，真是难以定夺。您是个见多识广的人，对王府内幕也比较知情，很想听听您的高见，以定伯仲。"

"这个么？"索拉吉辽夫又沉吟了片刻，觉得不作出回答是不行了。他来不及仔细选择和推敲，便说出来一句自己后来很后悔的话，"依愚下之见，以去王府为胜。当然，这是局外人并非远虑的话，仅供参酌。"

科尔丹心里说："好个'并非远虑'！为什么不说'必有近忧'呢？"但他却低下头，装出在斟酌的样子，片刻后，他抬起头说道："好吧。既然索拉吉辽夫先生也认为应该去，那一定会不错的。"

"您是决定赴任了？"

"您的高见坚定了我的决心。"

"少爷真是抬高了鄙人的身价。其实，我这样率直而言，也是希望以后多多仰仗您的协助！"

"嗯，差不多快要说实话了。"科尔丹心里想，"不过，等着瞧吧，我不会使你愉快的。"他随手把两个人的空酒杯都斟满，举起杯子说道："如果以后能为您效劳，科尔丹将不胜荣幸之至。"

索拉吉辽夫也举起酒杯："祝愿您诸事遂顺,仕途旺达!"

酒杯空了以后,索拉吉辽夫又点燃了一支烟,大口吸起来。为了掩饰自己此刻的复杂心理,他谈起他的差事要和梅伦经常打交道,希望以后两人在私人友谊上和公务的和谐上都能与日俱增。科尔丹则一再表示愿为对方效劳。

后来,索拉吉辽夫忽然想起驻京公使馆传来的一条消息,说是清朝的一些举人进士类,有人酝酿上条陈,在蒙地择荒开垦,要重提胡聘之的"开放蒙地屯垦"的旧话了。这是涉及到蒙古牧业的大事。他便准备拿来再作一次心理交战。

"科尔丹少爷,是否听说又要放垦蒙地之事?"

科尔丹毫不掩饰自己的惊讶,问道:"这陈词滥调又有人提起吗?""少爷久居京师,竟不知道,不大可能吧?"

"确实未有所闻。您怎么知道的呢?"

索拉吉辽夫吸了几口烟,喝了几口茶,慢慢说道:"这已经不是传闻了。最近,敝行接触一项难以处置的事务,不少汉人都涌到敝行央求借款,准备买蒙地垦殖。但我们与大蒙古民族有着深厚感情,不愿因此给贵民族带来损失,现在正为是否辟此项目而踌躇未决……"

这回,科尔丹真的沉思起来。他想,这不会是索拉吉辽夫扯谎。虽然在京师没听说又有人上过这样的条陈,但是有人在酝酿却未必不是事实。科尔丹是个受"维新派"影响较深的人,但他也有保留。他从未有过蒙汉杂居的思想。他认为,汉人是奸狡的,且有高深的文化,蒙汉杂处不仅使"新法"不能实现,勤劳的阿拉特和牧奴还会过分地放肆起来,破坏他所钟爱的畜牧业。他是想从内部的"变"开始。他一直认为,"开民智""兴教育"是有必要的,蒙汉杂居却万万使不得。而且,牧业赖以生存的牧场已显狭小,何堪稼穑之侵?但他在京师,并没有成为"维新派"队伍的正式成员,也没有机会把自己的思想完整地表达出来。而现在,竟又有"放垦蒙地的消息了。他不知道华俄道胜银行对此持什么态度,如果他们在此项目上大量往外借款,那对蒙古牧业是十分不利的。所以科尔丹问道:"如果朝廷下令准许放垦,贵行将何以处之呢?"

"这个……这就要看贵民族王公对我们的指教了。"

"如果我们无可无不可呢?"

"那敝行也就不好单方面拒绝借款者。"

"但是——"

"但是,如果贵民族王公不同意,敝行是决不亵渎神圣的友谊的。""……那是上边的事了。我们的意见是无足轻重的。"

"我们却不愿意因为上边的要求而损害蒙旗的利益。据说,东部几盟的盟长,均不准备表示异议。但我们可以特殊照顾到个别的旗,如令尊的喀喇沁旗,我们可以拒绝买喀喇沁旗荒地的借款者。这些事,待您赴任后,具体商谈吧。唔,时间不早了,不再耽搁您的休息。""您很快就要离去吗?"

"我想尽早赶回去。"

"我倒很希望明天一起去打猎呢。我有一个出色的驭手……"

索拉吉辽夫说:"恐怕我会打搅您赴任前的准备吧?"

"我哪里会马上去!这不是刚刚到家嘛。"

"那样——如果少爷有兴致,索拉吉辽夫不敢不奉命!"

"好。一言为定。明天可要起早喽。"

索拉吉辽夫回到下榻处,久久不能入睡。他想这次拜访并没有收到预期的效果,且很悲观。谁知道以后会发生什么新情况呢?但有一点他是确信不疑的,那就是,在借贷合同上,科尔丹不会马上说什么于他有利的话。即或以放垦借款一事作为交换条件,那附加条款也不会令人满意。他决定陪科尔丹玩儿一天,加深些私人关系后,立刻赶回图什业图王府,再在博克拿多身上加些筹码,叫他想想办法,使借贷合同在科尔丹就职前就签押。这是唯一的终南捷径。看样子,科尔丹目前还不知道借贷合同的详情,这是唯一可以利用的一段时间。

可是,索拉吉辽夫只想到科尔丹不好对付,哪里知道,他却走入博克拿多设下的圈套了。

22

　　第二天傍晚的时候,格力图尔赶着雪橇,把两个本来无心玩耍的"乘客"送回到红漆大门外。

　　索拉吉辽夫跳下雪橇,走到格力图尔面前,拍着他的肩膀,啧啧称赞道:"真是少有的驭手!"

　　科尔丹正收拾着雪橇上很少的猎获物,仰起头看着索拉吉辽夫笑道:"我说我有一个出色的驭手嘛,在喀喇沁旗,可说是独一无二了!"索拉吉辽夫退后一步,这回是交替地看着面前的两个人了。他把双手交叠一起抱在胸前,歪着头说道:"哈!我赞美大蒙古民族,有这样英俊精明的少爷,又有这样剽壮勇敢的驭手!我赞美造物主!"科尔丹心里说:"你大概正在痛恨造物主吧?"嘴上却说道:"我是无足挂齿的。至于格力图尔,怎样的赞誉也不过分。不过,今天他可真把我们吓破胆了!"

　　索拉吉辽夫闭了闭眼,心有余悸地说:"唔,天呐!那是我一生都忘不了的惊险场面。我当时想:一定要绕很大圈子了。可是,只听格力图尔喊一声'坐好',那雪橇就狂奔起来。我肯定我们将面临一场厄运,那么宽的堑壕,他竟然直冲过去!我闭上眼等着上帝召唤了,只觉得我们腾地飞到空中,狂风呼啸着掠过耳边……等再睁开眼睛,嘿!"

　　科尔丹大笑道:"真是的,我也以为我们要同归于尽了。能驾着雪橇飞过那么深那么宽的堑壕,也许只有在神话里才能出现呢。"

　　"神话!简直是神话!而我们,你和我,就是这神话里的两个主角!"

　　"可是见鬼。"科尔丹拧起眉头说,"干吗挖那么一个堑壕呢?"格力图尔说:"那不是堑壕,少爷。"

　　"那是什么?"

　　"听老人讲,还是在二十年前,那里突然裂开那么一道缝。"

科尔丹笑着说:"那一定是魔窟了。要有不少妖魔从那大门跑到人世呢——有多深?"

格力图尔摇头道:"不知道。恐怕至少也在十丈以上吧?"

"唔,天呐!"科尔丹叫道,"别说了,我要晕过去了!"

等斯卡和仆侍跑过来把雪橇上的东西拿走后,科尔丹忍不住又向格力图尔问道:"那时你怎么想?不害怕吗?"

"这已经不是第一次了。再说,为什么害怕?驭手是不应该知道害怕的。"

"妙!"科尔丹拍手赞道,眼前又闪出日暮归途的那一幕,"多精辟的话!但愿我们整个民族就是这么一个'不知道害怕'的驭手!"

索拉吉辽夫在心里说道:"该死!好可恨的念头!"嘴上却没这样说,他又走上前去,两手握住格力图尔的肩膀,上身微仰,仔细地品鉴起不知所措的驭手,这样过了几秒钟后,他感慨地说:"多勇敢,多漂亮!我真希望他是属于我的,哪怕是一个月!"

科尔丹笑道:"可惜,他也不属于我。否则,我会毫不犹豫地把他赠送给您。"

索拉吉辽夫松开手,吃惊地说:"他不属于您?"

"他是阿拉特,不是我的牧奴。给我服务的时间也只剩三个月了。不过,索拉吉辽夫先生如果赏识,我倒愿意和您分享一个月。"

索拉吉辽夫高兴地说:"您真慷慨,科尔丹少爷。我感谢并领了您的厚意。"

格力图尔却十分生气地说:"少爷,我不去。"

"放心好了。索拉吉辽夫先生不会亏待你。再说,他也许不敢用你这样不要命的驭手,而只是说说笑话而已。"

但是,索拉吉辽夫对此是很认真的,因为他所经手的《借贷合同》签押后,根据附加条款,哲盟矿产和森林将有很大一部分属于俄国,而对这森林、矿产进行踏查,是很需要有一个格力图尔这样的驭手的。所以他说道:"科尔丹少爷,我可不是开玩笑。我再说一遍,既蒙慨允,不胜感谢。待我再来贵府时,少爷可要忍痛割爱喽!"

"那当然。可是有言在先,至多一个月。"

"好。一言为定!"

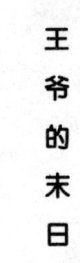

格力图尔看到眼前的两个老爷,拿他当个物件似的"借来借去",很不是滋味,竟至恼怒起来,他瞪着科尔丹说:"少爷!"

科尔丹趁索拉吉辽夫不注意,丢给格力图尔一个眼色,意思是不让他说话,然后说道:"格力图尔,应该学会服从,特别是在客人面前。好了,你先去休息。回头我再找你。"

"等一等!"索拉吉辽夫喊了一声,走上前来,从颈子上摘下十字架,亲手挂在格力图尔的脖子上,"年轻人,我很欣赏你的耿直。相信我们会相处得很好。上帝保佑你。"

科尔丹和索拉吉辽夫说笑着离去后,跑过来帮忙的索伦扎鲁用胳膊肘子碰了碰格力图尔,说道:"格力图尔,你要时来运转了。嗯?"格力图尔好像没听到他的话,顺手摘下觉得十分别扭的十字架,抛到地上,吐了口唾沫说:"见鬼!"

"咦?这成何体统!"索伦扎鲁走过去拣起十字架,吹了吹那上面沾的粪屑,"嚙!多好的东西!准值不少钱呢。"说着,硬是塞入格力图尔的怀里,"拿着,傻瓜!不喜欢可以卖钱么,这不是白拣吗?你先回去,我去卸马。今晚我非弄点儿酒祝贺祝贺你。回去吧,啊,好兄弟。这里的事,全由哥哥代劳了。"

晚上,格力图尔怎么也睡不着,整个脑袋嗡嗡叫个不停。酒的力量和两三天来产生的复杂心情搅得他心乱如麻。乌日娜金那哀怨的眼睛和悲伤的泪水,时时刺痛他的心。同时他也看出,科尔丹肯定在打着乌日娜金的主意。而且,扎布曼都是父亲的仇人,科尔丹是仇人的儿子,格力图尔——桑布的儿子,却赶着雪橇载着这个人面魔鬼和蓝眼珠的高傲的外国人去打猎,去游山逛景!甚至还要把他"借"给外国人一个月!这使格力图尔的心像被毒蜂蜇了一样难受而愤恨。更叫他忍受不了的,是那些牧奴和平日里相处得很融洽的朋友们,对待他竟像对待斯卡,敬鬼神而远之,甚而至于向他鞠躬致敬!他们把格力图尔这个堂堂正正的男子汉当成了什么人!

格力图尔坐起来,披着皮袄向牛粪炉蹭了一步,心烦意乱地等着早晨的到来。他感到身上实在无力,好像足足睡了八天才起来,有一种无以言状的软绵绵、空荡荡的感觉。毡帐外面开始刮起风来,北面的哈那被风吹得鼓动着。风的尖溜溜的叫声时强时弱,有时竟像一声狼嚎。单调的、令人心碎的梆声,在风里显得飘忽不定,有时在左、有时在右、有时又在头顶。外面刮着风,毡帐里燃着热热的火炉,睡起觉来该是格外香甜的,但格力图尔今天是无法享受了。他听着风声,望着炉火,心里也在刮着狂风,也在燃着烈火……

十八岁是个重要年龄,往往是一个人整个生命的转折点。当人们在暮年回忆起生命的历史,不能不首先把十八岁这个年龄作为第一个界碑。是一条硬汉,还是一个懦夫,在十八岁的时候,便初露端倪了。以后的变化,则仅仅是使那本质更清楚更成熟而已。而且,人的感情这种东西,可以说是一堆火,能燃得很旺,也能被浇灭。如果十八岁还没有火一样的感情,那是很糟糕的。当格力图尔在雪途中举起匕首的一霎,就已经燃起了格力图尔式的热情。那是不自觉地一试锋刃。从此,便注定了这条硬汉的命运。在未来的生活中,或许这种热情会使他犯这样或那样的错误,但是,却不能使他后悔。

格力图尔坐在炉旁,心里燃着火。此时,他对自己的面目和心灵还看不清,对自己的所为和将要做的事情还不能把握住。他需要一个引导者。假如父亲的腿没断,而且就在身旁,那就更好了。在这里只有奈曼乌勒常常是他心灵上的一点依靠,但奈曼乌勒在很多事情上也常常解答不出。格力图尔不自觉地站起来,似乎是靠着本能晃悠悠地走出毡帐的门,他在心里想:"还得找奈曼乌勒……"

外面正是所谓"神鬼游荡"的午夜,很冷,他打了个寒噤,裹紧了皮袄,一步步走去……

格力图尔离开自己毡帐的时候,正有人敲着奈曼乌勒的门。

"奈曼!奈曼!开门!……"

奈曼乌勒在睡梦中一骨碌坐起来,揉了揉眼睛,歪起头听着,寂静的寒夜里,只有身旁牛粪炉火发出细碎的爆裂声。他摇头笑了笑,暗暗嘲弄着自己:"怎么一合眼,就梦见她呢?"他又躺了下去。

"奈曼乌勒!是我,快开门!"

"咦?不是做梦!"奈曼乌勒这回可真切地听清了外面压低的声音了。他跳了起来,迅速打开门,把菊花拉了进来。

"你睡得简直跟死人一样!"菊花抽回手,拍了拍身上的雪,娇嗔地轻声说。

奈曼乌勒笑了:"我当是做梦呢。你今天怎么……"

"我知道妈妈干夜班活儿……"菊花说着,低下了红红的脸。

奈曼乌勒帮助菊花拂去身上的雪,拉着她坐在炉旁的皮褥上,皱着眉说;"你好像爬着来的?"

"刚才走到半路,好像有巡夜的……我就在地上趴了一会儿。"两个人都不说话了,望着那蓝蓝的火苗出神。牛粪火已燃得很旺,毡帐里也渐渐亮起来。两张脸都被火烤得红红的,眼睛在闪着亮光。

"罕都烈已经开始给我轻活儿干了。"

"唔?几天了?"

"三天了。我一直没有机会告诉你。"

"是啊,快到了。说不定还得派你到大门里头去呢。"

"这不和乌兰姐姐一样吗?"

"老规矩了,一年送一个,真不知道色旺诺尔布桑保王爷需要多少老婆!"

"哼!"菊花松开抱着膝盖的手,拨了拨炉火,说道,"他叫我给王爷当老婆,我偏不干!"

奈曼乌勒笑着说:"给王爷当老婆你还不愿意?"

"见他的鬼去吧!我有我的丈夫。"菊花说着,满脸绯红地低下头,咬起了红润的嘴唇。

"可是,扎布曼都也不让你给我当老婆呀。"

"他不让,可也晚了……"菊花说着,用那水汪汪的眼睛斜睨了奈曼乌勒一下。

菊花的娇憨使二十四岁的小伙子心旌摇摇了。他深情地把菊花拥在怀里。菊花趁势一把抱住奈曼乌勒的脖子,突然抽咽起来:"奈曼……我们可怎么办呐!心里……真害怕呀……"

奈曼乌勒抚摸着菊花的头发,说道:"别怕,有我呢,你怕什么?""奈曼,老爷会打死你……你说会吗?"菊花扬起眼睛,灼灼地看着她崇拜的情人。

奈曼乌勒颤抖地迎接那两只明眸射过来的火热的巨流,微笑着说:"不会,菊花,不会。老爷还舍不得打死我……"

菊花破涕为笑地嗔怪道:"你就会开玩笑!他留着你干啥?"

"菊花。"奈曼乌勒双手捧着菊花的脸,作了一个鬼脸,"留着我给他造一个小牧奴啊!"

菊花羞得一下子把脸藏在奈曼乌勒的怀里,扬起拳头敲打那火热的前胸:"你呀,真该打!"

这时,格力图尔已慢慢走近了这座情人幽会的小毡帐。奈曼乌勒和菊花的喁喁情话,使他举起的要敲门的手又缩了回来。他下意识地回头看了看乌日娜金的隐隐约约的小毡帐,心里想,如果没有和玳玛的婚事,他不是也可以去和乌日娜金相会吗?而且,他真想深夜拜访了!那准会叫乌日娜金大吃一惊。他刚一转身,又听里面传出很清晰的说话声:

"菊花,五个月了吧?"

"五个月零十天。"

"罕都烈没看出来?"

"没……"

"好!再过五个月,就是王爷的生日了。那时,准会把扎布曼都老爷气昏!可是,菊花,你以后可不准趴在雪地上了,得关心那个……"

接下来,没有声音了。显然是菊花堵住了奈曼乌勒的嘴,两个情人在采取更加激烈的方式,无声地交流着火热的情话……

格力图尔站在门口,忍不住笑了起来,心里说:"好家伙!再有五个月就当爸爸了,可还瞒着朋友。明天非收拾你一顿再叫你弄酒喝不可!"

格力图尔想轻轻离去,以免打搅那对情人的热烈情绪。他蹑手蹑脚地迈出一步,却又第二次停下来,里面送过来巴兰森格的名字,使他大吃一惊,他知道巴兰森格是远近闻名的"马贼"女首领,莫不是奈曼乌勒和她有联系?不由得又站在那里细听起来。

"是啊,两年了,巴兰森格妈妈连信也不捎来一个……"这是奈曼乌勒的声音,"她要能在这五个月内打进来就好了……"

"要不,我们去找她吧。你能找到吗?"

"能是能。可是不能扔下这里的五十个同伴啊!"

"我们都走!"

"那不行……巴兰森格妈妈是叫我们做内应啊!"

过了一会儿,传来菊花的声音,她竟谈起了格力图尔,使这个窃听者紧张地咽口唾沫。

"你怎么不叫格力图尔也参加进来?"

"格力图尔吗?不,现在不行。"

"你不是常说格力图尔挺好吗?"

"我的小傻瓜!可不是所有的好人都能成为我们一伙呀。要知道,出一点儿漏子,我们这五十个人全得掉脑袋!"

"我看格力图尔不至于破坏我们的计划……"

"也许……不会。但要看看再说。五十个人必须都得能确实信得过才成。"

"你说,格力图尔能一点儿也不知道吗?"

"怎么会知道?都发誓守口如瓶的。我还特别叮嘱松和拉和索伦扎鲁,不让他们把话说漏。"

"我总觉得这样对他不好。他是桑布的儿子呀!"

"问题不在这儿。别谈他了,我的小妞儿!"

"轻点儿!怪疼的……奈曼,我这几天心里总难受,好像预感到我们都会死……"

"说什么傻话!多往远处想想,你就会高兴了……"

"往远处想?可我们只有五个月的时间了,我真希望巴兰森格妈妈能在那个可怕的日子到来之前就打进来。"

"她会来的。巴兰森格妈妈一定会来的……菊花,我也无时无刻不在盼着那一天啊!唔,想想吧,大队人马,噼噼啪啪一响,我们这五十个人'唰'的起来!嘿!——扎布曼都,等着瞧吧!"

……

格力图尔站在奈曼乌勒的毡帐外,听到了上面那些依稀可辨的话,觉得耳朵嗡嗡的响了一下,听觉失灵了。胸膛里那颗快窒息的心好像要跳出喉咙,心里忿然喊道:"好啊!奈曼乌勒。我格力图尔左一个好,右一个行,却快成了你的敌人了!你们要干大事,连索伦扎鲁都是一员,可对我——竟和你的'小妞儿'说什么'别谈他了'!在你眼里,我原来连索伦扎鲁都不如啊!呸!还朋友呢,呸!"他想扬起拳头敲碎眼前那座板门,但他只是挥了一下,转身就走,心里继续大声骂着:"奈曼乌勒!见你的鬼去吧!"

在格力图尔身后,传来猛然推开板门的声音,同时,一个坚定的脚步声迅速跟上来,他听出是奈曼乌勒威胁地轻喝道:"站住!再多走一步,我就劈死你!"可是他连头也没回,急走几步,闪入羊圈的旁边,绕回自己的毡帐,使那光着脚、手持利斧跑出来的奈曼乌勒到底没有认出偷听他们谈话的人,吓得他整整一宿没敢合眼。

23

这一晚,科尔丹躺在床上,久久不能入睡,思考着索拉吉辽夫透露的消息,设想着被"放垦"后的暗淡前景。的确,在东部的几个盟里,扎布曼都的领地虽然不能说是首当其冲,但这正如投石于湖面,那波纹是要一环一环地向外扩展的,不要再企望有安静的生活和实现自己的理想了。如若有人真的上了"放垦"的条陈——这样的人肯定会有,假若皇上又真的准奏——这时在经济上处于困境的清廷当然不会不准。那么,牧场的领主们一定会得到一些好处,土地买卖会使他们成为百万富翁;而各盟盟长获得的利益可能比设想的还要大,可以坐收办理地照的渔人之利。因而,那利令智昏的一群人里,顺利地接受放垦就不是不可能的。这是非常可怕的事情。如果没有一些强有力的明智的人从中作出不懈的努力,以期使王公贵族们不至于因小利而毁掉整个民族的前途,前景肯定是很悲观的,甚至有可能使大蒙古民族被同化掉!想重新振兴大蒙古民族,使之翘然于百族竞争的当世,这样的宏图壮举,则会犹如烈日下的小河,避免不了干涸的命运。事实上,科尔丹也明白,蒙古上层王公们已腐败到一触即溃的程度,那些见小利而忘命、行大义而惜身的有职权的和有财产的台吉们,定会把整个民族利益一点儿不剩地卖光。色旺诺尔布桑保王爷不正是为了修王府要向沙俄金融家借款吗?为了钱,他同样会把牧场出卖给汉人去垦殖。扎布曼都的领地和根本利益是受到严重威胁了。有谁能为维护大蒙古民族的利益去斗争呢?尤其是,有谁能为保住扎布曼都的家业而出力呢?科尔丹认为,还是出任哲盟梅伦之职有必要。这不仅是当务之急,简直可以说是百年大计呀!是的,明天必须和父亲好好谈一谈,父子之间的争执以后再说吧,和眼前的事情比较,那反正是极为次要的了。即或父亲不同意他出任梅伦,也可以共同商量出应付可能出现的变故的措施。或许,这正好对目前父子间关系的僵局起个缓冲作用。想到这里,他觉得自己的存在,对扎布曼都家,对喀喇沁旗,甚至对整个民族,是何等重要啊!他愈加兴奋了,爬下床,点上一支烟,站在那里狠狠地吸了几口,便步出房门,在屋檐下站定,眼望着深邃的夜空随着散去的云雾显露出来的闪烁不定的星星。这时,大门外传来说话的声音,并从边门跨进两个人影。

"我有要紧事。今晚就要见他!"

"老爷,扎布曼都老爷已经睡下,奴才认为还是明天再见的好。罕都烈管家指令过,夜间是不通报的。请您还是到客房委屈一宿吧。好在这夜已经过去一半了……"

"不。今晚非见不可!他不是我的哥哥吗?我不是他的弟弟吗?你不仅仅是个守门人吗?没有你的通报我也可以进去!"

科尔丹听着上边那些越来越近的谈话,不由得一惊:"啊,叔父!"这时,那个守门人又恳切地说:"那么,额勒瓦奇尔老爷,您先等等,我去叫醒罕都烈管家。我们这些人在夜里是不能进入老爷卧室的。"

"好吧。你快去,我不能久等。"

科尔丹也隐约知道父辈兄弟三人的矛盾关系,不过,他对那些"兄弟阋于墙"的不光彩事情,也不愿详细打听。他在刚刚过了十岁的时候.见过这个穷困的叔父,给他留下了极为良好的印象。他知道,叔父经过几十年的孜孜不倦的学习,已成为学识渊博的人,甚至还学会了汉语。科尔丹认为,像叔父这样有清醒头脑的人物,在蒙古王公里还是为数不多的。他有时也可怜叔父,为什么他只有两名随丁?为什么只有不到百数牲畜?为什么不和父亲在一起?科尔丹在屋檐下的黑暗中回忆着那个阴郁而刚强的脸,不由得轻咳一声,步下石阶,迎上去。

"叔父!您好啊!"

"唔,科尔丹。我知道你回来了,遗憾的是,你的穷叔父没有什么好送给你的。"

"叔父,干吗要说这个呢?我们是一家人啊!"

"是吗?"额勒瓦奇尔眯着眼睛问,当他发现这简单的两个字刺得科尔丹低下头时,又改变了语气,转换了话题,"我找你爸爸商量点儿事。"

"额勒瓦奇尔老爷!"罕都烈喊道,一边穿外衣,一边跑了过来,"奴才起得迟了。请老爷恕罪。"

额勒瓦奇尔冷冷地说;"岂敢！有劳您的大驾了。请问,我今天可以打搅打搅您的老爷吗？"

罕都烈听出话里有刺,但还是陪笑道:"请到我的房里用茶,我马上去通报。"

科尔丹说:"罕都烈,这样吧,你去备一份酒菜,叫人送到我的房里,你就不必来了,由我来陪伴叔父。叔父,您呢,请先到我的房里喝杯茶,喝点儿酒、吃些菜,我去叫醒爸爸。"

"您看呢,额勒瓦奇尔老爷,这样行吗？"

额勒瓦奇尔沉吟片刻,说道:"嗯,也好。我也确实渴了。"

额勒瓦奇尔进入科尔丹的卧室,借着明亮的烛光,扫视了一下室内的豪华布置,坐了下来。科尔丹斟上一杯茶问道:"叔父在黑夜里来,一定有什么急事吧？"

"有一件事。"

"晚辈可以知道吗？"

额勒瓦奇尔看了看科尔丹,放下茶杯,说道:"和你说也行。并且和你有直接关系。你是决定去王府出任梅伦吗？"

"这,叔父怎么知道？"

"今天——好像应该说是昨天吧？现在是不是后半夜？"

科尔丹掏出怀表看了看:"是,已是下夜一点了。"

"那么就是昨天了,偶然听说王府缺员,而且是你准备出任。"

"啊,消息竟传得这样快！"科尔丹惊讶地说,心里觉得事情有点儿蹊跷了,为什么几天前随便说说的话会立刻长上翅膀,飞到住在僻处的叔父那里呢？

"消息的快慢不是主要的问题。"额勒瓦奇尔说,"你去与不去,是否作了最后决定？"

"决定去。叔父,您有什么指教吗？"

额勒瓦奇尔皱起眉头,沉思了一会儿,然后看定科尔丹的眼睛说:"我看,你把这个机会给我吧！"他看到科尔丹慢慢坐下去,低下头,好像在考虑,便等了一下,又喝了两口水润润干燥的嗓子,接着说下去:"科尔丹,也许你舍不得,但你可以不必走这条路。我却非走不行。你能不费力地接管整个一个旗,而我,却必须为我的儿子争来一个比牧奴稍强的未来……你可以给

我个答复。如果你答应我,还得帮助我求求你爸爸,给王爷写一封信。他和色旺诺尔布桑保是老交情了。好,你明天答复我,也就是今天早饭前吧。现在就不必叫醒你爸爸了。我也去睡一觉。"额勒瓦奇尔说完,站起来,对科尔丹连看都没看,便往外走。

"等一等,叔父。"科尔丹追上去说,"您再坐一坐,酒菜一会儿就送来。您吃完后,就在我床上睡。我马上可以答复您,并且,我很乐意和叔父好好谈一谈,再向您请教一些问题。"

额勒瓦奇尔遂又折回,坐下去,一眼看到茶几上的茶盘,皱起了眉头。科尔丹赶忙把茶盘端起塞到床底下,说道:"这是索拉吉辽夫送的。他人还没走,我还不好叫这些劳什子躲开。"科尔丹说完笑了笑。

"索拉吉辽夫?"

"一个俄国人。您认识吗?"

"听说过。一个刁钻的市侩……色旺诺尔布桑保王爷要向他借款,他要王爷把右翼中旗的森林和全盟的矿产作抵押!"

"有这样的事吗?"科尔丹又大吃一惊,感到问题是实在严重了。"这是告诉我王府缺员的人亲口讲的。我想错不了。"

"王爷答应了吗?"

"没人跟他讲清利害,他是非答应不可的。"

"有谁能使王爷不上这个圈套呢?"

"我。别人只会贪利,只要有钱,对民族的兴衰是不大注意的。"科尔丹想了想,又问道:"向您传递消息的人是谁呢?他为什么要特意告诉您呢?"

"这个人你不认识。他对我说:'你的侄儿要当梅伦了,他太年轻,斗不过索拉吉辽夫。你应立刻去找扎布曼都和科尔丹,求他们把这个机会让给你,只有你称梅伦之职'……"

"所以叔父就想去挽救目前的局面了?"

额勒瓦奇尔注视了科尔丹一会儿,说道:"如果我想为大蒙古民族出力,你支持吗?"

"我会全力支持!假如需要的话。"

"但是,我首先要有梅伦的职权。而这,是需要你忍痛割爱的。"

科尔丹心里掂量着眼前这个表面沉静、内心激荡的叔父,感到他身上有一股攫人的力量,有一股如火的朝气。科尔丹眼里闪起了亮光。他此时对色旺诺尔布桑保王爷借款的可怕后果看得更清楚了,对索拉吉辽夫拜访的真正含意也更明白了,同时,对叔父的面目也看得更加真切了。他觉得,面前这个五十七岁的人,在维护民族利益上,一定是一个非常顽固的人。他没有多少财产,几乎无牵无挂,不会担心触忤了一些权柄人物而丧失既得利益。这一点,要比科尔丹优越。所以,科尔丹决定把梅伦让给叔父,并帮助他成功。一方面尽叔侄之情,一方面也可对喀喇沁旗的利益有好处。但科尔丹还不知道叔父对即将面临的复杂局面有无充分准备,所以并不马上作答,却反问了一句:

"听说色旺诺尔布桑保王爷不愿接见索拉吉辽夫。看样子,王爷好像不同意某些条件吧?"

"这里另有文章,你暂时还理解不了。王府内的关系是很复杂的……"

"那么,您有把握成功吗?"

额勒瓦奇尔审视了一会儿面前的年轻人,好像在估量这句话的分量,然后说:"攻守进退,我自有策略。"

"可是索拉吉辽夫是个很精明的人呢。"

"我没有必要和他打交道。我不需要他的酬劳,我拒他于门外,他也无可奈何。重要的不是他。"

"重要的是协理台吉之类吗?"

"你能明白这个道理,这很不容易。"

"您对博克拿多了解吗?你们能不能成为合作的同路人呢?"

"他?"额勒瓦奇尔厌恶而忿忿地说道,"这个老贼!也许他是最希望王爷借款的!"

"那怎么可能!他好像并没有帮索拉吉辽夫的忙啊。"

"你是个小傻瓜。他在帮自己的忙!不过谁也看不出来罢了。他在蒙蔽王爷。我就是要把这只蒙蔽王爷的手拨开!不过,你还没有回答我的问题。"

科尔丹心里想,叔父说的虽然不一定全对,但是毕竟在就任以前对王府作了通盘考虑,而对此,他科尔丹就没想到,如果他自己真去就任梅伦,也许应付不了呢。所以,他响亮地回答:"您去吧,叔父。您去就任梅伦,我是特别高兴的。用不用我给博克拿多写封信?他对我还不错呢。"

"没必要。我不想要他的恩赐。只要你爸爸给王爷写一封信就行。"

"现在去叫醒爸爸吗?"

"太晚了,或者说太早了。既然你答应了,他就不好拒绝写信了。你不是答应了吗?"

"答应了,叔父,答应了。"科尔丹笑着说,"这还有疑问吗?"

"那好。一会儿我吃点儿,咱们就休息。哦,你刚才说,那个索拉吉辽夫还在这里? 我倒很想一睹他的尊容。"

科尔丹笑着说:"您会看见的。"说完站起来,去亲自催饭了。在敞厅里,他看见罕都烈从父亲的卧室出来,很奇怪。问道:"你还没去睡?"

"没有。少爷去喊老爷吗?"

"不。去催饭。爸爸醒了?"

"醒了。正在喝茶。额勒瓦奇尔讲到他来此何干吗?"

"他向我要一件并不属于我的东西。"

"那是什么呢? 一定是想当梅伦吧?"

"正是。你太聪明了! 我已经把不是我的东西赠送给了叔父。这可真是借花献佛啊!"

"那很好,那很好。少爷还有什么吩咐吗?"

"你去催催饭吧。"

"不必了,少爷。"罕都烈说道,狡黠地笑了笑,"老爷正在卧室等候额勒瓦奇尔老爷呢,酒菜已备在那里了。"

"你真会办事! 我还想和叔父谈一谈呢。"

"谈多了不见得有什么好处,况且,和老爷喝完酒叙完手足之情,还有很长时间你们可以谈啊。"

"好吧。我去请叔父。"

第二天中午,在扎布曼都老爷官邸的红漆大门外,有两辆雪橇相继开拔。这是心烦意乱的索拉吉辽夫和心满意足的额勒瓦奇尔在各奔前程了。索拉吉辽夫躺在自己的雪橇里,随从骑马跑在前边;额勒瓦奇尔昨夜单骑而来,临行前,扎布曼都令罕都烈给他驾去一副雪橇,科尔丹则把从额勒吉卡手里夺来的体格健壮的随丁全部送给了叔父。

罕都烈看到两副雪橇已经跑得很远,并在前面分了路——额勒瓦奇尔选了一条通向王府的捷径。他对沉思的科尔丹说:"索拉吉辽夫先生这次走得十分不愉快。"

"唔,你知道他这次来做什么吗?"

"少爷知道他从什么地方来吗?"

科尔丹又笑了笑。

"索拉吉辽夫这回可要加倍地破费了。"罕都烈把凝在胡子上的霜抹了一把,笑了一下,"他已上了博克拿多的当了。"

科尔丹惊诧地说:"嗯? 我不明白你的意思。"

"少爷是个精明人,还不懂这个?"罕都烈盯着科尔丹迷惑不解的眼睛说,"知道少爷要就任梅伦一事,奴才也就知道索拉吉辽夫突然造访的真正用意了。"

"说下去。说清楚。"

"少爷当真不明白?"

"不。不明白。"

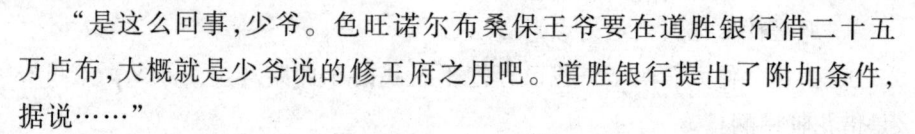

"是这么回事,少爷。色旺诺尔布桑保王爷要在道胜银行借二十五万卢布,大概就是少爷说的修王府之用吧。道胜银行提出了附加条件,据说……"

"提出什么附加条件? 你要说得清楚些。"

"遵命。可是……"罕都烈耸耸肩,无可奈何地笑了笑,"奴才只能说个大概,而且……大部分又都是臆测,具体的是什么附加条件,这只有王爷、协理台吉和新梅伦能知道……"

科尔丹拧着眉头说:"那就请你把'据说'和'臆测'之类说一说吧!"

"是,少爷。刚才说到哪儿了? 唔,对,据说王爷对附加条件有点儿踌躇。索拉吉辽夫为此事去王府斡旋了十几天,王爷没有召见他。这一点,少爷在王府那天也不会毫无所闻吧? 所以奴才猜,他当然要在博克拿多身上打主意了。他知道,博克拿多在王府是握有权柄的。可是——"罕都烈说到这里,眨着眼笑了一下,"可是博克拿多这个人却故意忸怩起来,弄得索拉吉辽夫心如火焚、焦急万状、吃不下、睡不稳。那么,在合同问题上,另一个可能起作用的人物是谁呢? 当然是梅伦。这样,他就不能不在即将赴任的梅伦身上寻找支持喽。"

科尔丹思考了一会儿,说道:"真奇怪。难道所有关于梅伦的消息都传得如此快吗? 不过,你说说看,索拉吉辽夫怎么知道我可能帮他的忙呢?"

"他知道令尊大人和色旺诺尔布桑保王爷的密切关系。同时,他更知道,科尔丹是一个有雄才大略的后起之秀。他也许知道少爷不会给他多大的帮助,但至少可以使少爷不至于成为阻力。"

"他对我知道得那样详细吗?"

"他就是不知道,也会有人主动向他介绍啊!"

科尔丹匿声笑了笑,心里想:"好聪明的管家!"

罕都烈又狡黠地笑了一下,说道:"少爷,奴才知道您是不会叫索拉吉辽夫满意的。"

"对此,博克拿多也应该知道啊。"

"所以,这一下子博克拿多是要大抓一把了……"

"你是说……"

"博克拿多身价平升一倍!"

科尔丹又在心里赞叹了一声管家的聪明,嘴上说道:"那么说,这借款合同的签押与否,均系于博克拿多一身了?"

罕都烈嘿嘿笑了两声,说道:"王爷十几天不召见,敢说不是博克拿多这老贼设的圈套?"

"唔,这次索拉吉辽夫来访,也是博克拿多设的计了……"

罕都烈又嘿嘿笑了两声。

科尔丹沉思起来。博克拿多在事实上操纵着王府大权,这并非不可能。色旺诺尔布桑保是个只会奢侈淫靡的蠢货,也并非只有王府内的人才知道。可是,王爷竟蠢到如此地步,而博克拿多竟放肆到如此地步吗?科尔丹这时心里更加明白,整个蒙古王公都到了崩溃的边缘了!他感到心里有一股悲哀的激流在冲荡,但心里却不像几天前那样烦躁了。

沉默了片刻后,科尔丹又转向罕都烈,试探地问:"博克拿多为什么叫我去出任梅伦呢?"

"就是奴才我,也知道少爷是不会站在支持借款的立场上的。"

"这就是你不同意我出任梅伦的根本原因吧?你不是说,王府将有一场纠纷吗?当时我竟没有仔细地问一问……"

"少爷,奴才不希望您因为这件事处于不利的地位。"

"不,这里面一定还有其他情节……按理,博克拿多是不应该同意我去的。他明知道我是他的对立面,假如和我弄僵,对他不利,他担心我把假图纸和他从中贪污的事揭发呢!"

"所以奴才想,博克拿多一方面说科尔丹要出任梅伦,一方面一定要让科尔丹知道目前出任梅伦是不适宜的。"

"你知道得如此详细,真令我吃惊!"

"这个……"

"这全部是你的'臆测'吗?"

"少爷……"

"哼!我看你在这出戏里也扮演了一个不光彩的角色。那天在王府博克拿多和你商谈了什么?是不是那时就定下了你的台词?"

"少爷……"罕都烈支吾道,有些慌神了。

"而且,决定把叔父推上火炉!是这样吧?恐怕博克拿多在你身上也没少破费吧?"

"这,少爷是误解了。"

"我会弄明白的。"

"即便真是这样,不也是为了少爷好吗?"

科尔丹讥讽地笑了一下说:"你这回倒好像说了一句真话。爸爸知道吗?"

"应该叫老爷知道的,老爷都知道。"

科尔丹并不知道罕都烈和扎布曼都在昨夜里密谈的情景。当叔侄在畅谈的时候,罕都烈正在给扎布曼都老爷提供意见,使扎布曼都那么快就决定会见弟弟,款叙了手足之情,并痛快地答应了弟弟的请求,当即给色旺诺尔布桑保王爷写了一封恳切而固执的信,又在早晨命令罕都烈从库房中拿出两匹缎子送给自己的弟弟。早晨,在给两个来访者饯行时,扎布曼都向索拉吉辽夫介绍了自己的弟弟兼未来的哲盟梅伦。索拉吉辽夫一时怔得目瞪口呆。额勒瓦奇尔对镇静下来表示亲热的外国人,只是冷淡地点点头。索拉吉辽夫说:"额勒瓦奇尔老爷,不知鄙人可有到华帐就教的荣幸?"额勒瓦奇尔则硬硬地回答:"敝庐寒微,勿劳芳趾。待至王府后,定当献茶聆教。"饭后,坚持要立刻辞行的额勒瓦奇尔终于被突然有了"手足之情"的哥哥送出敞厅,索拉吉辽夫也挥手告辞了。

科尔丹站在那里,对一天多的纷繁世事,终于理出了头绪。他淡淡地苦笑了一下,对罕都烈说"看来,我是被博克拿多和你痛快淋漓地折腾了一顿啊!"

"少爷这样说,奴才不胜惶恐之至。"
"你们……"科尔丹想说什么,但挥了挥手,把要说的话咽了回去,"去叫格力图尔套上雪橇!"
"少爷是要追回额勒瓦奇尔吗?"
"我去散散心。"
科尔丹简单地说了那么一句,就回房中准备去了。

24

驾着雪橇的马,腾跃起四只大蹄,在一阵飞溅的雪粉中,向茫茫雪原驰去了。

冬天的天空,照例是浑浊不清的,不像秋天那样深远,也不像夏天那样耀人眼目;那天空的蓝色似乎被掺进了什么不相干的颜色,变得暗灰。就连太阳也不怎么刺眼,好像一个白色冰盘挂在天上。可是,茫茫的雪原上却闪着万点耀眼的银花。冬季的草原是单调的,除了白雪,就是雪白。但大自然是个多情的种子,偏偏要在单调中生出一些变化。几天的狂风,把雪原理成像鱼鳞一样,鳞浪层层,甚至在一些孤零零的树下形成沙丘似的雪丘。

雪橇在鱼鳞上飞驰。不时有雪屑飞到科尔丹身上。他不去注意这些,闭着眼想着心事,想着博克拿多、王爷、索拉吉辽夫以及叔父,也想着自己。有时,他也撩开眼皮欣赏驭手那威武的背影。

雪橇终于在一片树林的边缘处停下来。

格力图尔头也没回地问道:"这里可以吗?"

"完全可以。"科尔丹说着,轻轻跳下雪橇,抖了抖身上的雪粉。

这是一片混合林。各种树木生长在一起,种类繁多,但唯其如此才构成变化多端的家族。阔叶树的叶子早已在白色的被褥下酣睡了,像一个个赤条条的汉子倔强地立在那里,一条条旁伸侧举的胳膊都抱着白色的雪,拿出一种要挥臂洒向人间的姿态。那经风霜而不凋的松树,针形的叶子仍是绿色的,镶着银色的边,也煞是好看。那散生其间的山丁子、大头香和其他小灌木却显得弱不禁风了,它们那纤细的枝干、憔悴的姿容,如果没有那些高大的落叶的和不落叶的汉子们保护,大概早已葬身在雪海和寒风之中了。

雪橇的拜访,使林木中的弱小家族慌乱了好一阵。一只好看的松鼠,骨碌碌转着大眼睛,直竖起又宽又长的尾巴,纵身跳到更远的树上去了。这是告警。接着,那长着梯形肉翅的飞鼠、脑门儿有三道黑杠的花鼠和在树脚下觅食的后腿极发达的红眼兔们都乱成一团,向树林里头逃跑了。

科尔丹本无心打猎,他是在烦躁的心情驱使下,出来散散心。但森林里的喧哗使他兴奋起来。他端起索拉吉辽夫赠送给他的新猎枪,开始和那些四处逃窜的可怜的小生命游戏了。

格力图尔卸下马,把它拴在最近的一棵树上,自己就倚在另一棵树上听着科尔丹怎样兴致盎然地用"啪啪"的声音,震得寂静的树林欢腾起来。但不一会儿,他就疲倦了,回身躺在雪橇上,枕着交叠的双手,望着那惨淡的天空。科尔丹穿的狐裘又在他眼前闪动了。他知道,那狐裘是由自己的父亲猎获的狐皮制成的。父亲的猎获物,却白白地跑到老爷和少爷身上了!当穿着狐裘的少爷愉快地举枪时,父亲不正在病榻上呻吟吗?如果父亲在伤痛中知道自己的儿子赶着雪橇把仇人的儿子送到林子里玩耍,该是怎样的痛心?格力图尔猛地坐起来,眼前又出现了乌日娜金幽怨的面容。科尔丹不正是觊觎着乌日娜金的身体吗?而他,格力图尔,竟在为乌日娜金的敌人效劳!他感到自己的心在哭、在喊!他感到给父亲丢脸,感到对不起乌日娜金。

科尔丹休息过后,又走进充满神秘的森林。那些望风逃窜的弱小生命,使他感到了自己的力量。他已经拣回第四只野兔了,回头看看格力图尔并没有跟上来,喊了一声,没有回答,只听到自己的声音从远近各处又传送回来。他把猎到的四只野兔,掖在腰带上.又向第五个牺牲者举起索拉吉辽夫送给他的枪。当他扬着兴奋得发红的脸回来时,格力图尔正心烦意乱地在马旁踱着。科尔丹以胜利者的姿态喊道:"格力图尔!你怎么不来?这里有趣极了!"格力图尔淡淡地笑了笑,问道:"回去吗?"科尔丹把六只野兔扔在雪橇上,犹有余兴地说:"忙什么?你打几枪吧!""我?"格力图尔摇摇头。科尔丹摘下背上的猎枪,递过去说:"去吧,我歇一会儿。我是十枪六中,给你十发,咱们比赛。"

"不。"格力图尔拒绝了。

"啊,你看——"科尔丹突然向左边一指。

格力图尔顺着科尔丹指的方向看去,那里正有一只火红的狐狸在骄傲地漫步。

"你来。"科尔丹把枪塞到格力图尔手里,"打这个家伙我没有把握。"

"不。你打吧,少爷。"格力图尔冷然道,一阵绞痛又袭上心头。

科尔丹的兴奋一下子飞跑了,他把枪扔在雪橇上,说道:"那就算了吧。我们回去。"

雪橇慢慢往回走的时候,科尔丹曾几次回头。那只火焰般的狐狸,已坐在那里,嘲笑地看着奈何它不得的二流猎人。科尔丹慢慢端起枪,叫格力图尔停下。但那狡猾的家伙一纵身就没影了。科尔丹泄气地放下猎枪。雪橇刚往前滑行,那火焰又在高坡出现了,雪橇一停下,便又霎时无影无踪了。

科尔丹说:"这东西真狡猾!据说,火红的狐狸是有百年道行的,夜里还炼金丹,那火球在天空飞来飞去,大概我们惹不了。走吧,不去管它!"科尔丹说着,拉下帽子把眼睛盖上了。

雪橇马上加快了速度。科尔丹凭直觉知道格力图尔把枪拿了过去。在雪橇的飞驰中,他听到"啪"的一声,雪橇也马上被格力图尔喊住。科尔丹推上帽子时,格力图尔已把枪放回原处,问道:"拿来吗?"

科尔丹探身向后看去,那火红的一团已僵卧在那里,在一片雪白中,显得格外分明。

在归途中,科尔丹一边欣赏着那狐狸的火红颜色和润泽的皮毛,一边赞叹着格力图尔的枪法:"你打得太准了!看来,你不单单是一个出色的驭手呀,还是一个非常出色的猎手呢。你这是怎么练出来的?"

格尔图尔满怀仇恨地回头看了看科尔丹,大声说:"我们每年要孝敬你爸爸五张狐皮!"

科尔丹的心猛地缩了一下,心里说:"这里有多少仇恨啊!"他本来不想问什么,但却不由自主地脱口问道:"为什么?是卖吗?"

"卖?"格力图尔回头冷笑了一下,"白白恭送,你爸爸和罕都烈还不饶呢!你回去问问罕都烈,你身上的狐皮是哪儿来的?"

科尔丹不再说话了。他觉得出,脚前坐在雪橇上的格力图尔,是怀着满腔仇恨的。他担心地看着那坚实有力的宽肩膀,想道:"在这虎背熊腰的身体里,又该蓄着多少力量啊!"科尔丹感觉出,雪橇是愈来愈快了,他的担心也随着雪橇的速度在逐渐升起。他把枪膛里残留的一颗子弹退了出来,但又马上偷偷装好,并往身边挪了挪。

格力图尔抖着缰绳,眼睛直视前方。他的心潮在翻滚了。如果那火红的一团不在今天出现,如果不是科尔丹夸赞他的好枪法;那么,父亲断了的

腿和母亲憔悴的面容,不会这么长时间地浮现在他的眼前。为了那五张狐皮,他和父亲每一年要花去近一个月的时间伏在潮湿的地上或趴在冰冷的雪里。可是,老爷仍不满足,竟以一个天下少有的理由,打断了父亲的腿,又叫他来服一年苦役。他不仅要在雪夜把少爷载回府上,又要把他送到"好玩"的地方来耍!这时,无数的脸——爸爸的,妈妈的,玳玛的,乌日娜金的,都在他的面前扬起幽怨的眼睛。种种仇恨和不平,都像激浪撞击崖石一样,撞击着他的心灵!

科尔丹此刻的心情也不平静。他后悔今天竟穿上了狐裘,后悔没有打听打听狐皮的来历。如果他知道库房里的狐皮有桑布交的,那么,身上的狐裘就算是在京师买的,他也决不穿它。他也后悔,为什么竟异想天开地叫格力图尔打那只野狐!这些,都是"当此时也"的刹那间的想法,也许并不符合科尔丹的思想逻辑。他即便知道狐皮从何而来,也不见得就不穿它。他怎么能估计到,这个粗野的驭手能把这一切都那么充满仇恨地联系到一起呢?科尔丹已来不及推敲该不该穿狐裘了,因为狐裘正穿在身上。他抬头看了看格力图尔,想到那身体里的惊人力量,心里不由一阵寒栗。那雪夜中额勒吉卡的厄运和飞过"堑壕"的一幕,使他的寒栗又在周身游荡了无数遭。这个驭手和自己的家有着刻骨仇恨,这在眼前看得分外清楚,假如格力图尔这个莽汉迁怒到科尔丹身上,天呐!科尔丹可不敢再往下想了。但科尔丹不是在危险中手忙脚乱的人物,他能在各种情况中寻找一条安全的道路,而不会使自己陷入绝境。他也发现,眼前这个鲁莽而刚直的驭手心里也处在矛盾中,不知道怎样做才是正确的,那飞快抖动的缰绳和那被乱糟糟的思想搅得浑浊的眼睛,正好说明了这一点。是的,格力图尔很勇敢,无所畏惧,上天入地都在所不辞,但他的思想远没成熟,不像他科尔丹有着成套的成熟的想法。所以正应该在这条硬汉的生命旅途走进十八岁的门槛时,把他紧紧地抓在自己的手里。当然,在当前的情况下,科尔丹更多想到的是可能发生的种种危险,设计着应付的策略……

突然,雪橇猛地停住,科尔丹感到五脏六腑差点儿迸飞出去。他略感头晕地看着前面那对燃烧的眼睛,轻轻地问道:"怎么了?格力图尔。"

"我问你,你为什么偏偏要我当你的驭手!"

科尔丹勉强笑了笑说:"因为……我喜欢你呀!你很勇敢……"

"你不怕我弄死你?"

格力图尔牙齿里迸出的几个字击得科尔丹一抖,下意识地摸了摸猎枪。但他马上镇定下来。他知道和面前这个凶汉硬拼,他是不够格的,只要那握着缰绳的手伸过一只,轻轻一按,他科尔丹就别想动弹了,他必须采取已设计好的策略。

科尔丹笑了:"你真会开玩笑!你没有理由弄死我。要不,为什么不动手呢?"

"没有理由?打断我爸爸的腿,抓我来服役!而且,你……"格力图尔想说"而且你还打乌日娜金的坏主意",却没说出来,这话不好说出口。

"说下去呀。怎么不把话说完呢?"科尔丹仍旧微笑着,并没有改变躺卧的姿势,还把摸枪的手挪到胸上,两只手很自然地交叠在一起。

"这还不够吗?就凭这些,就凭一点,我也有理由弄死你!"

"别说得那么可怕。"科尔丹和悦地说,"你的理由是不充分的,你看,你说的那些,那是我爸爸和你爸爸之间的事,和我无关。我相信,我们之间没有、也不可能产生那样的不愉快。再说,你也没问问我是否同意我爸爸的做法,这个我们以后再谈。我只是想说,这两年如果我没离开草原,那么你爸爸仍旧会是一个很好的骑手。"

"说得好听!"

"这不单是'说说'而已吧?你大概还没忘记在雪夜里你的恶作剧,如果换上别人,难道叫你断了一条腿就会完事吗?至少也要罚你做终身苦役。结果呢,并没如此。而且,我对你是分外的信任。对不?再说,你有几个月就要回去了,你希望等待赡养的父母由于你的一时鲁莽的冲动而死于非命吗?你当然一动手就可以把我弄死,我也不想反抗,并且我也没有力量反抗。但那时,连为你辩护一句的人也没有了。"

格力图尔久久地看着那白嫩的面孔和那双和悦的眼睛,他的头嗡嗡响着,神志混乱了。原来澎湃的复仇怒潮,被一阵无措的波涛替代了。

科尔丹疲倦地笑了笑,继续说:"格力图尔,莽撞不是好事……自己的痛苦困顿不能从单一方面找原因,那会使你的心灵受到欺骗的……格力图尔,赶起雪橇吧。我们这一代不要像上辈人那样不睦。我不认识你爸爸,但我确信,那肯定是个值得佩服的人。我已经叫人去买药,等他回来后,就交给你。并打算给你几天假,去看望和治疗你爸爸的伤腿。我爸爸的过错,该由我当儿子的弥补,你看,我是一直希望和你成为好朋友,可你……好了,把雪

橇赶起来吧,速度放慢些,我们可以边走边唠。"

格力图尔迷迷糊糊地回过身来,迷惘地看着梦境一样的雪原,用力抖起缰绳,那马一起步就猛跑起来。被掀起的雪雾立刻使科尔丹倒抽了一口冷气。他没说什么,浑身无力地瘫在雪橇上,冷汗一阵阵往外冒。

雪橇停在大门口后,科尔丹拎起猎枪跳下来,对心绪纷杂、沉思不语的格力图尔说:"你休息去吧。今天的猎物全归你。从此以后,每年的五张狐皮免了。"说完,进入大门去了。

科尔丹一踏进卧室的门槛,就感到全部的精神和力量已消耗殆尽。他把枪倚在门旁,听到它"叭嗒"一声滑倒在地上,却没有力量把它扶起,使劲儿睁着眼睛,看着那变得离他无限远的床,跟跟跄跄走过去,扑到上面就再也不能动了。在他的一生中,记忆突然消失,或许只有这么一次。至少过了五分钟,才渐渐回忆起刚刚发生的事情,好像自己仍在雪橇上,格力图尔正举着匕首,向他刺来。他害怕得闭上眼睛,脑门上的汗珠有如夏天早晨的露珠,在一点点增大。但是向他接近的不是举着匕首的格力图尔,而是端着洗脸盆的哈森。

哈森放好洗脸盆,向床上看去,她被科尔丹一腿耷拉到地、一腿蜷在床上的样子吓了一跳。

"少爷,你病了?"

科尔丹听出是哈森的声音,确信自己是在自己的卧室,略略抬起汗淋淋的脸,摇了摇头。

"唉呀,出那么些汗!去喊舅妈来吗?"

科尔丹又摇摇头,慢慢坐起来,怔怔地看了哈森一眼,令对方不解地笑了笑。

"那……洗脸吧,少爷。"

科尔丹微晃着走到洗脸架处,把手浸在温热的水里。这样停了好一会儿才低下头,把脸上的汗和盆里的水掺合起来。他一边轻轻地洗,一边又慢慢想道:在那一场刹那间就可能发生悲剧的斗争中,科尔丹毕竟是胜利了。而且,度过了那一段难堪的时间后,他和格力图尔的关系肯定会大大跨进一步,至少使那可怕的仇恨不再扩展。这不仅仅可以化险为夷,简直可以说是塞翁失马了。想到这里,兴奋已把那后怕取代。他深深出了一口气,使劲儿抹了一把脸,顺手接过哈森递过来的毛巾。当他擦了最后一下时,那愉快的眼睛,从往下移动的毛巾上边露了出来,盯住正看着他的哈森,使少女羞红了脸,低下头不知所措。

哈森和科尔丹同龄,她是扎布曼都一个远房妹妹的女儿,八岁时成了孤儿。斯琴很喜欢这个白净的小姑娘,就把她接到家里。她和小科尔丹玩得很融洽,长大后便成为扎布曼都内室的女仆。这回科尔丹回来,斯琴便把哈森派到科尔丹房中,带领另外两个女仆服侍科尔丹。

科尔丹看到哈森在他注视下娇羞的样子,故意来个要拥抱的动作,哈森的脸刷的红到脖子后,轻声说:"少爷,别闹!不是小孩了……"

科尔丹憋不住哈哈大笑起来,回身躺在床上,笑毕后说道:"哈森姐将来找个好丈夫,可别忘了请我……"

哈森娇嗔地说:"谁和你开玩笑!我去告诉舅妈。"

科尔丹又呼地坐起来:"唉呀,那可了不得!"说完又忍不住笑起来。

哈森也噗哧地笑了:"还笑呢,老爷叫你去呢。"

"真的?"科尔丹一下打住笑,吃惊地问。

"谁和你瞎逗?刚才老爷说,叫你洗完脸就去。好像……不太高兴……"

科尔丹皱着眉在屋里踱了起来,一面整理衣服,一面想:"不大高兴,……什么事呢?"

"你可快点儿!去晚了老爷训你,可别怪我。"哈森说完,退了出去。

科尔丹站在穿衣镜前看了看自己苍白起来的脸,然后慢慢回转身,向屋外走去。

25

要不是斯卡死乞白赖地拎走了两只野兔,那格力图尔肯定会把白天的猎获物原封不动地给科尔丹送回去。他不高兴接受少爷的破格赏赐。为什么要他的东西呢?况且,他科尔丹为什么这样发善心呢?是对格力图尔途中退让的感谢吗?是由于对格力图尔的好感或畏惧吗?这是格力图尔所不能明白的。他不认为这是值得高兴的光荣,反倒使他的自尊心受到了挫伤。他在心里嘿嘿了两声,嘲笑起自己的犹豫和胆怯了,后悔在雪橇上竟没有掐死科尔丹!哼,要是一狠心把手按向那纤弱的脖颈,你扎布曼都去向风哭号吧!叫你断子绝孙,叫你的财产没人继承!然后——当然逃走。逃走又有什么?父亲不是从卓索图盟跑到哲里木盟的吗?儿子为什么不能从北边跑到南边去呢?就是这样死了,也痛快啊!

"但是,你为什么要弄死他?"

"为什么?父仇子报!"

"科尔丹也欺侮你了吗?"

"他?现在没有。但有谁保证他不同样打断我的腿?"

"他并没有打断你的腿呀!对你不是很友好吗?"

"谁知道他的心里藏着什么?也许那里有一把毒剑……"

"不对,格力图尔。你要真弄死他,人们会怎么说呢?人们会说,这样善良的少爷被你弄死了,多残忍!"

"你为什么不说说扎布曼都对我父亲的残忍?你为什么不看看他穿的狐裘,是我父亲趴在雪里打的狐皮?你为什么不想想我可怜的妈妈愁白了头发?为什么不想想可怜的玳玛累得直不起腰?"

"真的!你说的也很有道理……可你为什么不动手呢?你害怕了?你怕什么?怕自己受苦?怕送命?你怕什么?"

"是啊,我怕了。我太软弱……我害怕他那双坦白的眼睛,害怕他那苍白善良的面孔,对这样一个孱弱的没有反抗力量的身体下毒手,格力图尔称得上好汉吗?"

当然,这些内心的无声的争辩,除了格力图尔,别人是听不到的。别看格力图尔平常的话很少,他的思想却不是凝固的。

他在冲动的时候,会不顾性命地放纵自己;平静下来时,也能仔细地沉思。他不是那种在莽撞后仍然固执的人。

不过,他并不是总能得出结论,不管是正确的还是错误的。在这种时候,他就不能平静了,而且很需要别人从客观上来检验自己的思想。可是找谁去说说心里的不平静呢? 过去还有个奈曼乌勒,只要奈曼乌勒说几句充满机智的话,格力图尔心里的疑团就会涣然冰释。现在去找他吗? 不,格力图尔可不想再见他了。自从昨天夜里在奈曼乌勒毡帐外听到使他万分恼怒的话,那个有"长者风"的形象,就被格力图尔从心灵中狠狠抠去了。那稍显滑稽的脸简直近于丑恶,那畅快的笑简直就是魔鬼的笑!"见你的鬼去吧!还有你那同伙的五十人,统统见鬼去吧!"

格力图尔想着这些,当然痛快。但失去了昔日的朋友,毕竟也使他感到孤独、郁闷。

他突然想到了乌日娜金……

"唔,不!"格力图尔心里喊道,"这里有乌日娜金! 怎么可以把她忘掉呢?"他感到心灵有所慰藉了,他并非是孤零零的一个人啊!

格力图尔摸了摸脚前的野狐,那很好看的身体已在炉火的烘烤下变得绵软起来,他顺手拿起塞在怀里,心里说:"她看到这可爱的小东西,该会多么高兴呀!"又从那四只野兔中选了两只肥的掖在腰带上,"要是再有点儿酒就更好了……"

格力图尔怀揣野狐、腰掖野兔走出毡帐,没有搭理向他打招呼的索伦扎鲁,径直朝乌日娜金的毡帐走去。在羊圈旁,他碰到正在散步的科尔丹。科尔丹刚刚从父亲的卧室出来,有些闷闷不乐。

"唔,格力图尔。我正想找你——你这是要上哪儿?"

"有事吗? 少爷。"

科尔丹在初临的夜色中,看到格力图尔的脸腾地红起来,微笑了一下说道:"唔,明白了。对,去吧,去吧。这样很对。顺便替我表示歉意,我一直为告诉她你和玳玛的事而后悔。不过,我今天原本准备和你再详细谈谈给索拉吉辽夫当驭手的事……这样吧,反正时间还早,你先办自己的事。我呢,也再随便走走,然后同我一起进去。"科尔丹说完,又顺着羊圈漫步起来。

格力图尔想了想,便顺着原定的方向走去。但是,挡住通往乌日娜金毡帐道路的,可不是科尔丹一人。在离乌日娜金毡帐不远的地方,有几个人正在争吵,格力图尔一下就认出有斯卡,他正拦阻着要往前走的赛音高娃。赛音高娃的身旁是奈曼乌勒,奈曼乌勒的身后是松和拉。格力图尔不由得停下脚步,想看看他们之间发生了什么事。

"原来是你这老东西,你以后再来捣鬼,小心你的老命!"斯卡举鞭喝道。

"可也不能让他们挨饿呀!"赛音高娃说道,往后推了推奈曼乌勒。

"这用不着你操心!滚回去!"

"我滚回去……倒可以,他们吃什么啊?"

"哈哈!人家可不一定稀罕你的殷勤呢。人家吃得比你好!"

"就算你说得对。我已经拿来了,还叫我拿回去吗?"

"少啰唆!再啰唆,我就用鞭子和你说话!"

"行啊,打我一顿,再叫我送去吧!"

这时,奈曼乌勒走上前去,把赛音高娃往后扶了扶,说道:"妈妈,先等一下,让我和斯卡老爷商量商量。"

"谁也不行!听到了吗?就是不行!"

"敢情是斯卡老爷吗,从来说一不二的。"

"离我远点儿!再靠近一步,我就揍你!"

"别怕,别怕,斯卡老爷。奴才是想给您老爷叩头了……啊,别这样,干吗要举鞭子?放下,对,这才对。奴才呢,有好些话,早该向斯卡老爷请教了——唔,这天多冷!"奈曼乌勒看了看天,搓着手说,"其实,这么冷的天——千万别瞪眼睛,我叫妈妈不送就是——可是这天多冷!我正有一壶好酒,请赏脸去喝两口。"奈曼乌勒说着,一把抱住斯卡的右臂,同时向松和拉丢了个眼色,"来,松和拉,帮我把斯卡老爷请到毡帐里去喝酒。"

松和拉笑哈哈地跑过来,抓起斯卡的左臂,挤了挤眼睛说:"请吧,斯卡老爷,小松和拉要跪着给您斟酒呢!"

斯卡挣扎了一下,冷笑说:"小子!少跟我要滑头!爷爷可不受你骗!松开!"

"别这样,斯卡老爷。您不是不让送吗?不送就是了。妈妈,听斯卡老爷的,别送去了。"奈曼乌勒对赛音高娃说,却用身后的手往乌日娜金的毡帐摆了摆。赛音高娃向前走去。

斯卡知道奈曼乌勒又在捣鬼,气急败坏地怒喝道:"松开!松——开!坏蛋!"

奈曼乌勒笑着说:"走吧,斯卡老爷,别去看那些令老爷不高兴的事。咱们去喝酒!"

斯卡在两个年轻人挟持下飘然地走了几步,等那两脚总算踏到了地上,他便用足全身力量,随着一声大喊,挣脱出两只胳膊。与此同时,他觉出皮鞭被夺去,左脸上挨了一记实实在在的耳光。

斯卡捂着脸骂道:"小兔崽子!还敢动手!"

奈曼乌勒把鞭子扔到一边,看着正揉脸的斯卡,故作吃惊地四处看了一下,说道:"怎么回事?有人打你了吗?这还了得!"

斯卡看着又向身旁凑过来的奈曼乌勒,后退了一步,叫道:"等着,明天把你关进石头房!"

"那可真要感谢您老爷的恩典了!"

斯卡已没时间再去发火,回过身来,向赛音高娃追过去。他几步蹿上前,一把夺过赛音高娃手里的奶壶,骂道:"老妖精!"把她拖了回来。

格力图尔看到这里,真有点儿火冒三丈了。他几步跑到斯卡面前,劈手夺过奶壶,怒视着斯卡说:"为什么不让送?"

斯卡知道,对格力图尔可得另眼看待,他是少爷的红人啊!所以,他不敢发火,只是结结巴巴地说:"唔,格力图尔呀。你看……这……老爷有规矩……"

"规矩!你替老爷立的规矩也太多了!"

"可是,格力图尔……"

"滚开!"格力图尔拎着奶壶就走。

斯卡又连忙跑过去拦住格力图尔:"格力图尔,听我说。你和这些黑骨头不一样……你不知道,罕都烈管家在里面……"

这里的争吵声惊动了散步的科尔丹,他快步走过来。斯卡和格力图尔都不说话了。

"你们在吵什么?"

"回禀少爷。她——"斯卡指着赛音高娃,说道,"要给乌日娜金送牛奶……"

"那就送去好了。这也要吵吗?"

"不,少爷。是这么回事……这个……"

"少废话!"

"是,少爷。罕都烈管家……"

"这和他有什么关系?他也不让送吗?"

"不是,少爷,不是……"斯卡紧张地咽了口唾沫,"罕都烈管家在……在乌日娜金的毡帐里……"

"什么?他!"科尔丹紧皱眉头吃惊地说,不由得朝那座小毡帐望去。这时,正值罕都烈出来,还狠狠地说:"不识抬举!"但当他看到不远处围着一堆人,而且科尔丹少爷也在那里时,马上慌慌张张地跑过来。在他的后面,随着毡帐木板门的一闪,一大堆东西朝他飞来,正好击在他的头上,他一抖,尴尬地站住了。科尔丹朝他走了几步。

科尔丹看清了摊在雪地上的衣服、奶酪之类,立刻冷笑了两声,嘲弄地看着怔怔的罕都烈,说道:"哈!你也要当额勒吉卡吗?丢人!"

罕都烈慌得不知所措,知道自己没事先告诉科尔丹,造成了误会。他口吃地说道:"少爷,这不……"

"还'这不'呢!你也不嫌……哼!"科尔丹气得浑身打战,转身就走。

"少爷,少爷!"罕都烈慌了手脚,追了两步又停下来,也不管旁边牧奴们的窃笑,眼睛看着同样不知所措的斯卡,用手指了指地上的东西,示意叫他代为收取,便又快步追了上去。

"少爷!"

科尔丹急急地走着,头也不回,厌烦地挥了挥手。

"听我说,少爷。这不是为了我。"罕都烈追到科尔丹身旁,擦着脸上的汗,解释说,"少爷,这是为了你。我看你喜欢她,我就……"

科尔丹猛地站住:"你!你说什么?"

"少爷,这些天,我一直没让她去干活儿。恐怕少爷一时需要……那些东西,都是奴才自己的,想……想打动她,好答应……随时侍候少爷。"

科尔丹像马上要瘫痪了似的,嘴唇哆嗦着说:"你是……是这样和她说的吗?"

"是。有半句谎话,奴才不得好死!"

科尔丹眼睛盯着罕都烈,苍白的嘴角一阵痉挛,像在微笑,说道:"你!真是个……好管家!"

"少爷谬奖,奴才略表孝敬之心。"

"啪!"科尔丹使足力气把自己的手打在罕都烈的脸上,只从牙缝里挤出一个字:"你!"就什么也说不出来了。他倏地回转身,向前飞速走去,在牧奴们的一阵笑骂声中,丢下懵懵懂懂的罕都烈。

一场风波在笑声中结束后,牧奴们就都散去了。格力图尔把奶壶递给赛音高娃,又把野狐和腰带上的两只兔子交给她,一句话也没说,回头就走。

"别走,格力图尔!"奈曼乌勒笑着喊道,"今天的事可真够好玩儿了,是一盘好下酒菜呢。走,到我毡帐里喝两口,再好好笑一笑!"

格力图尔装作没有听见,自顾往前走去。

"怎么回事?"奈曼乌勒感到奇怪,眨着眼睛看了看松和拉,"他的耳朵可灵得出奇呀!"

"我再喊喊看。"松和拉说道,"格力图尔!奈曼乌勒大哥叫你呢!"

但格力图尔像失去了听觉,不但毫无反应,而且越走越快。

"不对劲儿……"奈曼乌勒搔着后脑勺说,"松和拉,你进去等我,我去把他拖回来……真怪……"

奈曼乌勒在羊圈旁边终于追上了格力图尔,按住他的肩膀说道:"这么贼你也听不着,聋了?"

格力图尔耸了一下肩膀,挣脱了奈曼乌勒的手,又往前走。

"格力图尔,怎么了?"奈曼乌勒更加诧异地摇摇头,"你有什么话,说嘛!"

格力图尔倏地转过身,把充满敌意的眼睛盯在奈曼乌勒的脸上,冷笑了一声讥讽地说:"有什么好说的?回到你的被窝,搂着你的'小姐儿'去骂格力图尔吧!"

"你说什么!格力图尔?"

"哼!隔了一夜就忘了?好记性。"

"唔,天呐!"奈曼乌勒拍手笑道,"原来昨晚是你?你可差点儿把我吓死呀!鬼东西!"

"少来这一套!伪君子!"

"格力图尔！你疯了怎么的？"

格力图尔咬着牙瞪了他一眼，回身就走。

"站住！"奈曼乌勒生气地低声喊道，"上哪儿去？"

"去告密！告你们五十个英雄！告你们和巴兰森格里勾外连！"格力图尔怒目回首，将嘴里的箭一支支射过去。

"不准你胡闹！"奈曼乌勒这回可真生气了，但他知道，眼前的莽汉是发生了误会，所以还是尽力控制自己，跟上一步，"你转过身来，跟我进去，我可以把什么都讲给你。"

格力图尔停下脚步，转过身来，以嘲弄的口吻，恨恨地说："我知道你害怕了！对不？可我，不想跟你去，从此，我也不会再登你的门！"

"格力图尔，听我说，对朋友，不能这样！"

"朋友？哼！去和索伦扎鲁交朋友吧！"

"你为什么不想听听我的解释呢？你会后悔的！我再说一遍：跟我进去！"

"不去！怎么样？我不去！"

奈曼乌勒连冻带气，那心头的怒火霎时燃烧起来，他上前一步，一把抓住格力图尔的胸襟，咬着牙说："你就这样对待一个诚心实意的朋友吗？"

"呸！诚心实意？——松开！"格力图尔说着，一把扒拉开奈曼乌勒的手。

"格力图尔！真没想到你会这样！哼！亏你是桑布的儿子。"

"你说什么？再说一遍！"格力图尔圆瞪双目，威胁地向前走了一步，"桑布的儿子怎样？我就是桑布的儿子！"

"你——不配！"

"我不配？谁配？你配！"这回是格力图尔拽住了奈曼乌勒的胸襟。

"想打仗吗？别以为谁都怕你！我倒要领教一次，你就会知道拳头的滋味了。"

"那好啊！试试看。"

"试试就试试！但不是在这儿！松开！"这回又轮到奈曼乌勒扒拉开对方的手了，"我不愿意和人赤手空拳地斗。你如果自认为还有胆量，就去我的毡帐，我有两把匕首，任你挑选。然后，我们看看谁的胸膛先被插上匕首！如果不敢，你就趁早从我面前永远滚开！想领赏，随你去告密！要是你敢，就跟在我的后面！"奈曼乌勒说完，往回走了几步，看对方没有动，又补充了一句："不敢来吗？孬种！"

"你骂谁孬种？前头走吧！打退堂鼓的不算好汉！"

两个成为"敌人"的朋友，怀着非决斗一场不可的心情，一前一后地向奈曼乌勒的毡帐走去。

等在里面的松和拉看奈曼乌勒走了进来，问道："来了吗？"

后进来的格力图尔甩掉帽子，不怀好意地看着松和拉说："来吧！想二对一吗？格力图尔不怕！"

松和拉吃惊地倒退一步，说道："格力图尔，你这是怎么了？"

"不要管他！他疯了！"奈曼乌勒在炉旁烤着快冻僵了的手，大声说道。

格力图尔转过身去，又把那充满敌意的眼睛虎视眈眈地看向奈曼乌勒。

"大哥！我去找……"

"别走！"奈曼乌勒喊道，"委屈你在门口站一会儿。发现有人来，立刻通知我。但不管我们这里发生了什么事，也不准你进来！"

"唉呀，大哥！"松和拉胆战心惊地说，"你们要干啥呀？真怕人！"

"怕什么？胆小鬼！现在还不知道匕首插在谁的胸口！"

松和拉瞪着惊恐的眼睛说："不！我去……找妈妈……"

"不准去找！"奈曼乌勒怒喝道，"出去！站在门口，一步不准动！还用我把你推出去吗？"

松和拉骇然地看着眼前的两个"凶神"，自己慢慢地退到门外，倚在门上，挪不动腿了。

毡帐里，两个"敌人"对视了一会儿。奈曼乌勒问道："文开武开？"

"随你便！我不会输的。"

"那就文开！"奈曼乌勒说着，从身后的哈那上摘下一个铁壶，又把两只泥碗摆在小桌上，分别斟满了酒，"这还是海哥敦扎布送给我的酒，今天正好有用。来，坐下。"

奈曼乌勒坐在小桌的左边，格力图尔坐在小桌的右边。

紧接着，奈曼乌勒又拿过自己的匕首，抽出鞘来，试试锋刃，刷地一下插在两只酒碗的当中，然后说道："蛮快的。可以刺穿脊背。来，端起酒碗。"

两个人把碗里的酒一口气倒进那都在膨胀着的胸膛里。

"现在可以开始了。奈曼乌勒说，"明天早上，人们会发现，有一个人的胸膛上插着一把匕首,这个人不是你,就是我。如果是我,就算我自杀;如果是你,我就去自首,说是我杀了你!"

"不用说大话!自首的将是我。"

"但愿是你。看好,我们中间有一把匕首。但是,一会儿,它就不是插在桌子上,而是插在我们当中一个人的胸口上。等一等,你是想问为什么只是一把?我告诉你,这把匕首不是拼斗中插入谁的胸膛,而是一个不忠实友谊的恶棍甘愿接受的惩罚。你说得对,你不会输,因为我直到现在还没发现你是友谊的叛变者。但是,在你看来,是我奈曼乌勒有对不起你的地方,是我有什么丑恶的行为亵渎了我们之间的神圣的感情。所以我甘愿受到审判,在最后证明我确实是你想象的那种无耻的人的时候,这把匕首会由你甚至由我自己插到我那颗黑心上!"

"你这是什么意思!"格力图尔跳起来说,感到受了侮辱,"没看过这种斗法。"

"我也只是听说过。但由我们来这么干一次吧。"奈曼乌勒说着,也站起来,两个人又面对面互相狞视了,"你刚才在外面,骂了我那么多话!还记得吗?你说说看,我在什么地方、在哪件事上对不起你?说呀!要是愿意对拼,把话说完再拼也不迟!说呀!为什么不说?"

"这还用我重复吗?你不相信我!你,为什么不相信我?"

"把你的根据说出来。"

"在你的眼里,我连索伦扎鲁都不如!"

"不!在我眼里,一百个索伦扎鲁也抵不上一个格力图尔!"

"说谎!在你的同伙里,正好有索伦扎鲁,而格力图尔却被你们拒之门外!"

"这倒是真的。我们这五十个人里不包括你。但令我惊讶的是你太骄傲、太自信,为什么要强迫别人信任你呢?信任并不是能争来的东西,靠力量和强迫,你得不到它!"

"你到底说了实话!你的话证明了你对我的不信任!你已经承认了,对不?"

"不对!在我的话里,你捡不着便宜。你还没听我说完。正如你所说,我们是同伙。我们这一伙有五十个人,这五十个人是一股绳,紧紧拧在一起,哪一扣上也不能松动。我们曾效法传说的'独贵龙'①,割破手指签过名,我们发过誓,每个人都保证:同死共存!不管谁叛变了这个集体,哪怕最后只剩一个人,这个人也要把那个叛变者杀死!我们每个人都知道,我们已站到一个危险的十字路口——要么生,要么死,没有第三种可能。所以,我们需要的是同心同德,是对五十个人这个集体的绝对忠诚!比如对索伦扎鲁,我不喜欢他,但不能不信任他。因为他发过誓,因为五十个人里还没有人发现过他有不信守誓言的行为……"

"等一等!你认为你说的那些我做不到吗?我都能做到!我也可以割破手指写上我的名字,现在就行!我也可以发誓。在信守誓言上,不会比任何人逊色。难道你们不知道我恨扎布曼都,我比别人更想捅死他吗?"

"你说的都是心里话,我相信你是说得出、做得到的好汉。但问题不在这儿。成为这一伙的成员,他必须被五十个人都信任才行。五十个人里如果有十个表示不同意,那另外四十个人就得耐心等着十个人的最后决定。可能需要等一个月、半年、一年。但到那时,仍有人不同意,就得再等,直到五十个人全部同意为止。你觉得可笑吗?人们吃过这个亏,不愿意在等待时机到来的过程中,再加上可能出现叛徒这个担心。这是准备豁出性命的事,你能埋怨他们太谨小慎微吗?你来到这里多长时间?九个月!我们这些人在一起多少年?五年,十年,甚至二十年!每一个人对另外四十九个人的了解,就像了解自己一样清楚!他们知道你吗?他们只知道你是多伦村的阿拉特,在这里服苦役的时间是一年,再有三个月就可以回到你独立的家庭;他们只看到你是科尔丹赏识的驭手,他们还知道什么?"

"那么你呢?你对我也不了解吗?"

"我了解,当然了解。你大概也能猜出,我还是这伙人的头儿。但在五十个人里,我只是一个人。我必须按照誓言尊重另外四十九个人的意见,去做五十个人都同意做的事情。你说,我能强迫他们也像我一样去信任你吗?当然,也许有一天,你会被所有人接受,也比我更有条件成为大家的首领,但现在,你能不能成为这一伙的一员,却必须听他们的!"

---

① 独贵龙:蒙古语,"环形"之意。1866年始于鄂托克旗,是蒙古族大众反抗封建王公的一种自发的、松散性运动,后形成起义的秘密组织,在内蒙古人民反封建斗争史上产生过很大影响。

格力图尔听着奈曼乌勒的话,虽说那刚才产生的暴怒还不能烟消云散,但那气也消去一小半了。他到底感到自己是理亏的。他颓然地坐下去,抱着要爆炸的头,悲哀地说道:"唔,天呐!不被人理解多可怕!"

奈曼乌勒看着眼前被痛苦煎熬着的格力图尔,心里很难受,嗓子里一阵哽咽,他叹息着摇摇头,说道:"再说,你还有三个月就回家了,在这三个月里,我们等待的那个时机却不一定到来。那么你加入这一伙有什么意义呢?我们可以等五个月、半年,只要那个时机不到来,我们就不大可能有什么行动。因为,五十个人的确太少了……只能做内应……但是,假如这个时机明天就到来,你不用割破手指签名,也不用发誓,就立刻是这一伙的成员!你的名字已经写到我的心上了!对你,要紧的是想办法治好桑布大伯的腿。相信我吧,格力图尔,奈曼乌勒永远不会忘记格力图尔!也许真有那么一天,我们会在一起大干一场,永远不分开!"

格力图尔抬起头,已是泪流满面了,他看了看奈曼乌勒,突然拔起匕首,哭着说:"这把匕首真该捅进我的胸膛啊……"

"放下!"奈曼乌勒奔过去夺下匕首,"傻瓜,这匕首应该捅进扎布曼都的胸膛!"

"大哥!骂我吧!打我吧!"

奈曼乌勒抹了一把眼泪,伸手扶起跪在面前的格力图尔,抽噎着道:"我的好弟弟!"

26

在那场新奇的风波里受了一次严重刺激的科尔丹大概是病了,足足有三天时间没走出大门一步。在第四天早上,人们才看到他脸色苍白地走出来。他挎着猎枪,心不在焉地帮助格力图尔套上雪橇,然后闭着眼睛躺在雪橇上去打猎了。可是,没到中午,就一无所获地归来。这以后,人们几乎看不到科尔丹的影子。这样,格力图尔又闲了起来,他有时去牛栏里帮助老迈的吉利图清理牛粪,有时去帮助奈曼乌勒驯马。有一天傍晚,格力图尔正在帮助松和拉卸草,哈森很客气地招呼他:"少爷请你去。"格力图尔放下草叉,随着哈森到了科尔丹的卧室。

科尔丹指了指茶几旁的椅子,态度和蔼地说道:"坐下吧。"

格力图尔走了几步,坐在椅子上,眼睛看着绣花门帘,等着科尔丹说话。

"你抽烟吗?"

"不。不会。"

"不会吗?这很好。烟不是个好东西……我和你年龄差不多,却已经有了烟瘾,真可怕。"科尔丹平静地说,凄然一笑,指了指哈森刚刚斟上的水,"喝茶吧。"

"谢谢。"

沉默了一会儿,科尔丹突然问道:"乌日娜金这几天怎么样?"

格力图尔没有注意科尔丹脸上飞起的红晕,简单地回答道:"斯卡派她去放奶羊。"

"唔!这肯定又是罕都烈的鬼主意!"

格力图尔看了看科尔丹的眼睛,不动声色地说:"那个活儿很好。"

"冬天放羊不是很危险吗?"

"乌日娜金可以把烈马驯服,一千只羊算不了什么。"

"她的胆量一定不小?"

"她是什么也不怕的。"

科尔丹微笑了一下,吸了几口烟,低下头说道:"我明白你的意思。不过,有时我们感情脆弱的人类,往往被误会弄得僵化起来,以至使我们不愿去深究真实的东西……我们不谈这个不愉快的题目吧,卑鄙的灵魂,总不是假象所能遮盖得住的……"科尔丹说到这里,略停片刻,眼睛注视着格力图尔,"你到这里几个月了?"

"九个多月。"

"探过家吗?"

"没有。只是在夏天里一次路过多伦村,到家停了一会儿。"

"一定很想家吧?"

格力图尔挑起眼皮看了看科尔丹,没有回答。

"不想回去看看吗?"

格力图尔又看了看科尔丹,慢慢转过脸,把视线又停在绣花门帘上了。

科尔丹笑着说:"你不说话,我也知道你在想什么。我猜你一定是想回去看看的。所以,我今天找你来,告诉你,现在正是你探家的好机会。明天,王府的信使回去,我要和他一起去王府,可能在那里逗留三五天。原打算叫你也去,但我想,你久离父母,也该回去看望一下,就不让你去了。我给你三天假,你最迟在从明天算起的第四天,把雪橇赶到王府去接我……你记得去图什业图王府的路吗?"

"记得。"

"那就好。就这样定了。要记住,从明天算起的第四天,你和雪橇必须赶到王府。你能保证不误时间吗?"

"能。"

"我相信你是说得到做得到的。另外,我派去买药的人已经回来了。"科尔丹说着,把茶几上的小布包往格力图尔那边推了推,"这是几种药,都是接骨和解毒的。你们那里有识字的人吗?"

"有。奥良哈爷爷是还俗的喇嘛。"

"那就更好。这里写有药品的用法、用量和疗效,就叫他照着这里面写的给你爸爸治腿。"

格力图尔看着那可以治愈爸爸断腿的药包,好久没有说话。

"你是不敢接受还是不相信这是好药?"

格力图尔从沉思中抬起头,嗓子有点儿干哑地说:"我感谢少爷。但是我必须知道,为了这些药,我的苦役要延长多久?"

科尔丹笑了起来:"你真是个古怪的人!我这是白送给你的呀!"

"你为什么要白送呢?"

"为什么?因为本应该这样啊!你爸爸的腿,是我爸爸派人打坏的。我不仅应该给治疗,还应该去谢罪呢!你看,我本来不想重复这件使我们产生隔阂的事情,你却偏逼着我说……好了,拿去吧,什么也不用想。这是上等的好药。愿桑布的腿尽快地好起来吧。你回去同你爸爸说,科尔丹很抱歉,这么久才弄来药。还要告诉他,科尔丹是你的好朋友,以后一定会探望他的!"

格力图尔的心又翻腾起来了。他此刻无法分析这小布包里,除了药品,还包着什么其他更为深刻的甚至可怕的、无形的东西。他慢慢接过科尔丹递过来的小布包,眼前似乎看到了站立起来的父亲,却不知自己脑袋里嗡嗡响的是什么音符,可能构成怎样一句话……

科尔丹已看透了格力图尔此时纷繁复杂的心理,暗自在心里笑了一下,柔声地说:"别怀疑我有其他意思。我不想用这个小布包换取你不想给我的什么东西。是的,给人以友谊是最为谨慎的。我知道你不会把友谊轻易地给予什么人。但我希望我们之间已建立起的友好关系能继续发展……你也应当看得出,我并没有把你当成服苦役的罪犯,也没有因为你是桑布的儿子而对你表示出仇恨。我尊重你,也尊重你爸爸,也尊重每一个牧奴。但是,人们现在还不能一下子就理解我……是啊,被人不理解是个很苦恼的事……但我不去责怪别人。世俗的偏见是不能在一个早上就扭转过来的。你看,就连罕都烈都不理解我,那一般人又怎么能看透我呢?我并不要求你马上给我个评价,但我们终究会有一天互相看得透彻的。"

格力图尔很注意地听着,待对方发完议论后,他投过去一个嘲弄的眼神,微笑了一下说道:"你是能看透我的。我们这类粗人,心不是包在肚子里,而是在脸上和嘴上……"

科尔丹大声笑了起来,说道:"你这是一句多么精彩的话呀!你不仅能干,也很会说话呢!你的意思分明是说,像我这类人的心是包藏起来不叫人看见的,嘴上说的,脸上表露的,只不过是假象而已。你是这个意思吧?"说完又笑了一阵。

格力图尔低着头没有说话,表示对方说得对。

科尔丹笑完站了起来,踱了几步说道:"你说得不完全对。有文化的人和有财产的人,不见得都是坏蛋。你可能没见过我的叔父——你见过吗?"

"见过。有一天中午,他坐着雪橇,还有那个外国人……"

"对。就是在他们离去的头一天夜里,我和叔父谈了好久。他是个很有学问的人。但他那样耿直,对大蒙古民族的利益是那样关心!他知道色旺诺尔布桑保王爷要向外国人借款修王府,他不同意。他知道借款要拿森林、矿产作抵押,他很气愤。他决定不避风险地去劝阻王爷,挽救我们的草原……他和我的想法完全一样。所以,我就把出任哲盟梅伦的机会送给了他。我明天去王府,就是想看看叔父的努力有没有成效,如果需要,我将和他一起努力……你爸爸是个见过世面的人,是懂得道理的人,你回去问问他,一个舍出性命去维护我们大蒙古民族利益的人,即便他出身高贵,他应该不应该算作成吉思汗真正的子孙!"

科尔丹很激动,他走到格力图尔面前,双手按着对方的肩膀,继续说道:"格力图尔,说起来,我们是应该同心协力为大蒙民族效力的,我知道你爸爸和白凌阿的事,他们也是为了振兴我们的民族啊!他们仇恨满人,他们的刀是专砍黄眼珠的人。他们为了草原上的人,拼死争斗,令我佩服!"

"那么,你赞同白凌阿起义?"

"这怎么说呢?我不想责怪他们,事实上,就是家严也没有把你的父亲当成敌人啊!要不然,不是早押送原籍处死了吗?"

"可是他……"

"唔,格力图尔,别再涉及那个使我们痛心的情节了吧……爸爸的脾气太暴躁了,就是我也常常挨训呐!有时我也忍受不了……我们不谈这个了,你打算什么时候走?"

"今天晚上。"

"那么急吗?也好。一会儿,我叫斯卡给你准备一匹快马。"科尔丹说着坐下去,喝了一口茶水。

"还有事吗?少爷。"

"等一等……我听说玳玛是你的表妹?"

"是的。敖尔敦是我的舅舅。"

"这就对了。据说敖尔敦非常能干,而且很有心机,现在已成了富户了。我准备和爸爸说一说,多伦村的百夫长应该由敖尔敦担任,他是个正派人,而杰尔登布只会沉缅于酒色。这样,在敖尔敦百年以后,不必经过公中,你就可以承袭百夫长了。有能力的人,在我手下是决不会被淹没的。"

有时候,使我们反感的人会唱歌似的说出叫我们听了很受用的话,结果使这明显的反感模糊起来,甚至怀疑原来反感的正确性和根据。科尔丹上面一番话,是格力图尔无论如何预料不到的。他虽然不想去当什么百夫长,但却产生一种前所未有的心灵骚动,一时激动得说不出话来。

科尔丹微笑地注视着如堕云里雾中的格力图尔,继续友好地说:"如果能够这样,你也许不会因失掉乌日娜金而抱恨终生了。至于乌日娜金,我知道她是个很好的姑娘,不过有什么办法呢? 我们得服从命运。就连我,也不知道爸爸会给我娶一个什么样的姑娘啊! 不过,你们都怀疑我打过乌日娜金的主意,对吗?"

格力图尔被问得一阵脸红,狼狈地低下头去,轻声说:"是的,的确这样想过。"

"那是根本不可能的。不要把科尔丹看做杰尔登布或额勒吉卡,我们之间的误会和不愉快应当结束了。格力图尔,你说对吗?"

格力图尔窘迫地抬头看了科尔丹一眼,点了点头。

他们的谈话,第一次在比较和谐的气氛中结束了。望着格力图尔离去的背影,科尔丹轻松地舒了一口气,脸上现出胜利的、愉快的笑容。

格力图尔经过长长的甬道,走出扎布曼都官邸的红漆大门。此时,在科尔丹房中产生的种种疑虑已被归家的急切心情取代,他的心早飞到多伦村的家中去了。他跑进毡帐,激动地简单装束完毕,看天色将晚,也不等朋友们回来告别一声,便跃上马背,踏上去多伦村的路了。

27

对于桑布,腿断了以后这九个月,比他已熬过的几十年还要漫长。以前,为了维持一个阿拉特的独立门户,为了使老婆和儿子不至于有衣食之忧,为了满足扎布曼都和杰尔登布的榨取,他每天都在别人正享受清晨甜香的回笼觉时,就睡眼惺忪地操忙起来,以至不知不觉地送走了无数岁月。但是,自从那几十年的积怨顷刻间爆发,因而被扎布曼都打断了腿以后,便开始日复一日地躺在毡帐里。他是觉着日子太难挨了!即或是移营,略微有一点儿变化,也只是被牧友们抬放在勒勒车上,枯燥地数着车轮"哐楞楞"的旋转次数。他常常苦笑着说:"我简直成了老爷了!"可是,有谁知道,在衰老的躯壳里那颗勃勃跳动的心,多么渴望骤雨、狂风、暴雪、严寒强而有力的刺激呀!他的肝火是一天比一天旺盛了,以至每每使那要愈合的伤口涌出更多暗红而浑浊的血,一次比一次更加溃烂得厉害了。他晚上几乎不能睡,双目辣辣的火光在黑洞洞的毡帐里闪烁,常常嫉妒身旁睡得沉沉如醉的其木格。在那个时候,他真想狂吼一声,然后跳起来,挥拳砸烂整个宇宙。但他没能喊,只是紧紧咬住嘴唇,把两只手攥得咯咯咯响。夏天的夜,还比较容易对付,骂上几百次冤家对头,便可以聆听外面的马嘶牛叫了;也可以闭上眼睛,想象着自己稳坐鞍桥,手持套马杆,驱赶着一群欢蹦乱跳、扬鬃炮蹶的马。当晨光初露,他喝完早晨的牛奶,和其木格、玳玛说几句笑话,拨开两个女人脸上的阴云,等那一老一少开始忙碌,他就可以叹口气,在逐渐变得蒸笼一样的毡帐里睡上一觉。但是,冬天的长夜却是难熬得很,即或是从杰尔登布一直骂到色旺诺尔布桑保,再由王爷骂回到百夫长,毡帐里依然是黑洞洞一片。而那狂吼的风雪袭击毡帐的声音更是引起桑布的阵阵愁思。不,桑布不是能享清福的人。他受不了孤独。他吃不下,胸里总是满满的。不管玳玛怎样劝说、其木格怎样叹息,他也是闭着眼,不肯多喝一口牛奶。人们看得出,桑布在明显地瘦下去,颧骨一天比一天高,眼眶愈来愈深陷,那胡须和很久没梳理过的散乱的头发也突然花白了。只有那灼灼的双目和偶尔突现在颧骨处的火热的红晕还在说明着他的生命并没有完结。尤其当他把眼睛定定地看着哈那上的大刀时,那神情会使人像在面对一个受伤的准备复仇的雄狮!

就这样,桑布在他的毡帐里,过着他一生中最艰难的时日。

最近这两天,有一件奇怪的事情一直纠缠在桑布的心头,使他百思不得其解:总是横眉立目的杰尔登布忽然满脸堆笑地几次"屈尊"到桑布的毡帐,表示出过分的亲昵,甚至竟坐在桑布的身旁,拍着桑布没来得及躲开的手,呵呵笑着说:"桑布老哥,放心养病。我杰尔登布不会袖手旁观。唔,你不信?唉,也难怪。家事纷纭,总不得抽闲来看望,哪里知道你的腿,竟……啧啧!唉,不要紧……天一暖,我一定派人请米个郎中,一切都算在我的账上。我这一片心,想来你不会不接受喽!"

"哼!他妈的奇怪!"杰尔登布哈哈笑着走出去后,桑布紧拧眉头说道。

其木格看着自己的丈夫,缓慢地说:"我们格力图尔的苦役快满期了,他也知道趁这个时候来个空头人情……"

"可是他什么时候把我们看在眼里?那个混蛋还舍得送人情给我们?"

"唉,不管咋说,这总比白眼狼牙要好。"

"也许比那更坏!这笑里藏着魔鬼。"

"你一想就那么严重。我们这样的人家,他还能怎样?畜栏里都是雪,空得可以租给别人了。他总不能把我们的人也拉去吧?"

这时,桑布偶然瞟了一眼坐在旁边沉默不语的玳玛,发现她的脸飞起了红晕。桑布的心陡地颤了一下。他闭上眼,不再说什么,却用左手握住下颏沉思起来。静默了一会儿后,桑布猛地睁开眼,大声说:"把玳玛的工退了!我们宁可饿死,不给他干!"

"退就退了呗,你干吗喊叫!也不怕吓着别人?"

"我的声音你都开始厌烦了吗?那么我再小声重复一遍!"

"你呀……行了,我不和你吵。可是,我们指着什么活呀?哥哥对我们也不像以前了,也没法儿和他讲理,现在就靠玳玛挣一口炒米了。""我们借,然后还……"

"你就能躺着说轻快话。你去借借看!想帮助我们的人,和我们穷得差不了多少,都有自己的难处;富裕的人家,又不肯施舍。不少以前的朋友都不敢沾我们的边儿了,你寻思我愿意看着玳玛成天累成那个样子?没办法呀!让她再苦几个月,格力图尔回来就好了。"

"唉!你说的也有道理。可杰尔登布那边一定要退,我们另想办法。听到了吗?玳玛。"

玳玛柔声地说:"听到了,爸爸。"

这天,玳玛还是去了,并向杰尔登布表明了要退工的意思。第二天凌晨,玳玛比每天都醒得早。而桑布却一宿没有合眼,他看到玳玛在黑暗中揉着眼睛坐起来,默默地扎着头巾,便轻声问道:"玳玛,今天还去吗?"

"昨天杰尔登布说,他在找到别人以前,叫我再干几天。他说,他只有十几个随丁,人手太紧……"玳玛低下眼皮说。

"他……"是啊,下面的话是实在不好出口,他本想问。

"他对你没有不正经的举动吗?"但他没有说出来,只觉得喉咙里哽咽了一下,便掉过头去了。

玳玛沉吟了一会儿,说道:"我今天早点儿去,提前把奶挤完,然后告诉他明天不去了。"她看桑布没再说什么,就站起来,向外走去。

桑布转过头,眼望那轻轻关合的门,心里一阵烦躁。他想,玳玛这样善良柔弱的姑娘,怎能防备得了杰尔登布的打击?杰尔登布什么勾当干不出来?不能让玳玛去!管他杰尔登布缺不缺人手!就是不给他干!让他瞪着眼睛来吼吧!他刚想喊回玳玛,却只听得玳玛惊叫一声蹿进门来,那惊恐的眼睛望着吃惊的桑布,双手颤抖地拽住门。

"怎么回事,玳玛?"

这时,其木格也被吵醒了,呻吟了一声坐起来,迷惑不解地看着惊魂未定的玳玛。

桑布又着急地问:"你说呀,到底看见了什么?是狼是虎?"

这时,听到门外喊道:"玳玛!是我,你怕什么?"

其木格猛地站起来,惊喜地喊道:"格力图尔!"

桑布和玳玛也都听出外面是格力图尔了。桑布瞅着玳玛,不由得笑了。玳玛长长地舒了一口气,不好意思地红起脸,低下头去。

确实是格力图尔。他浑身早已冻透,一进门就坐到牛粪炉旁,脱下靴子,抬起头笑着对玳玛说:"怎么那么胆小?吓成那个样子!"

其木格手忙脚乱地调理牛粪炉,嗔怨地对格力图尔说:"天还没亮,你吓唬她,她能不怕?还像小孩子似的,没个正经……"

格力图尔不由得哈哈笑了起来:"你问问她吧。我正在拴马,还没来得及喊她,她就往回跑。"

玳玛咬了咬嘴唇,娇羞地说:"我就看见一个黑影,两只亮亮的眼睛,缺德的马也不叫一声……"说着,噗哧笑了一声,赶忙捂住嘴。

格力图尔又深情地看了一眼玳玛,转向桑布说:"爸爸的腿……"

"还是老样子。"桑布不愿谈这个使全家都不愉快的话题,便抢过这么一句,引到别的话题上,"你什么时候动身出发的?怎么赶上这么个时候到家?"

"唉,别提了。本应该半夜到家,可是雾太大,迷路了。玳玛不是说缺德的马也不叫一声吗?那马也真快累倒了,跑了整整一宿。玳玛,求你给那缺德的马弄点儿吃的。"

"行了,我去吧。"其木格说,"刚刚吓了一跳,还没定下神。让玳玛给你烧奶茶。"

"不,我去。"玳玛撩了撩头发,笑着跑了出去。

其木格看着玳玛的背影,叹了口气说:"玳玛这孩子真是受苦了,现在我们是全靠她……这孩子太懂事,叫人心疼……"其木格断断续续地说,眼圈一红,滚下几滴泪水,她用袖头拭了拭,把奶茶递给格力图尔。

"奈曼乌勒说,她给杰尔登布帮工,现在还在干吗?"

"这不是,你爸爸让她退了呢。可是退了怎么办?你还有三个月零两天才能回来。"

"敖尔敦舅舅……"

"唉,别提他了。他自从雇佣布和给他做了长年帮工以后,很多人他都不认了……听说,他还要用两个长年帮工呢,那时,连我还是不是他的妹妹也难说了。"

格力图尔明白玳玛为什么给杰尔登布帮工了,心里难受了一阵,努力使自己的眼泪和愤慨的话没有一齐涌出,他喝了一口热热的奶茶,好半天没有吱声。

过了一会儿,桑布打破沉默地问道:"你这次打算呆多久?"

"三天。"

"唔！三天！扎布曼都也忽然发善心了？"

"不。是少爷给的假。"

"那个宝贝少爷叫……科尔丹吗？"

"是。"

"他怎么对你这么格外客气呢？"

"我专门给他当驭手。他今天去图什业图王府办事，坐的是王府的雪橇。他叫我第四天去接他，这当中的三天，就放我的假了。"

"他对你很好吗？"

"他对我很和气。给我皮袄、靴子和匕首。没什么活儿，他不坐雪橇，我就没事干。不过，他也不大敢坐我的雪橇。"

"为什么呢？"

格力图尔朝进来的玳玛看了一眼，便讲述了一遍在雪橇上发生的事情。这使桑布、其木格和玳玛是又惊又喜。其木格和玳玛惊的是格力图尔那样莽撞，喜的是他没有真正动手。桑布则不然，他惊的是格力图尔太头脑简单，以为匕首捅下去就算报仇了，喜的是格力图尔不忘大仇、有胆量。桑布知道，把匕首刺入仇人的胸膛是再惬意不过的，但这对不满十八岁的格力图尔还太早，这和当年桑布整队人马砍杀"老爷"是不可同日而语的。

桑布听完，没出声地笑了一会儿，他问道："那以后，他就不敢坐你的雪橇了？"

"也坐了两回。不过在外面玩儿的时间很短，而且再也不穿狐裘了。对我很友好，以后再也没提起那件事……"

"你看科尔丹怎样？"

"还行，我看不少牧奴都说他善良，比扎布曼都好，对我又格外好。对了，刚才您一打岔，我还忘了一件事。"格力图尔说着，从怀里摸出小布包，"这是科尔丹送给您的药，说能治好您的腿。"

"是吗？"桑布皱起眉头，没去接那药包。

"他说是上等好药。他还说，有时间来看望您……"

其木格惊疑地说："科尔丹少爷给你爸爸买药治腿，还要来看望？"

"这是他亲口说的。谁知他为什么要这样做。"

"噢，谢天谢地！这样一来，我们就好了。"这对其木格，确实是喜出望外的。

桑布瞅了一眼其木格，又看了看同样很高兴的玳玛，心里搅起一阵浊浪，他把愤怒的眼睛紧紧盯在格力图尔的脸上，讥讽地说道："你听到了吗？'谢天谢地'！这真是应该谢天谢地呀！多好的一出戏！老爷打断你的腿，少爷买药治疗！打瘫他的爸爸，再哄他爸爸的儿子！他爸爸在毡帐里骂老爷，儿子来给少爷唱赞歌！呸！你马上滚回去！把这药、皮袄什么的，统统给我退回去！"

"爸爸，您……"

"不要喊我'爸爸'！"桑布已控制不住自己的万丈怒火了，"在你忘了父仇，在你哪怕有一分钟还想接受科尔丹的恩赐，在你把魔鬼的微笑当作是善良，在你忘了玳玛为什么受苦、母亲为什么衰老的时候，你不要回来见我！我不愿听你这样的儿子喊我一声'爸爸'！"

"你这是疯了怎么的？"其木格好不容易说出话来，声音却像哭一样，"孩子刚一回来，还没暖过脚，就这样横眉立目！他拿药来不也是为了治好你的腿吗？"

"为了治好我的腿吗？就算这是灵丹仙品，能治好我的腿，可他就会因此把一切都忘了！他就会把仇人当朋友，把魔鬼当成神仙！短见的女人！你愿意要这样的儿子吗？那就把我扔到外面去冻死！"

"妈妈，您别说了。"格力图尔看着急得要哭的其木格说，然后转向桑布，"爸爸，我原也不想接受，可是看他对我好像真心实意，又想到这能治好爸爸的腿……没想到会惹您这么生气……"格力图尔说着，哭了起来。

桑布的态度稍微缓和了一点儿，他说："你要是真想着你爸爸的腿，那就要做个真正的男子汉！靠自己，靠朋友，决不能靠仇人！你能挺得起胸，抬得起脸，就是一天只能给你爸爸挣来一碗清奶，他也会高兴的。"

"爸爸，我明白了。我回去就退给他。"此时，格力图尔离开红漆大门时中断的思考，在爸爸的怒吼声中，获得了延续，但并未得出一个明确的结论，因为他还无法否定科尔丹的善意。

"那么，去吧。早退回一天，也许你爸爸的腿会早好一天！"

玳玛看着开始蹬靴子的格力图尔，想说什么，但眼圈一红，只能无声地抽咽一阵。其木格却有些火了，她朝着桑布喊道："你就这么狠心吗？就算你说得对，你愿意这么躺一辈子，由你好了！孩子不也答应退回去吗？为什么逼他马上走？你就忍心看着玳玛伤心，忍心叫格力图尔挨冻，就不能让我

们高高兴兴地在一起呆一天吗？"

桑布又何尝不希望格力图尔欢欢喜喜地在家呆几天呢？但这三天的时间，也同样是科尔丹恩赐的。他不愿意让格力图尔由于接受科尔丹的好处，而对仇人产生一星半点的感恩图报的心理。以他的意思，格力图尔应该马上回去。但当他看见眼前的三个亲人——其木格在痛苦与气愤中、玳玛在哀怨地流泪、格力图尔在等着他更改成命，这使老迈的桑布觉得胸膛里一团热乎乎的东西就要冲出来，眼睛不由得潮湿了。他在心里痛苦地呻吟几声，扭过脸去，表示了默许……

虽然发生了这么一件震撼小毡帐的事件，但格力图尔的回来，毕竟是拨响了这个苦闷家庭寂寞已久的生活的琴弦。吃完早饭后，几个人脸上的阴云早就散得精光了。像今天这样，能使其木格、玳玛微笑着忙碌的日子，在桑布家的这九个月里实在不多。玳玛从早到晚总是满脸红扑扑的，尽是咬着嘴唇微笑，就连闻讯而来的敖尔敦也说："哟，我的女儿今天怎么这样可爱啊！"在格力图尔帮助玳玛挑草喂牛时，玳玛总是不敢正视那对爱怜的火辣辣的眼睛。

"玳玛！"格力图尔突然低声叫道，笑着注视那红得可爱的脸。

玳玛瞟了他一眼，那脸上的红晕一直扩展到脖颈。

"你瘦了。是不是累的？"

"不，不累。"

"不累？你骗人！"格力图尔眉头紧蹙地说，把草叉子插到雪地上，"玳玛，青草一长起来，我就回来了。那时，你就在家休息，这些活儿，都由我干！"

"看你说的！我就呆起来吗？"

"那又怎样？这一年……把你苦坏了。"

"别说了……我还是很高兴的。"

"玳玛，你真好！"

"看你！小点儿声就不行？"

格力图尔回头看了看正在毡帐门口忙碌的其木格，笑了笑，整个脸都羞红了。

回到家以后，格力图尔更明白自己是不能和玳玛分开了。虽然他强烈地爱着乌日娜金，现在以至将来也不会改变这种爱；但玳玛却是和他以及整个家庭同甘苦、共患难的成员,是他的妻子。不仅如此,玳玛的忠心,对自己的深情,又不能不唤起他的爱怜。他是决不能忍心丢开玳玛了。在将来的日子里,他一定会因为失去乌日娜金而长久的痛苦,但他也一定会从玳玛身上获得快乐。所以,这一天,格力图尔和玳玛谈了许多话。小伙子对可爱的姑娘能说的温情话,格力图尔差不多都会说。玳玛呢,只要看到格力图尔一个深情的眼神,就会幸福得浑身颤抖。她听了这么多温存话,那高兴和巨大的幸福感就无法描述了。但这和谐的乐章,没能延续多久,被一个突然响起的名字破坏了,玳玛终于想起了乌日娜金。

"我叫奈曼乌勒告诉你,乌日娜金在额勒吉卡那里,他说了吗?"

"他……没有告诉我。"

"怎么会呢?奈曼乌勒是个很诚实的人。"

"他是很诚实。不过,我们别谈这个了……"

"为什么不谈?不要以为我什么都不知道。乌日娜金和你在一起,对不?"

"你怎么知道?"

"看你这么惊讶,我就相信这两天的传说是真的了。"

格力图尔觉得隐瞒已无必要,就讲述了一遍乌日娜金的遭遇。

"那么说,她成了牧奴了?"

"是,成了牧奴了。"

"能赎出来吗?"

"不知道……我回去打听一下。"

"你和她说了些什么?关于咱们……"

"我告诉她,我们已经结婚了。"

"真的告诉她了吗?"

"真的。"

"为什么要告诉她?你真忍心……她受的苦还不够多吗?"

"她早晚会知道的。"

"那你就不会和她讲清,说我们并没有真正结婚吗?"

"我怎么能那样说呢?玳玛!"

"你呀……她一定很痛苦,她哭了吗?"

"可……这不能怪我呀!"

"我知道,这怪我。"玳玛说着,心里一阵绞痛,惭愧地低下头,眼泪又在眼圈里打转了。

"别这么说,玳玛!这怎么能怪你呢?"

"别动我!"玳玛见格力图尔伸过手来,轻轻挪开了自己的手,"我现在还不能算你的妻子……"

"这是什么话?玳玛!我们已经结婚了。"

"不,我们并没有结婚。"玳玛泪流满面地说,"我知道你心疼我,但这是因为你可怜我,因为……我为你吃了点儿苦……你爱乌日娜金姐姐,是真正的爱她……我说的难道不对吗?"

"不对,玳玛。你说的不对。我也是全心全意地爱你呀!"

"你说谎!"

"决不是说谎。当然,说实话,我这样决定时,也很痛苦。我没想到会失去乌日娜金,但当我和你把命运连到一起后,我也同样全心爱你呀!我现在……只能希望她快乐,却永远不会放弃你!"

"也许……这是实话……但不管怎么说,我现在并没有成为你的妻子。把痛苦留给我一个人吧!应该把快乐给受尽折磨的乌日娜金,你就这样做吧,表哥。回去以后,告诉她实情,告诉她,我是甘心离开你家的。一定这样做,要不,我会更痛苦的。"

"不,我不会这样做!玳玛,我绝不会这样做!"

"这样不对,表哥!你没想一想,那样做,会叫乌日娜金姐姐痛苦一辈子,会叫我成为灵魂有罪的人啊!"

"不管怎样说,不管你怎样逼我,你永远是我的妻子!"

"我不会答应你的!别喊了,妈妈出来了。"玳玛赶忙擦干了泪水,小声地说道,"别让妈妈看出来!"

其木格站在门口,疼爱地喊道:"歇一会儿吧,活儿不是一天就干完的。快进来吃午饭!"

28

到了下午,格力图尔探家的消息就在全村传开了,陆续有人来探望和打听一些不相干的事情。小毡帐里又热闹起来。不一会儿,杰尔登布也来了,他硬要拉格力图尔去他的毡帐"洗尘",直到桑布皱着眉头说:"一会儿叫他去。"他才松开手,并再三地说:"一言为定!我马上回去准备,千万别叫我空等了!哈……"

格力图尔是不想去的。但桑布有桑布的想法,他认为杰尔登布一定打着什么鬼主意,格力图尔正好去探探底。这样,格力图尔才不得不去敷衍一下。

杰尔登布出奇地热烈欢迎格力图尔的到来。席面上早已摆满了各种肉食,马奶酒热得直冒气。席上只有杰尔登布和格力图尔。

一开始,杰尔登布对桑布的不幸发了一阵感慨,并沉重地叹了口气,安慰格力图尔不要悲观,他这个百夫长一定想尽一切办法治好桑布的腿。他杰尔登布"说得出做得到""要是我言而无信,让人们骂我是王八蛋好了!"他大义凛然地结束道,完成了第一个段落。

喝了一碗酒后,进入第二项,杰尔登布说道:"昨天玳玛要退工。其实呀,玳玛这孩子身体也确实不太好。我早就不忍心看她那挨冻的样子。她不说,我也想找别人代替她。至于牛奶呀、炒米呀之类,没关系,别看不给我干活儿,照样来拿好了!我杰尔登布就是仗义疏财!能看着桑布老哥一家饿肚子吗?我可不会像敖尔敦那样小气。来,喝!"

但第三个议题却开始得很慢,而且那序幕又太长。他用了很多肉麻的词儿夸奖格力图尔能干,竟能获得科尔丹少爷的"赏识和重用",他说,科尔丹是将来的札萨克,那时,格力图尔定能"飞黄腾达"。

和一般刚强直率的小伙子一样,格力图尔也是难以应酬这样的场面。

让他干什么重活儿、干什么冒险的事,他会毅然去做。但让他说"哪里哪里!""客气,客气!""不敢当,承蒙夸奖!"之类的客套话,那就比让他上天摘月亮还要困难得多。所以,他很拘束地坐在那里,生平第一次在这样丰盛的酒席桌面上,听着这些肉麻的恭维话,着实有点儿如坐针毡了。他一言不发,一口不吃,只是为了再坐一会儿,听一听,再看看杰尔登布的"葫芦里卖的什么药",才勉强地把嘴唇在碗边上沾一沾。

"吃啊,吃啊!不要客气嘛!"杰尔登布左一次右一次地让着,眯着眼看着格力图尔。

过了好一会儿,杰尔登布用镶着金顶的象牙筷子叉起一块羊心,装作不大经意地问道:"你可知道吉利图的消息吗?"

"噢!是这么回事。格力图尔想道,心里的怒火一下子燃烧起来。但他强压怒火,思索着怎样对付这个混蛋,给他一点教训。

"你问的是乌日娜金吧?"

"唔,当然,那是吉利图的女儿呀!"

"不,我怎么能知道她的消息?"

"哈……"杰尔登布扬脸大笑起来,"你可真是一个机灵鬼!还想和我摆迷阵吗?我知道,她和她爸爸都在扎布曼都府上。"

"是吗?我怎么不知道?"

"好,我告诉你。一个雪夜,科尔丹少爷回家,在途中碰到了额勒吉卡……嗯?哈……可是,那天夜里的勇敢驭手却说不——知——道!你说,哈……"这一串儿又一串儿的笑声,使格力图尔感到十分厌恶,并看到在笑声里有一条毒蛇向乌日娜金游过去。

杰尔登布接着说:"我曾去过额勒吉卡那里,他把科尔丹少爷好一阵骂。可是他却骂不回乌日娜金了,因为她已成了扎布曼都的牧奴了!"

格力图尔微笑着说:"记起了。听说科尔丹要娶乌日娜金呢。"

"别跟我捉迷藏了,格力图尔。我知道得和你一样清楚。不过,咱们说正经的,我得求你一件事……"杰尔登布顿了顿,神秘地把头向格力图尔伸过去,放低了自己的声音,"科尔丹少爷很看重你,这我是知道的。你以后一定会有好日子,一定会平步青云!可是你不能看着吉利图由一个阿拉特降到牧奴啊!我呢,也不能看着同村人不幸而置之不问,他们成了奴隶,咱们都不光彩——你喝酒啊,为什么光瞪眼?"杰尔登布说着,喝了一大口酒,又眯起眼看定格力图尔，想弄清自己的这番话会起到怎样的作用。

格力图尔虽然知道杰尔登布的话还没有说完，刚才的一段仅仅是个引子，但已看透了这个恶棍的卑鄙目的。这使格力图尔心里很恼怒。他皱着眉看了杰尔登布一眼，说道："你说完了吗？我该走了。"说完，便去身后摸帽子，准备站起身来。

"哎，干吗那么忙？你喝酒。"杰尔登布伸手按住格力图尔的肩膀，"咱们这么说吧，你知道吉利图可是个老实人，乌日娜金呢，也是一个……嗯，怪可怜的姑娘……咱们都是乡亲，得帮助他们一下。我看这样，我出牛马，你出嘴，你和科尔丹少爷说说，用多少牛和马能把他们赎出来。然后，我养活他们……嗯？你看这……啊？"

格力图尔的心一阵猛跳，真想伸手痛打那张醉红的脸，但终于忍耐住了。他不愿因此给爸爸造成新的麻烦。只是那心头怒火已开始燃烧，再有一霎，他也许会踢翻满桌的酒菜。他倏地跳起来，飞快地走出毡帐。桌旁只剩下了杰尔登布，他怔怔地坐了一会儿，端起酒碗，那浓浓的酒，喧哗着挤进那冒火的胸膛。然后他把酒碗重重地放在桌子上，又满满斟上一碗酒……

这时，格力图尔的靴子踩得积雪吱呀呀地响起来，他连续地吐了几口唾沫，为的是把沾在唇边的马奶酒洗下去，心里在咒骂和撕碎着这个悖逆不轨的色鬼。怪不得父亲对杰尔登布的甜蜜拜访疑惑不解，敢情这个混蛋还在乌日娜金身上打主意！格力图尔恨透了这个坏蛋，如果不是他的淫威，乌日娜金不会逃跑，不会受了那么多磨难；甚至爸爸的腿也不会被打断，他格力图尔更不会离开家到扎布曼都府上服苦役，现在日子一定是过得火旺！这的确不成问题，以格力图尔那一把子力气，有个三年五载，不叫他牛马成群才怪！何必如今天这样东挪西借，甚至取借无门，连以往亲密无间的舅舅也开始疏远起来呢？格力图尔想到这里，把这一切原因都归咎到杰尔登布身上，实在懊悔刚才没有打他一个解恨的耳光！

当格力图尔走进自己家的毡帐时，里面已聚集了不少人了。有布和、敖登山、巴图宝音等一班年轻人，还有闹了一场重病刚刚好起来的奥良哈等几个老人。敖尔敦已是第三次来了。因为他听其木格讲，格力图尔说科尔丹打算让他接任百夫长，他要亲自听一听，这到底是不是事实。总之，这个小毡帐已坐满了人，一扫过去那种清寥沉闷的气氛。

一开始，人们问起杰尔登布请格力图尔吃酒的事，格力图尔讲了以后，

人们连笑带骂地议论了一会儿那个老色鬼,还谈到自从桑布的事被扎布曼都知道后,罕都烈曾狠狠训了杰尔登布一顿,那时,杰尔登布的那副丑态是足以令人笑破肚皮的。接着,人们又为老实而不幸的吉利图唏嘘慨叹了一阵子。

奥良哈看了看在场的几个人,知道这里还没有能走漏风声的人,便转向桑布说:"这些事全都坏在杰尔登布的身上。你恐怕还不知道,你跟过白凌阿的事就是这个坏蛋去告的密。这件事我知道好几个月了,但没敢告诉你,怕再惹起你的火来。"

桑布冷笑了一下,说道:"哼!看来我还没估计错。"

"不过。"奥良哈沉吟着说,"现在不要让他看出来你已知道底细,等你腿好了再说,杰尔登布什么事都得出来。"

"怕他?现在就可以把他拎过来捶一顿解解恨!他快当不成百夫长了!"布和快乐地说道,最后把目光落在自己的主人——敖尔敦身上。敖尔敦掩饰不住听到谈起"百夫长"这个话题引起的兴奋,却假装嗔怒地呵斥道:"不要胡说!""怎么是胡说?问问格力图尔就知道了。听说——就是您要当百夫长呢。""这更是胡说!毫无根据……你从哪儿听来的这些没根没梢的流言?你以后不能随便瞎说,这可不是闹着玩的。"格力图尔说:"是有这话,科尔丹说的。""您看,有根有梢没有?还说我瞎说呢!您得给我们喜酒喝。"布和冲着敖尔敦说道。敖尔敦坐在这座毡帐里,为的就是听格力图尔的这句话。而当格力图尔如他所愿说出来后,自己却一时不知说什么好了。他觉得穹顶下几个人的眼睛,都充满崇敬、巴结地注视着他这个未来的百夫长大人,他立刻感到自己的身份已不一般了。他有点坐不住,想起身离去,他在自己的毡帐里对扎惹几次想说但没有说出的话,这回可以高傲地对她说了,让她也为这个光荣高兴吧!但怎好马上就起身呢?到底在场的人都在看着他,等他说几句"就职前的演说"呀!

"这怎么可能呢?"敖尔敦终于很费劲儿地说起来,"这不会是科尔丹少爷说着玩儿吗?你们说,那杰尔登布……怎么办?"

"那得归扎布曼都老爷调遣了。"布和笑着说,"管他干吗?您当您的百夫长好了。也许杰尔登布要升任千夫长呢!对不,格力图尔?"

格力图尔也笑了:"也许要当万夫长呢!可那得到另一个世界。"

"要是到另一个世界呀,"布和接着说,"会被千刀剐、万刀剐呢!"

"别说这些玩笑话了。"敖尔敦严肃地说,"实在说,杰尔登布也实在当不了这个……百夫长,可是,现在还是他。说让我当呢,我也承担不起……再说,这还没有上边来的……任命。话又说回来,要有一天,我真有这个……殊荣,那我一定要让咱们多伦村成为最好的村子,让咱们乡亲都过得好——不过,我劝你们别往外传这话,杰尔登布听到了是不会受用的。"

敖尔敦说完,骄傲地环视了一下,掏出烟袋,低着头,设想着百夫长应该有个怎样的派头,吧嗒吧嗒地吸起烟来。

人们沉默了一会儿。正在一些人感到无话可说想要告辞的时候,有人问起科尔丹少爷重用格力图尔的传闻,人们便又感兴趣地听下去了,但当格力图尔骂了几句瞎编排的饶舌家并讲起打猎的故事后,人们才明白,实际情况和这几天的传闻也许恰好相反。对一些人,这原是没多大关系的,他们的来访,或者是出于友情,或者仅仅是为了听一些本地没有的新闻,好拨动一下冬日里寂寞凝结的空气。但敖尔敦却不然。他不仅怀着新奇的心情,还有为自己将升任百夫长产生的满腹喜悦,甚至还有对格力图尔"发迹"的敬畏,很自然地又把外甥的"攀龙附凤"和自己的"青云直上"联系在一起。这才左一次右一次地来坐在一群寒伧的同村人当中。但他在听到"百夫长"一事产生了无限的高兴后,又听到了格力图尔绘声绘色地叙述雪橇上的一幕,那脸上的红光和眼睛里的赞美一下子全没了。他先打发走不情愿离开的布和,叫他赶快回去给牲畜添草和收拾勒勒车,然后自己也托辞告退,微眯着眼,倒背着手走出去。

29

敖尔敦在回家的途中,曾预演了一阵百夫长走路的姿势。但他总觉得不甚踏实。他原来想,让他当"百夫长"和格力图尔获得少爷"青睐"这两件事如果都所传不虚,真是两全其美!甚至他还要大大仰仗这个东床快婿呢。然而,事情却不如此。他真能顺利地获得在多伦村的道路上昂首阔步的身份吗?也许格力图尔恰好就是他飞黄腾达的第一个障碍呢!他在心里骂了一句不懂事的混蛋女婿,实在后悔把妹妹嫁给了桑布,尤其更后悔把女儿也嫁给了格力图尔。

"哼!没出息,真是没出息!"敖尔敦钻进毡帐后,一面在木墩上敲着烟袋锅,一面忿忿自语,很有大失所望的感觉。扎惹抬起头问:"谁?你说谁没出息?"

"还有谁?我们的宝贝女婿呗!"敖尔敦鼓起腮帮狠狠吸了几口烟袋嘴,"真没出息!"接着,他便大加渲染地讲述起格力图尔如何不识抬举,怎样又获罪杰尔登布,以及要毁了玳玛和坏了他升任百夫长的"大事"。说得扎惹也开始为担心玳玛而叹息起来。

敖尔敦吧嗒烟袋声和扎惹的叹息声,最后占据了整个毡帐。直到玳玛轻轻走了进来,喊了一声"爸爸,妈妈"时,这二重奏才算结束。

"快来,玳玛。"扎惹把玳玛喊过来,拉着她的手,叫她坐在自己的身边,"累了吗?你又好几天没来看妈妈了。你不想妈妈吗?"

"我也想妈妈。可实在没有空闲……"

扎惹回手把柜子上的铜盘端过来,那上面有羊肝、奶酪和酥饼,"给你,吃点儿吧。"

"我不饿,妈妈。"玳玛把铜盘接过来,又放回到柜子上。

"你怎么成了客人了呢?看样子你也没吃好。"扎惹说着,眼里闪起泪花。

"我真的吃好了。其木格姑姑总是让我多吃。"

"我知道。可是他们能有多少？……你以后要常回来，每天都到这里来吃饭吧。让你饿着，妈妈心里是难受的。"

"妈妈，你怎么那么愿意掉泪呢？我这不是很好吗？在那里和在家里一样，能使姑妈度过这一年，我就会高兴的。总算熬过了九个月，再过三个月，他回来就好了……再说，我怎么能把老人扔在家里，自己跑到这儿来吃饭呢？"

"怎么不能呢？"敖尔敦敲着烟袋锅，说道，"为什么不能？给他们干活儿，不吃他们，那他们还不高兴吗？"

"不，爸爸。"玳玛低下头说，"那样做，老人心里是不好受的。"

"他可叫你好受呢！他叫你舒服一天了吗？没听说把一个十六七岁的儿媳妇打发出去干活的，他们——也真做得出！"

"那是我自己要去的。姑父昨天还逼着我退工呢。"

"当初就不该去！"

"可是爸爸，我们得活命啊，三口人都得吃饭……当初爸爸不是说，把我给过去，可以帮助姑妈他们度过难关……除了我，还有谁能出去挣一口炒米呢？如果爸爸能帮助我们，我也不会去替人帮工。"

敖尔敦的脸一红，嘴角抽动了几下，心里很为女儿的话感到羞愧和生气，他理短气粗地说道："嚼嚼！到底是桑布家的人了！这不是来教训爸爸来了吗？"

"爸爸，我原是不想说这些的。"玳玛直视着生气的敖尔敦说，"可是，我已经在杰尔登布那儿退了工，格力图尔回来前这几个月，我们又没有办法了。我想……爸爸不会忘记九个月以前说过的话，在这最后的三个月里，会帮我们一把的……"

"哼，你真替桑布家想得不少啊！"

"敖尔敦！怎么可以对孩子这样呢？我们帮助他们的确是应该的。怎好看着他们在这几个月里挨饿呢？"

"好么！你们都是一条心呢！这真是，玳玛是个孝顺的媳妇，扎惹是个慈善的岳母大人啊！"

"你说得好听吗？敖尔敦！"

"你希望我怎么说？我怎么说才能顺你的心？"

"爸爸！"

"说啊！和你妈妈一起来教训我吧！"

"不，爸爸。"玳玛忍住泪水，说道，"女儿怎能教训爸爸？我是请教爸爸，我做一个孝顺的儿媳妇不对吗？姑妈还是爸爸的妹妹呢……"

敖尔敦瞪着玳玛，半天没说出话，嘴唇气得发紫。过了一会儿，他粗暴地大声说："好啊！玳玛，你孝顺么！你把你爸爸的财产都拿去孝顺好了！"

"不会，爸爸。我不会那样。您只要不忘记过去说过的话就够了。"

"什么意思？啊？你是什么意思？"

"您是明白的……"

"我倒要听一听贤慧的玳玛作一番解释！"

"那就请爸爸恕女儿直率吧。我的意思是请爸爸不要忘记过去对姑妈应许的话，不要忘记……"

"好啊，玳玛！"敖尔敦忽地站起来，把烟袋用力插到腰带上，"是格力图尔叫你来讨还牲畜的吗？"

"不是，是我自己……我只是希望爸爸说过的话都能做到。"

"桑布家赶过来的牲畜是聘礼，全村的人谁不知道？你们看过谁讨还过聘礼？"

"当初爸爸可不是这样说的呀，爸爸真把过去的话忘记了吗？"

"那么我告诉你：忘记了，而且永远不会记起来！"

"爸爸，那样做，人们会说您不光彩的！"

"什么！你怎么不说你爸爸是个恶棍？骂吧！痛快地骂他一顿吧！"

玳玛看着怒气冲冲的敖尔敦，心里一阵委屈，似乎有一把刀，在她的心里剜来剜去，她支持不住了，把头伏在扎惹身上，哭了："妈妈"……我心里真难受啊！"

"你也感到难受吗？你的话可使你爸爸很受用呢！你说，今天是格力图尔叫你来的吗？"

"不！"玳玛抬起头来说，"格力图尔是个要强的人，爸爸说不还了，他是决不会来说一句话的。只是，我觉得我们这两家不单单是婆家和娘家啊！"

"是这样吗？那么我今天就告诉你，我要让这两家连婆家和娘家也不是！我一会儿就去告诉桑布，你和格力图尔离婚了！"

玳玛觉得一声震雷向她劈来,她直瞪着惊惧的泪眼,好不容易说出一句话:"你……说什么!爸爸!"

"离婚!我们要寻一个有出息的人家!我不是给人帮工的敖尔敦,也许明天,我就是百夫长敖尔敦!我不能让我的女儿在逃犯家里倒一辈子霉!"

"敖尔敦!你今天是怎么的了?这么大喊大叫也不怕别人听了笑话吗?"

"笑话谁?我敖尔敦说得出就做得到。今天玳玛就不必回去了!"

玳玛好像从昏迷中苏醒过来,她揩了一把眼泪,大声说:"不!从今后,我就不再进你这个毡帐了!这不是我的家……"

"你敢!"

"好玳玛!"扎惹心疼地抱住要站起来的玳玛,"别听你爸爸瞎喊,他能那样做吗?"

玳玛哭着挣扎道:"妈妈,你松开我,我走……"

"不准你走!而且我也告诉你,扎惹,我可不是瞎喊。玳玛如果敢离开这个毡帐,我就宁可打死她!"

"打吧,爸爸。也许这是个……最好的办法。"

"玳玛!敖尔敦,你怎么变得一点儿不讲情理呢?"

"不是变了,是你发现得晚了!"敖尔敦说完,一扭身走出毡帐,木板门在他出去以后,重重地响了一声。

玳玛伏在扎惹身上大声哭起来。扎惹抚摩着玳玛抽动的脊背,用一声声"好玳玛""好孩子"加上一滴滴心疼的眼泪,来抚慰那颗小小的受伤的心灵。过了一会儿,玳玛突然扬起泪脸,她知道,再过一会儿将发生怎样轰动全村的丑事!而且,从此,姑妈家增添了一个更大的打击。她感到恐怖,她先是用力抱住妈妈,瞪着失神的眼睛,谛听外面的声音,接着,她用力挣脱了扎惹的胳臂,跳起来,跑出门外,也不管布和用怎样惊异的眼光看着她,大声地喊道:"爸爸!请您回来一下好吗?"

敖尔敦回过头来,略作踌躇,在原地转了个半圆,背着手慢慢走回来。

等敖尔敦走进毡帐以后,玳玛仍旧泪流不止地说:"爸爸,您当真要去退婚吗?"

"当真。而且决不能更改。"

玳玛不由得又哭了一会儿,颤抖着声音说:"再过三个月不行吗?"

"为什么要再过三个月?"

"那时,格力图尔就回来了,……这三个月姑妈和姑父要吃要喝呀!"

敖尔敦仰脸想了一下,说道:"这几个月的吃喝我全给了!"

"姑父和姑妈也需要人照顾……我要不在,姑妈怎么办呐?"

敖尔敦又低头想了一下,问道:"三个月以后,你同意离婚吗?""我……同意……"玳玛抽噎着说。

"是心里话吗?"

"是……心里话。"

"把你嫁给布和行吗?他是孤儿,很能干……当然等我当上……也许要寻一个更门当户对的……"

"行……谁都……行啊!"玳玛伏在门框上泣不成声了,"只要……别在表哥回来以前……姑妈受不了……那么大的……打击!"

"那,好吧。就等三个月好了。这三个月你什么也不必干,你们三个人吃的用的,我全部包下了。"

玳玛更加悲哀地抽泣了一会儿后,心里的新的决心使她稍稍镇定了一些,她擦干眼泪,把脸朝向敖尔敦,很庄重地说:"爸爸,等到那时,桑布姑父的牲畜都要还给人家,是吗?"

"你这是在提条件么!"

"不,不是。那原本就是人家的牲畜呀。"

"我可以给他们几头牛。"

"马呢?羊呢?"

"你这不明明在和你爸爸讲条件吗?这些财产将来也都是你的嘛。"

"我知道……正因为将来……属于我,我才觉得拿人家的东西,心里总不舒服……"

敖尔敦知道玳玛这话是说给他听的,但想到玳玛已经答应离婚,而且他也不想一下子把事情弄得很僵,不管怎么说,到底只有这么一个女儿,和桑布还是亲戚,一下子弄得太难堪,在面子上也过不去。三个月以后,格力图尔回来了,再把玳玛接回来,不至于使人们议论他敖尔敦乘桑布危难时落井下石。而且,看样子,也不会太影响他出任百夫长一事,因为百夫长的更换,一般是在夏初比丁的时候。考虑到这些,敖尔敦忍住火没有发泄出来。他眯起眼看定玳玛期待的脸,慢悠悠地说:"好吧。我不会亏欠他们的。"

211

"一定吗？爸爸。"

"当然——一定。"

玳玛揩干眼泪，望着扎惹说："妈妈，我走了……"

"不，你等一等。"敖尔敦的语气变得很缓和了，就像慈父对孩子那样，"你先坐下，爸爸有话和你说。"等玳玛慢慢坐下去后，敖尔敦也坐下去，装上一袋烟，思忖了一会儿，低垂着眼睛继续说下去，"你现在也许在心里恨你爸爸……"说着，撩起眼皮扫了玳玛一眼，玳玛不动声色地低着头，"你恨吗？玳玛？是啊，说恨，这是不好出口的；说不恨，好像又言不由衷。是这样吧？可是，总有一天你会明白，爸爸是为了你好……当初，这事是怨我，可那时我实在可怜桑布一家，也以为格力图尔会有出息，等以后咱们的家当就全归你们了，所以才把你嫁给他，使我们亲上加亲。可是没想到，格力图尔也是一个惹事生非的混虫！他今天得罪了杰尔登布，明天就可能惹下科尔丹和扎布曼都！你看，他不要成为我升任百夫长的障碍吗？这确实是我没想到的，也没想到你会吃这么些苦……如果你在这一点上恨你爸爸，甚至骂你爸爸，他也不会说你一个不字。你爸爸做错了事，他得要纠正啊！他能忍心看自己的女儿受一辈子苦啊！你看，说到格力图尔，能干不假，可他又多么愿意闹事啊！一点儿人情事故都不懂，能给你个安稳日子吗？等过了几年再后悔，那可就晚了。我和你妈妈都在为你的将来操心啊！你说，我们为了啥？费劲巴拉地挣下这些财产，不都是为了你吗？咱们可以找一个好样的，凭咱们的财产，再凭你爸爸百夫长的身份，啥样的好年轻人不巴结这门亲事？那时，你们就在我这里过，你只要动动嘴就行了。我们可以多用几个帮工，玳玛，我这些话，你明白吗？"

"我听到了，爸爸。"

"只是听到了？不愿说你同意这些话，是不是？你慢慢就会明白的。活，就要挺起胸，怎样能挺起胸？那就需要财产，大群的马，大群的牛，大群的羊。好了，玳玛，你有一天会明白你爸爸的心的……扎惹，把那件新皮袄给玳玛拿去，还有那双靴子。"

"别拿了，妈妈。爸爸，那些东西，您留起来吧。"

"你不想要吗？"

"等三个月以后……再用……爸爸，您的话我都听清了。没有别的话，我就回去了。"

玳玛说完,慢慢走出毡帐,心里在猛烈地痛哭。她总算知道了爸爸把牲畜看得比人还重要。

　　为了维持一家三口人的艰难生活,在格力图尔走后,玳玛又开始给别人帮工了。她决计不再去爸爸那里拿任何东西。敖尔敦曾几次让布和送去一些奶酪、炒米、茶砖和腌牛肉,玳玛都让布和原封不动地拿回去,让他转告父母,他们这里不缺什么。并且,从此她没有再登家门,直到三个月后发生了一件令人震惊的事件,使敖尔顿捶胸顿足地悔不当初。这是后话,暂且按下不表,现在让我们追上科尔丹,到图什业图王府去看看吧!

30

色旺诺尔布桑保王爷自受任哲里木盟盟长以来，还一直未把王府变成堂皇的建筑。王府的外观仍然只是一个旗札萨克官邸的规模。当然，和扎布曼都比，不知道要豪华多少倍了。不要说陈设讲究的议事大厅有四十几个座位，就是僚属办公和居住的房舍也要比扎布曼都有地毯的客厅好得多。宽敞的大院，全都铺着石板，正中是一个梅花形的花坛，坛中央是一棵草原上罕见的柏树。花坛和院内两侧三十二棵槐树，专有十几个奴仆来管理和修整。春夏之际，这里就是最热闹的所在了，不少有关旗内和盟内的大事，常常是在充满花香的槐树旁边的长椅上决定的。

色旺诺尔布桑保王爷，是光绪皇帝的姑父，有着赫赫的声威，叫他一生都在这样的府第里发号施令肯定不会甘心，他早就打算要建一座豪华的宫殿来炫耀自己崇高的身份。因而，修建新王府，是势在必行了。

协理台吉以下全部官员，没有一个人认为修建新王府所需费用会是一个小数字，按前任梅伦估计，以最节俭的用度，也需六万二千余两黄金，折合二十五万卢布。而新任梅伦额勒瓦奇尔经过比较精确的计算，肯定地认为，二十五万卢布只够全部需用的三分之二。这样一大笔款子，在旗内和盟内筹集，那是要费很大力气和很多时间的。但急性子而又固执的王爷，却要在开春算起的一年内搬进建有楼台殿阁的新王府，他的命令肯定又不会稍稍更改一下。因此，向日益煊赫的华俄道胜银行借款，也是在所难免了。

然而，为了借贷合同的附加条款，引起了王府内的纠纷，使合同一直没能签押。在额勒瓦奇尔就任梅伦以后，纠纷就显得明朗化了，显然形成了两派。这两派对立的声音，曾不止一次地在议事厅的有吊灯的天棚下各抒己见。由于时值残冬，王府内和雪原一样缺少活跃的气氛，官员们都清闲到用聊天、打牌和豪饮来打发日子。在借款问题上形成的分歧，他们有时还能声色激昂地争辩一阵,使单调的生活平添了一些活气,私下串通时也有了谈资。如果王爷本人也不急于在冬季把款子拿到手,他们又何尝不高兴为此争论到开春呢?

这一天,议事厅里为借款提案召开的第四十六次会议已经结束。在第四十七次会议开幕以前,为合同的签押真正着急的索拉吉辽夫先生,此刻又出现在王府庭院内,他正在散步赏雪。

索拉吉辽夫这次从吉林分行返回图什业图王府已是第五天了。他自己说,这次拜访是为了商谈来年春季贸易的事情,但谁都知道,他真正目的,还是解决与他的前途攸关的借贷合同的签押。他有充分的根据认为,指望新任梅伦额勒瓦奇尔这个"财经大臣",纯属缘木求鱼;想直接和王爷会面,比谒见沙皇还难。这几天,有人私下里告诉他,王府官员对借款一事分歧很大,合同不会很快签押,甚至会事与愿违也未可知。他虽然付之一笑,心里却着实恼火。他一边在王府庭院内踱来踱去,欣赏着银装素裹的花木,一边在心里推敲着从各种渠道获得的每一个消息的细节,对自己的全部计划进行着重新调整。的确,这个聪明绝顶的俄罗斯贵族的后裔,是真正感到蒙古王公里也有不好对付的人物了。事情不好办,又非快速办成不可!他的恼火里又渐渐加进了忧虑。他在和额勒瓦奇尔首次交锋失利后,曾赶回吉林分行,在一个不很相宜的时间,闯进副经理维连斯基伯爵的卧室,第一次向自己的上司报告失败的消息。此时,那次会见的场面又出现在索拉吉辽夫的眼前。

那天早晨,维连斯基伯爵穿着睡衣在与外室相连的客厅里,接见了索拉吉辽夫。

"尊敬的维连斯基伯爵,请原谅我在这种时候打搅您。"

"不必客气。您好像刚刚下车——请坐。"维连斯基坐在茶几旁的沙发上,向索拉吉辽夫指了指对面的座位,在索拉吉辽夫鞠了一躬坐下去后,他又问道:"您是刚刚下车吗?"

"是的,伯爵。"

"您这样急切,足见您对我们事业的精诚。我感谢您。我相信您是带来了一个十分重要的消息。我说的对吗?索拉吉辽夫先生。"

"是的。但抱歉的是,我将向您报告一个不愉快的消息——我本来是不应该来破坏您清晨的好心情的……"

"我相信不会。请吸烟。我准备和您共进一次快乐的早点。您知道,不愉快的消息确实已向我们慢慢地传递过来,我所说的并非指您想报告的问题。您想说的是哲里木盟借款一事,对吗?这个,我们一会儿再谈。我所说的是公使先生最近发来的秘密简报。那上面有一则关于日本浪人,在长城北部各种活动的记录。公使先生的按语是'浪人并非浪人,应严密注意其经济和政治使命。'"

"是不是日本想和我们争夺满蒙呢?"

"如果您把疑问的语气换掉,那判断就十分正确了。"

"从此,我们就增加了一个劲敌。维连斯基伯爵,是这样吗?"

"是这样。但请您不必过谦。因为有些问题倒是应该由我向您请教的。简报上注明,有些日本浪人的活动,是您提供的情报。"

"是的,伯爵。由于我有机会到各地旅行,曾不止一次发现日本浪人绘制满蒙地图。在我秋天去北京呈递增加资本的文件时,同公使先生谈了我的见闻。回来后,由于事务纷杂,就忘记向伯爵报告了。"

"不,我不是责怪您,您做得很对。我也因此感到光荣,我们应该注意各方面的动向。要知道,我们不是单单摆弄卢布,对吗?"

"是的,伯爵。"

"所以,我们必须对周围的一切和全部历史都要作细心的权衡。我相信您会认识到,日本人并不像蒙古王公那样好对付。历史是不能忽视的。甲午之战后,日本曾想长期占领辽东半岛,然后在长城北部发展势力。但由于尼古拉二世以及外交大臣罗拔诺夫、驻华公使喀西尼等人的努力,使日本暂时放弃了这个野心。目前,它在台湾立足未稳,而且和德、法、美均有明争暗斗,尚无精力北顾满蒙。我说'暂时',是因为我们确信,日本迟早要来和我们争夺这块富饶的土地的。他们到长城以北偷偷绘制地图,就证明了这一点。这不能不引起我们的高度注意。而现在,我们是有优越条件的。首先,清廷无论在边界还是贸易问题上,都已大大让了步。黑龙江也好,伊犁也好,我们都可以长驱直入了。其次,对《马关条约》的签订,我们为清廷出了力——至少清廷是这样认为的,那拉氏正对我们有不轻易改变的好感。"

"也就是说,在日本人站住脚和清廷睡醒觉之前,我们必须把满蒙经济、政治权益尽量抓过来,控制在我们手里。"

"完全正确。因此,您就应该看到您所进行的事务具有经济和政治的双重意义。"

"我明白了您的开导。但是,我却辜负了您的信任。"

"这样说还太早。从我获得的消息看,您的成功是有把握的。只是您有点儿太小气。"

"您的意思……"

"不要光探听我的意思。我早已说过,您是有便宜行事的权力的。""谢谢伯爵的信任和指教。"

"昨天,接到您舅父的信。他很关心您的前途,正在外交部为您活动。我作为您的长辈和朋友,也盼望您飞黄腾达。我已向外交部打了您这次重要交涉已获成功的报告。"

"维连斯基伯爵,对于您的关照和恩典,实在令我终生难报。可是,我所进行的事情却离成功甚远……"

"唔,不要灰心。今天看来可能百分之九十九失败,也许明天就会百分之百的成功!"

"是的,伯爵。您说得非常精辟。"

"那么,我再重复一遍:您可以便宜行事。您就不会缺少成功的把握了吧?"

"本来是应该如此的,但在我们所需要打交道的人物里,也有的好像金钱不足以使其动心。"

"这一部分人将来会后悔的。重要的是,您的慷慨还没有达到使真正起作用的人物动心的程度。"维连斯基说到这里,停了一会儿,注意地观察着低头沉思的索拉吉辽夫,后来又接着说下去,"您好像正在调整计划,是吗?您准备什么时候再返回哲盟?"

"明天,不,马上就回去。"

"唔,不必那样着急。您已经累得瘦下去了。您应该休息几天,再出现在蒙古王公面前,应该是容光焕发,而且要做出并非要急于求成的姿态,甚至——唔,这些都无须我饶舌,您会做得很好的。好了,我们该吃早点了。在您启程的时候,我将交给您一本付现的空白支票,随时支用,取款地点,就在洮南商行,这样更方便些。"

索拉吉辽夫回忆完上述的那次会见后,轻轻叹了口气。他心里明白,维连斯基伯爵对合同的签押也很着急,否则,那本支票决不会在谈话的当天下午就亲自给他送去。是啊,如果这个合同最终付之东流,那么东部几盟的缺口就不易再打开,期望俄罗斯的伟大事业在满蒙获得长足进展势必成为泡影,这对华俄道胜银行的声誉将造成难以挽回的损失。索拉吉辽夫本人则比副经理更为着急。他爬向公使馆宝座的阶梯,已由他自己的艰难努力,搭到了足够的高度,这次合同的签押很可能是最后的一阶。事情如果遂顺,肯定是一步青云,扶摇直上;如果失败,则可能前功尽弃!索拉吉辽夫如何能不着急啊!

然而,事情偏偏不那么顺利。他面前的哲盟王府的官员,要么和他针锋相对,要么态度冷淡。他特别重点地权衡着两个人物,一个是协理台吉博克拿多,另一个是新任梅伦额勒瓦奇尔。前者是他的"朋友",又是王府内的权柄人物,他们之间有过不少密切合作的记录。这次,又显然必须把这个贪得无厌的家伙掌握在手里,否则,成功的希望就十分渺茫。但这位协理台吉,自索拉吉辽夫这次来王府,就不肯轻易露面了,甚至在王府内突然刮起"协理台吉对借款并不十分热衷"的风。额勒瓦奇尔呢,则是坚决反对借款,至少是对附加条款持顽固的反对意见。每当索拉吉辽夫无意间碰到那双敌视的眼睛时,会立刻升起一股无法名状的恐惧。他清楚地感到,额勒瓦奇尔进入王府后,给他走向成功的艰难道路上摆下了一个难以逾越的屏障。

索拉吉辽夫一边散步,一边思考。后来,他停下脚步,手扶冰冷的树干,观看王府庭院中的雪景,时而捕捉那由正厅后面飘过来的鼓乐声,心里却在翻滚着"下一个回合"的浊浪。他记得,这次来王府后,曾和博克拿多谈了来访的"目的",博克拿多却笑了笑,说道:"凡有关经济方面的事情,还请您和梅伦洽谈。额勒瓦奇尔和王爷的关系您是知道的。他又是一个喜欢专权和不受人左右的人物。我这个协理是不好参与经济事务的……"

"这个老鬼!"索拉吉辽夫恨得差点儿骂出声来,"老滑头!你是瞒不过我的。但重要的是,我必须尽快弄清额勒瓦奇尔在王府的真实地位。"他下意识地又瞟了一眼梅伦额勒瓦奇尔办公的东厢房,正有一个奴仆往那门里端去暖盒,显然额勒瓦奇尔正在待客。看来,王爷信使的雪橇一定是从什么地方带来了一位贵客。如果是以前,索拉吉辽夫是可以随便进出那所房子的。那位已故的前任梅伦,常常把索拉吉辽夫拉去畅饮款叙。有时,那位胖胖的梅伦喝得大醉,就会神秘地把酒臭熏天的嘴伏在索拉吉辽夫的耳边,重复着不知说了多少遍的话:"索拉吉辽夫先生,放心吧!这里是博克拿多的

天下,我呢,是他最好的朋友。我们一定会在各方面,呃!所有方面,帮助你的。"已故梅伦酒后的话并不是扯谎,他和博克拿多密切得如同一人。"对了!"索拉吉辽夫猛然想起,"不正是这个肥头肥脑的梅伦最先把王爷想借款的消息透露出来的吗?而且,不正是他,在博克拿多正式向分行提出借款后,代表王府和我商谈合同的第一个文本吗?如果博克拿多不支持借款,已故梅伦怎么会那样充满信心地进行交涉呢?后来,当我提出附加条款时,他又说,这必须博克拿多同意才行。这就表明,借款完全是博克拿多的主意。那么,是不是只有博克拿多反对附加条款呢?一个贪婪得像饿狼一样的家伙,竟会去考虑与本人无关的利益吗?可是,他又同意一个和自己意见相反的人来当梅伦,真叫人难以捉摸⋯⋯"

索拉吉辽夫一面在心里念着这些潜台词,一面又不自觉地把视线落在额勒瓦奇尔的窗子上。那窗子里面似乎有两张脸在向外张望。

现在,我们暂且把这位仪表堂堂的索拉吉辽夫先生放在空寥的庭院中的冰冷的槐树旁,来看看额勒瓦奇尔的房间吧。

额勒瓦奇尔是想不到自己会在这样一个豪华的大房子里为大蒙古民族操心的。在阴险狠毒的二哥害死爸爸、逼死大哥,并驱逐了他以后,他也曾幻想有朝一日平步青云。但他并没有想到会成为一盟的财经大员,而且又这样毫不费力,就好像命运之神的手突然在他头上抚摩,使他周围的一切都变了。他不再住着一座小毡帐,而是占有一套包括公事房、会客室、卧室的大房间,并随时决定着各旗和全盟的财经事宜。现在,他正在会客室招待侄儿科尔丹。

科尔丹到达王府后,并没有去拜见王爷,只到博克拿多处进行了礼节性的拜见后,就来到了叔父的房间。额勒瓦奇尔把科尔丹带来的礼物堆放在一把靠椅里,命令仆从立刻备饭。等到那简单的几样食物和酒肉摆到桌子上后,他只说了一句"吃吧",并没有对食物的粗俗表示抱歉。叔父的随随便便的态度,使科尔丹也很随便地坐在叔父的对面,心情愉快地拿起刀子,割食了一块不太熟的牛肉。

额勒瓦奇尔微笑着说:"看来,你是真饿了。"

"可不是!为了赶路,在驿站没有进食。"

"那么,就委屈着多吃点儿吧。我的招待也只能这样了。"

"这就已经很好了!真是十分可口,以往好像并没注意到牛肉竟这么好吃。"

"是吗?"额勒瓦奇尔呵呵笑了一阵,"看来,草原上的王公们,真应该都挨几回饿,就会意识到牛羊的价值,不至于用一头牛去换一串铜耳坠了。"

"的确应该这样。"科尔丹微笑着说,把好不容易嚼烂的牛肉咽下去,"我们的民族就是因为吃得太饱,才过于慷慨了。"

"慷慨吗?你会看到比这更慷慨千倍的事情呢。可是,我记得你也能喝酒吧?"

"如果叔父想喝,并且允许,那么我是愿意陪叔父喝几杯的。"

"过去,我是从不喝酒的。近来,却也常常喝几口。特别是在长长的冬夜或大伤脑筋之后。"额勒瓦奇尔说着,拿起酒壶为自己斟上一杯,又把酒壶递给科尔丹,"自己倒吧。随便些。"

"谢谢,叔父。和您在一起,我是毫无拘束的。"

"这样才好。"额勒瓦奇尔说完,一口饮完杯中酒,对科尔丹恭敬地给他斟满酒并没有表示谦让,只是抹着嘴唇笑了笑,"我习惯一口一杯。你不习惯这样,就自己慢慢地喝,我们互不干涉。"

科尔丹呷了一口酒,细细咀嚼着嘴里的牛筋,深情地看着叔父,他发现在那张深思的脸上,血色和忧虑同时在凝聚。

额勒瓦奇尔把脚炉向旁移了移,解开了上衣的纽扣,他感到浑身已热了起来,脸也红了起来。

科尔丹想问:"叔父的心情不太愉快吧?"但他没问,只是蹙着眉头看着向外张望的叔父,又呷了一口酒。就这样默默地坐了一会儿后,额勒瓦奇尔把面前的酒杯挪了挪,看定科尔丹的眼睛(科尔丹很怕叔父这种莫名的注视)说道:"你这次来王府有什么目的吗?"

科尔丹放下刀子,用餐巾揩了揩沾了油渍的嘴和手,慢慢说道:"这次是专程探望叔父。"

"是你爸爸叫你来的,还是你自己想来?"

"爸爸也希望我来探望。"

额勒瓦奇尔望着科尔丹那双坦白的眼睛,说道:"我很感动。但我想,你的主要目的是来探听一下我在这里的处境吧?"

"这和探望是不好分开来的。"

额勒瓦奇尔笑着说:"的确如此。"

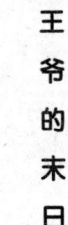

"那么,叔父的情况如何呢? 晚侄对此很关心,是否可以问一下呢?"

"你准备在这里住多久?"

"三天。"

"那很好。我可以告诉你。并且,你有充分的时间从各个侧面获得全面的消息。"

额勒瓦奇尔停了一下,把酒杯轻轻握在手里,胳膊肘搭在桌上,慢条斯理地说:"你知道我受任梅伦以后,面临一个什么重大问题吗?"

"当然是修王府借款一事了。"

"对。我也正是为了制止这一悲剧的发生,才从你手里夺来这个梅伦的头衔。记得我离开华府的前一天晚上,曾简单地说明了我的决心。那时,我是充满信心的。但是,没有想到,遇到的困难比我估计的不知大到多少倍!我也逐渐发现,梅伦这样的美缺轻易地被我获得,完全是博克拿多的圈套。"

"是吗?"科尔丹睁大眼睛问。他此时并非惊叹这事实的本身,却是惊叹叔父的精明睿智更重一些。

"你很聪明,会明白的。"额勒瓦奇尔并不知道科尔丹这个"是吗"的真实含义是什么,而且,他的眼睛早已从科尔丹脸上移开,没看到科尔丹的表情。

"博克拿多为什么要这样做呢?"

"他需要有人反对借款,而这个人又必须是索拉吉辽夫不了解的人。"

科尔丹皱着眉头沉思了片刻,说道:"照叔父的意思,这合同是非签订不可,而且,只差博克拿多的欲望是否能最后满足了?"

"我想,正是这样。"

"要是这些都是事实,叔父准备怎么办呢?"

额勒瓦奇尔放下酒杯,看着科尔丹说:"你对此有什么看法?"

科尔丹也没有回答叔父的问题,只是抚摩酒杯沉吟着,后来,像在自言自语地说:"我很后悔当初轻易地把这个职位让给了叔父。"

"你这是什么意思呢?"

"我没有估计到会是这样一种局面。只是在您走后,我才从罕都烈口中了解到事情的真相。"

"所以你就这么快来看看我是否已落入陷阱的最底部?"

"说实话,是这样。"

"你担心我会有一个悲惨的结局吗?"

"担心是有的。不过,我还没有获得更确切的说明。"

"我要给你一个切实的说明的。但我要先问问你,如果那时不是我,而是另外一个人和你争夺梅伦的职位,你会不会让给他?"

"不会。我没有发现比叔父更精明而且更关心大蒙古民族利益的人。"

"我相信你说的是实话。尤其你谈到在这次把我当作砝码的丑恶勾当里,罕都烈也是一个并非次要的角色——不必惊讶,一切细节我都可以分析出来——是的,你能谈到这一点,说明你也曾经被蒙蔽。但我要说,你的爸爸,也就是我的二哥,他却比你更早就知道我将面临的处境的。因此,他不会因为我可能遇到杀身之祸而担心。我这样说,你心里会不舒服吗?请不要怪罪我,因为我喜欢你,才敢于这样直言不讳。不过,这是我们兄弟之间的事,和你多说没有益处,慢慢你会理解你的不得志的叔父的,他心直口快,而且决不伤害别人——酒真不是个好东西,你看它使我说了多少不中听的废话呀!好,我们不谈这个了。我只是想说,虽然我是被他们骗上虎背的,但我决不是因为'骑虎难下'或'进退维谷'才不得已继续闯下去。绝不是这样。我和一些当权的市侩、求荣求利的小人们争斗的结果,会使我丢掉性命吗?我相信不至于此。最坏的结局是被革职,仍旧当个闲散王公。我没有什么会被褫夺,我只有几名随丁、百十头牲畜,想要的话,拿去好了!假如在今后的日子里,我能找到一些同声相应的人,也许会对民族有所裨益,就如愿以偿了。还有,我要一点点地把博克拿多的劣迹揭发出来,叫人们知道,借卢布只对他博克拿多有好处,或者王爷会从梦中惊醒。还有——你来看,"额勒瓦奇尔兴奋着站起来把科尔丹拉到窗前,"看到那个俄国人了吗?"

"索拉吉辽夫?"

"正是他。他在这里张着大口,准备把我们的牲畜、矿产、森林一古脑儿吞下去。但我要让他知道,不单单是鹞眼鹰鼻的人有头脑!"

"他好像在向这里张望。"

"不会看清我们的。他将永远在窗外张望。不过,他那副尊容我早就看腻了,还是让我们继续喝酒吧。"

科尔丹走到自己的座位前,慢慢坐下去。他已从叔父的谈话中了解到王府的一些内幕,并意识到叔父是作着无谓的努力,担心之余不免增添了悲哀的色彩。后来他问道:"叔父的这些看法,是否向王爷启奏了?"

"我和你说过,还是在前任梅伦死去以前,我就上过反对借款的条陈,王爷是否过目,还不得而知。而这个条陈,倒使博克拿多选中了我,让我来扮演一个倒霉的角色……说到王爷,那真是个整天忙于玩乐的人……除了宣读对我的任命时,王爷曾出场一分钟外,一直见不到他。"

"叔父,您的心情我是理解的。但是,这事情不能从一个方面设想。博克拿多无疑是个绝顶精明的人,他能让你得到揭他底的机会吗?即或有这样的机会,也不见得会损伤他的一根毫毛,王爷对他是言听计从的。再说,索拉吉辽夫的心机也不在博克拿多之下,他也不会永远在窗外张望,迟早是要钻进来的。事实上,他对我们也并非看不清。正是因为看清了我们内部的详情,才更急于打开缺口。只是他还猜测不到,在博克拿多达到目的之后,就有可能把新任梅伦革职。"

额勒瓦奇尔眯起一只眼,注意地听着,心里在掂量科尔丹的每一句话,等到科尔丹停下后,他沉思地说:"革职?这当然是可能的。但目前还没有革职吧?我当一天梅伦,就要尽一天梅伦的职责。难道我眼睁睁地看着博克拿多如此横行、让索拉吉辽夫得逞吗?难道我眼睁睁看着我们民族沦落而不去拯救它吗?"

科尔丹看着心情激动的叔父,重重地叹息了一声。单从感情上说,他是站在叔父一边的;但从理智上,他比叔父更知道,挽狂澜于既倒,不是梅伦这样无足轻重的人物所能胜任的。他忽然想起在京师传抄的曾纪泽遗文中的一句话:"障川流而挽既逝之波,探虎口而索已投之食。"那时,曾纪泽正是去彼得堡交涉《伊犁条约》,但最终失去两万多平方公里的大清土地。科尔丹想到这些,也不由得在心里慨叹道:"大清啊,大清,徒有其大,浑而不清!那拉氏为什么又是那么倾向于依靠沙俄啊!"

额勒瓦奇尔看科尔丹叹了口气,没有说话,自己又端起酒杯喝了一口酒,不自觉地也叹了一口气,说道:"我知道你叹气的含义……懂得道理不容易,按着道理指的方向去干,就更不容易。当然,蛮干是不聪明的,需要的是使支持我的人多起来……"

科尔丹心里想:"你的支持者再多有什么用呢?一个博克拿多就会把你们全打下去。或许只有我会成为博克拿多的拦路虎。如果我把假图纸和他舞弊的情节和盘托出,准会叫博克拿多威信扫地。王爷一发怒,你博克拿多就别想再一手遮天了!可是,这样就能使王爷打消修建王府的念头吗？唉……"

科尔丹的这些话，没有同叔父说，他只是慢慢呷了一口酒，然后站起来，又踱到窗前向外看去。

额勒瓦奇尔仰在椅背上，看着科尔丹问道："是我的话使你烦闷了，还是那个魔鬼吸引着你？"

科尔丹回转身，靠在窗台上说："我倒很想去见见索拉吉辽夫……"

"也好。我和他是不打交道的。你们有过来往，或许他能说几句真话。你现在就去见他吗？"

"他的下榻处离此不远吗？"

"我可以派人送你去。可是，他已不在了吗？"

额勒瓦奇尔说着站了起来，走到窗前看了看："王府庭院的寒冷不会赶走他。他一定是到博克拿多那里去了。你等一等——"

额勒瓦奇尔很快走到外间，打发一个仆从到博克拿多处去看一下。等那仆从回来后，额勒瓦奇尔又很快走进客厅，对科尔丹说："错不了。博克拿多不见客的牌子摘掉了。"

"还有什么不见客的牌子？我进去时并没有受到阻拦啊！"

额勒瓦奇尔冷笑了一下，说道："到底忍耐不住了！哼。"

"这牌子里也有什么奥妙吗？"

"当然有。索拉吉辽夫曾吃了几回闭门羹。这回摘掉不见客的牌子，那分明告诉索拉吉辽夫，博克拿多准备接见他了。"

"这牌子是专为索拉吉辽夫准备的了？"

"哼！这里有许多外人不懂的原因。"

科尔丹心里一亮，觉得今天摘掉不见客的牌子和自己的到来也有可能不无关系呢，他决定立刻闯进博克拿多的房间……

31

博克拿多协理大约用了三十分钟的时间,考虑了这次关键性"会见"应该说的话,令人摘去"不见客"的牌子,打发走所有属下人员,接见了索拉吉辽夫。

两个考虑着并担心着自己前途的市侩,摆出高雅的外交姿态,在空寥的大厅里见面了。

两个人的处境都很困难。特别是索拉吉辽夫,青云直上的野心鼓动得他心急如焚。北京公使馆的豪华办公厅,和各国上层人士的交往,诱惑得他如饥似渴。这些愿望中的东西能否实现,也许就要由这次不可多得的会见来决定。他是下决心了却这件事了,不管花费多大的代价,甚至准备在必要的关口上,把这笔交易在两人之间公开出来。

"干脆地说吧,"在经过一段毫无意义的谈话后,索拉吉辽夫站起来,盯着博克拿多说,"你到底需要多少?在老朋友面前就直说吧,不要绕圈子了。我在离开银行就任新职以前,是急于把这件关系到俄蒙两民族友谊的事情办完。您是不是看出了我的急切,才这样故意迁延呢?"

博克拿多心里笑道:"你到底比我急啊!"但嘴上说道:"阁下说到哪里去了?您对我总是坦诚相见,我怎能对朋友不尽心呢?只是,额勒瓦奇尔是个不易说动的人啊。"

索拉吉辽夫冷笑了一下说道:"我虽然不敢冒昧地说王府的实权是掌握在您的手里,但我能看得出,您可以摆布这里的任何人!"

博克拿多心里笑道:"说对了,可爱的先生。"脸上却装出惶恐的样子,嘴里吐出如下的话:"您的话真使我异常惶恐。我看这样吧,我今晚到您的下榻处,再详细谈一谈。那这边,我先向额勒瓦奇尔活动一下。您知道,如果合同签押时梅伦不出面,那我以后会很困难的。"索拉吉辽夫心里冷笑道:

"我明白你这是在巧妙地加着筹码。"他摆了摆手,不耐烦地在桌旁踱了几步,然后一转身,旋回到椅子上,掏出一张支票,伏在桌子上很快写了几笔,然后推到博克拿多面前,说道:"事成后,另有重谢。"

博克拿多慌忙站起来说:"我怎么能……"

"不必客气。好,我晚上恭候驾临。"

索拉吉辽夫说完,头也不回地走出去了,只留下搓着手直眼看着支票上数字的博克拿多。不想正在这时,科尔丹没用人通报,径直走了进来,和向外走的索拉吉辽夫正面相遇,两人同时惊讶地看着对方,并互相抱歉地退了一步。虽然博克拿多急将支票塞进衣袋,但毕竟被科尔丹看到了……

这是三个精明人的第一次会合。他们同时被这突如其来的场面冲击得晕头晕脑、呆若木鸡,但都很快冷静下来,在瞬息间调整着自己的神经系统,飞快地寻找最圆滑、最适合于外交的词句。应该说博克拿多是最老练的,他那张粗糙的脸最先布置上毫不介意和友好的表情,而且在另两个人说出见面的第一句话以前,他很快走到门口,一手拉过一个,笑着说:"简直巧到不能再巧了!既然天公作美,把两个世上少有的聪明和使我敬佩的人都送到我的面前,那我是无论如何也要尽东道主之谊了。我想,索拉吉辽夫先生也不会不赏脸喽?"

索拉吉辽夫先向博克拿多颔首致意,然后转向科尔丹,伸出手去:"你看,科尔丹少爷,我们还没来得及说出一句见面的话,就让他做了这么长的文章!但是,我们还是把应当说的话补上吧:'你好吗,科尔丹少爷?'"

"您好。还得请您和协理大人原谅,我竟然没经通报就闯了进来。""说到哪里去了?今天,我们在这里不期而遇,真像是上帝的巧妙安排。不是吗?我的好明友!"索拉吉辽夫说着,就要上前拥抱科尔丹。

科尔丹红起脸笑着说:"千万不要拥抱,我对此是不习惯的。"

"我们习惯用拥抱表示好感。"

"可我们表示友好却不是通过拥抱。"

"而是用行动,对吗?"

"这是我们这个粗俗民族的特点。"

索拉吉辽夫哈哈笑了起来,拍着手说:"太妙了!我想,大凡聪明人是从不标榜自己的文明和超脱的。可是,不应该让主人也陪着我们站在门口啊!"

"真的。"科尔丹转向博克拿多抱歉地笑了笑,"我没有打搅你们吗?但愿我今天不会成为一个令人讨厌的角色。"

"哪里!是我这个主人太简慢了。不过,你们两位也要承担一部分罪责,谁让你们满口生香地熏得我头晕目眩了呢?"

"我中午喝的是香片。您呢?科尔丹?"

"我喝的是烈酒。看来,生香的是您的'片'了!"

索拉吉辽夫的心猛地哆嗦一下,脸上飞起红晕,这时,博克拿多说道:"不单如此。酒也有'酒香'么,您二位都是会'生香'的。可是,我们确实应该到里面坐谈了。我这里备有红茶,很浓。俗话说'浓茶消酒么!'"

"那好,我今天就请二位用香片和红茶来消我的酒吧。"

科尔丹说完,三个人都笑了起来,而且三个人也就在笑声的伴随下落了座。待笑声随着落座结束后,博克拿多唤来贴身侍从,命令立刻准备晚餐,务求丰盛,并从身后的高脚柜中取出一瓶原封的茅台酒。"我已经多喝了几杯了。"科尔丹说,"所以,这酒对我还是免了好。但不知索拉吉辽夫先生的尊意如何,您毕竟是真正的客人啊。""我是逢酒必饮的。而且,难得和科尔丹少爷同席,加上主人赏脸,那我是非常高兴和大蒙古民族里的两个顶高贵的人碰几杯的。所以,如果科尔丹少爷不认为和一个外国人同席是有伤大雅的事,那么还是不要辜负了主人的好意。"

科尔丹笑着说:"二位好像约好了一样……既然三分天下已有其二,科尔丹敢不乐从!我只好讨扰,不揣冒昧,斗胆奉陪了!"

博克拿多一面把侍从送来的餐巾亲自递到两人的手里,一面哈哈笑着说:"你们这些读书人哪样都好,就是说话太啰唆,这一点,我真有点儿害怕!"

"太直截了当,可不就无话可说了吗?"科尔丹的话使自己也使另两个人不大痛快地哈哈笑了一阵。这时,各种肉食陆续被端上来,茅台启封了,宴会也算正式揭幕。

但是,各怀心事的人勉强凑在一个席面上,再好的酒也是喝不出好味道的。加上又是精明到家的三个人,谁也不愿意因为酒后失言而使自己的复杂心理有所暴露。正在从事一笔交易的两个人,不能不时刻注意这闯进来的年轻人。特别是,这个年轻人在此刻,眼里冒着一股怨恨的怒火,红脸又时时变得煞白,显然有立刻跳起来痛骂两个和自己碰杯的人的架势。所以,每当科尔丹要说话,另外两个人就各捏一把汗。

科尔丹知道,面前这两个人想的最多的是合同,最害怕谈的也是这个合同。他本人呢,也是想探听一下关于这方面的问题,他和索拉吉辽夫在门口相遇的刹那,曾看到博克拿多匆忙的动作,那揣入怀里的是合同还是与合同有关的文件呢?是支票、欠据还是诸如此类的东西?看样子,肯定和合同有关,又肯定不愿被第三者看到。科尔丹想道:"正当都有点儿醉意的时候,我是应该拿起锤子敲敲你们这个合同了,看你响也不响!"

"我今天说的话好像太多了。"科尔丹笑了笑说道,"但却不能引起二位的谈兴。我们还是谈谈王府内议论纷纷的问题吧。"科尔丹说着,看了看另外两个人,索拉吉辽夫掩饰地用餐巾揩了揩沾了油渍的嘴,博克拿多则低下头,甚至下意识地看了看自己的衣襟,差一点儿没用手去摸一摸。科尔丹把身体靠在椅背上,接着莞尔一笑,说道:"听说索拉吉辽夫先生和王府正在交涉合同,但不知结果如何?"

索拉吉辽夫勉强笑了笑,说道:"确有此事。而且尚无结果。但我此次来贵王府,并非有如科尔丹少爷所说'交涉合同'。此项合同是敝行应王爷要求,协助哲盟投资建设的。对于我,这是作为同贵王府一些来往中的未竟事务。我当然希望在卸职前有个了结,就如同一个劣等学生做一道算术题,只是在等号右边写上运算结果,就算完事大吉。至于这结果是三还是五,那是不重要的。"

科尔丹笑了起来,望着博克拿多说:"协理大人,您看索拉吉辽夫先生的回答不是很奇妙吗?"博克拿多不自然地笑了一下,科尔丹又转向索拉吉辽夫:"如果我是先生,看到您把结果写错了,我可是要打手板的。"科尔丹说完,又笑了起来,同时,另两位也笑了。

索拉吉辽夫边笑边说:"这我可不担心,因为并没有先生要检查我的算术本呀!"

科尔丹意味深长地冷笑了一下说:"那可不一定。您还有分行经理,上边更有总经理呀!但是,我们还是不开玩笑吧。应该由我听听二位的借贷合同办得怎样了?协理大人,也许我不该贸然打听这人王府里的秘密吧?"

"说到哪里去了?"博克拿多又一次毫无准备地说,酒红掩盖了冲到脸上的热流,"这并非什么秘密。特别对科尔丹少爷更不应该是秘密。关于这件事,梅伦经手交涉,我想令叔也一定对你有所流露吧?""'岂止流露'!谈了

很多呢。但结果如何,梅伦并不是最后的决策人啊!"

"那当然。要看王爷如何考虑了。但目前,梅伦的态度是最主要的。"

博克拿多和索拉吉辽夫的视线碰到一起,又都马上移开。

科尔丹的目光在二人的脸上游移了一会儿,匿声笑了笑说:"王爷是只要借到钱……至于细节,那是要下边的人来操心了。"

"所以我说,令叔的态度很重要。"

索拉吉辽夫看了看博克拿多,又转向科尔丹,说道:"科尔丹少爷说得有理,那些细节并不主要。我们也只不过是出于程序的需要,把它作为信义的担保而已。"

科尔丹说:"是啊,这是必不可少的。一旦打赖不还账,或者拖延还债日期……"

"这哪里会呢?我们对王爷和大蒙古民族是最为信任的。但如果到期还款有困难,我们也不会用这些微不足道的附加条款进行刁难的。这一点,博克拿多协理可以作证,而且,令尊大人……"

科尔丹又哈哈笑起来说:"干吗那么认真呢?我只是随口说句笑话而已。并且,这些事情不在于贵行,主要在王府内部。"

"的确如此。"博克拿多随口说道,并没有理解科尔丹的话的含义,"我们能有一个一致的看法,事情就好办了。"

科尔丹沉吟了一阵,故意把声音拖长了说道:"一致的看法……其实,也只是一两个人决定的,那些芸芸众生只是一片草而已。"

"科尔丹少爷说得对。这主要看梅伦的意思了。"博克拿多说着,又斜睨了索拉吉辽夫一眼,那意思好像在说:"你看,我随时都要帮助你成功啊!"

科尔丹心里骂道:"老坏蛋!我看出来了,这出戏全是你一个人操纵的。叔父和索拉吉辽夫虽说都是倒霉的角色,但最终倒霉的将是全哲里木盟啊!"但他嘴上却问道:"要不要我去劝说一下叔父?他好像是反对借款的。"

"如果那样,索拉吉辽夫先生一定会感谢你的。"博克拿多话一出口,就觉得又说错了,便马上加了个蹩脚的注解,"科尔丹少爷如果能促成这件事,索拉吉辽夫先生就可以快些到俄国驻华公使馆供职了!"

索拉吉辽夫很快接口道:"协理大人说得对。我只需要一个速度。对于我,其他都不是主要的。当然,这要看协理和梅伦的态度。假如王府并不急于拿到这笔借款,那么我也好尽快在敝行销案。"

索拉吉辽夫逼着自己说出这样一句并不想说的话,以便打断博克拿多愚蠢的自供,心里在痛骂着"这个老贼"!他想到,再谈下去,也不会令人愉快,只能多听几句科尔丹的旁敲侧击。既然事情的成功已有了七八分把握,何苦在这里硬着头皮浪费精神呢?而且,博克拿多不是说晚上到他的下榻处吗?那肯定是最后的"拍板"了。看样子,那二千卢布是真的打动了博克拿多!是的,应该马上去为晚上的会见作准备。

索拉吉辽夫借口饮酒过量立刻告辞。剩下的两个人重新坐定后,沉默下来,都已没了酒兴。博克拿多命令仆从撤下酒菜,热热的红茶就端上来了。

博克拿多喝了一口茶后,眯着眼睛说:"你的酒量还真不小呢!""今天是多贪了几杯。"科尔丹说着,笑了一下,"而且,多说了不少不该说的话。这还得请协理大人多多谅解晚辈的放肆了。"

"哪里话来?虽说我和令尊大人是朋友,兄弟相称,但对你,我决不敢以长者自居。在今后我们有可能共事的时候,还要向你请教呢。"

"您这样说,小人实感惶恐之至了!"

"我是不善于说客套话的。但我可以用事实向你证明,我从来未把你当作孩子。我在京师和你说的也并非玩笑。只是我打算让你在一个异常好的机会到王府就职,以感谢你在一件事上回护我的盛意……""那么,协理大人打算赏赐给我一个什么美差呢?"

"这个……"博克拿多狡黠地笑了一下,"暂时秘而不宣。"

"您应该知道,我可是未来的札萨克呀。"

"而我会为你选择一个合适的临时官职。"

科尔丹笑了笑,喝了一口茶水,又看定对方的醉眼,说道:"假如我要求就任梅伦,您会不会说我太狂妄、蒲柳想做栋梁呢?"

博克拿多打了个嗝,靠在椅背上说:"正好相反。我会说这是大材小用。但您为什么看上梅伦这个差事呢?不正是令叔占据着这个位置吗?"

科尔丹冷冷地说:"叔父不称职。"

"怎么能这样说!他是当之无愧的,并没有失职的地方。"

"失职也许并不是大事。"科尔丹缓声说道,低头沉思了一下,突然立起,双手按着茶几,瞪着充血的眼睛,大声地说:"他要失掉脑袋!请等一等,协理大人。"科尔丹制止住要说话的博克拿多,又向后者靠近一步,"请允许我

借着酒力把僭越身份的话,斗胆倾吐出来吧!我的叔父,为什么会那么轻易地猎取到很多人都巴不得谋到的美差呢?您说,在王府,除了协理,不就是梅伦是个有实权、有实惠的官职吗?当然,家严和罕都烈都是这出戏里没出场的角色,但总的导演者未必不是协理大人!您在皱眉头,在微笑,正好说明被我不幸而言中了。对吗?但你们对我可怜的叔父,未免太残忍了!你最清楚借贷合同的签押,只是一个时间问题。叔父看不透这一点,他出于民族自爱和责任感进行了抵制,这除了增加索拉吉辽夫的破费外,对他自己只能换来一个可怕的结局。是不是这样呢?"

"请坐。请继续说下去。你的话使我很感兴趣。"

"所以,您的眉毛舒展开来,只剩下了微笑。"科尔丹说着,坐回到靠椅上,点燃了一支烟,用颤抖的手指夹着,猛猛地吸了两口,然后又说道:"您是不是认为,您在使我避免充当悲剧角色而对家严则做了一件善事呢?"

"那么,科尔丹少爷怎样看呢?"

"何必那么急于知道我微不足道的看法呢?我只想说,请挽救一下叔父的命运。我来替他迎接最后的打击。对于我,结局也许不一定很惨……"

博克拿多无意识地看了看已开始凝霜的窗子,喝了一口茶水,双肘支撑着茶几,很认真地看着兴奋而充满怨恨的科尔丹,等着继续听下去。此时,这位协理大人脸上的狡黠、戏谑和不以为然的表情全不见了,似乎在很严肃地思考着什么。而科尔丹也正把等待回答的目光投在他的脸上。两人对视了一下,几乎又同时喝了一口水,同时移开了视线。

"您为什么不说下去呢?"博克拿多故意咳了一声说。

"我还没有说完吗?应该听听您的指教了。"

博克拿多皮笑肉不笑地看着科尔丹,略带讥讽地说道:"唔,额勒瓦奇尔将为有你这样高尚的贤侄而庆幸了!"

"我不明白您的意思。"

"你会明白的。当他知道只是因为他的贤侄,他才逃避了上天的惩罚,那会一辈子感谢科尔丹,或许从此不生恶念了。是的,你迟早会明白的,不,很快就会明白的;其实,令尊早就应该叫你明白,可是他太高贵了……"

科尔丹似乎听到了老父亲和大管家的声音,心里不由得一颤,心里想:"难道父亲和叔父之间竟有什么不共戴天的仇恨吗?而且,父亲的报复竟要假手王爷吗?"他感到头脑开始眩晕了,眼前的一切似乎都在晃来晃去:"不,此刻不能醉！我必须再听一听！他强迫自己镇定下来，大口地喝着茶水。

"你大概需要休息了吧？"

"不。科尔丹抬起醉眼，看着转动着的博克拿多以及同样转动的面前的桌椅，鼓足勇气，准备听听博克拿多将要说出的令他震惊的话了。

博克拿多笑着说道："那么，我可以说个大概。甚至仅仅是……怎么说呢？也许无法满足你此时想知道全部内情的心理。嗯……是这样，令尊与色旺诺尔布桑保王爷和我是老朋友，这你是知道的。本来，令叔也是我的朋友。但是，当令叔向他的两个兄长下毒手——他的狠毒仅仅葬送了令伯父而他自己想承袭札萨克时，我不愿再把他视为朋友。他的卑劣行径，引起了朝廷的震怒。那时，令尊大人是想净身出户过逍遥日子，以便逃避在家中受宠的弟弟的迫害。但朝廷和色旺诺尔布桑保王爷都不允许一个恶棍掌握一旗的大权，便下了诏令，使令尊大人承袭札萨克，对您的叔叔则'赐死'。然而，令尊是重情义的人，他再三推辞，并力保令叔。虽未准辞职，但朝廷俯察令尊苦心，免令叔一死。后来……唔，你是太疲倦了，我也不想再说下去了。来人！"

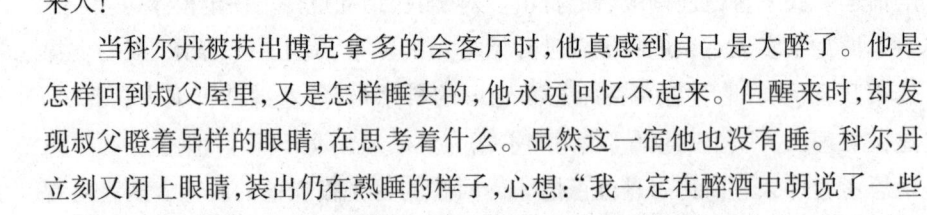

当科尔丹被扶出博克拿多的会客厅时，他真感到自己是大醉了。他是怎样回到叔父屋里，又是怎样睡去的，他永远回忆不起来。但醒来时，却发现叔父瞪着异样的眼睛，在思考着什么。显然这一宿他也没有睡。科尔丹立刻又闭上眼睛，装出仍在熟睡的样子，心想："我一定在醉酒中胡说了一些什么吧？特别是博克拿多那些话。如果那样，岂不坏了吗？"

科尔丹听到叔父对进来的仆侍说："早餐挪到中午开饭，他还需要睡觉，我也不想吃。"接着，听到叔父站起来，穿上外衣，出去了。科尔丹又慢慢睁开眼，觉得周围一切仍在晃动，醉意尚未过去，浑身瘫软无力，他泄气地又闭上眼，很快就沉沉地睡去了。

32

博克拿多一天之中同时获得两个大胜利。索拉吉辽夫显然是个在他面前承认失败的对手,不得不在支票上慷慨签字,以求得妥协。同样的,科尔丹也不自觉地落在了他博克拿多的掌握之中。他那么适时地利用了人类血统关系上的自然的疏密感情,使这个年轻人和其叔父再不能用廉价的"正义感"联结在一起了。所以,博克拿多的高兴简直到了无以复加的程度。在这种时候,胜利者是要表现出一种宽宏大度的姿态的,特别是对自己的对手,不能不产生怜悯和惋惜,并且要用胜利者的拥抱和亲吻,去医治惨败的对手的伤痛。博克拿多正是以这种令人钦佩的姿态,在晚上独自拜访了索拉吉辽夫。那时额勒瓦奇尔却坐在科尔丹身边,听着科尔丹那时断时续的有关喀喇沁旗札萨克之争的可怕呓语,知道自己遭到了博克拿多的暗算。

索拉吉辽夫绝没估计到事情竟这么迅速出现了转机。当博克拿多清楚地表明,借贷合同马上可以签押,道胜银行草拟的文本可以一字不易,不需通过梅伦,他们俩便是甲乙双方代表的时候,索拉吉疗夫也吃惊得一时说不出话来。他镇定下来,确信这一切是理所当然的,心里着实佩服起维连斯基的见地。但他还是很高兴,站了起来,举起高脚杯,以少有的敏捷动作,碰响了"胜利者"的高脚杯,使他那极为文雅的感谢语言和高贵的感谢情意,一古脑儿地冲进博克拿多那颗昏昏然的头里。

"亲爱的协理大台吉博克拿多大人阁下,我代表华俄道胜银行吉林分行,衷心感谢你的赞助。特别是卑职,真是不胜感激之至!您能使我终于摆脱窘境,我将永铭肺腑!这个——"索拉吉辽夫从抽屉里抽出一叠五百卢布的纸票子,塞到博克拿多的衣袋里,"请赏脸收下,略佐茶资。还有,我那辆四轮车,您很早就喜欢,就便赠送,尚请笑纳。阁下的盛情,以后定当补报!"

刹那间,刚刚签完字的两个人只有深切的情谊了。他们用力拥抱到一起。

"胜利者"和"失败者"都流出了感动的泪水。当此时也,他们说了不少在人们极度兴奋时所能说出的真诚而动听的话。这些话就像夏天早晨的甘露,一滴滴流进对方的火热的胸膛里,竟感到那样惬意,特别是对高尚的"失败者"。

索拉吉辽夫一边用通通跳着的心脏回应着紧贴胸前的另一颗通通跳着的心脏,一边就着对方嘴里的酒香,饱餐着不连贯的但不能再温馨的话:"索拉吉辽夫……你是个机灵……机灵鬼,就要……呃!就要青云直上,步步……登高!我可是你极为……忠诚的朋友。我真替你……高兴!那个额勒瓦奇尔……滚蛋吧!我为你……索拉吉辽夫先生,想得多么……周到!你等两天,等科尔丹回去的……时候,我们一起去看看他那个……昏庸的……老爹——我不能直接去……去洮南取……那个,对不?顺便,我陪你去看看……看看我给了您……多么好的森林,笔直,唔,粗壮,唔,茂密……举世无双啊!还有……铁矿。还有一个秘密……据日本人说,这附近还有……金矿。那森林和铁矿正和……喀喇沁旗连……连着呢。"

然而,博克拿多并没有弄清,胜利者不是自己,恰恰是他面前的被他认为失败者的索拉吉辽夫。就连科尔丹和额勒瓦奇尔是否是真正的失败者,这也在后来出现了和博克拿多想象相反的结果,至少证明了博克拿多并不是一个真正的胜利者。

不过,在当时,索拉吉辽夫也认为自己是一个失败者。特别在他酒醒后,觉得在支票上写的数字太大了,甚至由于一时心血来潮又拿出五百卢布和一辆华丽的四轮车,更是画蛇添足!

科尔丹认为自己是个最惨的失败者。他觉得,要斗倒索拉吉辽夫是轻而易举的;但和博克拿多较量,却无法匹敌。他没有弄清,他常常是败在优柔寡断和感情的脆弱上。而此后,在他和博克拿多共事的日子里,也没有挣脱这些于他不利的主观因素,使他的前半生一直处在悲剧之中。

那么,应该怎样看待额勒瓦奇尔的失败呢?他荣任梅伦之职,那仅仅是被拿来当作一出戏里的人物,他既不能阻止合同的签押,也同样不能阻止科尔丹"夺去"他的美差,更不能阻止历史按着历史本身的特定目标向前走去。而当他终于能自省一番、看出自己的真实价值、想"远避迷途退还莲迳返逍遥"时,已经为时过晚;又由于他对朝廷的忠心,终于未能到达彼岸。

我们在上面说到了四个人。这四个人中,除了"无足轻重"的额勒瓦奇

尔以外,都在科尔丹醒酒后的第二天,踏上去喀喇沁旗的旅途——科尔丹觉得自己应该回家了;博克拿多为了避免在众目睽睽下直赴洮南兑现,想绕道喀喇沁旗;索拉吉辽夫却是希望把攫取到的东西过目一番。

事情是这样的。

科尔丹终于清醒过来以后,知道自己在醉卧中说了不少叫叔父不痛快的话。至于说了些什么,他已不复记忆。只是发现叔父态度异样,很冷淡。他决定立刻回家。

"这里碰到的简直是一群魔鬼!"科尔丹想道。

额勒瓦奇尔似乎猜到了科尔丹的意思,淡然地说:"你的驭手在昨晚到了。"说完,又把眼睛落在手里的《元朝秘史》上了。

这时,科尔丹才知道自己已醉卧两天了。他心事重重地吃了早点,吩咐格力图尔在早饭后套上雪橇。他自己则带上礼物拜见了王爷,不一会儿,就退了出来,并到博克拿多那里告辞一声,便准备上路了。

临行前,额勒瓦奇尔什么也没有说。但科尔丹觉得应该对叔父说点什么。他想了想,慢悠悠地说道:"叔父,关于借贷合同,您的过分认真是会使自己处于不利地位的。我相信叔父分析得出来。"

额勒瓦奇尔放下手里的书,看着科尔丹,沉默了半晌,才简单地回答道:"谢谢你的关照。"

科尔丹的心不由得哆嗦一下,知道和叔父之间已立起厚厚的障壁了,而且,简直没法作任何解释。

仆从进来报告,格力图尔已把套好的雪橇赶到额勒瓦奇尔房间的门口。沉默的叔父把无言的侄儿送了出来。这时,另一驾雪橇也被赶到博克拿多的门前。穿好了出行的暖装、戴着护耳帽和水獭皮袖筒的博克拿多,很随便地走到科尔丹面前。他先是向额勒瓦奇尔点点头,然后对怅然若失的科尔丹微笑着说:"今天就回府吗?"

科尔丹苦笑了一下,回望了一眼表情平淡的叔父,说道:"我记得已经向您辞行了。"

"的确是的。"博克拿多把手袖进水獭皮里,挑起眉毛笑着说,"我这是送行。"

"岂敢!怎好劳您的大驾?"

"何必客气呢。况且,我们今天正好是同路人。"

科尔丹不明白地看了看博克拿多,又瞟了一眼协理门前待发的雪橇。

"想不到吗?"博克拿多把脸上的笑容扩展开来,说道,"我今天是准备拜访令尊大人。不知你可欢迎?"

科尔丹的心又抖了一下,不自觉地又回望了一眼叔父,嘴上说:"协理大人能枉驾屈尊,家父一定会感到光荣的。"

博克拿多明白这句话并非友好的表示,但他毫不介意,装作没有听懂的样子,转向额勒瓦奇尔说道:"梅伦大人不想回府探望吗?"

额勒瓦奇尔冷冷地颔首道:"感谢协理大人的关照。敝庐无须探视,拙荆自能料理。而家兄处,科尔丹会替我致意的。"

"那么,王府内的事务,有劳您多加费心了。"

额勒瓦奇尔冷峻地看了博克拿多一眼,后者回报他一个讥刺的冷笑。

两驾雪橇相伴着缓缓地驶出王府庭院后,和另一驾早已等在那里的雪橇会合了。第二驾雪橇上坐着衣冠楚楚的索拉吉辽夫。

"这好像是必然的。"科尔丹心里想道,"这两个胜利者怎能不在这样好的天气里去旅行呢?而博克拿多正好借机向家父和管家畅谈这出戏的精彩戏码!可是,那合同已经订妥了吗?这未免太出人意料了!但不管怎么说,和这两个市侩行进在同一条雪途上,不是令人愉快的事。"

雪橇驶出三里地以后,三驾雪橇里的三个乘客便都无心去欣赏雪景了。第一驾雪橇上躺着科尔丹,他微微侧着身体,看着雪橇旁的雪途怎样向后退去;第二驾雪橇上的博克拿多,把双手枕在头下,闭着眼,躲避着耀眼的阳光的刺激;索拉吉辽夫在最后一驾雪橇上,有色眼镜后面的双眼,直视着灰蓝色的天,右手握着下颏,左手扶着雪橇的护栏。他们都分别进入自己的特定的思想境界了。他们心里翻滚着同一件事的波浪,但又绝对不是在思考着同一问题。

侧身躺卧的科尔丹,在返回喀喇沁旗的旅途上,还不可能把自己的杂乱无章的思想理出头绪,酒后梦境般的感觉还在影响着他。每一个新跳进头脑里的想法停留不久,就又跳了出去,被又新跳进来的思想取代。他索性任凭头脑里种种想法随意进出,而不愿对任何事情作出判断。他几次下意识地看看后面的两个旅伴,那两个人并没有对这缓慢的旅行表示反感或厌倦,也没有表示赞同或高兴,似乎都把这次旅行看作是必然的一环,既不值得特别兴奋,又没有反对的理由。因此,他们又都好像很愿意把旅途的时间延长,以便尽量在不重要的拜访前,松弛一下在这以前绷得很紧的思想弦索。

格力图尔根本不知道这三位高贵的乘客在思考着什么,不知道他们在经过两天多的角斗后都疲劳得想酣睡一场,更不知道这三个人此刻都在总结自己前一段的思想和行为,因而对雪橇行驶的速度,甚至身外的一切都是漠不关心的。不,格力图尔不仅不知道这些,而且也不能理解这三个人的一切言行。

但是,格力图尔也没有根据自己的习惯和性格把雪橇赶得"飞起来",虽然他总是对缓慢的旅行感到讨厌。他此刻的心潮并不比那三个穿着暖裘的丰腴的身体里的心潮来得不汹涌。

那么,缓慢地赶着雪橇的格力图尔在想着什么呢?可以说,他想得很多,但又很难成为完整的思想,就像混乱的梦境,千奇百怪的场面交替出现,相互排挤、交叉、扩散,而必须立即作出决定的是对怀里那包可以治愈爸爸伤腿的药品。父亲的喊叫,伤腿,药品,科尔丹柔和的声音和苍白善良的面孔,无数次响在耳边,在眼前闪现。他到底应该怎么办?如果干脆把药品扔掉,算不算两全其美的办法呢?也许父亲是对的,干吗要接受仇人儿子的恩典呢?但是,有充分的理由否定科尔丹的善意吗?然而不管怎样,这药品是不能再拿给父亲了。如果对此不向科尔丹说明,那么,假如这位少爷真的去看望父亲,那时会出现怎样的场面啊!

格力图尔回头看了看已经躺卧并闭上眼睛的科尔丹,轻轻从怀里掏出那个药包,很快送到科尔丹右臂的肘弯处,使后者的身体抖了一下,睁开了眼睛。这是一双变得异常浑浊的眼睛,微眯着,望了望正撤回手的格力图尔,便定定地盯在肘弯间的东西上了。当他看清那正是送给格力图尔的药品时,一种莫名的伤感冲击得他怔了一下,但另一种比较明确的思想使他的嘴角显露出一丝苦笑,最后,一种惋惜的表情把其他一切都遮掩住了。他刚想说话,但格力图尔此时已抖动起缰绳,马蹄踏起的雪粉使科尔丹立即闭上眼和嘴。后边两驾雪橇的马,也争先地追了上来,使那受到突然袭击的两位乘客赶忙采取紧急措掩,以便防御那冰冷的雪粉,并在心里痛骂科尔丹的玩笑……

三驾雪橇以不寻常的速度跑了一段路,离驿站大约还有十里地,便突然停下了。这时,三个雪橇上的高贵的人得以露出脸来看一看"飞"到了什么地方。他们发现,一大群骑马的人横截着他们的去路,马上的人拿着火枪、大刀和棍棒,头部大都用围巾裹着,只露出一双双骇人的眼睛。三个驭手和三个雪橇的主人几乎同时意识到,他们落在了一伙强人的手里……

33

"下来吧,可敬的老爷!"骑在马上的一个高个子男人讥讽地大声喊道。

在惊愕中的三个老爷并不能立刻顺从地爬下雪橇。他们虽然已明明知道自己成了"瓮中之鳖",但多少还有点儿是在经历一场噩梦的感觉。他们同时在努力推测着面临的是什么局面、"暴徒"们想干什么?

"你们是不愿意站起来吧,我的老爷们?"

"他们吓傻了吧?"

"不。他们都是瘫子!"

"哈……"

在"暴徒"们的哄笑声中,三个高贵的乘客慢慢蹭下雪橇,互相看了看,不知所措地站在各自的驭手旁边了。

这时,一个扎着大围巾只露出一双眼睛的人跳下马来,立刻有人跟着跳下来接过马缰绳,此人显然是这伙强人的首领。首领迅速而潇洒地往前走了几步,睁着一对很大很美丽又很放肆的眼睛看着三个衣着华丽的俘虏,说道:"请你们过来一下!"

科尔丹惊讶地瞅了瞅另两个同伴,移步走了过来,博克拿多和索拉吉辽夫慢慢跟在后面。他们看着女人声音的强盗首领,又互相悲哀地交换了一下目光,好像在说:"我们强有力的三个高贵人物,竟在一个女强盗面前毕恭毕敬,不是有点儿太丢人吗?"因而,又都很快羞愧地低下头。当然,他们的表情中除了这些相同的东西,还有着差异,可以说是"各有千秋"吧:科尔丹有点儿听天由命的样子;博克拿多却混杂着"实在倒霉"的内容;而索拉吉辽夫则感到"真真岂有此理"。

女首领并不去研究面前三个人物的表情,她讥讽而略显急躁地说道:"请报报你们的尊姓大名吧。"

王爷的末日

238

"科尔丹。"

"官职。"

"没有。"

"是闲散台吉吗?"

"也可以这样说。"

"哼!我会弄清的——你呢?"

博克拿多鞠了一躬道:"哲里木盟协理台吉博克拿多。"

"唔?是个尊贵的人物呢!真是没想到……不过,你回答得倒很利索,到底是官场名爵!"

索拉吉辽夫看到女首领把目光落到他的身上,便毫无表情地颔首道:"索拉吉辽夫,华俄道胜银行职员。"

女首领眯起眼,仔细地端详一阵面前的三个俘虏,最后把眼睛停在科尔丹脸上,问道:"你是扎布曼都的少爷,对不?"

科尔丹挑起眼皮看着女首领,稍显惊讶地说:"是。"

"请问你这是要到哪里去?"

"喀喇沁旗札萨克官邸。"

"那么说,我是站在扎布曼都的领地上了?"

"正是。"

"你要返回尊府?"

"是。否则就无幸和诸位不期而遇了。"

女首领无声地笑了笑,说:"我们倒是有幸得很。看样子,这两位是你的贵客了。这位博克拿多协理大人为何一言不发呀?"

博克拿多哆嗦了一下,赶忙说:"因为您……没有审问我呀。"

"哈……"女首领忍不住畅快地笑了一阵,"岂敢!怎好审问协理大人啊!你是王府的红人了。听说这次清剿我们也是你的主意了?""可是……我现在已是您的阶下囚了。"

"你太过谦了。你是准备做客去吗?"

"您说对了。"

"那真是乘兴而来了!可是碰到我们,又多么扫兴啊!"

"嗯,也不能这样说。碰到你们也是……命中注定的。看来,是我的那些不中用的参领、佐领们欺骗了我。可是,我感到荣幸,竟使我有机会一睹巴兰森格的尊容!"

"什么?你说什么?"

"我是说,您一定是巴兰森格,大名鼎鼎的女首领。"

博克多拿的话,至少使两个人大为吃惊。一个是格力图尔,一个是科尔丹。前者知道奈曼乌勒正等着做她袭击喀喇沁旗札萨克官邸的内应。后者早就声闻巴兰森格是一个可怕的女盗魁,并且知道,前几天三个旗的联合队伍正是要剿灭她,而昨天参领已驰报"清剿大获全胜,马贼无一幸免"的消息了。

巴兰森格又笑了笑对博克拿多说:"那你也一定知道巴兰森格是干什么的了?"

"久闻大名!久闻盛举!嗯……"

"别费劲儿找词儿了!你这样恭维我,我还真有点儿舍不得杀你呢!"

博克拿多听到"杀"字,那腿立刻抖起来了,他口吃地说:"我相信……我知道……您是不会轻易地……伤害人的……"

"你说错了!"巴兰森格哈哈大笑起来,使博克拿多立即后退三步,"我倒后悔以前竟没轻易地伤害人!你这次调兵遣将,追得我们好苦!扎木苏就死在你们手里,我今天就要拿你的脑袋来祭我们首领的亡灵!"

"啊!巴兰森格……好首领……"

巴兰森格厌恶地冷笑道:"别怕得那样。这有失你的高贵身份了!"

"我……我是……冷的……"

"怪不得哆嗦呢。不过,当你说这话时,顶好先把额头上的汗珠擦掉才合适。"

巴兰森格后面的人群发出一阵低低的嘲笑声,弄得博克拿多想往地里钻。

巴兰森格又转向索拉吉辽夫问道:"外国人!你和这两位一起碰到我们,不觉得倒霉吗?"

索拉吉辽夫耸了耸肩膀,说道:"我对此毫不理解。因此,无可奉告。"

"要是我们对你的两个同伴做出可怕的举动,你也'无可奉告'吗?"

"我不想干涉贵民族的内部事务。但我作为一个外国人,是希望大蒙古民族上下一体,互相谅解的。"

"你说得太好听!但你自己也知道,你说的是谎话。"

"请不要曲解了我的好意。"

"那么,我要感谢你的开导了!好了,你不必多费唇舌,还是站在一边誓守你的'不干涉'政策吧!"

巴兰森格又大声说:"打开天窗说亮话吧。今天算你们倒霉,是自己送上来的。没有别的,我们想向各位借点儿钱,你们会慷慨解囊的,对不,科尔丹少爷?"

"我的命运已在你们手里,至于钱,那还用问吗?"

"嗯,是个明白人。钱在哪儿?"

"在衣袋里。"

"你呢,协理大人?"

"我从来不带钱……钱都在王府……"

"住口!你以为我们不敢去王府吗?"

"敢敢敢,请不要误会,不要误会……"

巴兰森格瞪了他一眼,回身对手下人说:"过来几个人,检查一下他们的雪橇和身上,把能拿的全拿出来!"

立刻有十几个人围了上去,七手八脚地开始翻腾起雪橇上的东西,并有人不客气地摸起三个俘虏的口袋。不大一会儿,三个人就囊空如洗了,翻出来的东西都被放在雪橇上。只有一样东西,人们还一时认不出来,那是一张纸,上面写着数字,还有一行长蛇样的外国字。巴兰森格从拿着这张纸的人手里要过来,略略看了一下,便向博克拿多问道:"这是什么?"

博克拿多胆怯而羞愧地抬头看看巴兰森格,含糊地说:"这……是没用的……废纸。"

"什么'没用'?你以为我们什么都不认识吗?"

博克拿多哼哼唧唧地说:"这……这是……"

刚才研究过这张纸的人大声说:"想起来了,那是支票!"

巴兰森格笑着说:"如果是支票,那我们可有行家——道尔吉!"

道尔吉闻声跑了过来。

"看看这是不是支票,多少钱?"

"没错!"道尔吉接过支票看着说,"手续完备,有取款人签章。款额两千卢布。只是……底下这条弯弯拐拐的不知是什么字?"

"取钱地点在哪儿?"

"洮南道胜皮货店。"

博兰拿多偷偷溜了科尔丹一眼,后者正讥讽地看着他。他想:"倒霉透了!到底让他知道了。"

巴兰森格又接过支票说:"两千卢布,数目不小啊!"

道尔吉说:"那是很大一笔钱了。"

"嗯,的确是一大笔钱。博克拿多,这是干什么的钱?"

博克拿多支吾了半天,也没说出话来,他看了看索拉吉辽夫,心里忧虑着这张支票是否会不翼而飞。

巴兰森格转向索拉吉辽夫:"这签名的是你,对不?"

"这……是的。"

"为什么给他钱?"

"我……买了他几匹马,这是马价……"

巴兰森格冷笑了一下说:"好吧。就算它是马价,我们要了,正用得着。道尔吉!你对这种事是内行,去赶上协理大人的雪橇,抄近路把这笔钱取出来……唔,等一等,你的衣服和靴子都太破了,和协理大人换一下,要快!还有——德木图!你也过来,和道尔吉一起去,给我们的使者做驭手。记住,不能在洮南停留,可以买几桶酒,最迟在明天下午,到我们商量过的地点会合。"

雪橇驰走以后,巴兰森格不经意地简单看了看搜出来的东西。科尔丹的那只怀表,她收了起来,又拿一个小布包捏了捏,问道:"这是什么?"

科尔丹回答道:"给驭手父亲买的药。"

"什么药?"

"治腿伤的。"

巴兰森格把药扔在雪橇上说:"很好,也用得着。"然后,她大声对三个俘虏说道:"你们听着,外国人这次算'死里逃生',一会儿你就可以走。对协理大人,我们当然要给予最高的待遇。至于科尔丹少爷,我知道令尊大人很有钱,而且只有你这么一个儿子。所以,委屈少爷一下,留在我们这里,然后让你的驭手回去报信。这叫绑票,你明白吗?"

科尔丹的心颤抖了一下。他知道,这些人是什么事都做得出来的,那割耳朵、削鼻子等残忍的传说,现在有可能要由自己来经历一下了。但他又知道,害怕是没有用的,只能换来更加苛刻的条件。所以,他轻轻地回答道:

"听说过。"

"这回你就来实际经历一次吧。我要把时间、地点和条件告诉你的驭手,叫他把这些转告给扎布曼都。在令尊大人履行条件以前,你就只好和我们一起吃住了。哪个是你的驭手?叫他跟我来!"

科尔丹真有点儿失魂落魄了。他呜咽般地对格力图尔说:"去吧,格力图尔。"

谁也没有觉察到,当巴兰森格听到格力图尔的名字时,身体竟突然颤抖了一下。

巴兰森格继续往前走去,格力图尔跟在后面。离开人群足够的距离后,巴兰森格停下来,慢慢转过身,慈爱而激动地看着格力图尔,心里说:"多好看的眼睛!多强壮的身体!多像桑布啊!"

"你叫格力图尔?"

"是。"

"家住在什么地方?"

"多伦村。"

"为什么给科尔丹赶雪橇?"

"爸爸得罪了扎布曼都,被打断了腿,又罚我做一年苦役。"

巴兰森格在心里呻吟了一下,说道:"那药是科尔丹买给你爸爸的吗?"

"是。可是爸爸又让我退给他了。"

"唔,是这样?!"

过了一会儿,巴兰森格又轻声问遭:"认识吉利图吗?"

"认识。和我们在一起。"

如果不是巴兰森格怕自己失态地哭起来、如果不是她把格力图尔说的"我们在一起"误会为也在多伦村,如果格力图尔知道巴兰森格仅仅是一个化名、如果他能认真分析一下女首领那眼睛和嘴唇都在颤抖,那么,当时就会出现另一种结局:博克拿多肯定会被杀头,科尔丹肯定会被当作交换乌日娜金的人质。而巴兰森格也就不会单骑去多伦村探望桑布和自己的两个亲人了。当时的特定环境,使化名巴兰森格的班卡以及格力图尔都不能细细地多想。巴兰森格只认为,杀死博克拿多和留下科尔丹做人质会对桑布的儿子不利。格力图尔则对女首领的一番问话感到迷惑不解。

又过了一会儿,巴兰森格稳定了不安的情绪,问道:"你认识奈曼乌勒吗?"

"认识。我们是朋友,他在盼着你去。"

"是吗?但是……你告诉他,我们差点儿被旗兵打垮;原来说的事只好又得往后推,以后我会派人和他联系的。另外,眼前这三个东西,我不杀他们了。你知道我是谁吗?"

"知道,是巴兰森格妈妈。"

"唔,当然……好吧,你回到雪橇那里去吧。"

巴兰森格跟在格力图尔的身旁,又走回到雪橇跟前,说道:"科尔丹,感谢你的好驭手吧!他说了你几句好话,我就饶过你了,同时也饶了你的客人。不过,你们的雪橇得借我用一下,我骑马骑得太累了。你们呢,慢慢往要去的地方走吧,就便可以游山逛景……只是对博克拿多协理大人,我们得留下点儿纪念品,我将仔细保存,以便我一看到它,就会想起大人对我们的残酷清剿。来人!把他的耳朵割下一只!"立刻有两个小伙子跑过来。

博克拿多一下子觉得半边身体麻木了,他哭丧着脸,不得要领地跪下去:"巴兰森格……大人!您就高抬贵手……饶了我吧!"

"喊祖宗也没用!这已经太便宜你了!"

这时,博克拿多一只大肥耳早被一个小伙子揪住。

"噢!……轻点儿,爷爷……"

旁边那个年轻人笑着说:"老傻瓜!揪时轻,割时疼;揪时重,割时痒啊!哈……"

"别动,老爷。"揪住耳朵的人说道,"别怕,一下就完事了。你要乱动,保不准会削掉半脑袋的!"

博克拿多在人们的哄笑声中喊着:"巴兰……森——格!您就……啊——"

随着一声惨叫,那殷红的血便顺着博克拿多的右脸流下来,受刑的协理大人,飞快地把手捂在那"空空如也"的所在,闭着双目,扭歪着脸,噗通一声坐在雪地上,喉咙里发出不清不楚的呻吟声。

巴兰森格顺手把博克拿多的衣襟扯下一块,包起那仍在冒血的耳朵,揣入怀里,快步走到雪橇跟前,坐上驭手的位置,并叫手下人把她的坐骑拴在雪橇上;把另一驾雪橇交给一个受伤的人,跟在她的后面。

"乡亲们!上马!"

这时,那个丢掉了一只耳朵同时也丢了魂的博克拿多把手拿到眼前,整个手上都是黏乎乎的血,看了差一点儿昏过去,同时又感到整个头部由于一边减了分量而失去了平衡,右耳处好像在凉嗖嗖地往外冒风,似乎那里已失去了听觉的功能,只是一个劲儿地吱儿吱儿叫着,不由得又把血手捂在那里。他下意识地环视了一下那些急急上马的人们,他们都好像轻轻飘到马身上,声音好像已经从地球上消失了。他又看了看惊恐得不知所措的科尔丹和索拉吉辽夫,口齿不清地说:"科……科尔丹,快来……帮帮忙啊!……"

科尔丹很快走了过来,胆怯地看着博克拿多右耳处的残状,抖着手从自己衣襟上扯下长长的一条布,不得要领地把博克拿多的头顶、双耳和下颏一带地方整个包了起来。

巴兰森格看人们都已上马,扭过头来嘲弄地对博克拿多说:"委屈你了,博克拿多协理大人。再会吧!"

在巴兰森格乘坐的雪橇带动下,马队踏起一阵雪粉,飞快地向东南方向奔驰而去。

过了好长时间,远处的雪雾和马队的踪影已看不见了,三个"老爷"才确信已解除了生命之忧,但他们却不知道下一步该怎么迈出。索拉吉辽夫不无怨恨地看着狼狈的博克拿多,心里骂道:"活该!偏偏是你兴致高,非要去什么喀喇沁旗!"他从口袋里摸出烟卷,费了半天劲才点燃,猛地吸了几口,顺手又掏出洒了香水的手帕,擦了擦嘴唇周围和眉毛上的冷霜,把视线扫向马队驰去的方向。

博克拿多是最感到悲哀的一个,不仅失去了一只耳朵,而且眼看到手的两千大卢布,一下子被人拿去了,连个道谢的话也没说一句。他原来设想用这笔钱把自己在高力板开的商行扩大一下,但这下子全完了。他不知道,索拉吉辽夫会不会弥补这次损失,他必须想个更绝妙的办法让这个富有的外国人再慷慨一次。

当时的科尔丹却觉得一切都有如一场梦,碰到了一群魔鬼,走进了一道魔障,然后魔鬼散了,魔障撤了,如此而已。所以他显出漠然的样子。但他又感到很惬意。他觉得自己差不多就是一个旁观者,看到另外两个人的可悲可笑的遭遇,而幸灾乐祸。是的,那一闪就揣入怀里的确实是一张支票,而这张支票的所有者却未获分文!"真是活该!"科尔丹在心里很痛快地骂道,"为什么不把你的脑袋也拿去!"

索拉吉辽夫用力把熄灭的烟头抛到雪里,看了博克拿多一眼,好像在问:"怎么办?"

博克拿多惭愧地耸了耸肩,把眼睛转向科尔丹。

科尔丹知道这两个平时无上高贵的人物和自己一样,在此情此景中是没有任何主意的。他挪了挪快冻僵的脚,对格力图尔说:"我们离驿站还有多远?"

格力图尔四外看了一下,想着头几次的行程,很有把握地说:"十里地吧。"

"那就好办了。"科尔丹吐了一口气说,"但不知您二位能不能委屈一下,我们只好安步当车了。"

博克拿多用手扒了扒缠在脸上的破布,使那双无可奈何的眼睛充分露出来,说道:"我是力不从心哪。但有什么办法?试试看吧。"

"我们必须抓紧时间赶快医治你的耳朵,冻坏了可不是好玩儿的。而且,看样子天要变了——格力图尔,你看这天怎样?"

"要起风,大概是狂风呢。"

"唔,那就快走吧。"

在驿站,六个人稍事停留,便留下两名驭手,由格力图尔驾起雪橇,向喀喇沁旗札萨克官邸飞驰而去。下午三四点钟的光景,雪橇停在红漆大门外。三个失魂落魄的"老爷",在怒吼的狂风里爬下雪橇,捂着胡乱飞舞的衣襟,闪到大门里去了。

格力图尔把卸下的马送入马棚,发现里边围着一些老牧奴,便走了过去。他看到,吉利图站在那里流着泪,焦急地看着越刮越猛的风雪,而奈曼乌勒正和斯卡在大声争吵。

"斯卡,你不能看不出,这暴风雪来得可不一般。按照老爷的惯例,这样的天气也得派人去接羊群。可你……不但不派人,吉利图老爹自己去也不让,这有道理吗?"奈曼乌勒把拳头放在身后,极力使自己不发火。

斯卡冷笑道:"派不派人接羊群,用不着你管。哼!吉利图去接?想得好!他们爷儿俩要把羊群赶跑,你赔吗?"

"斯卡老爷!"吉利图哀告道,"让我去吧,我发誓不跑……只要乌日娜金能回来,我宁愿给老爷当一辈子……牛马……"

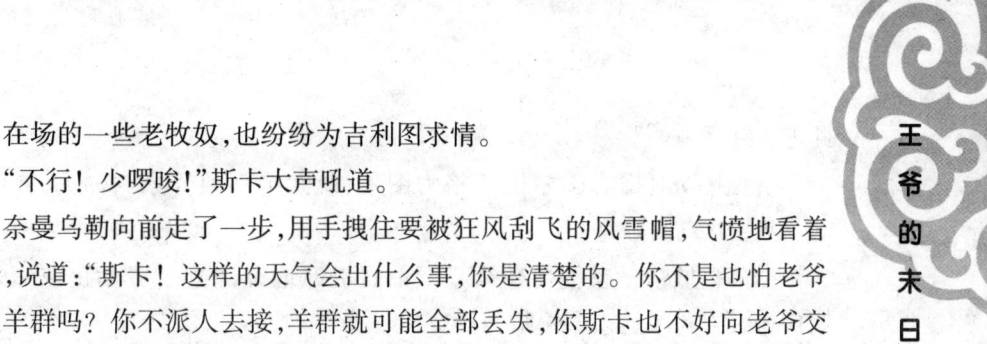

在场的一些老牧奴,也纷纷为吉利图求情。

"不行！少啰唆！"斯卡大声吼道。

奈曼乌勒向前走了一步,用手拽住要被狂风刮飞的风雪帽,气愤地看着斯卡,说道:"斯卡！这样的天气会出什么事,你是清楚的。你不是也怕老爷丢失羊群吗？你不派人去接,羊群就可能全部丢失,你斯卡也不好向老爷交代啊！而且,乌日娜金也有可能发生不幸。"

"嘀！你倒挺关心我呢。好不好交代用不着你来操心。死掉个把黑骨头,那算个屁！"

"你真不派？"

"不派！"

"你要不派,我去接！"

"你敢！试试看！"

"斯卡！不要狗仗人势。别以为我不敢揍你,我劝你趁早滚开！""好大的口气！你敢动动这里的马,我立即把你的脑袋劈开！"这时,格力图尔推开身旁的人,几步跨到斯卡面前,虎虎地瞪着他:"你当真不让去接？"

"不让！格力图尔,我劝你少管闲事！"

格力图尔对奈曼乌勒说:"把吉利图大伯扶回去,我去接。看谁敢来拦我！"说着推开斯卡,径直走到槽子跟前,很快解下一匹马,牵着就走。

"不准你去！"斯卡跑过来想拦住格力图尔。

格力图尔回首怒目道:"上来！敢用你的手碰我一下,叫你马上回老家！"

"格力图尔！唔,你看,大管家来了！罕都烈管家！您快来！"罕都烈顶着风走进马棚,问道:"怎么回事？"

斯卡禀告道:"他要去接乌日娜金的羊群。"

"唔,格力图尔呀,我正在找你。你还是别管这些闲事才好。你是个立了大功的人了,因为你今天救了少爷的命,老爷要大大奖赏你一番呢。快去吧,老爷在客厅等你呢。你看,竟派我这个老管家亲自请你来了。"

"告诉老爷,我不要什么奖赏。那是巴兰森格不想杀他。"

跟过来的奈曼乌勒听到巴兰森格的名字,不由得一抖,但立刻稳住激动的心情,扶着吉利图站在那里。

"科尔丹少爷可不这么说。"罕都烈说道,"好了,把马交给斯卡。算你从此走了红运……"

奈曼乌勒对格力图尔说："格力图尔,既然罕都烈管家叫你去,你就去吧。我去接乌日娜金。"

"好嘛,敢情是奈曼乌勒么。"罕都烈讥讽地说,"这个殷勤正该你来献啊! 想做吉利图的东床快婿,对吗?"

奈曼乌勒被羞辱得满脸通红,他克制着强烈的愤怒,压低声音说:"是有人打乌日娜金的主意,可不是我。"

"那么,是谁呢?"

"这个,大管家怎么会不知道呢?"

罕都烈感到脸上一阵发热,飞快地看了一下周围的牧奴,说道:"告诉你,我正想找你呢。你以为你做的坏事别人就不知道吗?我看你是一个菊花泄不了火,还想搂 个更漂亮的,对不?"

奈曼乌勒和格力图尔同时大吃一惊,知道菊花的事败露了。两个人在惊愕中一时说不出话来。

"怎么不说话? 你可是向来不服软啊! 当着大伙说说,你是怎么把菊花弄成大肚子的?"

奈曼乌勒镇静了一下,冷笑道:"罕都烈管家,这件事你可知道得太晚了。"

"晚了吗? 你又是个得胜者,对不对? 我今天就让你看看,我知道得晚了会有怎样的结果! 来人!"罕都烈回身招呼马棚外的几个随丁,"把他押进石头房! 去和你的情人再幽会一次吧!"

几个随丁不由分说地扭住了奈曼乌勒。奈曼乌勒也没有作无意义的挣扎,他对气愤得想冲上来打抱不平的格力图尔笑着说:"既然罕都烈大人给我和菊花安排了一个幽会,我怎能不高高兴兴去赴约呀! 你赶快去办自己的事吧,千万不要误了时辰!"

"拉走! 赶快拉走!"

"我自己会走,请吧!"奈曼乌勒冷笑着说,在随丁挟持下走了。格力图尔急得想哭、想喊,可是他明白,这已无可挽回。而且,奈曼乌勒显然是告诉他,要赶快去接回乌日娜金。他愤怒地看了罕都烈一眼,跃上马背,刚一俯身,那坐骑就顶着狂风冲出圈门,在罕都烈的喊声中,直奔雪原而去……

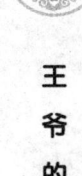

34

　　随着一阵凛冽的寒风,浓重的乌云从西边天际涌来,压向雪野,压向咩咩哀叫的羊群,压向瑟瑟发抖的乌日娜金。

　　乌日娜金脚上穿着格力图尔的大靴子,头上扎着赛音高娃的长围巾,照样抵挡不了无情的严寒。她没有怨恨天公的冷酷,或许她那颗破碎的心正好需要接受风雪的抚慰。但是,在空旷的雪野里,在涌动的乌云下,她毕竟感到孤独,感到在人间太不幸、太委屈了。悲苦的泪水滴到胸襟上,冻结成一条条冰凌,她常常要停下来,咬着发紫的嘴唇伏在马背上,去平复因为哭泣而激烈抽搐的身体和心脏。

　　到了下午,天气变得愈来愈坏了。狂风已开始在荒野奔跑吼叫,搅得雪粉翻飞,周天寒彻。但乌日娜金没料到将会有一场可怕的暴风雪的袭击,她在一个山凹里拢住了羊群,打算在这里等着傍晚的到来。她牵着马,坐在一块背风的石壁前面,看着那些胆小的、向一起攒聚的羊群,各种悲哀的记忆残片,也像羊群一样,在心海里攒聚、蠕动……

　　自从那天得悉格力图尔已和玳玛结婚,乌日娜金一直是浮沉在无法名状的悲哀的心潮里。失去了格力图尔,她还祈求什么呢？在那些艰难可怖的日子里,赖以生存的重要因素,不是认为有一天会和格力图尔再见并终于生活在一起吗？但是,格力图尔已属于另外一个姑娘了！三百天的颠沛流离、逃跑搏斗,她的心被扯裂了；但她认为,格力图尔会把她的心缝合,医治好全部创伤。然而,格力图尔却娶了玳玛！乌日娜金觉得自己的心被握在一只看不见的手里,被无情地揉搓,成为粉碎的一堆,并被狠狠地抛向冷空和散进雪野了。她的眼睛已看不见她所想念的格力图尔,同时再也看不见自己了,她失去了格力图尔,也失去了自己……那天晚上,她谅解了格力图尔,但格力图尔走后,她又掉魂一样哭起来,感到一切从此都完结了。这是她一生中一次真正的哭,是心灵在哭,而不单单是眼泪和抽咽,……直到第二天早上,她才又睁开只能在这世界上看到悲哀的眼睛。旧的哀伤加上新的失望,乌日娜金真要被感情的巨浪压垮了。如果不是在她醒来时看到哀泣的可怜的老父亲,她会毫不犹豫地把自己送到一个没有记忆的地方……是的,她没有就此捐生,仅仅是因为太可怜老父亲了。

乌日娜金坐在石壁前,不知道自己在想什么,甚至忘了时间的流逝。她看不见被风吹得翻卷而来的乌云,看不见眼前的羊群。她只看到了一片、一团、一大堆遮蔽泪眼的悲哀,心里却唱起一支忧伤的牧歌。

北风削面雪儿狂,
泪落胸前冰两行。
羊儿声声似告语,
数九怎不添衣裳?
羊儿呀,
自古牧女无寒衣,
暖裘狐帽不牧羊。

乌日娜金在心里唱着,似乎看到可怜的牧女在寒风中瑟缩着、哭泣着,一群群乱动的羊在眼前咩咩哀叫。一阵铺天盖地的风雪把她眼前的一切抹掉。她看到的是绿色的原野,风吹草低,羊群时隐时现……她看不到暴雪,听不见风吼,只看见春风在抽引愁绪、抽引泪水,而心里的歌声仍在继续。

雪消草绿野茫茫,
牧羊姑娘泪丝长。
羊儿声声似告语,
辛苦怎好饿肚肠?
羊儿啊,
公爷饱食厌酒肉,
牧女饥饿无口粮。

乌日娜金受着心里歌声的影响,早已忘了周围的一切。白雪,寒风,羊

群,对她已不复存在。她好像不是在唱着歌,而是把自己整个的心和全部的泪向宇宙间倾洒……

    四野无云又骄阳,
    牧羊姑娘泪沾裳。
    羊儿声声似相问,
    昨晚鞭痕添几行?
    羊儿啊,
    天旱草短你不肥,
    皮鞭响在我身上。

    饥寒打骂岁月长,
    牧女举首问上苍。
    牧女为何受宰割,
    公爷为何太猖狂?
    羊儿啊,
    声声叫得我心碎,
    上苍无语徒悲伤……

  像是为了响应乌日娜金心里的歌声,风的凄厉吼声也一阵比一阵高。突然,一阵卷天盖地的风雪猛扑过来,乌日娜金觉得要窒息了一样,她把脸整个埋在肘间,待她喘过一口气来,才看到自己的靴子被雪埋上了半截,看到手里的缰绳和瑟缩着的坐骑,才想起了自己是在牧羊。她突然站起来,感到一阵晕眩,而那风雪又无情地打得她睁不开眼。但她总算看清,周围很暗,太阳大概早已落山。她哆嗦一下,用袖头擦去脸上冰冷的泪水,使劲儿睁开眼向前看去。除了翻飞的没头没尾的寒雪外,她什么也看不见了——这是可怕的白毛风!

  乌日娜金以迅速的动作跃上马背,但那马刚想往前狂奔时,她却勒住马缰绳,松开紧夹马腹的双腿。她被自己刚才的行动弄糊涂了。她知道羊群在什么时候炸的营、知道羊群跑向何方吗?不知道。她甚至不知道这可怕的风暴什么时候来到的,更不知道现在是什么时候。那么她去哪里寻找她的羊群呢？她驱马飞奔还有什么意义呢？所以，她骑着马，停在那里，不知道此刻应该做什么，也不躲避风雪的袭击。要说她此刻很镇静，对已发生的事毫不吃惊或害怕，那是不可能的；但如果说她非常紧张，吓得魂飞魄散，也同样不合理。丢一只羊，她会担心，丢十只羊，她会害怕。但这样的狂风暴雪，丢掉的有可能是整个羊群，或是羊群的一大部分，那么仅仅是担心或害怕吗？她不仅在风雪中看到了皮鞭和罕都烈可怕的眼睛，同时也看到了死神和地狱。是的，担心和害怕被毫无希望掌控以后，反倒会成为对一切都很淡漠、对一切都无所谓，甚至会不自觉地想到一些和应该害怕的事情毫无关系的问题。

乌日娜金慢慢滑下马背，又退到石壁后面，身靠石壁，木然地低着头，看着脚前被风吹动的积雪。她不知道应该想什么，后来也回忆不起这时她到底想了些什么。久久地，她也没改变一下姿势。她的身体正如她此刻的思想——凝固了，差不多就成了石壁的组成部分。她这种状态，不仅使找到她的格力图尔大吃一惊，她自己也感到骇然。当格力图尔问起羊群时，她才想起自己为什么站在这里。

"你怎么了！冻坏了吗？"格力图尔看着瞪着失神的眼睛的乌日娜金，担心地问，并把她的手握起来。

乌日娜金不明白这是在什么地方和为什么会看到格力图尔。她看着他那怜爱的眼睛，那冻僵的嘴唇颤抖着，眼泪簌簌地滚下来，她的手顺势抓住了格力图尔的腕子，却久久说不出话来。

"你到底怎么了？羊群呢？你没有冻坏吧？"格力图尔问着，心又在哭泣了。

突然，在格力图尔还没来得及思考一下的情况下，乌日娜金猛地扑到格力图尔的怀里，如泣如诉："啊哈！格力图尔！把我带走吧！把我弄死吧！我……受不了啦！"

格力图尔流着泪紧紧抱着乌日娜金，双手在她抖动的脊背上轻轻地抚着："乌日娜金！乌日娜金！"他轻声唤着，似乎想用这深情的呼唤平慰一下那颗充满不幸的心。

可是，那颗似乎已经寸断的柔弱的心，怎么能一下子就会获得憩静呢？乌日娜金更紧紧地贴在格力图尔的怀里，断断续续地哭诉着她悲哀的心曲："格力图尔……你为什么要和玳玛结婚？你……不爱我了，厌倦我了吗？你

为什么不能等一等啊！为什么……不等一等我呀！"

"乌日娜金！"格力图尔愈来愈紧地抱着那令人怜悯的身体,大颗大颗的泪珠落在乌日娜金的肩上,除了呼唤这个可爱的名字,除了哀痛的哭泣,他还能做什么呢？

乌日娜金略微平静下来,把自己的泪眼在格力图尔的胸前蹭了一下,抬起美丽的可怜的脸,看着格力图尔。突然,她挣脱了拥抱,紧紧靠在石壁上,盯着格力图尔的眼睛,绝望而悲哀地问道："你们为什么……对我这样狠！妈妈不要我,你……不要我！你们为什么都不要我？为什么……都不要我？你说呀！为什么都不要我？啊？告诉我呀！你说呀！为什么……都不要我呀！"

"乌日娜金！"格力图尔喊着,抱住那要爆炸的娇小身体,撕裂肺腑般痛哭起来……

他们就这样在风雪中紧紧抱在一起,哭着,互相呼唤着,把他们令人肝肠寸断的话交给狂风,撒向人间……

等到两人哭得疲劳了,也终于想到应该去找羊群。所以,他们去找了。他们找到了。羊群在他们驱赶下向扎布曼都官邸外的羊圈涌去时,乌日娜金和格力图尔都不知道到底丢失了多少羊,但他们知道肯定会有一场"暴风雪"袭来。因为斯卡已带着几个随丁来点羊了,羊圈的栅门早已关闭,门旁临时开了一个小口,那羊从小口中一个挨一个钻进去,里边有两个人手持木棍,点着咩咩叫着钻进去的羊的脊背。

很多牧奴胆怯地围上来,看着点羊的场面。不久,罕都烈也来了。格力图尔迎上一步,问道："罕都烈管家,这样的暴风雪,人能回来已不容易,为什么还要点羊？"

"格力图尔！这几天你有点不知天高地厚了呢！我干什么,要向你禀告不成？"罕都烈说着,冷笑了一下,"看样子,你很关心乌日娜金啊！你还想娶她吗？养得起两个老婆吗？嗯？"

格力图尔满脸通红,气得说不出话来。

"格力图尔,你听着。你已经占了太大的便宜了。安分点儿没坏处。去吧,这里没你的事。"

斯卡跑到罕都烈面前报告道："管家,清点完毕。丢失一百六十二只奶羊。"

"把乌日娜金押到石头房，等候发落。"

"罕都烈管家！"格力图尔怒道，"你们为什么这么不讲理？你问问大家，这样的天，一个人能把一千只羊拢住吗？"

"你是想找不舒服吧？斯卡！押走！"

看到斯卡带领一群随丁，连拉带拽地把乌日娜金带走，格力图尔气得咬破了嘴唇。

罕都烈冷笑着看了格力图尔一眼，便回身走向红漆大门，他看时间差不多，没回自己的房间，径直到老爷卧室外的小客厅里去了。

此时，压惊和接风的晚宴早已结束，心绪不佳的博克拿多和索拉吉辽夫都说头疼，去下榻处休息了。老爷和少爷正在小客厅里品茶。

扎布曼都睁开眼看了看罕都烈，示意他坐在旁边的椅子上。

"老爷，少爷。"罕都烈坐下后，又欠了欠身体，开始了他一天中最后一次报告，"博克拿多协理和索拉吉辽夫先生已经休息，他们坚持要在明天返回王府。正好围剿马贼的旗兵暂住我处，可以护送他们。我相信老爷和少爷都不会去挽留他们的。另外，索拉吉辽夫先生要求借用格力图尔，他打算近期去勘查森林，这一点，少爷已表示应允。"罕都烈看了看两代的主人，都没有什么反应，便继续他的报告，"遵照老爷吩咐，那个菊花已经打死，扔到山上去了。奈曼乌勒关在石头房。还有……"

"你说什么！"科尔丹吃惊地问，"为什么打死菊花？"

"少爷，菊花是准备送给色旺诺尔布桑保王爷作为寿诞的贺礼的，但她和奈曼乌勒私通，有了身孕……"

"有了身孕，打死了就没有身孕了吗？"

罕都烈笑道："少爷，问题不在于此。目的是杀一儆百。"

扎布曼都冷然道："已经死了，不必再为她的亡灵操心。只是奈曼乌勒一定要严惩！"

"是，老爷。"罕都烈俯首道，"还有，乌日娜金今天弄丢了一百六十二只羊，现也押在石头房，等候发落。"

"什么！"扎布曼都瞪起眼睛说，"一百六十二只羊！明天当众扒光衣服冻死她！"

"是，老爷。"

科尔丹听到父亲的话，心里打了个哆嗦。这对一个少女不是太残酷太可怕了吗？他很想通过自己的努力，使父亲改变一下这令人不寒而栗的决定。他低头沉思半晌，然后抬起头说道："爸爸，我觉得在处理这些事情时，应该考虑得更长远些。比如奈曼乌勒，我们打死他，这是很容易的。但除了失去一个年轻力壮的好驭手，我们还会获得什么好处呢？至于那个乌日娜金，还是个小姑娘，这样的天气，丢失百把只羊，并不奇怪，更应该从轻发落……"

扎布曼都冷笑了一下问道："那么你的意思呢？对这两个人该怎么处理？"

科尔丹鼓舞了一下自己的勇气，说道："我看放出来，加以抚慰，他们会更好地给我们干活。"

"少爷！"罕都烈吃惊地叫道，"这不是在鼓励违犯老爷规矩的人吗？"

"不。这绝对办不到！听说，乌日娜金很漂亮。唔，杰尔登布不正是因为她要嫁给格力图尔，才来告发桑布的吗？你是不是也被她的美貌迷惑住了？"

"爸爸！"科尔丹满脸通红地叫道。

"当然，这是不可能的。"扎布曼都平静地说道，"扎布曼都的儿子怎么会看上一个穷酸的牧奴呢？不过，美色总不是好东西，所以，即使不便当众羞辱她，至少也要改变她的美貌。"

科尔丹再次鼓动起自己的胆量，慢慢抬起头来，像看着严师一样看着父亲的脸，说道："爸爸，您是应该了解儿子的，他不会沉缅酒色，更不会使爸爸的声誉蒙受耻辱……我只是想，我们为什么不使牧奴们把畏惧变成尊敬、把仇恨变成感恩呢？"

"畏惧是应该的；仇恨，他们不敢；尊敬，从来就有；感恩，我们不需要。我看——"扎布曼都说着，突然顿了一下，略加思索后，转向罕都烈，"罕都烈，你不是说乌日娜金比菊花漂亮吗？用她代替菊花，送给色旺诺尔布桑保。"

"老爷高见，老爷高见。"

"科尔丹，你看这算是个上策吧？"

科尔丹心里说道："这是最下的下策，乌日娜金会因此捐生的！"但他嘴上却说道："这的确是个上策，其好处可不是一百六十二只羊的数目了。"

"老爷。"罕都烈站起来说，"为了警戒牧奴，对乌日娜金还应该施以鞭刑。反正色旺诺尔布桑保的生日还有五个月呢。"

科尔丹生气地说："是什么原因使你那么恨这个姑娘呢？"罕都烈被问得心里一阵猛跳。他担心科尔丹会把那出丑剧在老爷面前讲述出来，赶紧合拢了嘴巴，坐了下去。科尔丹继续说道："再说，如果打坏了她，怎好送给王爷？"罕都烈只是唯唯点头，不敢抬起眼睛。

扎布曼都说道："一会儿把乌日娜金放了。奈曼乌勒必须打断一条腿。还有，明天开饭时间要早，让那些兵痞和博克拿多早点儿滚蛋。""是，老爷。"

扎布曼都站起来慢慢走进卧室，科尔丹和罕都烈则走进敞厅。科尔丹边走边问："你打算给乌日娜金安排什么活儿？"

罕都烈看了看科尔丹的眼色，沉吟着说："是不是让她到院里干活儿？"

"不必。就让她在院外剪羊毛、挤牛奶。"

"那能行吗？少爷……只有几个月的时间了，也该叫她学点儿礼数啊！"

"什么礼数！王爷要的是礼数吗？他要的是漂亮的脸蛋和丰满的肉体。这两样，会从乌日娜金身上跑掉吗？"

"可是历来……"罕都烈边说边给科尔丹少爷打开敞厅最后一道门。

"别说什么'历来'！"科尔丹走到外面，在门房的雕栏旁站下了，"你就是不知道变通。你怎么不看看如何面对这样一个姑娘？乌日娜金这种性格和遭遇，是很容易轻生的。再说，你也应该看得出，格力图尔虽然结婚了，但和乌日娜金的前情却未断。他可以把匕首刺进额勒吉卡的坐骑，同样，也能和我们拼命。特别是目前，他就在我们跟前。我们不能让这个莽汉在非常方便的情况下，把仇恨变为行动。"

"少爷所虑也有道理。可是乌日娜金到底要送到王府，而格力图尔到时也会知道啊！"

"那时，格力图尔已经走了。至于乌日娜金，到时再说吧！"科尔丹说着，轻轻叹了口气，突然在心理自责来："我为什么要处处维护乌日娜金呢？为什么不愿看到她受苦？难道真像爸爸说的，被她的美貌迷住了吗？不！不会的！我想，我只不过是可怜她。"他对自己的行为进行了这样一番解释，令人难以觉察地苦笑了一下。

这时，哈森走过来，对科尔丹说道："少爷，格力图尔打了看门人，冲进院来，说一定要见您。他正在您的房间里，您见他吗？"科尔丹不假思索地说：

"当然见。让他稍等一会儿。"

哈森走后,科尔丹笑着对罕都烈说:"你看,这条硬汉一定是来求情了。正好,就给他做这个人情吧,算我对他途中举动的感谢,也可以避免人们对放了乌日娜金的胡乱猜测。你回去吧,我要和格力图尔一起去石头房放了乌日娜金……"

35

博克拿多在客房里回忆着白天可怕而又可恼的遭遇,辗转反侧,怎么也睡不着。比丧失一只耳朵更叫他惋惜和恼火的是那就要兑现的两千卢布。那是两千卢布呀,能无动于衷吗?他为了得到这笔日思夜想的可观的钱,曾绞尽脑汁,算尽机关,可是一眨眼的工夫,被巴兰森格毫不客气地拿走了,能甘心吗?他必须再次开动脑筋,让那个有钱的外国佬痛痛快快地再拿出两千卢布!他有的是妙不可言的计谋,常常是客客气气地"请君入瓮",使对方心甘情愿地落进他的圈套。他从来没有失败过,这次当然也不能扮演一个失败者的角色。他想呀想呀,突然眼前一亮,耳朵也不疼了,心里一阵狂欢般地大笑,呼地一声掀开大红绣花的缎被,兴冲冲地跳下床来,光着脚板穿上拖鞋,几步跨出门去,闯进隔壁索拉吉辽夫的下榻处。

此时,索拉吉辽夫正为了挥走脑海里的不愉快的回忆,跪在那里默默地做着晚祷。从身后传过来的浑浊的呼吸声和袭人鼻孔的西洋药水味,他知道来人准是博克拿多。他感到十分厌恶,没有马上去打招呼。但博克拿多似乎并未把这种冷淡看作是不礼貌,反而好像认为这是很合情合理的事情。他在门口默默站了一会儿,不以为然地微笑了一下,便很不客气地踱到茶几旁坐在藤椅上,顺手摸起茶杯旁的金烟盒,不大经意地观赏一番,然后打开,抽出一支香烟,叼在嘴上。

在博克拿多划亮火柴的刹那,索拉吉辽夫斜睨了他一眼,发现那对眼睛红红的,眼皮肿得很厉害,右耳处缠着厚厚的脱脂棉和绷带,显得很臃肿,右脸比左脸高,整个面孔失去了平衡,但看那泰然自若的样子,耳朵好像不再使他痛楚了。索拉吉辽夫一阵恶心,同时又一次胆战心惊地回忆起白天奇妙而令人心胆俱裂的经历……的确,事情太突然了,也太奇特了,在当时连害怕都来不及。他不明白,蒙古的王公贵族们怎么会允许马贼们如此猖獗!

他感到特别不可理喻的是,那个女强盗怎么会把截获的三个人的性命留下?能从死神的掌中逃出来,到底是沾了谁的光?是什么原因使那个杀气腾腾的女强盗发了善心呢?但不管怎么说,总算是死里逃生了。若是在完成了使命准备到大使馆赴任前夕毙命,那可真是"冤乎哉枉也"了!索拉吉辽夫想,必须吸取教训,以后决不能一个人在草原随便走动,而且一定要带上枪弹。

索拉吉辽夫觉得把博克拿多冷落够了,便站起来走向茶几,一边坐下去,一边点点头,冷淡地说:"有失远迎。有劳久等。"

"不客气。"博克拿多声音沙哑地说,深深吸了一口烟,"你们民族对信仰真是太虔诚了。"

索拉吉辽夫刚想回一句讥刺的话,博克拿多却抢着把话头转到别的方面,说道:"我这么晚打搅您,您一定不高兴吧?"

"哪里会呢?协理大人能屈尊赐教,我只能感到荣幸。"

博克拿多没像以前显出尊贵和盛气凌人或施主一样高傲的表情,却苦笑了一下(这时的脸和嘴更加歪斜了),说道:"算了。您在挖苦我呢!"

"岂敢!您这是说到哪里去了?"

"您不说,我心里也明白。您完全知道,我现在只有求教的份儿……"那歪斜的嘴突然停了一下,试探地注视着索拉吉辽夫的眼睛,"这次不幸确实是我没预料到的。我们真是太倒霉了。"

"阁下是说这次不平凡的旅行吗?"

博克拿多轻轻哼了一声,说道:"不平凡……真是可怕的不平凡,……我们的五百旗兵竟连一个女强盗也没能抓住,却给我们准备到旅途上了。丢人!哼!真是不平凡啊!我想在贵国是不会有这种事情吧?"

"这种偶然事件在任何国家都可能发生的。所以我并不感到吃惊,更不能怪罪您。况且您……"

"您为什么不说下去?您是想说只有我在这次事件中是个最大的受害者,不仅丢掉了耳朵,还丢掉了两千卢布。是吗?"

"不。我是不愿意提起使别人不愉快的事情的。"

博克拿多"嘿嘿"笑了两声,说道:"我发现,阁下和科尔丹都在幸灾乐祸呢!"

"那,您是误解了。我相信科尔丹也不会。"

"但愿是误解。只是我确信不是误解。唔，阁下是否发现,扎布曼都对我们这次拜访很冷淡!"

"是吗？我可不像您那样善于察言观色。不过若真是那样,那是为什么呢？"

"为什么！因为这里驻扎五百旗丁,每天要吃他的、喝他的。所以他对我们的告辞,并未表示挽留。他甚至希望我们和旗丁在今晚就滚蛋！这个吝啬鬼！老奸巨猾的老鬼！他忘了,这次围剿马贼,正是应他的请求才组织的！"

博克拿多发现索拉吉辽夫反感地皱起了眉头,好像不愿听人讲扎布曼都的坏话,便打住了话头。沉默了一会儿,他点燃了第二支烟,浮肿的厚眼皮耷拉下去,那烟雾在他眼前缭绕弥漫,使那张走了样的脸更加难看了,甚至有点儿可怜相。

第二支烟剩了一半儿了,博克拿多又狠狠吸了两口,好像下了决心似地抬起沉重的眼皮,盯着索拉吉辽夫的蓝眼珠,说道:"索拉吉辽夫先生,我相信您会猜出我今天拜访阁下的原因。您也知道,我把您引为莫逆之交,愿意继续为您效劳。因此,我想请教一下,我失去那张没有兑现的支票,您是抱着什么态度呢？"

虽然索拉吉辽夫估计到他会说出这样无耻的话,但真的听到后,仍然感到吃惊,竟一时答不出话来。他看着博克拿多的眼睛,那里面有一种令他吃惊和可鄙的东西,那是野狼的贪欲,像要向他扑过来的野狼的贪欲。但是,怎样回答呢？要不要再拿出两千卢布？不！不能满足这个厚脸皮的市侩！对银行的责任感,对俄罗斯和沙皇的尊严的责任感,使索拉吉辽夫对博克拿多产生了强烈的憎恶和愤怒。

"您觉得很难回答吗？"野狼的贪欲里又加进去讥讽和威胁的冷笑,"我希望您能想一想我们未来的关系……您瞧,我是个办事痛快,说话也痛快的人。关于借贷合同,特别是'附加条款',虽然已经签押,但说服其他人、使合同顺利执行,我还需要做很多努力。您是个明白人,会看出我不是贪得无厌的小人。您好像把钱给我了,但是实际上,我又是为您把它全花了出去。我已经说得很透彻了,是不是？"

"恶棍！"索拉吉辽夫在心里骂道,表面上竭力现出冷静,慢慢吸着烟,看着对方因说话而涨红的可恶的脸,缓声说道:"我觉得,博克拿多协理大人应该承认,我是已给了您两千卢布的。至于旁落他人之手,责任好像不应由我来负吧?"

"我料到您会说出这些话,但这是毫无意义的。它除了证实我并未获得这笔钱外,说明不了任何问题。另外,我们来个先小人、后君子。我必须奉告阁下,截至今天为止,我们还没有从贵行支出任何一笔贷款。记得合同上说明,由贵行接管森林、矿产将从图什业图王府支出第一个五万卢布的时候开始。"

索拉吉辽夫腾地站起来,面对博克拿多冷峻地说:"当然,贵王府也可以不借敝行的钱。我们同意贷款,那是应贵王府的急需,也是助人为乐的意思。如果博克拿多协理以为无须敝行效劳,悉听尊听便。"

博克拿多听后,哈哈大笑起来,使索拉吉辽夫为之一震,并第一次注意到那两排黑黑的牙齿是那样尖利!他笑毕后,也站了起来,抛掉烟蒂,向索拉吉辽夫接近一步,说道:"您好像把我当成白痴了吧?而且,阁下又何其健忘!您该经常回忆回忆两天前的事呢!我还应该向您——尊贵的阁下——介绍一下前些日子我同额勒瓦奇尔的会谈,他对我算了好几笔帐,其中的一笔精确地计算了贵行的二十五万卢布在十年后可变成二百万卢布。他算得很有道理,是不?"说到这里,博克拿多把扭歪的嘴又张开大笑一阵,使索拉吉辽夫感到五脏六腑都倒悬了起来。

博克拿多又说道:"阁下,我们之间应该开诚布公,应该肝胆相照、襟怀坦白才对。不要打那些官腔。我知道这件事与阁下前途攸关,宁可让王府吃个大亏,以使您在前进的路上一帆风顺……可您不太够意思,对不?另外,这个合同还有些不完美之处,那就是支付形式问题。如果需要,我愿意替阁下弥补这个不足。您看,精明的索拉吉辽夫先生也有'千虑一失'之处啊!好了,今天太晚了,不再打搅阁下。况且,您我均为客人,明天返回王府再谈吧。"

"您再坐一坐。"索拉吉辽夫忽然变得热情起来,拉住博克拿多的胳膊,希望听听他所说的"不完美之处"是什么?但博克拿多却笑了笑,挣脱了对方的手,昂首阔步地走了。

36

在喀喇沁旗全体公务人员夹道欢送下,格力图尔赶着雪橇,载着闷闷不乐的索拉吉辽夫和狼狈不堪的博克拿多,驰离了红漆大门。

也正是在这个时候,在多伦村的道路上,玳玛将一个风尘仆仆的女人带进桑布的毡帐。这个女人扎着大围巾,只露着两只眼睛。

"爸爸,这位老妈妈找您。"玳玛红着脸轻声说,并微笑着给这个不速之客挪过一个皮垫,"请坐在这里,奶茶马上就烧好。"

客人毫不谦让地坐在牛粪炉旁,褪下皮套袖,围巾却没有摘,两只很大很亮的眼睛挑逗地却略显悲哀地看着桑布。桑布皱着眉头,仔细地端详起眼前的客人,努力在记忆中搜索着残存的印象,猜测她来此何干。

"您就是桑布吗?我真是认不出来了。"女客人显然有些激动地说。

桑布几乎不相信自己的耳朵和眼睛了。他脸上的肌肉紧张地抽动了一阵.真想立刻跳起来。"这不还是那爽朗的声音?不还是那一双大胆的眼睛吗?"他心里飞快而激动地这样想,嘴唇颤抖着叫道:"啊!真是想不到,竟会是你!"

"我是谁呀?乡亲。"

"你不用考验我。你要不是班卡,我就砍掉耳朵,抠去双眼!"

"为什么?干吗非是什么班卡?"

"我决不相信,别人也会有班卡的眼睛!快摘掉你的围巾吧!"

"天呐!桑布!你真认出来了呢。"班卡迅速扯下围巾,眼泪扑簌簌落下来。激动的片刻过后,班卡微笑着说:"我是无论如何骗不了你的。但我却和杰尔登布开了个大玩笑……"班卡抽回手,转向玳玛,"这个可爱的小姑娘,是格力图尔的妹妹吗?"

"是格力图尔的妻子。她是玳玛。你也应该记得。"

"玳玛？唔,敖尔敦的女儿。"班卡轻轻抚了一下玳玛的红脸蛋,"多漂亮的脸蛋！好孩子,你别生我的气。我可不是什么媒婆。"

桑布诧异地问:"媒婆？这是怎么回事？"

班卡咯咯笑了一阵,爽利地掠了掠仍旧乌黑的头发说道:

"我走进村子,找不到熟人。正好碰到杰尔登布在他的门外闲逛。我问他桑布住在什么地方？他问我:'从哪里来？找桑布干什么？'我撒了个谎,说是邻村的媒婆,来给桑布的儿子说亲的。他冷笑了一下说:'那很好,格力图尔正愁没媳妇呢！'然后,他对刚好过来的玳玛:'把她带到桑布那里,这是给格力图尔保媒的！'你看,杰尔登布是认不出我了。你呢,却能马上认出来！"

"可是,你也得小心。他对摘掉围巾的班卡,也是一眼就可以认出来的。"

"那好！我还会让他再尝尝挨耳光的滋味的……可是,请你先告诉我,你的腿不能站起来了吗？"

"如果能站起来,我能躺着迎接客人吗？这是扎布曼都对我的恩典……"

"这个赶走弟弟、害死哥哥的坏蛋！不过我问的不是这个。我是说,很重吗？"

"很重。也许会一直躺到死……唉,缺少药品……"

"那么,为什么把科尔丹的药品退回去？"

"叫我接受仇人的恩赐吗？可是等一等,这些你是怎么知道的呢？"

"我遇到了格力图尔。"

"是吗？他知道你是班卡吗？"

"不。他只知道我是巴兰森格。"

"什么！"桑布半惊讶半赞美地喊道,"你就是大名鼎鼎的巴兰森格？！"

"怎么,不像吗？"

"不……正应该是你！怎么不呢？巴兰森格要不是班卡,倒会令我奇怪了。奥良哈告诉我,在我的腿被打断的那天夜里,巴兰森格袭击了扎布曼都。那时我就想,巴兰森格准是班卡。"

班卡叹口气说:"遗憾的是,我那天夜里并不知道扎布曼都打断了你的腿。否则,我肯定会拿这个老混蛋的血祭刀,就此开了杀戒的！""你们确实

263

从来不伤人吗?"

"从来……是呀,从来……"班卡说着,好像她本人受了重伤一样,沉痛地低下头去,"我曾给那些莽汉们定了两条纪律。第一,只准抢钱财和马匹,不能伤害任何人;第二,不准任何人进入多伦村。"

"所以我们只是在十几年里不断听到巴兰森格的威名,却无幸一睹巴兰森格的英姿。但你为什么要这样呢?为什么不愿意让多伦村为你感到骄傲呢?"

班卡苦笑了一下说道:"桑布,别拿我开心了!说实在的,主要是为了约束我自己,才订了第二条纪律,我害怕一旦有人认出了我,知道巴兰森格就是班卡,会给吉利图和我的……女儿带来不幸……""可这是十四年多啊!班卡。"

"是啊,多难熬的日子!每一天对我都像一年那么长……"

"班卡,我到底弄不明白,你当时为什么决定离开多伦村呢?杰尔登布说,你跟强盗跑了,我不相信……"

班卡刚要启口,却转过脸去看了看正忙着洗羊肝的玳玛,桑布会意地说:"玳玛,去喊妈妈,告诉她有客人来了。"

玳玛答应了一声,有点儿害羞地在班卡的注视下走了出去。

"很好的一个姑娘。"班卡看着玳玛的背影说,"我的乌日娜金……也该有这么大了。"

"吉利图和乌日娜金现在……"

"等一等。我先回答你的问题。你说你不相信我跟人跑了,这是错误的。我确实是跟强盗跑了。但我没成为吉利图以外任何人的妻子。我还是班卡,只曾属于吉利图。唉,那简直是一场噩梦啊!那一天,吉利图病了,我替他去放马。山坡上没有人,我坐在那里偷偷流泪。我自己也弄不清,我为什么总想痛哭一场?那时,我已经三十多岁了,不再担心杰尔登布了……哪里知道,这个恶棍始终没有死心。他看我去放马,便偷偷跟在后边。当我坐在那里流泪,他绕到我的身后,偷偷把我的套马杆拿去,用腰带和他的套马杆结一起插到石头缝里。然后,冷不防把我扑倒了。当时,我还能抓他的脸,扯他的衣服,但却挣脱不了他那狗熊一样的身体。我已经……这时,有一个人骑马跑过来,站在我们身边,问道:'这是怎么回事呀?'但杰尔登布并没有松开我,反而骂起来:'滚开!你没看到插在那里的套马杆吗?她是我的未婚妻。你给我滚开！'我急忙地大声喊着：'他扯谎！帮我一把呀，帮我一把呀……'那个人跳下马来，喝止了杰尔登布，端详了我一会儿，笑着说：'你长得这么漂亮，我是应该帮助你的。可我是个强盗。强盗救人要讲条件。我的条件很简单，我打死他，你得跟我走。'我那时连气带急，快昏过去了，不知怎么就答应了他。我只听那人说：'喂，乡亲，你身下的女人是我的了！'接着这两人就扭作一团。杰尔登布很快就被那个人打倒了。我开始踢他的头，踹他的肚子，不一会儿，躺在我脚前的，已经是一具尸体了……"

"可杰尔登布还活着啊。"

"后来才知道他没有死。但当时以为他死了。这下子可闯了大祸。怎么办？我心慌意乱，那个人——唔，他叫扎木苏。扎木苏当时却笑着说：'别怕，美人儿。我打死个把人，不算回事。跟上我，会经常看到死人的。'我倒抽了一口冷气，确信他真是强盗了。他长得很凶恶，壮得像头公牛。他叫我跟他走。我说我有丈夫和孩子。我苦苦哀告，求他饶了我，说尽了好话，流了不少泪，甚至说，只要放我回家，我可以允许他解开我的……但他寸步不让，威严地对我说：'你想打把是不行的。你可以回去和丈夫告别。我等着你。如果你骗了我，那么，听着，你连同你的丈夫和孩子，明天就要和这个倒霉鬼作伴了。'我相信他会这样做，也知道摆脱不了他。我就这样跟了扎木苏，化名巴兰森格，做了第一个女强盗。我走时，舍不得吉利图，更舍不得乌日娜金，她才三岁啊！我想抱走女儿，可吉利图，趴在我的脚下，抱着我的腿，哭泣不止，哀求地说：'好班卡！你千不念万不念，你要念我一辈子没有快乐。你把女儿带走，我还能活吗？留给我吧！我会喂活她！你还会生个儿子、生个闺女，可我，除了乌日娜金，是不会……再有亲人了。班卡，把女儿留给我吧！'"班卡说到这里，已泣不成声，眼泪不断地滚落在她的胸前，"桑布啊，你知道，当时，我的胸膛要炸开了，我的心在哭啊！我舍不得女儿，又可怜吉利图……但我无法留下了，我看着哀哀哭诉的吉利图，狠了狠心，一咬牙，把张手哭着的小乌日娜金放在他的……怀里，捂着脸，跑出门去……"

桑布听着班卡的讲述，十四年前的不解之谜，终于在他眼前露出真面目。他受了感动，眼角浸出了泪水。等班卡的抽泣稍稍平息一些以后，他声音低哑地说道："你失踪后，杰尔登布在毡帐里躺了一个月。他还编了一套舍身救班卡的故事，谁也没想到他是从地狱里爬出来的。"

"是呀,我怎么也没想到他会再活过来。看来,他的孽还没作够。"

"这些,吉利图却从来未对别人讲过。"

班卡扯起衣襟揩干了眼泪,说道:"可怜的吉利图啊!他不仅不敢做,连说说的胆量也没有。唔,十四年来,我们的日子混得还可以。到处打家劫舍,实在痛快。首领扎木苏,脾气暴躁,不少人跟他合不来。但他是个很正直的人,也很听我的话,从来未强迫我做他的妻子,虽然我和他住在一个毡帐。后来,我们听说杰尔登布还活着,我叫扎木苏领人来多伦村干一下。但他说什么也不肯,怕我离开他……我曾想把你拉去,可那时,你正享受着有了儿子的快乐,我不忍心叫你抛妻弃子——我问你,桑布,如果我那时来找你,你会去吗?"

桑布注视着班卡的眼睛,沉吟了一会儿,说道:"有一些事情,我是很后悔的……但是,说句老实话,那时我也许真的不会去……我可以带上儿子,其木格却绝不会跟我。而我要走了,她会去跳河。"

"真会那样的!"班卡相信地低下头说,"那样的结局,比走是好不了多少的。"

"唉,感恩图报是一种多么可怕的心理啊!"

"不要那样说!那会搅得我也痛苦起来的。"

沉默了一会儿,班卡问道:"你刚才好像要告诉我女儿和丈夫的情况,是吗?"

"是。但我却不能告诉你好消息。他们已经逃跑快一年了。现在成了扎布曼都的牧奴……"

"唔,是这样。我竟然误认为格力图尔说他们在多伦村。他说:'我们在一起。'我怎么也想不到会是在扎布曼都官邸。不过,这不是什么坏消息,我设想的并不比这好。有时我就梦见他们已不在人世,常常在梦中哭醒……他们还能活着,这就不错了。女儿很可爱吗?"

"你只见过小乌日娜金,却没看到十七岁的漂亮女儿。和她的妈妈一样,也是全村最引人注目的姑娘。可是,她在快要成为我的儿媳妇的时候,逃跑了!"

"格力图尔不成器吗?"

"恰恰相反。只有格力图尔才配做班卡的女婿。"

"那为什么你们娶了玳玛呢?我原来想象过我们会成为门当户对的亲

266

家的。我这样说,你不会生气吧?"

"不。我也这样想过,但说来话长了。这一切,全都是杰尔登布逼出来的。"

"又是这个恶棍!他是不是又想向我的女儿伸手?"

"他要娶乌日娜金。但班卡的女儿和班卡一样不好惹,只是没去打杰尔登布的耳光,却采取了一个给不少人带来痛苦的方式……"

"那么说,这需要当妈妈的给女儿出口气了。只可惜,我这次大概见不到女儿的面了。"

"为什么?"

"我只有两天的时间。到这里就已经用去了一半。再到女儿那里,就赶不回去了。"

"你这次来,不是为了看望丈夫和女儿吗?"

"当然是。但还有更重要的事。"

"那是什么呢?"

"现在说出来也没有用了——没想到你的腿伤得这样厉害。"

桑布立刻就明白了,他有些激动又有些悲哀地说:"你为什么不早来一年呢?"

"如果不是扎木苏对你怀着太大的嫉妒心,我会早来三年!现在他死了……唉,可怜的首领。他当初要是同意你去入伙,怎么会被旗丁打死呢?"

"唔,他死了?"

"几天前,好几个旗的旗丁联合清剿我们。我们的伤亡很大,扎木苏的身上中了十几枪……你看,我们不开杀戒,旗丁杀我们却连眼睛都不眨!他们逼着我们去杀人!我发誓,只要遇到那些公爷和旗丁,一个也不留!但我们的首领死了,单靠我是带不了这个队伍的。所以我就想,找你去入伙!"

"我入伙以后怎么办呢?"

班卡的两眼燃起怒火,坚定地大声说:"你来带领我们!你今年五十四岁了吧?你会比二十几岁的人更能率领一支走南闯北的人马,是不?我来做副手,或者专管给养,我们会很痛快地干一场!"

桑布激动地问:"干一场什么呢?"

"这还用问吗?你比我们所有人都更明白!"班卡说着站起来,在毡帐的穹顶下,很快地走了几步,站在挂着大刀的毡壁前,突然很转过身,"打!杀!砍!老爷不让我们痛快地过活,我们也不让他们安稳!十几年了,我们仅仅是打家劫舍的马贼,连扎布曼都都不敢去碰一碰。你可是连大仗都打过呀!我们需要一个见过世面、有胆量和有才干的首领!"班卡说到这里,又看了看桑布的腿,泄了气一样垂下挥动的双臂,"可是,比我看不到女儿更痛苦的是,我等待的桑布却永远站不起来了!"

桑布痛苦地闭着眼睛,两只胳膊痉挛地抽动着。过了一会儿,他睁开充满血丝的眼睛,轻声而坚定地说:"班卡!我要站起来,我一定要站起来!"

"但愿有这么一天。只是……唔,给你。"班卡从怀里掏出一个药包,扔到桑布的身边,"这是你叫格力图尔退给科尔丹的药。现在是我的了。你不会再退给我了吧?"

"那当然不会。"

"不过,谁知道会不会有效力?也许……叫奥良哈爷爷看看吧。他还活着吗?"

"活着。不是他的用心治疗,我早就闭上眼睛了。"

"老天保佑吧。奥良哈爷爷能使你站起来,我会让他发一笔财的!""班卡,我会好符合你来的。等那时,我去找你们,而不要你来请。"

"好吧。一言为定。我是希望再好好活它十几年呢。"

"那么,你不去看女儿吗?"

"不必了吧。有格力图尔在那里,我就放心了。"

"不单单是格力图尔。她还有一个更好的保护人呢。"

"乌日娜金有丈夫了吗?"

"你想到哪儿去了?奈曼乌勒有自己的妻子。"

"奈曼乌勒?那个稍稍有点儿驼背的小伙子?"

"正是。你认识他?"

"当然认识。那是个很有趣的年轻人。好像是两年前吧,是冬天,他赶着扎布曼都的羊群被白毛风吹到了我们的营寨。在我们那呆了几天。我很喜欢他……他想入伙,但想到他有老母亲和未婚妻还在扎布曼都府上,而且,为了有一天我们可能对扎布曼都拜访一下,又叫他把羊群赶回去,暂时仍当牧奴。他说,他能联络一些人,到时好做内应。可是,时间一长,把他给忘了!亏了你儿子提醒了我。——我看我该走了。我决定今天去看看女儿

和丈夫。"

"应该去看看。但要小心,听说扎布曼都的官邸是戒备森严的。"

"知道。正好借此机会去看看他是怎样的森严法。今年春天便宜了他,昨天又便宜了他的少爷!这回,我可要让他为了桑布的腿付出代价了!"

"不过,你顶好再坐一会儿。其木格就要回来了。"

班卡想了一下说:"好吧。我也很想看看她呢。"

"她可比你老多了。你像个姿态俏丽的少妇,她却成了头发斑白的老太婆了。"

班卡笑着说:"你可还是那个爱说俏皮话的小伙子!"她说着坐了下去,"其木格不会像三十年前怕我把你夺过去吧?"

"还会担心呢。"桑布说道,也畅快地笑起来。"可是我的腿却帮了她的忙。"

"说真的,你也别着急。我们今年大概不会有什么大的行动,需要补充人马和粮食。我们这次失败得太惨了……再过几天,我会派人给你送些钱来,顺便把我们的行踪告诉你。我想明年在家乡最后干他几次,就往南走。"

"为什么?"

"听说卓索图盟又闹起了你们当年干的事,我想去入伙。"

"那更好。我也很想死在家乡。"

"你说得多不吉利啊!为什么是死?应该是干!"

"对。我听你的。只要春天我能站起来,我会把其木格、格力图尔和玳玛全带上。这回可真要大干一场了!"

"其木格能去吗?"

"她和以前不一样了。哥哥对她都像陌路人,她还留恋什么呢?""那就更好。否则,多伦村又会造出桑布跟一个女强盗跑了的故事呢!"

下午,班卡在桑布家吃了一顿很丰盛的便宴。其木格也很高兴,想不到在五十岁的时候招待年轻时的朋友。她看着仍很美丽和精力旺盛的班卡,不住地慨叹自己的衰老,并奇怪着一个女人怎么会大口大口地痛饮马奶酒。正在他们谈笑得热闹的时候,醉醺醺的杰尔登布来了。

杰尔登布眯着眼看了看席面上的几个人,假惺惺地笑着说:"好热闹的宴会!这位媒婆的贵干有了什么样的结果了吗?"

班卡轻轻放下酒杯,用两只微醉的眼睛,嘲弄地盯着杰尔登布,不禁使他一怔,立刻退后一步。

"杰尔登布老爷。你好像知道我是谁了?"

"你……你你你……班卡!"

"记性不坏呀,老爷。我现在的名字是巴兰森格!"

"啊!"杰尔登布惊恐地大叫一声,又退了一步,手扶门框,两条腿不由得抖颤起来,心里想着怎样能留得性命……

"你还想让我给你当老婆吗?"

"班卡!唔,巴兰森格大人!过去的事就别提了。我怎敢惹你这个……压寨夫人?"

"放屁!"班卡立刻跳了起来,吓得杰尔登布拔腿想跑,却一下绊倒在门口的马鞍上,全身一下子瘫在地上了,对向他走来的班卡闭上了绝望的眼睛。

"班卡!咱们前世无冤,今世无仇,千万别下手啊,留下我这条命吧……我绝不惹你们……你们需要……需要什么,我全给……"

班卡笑着哼了一声,站到杰尔登布眼前说道:"我需要什么你都给?"

"都给……都给……"杰尔登布仰脸看着班卡。像哭一样说道,"你……需要什么,说吧!"

"我需要什么?我需要用你的黑心下酒!我需要你的脑袋!"

"啊哟,我的好班卡!我的活奶奶呀!"杰尔登布抱着脑袋,狼嚎似地叫起来,"乡里乡亲的……别……别这样……"

"你也会说乡里乡亲吗?你调戏人家的妻子,可想过乡里乡亲?你想糟塌十几岁的小姑娘,也想过乡里乡亲吗?"

"班卡!班卡呀!我再也不敢了,再也不敢了……我发誓呀,好班卡!"

"我就不相信你的誓言。除非进了地狱,你决不会做出一件有人性的事!真可惜,当初竟没打死你!"

"啊,班卡,我感谢你……那时手下……留情了……"

"呸!"

"班卡,我再也不敢做坏事了。我要再做坏事,天打五雷轰!班卡——别吓唬我了,你看我还能活几年啊!"

"你早就该死了!如果不是怕惊动了乡亲,我早就来补上一刀了!"

"是,是。老天爷……保佑你们。班卡,你们干你们的,我决不和你们作对……你说的对,你别再来多伦村了。你要什么,捎来个信儿,我就派人送去,决不迟误。你看,你一来,我怕到什么地步啊!再说,你不考虑别个,也要想想……桑布啊!你来,对他不好……"

班卡抡起胳膊,将那手掌猛击在杰尔登布的脸上,怒喝道:"住口!你想威胁我吗?想错了!"班卡说着,从腰里抽出锋利的匕首,吓得杰尔登布的脸有如死人一样苍白,他哭丧着脸,抖动着大张开的嘴唇,把恐怖的眼睛从匕首移到桑布脸上,又马上移到匕首的闪亮的锋刃上。

"班卡,巴兰森格大人!啊……桑布,你就给我说说情吧!"

"听着,杰尔登布!我是巴兰森格,我们有几百人马,你知道吗?""是,知道,知道……"

"我先把你的狗命记在账上。我走以后,你如果敢动桑布一根毫毛,如果你再敢打乌日娜金的坏主意,你首先要想想巴兰森格的人马!她随时都可以来到这里把匕首插进你的胸膛!"

"是……听到了。一定遵命!"

"还有。马上鞴一匹快马,派人给我送来!"

"是,是。马上送来,马上送来。"

"滚出去吧!"班卡飞起一脚,把那重重的肉块踢出门外。毡帐里的人默默地听着外面吃力地爬上马背的呼哧声……

37

班卡离开多伦村后,便径直去探望自己的丈夫和女儿。在夜幕完全垂落下来的时候,她到了离扎布曼都官邸不远的一个小丘上。她勒住马,停在那里,观察着准备进出的路线和目标。她看到,在夜雾的笼罩下,不少地方闪着马灯的幽暗亮光。在两盏大灯笼的两团红光当中,显露出红漆大门。在模糊的围墙的里面,是一片较明亮的灯光,那一定是扎布曼都老爷在红烛高烧的豪华客厅里大会宾朋了。在围墙外,无数毡帐死气沉沉地趴在那里,所有毡帐的极顶处,都缓缓地冒着炉烟,并与夜雾和夜色逐渐融合在一起,这一定是牧奴们的起居处了。她同时也听到了隐约传送过来的牲畜的各种嘶鸣声。对于班卡,这里的每一寸土地都是生疏的,扎布曼都的戒备森严又是远近闻名,特别春天被劫以后,在外围增加了不少旗丁下夜的毡帐。班卡不可能像在多伦村那样可以随意进出。而且,那么多毡帐,哪一座住着奈曼乌勒或吉利图呢?哪一座又住着持枪的守卫者呢?她怎样去寻找她想要见到的人,如果遇到巡查的守夜人,怎样去应付呢?站在小丘上的班卡终于明白,这次偶然决定来看望丈夫和女儿,并不是一件容易的事。

在班卡苦于寻找探亲途径的时候,夜雾渐渐浓重起来了。开始,那马灯的光由暗红变成边缘模糊的灰白一片,再一霎,那灰白的一片便和夜雾掺混到一起了。从班卡身后窜过来一阵更凉更浓的雾,飞快地向山下奔涌,和原来的灰白色雾会合。班卡的眼前除了雾,就再也看不到别的东西了。

班卡在夜雾中打了一个寒噤,微笑着想道:"这才叫天公作美!"她把马拴在一棵干枯的树桩上,把马嚼铁摘下来搭在鞍桥上,便在浓雾的拥抱中,向丘下走去,大胆地开始了寻找亲人的探险之行。

说来也怪,班卡在毡帐群中左旋右转地摸索,寻找可以搭话的牧奴,竟一个人也碰不到。当她回过身,离开挡住去路的羊圈的栅栏,想随便拉开一个毡帐的门时,斯卡却突然横眉立目地出现在眼前。

"你是谁?在这儿绕来绕去,搞什么鬼名堂?"

"噢,老爷,你的声音可真大!吓死我了。"班卡装出老迈的样子,吃惊地说,"我是外地人,到这里探亲的。可是不知道怎么找。老爷,请发善心帮帮忙吧。"

斯卡背着手,观察着眼前这个只露着眼睛的"外地的"老妇人,问道:"你真是外地人吗?"

"是真的。你看,我连路都找不着。"

"你找谁?"

"我找格力图尔。我是他的妈妈。"

"唔。你叫乌兰塔娜?"

"不,老爷,我叫其木格。他爸爸叫桑布,住在多伦村。"

斯卡这才放心地点点头:"嗯。看来你真是格力图尔的妈妈。可是,你的儿子走了,要一个月才回来。你找他有什么事?"

"我来告诉他,他爸爸的腿好些了。叫他好好侍候少爷,别惹事。我也想看看儿子呀。可是,这多叫人失望……"

"哼,你说对了。你那宝贝儿子真会惹事呢!不过,这回你放心吧,他成了少爷的救命恩人了。你回去吧。"

"天呐,这样的大雾,我可咋回去呀?要不,叫我去看看同乡吉利图吧,也算没白跑一趟。"

斯卡挥了挥手道:"那个老东西有什么看头?再说,他住得很远,我可没精神去送你。实话跟你说吧,你要不是格力图尔的妈妈,我会立刻把你赶到大雾里去。算你们家走了红运……这样吧,这跟前有一个奈曼乌勒,昨天亏了格力图尔说情保住了性命。你到他那儿去吧,正好由他来招待你。"

班卡心里一阵高兴,但却没有表现出来,只是叹口气说;"好吧,就照老爷说的办吧。"

斯卡很快把班卡领到奈曼乌勒的毡帐外面。正在这时,两个人同时发现一个人影在门前一闪不见了。

"谁?"斯卡大声喝道,立刻追了过去,一下仆倒在雪地上了,"唉哟!你他妈趴在地上绊我!老爷一拳揍死你!"

斯卡一边爬起来,一边骂着,并一把拽起了趴在地上的人。几乎在此同时,斯卡骇然地松开手,抖抖地猛退一步,惊惶地说:"你……你……菊花!我知道你……死……死得冤。可那是罕都烈的事!别吓唬我呀!我是斯卡呀!"

"什么!你说什么?"班卡看到了斯卡对面站着一个浑身沾满霜雪的姑娘,感到毛骨悚然。

斯卡又后退一步,然后猛地回转身,不要命地跑起来,鬼哭般地狂喊着:"鬼!菊花回来了!鬼来了——"没喊完,就仆倒地上昏过去了。

被惊动起来的奈曼乌勒拐着伤腿推开门走出来,对站在门口的班卡问道:"你是谁?刚才喊什么?"

班卡轻声说:"奈曼乌勒,我是巴兰森格。"

"天呐!是您!巴兰森格妈妈!"

"没想到吗?"

"一百个没想到!快进来。"

"等一等。你看看那个姑娘是谁?"

这时,奈曼乌勒才发现不远处还站着一个浑身雪白的姑娘。他向前走了几步,但立刻惊恐地站住了:

"菊花!你……你回来干什么?是恨我没和你一起走?是恨我没给你报仇?我今天去山上看你,可怎么也寻不到你的尸体呀!"

班卡这回可真感到头皮发麻了,她声音发抖地问:"奈曼!到底是怎么回事?"

这时,那个定定站立的姑娘抽咽了一声,好不容易说出话来:"奈曼!我不是鬼呀!我没有死!真的,我不是鬼。"

"噢,皇天呀!我这是在阴间还是在梦中啊!来吧,菊花,不管你是人是鬼,你也是我的菊花……来,唉呀,你的手真凉!"奈曼乌勒拉着菊花的手,向毡帐的木板门走去,"快来,巴兰森格妈妈,进来吧,我们听听菊花有什么话要说。"在门口,他把菊花身上的雪拂了下去。

三个人怀着不同的奇特的心情,走进毡帐,坐在牛粪炉旁边了。菊花烤着炉火,不住地望着奈曼乌勒抽泣,身体仍在瑟瑟发抖。

班卡看了看惊魂未定的奈曼乌勒,壮起胆子,对菊花说道:"姑娘,有什么话快讲吧。要不,我们怎么定下心来呀?"

"是呀,菊花。我有什么对不起你的地方,尽管说好了。你要我干什么

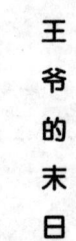

274

我都肯干,让我和你一道走也行啊!菊花,我不是害怕死,我是想替你报仇啊!"

"别说了!奈曼……你真的还把我当成鬼吗?那你就拿斧子劈了我吧!我要是鬼,正该向扎布曼都索命,会忍心来吓唬你吗?你真狠!不问问我是怎么死里逃生的,却坐得离我那么远!你好好看看我。"菊花说着,用力扯开衣襟,露出满是伤痕的胸脯,"你看看我的眼泪,看看我身上的伤吧!我还是你可怜的菊花呀!"菊花伤心地说着,失声哭了起来。

班卡开始相信菊花的话了,她拉过菊花的已经开始热起来的手,同情地说:"看来你说的是真话。可你刚才是从什么地方来?"

菊花抹了一把眼泪说道:"我躲在自己的毡帐里,爸爸不让我来,怕叫人看见,怕吓着奈曼乌勒,因为人们都知道我死了,被扔到山上了……可我,不能再等下去,我想让奈曼乌勒知道我还活着,那他会多高兴!他却把我当成鬼了。天呐,连我自己也快相信我是鬼了。"

奈曼乌勒坐到菊花跟前,看着她哀怨的表情,愧疚地、激动地说道:"菊花,别生我的气。快告诉我,这到底是怎么回事?直到现在我也不敢相信,我会又有了菊花。难道真有神仙在帮助我吗?"

菊花深深吁了一口气,稍稍平静了一些,慢慢地说道:"他们把我打昏了,以为我再也活不过来了,傍晚就派人用雪橇把我扔到山上去。爸爸听说我死了,追上雪橇,趴在我身上哭得死去活来。后来,他发现我的心还在跳着,就央告赶雪橇的舍冷大伯,说要把我抱回去,洗洗脸,换换衣服,再扔出去。还说要给他钱,报答他的好心。他叫爸爸保证不对任何人讲,才答应了。当天夜里我就苏醒过来了。我在毡帐里躲了一整天。以后怎么办?早晚会有人看到我呀!必须离开这里,我想,除了找你,还有谁敢帮助我呀!可你……"菊花半怨半嗔地看着目瞪口呆的奈曼乌勒,忍不住又哀伤地啜泣起来。

"菊花!"奈曼乌勒可真有点儿大喜过望了,他欢呼一声,紧紧攥住菊花的手,把她拥到自己的怀里,眼泪泉涌般洒落在她的头上,而菊花则更大声地哭起来,整个身体抽搐不止。

过了一会儿,奈曼乌勒放开菊花,大声说道:"今天是个怎样的日子啊!"说着,忘情地跳了起来,挥舞起胳膊:"我真高兴啊!我真想跑到外面狂喊:'祝福我吧!我的菊花回来了!'"

班卡笑着嗔怪道："小声点儿！你这么大声喊叫,可真会要了菊花的命呢！"

"我的天皇奶奶！"奈曼乌勒拍手道,"我把您给忘了！菊花,你猜猜看,坐在你身边的人是谁呀？是我们日夜想念的巴兰森格妈妈呀！"

菊花惊讶地说道："巴兰森格妈妈！是您老人家？"

"姑娘,正是我。"

菊花此时觉得有了依靠,竟舒心地微笑起来,她目不转睛地盯着这个闻名遐迩的"女强盗",不明白这么个慈祥的老妈妈怎么会令很多旗丁闻声丧胆。

此刻的奈曼乌勒不知所措地在毡帐里转来转去,想着应该用什么招待他的女首领和庆贺今天晚上的大喜事。

"你干吗不坐下来？"班卡好笑地看着奈曼乌勒。

奈曼乌勒惭愧地看了看班卡,抱歉地嘟囔道："该死！连点儿下酒菜都没有。"

"我那里有个牛肝……"

"坐下,傻闺女！还想再让别人把你当作鬼吗？今天我很高兴,没想到碰上这么一件大喜事。过来,奈曼乌勒,有酒就拿出来,该喝两杯庆贺庆贺。可不要什么牛肝,我要用你的心肝下酒。"班卡笑着,把菊花拉到自己的身旁,"看着这样可爱的姑娘喝酒,还要什么下酒菜啊！"

奈曼乌勒笑了起来,菊花的脸羞得像朵红菊花。

"你们结婚了吗？"

"没有。可是……"

"奈曼！"菊花娇嗔地制止道。

班卡畅快地笑起来,说道："啊,我明白了。那太好了,不过,这次鞭打对你很不利,也许……我看也没别的办法了,你只能跟我走了。愿意吗？"

菊花如释重负地含泪点头道："愿意。巴兰森格妈妈。"

"多乖的姑娘。以后会好起来的。奈曼,我这次来,有一件事。我想看看丈夫和女儿。能办到吗？"

"丈夫和女儿？"

"对。就是吉利图和乌日娜金。"

奈曼乌勒飞快地扫一眼和他同样惊呆了的菊花,说道："那怎么会……

乌日娜金的妈妈叫班卡呀!"

"那是我在多伦村的名字。"

"天呐!竟有这种事!我可一点儿也没想到……"

"快告诉我,能见到吗?"

"如果您早来几天……"

班卡一惊:"难道他们……"

"不,他们活得好好的。几天前,和我还是很近的邻居。现在住得很远了,而且附近是下夜旗丁的毡帐。别着急,让我想想办法。"

"事不宜迟。我们的时间不多了。如果那个斯卡醒过来,一会儿就有可能跑来一群人捉鬼呢。唔,真的,我们得想办法让菊花先走。菊花,还去同爸爸告别吗?"

菊花咬着嘴唇想了想说:"这一走,就不能再回来了。"说着流下泪来。

"别哭。去和爸爸告别吧。来,扎上我的围巾,别让人认出你。顶好再换换衣服。一会儿,就叫你爸爸送你。离开守夜人的毡帐后,一直往南走。那里有一座小山,山上有一棵枯树。你知道那儿?那就更好。树上拴着我的马,你就在那儿等我。好在这大雾还得一会儿才能下去,老天爷在帮助我们。一切都会很顺利的。"

菊花走后,班卡一边喝酒,一边看着在地上踱来踱去想办法的奈曼乌勒。她突然听到门外有声音。

"有人拉门。"班卡警觉地小声说。

"别害怕。我去看看。"奈曼乌勒说着,轻轻走到门口,仔细分辨着外面的动静。

"奈曼乌勒……在家吗?"

奈曼乌勒惊喜地看着班卡说:"啊!吉利图大伯。"他马上把门打开,满脸泪痕的吉利图晃晃悠悠地走进来,无力地靠在门框上。

"总算……摸到了,……奈曼,能弄一碗……姜汤吗?"

"怎么了?"

"乌日娜金……"吉利图哽咽着说不出话,眼泪哗哗流下来。

"发生什么事了吗?"

"她……昏过去了!"

"为什么,又是罕都烈吗?"

277

"是……格力图尔……"

"您说什么？格力图尔已经走了。"

"她知道格力图尔娶了……玳玛，总是哭……今天哭昏过去了。"奈曼乌勒回过头，看了一眼站在炉旁表情激动的班卡，然后对吉利图说："唔，是这么回事，您别着急，我马上去弄姜汤。"说着，他搀起吉利图的胳膊往里走了几步，站在班卡面前，"吉利图大伯，您先看看这位妈妈是谁？"

吉利图不大经意地抬起泪眼看了看班卡，摇头道："我……没见过……"

"怎么会呢？"奈曼乌勒笑了笑说，"好吧，你们先谈一谈，我一会儿就回来。"然后又低声对班卡说："我找人在外面放哨，一有动静就会来通知你的。"说完，快步走了出去。

毡帐里只剩下吉利图和班卡了。他们面对面站在那里，吉利图低着头，仍在伤心地落泪。

班卡却瞪着眼睛，激动地注视着青年时代的恋人，一阵悲哀无情地向她猛袭过来，心抽咽了，每一条神经都在哭泣了。她想往前走一步，但那双腿却失去了力量，好像立刻就支撑不住她的身体了；她想伸过手去，那双手却在胸前抖个不停，经过几次努力，才费劲儿地说出话来："吉利图……你为什么不抬头……看看我，看看我……是谁呀？"

吉利图似乎听到了一个梦中的声音，不由得一怔，很快抬起眼睛。吉利图虽然老迈了，但他不是能忘掉过去的人，他晚上睡在女儿身旁，经常在梦中听到班卡的声音。但今天，还是一场梦吗？他的眼睛越睁越大，没有想到去掐掐手背，看是不是梦，嘴和眼同时抖动起来，那样子就像是在悲哀地大喊："班卡——"虽然没有发出声音，但是班卡听到了。

"你……猜对了，我是……班卡呀！"班卡说着，失声哭起来，大颗大颗的泪珠滚下面颊。她向前走了一步，扶住要晕倒的吉利图，把他扶到炉旁坐下去。

两个五十多岁的人面对面坐下去，互相看着泪眼，一时都说不出话来。

过了好一会儿，班卡把怀里的毛巾递给吉利图："擦擦你的……眼泪。"

吉利图在恍惚中接过毛巾，拭了拭脸，却牵引出更多的热泪，班卡撩起衣襟，本想也擦去泪水，却有衣襟捂住脸，更激动地呜咽起来。

又过了一会儿，班卡终于止住哭泣，确信眼前并非梦境，她长出一口气，问道："你刚才说乌日娜金……怎么了？"

"她……伤心啊！桑布的儿子……娶了玳玛……"

"是啊,我们的孩子也到了要苦恼的年龄了……我们自己却老了……多可怕的一场梦啊！"

"孩子的命……苦哇！"吉利图凄惨地哭喊着说,又老泪纵横了。班卡也泣不成声,似乎又听到乌日娜金的悲泣和对她的责怪,她压抑着恸哭,说道:"不要说了……这都……怪我呀！"

吉利图又用毛巾擦去泪水,低着头说:"不,我……不埋怨你。"

"吉利图,你……真的不恨我吗?"

"恨过……桑布说,我更应该恨……自己……"

"不对,他说得不对！我不走,你们能吃那么多苦吗?"

"都怪我太无能,你当初真不该嫁给我呀！"

"别这样说。我不会……嫁给别人的。"

"我听说……"

"不要听这个说,听那个说。我只曾经和你……连扎木苏也没做过我的丈夫。"

"我相信……"

两个人低头沉默了一会儿,复苏的记忆搅得心乱如麻,不知道此刻是否还需要痛痛快快地哭一场。

"听说女儿很漂亮,是吗?"

"可这是个坏事。"

"这些,我听说了。唉,乌日娜金,我的女儿,你为什么要长得这么美啊！要是一个女人在丈夫面前是美的,在别人面前是丑的,那该多好！不过,吉利图,你能把女儿保护住,这真不容易呀。我得一辈子感谢你……这十四五年,我却把她扔下了……一会儿见到她,我会惭愧的,她看到我会高兴吗?"

"会高兴的……她需要妈妈……"

"她需要妈妈……"班卡说着,泪如雨下,"你需要妻子,我也……需要丈夫啊！可我……能做她的妈妈吗? 乌日娜金,我的女儿……"班卡双手捂住脸,令人肝肠寸断地呼唤着女儿的名字,"我的好女儿呀！我把你丢弃了十四年,有权利听你喊一声'妈妈'吗?"

"班卡,她会的。我……叫她喊。"

"你……别说了！我的心……碎了！"班卡说着,不禁伏在吉利图肘间,

279

痛哭起来。

"班卡,班卡……"吉利图像在梦幻中一样深情而怜悯地唤着班卡,年轻时也没敢像今天这样用颤抖的大手温柔地理着妻子的头发。但是,失去的青春的火热的爱抚,毕竟是无法弥补的,毕竟已经是两颗快干枯的心了……

班卡终于又使自己回到了现实。她轻轻挣脱了吉利图的怀抱,直起身来,用手背轻轻拭去残留在眼角的泪水,看着吉利图暂时变得生动起来的脸,问道:"我要带走你们,你们跟我走吗?我可是出名的女强盗啊。"

"走!只要女儿不受苦。"

班卡生平第一次听见吉利图把话说得这样痛快,高兴得心里一阵激动,不由得哽咽了一下,赞扬地看着吉利图,说道:"当初要不是害怕扎木苏对你下毒手,我们带着女儿一起走,该多好啊!——乌日娜金穿得暖吗?有靴子吗?"

"穿的是格力图尔的靴子,破了……脚都快冻烂了。"

班卡摇着头叹息道:"唉,苦命的孩子!"她一边说,一边慢慢解下腰带,并把羔皮长袍脱下来,放在一旁,把两只套袖放在皮袍上,然后又开始脱下半新的靴子。

吉利图不解地说:"班卡,你这是要……"

班卡脸一红说:"你以为我……你……等着吧,这一天就要到了。这些,一会儿给女儿穿。"

当两只靴子都脱下后,奈曼乌勒走了进来,从他脸上满布的阴云,班卡知道没有带回好消息,心里一阵战栗,她担心地问道:"乌日娜金好了吗?"

奈曼乌勒坐下去,说道:"醒是醒过来了,只是哭,手老是抽筋……怎么喊也不吱声……"

班卡的眼睛又暗淡下去了,她低头呻吟般地说:"那么说,我今天带不走她了。"

"我想,今天恐怕不行……她抽筋抽得那么厉害。"

"唉,我来得也不是时候……那就把我领去,看女儿一眼吧,我多想看看她,哪怕是……一眼。"

奈曼乌勒苦笑了一下,深感抱歉而又无可奈何地说:"我理解您的……痛苦,班卡妈妈,能使您看见女儿,我们会高兴得哭一场的!可今天,您却不能见她……班卡妈妈,我知道您来一趟是不容易的……您就骂我无能吧!"

班卡站起来,盯住奈曼乌勒的眼睛,又焦急又怨恨地说:"也许我真会骂你的。但你首先必须和我说清楚,我为什么连看一眼都办不到?这两年来,你光睡觉和幽会了吗?让我见见女儿的事都办不到,还能干什么大事!"

奈曼乌勒委屈地咬了咬嘴唇,慢慢站起身来,面对班卡,声音嘶哑地说:"班卡妈妈,我的生命是您给的,我也愿意为您再把它献出去。我一拼而死,并不足惜,可您却不能冒险。一旦有个一差二错,奈曼乌勒死一百次也无法赎回他的罪过,——听我说,班卡妈妈,今天如果不是大雾,您是进不来的,而且,您必须在大雾下去以前离开这里。现在,乌日娜金那里有好几个女牧奴,她们担心乌日娜金还会昏过去,一时还不能离开,她们的呼叫声早已惊动了下夜的旗丁。我当然可以把您领去,使您看一眼日夜思念的女儿。可是,您能不喊一声'乌日娜金'吗?乌日娜金能不叫一声'妈妈'吗?而这里,你敢保证那些旗丁里没人见过巴兰森格吗?所以,班卡妈妈,您是不能贸然前去的。"

"我相信你说的是真话,虽然我未曾预料扎布曼都对牧奴的毡帐也会这样戒备森严。我知道我也许会被他们抓住,但我今天看不见女儿,明天也许会痛苦地死掉!噢,天呐,不要再惩罚我了!不要让我在离女儿这么近的情况下,也不能看她一眼……我的痛苦还少吗?我的罪遭得还不够吗?不!奈曼乌勒,我不能这样走,不能在离女儿这么近的地方离开。带我去吧,马上就去,能抱着女儿死去,我会很快乐的。"

奈曼乌勒叹口气说:"好吧。我领您去。但请您稍等片刻。我马上找人通知我的五十个伙伴——这五十个人,是我这两年的唯一成绩——我要叫他们作好准备,您一旦被旗丁发现,我们将拼死把您营救出去。我为您一死无憾,我的伙伴也会甘心用死换回您的生。因为,我们不能叫天天盼望的人在我们毡帐跟前死掉的。"奈曼乌勒说着,回身推开门看了一下,关好后又面对班卡继续说下去,"雾已经开始淡下去了,一切必须抓紧进行。班卡妈妈,您穿好衣服,忍耐一会儿,我会很快安排好的。"

班卡痛苦地喊道:"奈曼乌勒!不要去了……"接着她猛地转过身,面对那微动的哈那,把两只拳头抵在太阳穴上,声音凄楚地说道:"我今天怎么了?是雾……迷住了我眼,还是鬼迷住了……我的心?"班卡又猛地转过身,攥住奈曼乌勒的手,"我的好儿子!谢谢你提醒了我,"快告诉我,你这里都准备好了吗?"

"我们五十个人随时都可以行动。"

"五十个人,不少,是一股很大的力量呢,这里守卫的旗丁有多少?"

"原来一百人,这几天增加到三百多了。日夜巡逻……"

"是呀,巴兰森格的队伍截住了他的少爷,割去了博克拿多的耳朵,他怎么能不加强戒备呢?看来,现在袭击这里还不是时机……我们刚刚遭到惨败……我们的计划只好又往后推迟了。我想,我们会在西南方向找到一个扎营地点。你这五十个人,不要再增加了,夜长梦多啊。我们有了新营寨后,会想办法告诉你。还有,我的女儿交给你保护了,千万不能让人知道她的妈妈是巴兰森格。我的话,你听明白了吗?"

"明白了。班卡妈妈。"

"给我找点儿包脚的东西,有吗?"

"有。旧毡替①行吗?"

"太好了。快拿来。"

班卡包好两只脚后,指着靴子和皮袍说道:"明天交给乌日娜金。"

"您马上走吗?"

"趁着雾还没散,我马上走。另外,如果有机会,和桑布联系上,他也还想干一场呢。"

"记住了,班卡妈妈。我们等着您……"

"别哭!我的好儿子。你要多保重。我走了,菊花一定等得着急了。"

这天夜里,胆战心惊的罕都烈和吓破胆的斯卡曾带领一群荷枪实弹的旗丁打着灯笼火把地来捉鬼。奈曼乌勒在这些闻鬼色变的人面前,大肆渲染了一番见到菊花显灵的场面。人们都认为,那个老女人也绝不是格力图尔的母亲,肯定也是显灵的鬼魂,专为了把斯卡带到菊花面前。从此,斯卡一下病了两个月,时时看到菊花站在面前;罕都烈一到晚上就担心会见到戴着大围巾的老女人;并且,再也没人敢在入夜后光顾奈曼乌勒的毡帐了。

---

① 毡替:鞍下的毡垫。

38

两天后,班卡派人把暂时安营扎寨的地点告诉了桑布,还给他带来一些银钱和几件很值钱的首饰;并且约定,以后就通过桑布与奈曼乌勒进行联系。桑布又高兴又激动,觉得身体里有一股热流在激荡,甚至那伤腿也抖动了一下。来人走后,他叫玳玛去请奥良哈。不大一会儿,奥良哈满面愁云地来到桑布的毡帐。

"这几天有事,没来看你。"奥良哈凄然微笑了一下,说着坐在桑布的身边,"来吧,我给你换换药。"

"太使您劳累了。"桑布抱歉地说道,"请等一等。这里有一些别人送来的药。您看能不能用?"

奥良哈接过一个小布包,不经意地慢慢打开。里面是几个纸包,还有些正方形和长方形的药盒。他先展开那张写着字的纸,上面写着药名和用法用量。这一下,他可吃惊了,把纸放在一边,迅速地小心翼翼地打开一个纸包,又打开第二个,第三个……

"噢,老天爷!你这是从哪儿弄来的呀?"

"可以用吗?"

奥良哈又一次用抖动的手擎起那张纸读了一遍,说道:"我真有点儿不相信哪,桑布。这些药最少也得二十两银子!我的全部药品也抵不上这几副药的价钱啊!"

"那么说,真是好药?"

"好药!"奥良哈兴奋地看了看桑布,又看了看旁边瞪着惊讶的眼睛的其木格和玳玛,"桑布,这是你的腿呀!"

"什么!您说?"桑布不解地问道。其木格和玳玛也挤到跟前来。"我说这是你的腿!要是一开始有这几副药,你会在半年前就能站起来了!"

其木格和玳玛交换着兴奋的眼色,都哽咽了一下,眼眶里涌出了泪花。

桑布激动地说:"那么说,我的腿这回该好了!"

"你高兴吧!你们都高兴吧!这回,我包你在五个月以内就能飞上马背!"

桑布睁大眼睛问道:"当真?"

"你看。这是接骨丹。这是真正的藏红花。这块虎骨是长白山虎的膝盖骨。这三包是外用的,这一包是口服的。嘿,老天!这里还有一盒人参再造丸!我说桑布啊,这是怎么了?这是怎么发生的奇迹呀!这些药,有时有钱也买不到啊!"

桑布长长出了一口气,深沉地说道:"班卡给了我一条腿,要让我站起来了!"

"你说什么!班卡?"

"是她,是她给我送来的。"

"什么!她还活着?"

"活着呢。和威名远扬的巴兰森格活得一模一样!"

奥良哈吃了一惊,说道:"你是说她就是巴兰森格?"

"对。巴兰森格正是我们的班卡!"

"班卡……做了强盗!"

"还是个强盗首领。"

"她还来看望过你?"

"两天前她在您现在坐的地方,亲手把这些药递给我。"

"杰尔登布一点儿也不知道吗?"

"知道得和我一样清楚。还鞴了一匹快马送走了班卡。"

"他?"

"可不是!奇怪吗?"

奥良哈摇头道:"别开玩笑了。"

"我说的是真话。他还管班卡叫巴兰森格大人呢。"

"好了。别谈这个了。你可要万分小心才是……不管怎么说,班卡还没忘了乡亲……玳玛,去烧一盆清水。"

桑布问玳玛:"羊肉好了吗?"

"好了。您吃点儿吗?爸爸。"

"端过来。我们喝几碗酒。"

奥良哈制止道:"我不喝。你呢,也顶好是少喝。"

"怎么能不喝?我今天太高兴了!我们只喝马奶酒,行吗?"

奥良哈看了看兴奋中的桑布,微笑了一下说道:"好吧。就让你高兴高兴。"

热气腾腾的羊肉锅放在桑布和奥良哈的中间。其木格把桑布的上身轻轻扶起,垫上一件羊皮大哈。玳玛把一盆快化完的冰水放到牛粪炉上,然后迅速地拿出盐碗和两只瓷盘,送到桑布和奥良哈的跟前。

毡帐里的气氛是愉快的,而且充满了扑鼻的肉香。这时,桑布想起奥良哈刚进来时脸上的乌云。

"奥良哈大爷,您今天有什么不痛快的事,是不?"

奥良哈放下酒碗,紧蹙了一下眉头说道:"唔,没什么。""不对。"桑布道,"一定有什么事。您说说嘛!"

奥良哈回头看了看玳玛和其木格,叹了口气说道:"算了,喝酒吧,不说它。"

桑布点了点头,说道:"唔,明白了。敖尔敦又在逼债了,我猜对了吗?"

奥良哈双目低垂地抚摸着酒碗,只是叹息。

"欠他多少?"

"四千。"

"我记得好像是一千呐。"

"是啊。我借他五百铜钱,说好两个月还他一千。可到期后,我没还上。他说:'行啊,乡里乡亲的,什么两个月三个月,没有不还都行嘛。'我听了挺高兴。这回到底攒足了一千,给他送去,他却变了脸。他说:'你借五百,应还一千,这不假,是我们说定了的。可那说的是两个月呀!两个月后,等于又借了一千,第四个月应还两千,第六个月应还四千嘛!'唉,我拿不出那么多的钱呀!"

桑布气得胡子直哆嗦,他忿忿地说:"他这是欺侮人嘛!你别还他!"

"那能说得出吗?你看,这真是六个月呀!"

"十二个月又怎么样?你不用还他,他来的时候,我同他讲。""没用。"奥良哈摇头道,"昨天,他到我那儿去了,说要找杰尔登布评理……还说,让我用牛羊抵债。"

"你答应了吗？"

"答应了。我原来担心我走后没人给你治腿。这回行了,有这些药,我可以放心地离开家乡了。"

桑布惊讶地问道:"您要离开多伦村？"

"住不下去了。我还能剩一匹马,去云游四方,靠治病救灾还不至于饿死。"

其木格听着,不住地唉声叹气。玳玛低垂的头不敢抬起,桑布分明看到她的脸上挂着泪珠。毡帐里久久地沉默着。

"水开了。"奥良哈抬起头说,"玳玛,你拿出去凉一凉。"

玳玛站起来,顺手擦了一把眼泪,像是一个有罪的人,端起水盆低头走到外面。

过了一会儿,桑布问道:"您是准备把牲畜还给敖尔敦了？"

"没有别的办法。"

"听我说,奥良哈大爷。您非要还不可,我也不阻挡,但不要还他牛羊。还有,您也不要走,不要离开这里。有一天,我们还会很需要您呢！"

"我明白你的意思。但叫我和你以及班卡一起当强盗,我可不干！""我并没这样说呀！我们不谈这个了。这里有点儿钱,拿去还给敖尔敦吧。打开看一看,够不够四千？"桑布说着把钱包递过去。

奥良哈推却道:"不,我怎么好拿你的钱？你比我还难呀！"

"别说那些。我留着没用。只要治好我的腿就行了。您就是不拿,我也要替您还给敖尔敦的。"

"千万别这样！这不等于我向你要治疗费吗？"

"这不是您要,是我给的。玳玛！进来！"

玳玛把凉水端了进来,轻声问:"水好了,爸爸。"

"先放在那里。你过来。"桑布说着,打开钱包,"从这里数出四千,去还给你爸爸。"

可是,钱包打开以后,几个人全惊呆了:里面除了七八千铜钱,还有两块金条,甚至还有几件令人眼花撩乱的首饰。

"你发财了！桑布。"奥良哈说道,"这也是……"

"当然,当然……也是班卡。"

"可是,用她的钱……"

"怎么不能用?"桑布愉快地说道,"这钱正该我们用!唔,你知道,班卡还说,如果您治好我的腿,就叫您发一笔大财呢!"

"唉呀,我的祖宗!这个盛情我可不敢领,这就已经快吓死我了。"桑布笑道:"美丽的班卡竟使这么多人胆战心惊!连奥良哈大爷也像看到魔鬼一样发抖了!玳玛,快给我洗伤口,上药!我真希望马上跳起来呀!唔,等一会儿,玳玛。"桑布从来没像此刻这样兴奋过,如果他能站着,肯定会像孩子一样雀跃起来呢。他伸手把那几件首饰拿过来,拣出一副带有绿色翡翠的耳坠,递给玳玛,"这个给你。"又把一副银镯子扔给其木格,"这个给你。都戴上,都戴上啊!"

其木格笑着嗔怪道:"看你!孩子似的。"

桑布也笑着说:"多吉利的话!我真想变成个孩子重新活一次!""你愿意活,活一百次好了。我可不想再跟你活受罪了!

"那可不行!"桑布故作严肃地说,"我活一千次也得拉上你!想跑也跑不了的!"说着忍不住哈哈大笑起来。

其木格微笑着瞪他一眼,说道:"一高兴啥都忘了!你快陪奥良哈大爷喝酒吧。"

"真的,喝酒!可是,你们戴上啊,戴上叫我们开开眼界。"

其木格说道:"我这个老太婆还戴个啥劲儿!来,玳玛。这都是你的了,戴上吧。"说着,拉过玳玛的手,替她戴上手镯,又把耳坠也戴好,弄得玳玛羞得只顾咬着嘴唇笑,连头也不敢抬。

其木格眯眼爱怜地看着玳玛,突然拍手道:"唉呀,我的好孩子,你这样多美啊!格力图尔要看见,准会认为是碰上了仙女!"

"姑妈!"玳玛娇嗔地喊道,一下把脸藏到其木格的怀里。

从此以后,玳玛一直很高兴。她觉得出,桑布和其木格的精神比以前好得多。特别是桑布,他常常高兴地大声说:"玳玛,再杀一只羊!咱们都要把身体吃得胖胖的。"事实证明,桑布的胃口很好,能吃很多很多的肉,而且吃得津津有味。有时惹得其木格和他开玩笑说:"你别那么没出息,使劲儿塞!一会儿又要把玳玛赶出去了。"弄得玳玛低着红脸不敢抬头。对一个温柔孝顺的儿媳来说,还有比公婆快乐更能使她高兴的事情吗?因此,她也就常常忘记了爸爸那些令她战栗和心碎的话了。虽然明明知道栏里的羊已不多,但每当桑布让她"再杀一只"的时候,她还是很高兴地去忙碌。那怕什么?

吃没了可以借嘛！格力图尔再有几个月就回来了，他一回来，一切都会变个样。而且，姑父的腿在迅速而明显地好转，看来，也许用不了五个月，就真能骑马奔驰了。桑布还托人买来两副马鞍，一个给玳玛，一个给其木格，一家四人就都有马鞍了。同村人也都在为这个家庭高兴，来探望桑布的人越来越多，毡帐有时挤得满满的。每当这时，其木格就拉着玳玛到邻居家聊天。玳玛隐约猜测姑父一定和那些人商量什么事，因为有一次她偶尔听到奥良哈说："让我再想一想。"但她心里确信，只要是姑父参与的事，那准是一件好事。总之，这个家庭再也没有可以令玳玛不愉快的事了。

有一次，玳玛从外面回来，听到其木格和桑布正在谈什么，她在门外似乎听到桑布说道："玳玛会同意的。我们一起走。"但当她进入毡帐以后，这个话题就立刻改变了，玳玛没有追问，公婆也没再提起。玳玛明白，应该知道的话，桑布是不会瞒着她的。"一起走吗？"玳玛想道，心里觉得好笑，"为什么不一起走呢？难道会分开吗？"玳玛没有去想一想"一起走"到什么地方？她无须去想这些。只要跟着格力图尔，只要能离开父亲，而且又是和受人尊敬的桑布、慈祥的其木格在一起，她愿意走到天涯海角。她把自己交给这个家庭，心里是踏实的。

但是，当桑布毫无隐瞒地把自己的打算向玳玛第一次全部讲述了一遍，并叫她把班卡的口信转达给奈曼乌勒时，还是惊骇得差点儿叫出来。她感到害怕，脑袋嗡嗡响个不停，心口呼呼地猛跳起来。她没想到，原来听到的"一起走"，竟是去做强盗！像班卡那样骑马到处砍杀！对于玳玛，这是对自己一生第一次作通盘考虑，思想上的决战是激烈的，也是异常痛苦的。但是，她终于表示同意。这时，她也清楚地感到，她已和这个苦难的家庭结成一体了；她感到，她是永远不能和格力图尔分开的。她是这个家庭的成员，更是格力图尔的妻子。她决定，为了这个家庭，特别是为了格力图尔，她将会做出需要献身的任何举动。

就这样，玳玛牢记班卡的口信，第一次坐上她的新马鞍，像快乐的小鸟一样，向扎布曼都官邸飞去……

傍晚，玳玛到达了目的地。她看不到人，听不到说话声，牲畜的吃草声和叫声却听得很清楚。玳玛感到奇怪，天还没大黑，人们怎么就都钻进毡帐不出来了呢？她感到寂静得可怕。她怎么知道，那红漆大门内外，一到傍晚，便笼罩在一片恐怖的氛围之中了！

自从"屈死"的菊花第一次"显形"后,人们几次在夜里又看到她回到这里。有人绘声绘色地说,看到身着白装的菊花在直通红漆大门的道路上无声地走来走去;也有人赌咒发誓地说,如果他没看到菊花的幽灵轻飘飘地飞到红漆大门里,那就让他下地狱割舌头;还有人说,菊花整夜整夜地守在奈曼乌勒毡帐的门前,只要有人经过那里,她就一口冷风把他吹得一溜跟斗。人们感到恐怖,晚上谁也不敢出门,尤其害怕在晚上碰到年轻女子。而在夜晚看到菊花显形的人,又一天比一天多起来。连持枪守卫札萨克官邸的旗丁,也都惴惴不安,再也不敢把哪一个姑娘拉到毡帐里调笑了,害怕这个姑娘一抹脸变成个菊花。

科尔丹知道菊花死得冤枉,却不相信有什么鬼魂。但耸人听闻的故事越来越多,弄得人们日夜不宁,他怀疑有人捣鬼,便在每天晚上,带着几个旗丁各处巡视一番。

虽说科尔丹总是认为鬼魂显形纯属无稽之谈,但当他看到影影绰绰牵着马的玳玛走过来时,还是感到毛骨悚然。

"你是谁?来干什么?"科尔丹壮着胆子问。

"我是格力图尔的妻子……爸爸叫我来看他。"

曾有那么一刹那,科尔丹猛然想起正是诡称"格力图尔的妈妈"的老女人把斯卡带到菊花鬼魂面前的。难道面前自称"格力图尔妻子"的少女又是那老女妖的幻化?他觉得头皮发麻,一股寒流顺着脊梁骨冲到了脚跟。但玳玛的柔顺和羞涩的样子,使他放下心来。

"唔,你叫玳玛,对吗?"

"是的。"玳玛低下头说。

"可是太不巧了,你的格力图尔正在逛大城市呢。别担心,他很好,只是要好多天才能回来。我看这样,天已经黑了,你就在这里住一宿吧。走吧,我会给你找一个合适的住处。"

玳玛不知所措地跟在科尔丹后边慢慢走着,当她发现是被带到红漆大门前时,心里产生了种种不祥的预感,停住了脚步。

"怎么,不敢进去吗?"科尔丹微笑着问道。

"那,我就回去吧……"

科尔丹笑了起来,显出很轻松的样子说:"格力图尔的妻子可真是谨慎得很呐!不必害怕成那样。我是科尔丹,是你丈夫的朋友。——唔,你好像还带来一些东西?"

"嗯。腌肉和奶酪……"

"很好。这些好吃的东西可以由我替你保管。——啊,不,我看你今晚还是住到你同乡的毡帐吧,那样你会更踏实一些。你认识乌日娜金吗?"

"认识。"玳玛不自然地说,脸倏地红起来。

科尔丹对站在旁边的几个旗丁说:"去两个人把她送到乌日娜金的毡帐。不准吓唬她。"然后他又转向玳玛,"你今晚就和乌日娜金住在一起吧。如果你还有别的事需要我,明天可以到院里去……"

玳玛被很客气地领到乌日娜金的毡帐。旗丁走后,玳玛站在门外,费劲儿地想着怎样开始这次突然的会面,她感到手足无措和心慌意乱,犹豫了好久,终于下了决心,把马拴在一根木桩上,轻轻地拉开了门……

王爷的末日

39

"玳玛!"乌日娜金一下子不相信自己的眼睛了,她喊了一声,惊喜地跳起来,拉住玳玛的手,"真没想到。快,坐下!"

玳玛向吉利图问候了以后,低着发烧的红脸,坐在乌日娜金的对面了。

"你瘦了,玳玛。"

玳玛抬起头苦笑了一下。她发现,乌日娜金也瘦了,而且很脏,头发也好像很久没有梳洗过,穿得又脏又破,那双靴子上除了灰白的奶迹就是黄色的粪痕。玳玛想:"她一定吃了不少苦……"一种强烈的同情充满了玳玛善良的心。她真想把乌日娜金紧紧抱住哭一场。在这一刹那,她又一次想把自己目前占据的位置让给吃尽苦头的乌日娜金。但是玳玛到底是一个不善于表达感情的害羞而矜持的少女,她只是用温柔的眼神怜悯地看着乌日娜金,轻轻地说道:"你……也瘦了……"

吉利图坐在一旁咳嗽了几声,然后喘息着问道:"乡亲们都……好吗?"

玳玛回答道。"都很好。人们总是叨念您和乌日娜金姐姐。"

"唔唔……乡亲们还……没有忘记我们。"

"怎么能忘记呢? 都盼望你们回去。"

"唉!"吉利图重重地叹了口气,"可我们……成了牧奴了。"

玳玛在心里悲叹了一声,垂下眼帘。

过了一会儿,吉利图又问道:"你爸爸,好吗?"

玳玛刚刚抬起头又马上低下去,脸上愈感发烧了。她不愿谈起自己的爸爸,特别是面对吉利图和乌日娜金。格力图尔讲过当年敖尔敦和吉利图析产一事。她觉得,吉利图和乌日娜金的不幸,在某种意义说,和自己的爸爸是有关系的。所以,她回答得很费劲儿:"他……很好。"

"他一定更发财了吧?"

玳玛越不想说的话,吉利图越是要问。这使十七岁的少女慌乱起来。她羞怯地看了吉利图一眼,又看了乌日娜金一眼。使她更害怕的是,乌日娜金那双长着长睫毛的深邃的大眼睛,充满了鄙视和憎恨,而且死死盯着可怜的玳玛,好像要一口吃掉她!玳玛浑身一抖,急忙垂下头,她感到手脚都凉了。她想:"乌日娜金一定在恨爸爸。可是为什么要朝着我来呢?分家的时候,我还没有出世呀!"

可是,天真的玳玛想错了。乌日娜金并不是在恨敖尔敦,甚至这个名字此刻在她脑海里连闪现一下都没有。玳玛刚一出现时,由于事出突然,乌日娜金没来得及产生任何联想,她为同村好友的到来衷心喜悦。但是,当她从未曾预料的场面中逐渐冷静下来,暂时被抑制住的脑海里的波涛重又翻滚起来以后,她是不能不想一想和面前这个少女有着密切联系的一切的。是的,乌日娜金终于意识到,眼前这个漂亮的红脸少女,正是格力图尔的合法妻子。正是她,和自己唯一亲近过的人住在一座毡帐,占据着本应属于自己的位置。杰尔登布这个坏蛋,是造成乌日娜金流离失所和痛苦的元凶;可是面前这个好羞红脸的姑娘,也是剥夺乌日娜金快乐的罪魁!是的,玳玛明明知道格力图尔爱着乌日娜金,也明明知道乌日娜金爱的正是格力图尔,可是她竟利用这个机会投入格力图尔的怀抱!而今天,乌日娜金越想越气,嘴唇在颤动了!,她又故意把自己打扮得这样漂亮,头发梳得油光,两条辫子又炫耀而俏皮地交叉着结在一起,粉红皮袍,嫩绿腰缠,都干干净净,利利索索;还有,看看那脸,一定是花了很大工夫洗的,好像淡红色的玛瑙,透明发亮,那两只好看的小手保养得像牛奶一样又白嫩又细腻;特别是那两只小巧的皮靴,一定是刚刚用心地擦过牛油。她为什么这样用心思呢?不用说,是为了诱惑格力图尔,是为了把乌日娜金比下去,她一定是害怕格力图尔在这里会倾心于乌日娜金。乌日娜金坐在那里,从上到下,又从下到上地研究着玳玛,想着以她的心境所能想的一切。她怎能不对玳玛产生嫉妒和恼怒呢?她甚至想一掌把这个"女妖"打到门外去!

玳玛胆怯地偷觑了乌日娜金一眼,从对方的眼睛里分明看到了憎恨,她知道,乌日娜金是把她作为情敌来看的。但她还能控制住自己,认为她有充分的理由可以驳倒乌日娜金,使她们仍旧成为融洽的好友,那时,她会把特意带来的手镯亲自戴在乌日娜金的手腕上。

两个十七岁的少女,理所当然地想着截然不同的问题,乌日娜金觉得玳

玛的埋怨的表情更加可憎,玳玛觉得乌日娜金的憎恨毫无道理。她们想得愈远愈深,感情的距离也就愈来愈大。所以,当乌日娜金说出意想不到的话时,玳玛就像被雷击中一样。

"玳玛!你不够本吗?为什么又来折磨我?"

乌日娜金说完,紧咬嘴唇,直瞪着玳玛;玳玛张大了嘴,吃惊地挺起脖颈。

"不用假装吃惊!"乌日娜金充满敌意地大声说,"你来干什么?"

"我?来看格力图尔呀!"

"为什么来看他?"

玳玛飞速地看了吉利图一眼,说道:"乌日娜金姐姐,你怎么了?我来看看他,不对吗?他是我的表哥啊!"

"表哥?"乌日娜金讥讽地说,"哼!表哥……不是丈夫吗?""当然……也是丈夫。"

"丈夫!亏你说得出口!不嫌羞吗?"

吉利图在旁边急得直起腰,对乌日娜金说道:"乌日娜金!你这是干什么?怎么能对玳玛这样!"

"爸爸,你别管!"乌日娜金咬牙切齿地说,"你们没有一个人想让我快乐一天!"

"不对,乌日娜金姐姐,你说得不对。"玳玛想把一切都解释清,好让可怜的乌日娜金放心,所以她胆子大起来,话也说得异常流利了,"我们都希望你快乐,都希望看到你和表哥结婚。可是,是你自己走的啊!表哥到处找你,找不到……我是为了表哥一家……我和表哥说好了,等有一天……"

"算了!别在我面前表白你的高贵了!你拿这话去欺骗别人吧!真没想到,竟是你钻了空子,我前脚走,你后脚就去诱惑他。我走,你该多高兴啊!"

"乌日娜金!"玳玛浑身抖动着,嘴唇已经煞白了,喉咙已经干燥了,她觉得眼前的一切都在晃动,身体要支撑不住了,"乌日娜金!你自己也不知道,你说了些……什么呀!"

"你,心虚了吗?你嫁给他,他娶了你,你多美呀!可是你,你配吗?"

玳玛颤抖的心痛苦地抽咽一阵,她被羞辱得浑身火一样发热,她没想到,她到这里来,会经历这么一种场面,同情乌日娜金的心情一下子飞到天外去了。她把在眼眶里拥挤的泪水控制得不至流出来,而且很快又干了。她看了一眼一个劲儿喊着乌日娜金的吉利图,用手撩了一下落在眼前的头发,有生以来第一次愤怒地专门为了刺痛别人而大声地说道:"我不配,你配!可是扔掉他逃跑的人是谁?是我吗?是谁不管他是否痛苦,不管他怎样着急上火?是你!我不配,你配吗?和你说吧,他是我的丈夫,我是他的妻子!"

乌日娜金的眼睛冒火了,她捏紧拳头,恨恨地说:"你是他的妻子!我不允许你!他是我的!"

"不!永远不会!"

吉利图急得站起来,哆哆嗦嗦地说道:"你们喊什么?不怕人家笑话吗?"

"爸爸,你不要管这些事!你也看着我痛苦而高兴吗?"

"你……你说什么呐!这能怨……玳玛吗?"

"都怨你,都怨你呀!"乌日娜金大声说,捂着脸痛哭起来。

吉利图叹口气,走到玳玛身边,说道:"玳玛,这不能怪你,是怪我呀……"

玳玛看着这一对悲苦的父女,又不由得一阵心酸,两行热泪夺眶而出。同时,怜悯乌日娜金的感情又开始萌芽……

"玳玛,好孩子!"吉利图央求地说道,"不是我不愿留你,你还是走了好。……乌日娜金不懂事,你……也要可怜她……走吧,我把你送到奈曼乌勒那里,明天就回去吧!"

玳玛也知道,她是无法在这座毡帐里住下了。她陪着乌日娜金又流了一阵眼泪,迷惘地站起来,对吉利图说:"这些吃的,你们留下用吧。还有——"她说着,从怀里掏出一包铜钱和一副手镯,"钱是姑父送给你们买衣服的,手镯是姑妈送给乌日娜金姐姐的。"

吉利图把东西和钱收下,便把玳玛领到奈曼乌勒的毡帐。奈曼乌勒一眼认出玳玛,并向母亲赛音高娃作了介绍,赛音高娃很高兴,热情地给玳玛准备晚饭。这一宿,无论是玳玛,还是乌日娜金,都没能合上眼睛。

40

天晴了,但风很大,它夹着雪粉敲击着图什业图王府客房的花窗,同时也敲击着索拉吉辽夫的心,使他一阵阵寒栗。昨夜由喀喇沁旗札萨克官邸返抵王府后,他几乎通宵不寐,博克拿多的那番话总是在耳畔萦绕不去。今天,博克拿多因为"身体欠安,由仆人挡驾,不见客。"鬼东西!"索拉吉辽夫在心里骂道,"又要演那出老戏了。"他心里明白,这是为了"拿一把",以期再获得两千卢布。但索拉吉辽夫还是耐住性子等待,把返回吉林分行的归期又推迟一天。他一定要在启程前,补足合同的"不完美之处"!

下午,洮南商行派人送来一封信,谈到近日皮货不多,请他顺便和几个蒙旗联系一下,以便扩大货源。这件事并不困难。索拉吉辽夫原也准备在离职前替维连斯基在这里打好基础,不给日本人留下一点儿可钻的空子。他问来人是否有人兑现了两千卢布,来人说确有此事,而且是折成黄金拿去的。这件事叫他很恼火,但已是无可挽回了。而且,索拉吉辽夫认为,还是不向人讲起这一段经历为妙,尤其不能让维连斯基知道。

"但是,这一切都是微不足道的!"索拉吉辽夫入夜后作完晚祷,躺在床上时,这样想道,"它们加在一起,再乘上十,也压不过博克拿多那句话在我心里造成的愉快呀!我真得感谢这个贪婪、恶毒而有手段的老狐狸呢!不是吗?我和维连斯基都没有想到的重要的一环,他却提醒了我。"

索拉吉辽夫拥被坐起,点燃了一支香烟,沉浸在愉快的联想中。"我悟出了一个,或者说明确了一个隐约活动在脑际的道理。那就是,伟大的俄罗斯不仅应该有涅维斯科伊这样的人物,也应该有我这样的人物。正如在同一出戏里,应该有不同的角色,而且不可或缺。过去,我佩服涅维斯科伊,他当年带着探险队在特林登陆,以一个俄罗斯英雄的豪迈气概,拿着枪对阻挡他的人说:'由于俄罗斯人有独一无二的权利待在这里,所以我要求你和别的满人马上离开此地!'这话说得何等精彩!每当我和这里的蒙族王公或满清官吏接触时,心里总是在大声地说着这句话。但我今天却觉得,这还不是唯一的聪明办法,必须有一个更聪明的办法作补充。所以,我必须更多地发现和掌握博克拿多这样的人,和他们做最亲密的朋友,却不是让他们'离开此地'。你看,他多会出主意呀!而且,仅仅要两千卢布!多美妙、多美妙的一句启示呀!抵得上十本启示录呀!弄明白了这句话的含意,那可真像复活节时,借着说一声'耶稣复活了',去吻一个平时想吻的可爱姑娘,心里像滴进甘露一样惬意和激动。天呐,算一算看!王府建筑的木料和石块要多少啊!我们借给他钱,再用他抵押的东西支付,把木头和石块作价给他,却算是我们借给了钱!两千卢布,转眼变成了二十五万,甚至五十万!当初,我们为什么只想到了金属制品,忘掉了他们的抵押品呢?给他,给他!再给他两千!啊,我真高兴!被长着翅膀的安琪儿之箭射中的人,一定是最快乐的人。但是,被射中十次,会超过我今天的快乐吗?"

索拉吉辽夫兴奋极了。他跳下床来,走到窗前,觉得窗外漆黑的夜简直美透了,风声也似乎带着吉他的旋律。他猛吸几口烟,以一个优美的舞蹈动作转身,走到茶几前,给自己斟上满满一杯酒,举起来,在心里大声说:"维连斯基伯爵,高兴吧!请在您的豪华客厅里举起酒杯,为我们的胜利,干杯!"他做了一个碰杯的动作,一饮而尽。索拉吉辽夫又失眠了。直到凌晨,他感到寒冷,才钻进软乎乎的鸭绒被。待他一觉醒来,已近中午。他害怕误事,迅速盥洗完毕,草草用了早点,便准备更衣去拜见博克拿多。恰巧,对方的贴身仆人送来一张便笺,上面写道:

尊敬的索拉吉辽夫先生:

  昨日偶染小疾,未便接驾,敬祈照鉴。今贱体稍瘥,拟补前愆。恰家人捕获野味,略事烹调,不敢独享,意躬至谢罪,未审可纳芹意?某不胜惶恐待命之至。

博克拿多顿首

索拉吉辽夫看完便笺,心里笑道:"你比我还着急呀!你难道看不出,如果再拖一两天,我也许会给你四千!"他迅速回转身,提笔写了一个回帖:

尊贵的协理台吉大人阁下:

贵体欠安,未能榻前候问,衷心惴惴。今大人霍然病除,某加额称庆。且一获佳味,不我遐弃,愈觉受宠优渥。阁下屈尊赐教,小子敢不奉命!当亲扫门径,恭候大驾。

顿首·不具

博克拿多迈着少有的快捷步子走进索拉吉辽夫的卧室,后面两个仆人各捧一个暖盒。索拉吉辽夫立在门里右首,向协理台吉鞠了一躬,后者向银行家还了一礼。

"协理台吉辱临舍馆,鄙人荣幸之至。"

"客气。如此打搅,尚望海涵。"

"大人金体欠安,不知染何贵恙?"

"柴薪之疾,何足挂齿。"

"请——"

"请——"

暖盒里的"野味"摆到桌子上,博克拿多示意仆人退下,和索拉吉辽夫同时落坐。

这是名副其实的野味,有六只野雉、六只野兔。在冬季,这不算稀奇的东西,但厨子的高超技术却令人惊叹。野雉和野兔全熏成酱红色,发着光,而且那引起食欲的柔和香味直扑鼻孔,令人会忘掉身份想立刻撕下一块塞入口中。索拉吉辽夫拿来两瓶伏特加、两只高脚杯、两把刀子和两把叉子。两个人便对酌起来。

他们吮吸杯中的酒,割食盘中的鲜美的野味。索拉吉辽夫一再赞美协理的盛意和烹调技术的高超,博克拿多则几次表示"山肴野蔌,不成敬意"。短短的沉默后,接着又谈起了天气、雪原和壁炉,也谈起了茶叶、香烟和茅台。几乎一切不相干的题目都谈到了。谁也没表示出要马上谈到主题的意向,虽然都明白今天藏在酒肉背后的极其重要的内容。十二只野味也被消灭了三分之一。整个短暂的下午就要结束了。这时,索拉吉辽夫也终于确信,博克拿多是不会先提出"两千卢布"的问题的,而由他先表示出慷慨不仅是聪明的,甚至是必然的。

"协理大人。"索拉吉辽夫开口道,"过去的数年内,您对敝行的协助和支持超过了我们的期望。我向阁下表示诚挚的谢意!"

"哪里,您是太客气了。"

"不。我说得并不过分。特别是我个人,您的厚意是我永远不会忘记的。我在考虑,对这次旅行的成功结果和您的努力协助,应有所表示,以申谢意。我必须说明,对您这次所受的损失和委屈,我深表同情。其次,我认为,由敝行来弥补阁下的损失是责无旁贷的。我荣幸地奉告阁下,敝行将再给您两千卢布。乞请笑纳。"

博克拿多的浑浊的眼睛,现出一丝光亮,他拿过餐巾,揩了一下嘴巴,透出一丝微笑说道:"贵行真是慷慷大方。这真使我受之有愧,可却之又不恭,但愿今后能继续为贵行和阁下效劳。"

"感谢阁下的美意。"索拉吉辽夫笑了笑说道:"为了把握起见,这次我不开具支票,就从私箧中拨付,今晚即亲呈华居。"

"这真使我惶恐之至。怎敢再劳大驾?且无须如此急切。"

索拉吉辽夫心想:"老滑头!你还莫如说现在就想拿到手!"嘴上却说:"不,我是办事爽快惯了的人。说出来了,就一定办到。而且,敝行中如有人对我此举有异议,那就算我的私赠。"

"贵行中决不会有如此不通达的人。而且,您知道,我为您设计的支付形式准使您的同事们大为惊讶!您看,我是决不会让阁下掏腰包的。"

当晚,借贷合同的"不完美之处"终于补足。送走心满意足的博克拿多后,索拉吉辽夫告诉格力图尔明早天一亮就启程。他将应携带的什物略事整理,脱衣上床,一闭上眼,就进入美妙的梦境了。

41

索拉吉辽夫的雪橇是在离开王府的第三天傍晚,驶进吉林的。为了把握起见,索拉吉辽夫叫他的贴身仆从巴尔卡坐上驭手的位置,叫格力图尔坐在自己的身边。他对借用格力图尔一事,感到很满意。如果没有这个天不怕、地不怕的莽汉,他的雪橇也许至少要经历第二个三天才能抵达吉林。这个紫黑脸膛、长着一对凶神眼睛的小伙子,赶起雪橇真是勇猛得可怕。他和巴尔卡几乎在雪橇上趴了三天,简直无法也不敢睁开眼睛看一看。但是,叫索拉吉辽夫纳闷的是,这个僻乡佬为什么对辉煌的城市灯火和熙来攘往的人群丝毫不感兴趣?并且,把他领到设备华丽的大卧室时,一点儿异样的表情也没有。那时,他只是对房间的布置不经意地看了看,在明亮的灯光下,眯起了眼睛,然后无言地坐到指定的床上。

"难道他对什么都不感兴趣吗?"索拉吉辽夫一边想,一边走上楼梯,打开了自己温暖的卧室。巴尔卡迅速地把灯点燃,端出糕点,烧咖啡,然后去浴室准备。索拉吉辽夫一点儿也不觉得需要吃东西,他叫巴尔卡来吃,自己坐在沙发里点燃了香烟。巴尔卡狼吞虎咽地刚吃完,他便吩咐说:"你立刻去维连斯基伯爵那里,问一下我此刻是否可以去见他。"巴尔卡跑下楼梯后,他很快脱光衣服,披上浴衣,到浴室去了。

巴尔卡去的时间很长,他气喘吁吁地跑回来时,索拉吉辽夫已净了面,穿戴好,正急躁地在地毯上踱来踱去。

巴尔卡摘下帽子,擦了一把汗水,看着主人微蹙的双眉,不自然地但略带完成使命的兴奋,飞快地说:"是这样,索拉吉辽夫先生。我按着您的吩咐,很快跑到维连斯基伯爵的公馆,守门人告诉我,伯爵正在银行大厅举办舞会。我便马不停蹄地跑到银行,伯爵很快接见了我,我还没开口,伯爵就拍着我的肩膀说:'看到你,很高兴。请你马上驾着我的马车把索拉吉辽夫先生接来。我相信他的消息会为舞会增添热烈的气氛。我将在门口迎接凯旋的英雄！'说得真像音乐一样美。我一听完，就马上跑到外面，立刻赶起伯爵的马车，以最快速度跑了回来。您马上就去吗？"

"当然。当然马上去。"

维连斯基伯爵果然在大厅门口迎接了索拉吉辽夫，他们立刻紧紧拥抱在一起。伯爵吻了索拉吉辽夫的前额。

"您辛苦了，索拉吉辽夫先生。能在这样愉快的时刻见到您，真令人兴奋。您用过晚餐了吗？"

"谢谢，伯爵。我已经吃过了。"

一个仆人走过来，替索拉吉辽夫脱去大衣、拿走帽子。维连斯基亲热地拉起他的手说："走吧，您的朋友全在这里。他们会为您的突然来到高兴得欢呼呢！"

"我想立刻向您报告，不知是否适宜？"

"啊，阁下不说，我也猜得出。成功了，对吗？"

"是的，伯爵。甚至超过了我们的预想。"

"是吗？"维连斯基停下脚步看着索拉吉辽夫兴奋的眼神，"您很能干。我感谢您。我早就预料到您会干得很出色。唔，走吧，朋友们要等得不耐烦的。我已宣布了您将出席今天的舞会。一会儿我们详细地谈。"

当维连斯基和索拉吉辽夫并肩出现在大厅时，正在跳舞的人们马上停下来，鼓掌，欢呼，一下涌过来，手从四面八方伸向索拉吉辽夫。略远的人挤不到前面，便站在椅子上和桌子上向索拉吉辽夫摆手或飞吻。索拉吉辽夫涌出感激的泪水，感觉到自己确实是一个凯旋的英雄！维连斯基赞扬地看着索拉吉辽夫，拉着他的手挤出包围圈，然后高声地说："夫人们，小姐们，先生们，请静一静，并请坐好。"说着，把索拉吉辽夫按在身旁一把软椅里，自己也坐了下去，大厅里立刻鸦雀无声了。

"诸位！索拉吉辽夫先生的到来，为我们今天的盛会增添了光彩，让我们对索拉吉辽夫先生的凯旋，表示祝贺！"

大厅里立刻又爆发出一阵热烈的掌声。

"同时，我宣布，舞会结束后，将举行盛大夜宴，明天休假半日！"人们又是一阵欢呼和鼓掌。

"但是，现在，请诸位继续跳舞。至于索拉吉辽夫先生，我将剥夺他一些

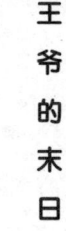

时间,请各位女士们原谅。用不了多久,我将把可爱的索拉吉辽夫先生献给你们!"他的话引起人们畅快的笑声和经久不息的掌声。

乐队奏起舞曲,人们又一对对地步入舞池。仆人在维连斯基和索拉吉辽夫前面的桌子上,摆好果品和酒杯。维连斯基向索拉吉辽夫递过一支烟,说道:"我现在很想听一听您的巨大成功。在音乐声中讲一讲借贷双方的周旋,一定是别有风味的。对吗,阁下?"

"当然。"索拉吉辽夫笑着说,"我好长时间没有听到这样优美的音乐了。"

"我相信您的消息要比这音乐更动听。"

接着,索拉吉辽夫梗概地向上司讲了合同签押的经过。维连斯基很感兴趣,不时点点头,眯着眼注视着对方的表情,有时又摇头笑起来。但是对博克拿多丢掉耳朵的一幕,他却久久地歪着头、皱着眉地沉思,似乎产生了不愉快的预感。当索拉吉辽夫开玩笑地说"协理大人只剩了一只听我们话的耳朵,另一只已被他的同乡保存起来了"的时候,维连斯基笑着说:"是啊,是啊,这很有意思。请您继续说下去。"

索拉吉辽夫着重讲了附加条款中加入的第二十八条。

"唔,请您小声点儿。"维连斯基用抖动的手抓住索拉吉辽夫的胳膊,激动地说,"并且再详细些。这太有意思了。您是说,用他的木料和石头,支付贷款的百分之二十五?"

"是的。而且砍伐和运输由借方提供劳动力和车辆,贷方只出人组织和管理。借方向贷方承付管理费用,计算方法是木、石价值的百分之三十五,也计算在贷方的支付额中。"

"百分之二十五……百分之三十五……唔,也就是说,贷款总额的百分之三十四将由木料、石头和管理费用支付。是这样吗?亲爱的!"

"是这样,尊贵的伯爵。而且我相信,正式实施后,这样支付的贷款将超过百分之三十四。"

"的确,的确是这样……索拉吉辽夫先生,亲爱的,您真是太能干了,干得真漂亮!"

"可是,为了这一条,我多花去了两千卢布。博克拿多是个贪婪的家伙……我想,这多花的两千卢布应由我个人承担,因为原本可以花两千就能成功的……"

"啊,阁下!您自己也不知道,您为华俄道胜银行干了一件多么伟大的事业啊!不,四千卢布!这简直少到出乎我的预料!"维连斯基说着,又用力吻了吻索拉吉辽夫的脸,"我将怎样感谢您啊!您还说自己承担两千呢!不,我不允许您花掉一个戈比!听着,我将对您这次奔波补偿两千卢布,而且,由银行拨出一万卢布转入您的帐下,作为您去使馆供职的旅资!"

"谢谢您,尊贵的伯爵!这使我太惶恐了。"

"不。您是当之无愧的。"维连斯基扫视了一下在越来越高亢的乐曲声中飞快旋转着的人们,微微欠了欠身体,"您不觉得需要一个安静的地方休息一下吗?"

索拉吉辽夫明白伯爵的意思,是希望到另一个地方更详细地谈一谈。但刚一回来就避开同事,是不明智的。所以,他装作没听懂伯爵的话,说道:"谢谢伯爵。我的精力还很旺盛,完全可以跳一轮美最佳舞。"

维连斯基笑了笑说:"那么,请您去选择舞伴吧。您看,那些美丽的太太和小姐们都等您去邀请呢。"

在跳舞时,索拉吉辽夫觉得轻快极了,脚步也格外灵活。他不时感到那些倚着圆柱和坐在桌子后面喝咖啡的同事的亲切目光的注视。他从来没有发现爱伦娜袒露的肩膀像今天晚上这样格外地吸引人,此刻,如果灯光熄灭……

12

索拉吉辽夫以闪电的速度和美丽的爱伦娜谈起恋爱,同时以闪电的速度着手组织勘查队伍。这次勘查,索拉吉辽夫本可以不去,但他想,既然使馆的人事更迭还有两三个月的时间,他怎能把这项杰作的最后一笔叫别人画上呢？所以,他还是像以往一样,主动地承担起这个艰苦而又危险的差事。

几天后,六驾雪橇组成的勘查队,满载食物和仪器浩浩荡荡地出发了。维连斯基亲自送行。

"阁下,您的工作效率总是超过我的设想……我是想叫你休息几天再走的。"

"不,伯爵。应该让每一分钟的时间都为我们的神圣事业服务。"

"是啊,当一个人明确了他从事的事业的伟大意义后,力量会成倍地增长。——那么,亲爱的索拉吉辽夫先生,让我们高高兴兴地吻别吧！祝您一帆风顺！"

雪橇队驶出银行大门后,索拉吉辽夫笑了一下想道:"伯爵呀,您比我还急呢。您是巴不得我昨天就启程呢。是啊,您能不急吗？我敢说,你恨不得亲自去抚摩森林里的每一棵树木、吻遍山上的每一块石头！"

这是索拉吉辽夫经历的最缓慢的一次旅行。他乘坐的第一驾雪橇时常需要停下来,等着另外五驾雪橇。格力图尔在雪橇周围走来走去,一言不发,心里很恼火。索拉吉辽夫气得几次想痛骂那些不知紧慢的混蛋,特别是那个表情漠然的马卡洛夫和嘻皮笑脸的比耶达。

马卡洛夫和比耶达是维连斯基伯爵亲自为索拉吉辽夫选定的两名助手。前者是个聪明绝顶的家伙,有一手好枪法,据他自己讲,他曾决斗过五次,每次都是胜利者。他自称是"不怕死的旅行家"、"功勋探险家"以及"走运的决斗迷"。这是个太自负的人,他要么满脸漠然的表情,要么在嘴角挂着一丝讥讽的微笑,很叫人不舒服。维连斯基却出人意料地特别信任他,人们猜测,他和伯爵一定有某种人们所不知道的特殊关系。但索拉吉辽夫觉得,这是一个危险人物,和蒙古王公的关系有可能会坏在他的自负上。而比耶达则是另一路货色。他当过维连斯基的保镖。喜欢女人,而且不管什么样的女人,本质是个色棍;对妓院异常熟悉,常常因争风吃醋打人和被人打,好说一些下流笑话;唯一可取之处是多少懂点儿蒙语。

与这样一些人为伍,使索拉吉辽夫感到很窝火。在洮南因比耶达宿娼耽误了半天行程,更使他勃然大怒。在比耶达醉醺醺地向其他人高声讲述妓女的眼睛和肚皮时,怒不可遏的索拉吉辽夫打了他两个耳光,并声称,如果再如此放肆,就赶走他。人们看到总是温文尔雅的索拉吉辽夫发起怒来也十分可怕,便都吐着舌头不敢出声,在以后的日子里也都变得顺从起来。甚至当索拉吉辽夫宣布,他们的雪橇队不在突泉和王府停留,连夜直赴山林时,除马卡洛夫不以为然地耸耸肩膀外,没有一个人提出异议。

他们是在将近午夜时驶进森林的。索拉吉辽夫计算了一下,这一天的行程几乎是二百华里。真是惊人的速度。要知道,狂风常常是从正前方向他们刮来呀!索拉吉辽夫很高兴地指挥"部下"在树木间支起帐篷,架好炉子,并从帐篷周周拾来不少干木头,帐篷里很快热了起来。人们脱掉了皮大哈,摘掉帽子,眼睛都有些黏乎乎了。索拉吉辽夫拿出留声机,开始放唱片。同时,他叫比耶达拿出酒和罐头、火腿等。人们围在火炉周围,很快地一边烤火腿、启罐头,一边痛饮起来。比耶达甚至还唱起了一支妖艳的情歌,使人们哈哈大笑一阵。最后,索拉吉辽夫宣布明天全天休息,人们都舒舒服服躺在行军床上睡觉了。

早上,人们睡得正酣的时候,索拉吉辽夫挎着枪离开帐篷,向密林深处走去;过了不大一会儿,和衣而卧的格力图尔也离开帐篷,选了一个相反的方向,走出密林。前者是想独自踏查一下,以便制订一个切实的行动计划;后者是想确定一下,他在昨天夜里把雪橇队带到了什么地方。

格力图尔刚走出密林,那左前方小山上的一座白塔的残垣便戏谑地跳入眼帘。他的脑袋嗡的一声响起来,吃惊而懊悔地站住了。"该死!"他在心里责骂自己,"怎么把他们带到离旗界这么近的地方!"他记得有一次出来打猎,科尔丹指着白塔山告诉他,那就是旗界。山南边为科右中旗,隶属诺尔

布桑保王爷；山北为喀喇沁旗，是扎布曼都的领地。这次出来给索拉吉辽夫当驭手，科尔丹曾对他说："索拉吉辽夫一定会让你带他们去勘查森林。你记得白塔山吗？那是旗界。你要把他们带到远离旗界的南边，万不可叫他们深入到喀喇沁旗。要知道，这片森林在我们旗的部分，是最出色的一段。索拉吉辽夫看见，是决不会放过的。他们一旦采伐这一段，对全旗阿拉特都是不幸的。唉，我是个无能的人，心有余而力不足。"

格力图尔对科尔丹的话虽然不能全部理解，但多少能悟出点儿道理，认为这是一番好话。所以他当时答应照科尔丹的话去做。格力图尔就是这么个人，只要答应了，就不会允许自己出尔反尔，违背诺言。怎么可以做一个言而无信的人呢？可是怎么办？他竟把这群魔鬼差点儿领进喀喇沁旗！他好像做了一件极不该做的错事。他沉思，他激动，心绪异常不安，过了好半天，才回转身，无精打采地走进树林。索拉吉辽夫返回帐篷时，已接近中午。他显得异常疲惫，精神上也似乎刚从紧张的刺激中松弛下来，还残留着迷惘和忧虑。他看了一眼采取各种方式消磨时间的同伴，又瞥了一下躺在角落里似睡非睡的格力图尔，便坐在折叠式帆布椅上，托腮沉思起来。

马卡洛夫凑过来，把手里的汽油炉子放在折叠式帆布桌上，坐在索拉吉辽夫的对面。

"碰到了什么不顺心的事了？"马卡洛夫问道，开始修理昨晚被马踢坏的汽油炉子。

"是啊……"索拉吉辽夫说道，叹了一口气，"我事先把这次勘查看得太简单了。树木不是长在平地上，而是长在起伏的山岭上，所有的山简直一模一样。您知道什么叫'迷山'吗？噢，真可怕！也许我仅仅走出五百码，可是一转身，就再也记不起是从哪个方向来的了！四面是一样的树，一样的小山头。我大声喊一下，四面全是回声……天呐，我从来没像今天这样感到恐怖，甚至以为永远找不到我们的帐篷了……可是，马卡洛夫先生，详细勘查可不仅需要我们走出五百码呀！"

马卡洛夫狡黠地笑了一下，说道："所以，索拉吉辽夫先生，最聪明的办法是，我们在这里痛痛快快玩儿上几天，您随便写一个勘查报告。维连斯基伯爵还会来查对吗？"

索拉吉辽夫吃惊地说："那怎么可以？写报告总要有根据呀！"

"怎么没有？根据就摆在那里。我们踏查了五百平方公里，每平方公里可伐成材二十五万立方米。这就够了,对不?"

索拉吉辽夫摇头道:"这样不行,马卡洛夫先生,这样绝对不行。请您千万别拿这种可怕的念头去影响他们。我们必须搞出一个……像样的勘查报告。"是啊,马卡洛夫怎么能知道,索拉吉辽夫主动要求这个费力而危险的差事,根本说就是为了写出一个漂亮、准确的勘查报告,要在勘查图上写上"索拉吉辽夫"的名字,等后来者踏入这片土地时,他们会指着图纸赞美说:"索拉吉辽夫搞得漂亮极了!"

马卡洛夫一面试着往汽油炉里打气,一面讥讽地说:"那……当然好哇!——可是糟糕!我的汽油炉子真的坏了!他妈的这个蒙古佬!我喊了他好几句,他还是瞎了一样让他的那匹马踢了我的汽油炉子!我还打算用它炖飞龙汤呢。"

正在冥思苦想的索拉吉辽夫笑着说:"您打过飞龙吗?"

"当然打过。"

"可是这里不会有飞龙的。您还说什么打猎呢,您说了一句多么外行的话呀!"

马卡洛夫不以为然地说:"那有什么?炖野鸡总可以吧?可是您看,这气干脆打不进去。该死的蒙古佬!"

"您怎么骂,他也听不到了。您看他睡得多香啊!"

"听到也不懂。昨天我骂他好几句,可是他瞪着眼睛看着我,一点儿也不明白。"

"所以,干吗要浪费您的肝火呢?而且,我想,您早晚会喜欢他的。"

"呸!我宁可去喜欢马。"

"其实,这正是一匹马。只是会说话,会为您砍柴、烧炉子和扛仪器。然后我们就可以物归原主,把他扔回去。您说对吗?"

"是的,当然……可是我照样不喜欢他。"

"唔,别着忙,马卡洛夫先生,您早晚会同意我的话的。不过,我们还是研究一下行动计划吧。我刚才想了一下,我们的帐篷必须往密林深处迁移。然后,我们把勘查大致分成两步。第一步,确定森林面积和经纬度,绘制出精确的方位图。第二步,选择二至三段,勘明树种,把出材率比较精确地计算出来……据此,再写报告。"

"精确……精确……这当然好。可您也知道,我们在树木间摸来摸去,可不像看地理课本那么容易。"

"是呀,我们在森林里行动都缺乏经验。我们需要有对这片森林了如指掌的本地人——也就是他们。"索拉吉辽夫努着嘴指了指格力图尔,"他才是一个好猎手。如果再有一个就好了……"

"再有一个!"马卡洛夫厌恶地瞪了格力图尔一眼,"我宁可下地狱,也不愿再看他们的丑陋面孔!"

"这是偏见,马卡洛夫先生。您应该改变这种可怕的偏见。"

"请不要强迫我接受我不愿接受的东西。您看他那熊一样的身体,黑黑的丑脸,魔鬼一样凶恶的眼睛……"

索拉吉辽夫笑道:"唔,您是害怕他!对吗?勇敢无畏的猎人!""您不用笑,索拉吉辽夫先生。您不觉得他的眼睛里闪着一股野兽的光吗?有时我就担心,他会在夜里把我们全部砍死!"

索拉吉辽夫差点儿笑出声来:"看来,我们已经死了一次了。"

"您说什么!"

"昨天夜里我们睡得像死人一样。他要砍死我们,那是多好的机会!不过,马卡洛夫先生,不必害怕,那样的惨剧是不会发生的。我也曾经想过,假如这个健壮的躯体里有一颗发展到人类文明期的心脏,也就是说,不仅知道求生,更知道民族尊严,而且知道维护民族尊严,那么,对我们是很可怕的。但目前,没有必要担心这个。我跟他们打过多年交道。我了解他们。这个民族几乎还停留在蒙昧阶段,对这个大千世界的任何一个方面,还没有形成全民族都能接受的完备的概念。他们终生被禁锢在草原上,心中只存在牛羊和牧场。如果说,这个民族还存在一些明确的概念,那无非是牲畜和牧草。广大的阿拉特阶层,难道会懂什么'民族利益'和'民族尊严'吗?当然,也有一些可怕的人物,比如额勒瓦奇尔和科尔丹,但他们的思想和行动会有什么意义呢?你看,借贷合同的签押,竟可以不经梅伦台吉的手!是的,这真是一个落后得可爱的民族!假如你不仅有钱、有力量,而且有手段,不是完全可以把他们变成手中的玩偶吗?"

"不管您怎么说,我也不愿意和他们打交道。并且,我劝您小心,您手中的玩偶会变成刺猬!"

"不会的,不会的。我一定要改变您的偏见。好了,时间不早了。下午我要去寻找一个向导,而且非要您陪我去不可。"

马卡洛夫不痛快地耸耸肩。这时,刚刚从帆布床上爬下来的比耶达跑了过来,笑嘻嘻地说:"索拉吉辽夫先生,要是出去,可不能丢下我喽!叫我在帐篷里呆一下午,会闷死的。"

索拉吉辽夫皱了一下眉头说:"我们去找向导,您可以出去打猎嘛。"

"打猎我不感兴趣,倒是很想去见见人呢。特别是找向导,我可不是外行呀!"

"可是我的雪橇只能坐两个人。"

"为什么不可以赶两驾雪橇呢?"

"不必。"马卡洛夫在一旁说,"既然比耶达能愉快胜任,那我就只好让贤了。正好我很想去打猎。我和比耶达交换一下好了。"

索拉吉辽夫不太高兴地说:"那好吧,抓紧时间准备。我们马上出发。"接着他又喊醒了格力图尔,简单讲了讲寻找向导的打算,并希望他帮助选择。格力图尔很痛快地答应了。

43

雪橇在积雪上轻快地滑行。索拉吉辽夫闭着眼睛,心里在推敲明天的行动计划,想着使馆、维连斯基和爱伦娜。比耶达则一个劲儿地嘟囔,为很久找不到毡帐发牢骚。

两个小时过去了,他们只遇到几个零散的毡帐。但那里面的主人都不愿或不敢给外国人当向导,他们的理由几乎全是"人少活多,腾不出手来"。索拉吉辽夫对他们委婉地说:"时间不会太长,至多三五天,而且报酬从优。"但得到的回答是:"你给我个金山有什么用?我们一家人要吃羊肉,要喝牛奶啊!"

"真是一些不开窍的家伙!"比耶达忿忿地骂道。

太阳快落山的时候,他们终于又找到一座毡帐。毡帐旁边有一个旧的畜栏,牲畜不多,有两辆勒勒车,一驾雪橇。几匹马都很健壮,牛和羊却都瘦弱不堪。看得出,这里的主人是一个有"爱马癖"的人,做向导准合适。

三个人进入了毡帐。

毡帐里一共三个人,一男两女。男主人叫巴音赛克图,据他介绍那两个女人一个是妻子,一个是妹妹。妹妹有病,所以不能起来迎接客人。巴音赛克图很热情,叫妻子给客人倒奶茶,自己则动手准备酒肴。

"羊不多,而且太瘦,不敢招待诸位。请多原谅。"

"您太客气了。"索拉吉辽夫谦让地说,"我们喝点儿奶茶就很好了。"

巴音赛克图羞愧地笑了一下说:"我们的习惯是,如果不宰羊招待客人,那是不恭敬。但这个礼节只能给那些富有者去履行了。"

在喝酒时,比耶达的眼睛直往那少女身上溜。那少女侧身躺着,脸朝哈那,比耶达只能看到她半边苍白的脸和眼睛上的长睫毛,但从那苗条的身材和两条长发辫,可以估计出一定是个俊俏可爱的少女。照比耶达的话说,这是一个"年龄和姿色都撩人的鬼东西"。比耶达一边喝酒、说笑话,一边把屁股朝那少女身边蹭过去。

酒至半酣,索拉吉辽夫讲起了拜访的目的,并具体地谈到报酬的数目。巴音赛克图表示很犹豫,但他说:"让我想想,想想……"并且不住地观察格力图尔的表情。这三个人谁也没注意到那个少女和比耶达一先一后走出毡帐。

不大一会儿,毡帐里的人都听到外面一阵压抑的扭打声,同时传来那个少女气咻咻的怒骂和"啪啪"两记耳光的声音。格力图尔腾地跳起,冲出门外,巴音赛克图也站起来,但想了想,又坐了下去。这时,比耶达躲过格力图尔,讪讪地进入毡帐,在原来的位置上坐下去,端起洒碗。

巴音赛克图朝妻子挤了挤眼睛,又看了看比耶达,突然爆发出一阵令人战栗的大笑,弄得索拉吉辽夫不知所措。他笑毕后,对比耶达说道:"先生,您也太性急了。而且手段又多么不高明啊!您还得需要多见识见识呢!"说完又大笑了一阵。

巴音赛克图的讥刺话,使比耶达十分难堪,嘿嘿笑了几声。索拉吉辽夫气得想把手里的酒碗扣到他的头上!

此时,毡帐外站在少女面前的格力图尔却一下惊呆了。那少女也惊讶地轻呼一声:"你!格力图尔!"

"这是在哪儿?我在做梦吗?"

"不是做梦。我没有死。奈曼乌勒也知道我活着。是班卡妈妈把我带出来的。"

"难道这一切都是真的吗?"

"是真的呀,格力图尔!"菊花激动地轻声说。接着,她简单地讲了一遍这些天的经历。

还是班卡把菊花带出来那天。走到途中,菊花的肚子难以忍受地疼起来,豆大的汗珠从她额头上向下滚落。班卡知道,她一定要小产了。因为是冬天,又是深夜,她们只好去寻找能遇到的任何一座毡帐。这样,她们就走进了巴音赛克图的家。天亮前,她生下一个男孩,不到几分钟就死了。因为菊花的鞭伤和产后的虚弱,班卡把她留下了。临走和巴音赛克图约定,过些天来接菊花,那时将送来两匹好马作为酬劳。"班卡妈妈也该来了。"菊花说完,冷得打起哆嗦。

"巴音赛克图知道班卡妈妈就是巴兰森格吗?"

"不,没有告诉他。"

"你要冻坏了!回去吧。我会教训那个坏蛋的。"

"回去告诉奈曼乌勒,我挺好……"菊花说完走进毡帐。

此时,毡帐里正为成交干杯。

天刚黑下来,索拉吉辽夫一行便往宿营地挺进了。索拉吉辽夫挤坐在驭手旁。巴音赛克图和比耶达肩靠肩坐在雪橇里,不停地说笑,走出不到五里地,两个人就成为好朋友,互相捶起肩膀来。

当天晚上,索拉吉辽夫兴致勃勃地宣布了勘查计划。在进晚餐时,比耶达提议为欢迎新来的向导、为了勘查工作的顺利,大家好好喝一场。大家异口同声地表示赞同。索拉吉辽夫也高兴地点头应允了。接着人们就开始开怀畅饮。巴音赛克图很活跃,唱了一支蒙古族民歌,跳了一回蒙古族舞蹈,还比比划划地和不懂蒙古语的人们说笑,引得满帐篷响起畅快的笑声。酒酣耳热后,人们开始狂欢了。伴着留声机的妖冶的乐曲,俄罗斯舞蹈和蒙古舞蹈不伦不类地混合在一起,踏起一阵阵灰尘。比耶达最高兴,不知疲倦地和巴音赛克图对跳,甚至在对方脸上亲个带响的吻。所有的俄罗斯人在这个晚上都强烈地喜欢上新来的快乐的向导。只有格力图尔孤零零地坐在旁边,不时地瞪巴音赛克图一眼,恨不得把他按到地上狠狠捶一顿。最后,他气得一下子躺到床上,用皮袄紧紧包住自己的脑袋。索拉吉辽夫看在眼里,只是笑着摇了摇头。

狂欢持续到午夜。空酒瓶增加到二十三个,留声机换了五回唱针。人们既兴奋,又疲倦。索拉吉辽夫的眼皮实在睁不开了,在他的脑海里,现实和梦境混杂旋转得不可开交。后来,他定了定神,命令大家立刻上床睡觉。比耶达拉着巴音赛克图,要和他同床而眠,巴音赛克图申说睡不惯床,便趔趔趄趄走到门口,躺在地上,立刻鼾声大作。几分钟后,大帐篷里的人便都进入沉沉的梦乡。

直到此刻,格力图尔才得以拉开皮袄,透出一口气,他揩了一把满脸的汗水,瞪了一眼躺在马灯暗影下的巴音赛克图,感到一阵厌恶,开始怀疑这个讨厌的家伙能不能保护菊花。

过了一会儿,格力图尔听到一阵窸窣声,循声看去,原来是巴音赛克图轻轻站了起来。格力图尔半闭双目,想看看这个家伙要干什么。

311

巴音赛克图蹑手蹑脚地走过格力图尔的身旁，站在燃得正欢的炉子旁故意咳嗽一声，确信没有一个人醒来，便放心地走回到格力图尔身旁，他蹲下去，拉了格力图尔一下，压低声音说："我知道你没睡。起来，跟我到外边，有一件重要的事情和你商量一下。"说完，头也不回地向外走去。

格力图尔看巴音赛克图说得挺认真，不像个醉汉的样子，便下了床，跟在后面，走出帐篷。

外面很黑，枝隙间只能看到几点闪烁的星光。雪霰扑脸，很凉。周围的树林在呼啸，几匹马在慢吞吞嚼食草料。两个人面对面站在马旁。

"喂，小伙子。告诉我，哪匹马最好？"

"这匹红鬃马最快。"格力图尔说道，有点莫名其妙，"你想干什么？"

"我想砍死他。然后逃走。"

"砍死谁？比耶达吗？"

"还用问吗？这个坏蛋！你以为我真来当什么向导？你这个小傻瓜，还恨我吗？"

"不恨了。不过为什么砍死他？就因为他调戏了……你的妹妹？"

"要是我的妹妹，我倒不在乎了。你知道她是谁？巴兰森格的女儿！"

"巴兰森格的女儿？"

"可不是！别看她没说她是巴兰森格，我可认识她。那天夜里——可是，老弟，我真没时间给你讲这段奇遇了，真遗憾！反正我不能让巴兰森格的女儿受人欺侮。要是巴兰森格知道一个外国人当着我的面调戏她女儿，我却不去报复，我还该长着脑袋去见巴兰森格么！"

"是呀。可是，你以后怎么办？"

"你是说砍了比耶达以后？那好办。我把塔娜给巴兰森格送去。"

"你知道她在哪儿吗？"

"知道。那时，她说来接女儿，我没敢给送去。这回，没办法，只好闯进去了。她要看我还行，我们夫妻就双双入伙；不愿收留，我们就远走他乡。反正我没有什么财产，人走，家也就搬了。"

格力图尔想了想，说道："那你就干吧！我能帮什么忙吗？"

"小傻弟弟！我叫你出来可不是求你帮忙。这么点儿事，我一个人就绰绰有余了。我看你不仅恨比耶达，还恨我，对吧？大丈夫干事得光明磊落。我要叫我的同乡知道我巴音赛克图是怎样的男子汉！"

格力图尔拉过对方的手,激动地说:"我们合作吧。"

巴音赛克图果断地说:"不行!"

"听我说,好朋友。我们不但要砍死比耶达,还要……"

巴音赛克图抢着说:"乖乖!你这是鬼迷心窍了咋的?他们那么多人,……再说,别人也没得罪咱呐!"

"我也没说要砍死他们呀!我是说,砍死比耶达,把剩下的人全赶跑!"

"那是为什么呢?"

"他们要占咱们的森林……"

"唔……是这么回事。好吧,一不作,二不休!咱们合计个办法吧。"

两个人密谋了一阵子,定好了步骤,便迅速开始行动了。

巴音赛克图套上了一驾雪橇,想了想,又牵过一匹马链在雪橇后面。格力图尔则把一大桶汽油洒在帐篷的四周。这是第一步。

然后,两个人轻轻走进帐篷,听了听鼾声的大合奏,确信大功就要告成。巴音赛克图摸起门旁的手斧,轻轻向比耶达的床铺接近。格力图尔把一根桦木塞进炉膛,看燃起炽烈的火苗,便拉到炉门处。这是第二步。

第三步,格力图尔躺到床上,用皮袄紧紧把头部盖住。巴音赛克图站在比耶达床边,手起斧落……

只听"啊——"的一声惨叫,比耶达滚落到地上。巴音赛克图一手抓过索拉吉辽夫的猎枪,一个箭步蹿到炉前,另一只手拎过带着火苗的桦木,又一个箭步蹿出门外,帐篷的门口立刻腾起大火,转眼间整个帐篷就成了一片火海。

比耶达的叫喊声惊醒了几个熟睡的人,这几个人又大惊失色地喊起了其他人。呼呼烧着的大火,呛得他们睁不开眼,一个个惊慌失措,忙乱地把能抢出的东西,从门口扔到外面。他们胡乱地穿上皮袄,又把满脸是血的比耶达拽到外面。索拉吉辽夫急得团团转,气急败坏地推着格力图尔,痛骂他睡得像死猪。

"烧死你吧!贪睡的蒙古佬!"索拉吉辽夫大声骂道,一躬身钻出了火海。

格力图尔这才跳下床,他把皮袄的大襟放在火上烧着,然后钻出帐篷。他装出惊慌的样子,看着正着得欢的大火……

"傻瓜!你身上全是火了!"索拉吉辽夫朝格力图尔愤怒地吼叫道,"在地上滚一滚！"

格力图尔怔了一下，赶忙在雪地上滚了几个滚。他再站起来时，面对索拉吉辽夫委屈而怨恨地说："你们……多不好！光顾自己，不把我喊醒……"

索拉吉辽夫怒道："喊你！你都快睡死了！"说完不再理他，转过头，咬着牙看着帐篷在一阵木头的断裂声中趴下去。他下意识地抱紧从火燹中拼命抢出来的公文包，叹了一口气……

比耶达已一命归西，那一斧几乎把他的头颅和躯体分开。马卡洛夫只穿着衬衣，要不是抢了个皮大哈披在身上，他肯定会冻坏。他怨恨地看着悲哀的索拉吉辽夫，好像在说："请看看你手中的'玩偶'吧！"其他人的情形也好不了多少，有的烧掉了帽子，有的丢了靴子。他们在仍冒着火的帐篷的周围绕来绕去，试图寻找点可用的物件以弥补衣着的不足。

格力图尔似乎可怜起这些手足无措的外国人，或者为了掩盖自己的弄虚作假，他拿起木棍，拨开着火的帆布块和木头，给他们拣出幸存的皮靴和皮袄，甚至还把快烧红的汽油炉子挑起扔到马卡洛夫脚下，使后者差点儿骂出声来。

没办法，索拉吉辽夫只好下令"鸣金收兵"，偃旗而归。他们知道抓住巴音赛克图是不可能的，但索拉吉辽夫还是命令格力图尔把狼狈的雪橇队带到行凶者的住处。但哪里还有踪影？巴音赛克图只留下了畜栏，畜栏里两头牛在悠闲地舔着栏杆上的雪，畜栏门口挂着一块木板，上面用羊血写着几个歪歪扭扭的蒙古字。

外国佬：

  牛留给你们充饥，但你们必须永远滚蛋！

巴兰森格

索拉吉辽夫看后，心里一阵颤抖，赶忙去看那远处诱人的密林。站在一旁的马卡洛夫问道："这写的是什么？"

索拉吉辽夫长出一口气，苦笑了一下说道："他欢迎我们再来。"说完坐回雪橇。马卡洛夫耸了耸肩，也坐在索拉吉辽夫身边。

雪橇跑了一段后，开始爬一个很长的斜坡，速度缓慢下来。

索拉吉辽夫突然问道："格力图尔，你会不会也举起斧子砍我一下？"

格力图尔回过头说:"先生,现在不会……"

"什么!你说什么?"索拉吉辽夫吃惊地问道。

"我说现在不会。但以后可把不准。"

"为什么?"

"我现在是你的驭手,这是我答应了的。如果马上有一只老虎向你扑来,我会拼命把你从虎口中救出来。但当我不再是你的驭手时,我就可能砍你……"

"你恨我? 是吗?"

"是的,我恨你们。"

此刻,索拉吉辽夫从那双大眼睛里看到了火和斧子。他的心紧缩了一下,继续问道:"你为什么这样恨我呢?"

"你们占去我们的森林,我们用什么做勒勒车? 用什么做哈那杆?"

索拉吉辽夫的脸刷地一下变得煞白,他开始怀疑起自己的信念了。

马卡洛夫听不懂他们的谈话,但却看到了索拉吉辽夫大变了的脸色,感到了紧挨自己的那只胳膊的抖动。

"你们在谈什么?"

索拉吉辽夫叹了口气,简单介绍了刚才谈话的内容。

马卡洛夫说道:"我说过,他们是魔鬼、野兽! 可您却劝我喜欢他们!"接着,他挺起身,朝着格力图尔怒吼起来,当然是痛骂和威吓,大意是:你们这些野人,我要把你们全砍死!

格力图尔回过头对索拉吉辽夫大声说:"告诉这位先生,让他安静点儿!我若把你们扔在这里,你们就别想回家了!"

索拉吉辽夫朝格力图尔挥了挥手,然后按住怒吼的马卡洛夫,躺到雪橇里。马卡洛夫发现,索拉吉辽夫的眼角渗出一滴泪水……

他们急急忙忙地逃回到突泉镇。索拉吉辽夫惊魂稍定,他让格力图尔先回扎布曼都官邸回复科尔丹,又找了新的驭手,继续往东奔驰……

据我们所知,在历史进入一八九九年春天的时候,维连斯基伯爵又组织了一支勘查队伍。这要比第一次庞大多了。其中不仅有林业学家、地质学家,甚至还有动物学家以及公路、桥梁方面的专门人才。他们对色旺诺尔布桑保王爷直属的科尔沁右翼中旗所有的山林、矿藏进行了周密而详尽的勘查,而且,凡是与该旗接壤的各旗,也都受到眷顾。我们发现的勘查略图,说明了维连斯基和他的同伴们在当年确实花费了相当大的精力。看得出,在彼时,他们在哲里木盟已不像是客人,而俨然是主人了。在勘查图上,他们明确地标明了哪里有铁矿、哪里有煤矿、哪里的石头可供建筑、哪里的砂子可以铺路,以及各类珍贵动物的活动区域和森林采伐的顺序,甚至用蓝色虚线标明了几条未来公路的走向。这真是一个伟大而又完美的计划!只是在寻找传说中的金矿上,他们白白花掉了不少卢布,却未见任何成效。但他们勘查金矿的消息被日本人知道了,一时成了轰动东京的新闻。东京当局指令外务省坚决追查泄露哲盟有金矿这个"绝密"消息的人。这更使维连斯基和荣任驻华使馆商务参赞的索拉吉辽夫大为恼火,但在痛骂那些徒有虚名的学者们的同时,也深感未来日本帝国染指满蒙的可怕。这些都是后话,且按下不表。

44

冬天似乎还没有过完,谁也没有作好脱下皮袄的准备,天气就热得像盛夏一般。太阳和地球的距离好像一下子缩短了几千万公里。

天空是裸露的,没有一丝云彩。刺眼的阳光把空气烘烤得像着了火一样。微风夹带着烈日的淫威,在冰雪消融的大地上窜来窜去,尽情地戏弄着刚刚泛青的草原。牧草被折磨得摆着憔悴的身体,甚至萎靡不振地趴在火热的土地上,乞求天空赐给它们一滴甘露……

河里的水快干涸了。大地龟裂了。一片旱象。

这样干旱的春天,来得这样早、这样突然,是很可怕的。它不仅对一般的阿拉特而言是灾难,就连多伦村的杰尔登布和敖尔敦也急得团团转。他们担心自己的牲畜会因缺水、缺草而大批大批地死去。人们不会忘记这样的惨剧:严重的黑灾过后,很多人会一贫如洗,甚至家破人亡。特别像今年春天,谁也无法预料灾难将要吞噬多少人畜的生命……

所有人都在担心。最担心失掉产业的,莫过于最富有者。在多伦村的最富有者里面,顶担心的,要算刚刚富起来而且越来越富的敖尔敦了。他深知自己的家业来之不易,他对每一头牲畜,都有着极深的感情。所以,在寻找移营地点的问题上,他比别人热心,比别人花费更多的心思。最后,他总算说服了百夫长杰尔登布,两个人用了几天时间,各带一个随行人员,去寻找可以扎营的地方。远远看去,一片翠微,似乎可以,但一到跟前,就失望了。他们只看到一片片喂不饱牲畜的黄绿相间的矮草。同时,他们看到成群的阿拉特带着全家老小,驮着全部家当,赶着一群群牲畜、一串串勒勒车,在缺水的草原上寻找可以放牧的草场。一群群牛羊,都羸瘦不堪,为了一簇青草互相角斗,为了河道里的一汪泥水挤得不可开交。牧民们也无法使畜群安定……赶车的壮汉们都光着上身,昏昏然地用木棍敲打着鼻孔流涎的懒洋洋的牛群。只有这些壮汉们的黑黑的皮肤向外流着汗水,并在身上留下一道道白色的汗碱。

杰尔登布和敖尔敦骑在马上,脸上流着汗,油光光的,双眼都昏沉沉地微眯着,看着一伙伙缓行的牧民们。不少都是他们很早就相识的,有时和他们打打招呼,互相问一些毫无意义的话。

广廓的草原上又只剩下敖尔敦、杰尔登布和他们的两个随从了。杰尔登布问道:"怎么办?人们和我们一样啊!"

敖尔敦擦了擦脸上的汗,从鞍桥上取下水葫芦,喝了两口,捋了捋胡子,说道:"看来,只有移营到邻旗的这一条路了。"

"到邻旗?"杰尔登布说道,冷笑了一下,"想得好!扎布曼都不会答应的。"

"我们可以多拿移营贡物嘛。"

"多拿?谁多拿?我吗?"

"不。杰尔登布巴彦,你和我都可以不拿。我们出面请求扎布曼都,贡物——让他们拿!"敖尔敦的手朝多伦村的方向挥了一下。

"倒是个好主意。可是白搭,"杰尔登布仰脸看了看昏黄的天空,"扎布曼都当上札萨克后,还没允许过一个人移营到外旗。"

"是啊,这正是需要你我共同努力的事。你想,要是这样下去,在旗内逛来逛去,那可要倒霉。这损失最大的可是你,当然也有我呀!"杰尔登布无力地冷笑一下,抖动缰绳,坐骑又开始向前缓行了。同时,他说道:"这个,我不担心……老天爷是公平的,我损失一百,你不会损失九十九,其他人也逃脱不了惩罚……听天由命吧。"

"不对。杰尔登布巴彦。"敖尔敦夹了夹马腹,跟上杰尔登布。"你认为扎布曼都会开恩叫我们就食他乡吗?"

"我想,他会答应的。我们的牲口饿死,对他会有什么好处呢?"

"嘿,我的敖尔敦啊!我们的牲口都死掉,也不会给他带来坏处,我们都成了巴彦,他也不会获得更多的好处。而我们移营外旗,对他可只有坏处……而且,你好像忘了,今年是大比之年,全旗壮丁都要参加比丁呢。"

敖尔敦张着大嘴,摸了摸后脑勺,然后说道:"真的,我倒忘记了。这怎么办呢?今年还要'公中'呢!"

敖尔敦说完,立刻觉得后一句话说得有点儿唐突,但话已出口,收不回

来了。而杰尔登布却早已虎起眼睛瞪着敖尔敦了。

"'公中'？哼！我看你是很盼望'公中'呢,你是不是想在今年'公中'时当上百夫长啊？"

"不……你这是说到哪儿去了？你是罕都烈保荐的呀,'公中'也跑不了你嘛！我呢,只求保住我的财产就行了。"

"别以为我什么也不知道！你已经向很多人发号施令了,对吗？"

"这我怎么敢？"敖尔敦心里突突跳起来,诚惶诚恐地说道,"我的一切还是听从你呀。"

"说得好听！"杰尔登布擦了一把汗,瞥了敖尔敦一眼,"告诉你,我还不一定死在你的前边,在我咽气以前,谁也别想在多伦村说了算！至于你,哼！把闺女嫁给强盗的儿子,就更别做那个好梦！"

敖尔敦脸上的汗又增加了许多,他张着抖动的嘴,看着满面怒容的杰尔登布,半天没说出话来。此刻,他才看清了自己在多伦村的地位还不像自己设想的那样坚实,治理多伦村,向全村的阿拉特们下命令的日子,还不是太靠谱的事情。这就不能不使他很悲哀,同时也促使他下了更大的决心,非要拼死夺过百夫长的职位不可！他想："等着瞧吧,杰尔登布。我会当上百夫长的,我要在多伦村比你硬气！说到玳玛……这的确是个障碍……但是,她很快,甚至马上就不是格力图尔的妻子了！"

杰尔登布侧过脸对着张口结舌的敖尔敦,撇着胡子讥诮地说："怎么不说话？怎么不把你想当百夫长那股神气劲儿拿出来？你呀,还是收敛一点儿好。我问你,布仁巴特欠你多少只羊？"

"一百只"

"这一百只应该是今春还,你为什么不收？为什么偏要秋天收？"

"这个……他有些困难。我是怕他过不了夏……"

"嚆！你还挺仁慈呢！你是怕他过不了夏吗？算了吧,你是怕羊过不了夏！你怕这些羊死在你手里,好聪明啊！"

"杰尔登布巴彦！"

"还有。贡布家的马跑到哪儿去了？都跑到你的畜栏里去了。可他欠我的帐却还没有还清,不要以为把牲口赶过去就算完事！弄不好,我会叫罕都烈断你个巧取豪夺、全部财产充公！"

敖尔敦在心里承认杰尔登布说得对,因为这些事情确实有,并且远远不止这几件。但他又确信自己做得无可非议,而且和杰尔登布相比,还真有点儿望尘莫及呢。比如对贡布,他杰尔登布弄去三分之二,敖尔敦呢,弄到手的还不足三分之一啊!是的,敖尔敦怎么能服杰尔登布呢?特别是,突然跳进头脑里的一个可怕想法,更坚定了他要夺取百夫长头衔,否则,杰尔登布迟早会找机会置他于死地的。要知道,这一年左右的时间,敖尔敦的畜群发展的速度要比杰尔登布快得多。杰尔登布的随丁只有十户,受敖尔敦控制的阿拉特却已超过十五户了,迟早有一天,这十五户就会成为敖尔敦的随丁。当然,这里又有另外一个问题,那就是,当前杰尔登布仍是百夫长,他可以用任何理由使敖尔敦破产!"不,我非要夺来这个百夫长桂冠不可!"敖尔敦在心里喊道,"目前,又必须使杰尔登布别下毒手……"这样,敖尔敦又命令自己暂且忍耐一番,装作胆怯的样子,乞求地说道:"杰尔登布巴彦,千万别怀疑我对你有二心……我的年龄也不允许我有什么非分之想……你能叫我就这样度过晚年,我就对你感谢不尽了!"

"这个……要看你自己了。要和我作对,那可别怪我手狠!"

"我一定永远服从你……杰尔登布巴彦,你和罕都烈是老朋友了,有机会和他说一说,我当初把玳玛嫁给格力图尔,很后悔……要是你和罕都烈命令我退婚,我一定会欣然听命的……"

"这个……你自己看着办吧!"

他们又沉默着走了好长一段路,终于到了村外的已经断断续续的小溪跟前了。过了小溪不远,就是敖尔敦的毡帐。他的毡帐在多伦村紧南头,是前两个月有意远离桑布才搬过来的。毡帐前的畜栏已扩大了几倍,勒勒车也增加到二十一辆,整整齐齐地排在畜栏和毡帐当中。有四个长年帮工在给他干着各种活。

敖尔敦勒住马,对杰尔登布说:"请赏脸进去喝杯茶。"

"免了。我得回去睡觉。"

"那么,关于移营的事?"

"过几天,我去找罕都烈,但希望不大。"

"去,总比不去强。一切都全靠你了。如果不行,咱们全村人都去哀求!"

"试试看吧。"

杰尔登布走后,敖尔敦坐在毡帐外吸起水烟袋,喝着扎惹刚沏好的浓茶,思考起杰尔登布刚才说的话,心情很沉重。他想得最多的就是玳玛。确实,这是个大得不得了的问题。必须叫玳玛立刻回来,宣布退婚,同桑布家一刀两断,要闹得全村、全旗都知道这件事!

第二天,敖尔敦来到桑布的门前,他下了马,把马拴在毡帐外的勒勒车上,背着手看了一眼纯属摆样子的畜栏,便向毡帐走去,拉开门,看到里面围坐着五六个人,看他进来,都闭拢了嘴。敖尔敦笑了笑,坐在人们当中。即刻就有人告辞,相继离去,最后只剩下年纪最大的奥良哈。

"哥哥,你可好久没有来了。"其木格递过去一碗茶水,说道。

"是啊,太忙。听说桑布的腿好了,是真的吗?"

奥良哈说:"你早就应该知道,而不仅仅是听说……"

"说得对。"敖尔敦低下头说,"事情太缠人,亲戚走动得也少了。"

奥良哈毫不掩饰对敖尔敦的反感,说道:"牲口多了,帮工也多了,是要忙啊。——你坐,我该走了。"

"不,别走。"桑布坐起来笑着说,"一会儿还要你替我陪这位稀客喝几杯呢。你看,我可不怪罪大舅哥不来看我,我了解敖尔敦是比别人对牲口更有感情的。"

敖尔敦不好意思地看了看桑布说道:"你们这不是都在责备我吗?好像我已成为外人了。"

其木格说:"哥哥,是你把自己当成外人的啊,你故意把毡帐搬远了,好像怕我们去抢你的牛奶……"

"其木格妹妹!你这是说的什么话?我几次叫你们去拿,可你们不去啊,你们大概是发财了吧?"

"那是玳玛不让去拿。这孩子有志气啊!"

"看看看,当姑妈的不是在给侄女和她爸爸拴对呢吗?"

"你说,你对孩子好吗?"

桑布看着面前两个老兄妹的争论,忍不住笑起来说:"好了,好了。这么长时间没见面,一见面就吵嘴,这怎么行?敖尔敦哥哥不常来,是太忙了嘛。"

"可不是!这才叫说着了呢。"敖尔敦放下茶碗说,"昨天我还和杰尔登布为了找移营地点,整整跑了一天。这可是为了全村人呐!"

"找到了吗?"

321

"哪里有啊,到处都喂不饱牲畜。"

"那怎么办呢?"

"过一半天,杰尔登布去找罕都烈,要求到邻旗混个一年半载。如果不准,那咱全村人都去请愿……"

"全村人吗!"桑布问道,沉思了一会儿,笑着说下去,"嗯,是个好办法。全村人都去磕头,准会生效……那么什么时候去呢?"

"看样子,罕都烈不会答应杰尔登布……非得全村人都去不可了。时间嘛,也就在七八天的样子,总得在比丁之前去呀。"

"是这么个道理。"桑布说道,"你们很为全村人操心啊。单单为了这个,我也得请你喝几杯。其木格,快去找玳玛宰一只羊,我今天要和敖尔敦哥哥好好喝一顿!"

其木格不高兴地说:"玳玛洗衣服去了。我到哪儿去找?要喝,就将就吃点儿腌肉吧。"

"也行。你说呢,大哥?"

"谢谢你们的厚意,我可不想喝……"

"嗨!你是真生气了咋的?要不,我亲自动手准备?我可是能站起来了。"桑布笑着说,并真地拄着棍子站了起来。

其木格飞快地跳起来扶住桑布,嗔怪道:"别作死!刚好一点儿,还想加重吗?"

桑布故意皱着眉头说:"没办法,管得太严……"说着又慢慢坐了下去。

敖尔敦惊奇地看着桑布说:"你好得这么快,真叫人难以相信。除非是神医!"

"是神医!"桑布认真地说,"这不是正坐在这里嘛!"

敖尔敦看了看奥良哈,不相信地摇摇头。

"当然,还得有妙药。"

"你不是把科尔丹给的药退回去了吗?"

"他那药白扯,只能把我的腿治掉!你听我告诉你,我是碰到神仙了。一个女菩萨,有一天,她走进了我的毡帐,送来了灵丹妙药,说道:'桑布,我要让你站起来,让你骑上骏马。'说完,留下仙丹,不见了。这不,马上就应验了!大哥,你信不信?"

"那好啊,神仙都眷顾你,你要时来运转了呢!"敖尔敦讥诮地说,慢慢站

起来,"我找玳玛,她在哪儿?"后一句话,他是朝着其木格说的。

"刚才不是说了吗? 洗衣服去了。"

"我去找她。"

"有什么话,你就说吧。"

"我要找玳玛说话。"

"背着她的婆婆和姑妈?"

敖尔敦本想冲口说出:"什么婆婆! 见鬼去吧!"可是没这样说,只是咽了口唾沫,瞪了其木格一眼,说道:"她回来时,告诉她马上回家一趟,我有事。"

"告诉她可以,她去不去我可管不了。"

敖尔敦愣了一会儿,气得浑身打抖,真想和其木格吵起来,上去给其木格一拳头。他扫了一眼桑布,后者正微笑着,他恨不得上去把那两条腿全踢断。但他抑制着自己,只是使劲儿吸了一口气,鼓足劲大声喊道:"玳玛和格力图尔离婚了!"然后猛地转过身,丢下失魂落魄的其木格、大吃一惊的桑布和目瞪口呆的奥良哈,大步迈出门去。在恼怒中,他骑上马,直觉得眼前乱糟糟、头脑浑浆浆的。他想去河边找玳玛,可是迎面跑来布和。布和连马也没下,喘息着说:"我找你半天了。杰尔登布找你去他家。他说和你商量点儿村里的大事。"

敖尔敦觉得去杰尔登布那里更重要,便暂时放弃了找玳玛的打算,朝杰尔登布的毡帐驰去。

45

多伦村南面的小河,对多伦村的阿拉特犹如生命一样重要。人喝它的水,牲口饮它的水,女人洗衣服也用它的水。那些开始和小伙子谈情说爱的少女们,常常偷偷跑到一丛柳树里,坐在河边的石板上,浣洗自己美丽的长发,并对着河水里的倩影含羞地微笑……这条可爱的小河,从来没有辜负多伦村的阿拉特对它的钟爱。每到春天,它就开始欢快地唱起歌来,招引大群的人和大群的牲畜。但今年却像和谁赌气一样,从开化那天开始,它的水量就一天天减少,现在早已没有了原来滔滔汩汩的丰姿。河床里,大部分河水干掉了,河底的淤泥龟裂成一片一片的,每一片的不规则的边儿都朝上翘着。只有几处原来较深的地方还残存一汪死水,在强烈的阳光烘烤下,懒洋洋地趴着,不断地萎缩着身体。

玳玛的小手和手中的衣服搅动起这样一处死气沉沉的水,从手腕处扩展开一环接一环的涟漪,润湿着水边的干成一片片的淤泥。

玳玛吃完早饭就骑马来到这里了。她没有听从其木格的劝阻,把全家人的脏衣服全捆到一起拿来了。时近中午,天气越来越热,玳玛也终于红涨着脸,裸着胳膊洗完了最后一件衣服。她松了一口气,高兴地站起来,把身后石板上拧干的衣服一件件晾到岸边的柳枝上。她又看了看自己那匹已趴在草地上打瞌睡的马,回身步下坡岸,坐在水边。水又安静起来,亮晶晶的,像镜面一样,玳玛低头看见了一个俊俏的脸,微笑起来。她害羞地抬起头,掠了掠额前的长发,并用她特有的浑圆的粉红色的小臂抹了一把脸上的汗水,便把双腿浸入温热的水里,然后,向对岸的远处看去。草原上是蒸腾的流水一样的地气,那些矮草好像也是在水里一样。她忽然回忆起,当她在毡帐外听说把她嫁给格力图尔而跑到河边做少女梦的时候,大地不也是这样像在水里浮动吗?对了,那一天也正是在这里,就坐在身后那块目前已远离水边的石板上,攀折着柳枝,流着惊喜交集的眼泪。她不由得回头看了看那块值得纪念的石板,却又赶忙转回脸,羞怯地咬起了红润的嘴唇。一切往事都在眼前浮现起来。一年前的这个时候,她和格力图尔结了婚。但那新婚的晚上,听着大雁嘎嘎的叫声,望着闪烁的星光,坐在毡帐外的地上,心里是何等的难过啊!就从那一天起,她开始和格力图尔过起并非真正夫妻的夫妻生活,而且几天后,送别了没做过一天真丈夫的丈夫。日子是够难熬了,帮工、借债、到父母那里讨吃的,几乎全是她一个人的事。每天天不亮就必须起身,打着哈欠开始操劳,直到夜深人静,她才忍着满身的酸痛挤在姑妈身边睡一觉。然而,就是这样的日子,使她和这个家庭联结得一天比一天紧密,使她和格力图尔的心越来越近。她曾打算,在找到乌日娜金的时候,把位置让出去。但最近她发现,自己这样做是不甘心的。她记得还是第一次去扎布曼都官邸探望格力图尔时,曾和乌日娜金发生了一次争吵。当时,她觉得悲伤哭泣的乌日娜金很可怜,为自己的那句气话很后悔,边陪着乌日娜金哭,边在心里说:"乌日娜金,我会把位置让给你的……"

这件事过去几个月了,而现在的玳玛是不肯把这位置让给乌日娜金了。她深深地爱着自己的丈夫。不,她不能让出去!只要格力图尔不赶她走,她一辈子也不离开!特别是最近,姑父的腿快好利索了,还准备和奈曼乌勒里应外合攻打扎布曼都官邸,听说还有本村的不少人呢。她干!为什么不呢?只要和格力图尔在一起,走南闯北也干!离开狠心的父亲,和亲爱的人在一起,给丈夫熬牛奶、沏茶、包扎伤口……这对玳玛多么有吸引力呀!而且,格力图尔就要回来了,英俊可爱的丈夫就要回到身边了,艰难的十二个月,到底咬着牙熬过来了!正是这种心情,她今天一早起来,就收拾起全家的衣服,打补丁的、半新的,全拿来了。等格力图尔回来,一看这些衣服都洗得干干净净、叠得整整齐齐,该有多高兴啊!他准会说:"玳玛,你真好!"这回,玳玛是决心和格力图尔真正结婚了!她要把自己的手给他,把俊俏的脸给他,把……想到这"真正结婚"的一切她所未曾体验的细节,她感到心都战栗了,脸上像燃起了烈火……

玳玛正在忘情地想着,突然抬起头四外看了一下,好像有人在听着她的心声。其实,跟前根本没有人。她慢慢又低下头,看着浸在水里的皙白丰润的腿,兴奋地决定洗个澡,并把身上的衣服也洗一洗。这回,她站了起来,走到石板后面的高埠处,认真地四处看了一遍,没有发现附近有人,不会有人看到她。她很快跑到水边，快速脱光衣服，涉进深及小腹的水里，开始把水往身上撩泼，擦洗全身，又很快把脱下来的衣服洗干净。最后，她又四处看了看，迅速跳上岸边，从树枝上拽下一件已晒干的长袍，穿到身上，把刚洗完的衣服晒上。一切该干的都干了，玳玛也确实感到疲乏了，身体软绵绵的，阳光又烤得她昏昏然，真想睡一觉了。她无力地走到柳树下的荫凉处，舒服地平躺在柔软的草地上，眼皮很快就沉得抬不起来了。格力图尔的面孔又在眼前开始撩拨起她的心。她那雪白的牙齿轻轻咬着下唇，紧闭起眼睛，不愿让那最亲近的人的形象在眼前消失。

　　天气更热了，又吹来一阵阵干热的微风。玳玛很快睡去了。这时，有人轻轻唤起玳玛的名字，玳玛睁眼一看，啊！是格力图尔！他骑着一匹高头大马，穿着玳玛刚洗过的干净长袍，脚上是黑色的马靴，正挑逗地微笑着，眼睛发出的两柱温柔的热波，使玳玛酥软了一样，挣扎不起。但她到底还是站起来了。格力图尔跳下马来，依在马身上注视着她的脸、她的手、她的裸着的丰润的腿。玳玛赶紧把衣服掩好，向格力图尔走去。她想，这次，我一定要扑到你的怀里。"你回来了，不再走了吗？"玳玛问道。"我永远也不离开你了，我的好玳玛！"格力图尔说完，轻飘飘地飞身上马，微笑着又说道，"快上马，回家去。我们要真正地结婚了！"玳玛在心里埋怨自己没有扑向他的怀里，更埋怨他竟又骑上马，她委屈地想流泪，但还是顺从地骑上自己的马。不一会儿，两匹马便在草地上无声无息地奔驰着，追逐起来……

　　如果不是杰尔登布正在这个时候从这里经过，那么玳玛的梦还会继续做下去，并且，站在玳玛的角度，这一切和紧跟着来的一切，都会从梦想变成现实。

　　杰尔登布是早上决定亲自去喀喇沁旗的。他吃完饭，派随丁唤来敖尔敦，告诉他自己此行的目的，还让他告诉多伦村的阿拉特：第一，杰尔登布是为了全村人才去请求移营邻旗的，大家必须对此有所表示才行；第二，明后天俄国商人要来做买卖，叫大家换足需用的物品，以备移营之用。为了在当天赶到札萨克官邸，杰尔登布在午饭后不久，便顶着烈日，一个人启程上路了。他沿着河道找到一处有水的地方，跳下来，开始饮马。饮完马后，又走到岸上，一抬头，发现柳树上晾着不少衣服，草地上卧着一匹马，却不见人影。他想："这是哪家的姑娘，洗完衣服跑到别处玩儿去了吗？"他想着，随手检查了一下马肚带，准备骑马上路了。这时他才发现，在柳树下仰卧着一个

姑娘,他牵着马走了几步,立刻惊呆了。那不是玳玛吗?她正睡得香甜,似乎在梦中微笑着。圆圆的脸蛋红扑扑的,睫毛在闭着的双眼上显得又黑又长,好像可以一根根数得过来,散在草地上的长发,油黑发亮,像一片乌云,衬托得那俊俏的脸蛋分外俊俏。还有那细嫩雪白的下颏,微微隆起的正在平稳起伏着的乳峰,和那双半裸的丰满圆滚的腿,都像磁石一样吸引着杰尔登布。他从来没有注意到敖尔敦的女儿竟这样美!杰尔登布感到每条神经都在抖动,口涎顺着嘴唇无耻地流下来。他把马拴在树干上,蹑手蹑脚地向熟睡中的玳玛接近,开始解着自己的衣带。他心里想:"敖尔敦啊敖尔敦!你不是想当百夫长吗?先让你的女儿尝尝百夫长的滋味吧!格力图尔啊格力图尔!你对我可好不客气呢,弄跑了我的乌日娜金,我要叫你当王八!来吧,玳玛,迷人的小姑娘,不能让格力图尔一个人享用你!"

玳玛在睡梦中觉得自己被一座大山整个压住了,她喘不过气来,手脚动弹不得。一开始,她以为是魇住了,想喊一声,好快些醒来。可是一阵难忍的奇特的撕裂肌肤的疼痛,和向她鼻孔扑来的浓烈的酒臭味儿,使她猛地睁开眼睛。她看到了杰尔登布那张可恶的粗糙的大脸,一对瞪圆的红红的淫荡的眼睛大和那大张开呵呵喘着的血红的嘴。玳玛立刻昏过去了……时间似乎停滞了……

太阳快落山了,但可怜的玳玛仍然躺在柳树下悲痛欲绝地抽泣着。她觉得周围的一切都变了。一切都在旋转,一切都混沌一片。她瘫痪般地躺在那里,站不起身来,没有站起来的力量,失去了支配站起来的神经。眼角的晶莹的泪珠滚下一个以后,又很快聚起第二个……

太阳已经接近山巅了。天气开始凉爽起来。玳玛终于昏沉沉地慢慢坐起来。她看不到那早已干透的衣服,看不到那蹚到水边去喝水的马。她又感到一阵无法名状的伤心和委屈,她起身抱住树干,爆发出一阵裂人肺腑的恸哭。她的手在树皮上使劲儿往里抠着,手指上淌出鲜红的血……

已是远山衔日的时候了。晚风开始吹得树枝沙沙作响。她搂着树干,脸贴着树干,开始整理自己的思绪了。她终于下了决心,准备告别这短暂的人生了。她把腰缠从树枝上拉下来,慢慢搭在足以经住她身体重量的枝杈上,结了死扣。是的,她明白了今天到底发生了什么事情,这事情到底有什么意义。她没法儿活下去了。她的圣洁的心灵被绞杀了,不准许她再活下去了;她纯洁的身体被玷污了、毁坏了,使她无颜再活下去了;她的全部幻想和快乐被击碎了,她再没有继续活下去的愿望了。"格力图尔,永别了!祝你和乌日娜金幸福……"玳玛在心里哭诉道,睁开迷惘而失神的眼睛,向自己毡帐的方向看了一眼,把头伸入结好的扣套……

突然,传来其木格老迈而疲劳的喊声:"玳玛——你在哪儿啊?!"

玳玛浑身一抖,赶快把头从套里移了出来。她的心又被另一种高尚的悲痛搅碎了。"不!现在不能死。姑妈受不了……而且,要报仇啊!"刹那间,理智苏醒过来。玳玛迅速摘下腰缠,脱掉被玷污的长袍,赶快穿起一件干净衣服,拢了拢头发,擦去脸上的泪水……

"玳玛——"

玳玛应道:"姑妈,我在这儿!"

其木格只是听到了玳玛的声音,却没留神这声音比哭还要撕裂人心。这声音里充满痛不欲生的悲哀,也充满了对不幸的姑妈的高尚的怜悯。其木格驱马赶了过来,埋怨地说:"怎么一洗就是一天呢?你不知道姑妈挂心吗?"

一股泪水又涌出来,她赶忙回身从树上取下衣服,顺手擦去泪水,勉强挤出笑容说:"我睡着了。"

"以后可千万别这样。有个野牲口什么的,可不是好玩的。"

"记住了,姑妈。"

"走吧,晚饭都做好了。你姑父今天自己动手宰了一只羊,就等着你了。还有,你姑父说,叫你明天给格力图尔送马去,他后天就到日子了。还让你给奈曼乌勒捎一个重要的口信,奈曼乌勒好做准备……这回可真要闹起来了……"其木格一边说着,一边帮助玳玛理好衣服。

在西方山顶上只剩下一片暗红色的霞光的时候,其木格和玳玛往回走。在坐骑的缓行中,其木格不住地讲着格力图尔,而玳玛不断地偷偷擦着泪水……

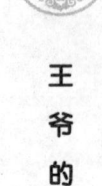

46

在玳玛一生中最不幸的时刻,格力图尔正乘马飞驰在去图什业图王府的途中。他要去完成一年苦役里最后一项使命。

还是在早饭后,格力图尔被唤进科尔丹的房间。科尔丹笑容可掬地让格力图尔坐在对面,亲手倒上一杯热茶,亲切地看着格力图尔总是布满愁云的脸,神采飞扬地说:"我祝贺你从后天开始,正式恢复自由阿拉特的身份。你在这里的苦役,到明天午夜就结束了。"

实在说,这消息对格力图尔是突然的。他虽然知道自己在春天里就可以回家,但并没像爸爸那样计算一下,这回家的日子就是后天!一年来,他是天天盼着回多伦村的,每一天似乎都加倍的长,好像他要走过的三百六十五天,可以抵上平常日子的三千六百五十天!三百六十五天也好,三千六百五十天也好,总算过去了!但他在刹那间回首一想,这时间又似乎过得太快,一切都恍如昨日。后天就要回去了!格力图尔真的急于回去吗?是真的,这怎么会有疑问!爸爸、妈妈在牵着他的心,玳玛在牵着他的心,家中的牲畜要靠他牧放,家中的活计要靠他操持,家中的外债要靠他偿还,他怎能不急于返回这样牵着他的心、这样需要他的家呢?多伦村的小伙子们盼着他,他也盼望着重新加入那年轻的一群。骏马在等他骑乘,草原在等着他的英姿,河水在等着洗涤他的脸,山巅在等着他登临。格力图尔能不急于重返这美丽的大自然和伙伴们策马飞奔吗?这一切在格力图尔的脑海里是应该清晰的。事实上,在一开始,也确是非常清晰的。但在紧接着的第二个刹那,却又变得模糊不清了。这并不奇怪。在这里,有乌日娜金。乌日娜金是他的心上人,是他唯一深切爱着的姑娘,他曾为了寻找她而几天不食不眠,曾为了救她于厄运之中,冒险将匕首刺进额勒吉卡的坐骑……这一切,都使格力图尔和乌日娜金的关系中,注入了新的更加有生气的因素。但由于事实上和感情上的种种障碍,使他和乌日娜金之间总是处于若即若离的局面,在互相挑剔、互相嗔怪、互相埋怨中,也更加难分难解,又幸福又怅惘的心情一天比一天加重。他有时感到和乌日娜金很亲近,息息相通;有时又感到和她很疏远,关山难越;有时想正视现实,割断前缘;有时又想迁就感情,重叙旧好。但是,一旦离去,那又是怎样一种情景啊!无疑,他和乌日娜金差不多就是幽明两隔了。不要说见面如登天,就是想一想,也会像隔着千山万水那样变得渺渺茫茫了。那么,他不爱玳玛吗?"是的,不爱。"格力图尔在头脑中的第三个刹那里,这样明确地回答了自己。他喜欢玳玛,是因为她是惹人怜爱的好妹妹,是因为她为桑布家作出了巨大牺牲。她是格力图尔的好妹妹,高尚的朋友,大恩人。虽然曾有那么两次,他曾对玳玛产生过情爱,但那是短暂的,稍纵即逝的,很快被乌日娜金的形象遮掩得无影无踪了。那么,格力图尔会抛弃玳玛吗?"不,不会。"格力图尔在头脑中的第四个刹那里,明确地回答道。他怎么能抛弃玳玛呢?在苦难的日子里,他和玳玛已被一条看不见的但十分坚韧的丝网连结在一起了。这便是命运,他挣脱不了,也不能挣脱的。是呀,这是个太复杂的问题。然而,后天就要回去了,就要和玳玛生活在一起,就要远离乌日娜金了!格力图尔悚惧地感到,他的心的一边被多伦村的亲人拽过去,另一边被乌日娜金强有力的手拉着……在未来的日子里,格力图尔的心可不是要被扯成两瓣吗?

在科尔丹亲切地侃侃说出格力图尔盼望已久的好消息后,格力图尔的心里翻滚起这阵又咸又苦的浪花,喉咙里也又咸又苦了。他头脑中的四个刹那,在现实的时间里,也只是一个刹那。所以当他抬起眼睛去看科尔丹时,后者并不知道他竟产生了那么激烈的感情的波涛,把自己的话又紧接着送过去:"本来可以明天晚上通知你,但我希望你早一天高兴起来,并问问你有什么要求没有。有什么要求,可以毫不客气地对我说,我一定使你满意地重返家乡。"

格力图尔没预料到科尔丹会让他提什么要求。他也从来没有向别人要求过什么,他耻于低三下四地获得别人的怜悯。他曾制止索伦扎鲁说他"巴结",那是用拳头;他曾希望奈曼乌勒信任他,那是用决斗;他曾不想当科尔丹的驭手,那是用威胁。假如说格力图尔对别人有过要求的话,这就是他的方式。只有一次,他是违心地去乞求,那是罕都烈把乌日娜金拖进

石头房后,他曾冲进大门,求科尔丹发发慈悲放了乌日娜金。他后来想起这件事就脸红心跳,但是他不后悔。在他看来,为情人做出什么低贱的举动,也不算低贱。这次要不要为乌日娜金求一次情呢?是科尔丹主动让他提要求,而且又没有守门人阻拦啊!他想:"说吧,只这一次,最后一次。"

"你们为什么不放吉利图和乌日娜金走呢?他们不是牧奴,是真正的阿拉特!"

科尔丹估计格力图尔是会提出这个问题的,但他还是表现出很惊讶的样子,说道:"我是说你个人的要求……至于他们,罚作牧奴已是远近皆知的事情,这样的成命是不好更改的。""拿牲畜赎他们,那总可以吧?"

科尔丹低头沉思了一会儿,慢悠悠地说:"这样的先例倒是有过……可是何必呢?那样做对你没有好处。假如你是个光棍汉,我肯定会把乌日娜金送给你,而不用赎买。但是,你已经结婚,玳玛又是那么可爱,再叫乌日娜金回多伦村是不合适的,造成一些不愉快的纠葛,对你可不是好事。你说对吗?我倒有一个打算,叫乌日娜金嫁给奈曼乌勒,这可能是个两全其美的办法……"

格力图尔当然知道这是不可能的。但一想到乌日娜金和别人在一起,心里就剧烈地绞痛起来。他不允许乌日娜金投入到任何人的怀抱里,哪怕这个人是他最要好的朋友。但他马上又怀疑起自己,作为一个有妻子的人,有权力限制另外一个姑娘的自由吗?他是乌日娜金的主人吗?他凭什么只允许自己去思念不能娶为妻子的姑娘,而不让乌日娜金有自己的丈夫呢?

科尔丹看格力图尔不说话,便接下去说:"这样吧,我再想一想,尽量让乌日娜金有个好的归宿,也不枉你对她的一片深情。这个我们不谈了,等你回去后,我们再慢慢商议。真的,你就要走了,我肯定会想念你的。我有一个想法,等我继承了札萨克以后,一定把你请来做我的助手,最起码给你个参领的军阶。你愿意干吗?"

"不。我只求当一个不服苦役的阿拉特。"

"唉,你真是个倔强得可怕的人。你知道,倔强会变成固执和拘泥!……好吧,这个先不勉强你。"科尔丹说着,看了看钟,"现在是上午十点钟,你还须为我跑一趟图什业图王府,我有一封信急于交到博克拿多手里。另外,我又选择了一个驭手,叫他也跟你去认认王府的路和博克拿多的门。他叫库玛,长得很漂亮,你认识他。他的驭马本领比你差多了,但你要

331

走了,我也只好求其次了。你现在就去找他,商量一下,一定要在午饭后就出发。这是你在这里最后的一次辛苦了。"

格力图尔带着一脑袋乱糟糟的胡思乱想,接过信来,揣入怀里,快步走了出去。他找到库玛,两个人简单合计几句,就立刻鞴上两匹快马,风驰电掣般奔向图什业图王府。

在驿站,他们换了马,连口水也没喝,又继续赶路,太阳还很高呢,他们就抵达王府外的下马石处了。守卫者立刻把他们带到博克拿多的房间。

博克拿多耳朵的伤口早已痊愈,但那里永远不会再有耳朵了。由于两边的听觉不平衡,这就使他总是得歪着脖子听别人说话。博克拿多接过信后,叫格力图尔和库玛在外间等着回话,便拆开封函,抽出信笺。信是这样写的:

协理台吉博克拿多大人阁下:

  自大人返辔王府,迄今又已蟾圆几度。彼时风雪振木,今已翠烟遍野。枯荣连踵,时不我待。而小子学业未成,功名未就;退居草野,虚度年华。每念及此,辄不胜惶遽悲怆之至。忽忆大人曾许提挈教育之约,因萌一登龙门之想。今乃其时乎?大人其有意使小子随镫乎?如蒙大人眷顾不弃,生则铭肌镂骨,死则结草衔环,以报大人。

  专此布悃不胜翘足待命之至

            晚　科尔丹顿首

博克拿多看完信,仰在椅背上沉思了一会儿,在心里冷笑道:"正要你来,你就自己找上门来。这回,我要让你'夺'去梅伦,然后,再抓住你借职权之便行贪污之实的把柄,小科尔丹就甭想跑出我的掌心!等你承袭札萨克时,也会惧我三分。对,就这么办!"想完后,他走到外间,对格力图尔说:"明天走吧,我今晚写回信。"当晚,博克拿多对一些行动细节进行巧妙斟酌,并和色旺诺尔布桑保王爷商量了一下明天视察王府修建地址的事宜,通知梅伦以下全体官员作好护驾的准备,然后,在灯下给科尔丹写了一封热情洋溢的回信。

第二天,格力图尔和库玛飞骑而去后,色旺诺尔布桑保王爷在博克拿多等一班臣僚的陪同下,在一阵尘雾中来到未来王府的地址。

这里离现在的王府大约十五里地,是个山清水秀的地方。所有陪同前来的协理台吉、梅伦台吉以及管旗章京、文书、佐领、参领、骁骑校等一班臣僚,很快跳下马,擦着脸上的汗水,迅速地分列在王爷马车的两旁垂手恭立。王爷在博克拿多和几个近侍的搀扶下,气喘吁吁地滑下他的镶金装饰的马车、站在草地上时,立刻有人张开华盖,遮蔽直射下来的烈火般的阳光。王爷穿的是高贵而显得臃肿的海水江牙的王服,头戴亮红顶双眼花翎帽。他今年五十九岁,特胖,几乎看不见眼睛和脖子。他最喜欢的两个动作是:威严地一挥手和高傲地把双手交叉在胸前。

王爷不可一世地向周围慢慢扫了一眼,把右手抬起,在前上方威严地一挥,用沙哑的喉咙咕噜出下面的话来:"就在这里,我要造起一座宫殿,让它和皇帝的宫殿媲美!我,色旺诺尔布桑保王爷,哲里木盟盟长,当今皇帝的姑父,不能没有一座豪华壮丽的宫殿来显示我的崇高身份!你们说怎么样?"他说完后,眯起眼,没有看一眼那些在他说话时垂手俯背的臣下,只是把手搭在腆起的大肚子上,就像放在前面的茶桌上一样。

在阳光的强烈烘烤下有些昏昏然的臣僚们,参差不齐地喊道:"王爷当之无愧!"

"打开图纸!"

立刻有人把图纸递给博克拿多,博克拿多抽出一张王爷唯一能看懂的平面布置图,打开后,擎在王爷前面。

王爷捻着黄色的胡须扫了一眼那平面图上的线条,又推开去,看着前面挥了一下手说道:"城楼修在那儿,务必壮观。里面修正殿和偏殿,要使它高……高入云霄!大殿后面,要有一座花园,里面要移来天下的奇花异草,古木怪石。花墙月门、曲径雕栏,应无一不备!在右边,城墙外,要修一座假山,把河水引过来,流经那片林木,绕过假山的山脚……"

王爷脱离图纸进行的设想,不能不说是美妙的。他的正前方是一片开阔地,草原中长着一丛丛杏树、欧梨树、各种野花。极目处是或蓝或紫的山峦,山峦的拦腰处,是缕缕雾带,宛如素练。稍近一些,是一条闪着银光的回溪,回溪两边布着三五成群的毡帐。右边是一带乔木林,夹杂少许几棵常青的松柏树。

王爷对着前面的山水,说完上面的话以后,又眯起眼,双手叉在腰间(这时,他真像一只双耳的香炉),为自己的美妙的构思兴奋着。那样子,酷似一个独具匠心的艺术大师完成了一件巧夺天工的杰作后在自豪地欣赏着。仿佛在他的眼前已经有了一座山环水绕、金碧辉煌的宫殿。

"你们说怎么样?"王爷从牙缝里挤出这么一句话,同时从眼缝里向在场的一群挤出一道逼人的目光。

臣下们又俯身道:"王爷英明,臣等愿效犬马之劳!"

王爷睁开右眼看了看右边的人,睁开左眼看了看左边的人,威严地说道:"待王府修成后,你们都是有功之臣,我一定要重重地赏赐你们。"

博克拿多很快趋前一步,躬身道:"谢王爷。臣等理应尽瘁,死而后已。"

"博克拿多,回去后,马上下一道我的旨令,着各旗札萨克和大小巴彦,筹集车马壮夫,一定在五月奠基,百工并举!"

"遵命,王爷。"

"回府!"

梅伦额勒瓦奇尔此刻壮了壮胆子,向前走了几步,对王爷说道:"王爷,臣自王爷授任以来,一直未有机会拜谢王爷恩典,很想就此机会向王爷布陈愚钝之见,不知王爷准不准?"

"是你呀,额勒瓦奇尔。听说你不同意修王府,你想布陈的就是这个吗?那就不必了。"

"不,王爷。修王府业有尊旨,微臣怎敢作梗? 臣是想说,这王府应该怎样修……"

"不要弯来弯去,你说怎么修!? 找能工巧匠,用石头,用木头,用砖! 还有别的修法吗?"

"王爷,"额勒瓦奇尔惶恐地低下头,"王爷还没有理解臣下的意思。臣下的意思是:第一,我们可以用自己的力量修王府,而不必向俄国人借款,那借贷合同,对我们是一条绳索;第二,我们赖以生存的是阿拉特的贡物,阿拉特赖以生存的是牛羊,牛羊赖以生存的是水草,而今春大旱,苦于水缺草短……"

博克拿多忙接过话来说:"王爷,这正好有利于土木工程,王爷洪福,天公作美!"

"协理大人! 我希望您能设想一下,征集车马壮夫,这对大旱威胁下的阿拉特意味着什么? 民可以载舟,也可以覆舟啊! 请王爷明鉴。"

"嘀！你这是在说王爷不体恤民情,你是在为民请命啊！王爷,奴才可以剖见额勒瓦奇尔的真意。他先是不同意修王府,接着是不同意借款修王府,最后又要推迟王府工程。其目的是一个,那就是使王府工程计划最终成为泡影。梅伦大人,我没有说错尊意吧?"

王爷气恼地抖起胡须,朝着额勒瓦奇尔"哼"了一声,使后者刚想说话,又立即缄口,深深低下头去。

"我听说你直到今天也没有贪占一文钱,就知道你不是个好东西！你是收买人心,等待时机,谋夺高位,是不是?"

"奴才不敢。"

"谅你也不敢！我问你,你想二十年修成王府吗？你想在我死后修成王府吗？我现在宣布,从今天开始,你被撤职,拘留待办！梅伦一职,由科尔丹继任。博克拿多,听到了吗?"

"听到了,王爷。"博克拿多说道,然后又转向目瞪口呆的臣僚们,"诸位还不知道,昨天科尔丹派人下书,言称其叔额勒瓦奇尔曾有逼杀兄长之恶,以刀斧之余生,做跳梁之小丑,不宜在王左右,本人愿来王府,为王爷效力。此请业经王爷恩准,科尔丹不日即可到任。"

"王爷！"额勒瓦奇尔气得浑身打颤,很想一步跳到这个当众编造谎言的人跟前,手批其颊,口唾其面。但是,王爷不仅不会允许他这样放肆,就是他想为自己辩解几句也是做不到的。

"住口！就这么办。把额勒瓦奇尔押回去！以后再有阻拦修王府者,以他为例！"

博克拿多又说道:"王爷,臣下还有一言,请王爷明鉴。额勒瓦奇尔虽有旧恶,业经王爷隆恩宽恕,可不必追查。此次获罪王爷,理应严办,但此人尚有才干,王爷可责令其监理王府工程,额勒瓦奇尔定能感恩怀德,以死报效王爷。请王爷恩准。"

额勒瓦奇尔的心一阵痉挛,他怎么能监理这么浩大而难办的工程呢？这不明明是博克拿多以此嫁祸、赶尽杀绝吗？他立刻惶惶然地说:"启禀王爷。奴才不堪任守,请王爷削职审查,如有旧恶,甘愿引颈受戮；若无不赦之罪,尚望王爷开恩,使奴才得返寒庐,奴才将感恩不尽。"

"哈哈！想远走高飞吗?"王爷厉声道,"就照协理说的办！你敢离开王府一步,全家斩首！从明天起,你就是王府工程总监,尽早开工。稍有差池,拿你是问！"

　　额勒瓦奇尔低垂着头，脸上的汗珠不停地滴落在脚前的枯黄的草叶上……

47

格力图尔和库玛离开王府,马不停蹄地向喀喇沁旗回奔。在太阳偏西的时候,他们在扎布曼都官邸大门外跳下马来,人和马都是汗水淋漓了。格力图尔不愿意再进入科尔丹房间,便叫库玛持回信去复命,他则向自己的毡帐走去,准备收拾一下东西,和朋友们道道别,特别想在临行前和乌日娜金一起多呆一会儿。使他万分惊讶的是,当他拉开门时,一眼看到了托腮沉思的玳玛。

"玳玛!"

玳玛抬起头,眼睛一亮,很快站起来,声音颤抖地说:"格力图尔!我以为……要看不到你了。"

"你说什么?你担心我会出事吗?"

"不。"玳玛忍住抽泣,勉强现出笑容,"我怕你今天回不来……"

"那怎么会,"格力图尔微笑了一下,说道,"我明天就要回家了,能不快马加鞭赶回来吗?"

"你明天真回家吗?"

"真的!科尔丹已经告诉我了。"

"这就好了。爸爸也估计你这两天回家。"

"看你要晕倒的样子!快坐下。家里都好吗?"

"都好。爸爸的腿快好利索了。妈妈也高兴。我们都盼着你回去。今天,爸爸叫我给你送马……"

"那太好了!你来多久了?"

"中午到的。马跑得很快,是爸爸新和人换的两匹马。"

"你饿吗?我去弄点儿吃的。我是饿透了。"

"这里有。"玳玛把身旁的皮褡裢拿过来,从里面取出几样吃食,递给格力图尔,"这里还有酒,留给你和朋友告别时喝……这件衣服是预备叫你走时穿的,可你现在就换上吧,看你出多少汗,衣服像洗过一样……"

"可不是,跑得太急了。"格力图尔塞一块腌肉到嘴里,站起来,换上了洗得很干净的长袍。玳玛慢慢起来,替他把腰缠仔细扎好。

"你真好,玳玛。"

玳玛一阵哽咽,险些流下泪来。

格力图尔看到玳玛伤心的样子,问道:"你怎么了?"

"唔……没什么。我要回去了。"

"你不是来和我明天一起回去吗?"

"不行。家里还有不少事。再说,姑妈很着急,我回去说说,她就放心了。"

"要不这样吧,我去问问科尔丹少爷,今晚咱俩一块儿走。"

"不用去求他。你晚上还得和朋友们道道别。还得看看……乌日娜金……"

格力图尔感到一阵羞愧,觉得自己真的有些对不住这个心地纯洁的姑娘。

"还有,爸爸叫你回家前去突泉一趟,买点儿猎枪子弹。"玳玛说着,从怀里掏出一个钱袋,递给格力图尔。

"爸爸真是!这忙什么?回去以后什么时候买不了?再说,这一半天俄商、汉商都会跑去的。——这么些钱!又是借的吧?"

"不是。是班卡妈妈给的。"

"班卡妈妈!她在哪儿?"

玳玛嗔怪地说:"喊什么?真不该告诉你。"

"我不喊了,你快跟我说,她在哪儿?"

"看你急的!比听到亲妈妈的信儿还急……"玳玛怀着妒意小声说,脸上飞起了红晕。

格力图尔也觉得不好意思了,低下头说:"那好,我……不问了。"

玳玛苦笑了一下说:"你不问我也得告诉你。两个月前,班卡妈妈派人给爸爸送去不少药和钱,叫爸爸治腿,腿好后和班卡妈妈一起去南边。"

"爸爸去吗?"

"爸爸说去。还有妈妈,你,全去。"

"你呢?"

"我……当然……也去。"

"班卡妈妈……为什么不来接……吉利图?"

"会来的。听我说,我的话除了奈曼乌勒以外,谁也不能告诉,包括……乌日娜金,这是爸爸说的。这几天,全村人要来请求移营到外旗去,爸爸准备趁这个时候打扎布曼都一下,叫奈曼乌勒做内应,然后都走,到卓索图盟去。爸爸说,正好你这几天回家,你对这里熟悉,往里打容易……"

"对!这仇是该报了!"格力图尔兴奋地说道,"班卡妈妈知道吗?她来吗?"

"爸爸说,等时间定下后,再去告诉她。"

格力图尔激动地来回走着,好像马上就要面临一场渴望已久的决战。当他一眼看到玳玛时,不禁说道:"玳玛,你真好!你不知道你带来的消息叫我多高兴啊!"

"你看你,爸爸真说对了。你心里一有事,连牛羊都能看出来的。原来也不打算告诉你,怕你一高兴说漏了嘴。"

"不,不会!放心吧,玳玛,一会儿我就把自己藏起来,让他们谁也别想看到我。"

玳玛咬着嘴唇笑了一下说:"那样才好!"

"玳玛,爸爸没说对科尔丹怎么办?"

"不知道,他好吗?"

"怎么说呢?对我当然一直挺好。这里的人也在说'老爷快升天,少爷快当权'……真把我弄糊涂了……也许留下他一条命对……"

"我不知道……唔,天快晚了,我该走了,你送我吗?"

"怎么能不送?走,我送你。"

玳玛心里明白,她这是和格力图尔以及人生作着最后的诀别。她希望这并肩前行的时间无限延长,心里在乞求太阳慢点儿落,好使她和自己的丈夫多亲近一会儿。但她不敢去碰格力图尔那健壮得火一样的胳臂,只是低着头,慢慢地走,有时偷偷看一眼格力图尔刚毅、英俊的面孔和勇敢、正直、亲切的眼睛,心里却像暴风雨一样恸哭着。她不愿意离开这样可爱的丈夫,她也不愿意叫另一个姑娘(即或是乌日娜金)和他这样亲近。她不是不知道,乌日娜金将最终会成为格力图尔的妻子。她羡慕乌日娜金,嫉妒乌日娜金,感到自己太委屈,太可怜了!微风吹着他们的衣服,吹着他们的脸。天空很干净,又很安静,早已盛开的、矮矮的不知名的黄色野花、微微摆着头。这对奇怪的夫妻在夕照中缓慢地、默默地向前走着……

安静的草原,美好的夕阳,更加深了玳玛心里的悲戚。她终于忍不住了,站在那里,用尽平生力气使劲儿地看着格力图尔的眼睛,好像要把他装进自己的眼波中去,永远带走。突然,她猛地扑向格力图尔的怀里,大声哭起来……

"玳玛!你怎么了?"

"不!别说话……抱住我,不要问……不要问我……不要……说话……"玳玛伏在格力图尔的怀里,梦呓般地说,慢慢平息下去,像是安静地睡去了……

这样过了很久,玳玛睁开眼睛,挣脱出格力图尔的怀抱,轻轻地说:"我……走了。"

"玳玛,你心里有什么不痛快的事吗?"

"不,没有。"玳玛摇头道,看到格力图尔疼爱她的眼神,一阵伤心,双手紧紧抓住他的双臂,满眼泪水地问道:"格力图尔!你……真爱我吗?"

"玳玛!你怎么不相信我?我们会在一起过一辈子的。"

"我离开你,你会痛苦吗?"

"你说什么啊,玳玛!我不会让你离开我的。"

"要是有人……欺侮我,你会为我……会为我出气吗?"

"谁敢欺侮你,我宰了他!"

"你真好,格力图尔!"

"你今天怎么了?净说些没头没脑的话。"

"没什么。"玳玛松开自己的手,擦了一把眼泪。

是因为渴望决战的兴奋,是因为即将回家的喜悦,还是……格力图尔一直处在激动的心境中,对玳玛的许多异常表现虽然觉察了,但又忽略了。"玳玛,你一定要高兴起来。我明天起早去突泉,最迟中午就到家了。你到村外来接我吧,好吗?"

玳玛心里又是一阵抽泣,点头说:"嗯……"

玳玛慢慢爬上马背,格力图尔给她检查了一下肚带和镫皮。玳玛最后一次看了看格力图尔的眼睛,咬着嘴唇,忍住泪,轻轻抖了一下缰绳,骏马开

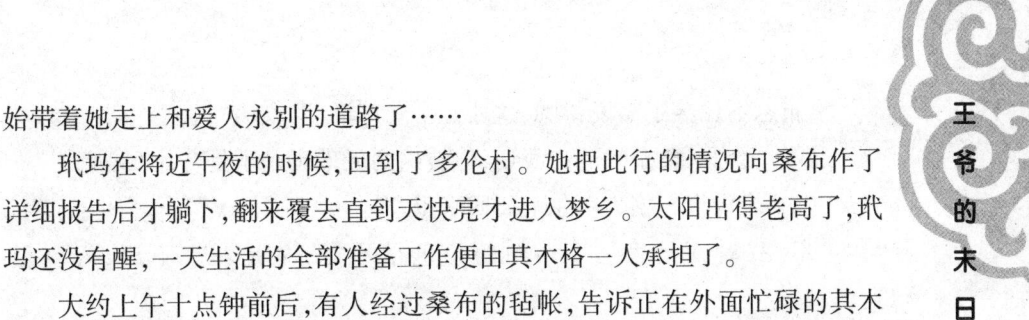

始带着她走上和爱人永别的道路了……

玳玛在将近午夜的时候,回到了多伦村。她把此行的情况向桑布作了详细报告后才躺下,翻来覆去直到天快亮才进入梦乡。太阳出得老高了,玳玛还没有醒,一天生活的全部准备工作便由其木格一人承担了。

大约上午十点钟前后,有人经过桑布的毡帐,告诉正在外面忙碌的其木格,说俄商、汉商全来了。其木格想,正好借此机会为玳玛扯点儿布,做两件衣服。她便走进毡帐,对桑布说:"俄商来了,给玳玛买件衣服吧,钱,还有一些。"

桑布点头道:"买吧,这还用问吗?反正那钱也快没用了。"

其木格看了看正熟睡的玳玛苍白的脸,心疼地说:"这孩子累坏了,格力图尔回来,该让她好好歇一歇。"

"那,当然很好。只恐怕没几天歇头了。一干起来,是很少有工夫歇一歇的。"

其木格叹了一口气说:"这么快,倒叫我心里没底了……我总觉着那是很远很远的事。"

桑布微笑了一下说:"我们举行婚礼那天,我也总是想:这是真的吗?能这么快吗?也许结不成婚吧?——和这个一样。"

其木格瞪了他一眼说道:"你可真会打比方!这怎么能一样?我那时倒是盼望着快点儿呢。"

"哈!你到底说了实话了!"

"轻点儿!别把玳玛吵醒。"

"真的,把玳玛给忘了。我们真是越老越不知羞啊!"

"你这几天也有点儿高兴过头了!可是桑布,咱们能行吗?你心里有底儿吗?"

桑布沉吟了一下说:"这是不好估计的。也可能来不及通知班卡了,但机会难得,错过去就说不上什么时候再有机会。好在奈曼乌勒有五十个人,我们也算三十来人,人还不算少,要是奈曼乌勒他们夺枪顺利,就算成功了。"

"我可是真有点儿害怕,孩子又刚熬出头。"

"嘿!你呀。到了什么时候了,还说这种话!"

"别瞪眼睛行不?我就是说说罢了,一干起来,我不还是跟你走吗?"

桑布忍不住笑了笑说:"嗯,这才是一句好话。"

过了一会儿,桑布问道:"我说,你看这两天玳玛是不是有什么心事?"

"怎么会没有?格力图尔就要回来了。"

"不,我看不是为这个。她的脸色很不好,总是低头不语,心事很重……"

"唉,你呀。没看她这几天怎么忙吗?干这,干那,跑来跑去,再说,敖尔敦又总想把她弄回去。"

"敖尔敦的话,你对她说了?"

"用不着说,她早就知道。"

"什么?你说!"

"要不是敖尔敦哥哥这回来吵,我是不想告诉你的。那次格力图尔回来的时候,敖尔敦就逼着玳玛离婚。"

"竟有这话吗?"

"玳玛和我说了,她不干。我怕你生气,一直没敢对你说。"

桑布沉思了一阵,点头说:"是呀,敖尔敦是干得出来的!看样子,敖尔敦早就后悔把玳玛嫁过来了。"

"唉,他真是越来越不像话了。"

"别忙,等他真当上百夫长,还会唱很多好戏呢!你刚才是说俄商来了?"

"可不是!说着说着忘了!我喊醒玳玛,趁人不多,去买回来。"

"不,等一等。我忽然有一个计划。你看,人们都去买东西,人来人往,不是正好利用这个机会把我们的朋友找来商量一下吗?这,别人是不会注意的。"

其木格点头道:"对。你叫我去找吗?"

"这样,你去告诉奥良哈,叫他去找。"

"好吧。"

其木格骑马回来时,玳玛已经起来了。其木格拿好钱,带着玳玛向俄商货摊走去。

俄商的货摊设在多伦村当中,离杰尔登布的毡帐不远。货摊是用六辆车连结起来形成的,大体相当于一个半圆。车棚上铺着帆布,分段摆着各类货物:紧右边是牧民们急需的布匹、衣服、盐、皮革制品;接着是日用小百货;

再接着是姑娘们顶喜欢的头饰、腰缠以及小伙子们艳羡的匕首、猎枪之类；最左边的是各种酒类、油类和各式各样的糕点。总之，应有尽有。在半圆形货摊里面，有六个俄罗斯商人，都戴着一式的宽沿凉帽，有的握尺，有的提秤，分管各段的付货和收款。半圆形的货摊里，还有一座帆布凉棚，下面是一张方形帆布桌和有靠背的帆布椅，它们都有轻便的铁支架。桌上放着墨水、鹅翎笔、算盘、账本之类，还有一套茶具和一包香烟，甚至还有一瓶打开塞子的白兰地。帆布椅上坐着的叫卢敏采夫，地位显然在那些商人之上，他翘着腿，仰靠在帆布椅上，悠闲地吹着口哨。和半圆形货摊相连结的另外半个圆，是用粗绳索和埋在地下的杨木杆组成的，里面堆放着没有摆上去的货物，以及阿拉特们交上来的各种偿付物。在这整个圆圈外，是一个刚刚围起的临时畜栏，是专为暂时存放阿拉特们交上来的牲畜准备的。

其木格和玳玛骑着马来到的时候，货摊外早已围满了正在选择自己喜欢和急需货物的牧民。她们把马拴在附近一辆勒勒车上，摸了摸怀里的钱袋，简单合计了几句，便分别找到自己应去的位置等待可以接近货摊的机会。

付货的商人忙得不可开交。人们拥挤喧哗的声音，讲价钱的声音，撕裂布匹的声音，乱哄哄混成一片。有时，商人又要跑到卢敏采夫面前，报告说某某又要赊欠，或某某送来了去年的欠账。这时，卢敏采夫便翻开账本，劈劈啪啪地拨弄起算珠，然后抬起头，指示这个商人可以或不可以赊欠，送来的东西是否可以抵上欠债。

一个满脸胡子的阿拉特，蹲在货摊的左侧，直勾勾地瞪着一瓶烈性白酒，显然想喝它，却又拿不出什么东西交换。这里拥挤的高潮已经过去，里面的商人看到了他，微笑地招呼道："喂！乌珠尔！怎么不过来？想喝酒吗？拿去吧！"

叫乌珠尔的人羞愧地摇摇头。

"没钱吗？先拿去喝。秋天送两只羊就可以了嘛。和去年的欠账一起还吧。"商人说着，把那瓶酒拿起来朝乌珠尔扔过去，"接着！"

乌珠尔接过酒瓶，揣入怀里，头也不抬，很快离去了。

专门为了还账的人也陆续到来。卢敏采夫的繁忙开始超过了其他商人。

"巴图彦和！去冬赊欠白酒一瓶，今春应还母羊两只或黄油五肚！"卢敏采夫看着账本说。

巴图彦和把五肚黄油递过去,商人接过来察看了一下,扔进大筐里,并拉长声喊道:"巴图彦和黄油五肚——"

卢敏采夫在账本上勾了一下,喊道:"清——"

"下一个,宝音扎布!"

卢敏采夫在帐本上找到宝音扎布的名字。

"赊欠砖茶一块,折价羊皮十五张。"

"宝音扎布交羊皮十五张——"

"清——"

俄国商人按着中俄商务条约和其他各种条约中的有关规定,顺利地进行着他们的贸易。圆圈里已堆满的黄油、皮子、羊毛、奶酪和各种猎物,刚刚钉起的畜栏里,牲畜也开始很热闹地拥挤起来。

其木格和玳玛很费劲儿地挤进人群,又很费劲儿地挤出人群。在人群外,她们碰到一起,互相看着擦了擦脸上的汗,同时走向勒勒车去解自己的马。

"你买了吗,玳玛?"其木格买到二十尺绿色的布和一块砖茶。

"我买了一把匕首。"

"我不是叫你买一条腰带吗?"

"我有。"玳玛低下头说,"这个更有用。"

"唉,你呀。"

她们上了马以后,看到前面不远处有一个人骑马向杰尔登布毡帐奔去。

"你看到那是谁了吗?"

"我爸爸。"

"是他。他好像去找杰尔登布。"

玳玛调转马头说:"不管他。我们快回家,千万别让他碰上……"

其木格看了看玳玛,叹了一口气,跟在玳玛后面,向自己的毡帐走去……

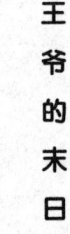

48

敖尔敦到杰尔登布那里去干什么呢？这得从头说起。

刚吃过早饭，敖尔敦就听说俄商来了。虽然他知道俄商肯定会在移营前到来，但还是觉得像听到一个未曾预料到的问题那样，不仅认为这件事来得突然，而且心里很不是滋味。他那样子，就像听到有人对他说："喂，敖尔敦，我给你送来了一匹千里马，半路叫盗马贼偷去了。"他的脸上就是那种遗憾、痛苦、骂也骂不得、喊也喊不出、不能训斥、不能埋怨的无可奈何的表情。一个人失恋时是怎样呢？心里发热，似乎在无限制地膨胀，随时要爆炸，心里惘然，坐立不安，对那和别人嘻笑调情的姑娘又恼又恨，却不能去骂她，打她，而心里想得到她的那股劲儿会成倍地增长。俄商的到来，使敖尔敦产生了类似失恋和被抢走了千里马的心情。怎么能不这样呢？多伦村有多少应该属于敖尔敦的东西像流水一样流进俄商用车和绳索连结成的圆圈呀！敖尔敦不像杰尔登布，做了一两次买卖就不愿再辛苦和操心了。敖尔敦想把经商永远作为生活中一个大项目。他曾试着做了几趟买卖，用皮货、奶制品到洮南换回来草原上奇缺的货物，转手卖给同村或外村的阿拉特，确实有利可图。后来，仅仅是为了怕杰尔登布眼红，才没敢大干，心里可是一直作着大干的打算。因此，俄商又来到多伦村，人们又乱哄哄地围过去，把本来可以属于他的牲畜呀、皮货呀、猎物呀、交给蓝眼珠高鼻梁的人，他敖尔敦心里的滋味能好吗？敖尔敦咬了咬嘴唇，背着手踱回自己门前，坐在那个磨得又黑又亮的木墩上，点着水烟袋吸了起来。他自己也不知道脑袋里在想什么，一会是乱哄哄的人群，一会儿是外国人的算盘珠和鹅翎笔，一会儿又是大批大批的货物和大群大群的牲口。好半天，这一些场面终于汇到一起，成为山一样高的金钱。他也总算开始进行总结了。他想："这样的局面不能再继续！决不能再继续！必须尽快叫布和带几个人跟我经商、挣钱、扩大畜群！

不能让外国人把便宜都占去！但是……但是，保证实现这一切的前提是什么呢？当百夫长！必须当百夫长，必须不受杰尔登布的管辖和约束，必须在多伦村压过他，成为说一不二的人物！"敖尔敦这样下着决心，把水烟袋"啪"地放在旁边用木板支起的小桌上，站了起来。可是他马上又沉吟起来，"但是，怎样才能当上百夫长呢？应该如何起步呢？还有多远呢？也许……也许这是很遥远很遥远的事情，甚至是……而且，我的玳玛还在桑布家，这可是第一个障碍，杰尔登布不是说'把闺女嫁给强盗的儿子，就休想做这个美梦'吗？"敖尔敦的心又在膨胀，脸又热起来了。但他毕竟又一次找到了通往百夫长道路上的第一个障碍，这个障碍必须搬开，愈快愈好。不能迟疑！今天就得把玳玛弄回家！听说格力图尔这两天回家，必须在他回家前把这件很关键的事办完。他下了决心，不管桑布怎么瞪眼睛，也不管其木格怎样吵闹、玳玛怎样啼哭，绑也要把她绑回来！他整了整衣服，牵过自己的马，骑上后就去桑布家了。

　　敖尔敦走到桑布的毡帐外，发现勒勒车上拴着七八匹鞴着鞍子的马。他把自己的马也拴在那里，背着手，眯着眼，向毡帐看了一会儿，心里想："唉，这是一件很难办的事呢。要是里面的客人都向着桑布说话，那就更难办了。不说这件事儿？那岂不是白来了？是啊，进去嘛，怕什么？我的女儿，我说了不算吗？他意识地轻抚了一阵马鬃，慢慢向毡帐走去。到了门口，他又站住了，想道："应该怎样开头呢？就说'让玳玛跟我走，她和格力图尔离婚了。'这样说，行吗？当然行，就这么说！"敖尔敦下定最后的决心，把手伸过去拉门，但这时，里面传出桑布的声音，好像说的是移营的事，他又把手放下，细听起来。因为远处嘈杂声传来，他把耳朵贴在门缝处，这才听清了里面的话：

　　"……这次去请求移营外旗，是杰尔登布和敖尔敦商定的。看样子，他们也肯定要这样做，因为找不到有水草的地方，损失最大的就数他俩了。我估计最迟在三五天内就得去。这是一次难得的机会。我们就在请愿那一天干一下，然后就远走高飞。反正我们都是穷光蛋，这里没什么恋头……"听到这里，桑布的声音小了，敖尔敦听不清了。但他已明白桑布他们在密议一件多么严重的事情，他的心呼呼地跳着，尽力地镇定着自己，好继续听下去。他把自己的耳朵同门缝靠得更紧些。桑布的声音又能够听清了："……这次行动计划，他们可能夺到一些火枪，这样里应外合，突然一下子干起来，使扎布曼都措手不及,成功的可能性更大……"

"可是你的腿能行吗?"敖尔敦没听清这是谁在说话。

"顾不得这些了。看看大家还有什么顾虑没有?"

里面的人们杂乱地说了一阵听不真切的话,大抵都是表示要跟桑布干一场。

"那好。"桑布说道,里面肃静了一点儿,"从此,我们就生死不变心,永远像亲兄弟一样。我们这些人,加上做内应的五十个人,还有班卡的一百人,我们会好好干一场的……"

敖尔敦听到这里,气都喘不出来了,他直觉得腿软筋麻,有点天旋地转,眼前发黑。过了一会儿,他才从过度的紧张中平静下来,蹑手蹑脚地走到勒勒车处,双手哆嗦着解开马缰绳,像贼一样提心吊胆地走了一段路,费力地爬上马背,这才惊魂略定。他越想越感到毛骨悚然,真是太可怕了!桑布他们这不是要造反吗?怎么办?装作不知道让他们闹吗?桑布是敖尔敦的妹夫啊,敖尔敦能不受牵连吗?连自己的命也会搭上的。不,我不能知情不举!必须向杰尔登布报告。他已离桑布的毡帐很远了,但那毡帐里的话还在耳边轰鸣,那七八匹马还在眼前乱动。他胆怯地回头又看了一眼,那毡帐俨然是一团可以烧掉一切的烈火,那七八匹马象在咆哮,那毡帐里的声音好似地震!敖尔敦不再迟疑了,他回过头来,像离弦的箭一样策马向杰尔登布的毡帐奔去。也正在这时,玳玛和其木格躲过敖尔敦的眼睛,向自己的毡帐走去。

敖尔敦一直跑到杰尔登布毡帐门前才停下,跳下马来就喊:"杰尔登布巴彦!在家吗?"

杰尔登布的随丁巴亚尔告诉他:"杰尔登布巴彦去札萨克官邸有要事,还没有回来。"

敖尔敦又像听到一声响雷,被震得站立不住了。他一边擦汗一边想:"天呐,去札萨克官邸有要事!还有比桑布造反更要紧的事吗?一定有人告密,他先知道了,他准是报告去了!这可更不妙,这要断我个'知情不举'……'知情不举,其罪与首恶同',我的天!我也得去报告,再迟就完蛋了!"

此刻的敖尔敦眼睛已经发蓝了,心脏好像不是在跳动,而是要冲出胸腔。他毫不犹豫地飞身上马,连家也没有回,躲过了路上的一切行人,拐来拐去地向扎布曼都官邸飞驰而去。晚上上灯时分,他到了红漆大门外。

其实,杰尔登布并不知道桑布要造反。他到扎布曼都官邸去,仅仅是为了请求移营的事。这是和敖尔敦商量后定下来的。但敖尔敦被桑布的话吓掉魂儿的时候,已忘掉了这码事。

杰尔登布到达扎布曼都官邸后,没能马上去拜见札萨克。因为他在路上受了点儿风寒,样子很狼狈,便决定先到罕都烈的房间。罕都烈的胖太太亲手为杰尔登布熬了姜汤,温了酒。

但罕都烈说,移营外旗的请求,恐怕不能获准,因为今年不同于往年;又说,既然来了,还是见一见老爷好;还说,好好歇一晚,明天中午前后,他一定把杰尔登布引见给扎布曼都老爷,弄巧了,说不定赶上午宴呢。当晚,罕都烈去老爷卧室报告的时候,杰尔登布免不了要和那胖太太轻薄一阵,直到罕都烈回来,他又成了"正人君子"。

可是,第二天上午,杰尔登布仍没有被召见。到了下午,罕都烈对他说:"看样子,今天希望不大。刚才科尔丹给扎布曼都老爷送去王爷的手谕,是博克拿多交给格力图尔拿回来的。可能是王爷大兴土木要抽车马壮夫的事。老爷心情不好。晚上吧,我再和老爷说一说。唉,没办法,今年可不同于往年啊!"

今年确实不同于往年。色旺诺尔布桑保王爷居然活见鬼地给扎布曼都来了个什么"手谕",并且是夹在给科尔丹的信中叫一个服苦役的驭手带回来的。他为什么不派信使送来?这使他很懊恼,也很悲哀。他自己并不想也盖一座宫殿,也不是嫉妒色旺将住进豪华的新王府。他所考虑的是这种下达"手谕"的形式太藐视了他扎布曼都,而且摊派的"车马壮夫"的数量又太大了。他却未能悟出,这正是博克拿多这个老贼给他的发财机会和为了掌握科尔丹而做就的圈套。要不,为什么偏偏给他捎来这么个"王爷手谕"呢?

为了解除扎布曼都老爷的懊恼和悲哀,罕都烈又把杰尔登布留给了胖太太,来到科尔丹的房间。这时,科尔丹正往外送格力图尔。格力图尔离去后,罕都烈问:"看样子,格力图尔很高兴啊!"

"马上要回家,能不高兴吗?"

"少爷说的马上,是现在吗?"

"就是现在。他说,他的妻子给他送马来了。他想今晚去突泉,明天直接返回多伦村。我答应了,所以他高兴地走了。你找我一定有事吧?请坐

下。"

罕都烈坐下以后说:"老爷看到王爷'手谕'很不痛快,少爷对此有何看法?"

"我也正在奇怪。博克拿多来信同意我去王府供职,却在这信里夹了这么一个'手谕'! 真令人百思不得其解。"

"我想……这都是有联系的。我们研究研究,或者能悟出其中的奥妙……"

两个人从各种角度对这两件事进行了推敲,最后,他们决定去见一见老爷,把他们的想法说一说。这样,忠诚于老爷的管家和老爷的嗣子科尔丹,在傍晚的时候,走入客厅,坐在沉思默想的扎布曼都老爷的两旁了。

"老爷,还在想王爷的'手谕'吗?"罕都烈轻声问道,并微笑了一下。

扎布曼都动了一下躺在椅背上的身体,半睁开眼看了一下罕都烈,又看了看科尔丹,叹了一口气,说道:"这样的事情,能不想吗? 科尔丹到家那天说的话,今天到底成为事实了……"

"爸爸,王爷征集车马壮夫,我们是否可以不交或少交?"

"那是办不到的,——来,你再把它念一遍。"

科尔丹看了爸爸一眼,拿过"手谕",轻声读道:"王爷手谕。喀喇沁旗札萨克台吉扎布曼都及所属箭、厅大小巴彦知悉:自我皇登极,祥瑞屡现。我等处清明盛世,安居乐业。鸟兽皆被恩光,万姓咸沾皇恩。吾忝居盟主,三十年于兹。效忠天朝,每忘寝食;体恤民情,常效吐哺。欲张扬皇恩浩荡故也。今王府东南,异象百出;紫霞冲霄汉,红光射斗牛。此天赐宝地,就之则兴,弃之则亡。为振兴牧业,挥宏圣恩,拟于紫微现处起造官室;设庙堂,置钟鼓,上达天聪,与民同乐。为念尔等辛劳,吾已自筹银两。特着令尔旗征集壮夫三百、牛马五百、车五百,克日送抵王府。此谕。"

扎布曼都听完后,说道:"你们看,这数量不是很大吗?"

"的确太大。"罕都烈接口说,"不过,老爷,这些可以全叫各村阿拉特出啊!"

"一样。"扎布曼都接过王爷手谕,放到桌子上说道,"如果这些车马壮夫不是给他,而是给我呢?"

"老爷。"罕都烈微笑着说,"我们可以把这些车马壮夫交给老爷,而不是去修王府。"

"哼！梦话。"

"不是梦话，老爷。刚才奴才和少爷合计了一下，想出了一个好主意。叫少爷马上去王府接任梅伦，这征集到的车马壮夫不就可以是我们的了吗？"

"你说什么？说下去，说明白！"

"爸爸，是这样。罕都烈的意思是，我现在当上梅伦，就可以舞弊，在账目上弄虚作假。但我想，这样不妥。我倒可以出任梅伦，然后和色旺诺尔布桑保王爷说说我旗的困境，求他给予减免。"

扎布曼都盯着科尔丹问道："博克拿多的信是叫你出任梅伦吗？"

"是的，爸爸。"

扎布曼都的脸渐渐开朗起来，竟至微微笑了一下，声音突然变得柔和起来："唔，笨蛋，我们全是笨蛋呐！这手谕是给别人看的呀！这老鬼，还真够意思！"

"爸爸，您是说……"

"科尔丹，我是说博克拿多真有用不完的心机！你看，梅伦的家还出这么些车马壮夫，那别人还有什么可说的吗？这样的梅伦，还能贪赃枉法吗？"

科尔丹恍然大悟，但却十分惶惑，不由得有些着急地问道："爸爸！这样不行。博克拿多这不是先就给我准备下贪赃枉法、欺骗王爷的罪名吗？叫他抓住把柄，对我们很不利……"

"不必担心，科尔丹。他们也许比我们捞得更多，你到王府看看就清楚了。放心地去吧，只要在修王府过程中，你一直是梅伦，那好处就不用细说了。"

"可是爸爸……"

"不要总是'可是''可是'，你缺的就是果断和决心。好了，就这么办。你什么时候动身？需要什么？这些你和罕都烈尽快研究定下来。——今天总算把我的脑袋搞清醒了……"

"老爷，还有一件事，傍晚的时候，来了一个俄国商人，要租借三百辆牛车。他们正好在多伦村。此人现在我的房中。请问老爷怎么答复他？"

"三百辆？太多了，告诉他顶多一百辆。"

"老爷，奴才认为应该满足他。"

"可我才只有五百辆。"

"不对,老爷,是一千辆。"

"笑话。那五百辆在哪儿?"

"在这儿。"罕都烈指着王爷"手谕",说道,"就在这儿。"

科尔丹惊讶地看着罕都烈,问道:"你想提前征集车辆?"

"少爷!这可是不出一辆车就可以赚一大笔钱的无本万利的买卖啊!"

扎布曼都点头道:"绝妙的好办法。罕都烈,你是一个非常称职的管家。"

"爸爸,对阿拉特不能做得太过分……"

"他们属于我所有!"扎布曼都站起来,兴奋地说,"将来属于你所有。我们想让他们干什么,他们就得干什么!让他死,他就不能活;让他穷,他就不能富!你想对他们微笑吗?还为时过早。等他们只剩下眼泪和哀号,那时用你的微笑去涂上一笔,倒是一幅绝妙的图画。现在,他们不需要这个。他们还很富,不愁吃喝,甚至还能喝茶、喝酒,这不行!现在他们最需要的是皮鞭!我不会让他们看见我的微笑,我也不想看见他们欢乐!我要看见他们在我面前战栗、下跪、磕头!科尔丹,这一次你就看一看,我的皮鞭,你的微笑,到底哪一种能换来车马壮夫!——罕都烈!明天早晨集合全部旗丁,分赴各村,征集车马壮夫。"

"是,老爷。"罕都烈站起来说,并溜了一眼科尔丹,后者已被老父亲的一阵宏论,击得头晕目眩了。

"罕都烈。"扎布曼都老爷又平稳地坐下去,叫住了想退出去的罕都烈,"你昨天不是说杰尔登布来了吗?征集车马壮夫,就先从多伦村开始,征集的车,可在多伦村租借给俄国商人。去把杰尔登布立刻叫来。"

罕都烈很快就把仍在醉态之中的杰尔登布领了进来,扎布曼都问道:"你找我有什么事?"

"老爷……是是这么回事……"杰尔登布说话时,舌头也硬了,他刚刚陪俄商喝了不少酒,"今春天旱……我们想请求老爷准许我们……向邻旗……移营。"

"不行。还有别的事吗?"

"没有了,老爷。"

"你今晚就回去,在多伦村征集牛车一百辆,牛、马一百匹、头,壮夫二十名。牛车就地交付俄商。其他明晚我派人去收取。这是王爷的命令,修王府之用,听懂了吗?"

"听懂了,老爷。"

这时,敞厅里的仆侍进来叫罕都烈,说有一个生人找他有机密事。

罕都烈不耐烦地在敞厅接见了敖尔敦。但当敖尔敦报告了多伦村桑布的事情后,立刻被领进客厅。罕都烈走到扎布曼都跟前,低声说了一阵。扎布曼都的脸色立刻变了,他看着俯首恭立的敖尔敦,问道:"你叫敖尔敦?"

"是,老爷。"

"你和罕都烈说的都是实情吗?"

"老爷,奴才不敢有半点儿隐瞒。"

扎布曼都转向杰尔登布,问道:"杰尔登布,你这百夫长知道你手下有人想要造反,要来杀死我吗?"

"不,老爷!奴才一点儿也不知道呀!"

科尔丹吃惊地问:"怎么回事儿?爸爸。"

扎布曼都没有回答他,却反问道:"格力图尔呢?"

"我已经准许他回家了。"

"多好啊,科尔丹,他爸爸要来杀死我,你却放走了他的儿子!"

"竟有这种事?"

扎布曼都又转向杰尔登布:"你干吗吓成那样?是不是你也跟桑布串通一气?"

"老爷!奴才确实不知道啊!"杰尔登布说着,噗通一声跪在地毯上了。

这时,敖尔敦总算松了一口气。原来杰尔登布并不知道这件事,是他敖尔敦第一个来告密的。可是几乎同时,他也在脑海里一闪地想道:"妹妹和女儿的命也要断送了!天呐,我做了一件什么事?!"

扎布曼都对杰尔登布说:"你的百夫长当到头了。滚吧!"然后又转向敖尔敦,"你做得很对。今晚你回去,看一下他们的动静。他们不是要在请愿的时候闹事吗?那就对他们说,三天以后来。明白了吗?"

"明白了,老爷。"

"回去吧,报告得好,我会奖赏你的。"

"谢谢老爷……"

接着,扎布曼都老爷喝退了科尔丹,立即召开了参领、佐领会议,对明天早晨的行动,进行了周密的部署……

49

　　玳玛和其木格躲开没有注意到她们的敖尔敦后,驱马回到自己的毡帐。一路上,其木格总是埋怨玳玛未给自己买一条像样的腰缠,玳玛则一再解释说:"我有。不必再买。"她们走到毡帐门前时,勒勒车上拴的马还都在,为了不打搅男人们的事情,便双双坐在栅栏前,轻声品评起刚买回来的布。

　　其木格从布的一头抽下一根线,用手揪了一下,说道:"挺结实,颜色也正。你喜欢吗?"

　　"喜欢,姑妈。"

　　"今天下午咱俩就动手做,怕也做不完。早买一天就好了,那样你在格力图尔回来时就能穿上新衣服了……"

　　"不,姑妈。还是您做吧。我的衣服还不很旧。"

　　其木格笑着说:"我这老太婆穿什么不行？还是年轻人穿漂亮点儿好……这颜色也正好穿在你身上……"

　　玳玛凄然一笑说:"那就给我做吧。只是今天别做,过几天再说吧。不少事儿都没干完,我也有点儿……累……"

　　"也好。反正我看三天五天还不能走……"

　　玳玛托腮沉思了一会儿,慢慢摸出怀里的匕首,在手里抚摩和观赏了一阵,心里又开始波涛汹涌了。她轻轻地把匕首从鞘里抽出,一道寒光刺得她眯上双眼,她的手开始抖动了。她克制着心烦意乱和激动,回身把匕首刺向栅栏的横木,刺得很深。她又轻轻拽动几下,拔了出来,检查了一下毫无损伤的刀尖和锋刃,看了一眼正把那块布叠起来的其木格,又轻轻把匕首插入鞘内,顺手挂在腰缠上。她确信,这是一把好匕首,要是把这把小巧玲珑的匕首亲手挂在格力图尔的腰缠上,他一定会非常高兴。想到这儿,那奔跳的心脏又猛地向上冲来。她赶忙低下头,忍住泪水,强迫自己去想点儿别的什么。

不久,门开了。桑布送走了客人,走到两个女人身边,对她们笑了笑。

桑布很高兴。一切必要的准备都已就绪。人心也很齐。他预感到,自己又将像三十年前,率领一支骁勇的骑兵去征战了。他先要把杰尔登布、扎布曼都等仇人全部干掉,夺取一些火枪和金钱,然后走南闯北,搅他个人仰马翻,受窝囊气的日子是一天也不想过了。他兴奋地抬头看了看灰黄火热的天空,然后走到毡帐板门右侧的木架旁,抚摩了一阵好久没有沾身的马鞍。过了一会儿,他回身对站在那里注视着他的妻子和儿媳说:"干吗站着?进里边来!咱们合计合计明天怎么迎接'小少爷'吧!"说完,自己也憋不住先哈哈笑了起来。

到了晚上,玳玛想再把毡帐里外好好拾掇拾掇,其木格不答应,非要她早点儿休息不可。

玳玛虽然顺从地躺到其木格身旁,却一点儿睡意都没有,好像一年不睡觉也不会困倦似的。她自己也感到万分惊奇。此刻为什么不像在白天那样,时时想痛哭一场呢?她的心,好像有生以来第一次这样清净;她的眼睛,好像有生以来第一次这样清明;她的头脑,好像有生以来第一次这样清晰。此刻,她生命中的每一步都按着原来的样子在她的眼前出现了,在她的脑海里重演着……

是的,玳玛短暂的生命的最后一个夜晚,是不可能在酣梦中打发走的。对玳玛,这一夜就是她的一生。玳玛头上的毡帐的穹顶,仿佛是她生命的一个圆环,那上面记载着她每一个细小的活动,每一句话,每一次哭和笑,每一个脚印……但在最后一点上,还是空白,使这圆环中有一段空隙,就像一只银镯那样。但她明天就要使这还有空隙的银镯变成没有痕迹的整个圆环,放射出皓月般的光辉!

十七年,好像是个很长很长的时间。以天来计算,它是很长的,以分分秒秒来计算,那就更长了。但对一个人的生命来讲,十七年却是太短了!玳玛在人世间生活了十七个春秋,天真烂漫还没有全部成为陈迹,她还没有也不可能体验一个完整的人生所应体验的一切。真的,十七年是太短了!

玳玛的生命是短暂的吗?是的,用时间去计算,是短暂的。但是,从另外一种意义上讲,生命的长短是不能用时间来计算的。一曲永恒壮丽的生命之歌,有时恰恰是短暂的生命所谱写的。玳玛能不能谱写这样一首歌呢?

她明天就要以令人惊叹不已的行为,轰动多伦村,甚至整个喀喇沁旗!

我们往往愿意设想一个人临近生命结束时,对人生是怎样的留恋,因而进一步设想他(她)在和生命诀别时,是怎样绞心的痛苦,甚至咬破嘴唇,在心灵深处发出撕裂人心的呼喊:"啊!我多么希望再多活一天啊!哪怕仅仅是一天呐!"这样写在纸上是生动的,但这不尽是合乎情理的。

过着生命最后一个夜晚的玳玛,她并不想再见一见自己爱着的人,并不想见一见自己的亲人。她在前天曾扑在格力图尔怀里痛哭,这已大大超过她的愿望了。她没有眷恋、没有悲哀、没有痛苦,她只是在平静地等待破晓的曙色,等待光明时刻的到来。那时,她要去做完她已经想好的洗刷自己被侮辱的事情,因为这是天地间生存的人都应该具有的正义的行动!

玳玛躺在那里,眼望穹顶,她越来越感到自己的心是太宁静了,身体也很轻快。

东方现出鱼肚白,玳玛微笑了。太阳的红脸在她的微笑中露出来了。她轻轻地坐了起来,站了起来;她轻轻走到门外,坐在门外的木墩上;她心里非常平静,手不慌、脚不乱地最后一次极其用心地梳好发辫;她又站起来,整理了一下干干净净的绿袍,理了一下粉红色的腰缠;她把长长的油黑的发辫轻轻地甩到身后。她走进毡帐,把马鞍一个个抱出来搭在鞍架上;她走到牛栏,用草叉给牲口加了一点儿草。最后,她又走进毡帐,把里面一切可以归理的又归理一遍,这才最后一次掩好门,踏着矮草,轻快地向杰尔登布的毡帐走去……

50

杰尔登布昨晚从扎布曼都官邸回到多伦村,他曾想先到敖尔敦那里去一趟,但一转念,又觉得这样做与自己的身份不相称。这使他非常恼怒。一回自己的华帐,就把一肚子怨气发泄到他碰到的每一个随丁身上,又喊醒了住在另一座毡帐里的老婆,让她摆上肉食,端来酒瓮,又打发她离开,便自斟自酌起来。想起这一天的经历,他是越来越气,身上也越来越热。索性敞开怀,一碗碗灌起来,直到扑在皮褥上沉沉睡去。太阳已出得老高,桌上依然杯盘狼藉。因为没有他的命令,谁也不敢进来收拾。这时,杰尔登布感到异常口渴,他很想爬起来喝点儿茶,但觉得头如奶桶那么大,里面像满桶稀粥似的,翻滚着,嗞啦啦响,嗞啦啦疼。

这时门开了。巴亚尔走进来报告说:"老爷,玳玛要见你。说你欠她的债。"

杰尔登布抬起头,喉咙里咕噜了一阵,声音又干又哑地怒道:"谁!我……欠谁……啊?欠谁的……债?叫她……滚!"杰尔登布本想威严地一挥手,但心有余而力不足,手没抬起来,身体却失去平衡,噗地侧身趴在那里了,前额重重地碰在桌角上。这一跌倒使他清醒了不少。

巴亚尔跑过去扶起了他的主人。

杰尔登布咽了一口又辣又酸的口水,闭着眼睛问道:"你说……你刚才说谁……谁来了?"

"玳玛。格力图尔的老婆。"

"她……干什么?"

"她说,你欠她的债。"

"欠债?"杰尔登布低头认真想了想,"她在这儿干过活儿……可是,欠她多少债?"

"老爷,奴才怎么知道啊?"

"玳玛……"杰尔登布沉思了一会儿,"你说的是……敖尔敦的女儿?"

"正是她。老爷。"

"玳玛!玳玛吗?"杰尔登布的心像一阵小鹿在里边乱撞,他挣脱了巴亚尔的手,"就是那个……小妞?"他此时真有点儿醒酒了,但是,却忘了其他的一切,"去,叫她进来!"

巴亚尔应了一声,出去了。

杰尔登布用手背揩了一下嘴角的沫子,心里想道:"好啊!小玳玛,这回你可是送上门来了!"

玳玛迈着平稳的步子,随着巴亚尔走了进来。

杰尔登布醉后的红眼,兽性十足地看着穿戴得整整齐齐的玳玛。

"哈!玳玛,今天……更漂亮了。你说我欠你的债,欠你……什么债啊?"

玳玛微微一笑说:"请老爷好好想一想吧。"

杰尔登布拧着眉头想了一下,呵呵笑着说道:"啊,想起来了。是在河边欠下的吧?我正想找你还这笔债呢。你来得正好,连这次我……一起还你——巴亚尔,滚出去!我和玳玛好好谈谈这笔债……"

巴亚尔退出去以后,杰尔登布涎着脸又呵呵笑了起来:"来吧,小玳玛……你看我的胸脯多……多结实!"杰尔登布说着站起来,跌跌撞撞地扑向玳玛。这时,玳玛迈着大步,坚定地迎上前去,愤怒地举起匕首向那毛茸茸的胸口猛刺过去。由于两种相对的力碰到一起,那匕首一下捅透了杰尔登布的脊梁。

杰尔登布连喊都喊不出来了,瞪着吓人的眼睛,直勾勾地看着玳玛,像被割断气管的羊,吭吭着慢慢往后倒去。玳玛顺势拔出匕首,退到门口,站在那里,像要防备瘫倒似的拽着哈那杆,看着四肢还在抖动、胸口的血汩汩流着的杰尔登布,觉得思想已经凝结了,不知道下一步该干什么。这时,杰尔登布的眼睛又大大睁开,瞪着玳玛,这使玳玛刚刚恢复知道害怕的神经系统又全被仇恨和复仇的怒火所统治,她咬着嘴唇,瞪着燃烧的眼睛,向杰尔登布接近几步,一脚踩住他的头发,在那仍然瞪着的两个眼睛上各刺一刀。她的心里已再没有别的内容,只有恨和表达这恨的狠。她站在那里,看着这个恶人怎样渐渐停止了抽动,看着这个丑恶的灵魂怎样在人间消失。在这整个过程,玳玛只有一刹那间的胆怯,除了这一刹那以外,就全部是复仇思想支配下的机械活动。她一点儿紧张的情绪也未曾产生。这是很令人惊奇的。仔细一想,这又是多么合理啊!因为在玳玛的心里,那个受污辱的玳玛已经死了,现在仅仅是以生命的形式暂时存在罢了,而这生命的形式也很快就要消失了……

玳玛确信,自己在这短促的生命史上对别人所要做的一切已全部做完,剩下来的便是由自己消灭自己的形骸或知觉,走到那个未知的只有憩静的世界。她很平静,不仅能把手里的匕首擦干净,不留一星半点肮脏的血迹,并把它插入鞘内放进怀里,而且能用一点儿也不颤抖的手拢了拢额上的短发,像什么事也未曾发生过那样,稳重而缓慢地走出这座罪恶的毡帐。

玳玛在畜栏外,碰到了巴亚尔。

巴亚尔挤眉弄眼地对玳玛笑了笑,倚老卖老地问道:"老爷欠你的债,可偿还了吗?"

玳玛站在那里说:"他叫你给我一匹马。还告诉你,不到下午,他不见人。他睡着了。"

就连玳玛也发现,自己的声音变了,而且身上仅剩余的一点儿力量好像也快消失了。她担心自己会没有足够的力量去结束自己的生命。

巴亚尔却从另一个角度来看待玳玛的毫无表情和软弱的样子,又笑了一下,打开栅栏,叫玳玛自己去挑选一匹马。

玳玛走进栅栏,从槽前解开一匹马,先是伏在马背上歇了一下,然后踩着栅栏,骑上去,向敖尔敦的毡帐走去。

玳玛为什么要在生命的最后一刻回家去呢?她自己也回答不出。事实上,她连这样问一下也没有。在计划中,并没有去告别父母这一项内容。但是她去了。一个生命临近结束的人,不可能将自己生命的最后一瞬中的思想,详细地写在纸上,留给活着的人,使我们能窥见临死者的头脑里到底在怎样活动。不,我们是无法知道玳玛在此刻想着什么的。更无法知道,是什么力量使她要向父母的毡帐走去。

但是,玳玛已经走到敖尔敦毡帐门前了。她滑下马背,把马拴在一根柱子上。她觉得力量是在以最快的速度在减弱,她站不住了,跌跌撞撞地走到毡帐门旁,扶住门框,微弱地喘息着。这样过了一会儿,她拉开门,出现在好久未见面的母亲面前,并轻轻地喊了一声:"妈妈!"

"玳玛!"扎惹惊喜地跳起来,跑过去扶住要倒下去的玳玛,"你怎么了,和爸爸生气了吗?"

玳玛摇了摇头,在母亲的搀扶下,走了几步,坐下去了。

"爸爸找你了吗?"

玳玛又摇摇头。

"你到底怎么了?脸色那么白!你病了吗?你怎么不说话呀?"

玳玛看了看母亲,眼睛直勾勾的,亮亮的,却又是毫无生气的,尤其是毫无感情的。但是,这面前的毕竟是亲生母亲,玳玛曾伏在母亲的怀里吃奶、睡觉、听催眠曲。母亲的手曾给她洗脸和编发辫。现在,温暖的胸怀正贴近她,温暖的手正抚着她的脊背,而母亲却不知道,她面前的玳玛已经"死"了!玳玛的心猛然升起一阵无法名状的深切悲哀,对自己,对母亲。感情的爆发是突然的,是自己也预料不到的。玳玛的嘴唇一颤,猛地扑到母亲怀里大声痛哭起来。

"妈妈!好妈妈……你的玳玛没有了!你的玳玛死了呀!"

"你说什么啊,孩子!是不是你爸爸今天又去逼你?他早晨就说去找你……唉,这真是在害我的玳玛呀!"

玳玛终于觉得自己的生命中还有异常软弱的成份。她挣脱了母亲的臂膊,擦了擦眼泪,平静地说:"爸爸没有找我,是我自己来的。"

"是吗?他可是吃完饭就去找你了。那你是回来看看,还是永远回来?"

"永远……永远不回去了。"

扎惹感到女儿变得太快,一下子还不能相信。

"妈妈,把我的新衣服和新靴子给我吧。"

"好,我就去给你拿。"扎惹很高兴地站起来,打开柜子,边找边说,"玳玛,你爸爸脾气不好,可都是为了你好。他辛苦一辈子,还不是为你——给你,这是新做的单袍,是绸的;这样的淡红色你穿正合适;再配上这条绿色腰缠,就更漂亮了。你先穿上,我给你找靴子。"

玳玛换上了新袍,系好腰缠,然后又穿上扎惹拿过来的油黑的靴子。

正在这时,敖尔敦气呼呼地回来了,边拉门边嚷道:"真他妈不像话,他们把玳玛藏起来了!"

"你吵什么?你看这是谁?"扎惹笑着说。

敖尔敦一眼看到穿着一身新衣服的玳玛正站在自己的毡帐里,竟惊得一时说不出话来，一肚子气也霎时消去了，他慢慢坐下来，端起水烟袋。

"玳玛，"敖尔敦轻声说道，"你回来了，这很好。我找了你几趟，都没找到。以为他们把你藏起来了呢。看来，你还没有忘记以前说过的话。这回，就别走了。这里才是你的家，他们那里只能给你灾难。也许明天，就会给你带来死亡。"

"行了，别说空话了。孩子已经说过不走了。你没看衣服都换了？"

"这就好。——你要上哪儿去？"

已迈开脚步的玳玛平静地说："我去外面看看。"

"去吧，我领你看看咱们的畜栏。"

敖尔敦和玳玛走出毡帐时，一群骑马荷枪的人在一阵烟尘中来到面前。第一个下马走过来的是罕都烈。

"罕都烈老爷，"敖尔敦垂手恭立一旁，说道，"不知驾到，有失远迎！"

"不要啰唆！"罕都烈不耐烦地挥了挥手，"走，进去合计合计。"

"请进。"

罕都烈把马交给身后的佐领，对他说："你们先在畜栏南边的低洼处隐蔽一会儿。"说完又把眼睛停在玳玛身上，"这位姑娘是……"

"我的女儿。"

"叫玳玛？格力图尔的妻子？"

"是叫玳玛，已经和格力图尔离婚了。"

"很好，还不算晚。从现在开始，她已经是百夫长敖尔敦的女儿了。"

敖尔敦喜形于色地说："谢谢罕都烈大人的栽培。请里面喝茶。"

罕都烈擦了一把汗，走进毡帐。

玳玛感到一阵头晕，她没想到自己的爸爸真的当了百夫长，真的要成为杰尔登布一样的人了。她没想到自己临死前竟迎来这样一个可怕的消息！她倚在毡帐上，痛苦地低下头。可是她更没想到的，是毡帐里传出来的可怕的话。

"……那么说，格力图尔还没有回来？"

"我去了几趟，没有看到他。"

"奇怪？！那就这样，先收拾桑布，再留一部分人等格力图尔，他一回来，马上抓住，押送到札萨克官邸。"

"一切照办。先吃饭吧？"

"不必。喝几碗茶,就行动。"

玳玛听到这话,大吃一惊,险些喊起来。她又一次把自己的死往后推迟了。她必须去送信,必须救下桑布和格力图尔。她轻轻走到自己骑来的那匹马跟前,解下缰绳,骑了上去,缓行了几步后,放开马,快速地向桑布的毡帐驰去……

此时,桑布也正在为找不到玳玛而焦急万状,在毡帐门前转来转去。时近半午,玛玳杳无音信,去找玳玛的其木格也不见踪影了。桑布走到栅栏处,想牵过一匹马,也出去寻找。一阵哒哒哒的马蹄疾驰的声音,使桑布猛地抬头看去。他看到玳玛伏在马背上疯狂地奔驰而来。桑布的心突突跳了几下,知道一定发生了什么可怕的事情。他向前迎了几步。

奔马还没有放慢速度,玳玛就跳了下来,马继续往前跑,缰绳从玳玛手中溜掉,她险些撞到柱子上。

"玳玛!发生了什么事?"

"爸爸!"玳玛急促地喘息着,大声说,"快!快跑!他们来抓你了!"

"什么!谁来抓我?"

"罕都烈。还有很多人……他们全知道了!"

桑布抓住头发呻吟般地说:"完了!天呐!怎么会?一定有人告密!"

"是我爸爸!"

"是他!"桑布吃惊地说,"你和他讲过吗?"

"没有。我今天才看到他。"

桑布奇怪地说:"他,怎么会知道呢?"

"爸爸,别耽搁了!快跑吧!"

"他们人呢!"

"在我爸爸那儿,说喝完茶就来。姑妈呢?"

"找你去了。——你看,玳玛,他们来了。好快啊!"

玳玛回头一看,一队人马正全速向这里奔来,弄得烟尘滚滚。

"快跑吧,爸爸!"玳玛急得直跺脚,跑过去搬来一具马鞍,放在桑布手里,"快,爸爸!我去找姑妈!"

桑布凝视着烟尘中的人马,冷笑着说:"好啊,跑到我前边了!玳玛,你赶快骑马去告诉奥良哈,让人们躲一躲。然后,你要想办法截住格力图尔,去找奈曼乌勒,如果他们也暴露了,就拼命打出去。我的话你听明白了吗?"

那就快去吧!"

"爸爸,你呢?"

"我把他们引到村外去,给你留下通知奥良哈的时间。"

"爸爸——"玳玛哭着喊。

桑布推开玳玛,厉声说:"快去! 要不然都得死!"

玳玛抹了一把泪水,跑到栅栏处,飞身上马,向奥良哈的毡帐驰去。

桑布很快鞴好马,走进毡帐拎出几十年没有用过的大刀,忍着腿疼,爬上马背。

旗丁越来越近了,已经可以看清马背上的人了,领头的是敖尔敦!

"我先劈死你!"桑布看着敖尔敦,心里这样喊道,"只要你敢追来!"桑布一抖缰绳,双腿紧夹马腹,松开马嚼铁,那坐骑像箭离弦一样向西奔去。

敖尔敦骑在奔驰的马上,对罕都烈喊道:"那是桑布! 他跑了!"

罕都烈冷笑一下,喊道:"他跑不了!"回头对佐领大声命令道:"把桑布追回来! 要抓活的!"

佐领答应了一声,带领手下几十个旗丁尾随桑布,全速追击过去。罕都烈叫住敖尔敦,两人勒住马,停在桑布的毡帐门前。同时,罕都烈的两名亲近随丁也跟着停下来。

敖尔敦跳下马,把罕都烈扶下来,擦了一把脸上的汗,说道:"桑布这一跑,足以证明我所报告的决非谎言。"

"这倒是。"罕都烈说,"只是他怎么能先知道信了呢?"

"这不奇怪。罕都烈大人。所谓作贼心虚,这么一群人往他这里跑,他能不想一想为什么吗?"

"倒也是个道理。"

"罕都烈大人,还抓别人吗?"

"把你知道的人都说出来。我听一听。"

"说实话,罕都烈大人,那天我一慌,只听出了桑布和奥良哈的声音……"

"唔,奥良哈,一个糟老头子,抓起来也没用;先抓住桑布再说,群龙无首,他们也就自生自灭了!"

"大人高见!"敖尔敦说着,心里敲起鼓来,要是不全抓到,他敖尔敦以后的日子可就不好过了!

罕都烈对一个随丁命令道："去把杰尔登布叫来！我要让他在这里把百夫长的权力交出来。"

此时，桑布已渐渐感到力不能支了，看到了死神在招唤。他并不怕死。如果说他还有什么担心，那就是朋友们和亲人的安全。但这些，他已不能多想，腿的疼痛使他坐骑的速度显然减慢，终于被追上来的旗丁包围了。桑布勒住马，巡视了一下四外向他聚拢的人马，一丝微笑在他的嘴角掠过。他慢慢把缰绳挂在鞍桥上，扬起左臂擦了一把汗，右手举起闪着寒光的大刀，上身一倾，猛磕双镫，那马腾地跃出，直奔迎面而来的旗丁冲去。第一个对手，连吭都没吭一声，跌到草地上了。第二个对手，在失掉了一只胳膊后，跌到地上打起滚来。如果单独对阵，桑布的力量还足以使第三个、第四个对手滚下马去。但是双拳难敌四手，种种不利的条件又都集中在他身上，他终于失掉武器，身受数创。几十匹马把他团团围住，并把他逼向罕都烈和敖尔敦的跟前。

罕都烈背着手，不动声色地注视着被扯下马来的桑布，敖尔敦则尽量不使自己的眼睛和桑布的怒目相接，低头看自己的靴尖，他有点站立不稳。

罕都烈冷笑一声，慢慢开口道："白凌阿的副将，没想到败得这样惨吧？"

桑布讥诮地说："要不是有人出卖了我，你会尝尝白凌阿副将的大刀是什么滋味。"

"真是无幸领教。哈……"罕都烈大笑着说。

"别着忙，罕都烈大人，早晚会有人叫你领教领教的。"

"谁？格力图尔吗？哼，做梦！你应该知道，这不是卓索图，这是喀喇沁旗！"

"一样！罕都烈大人，一样啊！"

"好吧。今天我要当你的面捉住你的儿子。你的儿子不是没有回来吗？他可不知道他的老子被捕，一定会回来的。对不？你看一看，我是怎样像捉毛虫那样捉住你的宝贝儿子！"

"罕都烈，你这才是做梦！他不会回来了。如果有一天你看到他，那决不是他一个人，而是几百、几千人来要你的脑袋！"

罕都烈哈哈笑起来，说道："好吧，你就带着这个美梦到阴曹地府去吧！——嘀！这不是回来一个了吗？"罕都烈看着急驰而来的其木格说道，"这是你的夫人，一会儿就是令公子！"

其木格满脸汗水地跳下马来,惊讶地看着面前的一大群人马,看着朝她说话的罕都烈和旁边站着的敖尔敦,最后把视线停在胳膊流血的桑布身上。她明白了。最使她担心的事情终于成了事实。一切希望都破灭了。其木格脑袋里只剩下了一片嗡嗡的响声,嘴唇动了一下,喊道:"桑布——"

"别怕得那样,其木格!"桑布说道,"你应该祝贺你的哥哥,他立了大功了!"

"啊?"其木格惊叫道,"敖尔敦,是你……你真是个……好哥哥呀!"

"其木格妹妹——"敖尔敦心慌意乱地看着其木格,费劲儿地说,"这……不能怪我……"

其木格一步步走向敖尔敦,咬牙切齿地说道:"这不能……怪你吗?你还好意思……站在我的面前!"说着,狠狠打了敖尔敦一记耳光,敖尔敦倒退了一步,捂着脸谁也不敢看了。

罕都烈大声说:"其木格!你面前的不单单是你的哥哥,他已经是多伦村的百夫长了!你应该感谢他,看在他的面子上,你已经被免死。"

"是啊,妹妹。多亏罕都烈大人开恩,你和玳玛都免除死刑。"

"你真是个好哥哥,你把我们拿去换来了百——夫——长!呸——"其木格朝着敖尔敦的脸猛啐过去。

"妹妹!你……疯了!"

"她是疯了。"罕都烈说道,"过来两个人,把她弄到毡帐里去。"

"罕都烈大人,弄到我家去吧。她慢慢会好的……"

"好吧!送到敖尔敦家!"

不管其木格怎么挣扎,怎么喊,终于还是被拉走了。

这时,流血过多的桑布感到一阵头晕,他身体的力量在逐渐消散,眼看要仆倒在地上了。一个旗丁想去扶住他。

罕都烈对那个旗丁说:"让他躺下去吧,他快一命呜呼了!"

躺在地上的桑布又慢慢睁开眼睛,轻声说道:"真好……这么蓝的天,这么多人送葬!"

罕都烈冷笑道:"哼!你还挺开心呢!"

桑布斜睨着罕都烈,微笑着说:"能不开心吗?罕都烈大人……也来参加我的葬礼!"

敖尔敦稍稍能自持了,他向罕都烈低声说:"罕都烈大人,问问他还有谁?"

罕都烈瞪他一眼,说道:"做梦!除非主动告密,这种人是问不出来有用的话的!"

敖尔敦又感到脸上发烧,低下头去。

"敖尔敦,令爱来了。"罕都烈说。

"她?她来干什么?"敖尔敦担心地看着飞骑而来的玳玛,并喊道:"玳玛!回家去!"

玳玛瞅了一眼敖尔敦,没有理睬,跳下马来,就扑到桑布身上哭喊道:"爸爸!"

罕都烈和旗丁们都吃惊地往后退了退,看着痛哭的玳玛。

桑布轻声责问道:"玳玛!你来干什么?"

玳玛伏在桑布耳朵上说:"他们马上来救你……"

"什么?!你,玳玛!"

玳玛惊恐地看着桑布的眼睛,只有她才能理解那里面是在谴责她做了一件错事,一时不知说什么才好。

"玳玛!"桑布又狠狠瞪了玳玛一眼,并把她推开。玳玛惊骇得捂着嘴,瞪着眼睛,连连后退。

桑布的手在地上痉挛地抓了一阵,正好一个破牛轭碰在手上,一个念头闪过,他抓起牛轭,猛地抡向罕都烈,正好击在后者的眼睛上。

罕都烈捂着眼睛,一面咬着牙呻吟,一面狠狠地骂着:"砍死他!一群笨蛋!"

玳玛看着旗丁举起刀,她骇然地闭上眼睛,哀恸地喊着:"爸爸!爸爸!"

敖尔敦走过去对玳玛说:"别哭了!他死了……快回家去……"

玳玛挣脱了敖尔敦的手,她实在想啐这个亲生父亲一口,但是,桑布留给她的责备的一眼使她又害怕得哆嗦起来。她必须去制止住奥良哈,必须迎住格力图尔,而现在正好有机会离开。她哭泣着走到坐骑跟前,骑了上去,装作朝敖尔敦的毡帐走去的样子。

已经有人给罕都烈缠好眼睛,罕都烈的怒火仍旧很旺,他发狠地朝着那些旗丁:"一群窝囊废!连个半死的人也挡不住!"然后,他又对佐领说:"留几个人在这里等着格力图尔。其余的人去征集车马壮夫。"

去找杰尔登布的人回来了,但一下马就喊道:"罕都烈大人!杰尔登布被杀了！"

"你说什么？"罕都烈还在揉着眼睛，不大相信地问道。

"杰尔登布叫人杀死了！"

"谁？什么时候？"

"他的老随丁说，今天早晨还好好的，就玳玛进去过……"

敖尔敦一开始听说杰尔登布的死讯是很高兴的，可是听到这事和自己的女儿有关，又像被突如其来的响雷震了一下，张着嘴巴，惊恐地看着罕都烈。

"好啊，敖尔敦！你的女儿倒真是个女中豪杰呢！"罕都烈边说，边走到敖尔敦面前。

"罕都烈大人，这……"

罕都烈摇摇头说："这……简直想不到……可是，敖尔敦，这杀的可是一个巴彦呐！"

"罕都烈大人，饶了她吧！"

"你马上回去，带两个人，把玳玛抓起来，押回去听候发落。我可以帮你忙，但只能使你免遭连坐。玳玛吗？就不好说了。"

"罕都烈大人！要处死她吗？"

"我想会的。她杀死的是个——巴彦！还是未解职的百夫长。""天呐！"敖尔敦觉得整个天都在向他压来，他透不过气了，突然，他瞪着骇人的眼睛，疯狂地喊道："不行！我要女儿！玳玛！玳玛——"他喊着，不要命地往自己的毡帐跑去……

罕都烈冷笑道："疯了！又疯了一个！——去两个人，把玳玛抓起来！"然后又自言自语地说："简直乱了套了……天阴起来了……杰尔登布，这个倒霉鬼！"

51

一阵黄沙滚滚的干燥的狂风过后,天空骤然阴云密布。乌黑的浓云,互相拥挤着上下翻滚,像波涛汹涌的黑色海洋。刚才还是风和日丽,马上变得如同黑夜了。

在乌云下,在已不挟带黄沙的大风里,格力图尔怀着一颗恢复了自由、要见到父母的兴奋心情,飞快地奔驰在回家的路上。天虽然刹那间阴沉得可怕,却给格力图尔带来了新的喜悦,只要下一场透雨,旱象便可解除,贫苦的阿拉特们就会免除一些灾难,得以维持艰难的生活。他干脆敞开怀,让那狂风尽情地吹在他火热的胸膛上。

风小了,云密了,天更暗了。格力图尔的小行李卷和几副笼头在后鞍桥两边抖动着,敞开的衣服在背后飘舞。他快马加鞭,赶着他的路,恨不得一下子飞回自己的毡帐。

一匹烈马驮着一个少女模样的骑手,踏起黄尘,"嗒嗒嗒"向格力图尔迎面飞来。格力图尔放慢速度,闪到一边,那马和马上的少女在他眼前一闪而过。格力图尔只看到马上少女穿着簇新的绿袍,没看清面孔。他想,这少女也许是逃婚呢! 他笑了笑,准备继续赶路。但那少女却在冲过去的一刹那,勒住了马头,奔回到格力图尔面前,并跳下马来。

"玳玛!"格力图尔惊呼一声,也跳下马来,紧紧抓住了玳玛的手。

"格力图尔!到底碰上你了!"玳玛上气不接下气地说,眼泪立刻流了下来。

格力图尔见状已预感到不幸,那满怀的喜悦顷刻飞到九霄云外去了。

"怎么了! 玳玛,快说!"

"爸爸……"

"他……怎么样?"

"叫罕都烈……打死了……"玳玛说不成话了,把头埋在格力图尔怀里大声哭起来。

天空的乌云被一道蓝色的闪电撕开一条裂缝,接着响起了震撼大地的霹雳。

格力图尔只觉得无数把匕首向他飞来,刺满了全身。他眼前的云啊、山啊、马啊,都在晃动,他的心开始大声恸哭了。这一年的苦役为的什么?这一年中,他强忍着屈辱,压着怒火,没有把匕首刺向科尔丹和扎布曼都,为的什么?就是为了今天重返家乡,治好爸爸的腿,然后干它一场。可是刚刚离开扎布曼都官邸,还没迈进多伦村的地面,迎接他的却是这样一个令他痛不欲生的消息!他凭借着玳玛身体的支撑,努力镇定着自己。接着,两股怒火在他眼里燃烧起来,脸上的肌肉在跳动,好像要撞裂皮肤跳出来。

"玳玛!你说,什么时候,为什么?"

玳玛扬起泪脸说道:"我爸爸……告了密……他当了百夫长……把我们……都出卖了!"

玳玛的话,在一片片撕着格力图尔的心,在往他的怒火上一滴滴地浇油。他推开玳玛,狂喊一声:"我要报仇!"

玳玛扑过去用力抱住他,大声说:"不!你不能去!爸爸临死时说,你千万不能回家。"

"玳玛!这仇,这恨,我忍不下去呀!"

"格力图尔!我的好格力图尔呀!听爸爸的话,不能回去呀!他们有几十个人,有刀,有火枪,就等着抓你呢,你回去,是白白送死啊!"

格力图尔听着玳玛发自肺腑的哭喊,心都碎了。他猛地回身,伏在马鞍上,失声地痛哭起来:"爸爸!"

两个人都稍稍平静一些以后,玳玛终于感到她这一生所要做的全部做完了。她甚至下意识地认为,现在正是自己尚未飞散的灵魂,在替最亲近的人奔波。她,应该告别爱人,告别人生了……

玳玛右手摸出匕首,猛然插进自己的胸膛,然后,左手紧紧搂住格力图尔,右手向心脏猛地压下去,压下去……

"格力图尔……我真的爱你……"玳玛微笑着喃喃地说,慢慢地顺着格力图尔的身体滑下去。

格力图尔一眼看到玳玛右手紧握的匕首,惊叫道:"玳玛!"

"不要动！抱住我……"玳玛用左手推开格力图尔抢向匕首的手，"抱住我，听我说……"玳玛痛苦地喘息着，闭着眼，舔了舔开始苍白的和干燥起来的嘴唇，鼓动着残存的生命力，费劲儿地说下去，"我的身体……被杰尔登布……我不能再做……你的……妻子……我杀死了……杰尔登布……替你……为你的妻子……报了仇……"玳玛说得太累了，微弱地喘息着，格力图尔的哭泣和呼唤又把她召回到人间，她睁开眼，用左手抚着格力图尔的头发，深情地说："好格力图尔……我是多么愿意，多么，多么愿意……多么想和你……生活一辈子呀……可是……"玳玛越来越感到身体的虚弱，眼皮发粘了，好像那么渴望睡一觉，静静地，甜蜜地睡一觉。她知道，生命的力量只剩一点点了，她努力使这力量再保持一会儿，"别哭，好哥哥……要对乌日娜金好……她那么苦……"

格力图尔泪流满面，看着玳玛苍白的开始抽搐的脸，揪心地轻唤着："玳玛……我的好玳玛呀……"

玳玛用足力气，挑起眼皮，微笑着说："紧紧地……搂住我……"格力图尔恸哭着，紧紧地抱住玳玛的身体。

"对……就这样……"玳玛疲惫地合上双眼，梦呓般地说，"我真……幸福呀！"

玳玛就这样走完了她的人生道路，含着微笑，幸福地死在爱人的怀里……

过了好久，抱着玳玛身体的格力图尔才从迷蒙的、静止的状态中苏醒过来。他放下玳玛的身体，拔出匕首，用在突泉给玳玛买的毛巾，堵住那流血的刀口，掩上她的前胸，理平衣服。然后牵起自己的马，双手抱起安静的玳玛的娇小的身体，向左边敖包山的山顶走去，好像走在一条永远走不完的道路上……

格力图尔站起来，留给安息的玳玛深情的最后一眼，转过身来，朝着扎布曼都官邸的方向望去，眼里立刻又燃起异常炽烈的要燃烧整个世界的怒火。

52

扎布曼都从早晨到晚上,一直坐在议事厅里,等候罕都烈去多伦村捉拿桑布等谋反重犯的消息,科尔丹也一直陪在身边。

这是一个闷热的夜晚。

敞厅和议事厅所有的门窗全打开了。女仆的扇子每人增加到两面,扇过来的却也是热风。扎布曼都不断地在流着汗,科尔丹解开了衣纽。后来,扎布曼都命令仆人们把茶几和靠椅挪到门房里,他和闷闷不乐的科尔丹便来到三面透风的门房,大口地喝茶,一次又一次地擦汗,看天边红色的闪电,听远处滚动的雷声。

"你在想什么,科尔丹? 不太高兴吗?"

科尔丹抬起沉思的眼睛,说道:"爸爸,我一直在担心,我们这次是否做得太过分?"

"你总是有些不必要的担心。这可能是你读书太多的缘故……应该这样看,对于我们,从来不会有什么过火不过火之分,只有收获的多少之别,假如你说的是征集车马壮夫的话……"

"我不是单单说征集车马壮夫。我指的是我们做过的一切……"

扎布曼都恼怒地瞥了科尔丹一眼,又冷笑一下,讥诮地说道:"是吗? 我很想听听你的高见。"

科尔丹把视线从父亲的脸上慢慢移开,向黑暗的庭院注视着,沉思了一会儿,缓缓地说道;"爸爸,假如我的话触忤了爸爸,就请爸爸责处。但我必须说出来,这是出于对祖业的神圣责任感.也是出于对爸爸的尊重,尤其是我明天就要去王府赴任。先说桑布,在这个白凌阿副将的身上,爸爸至少犯了两个错误。该杀的时候不杀,不该追究的时候,却打断他的腿,使他燃起仇恨我们、反对我们的怒火。其实,与其打断他的腿,还莫如果断地处死。

所以我想,既然我们在该狠的时候没有狠,那么,我们就应该在宽宏大度上补救我们的过错,以收拢人心……"

"那么,请问。"扎布曼都又冷笑了一声,尖刻地说,"桑布这次要来拿我的脑袋,你怎么想呢?"

"这正是我要说的一点。三十年来,桑布并没有想来杀我们,那是因为他每天都在想着自己的侥幸,为藏匿这么久和能继续藏匿下去而沾沾自喜和感谢命运,这时他是怀着恐惧,担心会暴露身份而被捕捉,怎么会去想杀掉并不追究他的扎萨克?但结果,我们的过错使他知道扎萨克还想惩治他,甚至打断了他的腿,这时,他的心里既不是侥幸,也不是担心,而是仇恨。还有,最近我们竟打伤了奈曼乌勒,又打死了他的情人,仅仅因为他们通奸。我们似乎嫌仇恨的心太少,制造了一颗又一颗……"

"科尔丹!你明明在说,假如桑布真砍了我的头,是我咎由自取了!"

"爸爸,我觉得,我们应该得出这个结论。"

"你去京师这两年,没有白费呀!我的钱也真没有白花!让你学会了怎么教训老子了!哼,听着,我还没有老朽到必须让位的地步!""爸爸!"

"住口!我现在要告诉你,你究竟错在什么地方。你错就错在总是把那些黑骨头当成人。宽宏大度,多美好的名声!可我不需要那些贱种来给我歌功颂德!他们是一群老鼠,我就是他们面前的猫!他们是一群羊,我就是他们面前的狼!哼,宽宏,你对格力图尔很宽宏吧,可是他的爸爸却要来杀我!我本可以把他和桑布一网打尽,你却偏偏提前半天放走了他!还有,格力图尔给索拉吉辽夫当驭手,他干了什么?杀人!放火!你却对他倍加赞赏!"

"爸爸,既然您知道了这件事——看来,罕都烈已经告诉您了——那么我就索性都讲出来吧。格力图尔干的事情只对我们有利。索拉吉辽夫在黑夜进入森林,恰恰在和我们领地接界的地方扎了营。这一片森林的最好的一段,恰恰在我们的领地内。索拉吉辽夫是不会放过这一段的。如果确实是格力图尔使他们离开了森林,那么这是在保护我们的资源。再说,索拉吉辽夫的信中说,他怀疑格力图尔和巴音赛克图是同谋。人是巴音赛克图砍的,火是巴音赛克图放的,对格力图尔仅仅是怀疑,没有任何确凿的证据。当然,索拉吉辽夫是希望我们替他出这口气的。但是,我能满足他嗜血的胃口而惩处一个对我们做了好事的人吗?还有——您别发火,听我讲完——

371

还有,您知道这次桑布闹事要里应外合,可您是否知道,这'里应'的人是谁呢?您不知道,罕都烈也不知道。可我知道他们是五十个人,带头的是奈曼乌勒!"

"什么!是他?"

"正是,爸爸。我知道很长时间了,但我没有讲。我知道讲了以后会出现什么结局,可我知道我应该做什么、怎么做。我既不能告诉您,使您大发雷霆,立刻就杀掉奈曼乌勒;我也不能逼着他们供出其他人的名字,因为泄密的人一旦被发觉,另外的人就会杀死他。我观察在菊花死后不怕鬼魂而仍然去奈曼乌勒毡帐的人们,我谨慎地一个个安抚、谈话,作出各种许诺。他们仍不敢说,我就告诉他们,不供出同伙没关系,自己不要再参加就可以了,至少已有十几个人向我点了头。您说我不该宽宏大度,可是这十几个人已心甘情愿退出了秘密组织。我对格力图尔的宽宏大度,使他不被这个组织所接受。我的宽宏大度,可能使外来的暴徒得不到内应而无可奈何。而且,我曾打算让奈曼乌勒代替斯卡当总监工。这样,另外的四十几个人就会自动解体。他们既然不愿收录一个少爷的驭手,当然更不愿意自己的首领是老爷的监工。可是,正当我想把奈曼乌勒掌握在手里的时候,我们却打死了他的情人……"

"你在说些什么!科尔丹。你这是被鬼迷住了心窍,被魔障挡住了眼睛!你还坐在这里说什么替你的爸爸在消灾弥祸呢!应该立即把奈曼乌勒抓起来处死!"

"那是不明智的,爸爸。你杀死一个,人们就会感到等待他们的也是死亡,会增加反抗的力量,会更加抱成一团。"

"我要把他们全砍死!"

"做不到的,爸爸。您除了知道奈曼乌勒以外,还知道谁?可是奈曼乌勒是不可能供出其他人的!"

"你说什么?你知道的十几个人也不告诉我吗?"

"我觉得,他们已表示退出这个组织,就不该被处死了。"

"好啊!科尔丹。你最好和他们结成一伙,把我砍死,然后你来当他们的札萨克!你是不是嫌我活得太久了,等着当札萨克等得不耐烦了?"

"不,爸爸。我只是担心,我们会由于自己的疏忽而不仅丢掉祖宗留下的领地,甚至会丢掉脑袋。况且,我并不急于承袭札萨克,因为没有人和我争夺这个权位。"

如果此刻亮起闪电,科尔丹就会发现最后一句话对扎布曼都的刺激是如何巨大了。因为漆黑的一团里,是看不清扎布曼都眼睛里的震惊、内疚和即将受到天谴的恐怖的。

就像雷鸣后的死寂一样,父子俩在可怕的静默中度过了很长一段时间。后来,扎布曼都突然惊呼一声:"谁!谁在那边?"

科尔丹向外看去,一道闪电划过庭院,他只看到了灰色的廊柱和花坛里枯干的树影。他回过头来,看到了父亲发青的脸和恐怖的眼睛。

"爸爸,院里没有人啊。"

"啊,是我眼岔了。"扎布曼都在黑暗里喃喃地支吾道,儿子的一番"高论"早已忘得干干净净了。

闪电把庭院的黑暗一阵阵划破,雪亮地闪现出层层树影。雷声从远而近地滚过来。突然一道直上直下的闪电,伴随着一声"嘎啦啦"的震天动地的霹雳响雷,竟使科尔丹好像看到了菊花,一阵风吹过,树叶沙沙作响,使他不由得打了一个寒噤。

"爸爸,起风了。请您回房中去休息吧。"科尔丹说道。但是没有一点声息,当又一个闪电亮起的时候,他发现父亲的座位已是空的了。

科尔丹不无惊悸地四下望了望,慢慢地站起身,走进红烛高烧的敞厅。这时,哈森正从老爷卧室中走出来。

"哈森,你怎么在这里?"

哈森显然是刚刚哭过,她飞快地看了科尔丹一眼,低下头说道:"少爷不是让我告诉舅妈,您明天要走吗?"

"唔,可不是!爸爸呢?"

"在卧室。"

"好,你先回去吧。"

科尔丹不再注意咬着嘴唇忍住眼泪的哈森,径直走进爸爸的卧室。妈妈正坐在椅子上托腮沉思。

"妈妈,爸爸呢?"

"坐下,科尔丹。你明天真的走吗?"

"是的。我想见爸爸。"

"等一会儿吧,这一会儿,他是不愿别人打搅他的。"

"他在哪儿？"

"进佛堂去了。"

"进佛堂？"科尔丹诧异地问道。他知道和卧室紧连的后屋是佛堂，但爸爸除了过年和大祭是从不进去的，今天为什么要去祷告呢？

斯琴看出科尔丹的诧异，便说道："近来，他心绪不宁，几乎每天晚上都进佛堂祷告。"

"唔……从什么时候开始？"

"好像从菊花闹鬼的第二天。"

科尔丹不由一惊，他想，难道爸爸真的相信鬼魂存在？菊花的屈死使他受到了良心的谴责？那么说，别看爸爸发火（那大概是自尊心决定的），他的心地还是善良的。可是，自己刚才一说了些什么啊？爸爸准是伤心了！怎么可以说出那么些气话去刺激年迈的爸爸呢？他开始可怜起爸爸，责备自己的放肆，想跪倒在爸爸脚前去请罪了。

"不，科尔丹，不要去！"斯琴轻声制止着向佛堂走去的科尔丹。

"妈妈，我想马上见爸爸。"

斯琴惊惶地站起来，说道："不要去！好孩子，我求求你……"

"不，妈妈。我不会再惹爸爸生气的。"

绕过茶几，便是通向佛堂的门，他轻轻打开门，掀起门帘，走了进去。

佛堂里燃着蜡烛，照着高踞佛龛的铜铸佛象，案几下跪着扎布曼都老爷。

"饶恕我……"扎布曼都在轻声而虔诚地祷告着；科尔丹站在门口，差一点儿流下泪来。

老迈的颤抖的声音继续传进受到感动的科尔丹的耳朵里："全能的神，万灵的佛，无所不在的天地之灵呀！我还不够虔诚，忏悔得还不够吗？我每天向你祷告……可您又让爸爸和哥哥来……折磨我……他们在闪电中伸着长着利爪的手……要掏我的心……"

科尔丹听到这里，猛地收住往前迈去的双脚，靠在门框上，再也无力移动了。外面的响雷似乎打在他的心上，那闪光的蓝剑似乎向他劈来，原来祖父的死、伯父的死都和爸爸有关吗？不，这太可怕了！然而，父亲那老迈的、颤抖的声音却仍像雷鸣闪电般击向他的心脏。

"……唔……爸爸、哥哥，宽恕我的罪过吧……慈悲的佛爷……饶恕……"

科尔丹倚在门框上,屏息着自己的呼吸,静静地听着。从父亲那断断续续、时高时低的忏悔和祷告声中,他渐渐明白祖父和伯父确实是被爸爸害死的,他的心在一阵阵紧缩着,浑身失去了力量,软绵绵的,像在一个未知的世界里飘浮,再也不能记忆和思考了。但在恍恍惚惚中,又终于清楚地感到,过去影影绰绰听到的传闻——祖父和伯父是在家族的争权夺利中被害——不是谣言,而是事实。这凶手不是别人,就是扎布曼都老爷——自己的爸爸。他的双腿再也支持不住身体的重量了,像一堆烂泥瘫化在门下。……

许久,他象从噩梦中醒来,似乎又有了记忆,眼前又出现了铜佛,摇晃的蜡烛,案下跪着的扎布曼都老爷……他的头脑也重新开始了思考,他的身体里又有了力量,他猛地站起身,正在这时,响起了一声震雷,他抱着头,跑出佛堂,跑出老爷的卧室,跑出敞厅,跑出门房,在阵阵雷鸣闪电中跑回自己的卧室,撞倒大吃一惊的哈森,扑到床上,令人战栗地哭起来。

这时,斯琴跟着跑进了科尔丹卧室。她走到床前,坐在哈森搬过来的一把椅子上,拉过科尔丹冰冷的手放在唇边吻着。

"唔,科尔丹,好孩子。不要再哭了。我是不想让你进入佛堂的,可是你……唉,都怪我,我为什么不挡住你呀,为什么不高声喊你,好使你不听到那些可怕的话呀!"

科尔丹一下子坐了起来,似乎看着一个陌生人似的看着妈妈。

"不要这样看我。求求你.科尔丹,不要这样看着妈妈……"

"您是我最爱最尊敬的妈妈吗?不!您不是!您原来什么都知道,可您却瞒着我!"

斯琴并不怪罪科尔丹恼怒而痛苦的责难,松开了科尔丹努力挣脱的手,叹了一口气,说道:"孩子,我的孩子。你不要激动……安静些,妈妈都讲给你……"

"不!您现在就讲。快告诉我,这一切都是真的吗?"

"真的,科尔丹,是真的……"斯琴在科尔丹痛苦的呻吟声中继续说着,"十八年前,我一直是丈夫——你爸爸——的贤妻,我尊重他,并感到骄傲。人人都尊重他,都说他是一个白璧无瑕的人物。他每天从早到晚地操劳,我可怜他,恨自己不能帮他一把。就连他对你外祖父的官司不闻不问,我也不再怪罪他了。认为他公正无私。十八年前,我生下了你。我高兴,你爸爸更高兴。有一天,正值你的周岁,大宴宾客后,我听到了你刚才听到的那些可怕的话……也是晚上,也是那间佛堂,我站在门口,听到了那些话……他感谢上天没有惩罚他,叫他得到了一个儿子,……我险些昏倒,我退回卧室,躺在你的身旁,我想到死,但我不能。没有你,我真会去死呀!"

"妈妈!"科尔丹扑向妈妈怀抱,哭道,"可怜的妈妈!您为什么要生下我?上天要通过儿子惩罚爸爸的罪孽吗?您当时为什么不把我掐死呀!妈妈!"

"别这样说,孩子。妈妈的心快碎了!"斯琴一手抚着科尔丹的头发,一手揩了一下眼泪,"我原是不想告诉你,我知道你的心受不了这种可怕的刺激。可是你到底知道了,最可怕的事情终于发生了,……抱住我,孩子,再紧一点儿,谢谢你,我的好儿子,现在我好一些了,不那么抖了吧?唔,简直是在做噩梦呀!科尔丹,我都告诉你吧!我那时也是不相信的。我强迫自己不去想,强迫自己否定这种疑虑,希望这一切都是梦中的东西,可是刹那间的自我欺骗后,仍旧是痛苦的海洋!后来,我为了忘却,开始埋头清理几十年积存的文书,希望心灵会在忙碌中获得一些儿宁静,可是,天呐!我发现……"

"您看到了什么?妈妈!"

"我发现你的曾祖父根本不是札萨克台吉,而仅仅是个大巴彦!"

"巴彦?我仅仅是巴彦的后代!妈妈,您不会看错吧?"

"不会的。而且,更叫我吃惊的是,你的祖父和父亲的承袭札萨克的诏令……都是假的。"

"假的?妈妈!这可能吗?"

"是的,是假的。对这个,我多少明白一些。但有一点,就是你的祖父和父亲,靠什么能得到王爷如此难以想象的宠幸?我一直没有弄清。唉!……科尔丹啊,你知道,在那些年里,我几乎每一天都是在强大的精神折磨中熬过来的。我也出身豪门,而且知书达礼,想不到竟终日在罪恶的渊薮里沉浮,最使我担心的是你这次回来,你说的那些深奥的道理我不全懂,但我希望你是对的。我害怕你和爸爸弄僵,一个肯害死生身父亲的人,也同样会害死亲生儿子呀,天呐!假如……唔,我的好儿子……"斯琴一边流泪一边断断续续地讲着,又使劲搂住科尔丹,好像有人要夺走他。

一声雷鸣后,科尔丹跳了起来,抓着头发疯狂地喊道:"天呐!这难道都是真的吗?救救我,我要死了!噢!死了吧!死了多好啊!让雷劈了我,让爸爸杀死我吧!"

"科尔丹!"斯琴站起身用力抱住科尔丹,把脸伏在他的肩上,"好儿子,求求你,别再叫我伤心吧!我除了儿子……再也没有别的了。"

哈森捂着脸哭着跑到外间。

科尔丹瞪着发亮的眼睛,闪电照出他脸上的愤懑和悲痛欲绝的表情。闪电也照见斯琴满脸的泪水。

时间在静静地流逝。房外传来抽泣的声音,科尔丹如梦初醒般迷惘地看着斯琴说:"妈妈,您怎么了?好像世界的末日来临了!"

"孩子,我不害怕世界的末日……可我……害怕失去我的儿子!""可怜的妈妈。这些都是虚假的,放弃它吧!"

"不!我不能没有儿子……可怜可怜你的妈妈吧……"

"妈妈!难道您希望儿子要经历同样痛苦的煎熬吗?"

"不!我们走,离开这里……"

"离开这里……是啊,这里可以离开,而且正好有理由。但是,我能离开耻辱吗?能吗?我能离开耻辱吗?"

"会忘掉的,孩子!"

"不会的!妈妈……可是……好吧,我听您的……"

"你真是我的好儿子!"

科尔丹扶起斯琴,把她扶坐到床上,对着外间喊道:

"哈森,你愿意留下来,还是愿意跟我走?"

"少爷!我愿一辈子侍候您。把我带走吧,我会侍候舅妈……带我走吧!"哈森从外间冲进来,跪在科尔丹脚前,哀声地恳求着。

"起来,哈森。以后不要叫我少爷。我要娶你,你做我的妻子吧!"

哈森怔住了,她突然抱住科尔丹的腿,大声哭着说:"少爷,你真好!"

"快起来!和妈妈收拾收拾,今夜就走。"

53

科尔丹走出卧室,站在廊柱下,一面吩咐人去找库玛,一面下意识地向正房看去。一个闪电照亮了门口,扎布曼都已经平静地坐在茶几旁了。他似乎也看到了科尔丹,朝他摆了摆手。科尔丹犹犹豫豫地走了过去。

"你刚才上哪儿去了?"

"去卧室休息了。"

"来,坐下,陪我坐一会儿。罕都烈还不回来。这样的夜晚……电闪雷鸣,真会使人会产生许多可怕的念头。"

"是的,使人想到地狱。"

扎布曼都一抖,说道:"你相信有地狱吗?"

"有的。今天就像走进了地狱……"

"是吗?"

"是的。乌云这么低,闪电这么亮,雷声这么近,都好像要马上落到头顶……"

扎布曼都掩饰着惊恐说:"你可是从来不相信鬼神的呀,怎么今天晚上害怕了呢?"

科尔丹张了张口,还是把要说的话咽了回去,只是说:"谁知道,也许真有神鬼显灵的事!"

沉默了一会儿,科尔丹说:"我决定启程去王府。"

"你白天说过了。我希望我的儿子在这个时候是哲盟梅伦。都准备好了吗?"

"准备好了。"

"那个乌日娜金?"

"带上。我今晚就走。"

"什么？何必那样着急，也许要下雨呢。"

"晚上走路凉快。而且，假如真下雨，明天的路就不好走了。""还是明天走为好。我担心你路上受凉，你的身体本来就弱……"科尔丹的喉咙哽咽了一下。他也许一会儿就会改变决心，甚至怀疑自己在此时离去是否应该了。他稳定了一下心神，在心里斥责自己的软弱，立即站起来说："我希望明天上午就到王府。"说着，就向外走去。他似乎听到了父亲颤抖的喊声："科尔丹，今天晚上……不要离开我！"忍不住又流下泪来。他捂住脸，像逃跑一样，逃离了父亲颤抖声音的无数触角，快步走到自己卧室的门口，在这里，他遇到奉命而来的库玛。

"库玛，我去王府供职，想带上你。愿意吗？"

"愿意。少爷。"

"现在，你必须做好下面这件事。马上套好那辆香车，你亲自做驭手。找两个人去把乌日娜金——你认识她吗？"

"认识的，少爷。"

"把她捆好装到车上。要把她的嘴堵上，免得她哭闹，手脚要捆牢，免得她生出拼命的念头。要尽快离开这里，在去王府途中的驿站等我。要记住，不准任何人打她一下！我的话，你听明白了吗？"

"明白了，少爷。"

"这是你单独做的第一件事。"

"少爷，请放心。库玛永远不会使您失望。"

"我相信，我相信。一定要保护好她……"

"保证万无一失。"

"很好。你知道我为什么这样做吗？"

"我想，我知道应该做些什么、怎样做就够了。至于为什么这样做，那不是奴才应该过问的。"

"那我也要告诉你。我要把她带到王府，作为送给王爷寿诞的礼物。如果斯卡问起，或有人阻拦，就这样和他们讲好了。"

"遵命，少爷。"

"快去吧。要快！"

科尔丹打发走库玛，返身回到房中，开始收拾所需携带的一应物品。两个小时后，他把妈妈和哈森带到大门外，安排在他专用的篷车里，然后喊来斯卡,让他找驭手套车,说要立刻去见王爷。车很快套好,科尔丹钻进车棚,命令驭手启程。马车在一片闪电雷鸣中驰离了红漆大门。

双人座位的当中,坐着心情快乐的斯琴,她的左侧是对发生的一切都感到惊奇的哈森,右侧是脸色苍白的科尔丹。

科尔丹此刻似乎平静了一些,他右手紧握着小窗的边棱,将头抵在车箱的角上,闭起双目,回忆起这逃离家庭的前前后后,并希望能在镇静的情况下检查和推敲自己的行动,想想这样做的后果。后来,他突然睁开眼,悲哀地重重地叹了口气,同时他发现,斯琴正掀开后窗帘往外看着。

"妈妈,您还在留恋这里吗?您现在回去还不迟!"

斯琴放下窗帘,对着科尔丹轻轻摇了摇头,无限伤感地说:"不,我只是想看看在黑夜的闪电中,那座院子是什么样,以便永远在心里留下一个可怖的形象……可是,我听你在叹息,你是在为自己的行动后悔吗?"

"后悔?"科尔丹似乎在自问,"不……我不会后悔。但我的心总觉得有一只利爪在抓挠……总觉得要大哭一场!"

"不要这样,科尔丹。"斯琴心疼地掉下眼泪,把科尔丹的头揽在怀里,"要高兴起来。把那些可怕的东西抛开吧,离开了他,你……会快乐起来的。"

"不会的,妈妈!快乐永远不会回来了!"科尔丹哭着说,他挣脱了斯琴的搂抱,擦了把泪水,"妈妈,我也曾想,我离开了爸爸会得到安宁,就是方才,我也还在做着这个梦,以为我从此成为一个灵魂干净的人。有一天,我会毫无愧色地走进天堂!我想错了,我忘了,我走到天涯海角,也还是带着永远消弭不了的罪孽,我将永远带着整个家族的深重罪孽,直到我最后掉进地狱!噢!苍天呀!你是要通过惩罚儿子表达对爸爸的震怒吗?那就快些来吧!"科尔丹喊着,猛地掀开右边的窗帘,伸出头去,"来吧,电打雷殛吧!在我的头上响起炸雷吧!"

斯琴痛苦地抱着科尔丹,哭着说:"可怜的……孩子!"

正在此时,亮起了闪电,随即一声响雷,并在一阵"嗒嗒嗒"的马蹄声中,一匹马紧贴着马车风驰电掣般跑了过去。科尔丹喊住了马车,迅即把头撤回,惊讶地嗫嚅道:"天呐,是他!"

"是谁?科尔丹。刚才骑马过去的人是谁?"

"格力图尔,他简直是个复仇的化身,眼睛喷着烈火,手里的匕首闪着寒光！"

"他没看到你？唔，真可怕！"

"别担心，妈妈，您的慈爱在保护着我。"

斯琴沉重的吁口气，喃喃地说："感谢上天怜悯，我们……科尔丹，我看你现在倒有些安静了。"

"是的，妈妈，浪涛总有平稳的时候。"

"那么，那个格力图尔……"

"放心吧，妈妈。他不会看到我们的马车。他的眼前只有——仇恨！"

"仇恨？对谁？"

"被我们抛弃的那个人。"

"那么，格力图尔……"

"是的，去找他的仇人。"

"去杀你爸爸！"

"还提爸爸干什么？我们已经永远离开了，妈妈。"

"不！科尔丹……"

"您怎么了，妈妈？"

"他会杀死你的爸爸！"

"嗯。"

"唔，科尔丹，要杀你爸爸的人刚刚从我们眼前离开！"

"妈妈，您怎么想？我们不应该这么平静地等待？"

"等待？天呐！科尔丹！他毕竟是你的爸爸，是我的……丈夫啊！"

"唉！妈妈，您真……"

"不！科尔丹，要知道，假如是明天，是的，假如……我们并不知道……可是，是眼前，是当着儿子和妻子的面……科尔丹！我们的灵魂能安宁吗？"

"我明白了，妈妈。好吧……驭手！马上把车赶回去，要快，越快越好！快！快！"

科尔丹的马车，沿着走过的道路，往回猛奔……

此时，凶神般的格力图尔早已冲进喀喇沁旗札萨克官邸的警戒线，在红漆大门外跳下马来。自从他离开玳玛的尸体，他整个的心里全被仇恨和复仇的怒火填满。他既没想到去找奈曼乌勒，也没想到去找乌日娜金，他的眼前只活动着一个形象，就是扎布曼都；他的心中只留下了一个念头，就是把手里的匕首(这支匕首曾刺死了杰尔登布,还保留着玳玛胸膛的温热)狠狠刺进扎布曼都的心脏。但是,眼前紧闭的大门和高耸的围墙挡住了他。他握紧拳头,稍事思索,便回身向斯卡的毡帐奔去,像闪电一样拉开门,冲入毡帐,和提着马灯的斯卡正好撞了个满怀。

"谁?混蛋,敢撞你老爷!"斯卡趔趄了一下,恼怒地骂起来,但当看到面前的是格力图尔,那两只眼睛正像两把利剑向他刺来,不由得胆怯地向后退去,"你……你不是走了吗?"

"放下马灯!"

"好,放下,放下……"斯卡顺从地放下马灯。

"跟我走!"

"这,你……要干什么?"

格力图尔上去一把拽住斯卡的胳膊,喝道:"走!"

"好好,走……不过你轻点儿呀!"

格力图尔拖着斯卡快吓瘫了的身体,很快来到红漆门下。

"把门喊开!"格力图尔轻声命令道。

"不……格力图尔,你要干什么?"

"喊!"格力图尔把匕首对准了他的胸口。

斯卡此刻到底弄明白了眼前的凶汉想干什么,他感到恐怖,不由得惊慌高呼:"守门人,快……"一面本能地抬起双手,企图拨开格力图尔拿着匕首的手,但没等他下面"快来救我"的话喊出口,格力图尔的匕首早已刺进他的胸膛。

"守门人快……"的惊慌的高呼声,惊动了守门人,他一面絮絮叨叨地在高声问着:"是斯卡吧?是不是又看见了菊花?这样叫人害怕的夜晚,鬼魂都会跑出来的……"一面忙着开门。

门"吱呀"一声开了,絮絮叨叨的守门人刚探出头来,头上早挨了重重的一拳,连吭也没吭就倒下去了。

格力图尔跨过守门人的身体,飞一般地蹿进院子里,直奔正房而去。

忽然一个闪电,在刹那间把这个庭院照得如同白昼。在门房里悲哀而孤独地静坐的扎布曼都一眼看见了向他直奔过来的格力图尔,他觉得在格力图尔的身后,仿佛还有老扎萨克、昂布尔、菊花和桑布……他惊骇得连动也不能动了,闭上眼睛不敢再看了。同一刹那,格力图尔也看见了扎布曼

都,他有如生翼的猛虎,几个箭步赶了过去,腾身跃过扶栏,扬脚踢飞茶几,那像铁铸的大手早已把扎布曼都的前襟抓住了。

就要胜利的复仇的凶神,在雷声的伴奏下,似乎哈哈冷笑了一声,像捉小鸡那样,把扎布曼都拉到胸前,两只怒火熊熊的眼睛,那么近那么恨又那么狠地看着那张平板的、微闭双眼的可恶而又可恨的灰白色脸,足足有两分钟,格力图尔才又一使劲儿,把那个胖胖的瘫软得一摊泥似的肉块扔回到椅子里。

这一震,倒使半死的扎布曼都神志清醒了一些。他撩开眼皮,怔怔地盯着格力图尔。

格力图尔被这种呆呆的、死死的眼神更加激怒了,他右手紧握匕首,向扎布曼都又接近了一步,从牙缝里往外挤着仇恨的话:"扎布曼都!我让你死个明白,看看我,认识吗?"

扎布曼都一动也不动,没有任何表示,也没有一声回答。

"我告诉你,我是格力图尔,桑布的儿子。我爸爸……被你害死……现在,他儿子来给他报仇雪恨!知道吗?"

扎布曼都仍是毫无反应。

"来年今天,就是你的周年!你该到地狱里去了!现在我问你,临死前还有什么话说?"

扎布曼都抬眼望了一下,摇摇头。

格力图尔一扬手,打掉了扎布曼都的帽子,把那条长长的发辫抓在左手里,扬起匕首,高声说道:"我要给爸爸报仇了!我让爸爸拎着你的头颅上路!"

"格力图尔!"

格力图尔分明听到科尔丹的喊声,回头看去,科尔丹正朝门房奔来。格力图尔大喝道:"站住!你再走一步,我马上就捅下去!你也别想逃命!"

科尔丹站下了,大口喘息着说:"格力图尔,等一等,我……和你说。"他深吸一口气,用手捋了捋抽动的胸口,继续说下去,"我赞成你勇敢的复仇精神,但不赞成你现在的行为。你的仇恨……在多伦村,你的匕首应刺向第一个告密的杰尔登布,应刺向第二个告密的敖尔敦。而且,你是桑布的儿子,不应这样暗夜行刺,这是不光明磊落的行为,这也不会被人称为英雄,只能叫人讥讽与唾骂。你愿意做那种不值一文的人吗?你有杀父之仇,应该为父报仇,但应像你爸爸那样,轰轰烈烈,驰马挥刀,那才像是桑布的儿子,无论生死胜败,都会受到人们的赞佩……"

格力图尔现在还是一个单纯的硬汉,他有强烈的自尊,而且从来不知道什么是害怕,更不能听到有人说他是懦夫。他这次来刺杀扎布曼都,早已把生死置之度外。即便这时身旁有无数随时可以射出子弹的枪口,他也不会产生一丁点儿畏惧,更不会把举起的匕首放下来。但科尔丹的一席话,却使他在精神上失去依托。他自己也搞不清,在关键时刻,科尔丹的话常常会把他胸膛里燃烧起来的怒火浇灭。此刻,他把匕首收回,眼睁睁看到扎布曼都站起来走进敞厅。不是由于怯手,而是觉得,真要刺下去,就会成为一个阴损的小人,失去了丈夫气概,不配做桑布的儿子!是啊,爸爸从来没说过去偷偷行刺,他是聚集力量,拉起人马,像科尔丹说的"轰轰烈烈,驰马挥刀"在草原上冲杀。是的,格力图尔可不能做那种被人唾骂的人。他要做爸爸那样的人。格力图尔想着,走出门房。当他步下台阶时,猛然产生了一种怨恨科尔丹的想法。为什么这个白嫩面皮的人,常常能毫不费力地解除格力图尔的精神武装呢?刚才的一分钟里,格力图尔败得多惨!当他走到科尔丹面前时,不由得咬着牙喊道:"你为什么偏偏在这个时候出现?我恨你……恨你!但愿我永远不再碰到你!"说完,滚落了两大颗泪珠,向大门走去。

此时,一群旗丁冲进院来,枪口一齐对准了格力图尔的胸膛。

科尔丹朝着旗丁喝道:"放他走!谁敢从背后伤害格力图尔,立即处死!"

格力图尔迅速地走出大门,骑上马,飞驰而去。

科尔丹喝退旗丁,没有回房去看望父亲,很快地走出大门,钻进车棚,对斯琴说:"我们可以放心走了,妈妈。"斯琴点了点头。

马车跑了一段路以后,科尔丹突然说:"我忘记告诉他乌日娜金了。"

哈森说:"妈妈,让她先和我们一起住吧,行吗?"

斯琴说:"行。我教你们读书和……"说完无力地倒在哈森的怀里,疲惫地闭上了眼睛。

54

天亮了。

乌云、雷电和人们开了个大玩笑,足足折腾了一宿,连一滴雨也没有恩赐给干旱的大地。太阳的金光从早晨起就在东边的云隙间闪射下来,不久,头顶上浓厚的乌云,划然分成好几屋,穿梭般跑来跑去,又飞快地四散,整个世界又只剩了蔚蓝的天空、刺眼的阳光和燎人的热风。

扎布曼都老爷心头的乌云、雷电持续的时间久得多了,而且那乌云仍在攒聚:奔涌,那雷电仍在闪烁、轰鸣……

还是在昨天晚上,扎布曼都终于意识到自己剩了孤零零的一人的时候,他便坐在卧室里没再动过。他垂眉合目地躺坐在藤椅上,忍受着内心的痛楚,感到疲倦和孤独。罕都烈向他报告"剿匪"和征集车马壮夫的胜利时,他也未能动一动眼皮。

罕都烈一宿未敢离开老爷的卧室,他知道,在眼下比任何时候都更需要他在老爷左右……

是的,这一切对扎布曼都老爷都是极为奇特的。在他的感情中出现了新的内容。数十年来,他有时恼怒,但更多的是喜悦。而今天,他知道了什么叫悲哀和恐怖……

有些悲哀是逐渐积累起来的,或者由小到大发展起来的,最后它可能变得很沉重,但你毕竟有精神准备,知道躲避不了,因而也不去躲避;它不会使你头晕目眩,却可能使你冷漠,甚至麻木。扎布曼都的悲哀,几乎是在一瞬间堆聚起来,又猛然砸在整个身心上的,他没有一丝一毫的思想准备。这种悲哀,使扎布曼都感到恐惧和绝望,他好像不是坐在藤椅上,而是迅速沉入无底的深渊。他不敢睁开眼,怕看见那突然变得无限大的空寥的卧室,怕看见那飞快地向他收缩的四壁。然而,他的眼前还是浮动着科尔丹和斯琴的苍白的面容。是的,在偌大的世界上,他只有这两个亲人:一个温顺的妻子,一个聪明的儿子。他此刻才觉出,他多么需要他们,而且又多么深深地爱着他们哪!但是,这两个他最需要、最爱的亲人,却在一个恐怖的夜里,悄悄地、永远地离开了他。"唔!斯琴,我的妻子;唔!科尔丹,我的儿子……"扎布曼都在心里呻吟着,呼唤着,"我爱你们!可是……你们并不爱我……抛弃了我……叫我成了最可怜的人!"他想着,伤心着,感到被遗弃的悲哀,眼角滚落下来两颗很大的泪珠。他开始产生了怨恨……他努力控制自己,用怨恨的手从心灵里挥去两个亲人的影子。但另一群人的形象又涌上心头——老札萨克端着描金的白瓷碗,里面是闪着绿光的毒汁,高喊着:"你给我喝下去!"向他嘴边塞来;哥哥昂布尔把手里的套索抛向他的脖颈;菊花哈哈大笑着;桑布则把寒光闪闪的大刀向他的头顶劈来……

"啊!"扎布曼都悲惨地叫了一声,睁开了极为恐惧的眼睛,呼呼地喘了起来,他看到眼前站着的是惊恐万状的罕都烈。

罕都烈把扎布曼都抻直的上身轻轻扶回椅背,说道:"老爷,请宽心休息。"心里却一阵阵感到这屋子实在疹人。

悲哀有时可以熔冶出高尚的宽容,但也可以酝酿成嗜血的渴望。扎布曼都属于后者。

"你还在吗?罕都烈。"已经显得平稳的扎布曼都问道,仍旧闭着眼睛。

"在的,老爷。有何吩咐?"

"不……罕都烈。我感谢你。在我最孤独的时候,只有你陪伴着我……谢谢你!"

罕都烈受了感动,哽咽了一下说:"老爷宽怀。奴才不敢当!"

过了一会儿,扎布曼都又说道:"罕都烈,你说,这是上天对我的惩罚吗?"

"老爷……"

"唔,无须回避这个事实了……这确实是一种惩罚。"

"老爷,奴才已派人去追寻夫人了。我想,她一定和科尔丹少爷在一起,而且会回来的。"

"不会回来了。罕都烈,不会回来了。我了解这个女人,她永远不会回来了。科尔丹也不会回来了……"

"那怎么会呢?老爷。"

"不必欺骗我。也不必欺骗你自己。你和我一样清楚……不,我不是说的这个,我是说,这种惩罚太残酷,一下子,他们都走了……是的,这惩罚太残酷,太残酷了! 佛爷的心肠原来也是如此冷酷。它原可以使我没有妻子,有了妻子可以没有儿子,这样的惩罚我不认为太重,是的,不重。可是……这一切都给了我,使我那么快乐、充满希望,然后,在我最需要他们的时候,在我感觉出我最爱着他们的时候,突然把他们一下子全夺去了……不"!扎布曼都令人心悸地大喊一声,站了起来,在短暂的晕眩过去后,他跟跟跄跄向佛堂走去,不断恨恨不已地说着,"佛爷! 可恶的神,可恶的佛! 你们一边听着我祷告,微笑地看着我忏悔,一边却在等待时机,一把抓碎我的心! 我不会再向你祷告,不再求你宽恕了!"扎布曼都一把拉开门,掀开门帘,走到香案前,操起香炉,用力砸向那含笑的铜佛,"见你的鬼去吧! 永远从我身边滚开!"

罕都烈上前搀扶住扎布曼都,并架着他走出佛堂,担忧地劝慰着:"老爷息怒,老爷息怒……"

扎布曼都狂吼道:"不! 我不需要神佛的怜悯和宽恕! 我需要听到悲哀的恸哭,我需要看到惨烈的死亡! 一切与我为敌的,统统来吧!"他坐在椅子里,大口地喘息了一阵,然后平复了怒火,振作起精神,对罕都烈下起命令:"罕都烈!"

"在,老爷。"

"奈曼乌勒供出同伙没有?"

"没有。"

"今天中午,把他和索伦扎鲁、松和拉扒光衣服,当众砍头! 还有,立刻派人抓来格力图尔的母亲!"

"遵命,老爷。"

扎布曼都此刻感到累了,闭上眼睛靠着椅背深吸了一口气,打算歇一会儿。但他的精神却又很兴奋,似乎没有睡意。他又睁开眼睛,见罕都烈仍没动地方,便有些恼怒地说:"为什么还不去? 我的话你没听明白吗?"

"请老爷息怒,容奴才说几句。刚才,我想了一下老爷的命令,权衡了一下利弊得失,觉得对奈曼乌勒等人,不必处死……"

"什么? 你想劝我宽容!"

"不,老爷,对这些黑骨头决不能有一丝恻隐之心,决不能有一点儿宽容。但奴才想,如果有这样一种刑罚,让他们比死还难受,让黑骨头们看了比砍头更可怕,而且比亲自剖他们的腹、剜他们的心更能消我们的心头之恨,那么我们为什么非让他们痛痛快快地死呢?"

"你是说……"

"是的,老爷,有这样一种惩罚。那就是把罪犯拴在马后,硬是在地上把肉拖光,直到最后拖死! 不过,现在只让他们半死不活,血肉模糊,然后再押送王府,以充壮丁之数。老爷,这样的场面对于您,不是比看他们很快死掉更惬意吗?"

"好。立刻准备,鞴好三匹马!"

"是,老爷。"

在上午十点钟左右,牧奴们全被赶到扎布曼都官邸守卫线外面的草地上,四周有荷枪实弹的旗丁看守。不一会儿,几辆带篷的和不带篷的马车送来扎布曼都和罕都烈以下全部僚属。扎布曼都下车后坐在一把靠椅上,其他人恭立两旁。同时,三个被捆绑的赤身囚犯,被带到了。

三匹骏马早已准备在人群前面的草场上。三个凶汉牵着缰绳以立正姿势站在马的前边。每匹马的后面都拖着两根坚实的棕绳。有人把棕绳分别和三个囚犯腕上的绳索连结一起。

骁骑正了正帽子,当众开读了三个囚犯的罪状和判决书。然后,罕都烈走到前面,代表札萨克对牧奴训话:"你们听着! 你们生到世上,就注定了要做扎布曼都老爷的奴隶,这是上天的安排,不是人力所能抗拒的。所以,顺扎布曼都老爷、奉公守法者活,逆扎布曼都老爷、为非作歹者死! 今天,奈曼乌勒以下三人,将要接受上天的惩罚。这是他们自作自受,咎由自取! 凡是企图效尤者,可看看他们的下场。自此以后,你们要以此三人为戒,奉公守法,做老爷恭顺的奴仆,如怀二心和稍有超规越矩的行为,定加严办,决不轻饶!"

罕都烈讲完,走到扎布曼都跟前俯首道:"请老爷示下!"

扎布曼都高喊一声:"开始!"

三个骑手翻身上马。只听一声呼哨,三匹马向前猛地蹿出去……

几天来,扎布曼都阴沉沉的脸上,第一次露出了笑容。

55

科尔丹离家的第二天,到了突泉镇。他在西门附近买下一座有院套的房舍,又花了两天的时间到城里置办了必要的家具,然后,留下了三个女人,带着库玛去图什业图王府赴任。中午,到达了目的地。

天气很好。微风时时吹来温馨的草香。阳光很强烈,使那些树木、花草、一片片沙漠、河水以及灰白的、乳白的毡帐和铺着青瓦的王府屋顶,都闪烁着耀人眼目的光亮。王府庭院外面,车水马龙,进进出出的人川流不息,一片喧哗。这正是王府最活跃的季节,所属各旗在这一年的主要公务,色旺诺尔布桑保直属的旗内各村的移营事宜、牧地水草的争执以及各领地交界的纠纷,几乎都要在这一段时间解决。而且,王爷的寿诞将随同夏天一起到来,各旗札萨克以及各大巴彦,都派来亲信探讯王爷五十九岁寿辰宴庆的形式、规模和本旗、本人可能承担的贺礼的大概数目。

科尔丹跳下马车后,站在那里看了一会儿周围乱哄哄的人马车辆,最后把视线落在王府的庭院。院子当中的花坛里,各种春季开放的花朵都提前开放了,五颜六色,缤纷夺目,黄蜂花蝶,翻飞嬉戏。花坛两侧的槐树,修剪得整整齐齐,茂密的枝叶在微风中摆动……

但是,这一切都无法使科尔丹的情绪变得好一些。对于一个陷入真正苦恼的人,愈是悦耳的声音,愈是悦目的景色,便愈是刺痛他的心,觉得周围的一切都在找自己的别扭。是呀,他苦恼、怨恨、悲哀,甚至羞愧,觉得草野里的小昆虫们"吱吱"的叫声也是在嘲弄他。

科尔丹眼睛看着王府庭院内外的景象,心里想着喀喇沁旗的每一件不愉快的事,想着突泉西门附近的三个女人,深深地叹了一口气。他开始怀疑起来王府供职的正确性。干吗来当这个梅伦?他这个反对借款、反对修王府的人,竟要来充任这个借贷合同的执行者、修王府经费的支付者吗?这和自己的初衷该是多么不协调啊？而且,他有资格去救助叔父免遭厄运,有资格与叔父合作吗?

科尔丹稀里糊涂地走进博克拿多的房间。

博克拿多见到科尔丹后,一种异样的光在眼里闪了一下,一丝讽刺的笑影在嘴角一掠而过,立刻打发走室内的其他来访者,十分热情地接待了他。

科尔丹慢悠悠落座以后,博克拿多命随丁泡茶,自己也坐了下去,并在靠椅上舒展了一下四肢,看着科尔丹,无可奈何地抱怨道:"你看我这里,又忙又乱,真是没办法。可是,你为什么不把到这里的时间事先通知我呢?连个准备的时间都没有给我!"

科尔丹微笑了一下,把自己的双手紧紧握住靠椅的扶手,说道:"我拜见协理大人的时间不甚相宜,是吗?我打搅您了吧?"他心里感到从来未像此刻这样讨厌和怨恨眼前这个人。

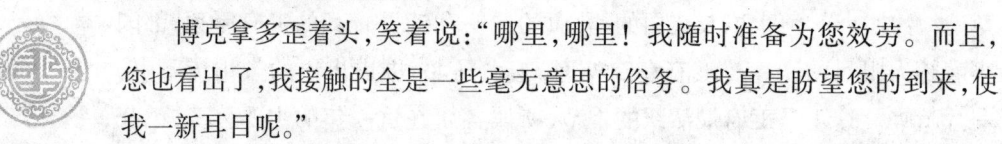

博克拿多歪着头,笑着说:"哪里,哪里!我随时准备为您效劳。而且,您也看出了,我接触的全是一些毫无意思的俗务。我真是盼望您的到来,使我一新耳目呢。"

"可是,我此次到来,恐怕又要给您增加一件毫无意思的俗务。"

"怎么能这样说呢?"博克拿多站起来,微笑着说,"你的到来,对王府是一件大事。从今天开始,哲盟终于有了一位才能出众、学识渊博的官员;并且我相信,他将在自己的任所上对哲盟作出超众的贡献而成为整个草原所瞩目的伟大人物!"

"我的天呐!"科尔丹惊讶地说,并非常反感地冷笑一下,"您要把世上所有高雅的词藻一下子都用尽是怎么着?这倒使我骤然间领略了一位超绝人伦的协理大人的奇特的才能、绝无仅有的学识和罕为匹敌的口才。因此,小可也终于明白了,一位使人敬畏的协理大人,如何在给对方戴上一顶顶桂冠的同时,又用使其昏昏然的语言他提出难于达到的要求……"

博克拿多仰在椅背上大声地笑起来。他微微抬起身体,并把头向科尔丹探过去,脸上还挂着笑痕,缓慢而抑扬顿挫地说道:"你可真会挑剔呀!说实话,我不像你们读书人那样善于玩弄词藻、舞文弄墨。我说的都是实而又实的实在话。而且,你是不同于我们这些闲散台吉的。以你的身份,不会耻于同我们为伍吧,你是一个光荣的札萨克的合法继承人么!"博克拿多没有注意到,他这句话使科尔丹猛地一抖,似乎痛苦地呻吟了一声,"当然,我知

道,你胸怀大志,想有一番作为。所以,把自己引为你的同僚——即或是暂时的——将是我的荣幸。我希望你不至于厌弃我,可是话说回来,我早就盼着你这位有见识的后起之秀成为王府工程的主持者之一。你看,一接到你的信,我比执行王爷的命令还要快地为你作好了一切准备。就连对你的任命,王爷也马上要降旨了。"

"唔,等一等。"科尔丹欠了欠身体,惶惑不安地说,"对您的盛情和破格的关照,我表示万分感激。可是您刚才说什么?让我成为王府工程的主持者之一!是这样吗?"

"当然是一位主持者。"

"可是……协理大人!我可从来没要求这么个差事!而且——"

"那你可说错了……"

"而且,"科尔丹抢过话头,接着说下去,"您也知道,我是……反对修王府的。"

"那没关系,那没关系。反对也好,赞成也好,这都是感情上……唔,或者说是思想上的一闪念,或者说只是一场戏剧里的台词,对吗?结果,我们都得在另一种更强大的事实中统一起来,那就是'执行'。是的,科尔丹,我们都得执行,执行合同——不管你同意不同意签订这个合同,执行修建工程——不管你反对不反对修一座豪华的王府。所以,科尔丹,我们需要的是'执行'的才能,而不是思考的才能。否则,避免不了走一条危险的道路。"

科尔丹听着这些刺痛灵魂的话,看着博克拿多半戏谑半认真的表情,半天没有说出话来。心里想:"你这是在威胁我,还是在关照我呢?"

博克拿多看科尔丹不说话,又接着问道:"梅伦大人,准备什么时候到任所发号施令啊?"

"什么!您说什么?"

"请坐下。你为什么对此感到吃惊呢?记得你说过要替下令叔。而且,我相信罕都烈以及令尊大人也会劝你就任梅伦。我也曾向你这样预约过。对吗?你这次来王府,不正是要当梅伦吗?"

"当然,您说得很对。不过,我不希望马上就任命我做梅伦。"

"那是为什么呢?"

"我想和叔父好好谈一谈。"

"我预料到你会这样做。所以,你在来王府之前,我就叫梅伦之职作为空缺等着你……"

科尔丹又吃了一惊,接着像患了重病一样呻吟道:"那么,叔父已经……"

"是的,已经被革职了。"

"是啊,好像应该这样……"

"这话怎么讲?"

"您是不希望我和叔父很融洽的。"

博克拿多讥讽地笑了一下,站起来盯着科尔丹说:"我希望科尔丹梅伦永远丢开幼稚的血统观念。再说,额勒瓦奇尔的铁石心肠决不是你可以感化的。我叫梅伦成为空缺,也正是为了你免去白费唇舌……"

科尔丹狠狠瞪了博克拿多一眼,冷笑道:"大人真是对我关怀得无微不至。而且,我十分佩服大人的假戏真做的才能。"

"你这是从何说起?"

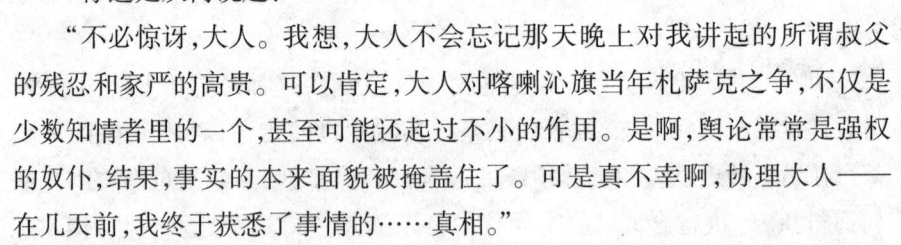

"不必惊讶,大人。我想,大人不会忘记那天晚上对我讲起的所谓叔父的残忍和家严的高贵。可以肯定,大人对喀喇沁旗当年札萨克之争,不仅是少数知情者里的一个,甚至可能还起过不小的作用。是啊,舆论常常是强权的奴仆,结果,事实的本来面貌被掩盖住了。可是真不幸啊,协理大人——在几天前,我终于获悉了事情的……真相。"

博克拿多眨了眨眼说:"所以,你就陪着令母离开了家。对吗?"科尔丹惊诧地,问道:"您……怎么知道?"

"令尊对此很关心……唔,罕都烈正在客房。您要见他吗?"

"不。"

"我估计你也不想见他。但他却可以放心地去回复令尊大人了。可是,我们再把话说回来吧。你以为你真的弄清了喀喇沁旗当年的札萨克之争的……什么真相了吗?"

"那是错不了的。"科尔丹低头道,声音有些沙哑。

"而且,你认为你采取的行动,已使你摆脱了……罪恶的渊薮了吗?"

科尔丹没有回答,只是抬起眼皮看了对方一下。

"你希望你并没有弄错吗?"

"我不理解您的话。"

"你理解的!而且,你希望是自己弄错了,希望这只是梦中的虚幻,希望这仅仅是一些幻觉!我没猜错你此刻的心理吧?"

科尔丹心里觉得自己是最可怜和可悲的人,他哀叹一声说道:"当然……难道儿子希望爸爸……"

"是呀,对哟!我为你感到庆幸。你应该知道,父子反目乃至关系破裂意味着什么?要么父亲是个浑虫,要么儿子是个恶棍。可是我知道,令尊大人靠他的高贵行为赢得了清白的声誉,而你,又是当今年轻人的楷范。我不希望这样一个名望赫然的家族,被一些虚幻的魔障歪曲了它的形象。"

"虚幻?您说是虚幻?可是……"

"是虚幻!相信我好了。谁也不会相信当年的事情会是另一种样子。是的,我不相信。谁也不会相信的。你如果再把这些幻觉中的东西讲来讲去,我会认为你是疯了!"

科尔丹觉得脑子里被塞满了乱草,而且真的怀疑起自己是不是在梦中听到了爸爸的自白,他迷迷糊糊地站起来说:"我累了,想休息一下。下午再去拜见王爷吧。"

"真的!我倒忘记了。王爷早有吩咐,说你一到王府,他就要接见。现在正是时候,王爷的午宴快要开始了。——来人!"

随丁应声而来,博克拿多吩咐道:"去告诉王爷,科尔丹马上去拜见。"

科尔丹惘然地望着随丁离去,又看着高兴起来的博克拿多,心里想道:"你现在是毫不掩饰你在王府的权力地位啊!看样子,王爷的一切都是由你安排呢。"他慢慢坐回到靠椅里,不自觉地把自己交给博克拿多摆布了。

不大一会儿,随丁回来报告:"王爷叫协理和梅伦二位大人同去见驾。"

色旺诺尔布桑保王爷除了在卧室里同早年下嫁的格格(公主)共进早点外,午宴和晚宴通常是在和卧室隔两道门的一间大敞厅里进行的。他特别高兴的时候,就唤来某一个属下的官员陪侍,但更多的时候,只是他独自一人,让歌喉和舞姿来陪伴。

王爷用餐的大敞厅有漆成黄色的天花板,天花板下垂吊着三组共十五个红纱宫灯。大厅的正面墙壁上挂着一幅工笔的花鸟画,画的两侧是公主下嫁时带来的四幅字画,据说是晋朝知名书法家的真迹。画前是一个铺着黄缎的大条几,条几上通常放着王爷喜欢的几样物品:一本画册,一个银质鼻烟壶,一尊玉雕的奔马,一套纯银的酒器,条几前的空场,铺着白花黑地的地毯,十米见方。敞厅的左侧备有几排软垫和桌椅,是鼓乐手活动的地方;右侧淡红色的帷幕后,是舞女化妆和休息的地方。整个布置显得很淡雅清新,令人想见这里的主人是个清心寡欲的人。

色旺诺尔布桑保王爷就在这间大敞厅里以"赐宴"的形式接见了新任梅伦科尔丹。他叫科尔丹坐在左手位,博克拿多坐在右手位,自己居中坐定,酒肉便立刻被穿梭般的仆人们送上来了。同时,笙管琴鼓齐鸣,一阵繁响;地毯上舞姿蹁跹,歌喉轻啭。

色旺诺尔布桑保王爷不管这种饮酒的方式对科尔丹是否习惯,他自己是非常快活的。他左手捻着胡须,右手握着酒杯,目观优美的舞姿,耳听宛转的歌声。

当第一队舞女退去,第二队舞女跳上地毯以后,王爷喝了一口酒,并侧过脸对科尔丹补充着接见时应该说而一时忘了说的话:"你这次来,我很高兴。你爸爸很好吗?"

"有劳王爷下问。"科尔丹欠身道,"家严近日身体偶染小疾,不能亲自舞拜于王爷殿下,尚乞王爷恕罪!"

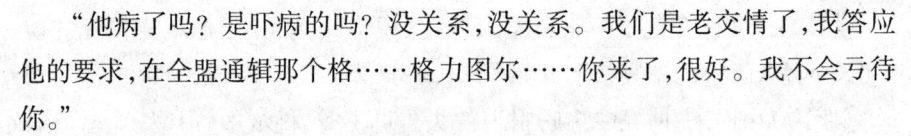

"他病了吗?是吓病的吗?没关系,没关系。我们是老交情了,我答应他的要求,在全盟通辑那个格……格力图尔……你来了,很好。我不会亏待你。"

"王爷恩典,永铭肺腑。"

"你就做我的梅伦。这是个美差,保你有享不尽的荣华富贵。"科尔丹的脸一阵发烧,但又不得不恭敬地说:"感谢王爷恩赐。"王爷躺在软椅里,闭了一会儿眼睛,然后站了起来。科尔丹和博克拿多也随着站起来。

"你们不要动。我进去一下。你们在这里等着。今天我们要一直乐到晚上,呃,乐个通宵!——滚!"王爷甩开搀扶他的侍妾,并向舞女中的一个小姑娘招了招手,"过来,把我扶进去!"

王爷被搀扶进去以后,科尔丹和博克拿多坐了下去。科尔丹皱着眉头看了看奏乐的和跳舞的人,对博克拿多说:"要不要让他们停一会儿?"

"何必呢?这样我们谈话更随便些。"博克拿多说着,凑到科尔丹跟前,并坐在王爷的位置上,"科尔丹,你猜王爷去干什么了?"科尔丹摇了摇头。

"他是看上了那个小东西了!的确也挺标致……"博克拿多说道,顺手拿起条几上的画册,在科尔丹面前翻了翻,笑了一下,"王爷就喜欢这个。"

科尔丹看了一眼,立刻觉得面颊热了起来,羞愧地低下头去。原来那是一本各种姿态的裸体女人的画册。

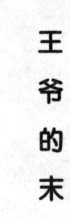

博克拿多看到科尔丹的窘态,畅快地大笑了一阵,并把画册丢回到条几上,朗朗地说道:"你真是个一尘不染的童子哟!你知道这是哪儿来的吗?是一个日本人送的。为了这个东西,王爷回赠了四匹骏马,还允许他在全盟游历!"

"日本人!"

"是日本人啊!你看,连他们也知道王爷的癖好。"

科尔丹心里想道:"天呐!一个俄国人就够了!又来了个日本人!可面前这个哲盟大协理却把这当成笑话谈论着!"

博克拿多没让科尔丹多想,紧接着说:"作为亲王,就注定了一生吃喝玩乐。你说是不?"

科尔丹心不在焉地回答道:"当然……"

"我们的王爷是很会玩乐的。你知道王爷还有什么爱好吗?"

"不。"

"王爷的爱好是和常人不同的。可以说,是我的阅历中所能看到的最奇特的爱好。不见舞女不吃饭,不见死人不睡觉。前者,已如你方才亲眼所见,至于后者……唔,遗憾的是我的拙嘴笨腮,不能像你一样,把每一件复杂的事都说得栩栩如生……"博克拿多回过身趴在椅背上看了看王爷方才进入的门,"王爷方才进去,一定是亲近那个小姑娘去了……一时半会儿还不能回来,乘此机会,我给你介绍一个有趣的所在。"

博克拿多抓过酒杯喝了一口,立刻站起来,拉住科尔丹的手说道。"走,不消几分钟,你就会像走到另一个世界那样发现罕见的奇迹!"科尔丹被博克拿多拉着,顺鼓乐手的旁边走进一个带弹簧的黑色门,经过一段约摸有十米的坡道,又进入一座也是黑色的门,来到一个可容纳十几个人的灯火辉煌的特备房间。博克拿多把科尔丹按到椅子上,自己也坐在旁边,他们的前面是一个备有酒食的长案,其上又放着鞭子、匕首、刀斧之类。长案的前边是一堵光秃秃的墙壁。

正当科尔丹对这一切都惊异不止的时候,博克拿多击了三掌,立刻有一个相貌极凶的仆从不知从什么地方冒了出来。

"打开!"博克拿多命令道。

前面原来是一道活动墙壁,由半尺厚的木板制做的,上下都有轱辘,是用弹簧驱动的。只听"吱呀"一声,活动墙壁整个拉开了。

科尔丹不由得变了脸色,张大了嘴,被展现在眼前的场面吓呆了。他原来听说过,某旗札萨克有一个特殊的囚牢,是一个十一米深的井,里面分为几层,用铁链锁着轻重不同的囚徒,每天用铁桶吊下去比浆糊稀得多的高粱米汤。不少人常到这里围观开饭时井里争抢着捧那米汤往嘴里填的场面,有时,囚徒不小心,掉了下去,悬在半空挣扎,这时,会有一个看守,持着矛钩,把那不慎跌落者鲜血淋漓地钩上来,放回原处。这对科尔丹,仅是耳闻,尚未亲见,但当时也好久未能平静下来。而今天,活动墙壁里出现的要比传闻的那眼井阴森恐怖得多!和活动墙壁仅隔数尺的是一排带有倒钩的铁栅,铁栅里有几盏微明的壁灯,照见十几个骷髅一样的人。说那是人,倒不如说是鬼更确切。头发都有尺把长,睁开的眼睛就像两个黑窟窿,里面闪着磷火一样的亮光,各种各样的姿态,趴在地上的,仰卧着的,倚着柱子的,靠在墙上的。大都光着上身,甚至一丝不挂,身上的每一根骨头都看得清清楚楚,皮肤上全是鞭痕血迹。

博克拿多给吃惊的科尔丹倒上一杯酒,微笑着说:"你大概不能一下子就能领略这里面的乐趣……这里面都是犯了重罪的囚徒。他们每天有一勺牲畜饲料,以致于不死。王爷几乎每一天都要在这里消磨一个小时的时间。当里面'噔噔噔'跑出几个凶汉,发出皮鞭的'噼啪'声,人的哭号声、呻吟声,这些奇妙的音符便组成了奇妙的乐章,那时,你连世上最美的演奏都不想听了……你看到那个双手吊在房梁上的家伙了吗?已经五天没给他吃东西了,但还没有死。王爷想看看,一个壮汉可以多长时间才能饿死……"

科尔丹已感到经受不住这种精神上的刺激,几乎没有听清博克拿多的话,忽然想起巴兰森格,设想如果再次落在她手里,会不会也要受到同样的待遇。

博克拿多仍旧微笑地看着科尔丹,说道:"要不要喊打手出来表演一下?"

科尔丹说道:"千万不要!"

"你害怕了吗?我们王爷有时亲自把这匕首向他们身上投去,有时还拿他们的心下酒呢!那恐怕你连看都不敢看了吧?"

科尔丹央求道:"我们回去吧。"

博克拿多看了科尔丹一会儿,突然爆发出一阵大笑,使科尔丹骇然地站了起来。

博克拿多站起来，拍了拍科尔丹的肩膀，然后对立在旁边的仆从命令道："关上！"

科尔丹恨不得一步迈出这个不祥的处所，他迅速回身走去。活动墙壁关合的响声使科尔丹又为之一抖。

回到大厅后，博克拿多递给科尔丹一杯酒，说道："喝一杯，压压惊。"

科尔丹喝下酒，声音微颤地说："我真不懂，这样的爱好……"

"是呀，一开始，谁也不会立刻感到愉快。可是，当你已经习惯了的时候，你的思想就变了。那时你想到的是，铁栅里的是条条壮汉，而他们就在我的面前呻吟、哭叫，怎能不感到自己的巨大力量呢？一个人理解到自己的力量，理解到自己在主宰周围的一切，那是何等令人兴奋的享受啊！"

56

单从时间概念去看,这是当天晚上。大敞厅里的饮宴在继续,并未宣布午宴结束或晚宴开始。

一个守在大厅门口的仆人向王爷俯身报告:"额勒瓦奇尔大人在外候见王爷!"

王爷满脸露出不高兴,大声说:"叫他滚!我没闲空见他!"

"是。"

"等一等!"博克拿多喊住仆人,然后转向王爷,"王爷,既然额勒瓦奇尔要见王爷,奴才以为还是见一见好。他这次去现场踏勘,已历数日,一定有什么重要的事情向王爷启奏。更兼科尔丹在此,正好就便把今后的人事隶属等关系向他作一说明。请王爷明鉴。"

王爷略加思索,又看了看低头不语的科尔丹,说道:"叫他进来!"此时的科尔丹心里很烦乱,他不知道如何应付这次很可能是不愉快的甚至难堪的会面。当额勒瓦奇尔风尘仆仆地走进敞厅时,连是否应该站起来,是否应该喊一声"叔父",也拿不定主意了,只是很局促、很惭愧地看着他,显得十分尴尬。

额勒瓦奇尔知道博克拿多在这里,但却没料到科尔丹竟也坐在王爷身旁。他略微一怔,迟疑了一下,然后低下头快步走到王爷面前,行了跪拜礼,站起后又退了一步,躬身道:"根据王爷令旨,奴才有事要请示协理台吉大人。但协理大人陪侍王爷,而奴才想报告的又是很急切的事情。所以造次进宫,冒渎神威,乞王爷恕罪。"

"有什么话,就快点儿说!"王爷微闭双目,仰靠在椅背上冷淡地说。

"王爷。"额勒瓦奇尔说道,顺便溜了一眼感到十分不自在的科尔丹,"奴才对王府新址进行了初步踏勘,以为有些问题很需再加斟酌。其一,王府新址方圆百里内,约有定居半定居阿拉特三百户,其中有三分之一的牧户从事部分手工业和种植糜子,在我盟经济中堪谓先鞭,如勒令迁出,不唯对我盟经济是严重破坏,且易引起哗变……"

额勒瓦奇尔说到这里,看了看王爷,以为王爷会拍案怒斥,但王爷的神态毫无变化。他又看了看博克拿多,后者正不经意地观赏着宫灯上的图案,好像根本没听他说什么。最后,他把眼睛落在科尔丹脸上,科尔丹也正在看他,而且在眼睛里似乎混合着赞美、担心、内疚和其他一些难于理喻的内容,但叔侄俩的眼光刚一接触,就又都怀着不同的心情避开了。

额勒瓦奇尔只好接下去说:"其二,王府新址和突泉之间,有一片沙漠,而且岗峦起伏,建筑物资又必须经突泉转运工地,势必对运输效能造成很大不利。其三,据悉,索拉吉辽夫对我盟林矿正进行细密勘查,同时已开始大批招聘所谓'老驳代',进行采伐和开矿。这已远远超出了合同中以林矿作抵的范围。以上请王爷和协理大人考虑定夺。"

沉默了片刻后,王爷睁开眼睛说:"你说完了吗?"

"奴才说完了,王爷。"

"那么,以你的高见呢?"

额勒瓦奇尔低头思索了一下,像下了一个大决心一样,毅然地说道:"以奴才之见,王府既不能缓建,则首先要修一条便于运输的车道。其次,可否将王府范围缩至五十里方圆,并从建筑经费中拨出一部分,作为对迁徙牧户的补偿。第三,盟内森林采伐、矿石开掘,须由我方派人监督,作价后,以抵债款。"

王爷没改变自己的表情,侧身对博克拿多说:"博克拿多协理,你对此有何看法?"

博克拿多恭敬地对王爷俯首道:"奴才以为额勒瓦奇尔大人的话是值得考虑的。"

"什么!"王爷瞪起眼睛大声说,"你们都想把王府工程往后推迟吗?"

"请王爷息怒。"博克拿多笑了一下说道,"奴才的意思是,额勒瓦奇尔大人对所负职责如此用心,是应受到表彰的。而且,所述各项,均涉及我盟经济利益,事关重大,奴才不敢轻率鼓舌,妄加评议。可否召集一次全体官员会议,博采众人高见,再行定夺。"

王爷用鼻子"哼"了一下,厉声道:"难道我要向你们请示不成!就这样,王府方圆百里不变,按期开工,如有人玩忽职守或妄加訾议,严惩不贷!"

博克拿多惶悚地站起来俯首道:"请王爷不要动气,并恕奴才之罪。我也是考虑到额勒瓦奇尔大人的难处。如强行迁徙,致生哗变,那不是额勒瓦奇尔大人所能压服得了的……"

"放屁!"王爷朝额勒瓦奇尔拍案喝道,"难道有人胆敢在我面前哗变吗?你想捏造!告诉你,如果真有人胆敢犯上作乱,也是你煽动的,我唯你是问!"

额勒瓦奇尔狠狠瞪了博克拿多一眼,朝着怒气冲冲的王爷深深埋下头,说道:"奴才不敢。"

"谅你也没有这个胆量!"

"王爷。"博克拿多又说道,"奴才以为顽民刁户还是有的,不可不防。是否可拨给额勒瓦奇尔五十旗丁,以火枪装备,方好扫清王府新址,以确保如期奠基。"

王爷不假思索地说:"明天你拨派五十旗丁,交额勒瓦奇尔管带,勒令三天内把王府新址内的牧户统统赶走!"

"是,王爷。"

"你听到了吗?额勒瓦奇尔。"

"听到了,王爷。但请容奴才再说一句。以奴才的能力,难负重任,是否可另选精明……"

"少废话!你下去吧!"

"是,王爷。"额勒瓦奇尔无可奈何地说,准备离去了,但又想起了什么,接着说道:"王爷,奴才还有一句忠言,请王爷明察。即俄国人伐木开矿……"

博克拿多抢着说:"王爷,对此,怪奴才未作详细说明。因此,额勒瓦奇尔也不甚了然。关于伐木开山一节,是奴才和索拉吉辽夫商定的。由他们组织采伐木材和开凿块石,数量仅限于王府工程所需,并由他们运交工地,我们仅仅付出木石价和管理费,这对我们是只有好处的。"

王爷对额勒瓦奇尔说:"你的职责就是督办王府工程,其他事项,不必过问。再说,他们雇人采伐,他们花钱,干我们屁事!以后,这类事情你不必多言!还有,从今天开始,科尔丹出任梅伦,一切开销事宜,你可找他请教。"

科尔丹狼狈地抬起头,看着额勒瓦奇尔,发现那深邃的眼睛里充满了仇恨和嘲弄,他浑身一抖,慢慢站起来说道:"叔父!"

"岂敢!"额勒瓦奇尔飞快地说,"以后还请梅伦大人多多关照!"说完,一转身,快步走了出去。

57

额勒瓦奇尔退出王爷敞厅以后的第三天,便带着他的人马来到王府工地。在主要工地的四周和中间搭起二十几座毡帐,他和他的助手及武装旗丁住在里面。来工地之前,科尔丹曾试图和他交谈一下,都被他用公事公办的冷淡态度截住了,弄得科尔丹十分尴尬。

现在,额勒瓦奇尔在这里扎营已是第四天了。他的心情一直不愉快,几乎整天躲在闷热的毡帐里饮酒,或把他的助手叫来,下几个简短的命令。他的助手对他的安排很不满意,以为他是有意怠工,因为除了叫手下人四处晓喻牧户们准备搬家,而不是立即武力驱逐外,只是命令旗丁们在他们这群毡帐外,慢慢挖掘十尺宽十五尺深的堑壕。在他的助手们看来,这些都是没有必要的,只是在浪费人力和浪费时间。他的主要助手查尔贡,是博克拿多的亲信,派来当助手,显然是监视额勒瓦奇尔。查尔贡曾对额勒瓦奇尔的"怠工"傲慢地提出指斥,额勒瓦奇尔怒气冲天地喝道:"在这里,我是总监,我的话就是命令!如果你胆敢违抗,我就惩治你!"查尔贡仗着自己是博克拿多的亲信,很不服气,结果,额勒瓦奇尔叫手下人当众赏了他五十皮鞭。其他人就再也不敢提出反对意见了,都唯唯诺诺地执行额勒瓦奇尔的每一道似乎毫无必要的命令。

但是,对于查尔贡,那无妄的五十鞭子的记录毕竟是个大伤尊严的污辱。他一怒之下,带着鞭伤跑回王府向博克拿多哭诉他的委屈和告了总监怠工的状。博克拿多十分生气,决定亲赴现场,查看一下底细。恰值科尔丹已接完所有账目,拟去京师采办一些东西,打算在启程前再去见一见叔父。这样,博克拿多和科尔丹便一同来到工地。

时间已近中午。额勒瓦奇尔对挖掘堑壕的现场巡视了一遍,愠斥了一下偷懒睡觉的人,又踱回到自己的毡帐门前,心不在焉地浏览着阳光下的草原。但辽阔空旷韵牧场,并不能引起他的兴致,他又钻进毡帐,开始独自品茗了。

他的随丁走进来通报:"博克拿多协理和科尔丹梅伦驾到。"

额勒瓦奇尔皱了皱眉头,只是站起来淡淡地招呼说:"请进来。"并没有走出门外去迎接。

不一会儿,博克拿多在前,科尔丹在后,走进了王府工程总监的大毡帐。前者满面怒容,后者脸上是——是什么呢?惭愧还是尴尬?笔者只好告饶了,因为确实难以描述啊!

额勒瓦奇尔点了点头,说道:"有劳大驾。请坐。"

博克拿多扫了额勒瓦奇尔一眼,回身坐在一把藤倚里,扯开衣襟,并顺手拿过茶几上的扇子,猛扇起来。

科尔丹则向额勒瓦奇尔鞠了一躬,说道:"叔父!"

额勒瓦奇尔冷冷地说:"梅伦大人,请坐。"

科尔丹窘迫而委屈地看了叔父一眼,没有坐下。额勒瓦奇尔仍旧坐到原来的位置上。

冷了一会儿场,博克拿多把手里的扇子"啪"地合上,扔到原处,盯着额勒瓦奇尔说道:"我想请教一下王府工程总监大人,为什么不按王爷的命令立刻赶走这里的牧户,却挖什么没用的壕沟?"

额勒瓦奇尔略作沉思,冷峻地反问道:"我也想请教一下协理大人,为什么不给我开列一个行动计划,把我每天应该做的都写在纸上?"

"你这是什么意思?难道我是这里的总监吗?难道叫我指点你的一切吗?"

"那么说,我是总监了。对吗?"

"所以你就可以一意孤行,拒不执行王爷的命令!"

"协理大人,有什么证据给我定这样的罪名呢?"额勒瓦奇尔的双唇挂着尖刻的微笑。

"证据就在眼前!请你回答我刚才的问话!"

"我可以回答,而且这是再容易不过的。但我必须弄明白,明天,后天,以至王府工程的每一天,是否都有幸聆听协理大人的责问和指教,并按着您的旨意行事呢?"

"我不是跟你斗嘴来了!如果你不想回答我的问题——你也不敢把怠

403

工的实情说出来——那么,我明确地告诉你,马上把这里的牧户赶走,并立即停止开掘堑壕!"

"可以遵命。假如协理大人有兴趣看一看这些牧户怎样拆掉毡帐,赶着勒勒车从眼前消失,那我可以马上满足您。并且无须动用您拨给我的五十旗丁,只要我一人一骑就行。"

"是吗?我倒真想欣赏一下总监大人的威力。可你为什么在王爷面前说这里的牧户不好赶呢?"

"协理大人大概记错了我说的话。我好像只说过不应该,而没有说不能。"

"我不管你说的是什么,现在是看你的行动。我再重复一遍:立即赶走牧户,停止开掘堑壕!"

"那么,我也再重复一遍:可以遵命。"额勒瓦奇尔说着站起来,走了几步又返回到自己的坐椅跟前,用尖利的眼睛凝视着盛怒的博克拿多,"但是,你必须把旗丁给我增加到五百,不,五千!"

"什么!"博克拿多尖酸而刻薄地大声道,"你想当统领不成!""我不管什么统领不统领。反正不能少于五千!否则,我虽然可以保证王府工程按期开工,但不能保证按期完成……"

博克拿多气得呼地站了起来,喘着粗气厉声道:"住口!我要向王爷指控你阴怀怨恨,有意拖延!"

额勒瓦奇尔冷笑着讥诮地说:"那我十二分感谢协理大人了!如蒙关照,使卑职得返寒庐,恰如使笼鸟得翔于霄汉、槛猿复升于林木,某将没齿不忘大恩。即或将我关进王爷地牢,我对协理大人也会感恩不尽。"

"你这是什么意思?嗯?你有胆量把你的笼鸟槛猿之比在王爷面前重复一遍吗?"

"这并不可怕。这总比王府工程因劳力逃散而中辍使我获罪轻些。"

"劳力逃散?征集的车马壮夫还没有到,你就打算让他们逃散吗?"

"逃散是可能发生的事情。但这不是我的打算,倒可能是协理大人的安排。"

"放屁!"博克拿多喝道,气得浑身打起哆嗦来。

"不必如此发火。"额勒瓦奇尔平静而冷淡地说,"请您坐在那里,听我作一番说明吧。我刚才说过,劳力的逃散是可能的。您想一想,王府工程一年

能不能竣工?当然不能。服役的阿拉特能不能甘心在这里苦干一年以上?显然不能。王府工程不完工,协理大人会不会放他们回家?肯定不会。那么结果会是怎样?会一个个一群群逃跑!但是我作为工程总监,却需要让他们全体,统统在竣工后回去!协理大人,是不是这样呢?我再请问一下,征集的壮夫有多少?几十,几百,还是几千?白天看管他们干活儿,晚上防止他们逃跑,需要多少旗丁?方圆百里需要设多少哨卡?五千并不是一个过高的数字。我知道您手下有多少旗丁,知道把各旗丁壮都集合到您的麾下,也不足五千之数。所以,我必须有一个抵得上五千旗丁的防守设施。可是,你今天却来嚷嚷,叫我停下挖掘堑壕!那么,请给我五千旗丁好了,而且都要拿着火枪。否则,协理大人对将来劳力逃散敢于承担责任吗?"他的眼睛一直机敏锐利地盯着博克拿多。

博克拿多一开始并没有想听额勒瓦奇尔的说明,但渐渐的,他听懂了那些话,觉得确是有道理的,心里的怒气也就平息了一些。他在地上走了几步,不大好意思地斜睨了一眼站在一旁一言不发的科尔丹,又坐回到藤椅上。不过要他承认自己的低能,是做不到的。所以,他仍旧很威严地说道:"五十旗丁,不能再增加。并且,我告诉你,如果真发生劳力逃散,唯你是问!"

"为什么呢?"额勒瓦奇尔古怪地笑道。

"因为你是工程总监,对此必须承担全部责任!"

"但是,首先必须给我总监的权力!"

"难道有人和你争夺总监的权力吗?"

"不,没有人愿意要这个权力。但是有人却可能破坏总监的权力。比如您,协理大人,今天毫无道理的指责,显然就是要使我这个总监有名无实。我明确地重复一遍,要么革我的职,惩办我;要么就别来指手画脚,影响我的计划!等一等,我还没说完——总监,就是监理一切;盖什么样的宫殿,有图纸;用多少物料,有计划;给多少车马壮夫,有记录;至于工匠劳力怎么干,谁干什么,怎么住,怎么吃,全都是总监的权力,无须他人染指。如果不想给总监以总监的权力,那么,这个总监也就没有总监应承当的责任!"

博克拿多沉思了一会儿,让步道:"就算如此,你能保证按期开工、按期竣工吗?"

"不,还不能。我可以保证按期竣工,但不能保证按期开工。"

"为什么?"

"首先,车马壮夫还没有到,建筑材料也没有运来,我必须仔细验收才能动工;其次,劳力到来后,先要把堑壕挖掘完。"

"那好吧。车马壮夫可以提前征集,建筑材料数天内即可运到第一批。如果你再拖延,影响工程进度,那你是逃脱不了惩罚的!"博克拿多说完站起来,转向科尔丹,"科尔丹,我们回去吧。"

科尔丹看了看额勒瓦奇尔,对博克拿多说道:"我想和叔父叙谈几句。如果协理大人急于回王府,请先行一步。"

博克拿多不满地瞪了科尔丹一眼,转回身悻悻地走了出去。

科尔丹目送博克拿多走出毡帐后,对额勒瓦奇尔说道:"叔父,我今天是特意来同叔父告别。三五天内,我将启程去京师,希望临行前聆听叔父的教诲……"

"岂敢!卑微的身份已注定了我必须做高贵者的奴仆。我只有俯首聆教的份儿,怎敢教导他人?!"

科尔丹痛苦地慢慢地抬起头,胆怯地看着额勒瓦奇尔的冷漠讥讽的表情,蓦地走到桌前,双手按在桌角上,很快地说道:"您尽管用这些敌意的话刺痛我,您也许会赶我出去,但我今天非要说出我要说的话不可!我是一直盼望能和叔父一起,对大蒙古民族作出一些贡献。当然,我说过我要出任梅伦,这一点,叔父是知道的。我是想利用我的有利条件,使哲盟经济免遭劫运,同时使叔父脱险。目前的际遇,并非晚辈所期待的……但事已至此,小侄仍认为必须从另一个角度携起手来,使王府工程不至令哲盟经济彻底崩溃……"

额勒瓦奇尔在表面上似乎是心不在焉地听着,但心里却在仔细琢磨科尔丹的每一句话,并把这些话和这些天来的事实进行对照。他相信,科尔丹关心哲盟经济是无可怀疑的。就在昨天,科尔丹的贴身侍从库玛给他送来一笔款子,注明是补偿搬迁者损失的,说明科尔丹还是理解他的某些措施的意义。但与此同时,他又不能不去想一想另一个更为重要的事实,那就是,科尔丹是扎布曼都的儿子。这些问题在他的思想中交织着、紧缩着,终于形成了一个确信不疑的结论:科尔丹最终是决不可能站在扎布都曼都的对立面的。所以,当科尔丹的急促的话略作停歇时,额勒瓦奇尔便冷然说道:"梅伦大人,以我的低微身份,只能在你和协理驱使下效力,岂敢再对王府工程

和哲盟经济妄加评论、信口雌黄。请你还是和博克拿多大人携起手来吧,我相信,你们会合作得非常之好……"

"叔父!"科尔丹悲哀地叫道。

"唤我王府工程总监好了。把那些虚假的称呼彻底抛开,这会更好一些。"

"不!您是我的叔父,而且我认为您是世界上最高贵的人,是一个无辜的受害者……"

"你说什么……"

"我都知道……当然,我痛苦,但那是事实,回避是不可能的。我希望我将成为一个……正直的人,甚至替父亲赎罪……可您,却如此不相信我……"

额勒瓦奇尔曾有一刹那受了感动,眼里闪动着一阵兴奋的亮光,但很快又变成冷漠和讥讽了。"所谓相信,那是虚幻的东西。我看,你在此无须淹留,赶快去追赶博克拿多,与他同奔前程吧!——你听,一定是博克拿多又跑回来喊你了……"

科尔丹听到外面的马蹄声和穹顶下的"逐客令",心里一阵难挨的绞痛,好像也有一匹奔马在那里无情地践踏,再也说不出话来,只觉得对叔父的尊敬正飞快地变成怨恨。他倏地转过身,冲出门去,额勒瓦奇尔随后也走了出去。

58

叔侄俩走出门外,同时发现,骑马而来的并非博克拿多,而是狼狈不堪的索拉吉辽夫,同时还有一些和他一样狼狈不堪的同伴。

索拉吉辽夫的衣服被刮得稀烂,卷曲的好看的头发也被烧焦了,脸上也是伤痕血迹和灰尘。他跳下马来,走到科尔丹和额勒瓦奇尔跟前,打了个招呼,声音沙哑地说道:"科尔丹梅伦,额勒瓦奇尔总监,请原谅我以这样的狼狈相见您!"

额勒瓦奇尔先是皱了一下眉头,接着笑起来说:"嘀!索拉吉辽夫先生,您这是唱的哪出戏啊?"

索拉吉辽夫怨恨地看着额勒瓦奇尔说道:"唱的是火烧赤壁!但我希望总监大人不要把这当作玩笑,这是俄华友好史上的极不光彩的一页!"

"索拉吉辽夫先生,到底发生了什么事啊?"科尔丹在一旁问道,并溜了一眼索拉吉辽夫后面的那一些"残兵败将",心里一阵好笑。

"科尔丹梅伦,这也是您留给我的好戏。当初,您的格力图尔伙同巴音赛克图烧了我一把火,我以为您会惩治他。但您留下了他,使他又一次烧了我一把火……"

科尔丹惊奇万分地说:"格力图尔?他在哪儿?"

"科尔丹梅伦大人,您的好驭手就在那儿!"索拉吉辽夫满脸怒气地指着身后的极目处说道。

科尔丹和额勒瓦奇尔同时向远处望着,那里隐约地腾起浓烟,显然,猛烈的大火在燃烧着。

科尔丹向着索拉吉辽夫说道:"您是说,格力图尔放火烧了森林?""正是。也烧了我的全部帐篷和价值数万卢布的器材,还有我的一些同伴和工人……"

"那么格力图尔呢？抓住了吗？"

"抓住？您说得多轻快！他连个影子也没叫我们看到！"

"唔……那怎么能认定是格力图尔放的火呢？会不会是您手下人不慎跑火，或是雷击起火？"

"科尔丹梅伦！您还在替格力图尔辩护吗？不要说雷声，这些天我们连一片云彩也没有看见！"

"我干吗要为他辩护呢？说他放火，总应该证明是他才对呀！""那我告诉您好了，梅伦大人。有一天，我们抓住了一群偷伐木材的人，扣下了他们制作的勒勒车，他们竟蛮不讲理，说祖祖辈辈就这么砍伐木材，不需要谁的允许，而和这些人在一起的格力图尔几乎要煽动这群牧人和我们械斗……"

"唔，是这样。那他放火是十分可能的。"

"不是十分可能，而是十分确切。我知道格力图尔现在是全盟通缉的逃犯，但和他一起的那些人好像不知道他是格力图尔，我有意地大声叫着'格力图尔'，希望那些人为了赏金把他扭送王府。但他们毫不理睬……当天夜里，这大火就烧起来了……"

额勒瓦奇尔看科尔丹沉思起来，便接腔道："那么，索拉吉辽夫先生只好另起炉灶了？"

索拉吉辽夫说道："这是另外的问题。当前，我们应该在更重要的问题上合作。"

"是吗？"额勒瓦奇尔微笑着耸了耸肩说道，"'更重要的'，而且需要'合作'。这是什么问题呢？"

"救住这场火，保住森林！"

"天呐！"额勒瓦奇尔呵呵笑起来，"我从未听说过森林失火还可以扑灭！"

索拉吉辽夫恼怒地提高嗓门说道："总监大人，这烧的可是你们的森林哪！作为关心大蒙古民族利益的总监大人，不觉得心疼吗？""心疼吗？这要看哪一类事情，森林起火，心疼是没用的。不过我看，索拉吉辽夫先生大概真心疼了，是不是？"

索拉吉吉辽怒视着额勒瓦奇尔说道："我是在替你们心疼！你们应该知道，这烧掉的树木，正好有一部分是要用来起造王府的！"

"这就不劳索拉吉辽夫先生操心了。我看您还是进来喝口茶，然后赶快回去重整旗鼓,做第三次勘查吧!"

"总监大人!您的话是很不友好的!您应该用行动弥补这次大火为俄蒙民族的友好所造成的损失。"

额勒瓦奇尔眨了眨眼睛笑道:"请问,我该为您怎样效劳呢?"

"我要求您把您手下的人全部派去扑灭大火!"

"这些人够用吗?"

"当然更多些才好。但最起码可以打出一条火道,保住一些树木。"额勒瓦奇尔好像认真地考虑起来,在索拉吉辽夫面前低头踱了好几个来回。后来,突然扬起头说:"可以,但是需要在王府工程完成以后。"

"什么!简直是恶作剧!"

额勒瓦奇尔哈哈大笑起来,忽然又把脸一沉说道:"索拉吉辽夫!你说话要庄重些。你应知道,你是无权对我下命令的!"

索拉吉辽夫一时语塞,气得他的脑袋左右摆动,快步地走来走去,最后,他转向科尔丹说道:"您是梅伦,您应该命令总监派人救火!"

科尔丹说道:"协理大人已赋予总监以全权,别人是不能下命令的。同时,请您相信,这是毫无意义的行动……"

"好啊!"索拉吉辽夫咬牙切齿地说,"我要向王爷控告你们!"科尔丹不快地皱起眉头,额勒瓦奇尔却爆发出一阵狂笑。

"好嘛!"额勒瓦奇尔边笑边说,"外国人控告我们不去救我们的森林!这真是天下之大,无奇不有啊!"

索拉吉辽夫用痉挛的手猛地扯去衣襟上一块耷拉在那里的布,飞身上马,回身对额勒瓦奇尔喊道:"你会后悔的!"

额勒瓦奇尔笑着点头说:"是的,是的。也许会后悔的。您快马加鞭去觐见您的王爷去吧!我期待着因为得罪了您而第二次被革职。祝您一路顺风,马到成功!"

额勒瓦奇尔目送着飞骑而去的一群俄国人,十分痛快,自言自语道:"哼!这群掠夺大蒙古民族的恶棍,是应该有天火惩罚的!"他刚想回毡帐,发现科尔丹仍在身旁并期待地看着自己,不由得眉头一皱说:"科尔丹梅伦,时间不早,你也该返蹩了。我要去查看一下工地。恕不奉陪。"说完,转身向远处走去……

59

额勒瓦奇尔以同样憎恶的心情、不同的方式送走了同样不愉快的博克拿多、索拉吉辽夫和科尔丹以后,便带领几个旗丁,用三天时间,顺利地赶走了王府工地方圆一百里内的阿拉特牧户。五天以后,征集的车马壮夫,招聘的泥水匠、木作工以及各种建筑材料源源不断地涌到了王府工地。

额勒瓦奇尔忙得不可开交,有时彻夜不眠,暂时忘掉了那些不愉快的事情。他的毡帐已从堑壕里侧移了出来,搭在离建筑工地不远的地方。已增至二百名的旗丁队伍,分住五十个小毡帐,这五十座毡帐,按照一定距离,成一个圆圈拱卫在工地的四周,每一座毡帐便是一个哨卡。堑壕的里侧,成了服役者的居住区。额勒瓦奇尔交给服苦役者的第一项任务包括两个内容:其一是把砖、石、木料等搬到取用最方便的地方,其二是把居住区四面的堑壕挖完、加深。同时,他又派一部分旗丁四出捕捉活狼,把捉到的十五只活狼,放进堑壕,并指派两名旗丁每天从不同方向向堑壕投放三只羊。

一个人的才能只有在独立工作时才会充分发挥出来。现在,额勒瓦奇尔正是在独立工作,没人来干涉他。连博克拿多来时也只是看一看,不加褒贬,而且来的次数也很少了。这就使额勒瓦奇尔的独出心裁的安排和每一道指令都具有了绝对权威的性质。由于他独立、大胆和细心的安排,使工地的准备工作不仅热火朝天,而且井然有序,终于在阴历己亥年(光绪二十五年,公元 1899 年)六月初一日,浩大的王府工程按色旺诺尔布桑保王爷不可更改的命令,如期破土奠基了。在王府修建过程中,色旺诺尔布桑保王爷驾临两次。第一次是在奠基那天。他站在未来正殿的前面,在全部僚属的正中央,很感兴趣地看着额勒瓦奇尔在工地上奔跑指挥,看着那些服役者的黑手扬起镐头、挥起铁锹,把大地的胸脯无情地切开,看着那正殿的地槽很快挖好,服役者退到两旁继续开挖偏殿的地槽,又一批泥水匠过来,抱起石头,一块块填到地槽里。这一次,他很满意,还笑着拍了拍额勒瓦奇尔的肩头。

第二次是在正殿快完工的时候。王爷站在已被踏平的草地上,仆侍张着华盖,僚属们站在身后,他的身旁只站着额勒瓦奇尔——给人的印象是,王爷已喜欢额勒瓦奇尔了。

偏殿的脚手架已搭到第三层。堵堵大墙耸然而立。无数光着脚板的苦工扛着木料、背着砖瓦,经过王爷前面的草地,一个接一个地踏上跳板,向上走去。这些人都光着上身,粗糙的皮肤黑得发亮,汗水在他们背上流淌。

王爷捻着胡须欣赏着耸起的正殿和四周的密集的脚手架。正殿的屋脊上,不少工人在铺着涂饰着彩釉的砖瓦。脚手架的跳板上和偏殿一样活动着苦工。忽然,一个人从脚手架上跌落下来,发出一声惨叫……

摔下来的人的变了形的尸身,立即被人拖走了。

王爷看着被拖走的死人,向额勒瓦奇尔问道:"每天都有人死掉吗?"

"是的,王爷。"额勒瓦奇尔叹了口气说道,"虽然倍加防范,仍避免不了。不过,不单单是摔死,也有累死和病死的,我们的壮夫,名为'壮夫',有很多是用瘦弱的老人和残废者顶替的……"

"我不是问的这个。"色旺诺尔布桑保王爷说道,"我是问,他们死掉了以后怎么处理?"

"回禀王爷。苦工死掉后,验明正身,于丁册上注明备查,然后按着我们的习俗,用勒勒车拉出去天葬,对死亡者家庭给一次抚恤金……"

"唔?给抚恤金?"

"是的。同时,免除该人家庭的十年劳役。"

色旺诺尔布桑保王爷惊奇而恼怒地回望了博克拿多一眼,又问额勒瓦奇尔道:"这是你的主意吗?抚恤金!哼!难道这也是王府工程总监的权力吗?而且还免除十年劳役!你好大方啊,额勒瓦奇尔!你怎么不把我的脑袋拿去祭奠死者的亡灵?——博克拿多,是你叫他这样做的吗?"

博克拿多俯首道:"王爷,奴才对此事一无所知,总监是不让……"王爷又转向额勒瓦奇尔道:"那一定是你自作主张了?而且是不许他人干涉的,是吗?"

"奴才不敢。"额勒瓦奇尔平静地说,"这并非总监权限内的事情。记得王爷曾说,有关开销事宜,要遵照科尔丹梅伦的指令。给死亡者家属抚恤和免除劳役,正是科尔丹梅伦的命令。他派人送来他的亲笔信和备用抚恤金

以及此项开销账目一起仍存我处，一会儿请王爷过目……"

"是科尔丹吗？谁也不行！立刻把所谓抚恤金封存，等科尔丹回来，我再和他算账！"

"是，王爷。"

"还有，我听说你在堑壕里放了十几只狼？"

"是的，王爷。"

"用什么饲养？"

"每天投给三只羊，仅不至于饿死。"

"为什么不把摔死的人投进去？"

"王爷，那是不好的。堑壕是为了防备服役者逃跑。放进十几只狼，也不过是使他们不敢萌生爬过堑壕的念头。如果把死者投给饿狼，会使服役者在感情上受到刺激，而产生怨恨……"

"他们敢！你很有才干，只是太姑息黑骨头。从今以后，凡是死亡者都要投到堑壕里，听到了吗？"

额勒瓦奇尔心里一阵悲哀，想道："天呐！这堑壕在以后的日子里，定会成为服役者们切齿痛恨的东西，而这痛恨又正好落在我的身上啊！这不是作茧自缚吗？"他实在后悔，为什么当初挖这么个堑壕呢？但是，王爷的话是不可违抗的，他只能低声答道："遵命。"

色旺诺尔布桑保王爷侧过身朝堑壕望去，似乎听到了恶狼们争食的撕打和嚎叫声，微微笑了。他斜睨了一眼博克拿多，又对额勒瓦奇尔说道："很好，很好。堑壕里放上饿狼……这是一桩独出心裁的创举。你很有才能，……额勒瓦奇尔，你已经开始叫我喜欢你了……"

额勒瓦奇尔悲哀地苦笑了。

"不过，还有美中不足的一点。如果把活着的人投到里面，将是多么惊心动魄啊！狼在争食中撕打、嚎叫，人在绝望中挣扎呼喊……嗯？那一定会更有意思。对吗？额勒瓦奇尔。"

额勒瓦奇尔的心猛地一抖，慌忙俯首道："王爷，那是惨……太惨……"

色旺诺尔布桑保王爷大笑起来："好吧，看来你是舍不得拿你的苦工一试的，我暂时不下这个命令。不过，我早晚会叫你开开眼界的。——博克拿多，喀喇沁旗那个逃犯还没有抓住吗？"

"王爷问的是格力图尔吧？现正在全盟通缉。索拉吉辽夫也派人跟踪。

相信不久就会逮捕归案的。"

"那就叫他第一个享受这种待遇吧！告诉骁骑校，十天内抓不到格力图尔，就把他投进堑壕！"

"遵命，王爷。"

"额勒瓦奇尔，你为我发明了一种刑罚，我要奖赏你的……唔，正殿什么时候完工？"

"回禀王爷，脚手架明天拆除，殿内还有几天的活计。"

"五天后，我要搬进正殿。"

"王爷，这……"

"怎么？又是'实难从命'吗？"

"王爷，这里正在施工，乱哄哄一片……"

"我就是喜欢这里的乱哄哄，就是喜欢这里的人哭狼嚎！"

"王爷！如果王爷一定要搬进正殿，奴才也只有遵命。但必须严加防卫才行。"

"好了！这些就不劳你操心了。"

"是，王爷。"

过了一会儿，王爷又问道："额勒瓦奇尔，你说说，工程为什么进展这样慢？"

额勒瓦奇尔万分惊讶地瞪起眼睛，哀怨地低下头去，声音浑重地说："王爷！难道还能更快吗？"

"你是在质问我吗？啊？你说说能不能更快？"

额勒瓦奇尔委屈地在心里呻吟了一声，有点儿头晕目眩："当然……如果人再多些……"

"你是说人工不足吗？"

"是的，王爷。人多了，就会更快……"

"那你为什么不早说？"

"奴才认为，王爷不仅能想到修王府，也能顾及牧业的兴旺。征集的人已是壮年阿拉特的很大一部分了……所以，不敢唐突请求再抽壮丁。奴才想……"

"你想！你想的太多了！人力不足就往下摊派！壮丁不够，就抽妇女、儿童！"王爷说着，转向博克拿多，"我的话，你听到了吗？"博克拿多说道：

"听到了,王爷。明天就派人再抽壮丁,壮丁不足,就抽妇女、儿童。"

第一批被征集的妇女和儿童,是在王爷搬进正殿那一天到达王府工地的。正当王爷和手下的僚属们在正殿里笙管鼓乐、肉山酒海地欢宴时,哭哭啼啼的妇女和儿童们被押解到堑壕围起来的苦工居住区,住进十几个很大的帐篷和因为帐篷不够又搭起的几个席棚里。

额勒瓦奇尔给妇女和儿童分配了稍轻一些的劳动:每天背着筐篓,到草地上拾取稀有的碎石。天气很热,背负着沉重的碎石块,妇女和儿童们感到力量被使尽了。她们一个个挥汗如雨、精神萎困,在旗丁的押送下,咬紧牙关,步履艰难地向前走着、走着……

色旺诺尔布桑保王爷在未完工的王府里,享用着羔羊美酒,欣赏着轻歌曼舞,眼望着牧民劳动的困苦,度着他一生中最快乐的日子。几天过去了,他终于又感到有些腻味了,不由得想起了堑壕里的狼。

王爷命令仆从传唤骁骑校。

骁骑校惶恐地跑进正殿,跪在王爷的案几前。

"那个格力图尔抓住了吗?"

"启禀王爷,现正在搜捕。"

色旺诺尔布桑保王爷哼了一声,冷笑道:"正在搜捕!我看你永远是'正在搜捕'!可是我等得不耐烦了。我今天就想看一看活人和饿狼的搏斗。看来,只好劳你的大驾了!"

"王爷饶命!"骁骑校想象着十几只饿狼扑到身上,一片片撕着他身上的肉,吓得差点儿昏过去,"王爷……饶命啊!"

"拉下去!投进堑壕!"

"等一等!"博克拿多喊道,走到王爷身边,"王爷息怒。骁骑校玩忽职守,理应重办。但可念其往日功勋卓著,免其死罪。责令克期捕获逃犯,戴罪立功。另外,王爷如欲欣赏人狼搏击,现正有一人可用。此人就是格力图尔的母亲其木格。"

"格力图尔的母亲?她在哪儿?"

博克拿多指了指门外:"就在那里!"

王爷从那洞开的殿门里隐约看到在旗丁押送下的妇女、儿童背着筐篓艰难前进的队伍。

"王爷。"博克拿多继续说道,"在格力图尔行刺后的第二天,其木格就被抓进了扎布曼都的囚牢。扎布曼都原是想诱使格力图尔因营救母亲而自投罗网。可是,王爷接受了扎布曼都的请求,在全盟通缉格力图尔,那么其木格就没有用了,而且,扎布曼都也害怕格力图尔再去行刺,所以这次就一并送来了……"

王爷笑道:"这个老鬼倒很有心机。不过,我可不像他那么胆小。让格力图尔来我这里行刺吧!我倒想看看这个又放火又行刺的家伙是不是三头六臂!"

"王爷天威,逆贼是不敢来自投罗网的。"

王爷冷笑了一声道:"谅他也不敢!来人!把其木格带上来!"

博克拿多向丢了魂的骁骑校喝道:"还不下去!"

骁骑校这才给王爷连叩了好几个头,感激涕零地说:"谢王爷不杀之恩!"连滚带爬地跑出殿门去了。

不大一会儿,其木格被带上大殿。

现在的其木格显得老多了,脸上全是松弛的皱纹,眼睛里已不见了忧伤,只是一片呆滞。还是在桑布死的那天,她和敖尔敦几乎都疯了,一个跑回自己的毡帐守候死去的丈夫、盼望归来的儿子;一个跑到荒野,在狂风中呼唤着女儿。不久,其木格被抓进扎布曼都的石头房,敖尔敦真的当上了百夫长。百夫长的荣耀医治了敖尔敦失去女儿的痛苦;札萨克的皮鞭打醒了其木格对丈夫的思念,知道了儿子已经高飞远逸,感到由衷的欣慰,觉得就此死掉也可以瞑目了。但她还想活,想看到儿子。现在,当她被挟持着站在色旺诺尔布桑保王爷面前时,她知道将永远不会看到儿子了。

王爷眯着眼看了一会儿眼前衰弱老迈的其木格,似笑非笑地说道:"老太婆!你这一辈子挺荣耀啊!桑布的夫人,格力图尔的高堂!嗯?哈哈哈哈!"

其木格疲惫地撩起眼皮,扫了狂笑中的王爷一眼,没有说话。

"喂,老家伙!你有胆量和狼打一仗吗?不要害怕。去和堑壕里的十五只狼斗一斗,斗赢了我就放你回家。怎么样?"

其木格用力睁开眼睛,那里面燃起一股怒火。

"你敢向我瞪眼睛!来人!把她的眼睛给我剜下来!"

立刻有人端来铜盘和匕首。

色旺诺尔布桑保站起身来,挽了挽袖子,拿过匕首,走到其木格面前,在她眼前翻动了几下,匕首的锋刃闪着寒光。博克拿多拿着铜盘,接在其木格的下颏。只见王爷手里的匕首向前一剜,又一剜……其木格身体抽搐了一阵,昏厥过去,扑倒在地上。两柱鲜血从两个眼眶中涌流出来。

博克拿多挥走了挟持其木格的旗丁,把盛着两个眼珠和一把匕首的铜盘交给侍者,示意拿到王爷座前的案几上,自己则搀住王爷,准备把他送回到座位上去。

此时,其木格从昏迷中醒来,觉得周围是漆黑一团,剧烈的针刺一样的疼痛从眼窝直扩展到整个头部,似乎仍有无数把匕首从眼窝向后脑刺去。她意识到临近死亡,一股临死前的拼命力量,使她挣扎着爬起来,嘴里狠狠地大声喊道:"强盗!你是强盗!"她抬起脸,似乎在看着,似乎看到了什么,紧闭的眼皮下,鲜血流下来,顺着面颊流到胸前。是的,她看到了眼前的肥胖的强盗,她看到桑布骑马奔过来了,她看到格力图尔骑马奔过来了,她看到班卡带领大群人马奔过来了,那么多匕首同时刺向那肥胖的强盗!其木格觉得眼前是一片光明,觉得身上长出了千钧的力量。她猛地向前撞去。王爷一闪身,博克拿多被撞倒在地上。王爷发出一阵狂笑,他制止住要发火的博克拿多,并示意在正殿里的人都不要出声。他自己则满有兴致地捻着胡须,微笑地看着其木格。

其木格被胜利鼓舞着,双手伸向前方,摸索着,趔趄地走了一步。"强盗!我儿子来杀你了!"又趔趄着走了几步。她抓了一把,抓到了案几上,把那个铜盘碰到地上,发出当啷啷的响声。立刻有人把铜盘和匕首拾起来。

色旺诺尔布桑保王爷拍了一掌,发出一阵狂笑。同时,他示意叫人拿过一张椅子。

其木格猛地回转身,靠着案几,辨别着王爷说话的方向,咬牙说道:"强盗!我和你拼了!"她循着声音,向前走去,双手在前面抓着……

王爷把侍者送过来的椅子轻轻放在他的前面,哈哈大笑着说:"来吧,老东西!我就在你眼前。"

其木格顺着声音猛扑过去,连人带椅子都跌倒在地上……

正殿里所有在场的高贵的人都惬意地大笑起来。

王爷感到很尽兴,高声说:"拉出去!推进堑壕!"

60

现在,我们须回过头来讲讲格力图尔了。

格力图尔在那雷鸣闪电的夜里离开扎布曼都官邸后,凭着红鬃烈马的神速,曾回到多伦村。他没有看到牺牲了的父亲的尸体,也没有见到想念的母亲,却险些落进罕都烈布下的罗网,只是由于他的勇敢机警才未遭毒手。第二天夜里,他又潜回多伦村,找到了奥良哈。奥良哈告诉他,他的爸爸连同毡帐被一把火烧掉了,他的母亲被扎布曼都派人抓去了。原来串通好的人散了,不少人被派去修王府。格力图尔悔恨交集,痛骂自己竟没有杀死科尔丹和扎布曼都。奥良哈叹了一口气说:"唉,桑布一死,全完了。你还是赶快离开这里,去找班卡吧!"

就这样,格力图尔像当年的桑布一样,孤身一人开始了长途跋涉。五天过去了,他没有找到班卡的踪迹,却碰到了索拉吉辽夫。

那是一个炎热的中午。格力图尔被一堆篝火吸引过去。原来是一群阿拉特,他们正为自己的劳动成果——五十多辆崭新的勒勒车——饮酒庆贺。格力图尔受到了人们的欢迎,很高兴地参加了聚餐。大家吃着摊在地上的牛肉、羊肉、奶酪,酒壶在人们手中飞快地传递。愉快而粗俗的谈笑使这野餐饶有风趣。

一阵"嗒嗒嗒"的马蹄声传来。不大一会儿,一支五个荷枪者组成的队伍在索拉吉辽夫率领下来到篝火旁,纷纷跳下马来。

格力图尔一眼就认出了索拉吉辽夫,他对身旁的老牧民说:"他叫索拉吉辽夫,俄国人,是个坏蛋。"

"你认识他?"

"认识。我给他赶过雪橇,放火烧过他们……他想霸占咱们的森林……"

"那你千万不要出声,不要让他看清你。我想法把他打发走。"

老牧民站了起来,迎着索拉吉辽夫走过去,微笑着说:"欢迎您,先生。请过来和我们共同喝几口吧!"

"啊,原来是我们的朋友!"索拉吉辽夫朗声道,"你们篝火的浓烟把我们吸引过来了。你们是来砍树造车的,是不是?"

"是啊,您说对了,先生。"老牧民说着,叹了口气,"唉,我们的车都让王爷征用了,只好在大旱的季节丢下牲畜来砍树造车……但不知列位到此何干,是打猎吗?"

"唔,当然也打猎……"索拉吉辽夫笑着说道,扬手拍了拍身边的一辆勒勒车,赞美地"啧啧"两声,"可是我们今天却有了一个意外的收获,亲眼看到了大蒙古民族的巧手创造了多么惊人的奇迹!"

"唉,您真是过奖了。这些东西粗糙得很,您可能会见笑呢。不过,干吗站着呢?请把您的同伴请过来,我们很高兴用这些劣酒粗食招待各位……"

"十分感谢您的盛情。可是,等一下,我想问一问,是得到谁的允许,你们来砍伐呢?"

老牧民显得万分惊讶但很有礼貌地回答道:"您到底是外国老爷,不知道我们草原上的习俗。我们每年都在这里欢伐……"

"而且不需要任何人允许。是吗?"

"正是这样。"

"每年——妙极了!不需要任何人允许——更妙极了!可你知道吗?今年不同于往年了,这片树林已经属于俄国人了!"

老牧民不解地眨了眨眼睛,回顾了一下在他身后聚拢的同伴,说道:"您是开玩笑吧?"

索拉吉辽夫笑了起来,说道:"我怎能和素不相识的长者开玩笑呢?我说的是实实在在的话呀!"

这个阴险的高傲的俄国人的话,激怒了格力图尔,不叫格力图尔说话,是办不到了。他站在人群里气愤地大声说:"我们草原上的树木怎么会成为俄国的呢?你怎么不说这里的土地也是俄国的?"

"嗬!"索拉吉辽夫挑了挑眼眉,寻找着说话的人,"火气好盛啊!你是说土地吗?这土地也会成为我们的呢,那要看我们是否想要了。"老牧民回头瞪了格力图尔一眼,示意他不要说话,然后陪笑地对索拉吉辽夫说:"请不要见怪。年轻人,不会说话。"

419

索拉吉辽夫轻轻哼了一声,本想继续发作,但看到眼前几十个黑脸汉们都有些气愤不平的样子,便马上缓和下来,说道:"还是长者通达情理……我劝你们不要激动。是啊,自己的树林,又年年在这里砍伐,那当然会产生深厚的感情喽!而忽然间,这树林变成了外国人的财产,是很令人难受。但我要向你们说明,这是你们的王爷卖给我们的……"

"什么!卖给你们了?"老牧民更加惊讶地说道。

"是啊,我们花了二十五万卢布!不仅森林,还有这里的矿产。懂了吗?"

"不,不懂。"

"不要紧。你们知道就行了。"

"不对!"格力图尔不假思索地冲口叫道,"你在骗人!王爷是抵押,不是卖!"

索拉吉辽夫为之一震,心里不明白这个年轻人何以知道得如此详细。沉默了一霎以后,索拉吉辽夫冷笑了一下说:"你说得对,是抵押。可是,你知道抵押和卖是一码事吗?支配权属于俄国人,不过,我没时间向你们解释你们无须知道的细节。你们想知道的话,可以去问问你们的王爷。现在请你们说一说,这些车,你们打算怎么处理呀?"

老牧民沉默不语。

"唉,不好办呐。"索拉吉辽夫摇着头说,"作为大蒙古民族的朋友,我是深深理解和同情你们现在这种情况下的心情的。只是我们也不能破坏和王爷签订的合同而开一个不好的先例啊!"

老牧民抬起迷惘的眼睛说道:"外国老爷,我们不知道这片林子已经属于您了。我们花了五天的工夫,费劲巴地做了这几十辆破车,这对你们是不值钱的东西,可对我们却是少不了啊!马上又要移营了……您就让我们拿走吧,以后,我们不来了。"

索拉吉辽夫摸着下颏沉思了一会儿,似乎下了决心地说:"好吧。拉走吧。希望这些车会在你们未来的生活中起到作用,并以此作为友好的象征。不过,只此一回,下不为例!"

"我们真感谢您的好心肠。以后,我们决不再来找麻烦。"老牧民如释重负地长出一口气。

"那,很好。就这样吧。"

老牧民回身对自己那群人说:"把车套好,我们马上走。"然后又向索拉吉辽夫鞠了一躬:"欢迎您和您的同伴到家里作客。"

"谢谢。"索拉吉辽夫也鞠了一躬,"请稍等一下。你们还得来个代表,我们共同查点一下你们共砍伐了多少棵树木……"

老牧民疑惑地瞪着眼睛问:"怎么？还要……查点？"

"查点完了好作价啊！"

"作价？"

"对呀,作价。每棵树五只羊。"

"什么！每棵树五只羊？"

"或者五棵树一头牛。牛羊不足,可以用马代替。这可是最低的价格了。"

老牧民的一丝希望又成了泡影,一时气愤得说不出话来,抖动着发紫的嘴唇,盯着微笑的索拉吉辽夫。

"怎么样？你们是留下这些车呢,还是留下牲畜？"

老牧民向索拉吉辽夫走了几步,似乎在抑制着自己,嗓音沉重地说道:"你们！外国……老爷！你们的心不是……太狠了吗？"

"老爹爹,这怎能怪我们狠呢？"索拉吉辽夫皱着眉头说,"我们也不想买这些树木,是你们的王爷硬要卖啊！真是,他难道不知道他属下的阿拉特对他卖森林如此反感！我一定把你们的心情转告王爷,使他改变原来的主意,也许会使你们满意的！"

老牧民咬牙切齿地说:"你……你在威胁我们！"

此时的格力图尔,脖子上的青筋已经跳起,他向前走了几步,喊道:"不要管这些！我们的森林,我们的车！这是我们的！"

随着格力图尔的怒吼,不少血气方刚的年轻人都拿出拼一下的姿态。

索拉吉辽夫后退一步,身后的几个人都端起了火枪。索拉吉辽夫冷笑了一下说道:"我可是文明国度里的上等人,不想和力量不相当的民族角斗。但你们非要用拳头和我们的枪弹较量,在万不得已的情况下,也只好奉陪。我劝你们还是正视一下自己的真实力量吧！"

老牧民知道再僵持下去就会流血,他扬臂拦住要冲过去的年转人,并对索拉吉辽夫说道:"车,拉走吧！我们……不要了！"

索拉吉辽夫说道:"那,就实在对不起了。我还得感谢你们给了我第一

421

批运输工具。上帝保佑你们!"他刚想转身,忽然觉得刚才喊叫的年轻人很面熟,便仔细地端详起来:"嗯?啊哈!我说声音很熟么!原来是格力图尔呀!"

"是我又怎样?索拉吉辽夫!"

"现在你可不是我的驭手,你不想杀死我吗?"

"想!你等着吧!"

"做梦!格力图尔。不过,我挺佩服你,直到现在你还能逍遥法外!而且,看样子,他们这些人好像还不知道你的真实姓名和王爷出的赏金。好,格力图尔!再见!但愿这些人不把你押送王府去领赏,格——力——图——尔!"

索拉吉辽夫看那些勒勒车被手下链在一起用马拉走,他也吹着口哨上了马。

老牧民目送着扬长而去的索拉吉辽夫,无限感慨地说道。

"我们的王爷……真大方!车拉走了,牛牵去了,年轻人抓去了……现在,把森林也卖了……"

牧民们由于索拉吉辽夫两次有意地大声喊出格力图尔的名字,都知道这个年轻人就是全盟通缉的逃犯。他们有的胆怯地向后退去,偷偷议论,有的则向格力图尔围过来,惊讶地询问。

老牧民走到格力图尔面前,说道:"放心,孩子。我们这里的人不会为了赏金去出卖你。你赶快走自己的路吧!"

"不。你们走吧。我不离开这里。冬天,我烧了他们一把火,今天,我还要烧他们一把火!"

老牧人想了想,说道:"乡亲们!我们的车让他们拉走了!这口气得出啊!可是,我们不能光叫格力图尔去放火,这把火我们去烧!把这些外国佬连同这些树木全烧光!——格力图尔,你走吧!今天晚上你会看到这一带的大火的!"

61

格力图尔披星戴月,忍饥挨饿,费尽周折,也没能找到班卡的营寨。在孤立无援的奔波中,他感到凄凉和寂寞,更加想念自己的朋友,怀念惨遭杀害的父亲,特别是,渴望见到可怜的妈妈。多少次,他都是在妈妈的拥抱中哭醒过来……他有些失魂落魄了,常常是信马游缰,犹如睡梦中游来荡去,忘记想干什么,对行为失去了决定的力量,甚至对自己是否是个真实的存在也半信半疑了。多少天过去了,他终于清醒了,收拢起游丝一般的思绪,放弃了寻找班卡的企图,勒转马头,又向喀喇沁旗驰去了。

天气一直干旱无雨。天空裸露着,呈现一种窒息人的灰白色。饿鹰在上升的热气流的支持下,张开的两翼像一直未曾扇动一样,慢悠悠地盘旋着。

晴空下的沙漠上很少植物,只有那极耐旱的丛生的木本植物稀疏地、一簇簇地在烈日下度着艰难的日子。那一鳞鳞的沙浪和一堆堆枯干的茇茇草,在向人们述说着冬天和春天这里发生过风暴。

天气越来越热。格力图尔举目向天空看去,正有两只饿鹰在头顶盘旋,越来越低。他心里诅咒道:"该死的不祥之物,想扑下来么?难道我有了死人的气味了吗?"他拿好皮鞭,防备饿鹰一旦扑下来,就一鞭抽碎它。

但是,饿鹰并没有向他扑来,却迅速地滑向前方,扇了几下翅膀,落了下去。格力图尔向那里看去,好像地上躺着一个人。

"死人吗?还是热昏了?"格力图尔想道,驱马走了过去。

饿鹰怒视着打搅它们美餐的讨厌的人,弓了弓身体,扇起翅膀,冲上天空了。

格力图尔跳下马来,走到僵卧的人跟前。他大吃一惊,这不是奥良哈嘛?!他很快蹲下去,抬起死难者的头,一股从胸腔里喷出来的奇特臭味,使他差点儿呕吐出来。看得出,奥良哈已经死了好长时间了。格力图尔把奥良哈的头放下,看着这位善良的老人,心里涌起一阵无名的哀叹。他默默地站了一会儿,哀悼着这个不幸的同村人,然后弯下腰,从那僵硬的手里抽出仍旧握着的柳棍,猜想着他是在什么情况下死悼的……

一阵勒勒车的"吱吼"声,使格力图尔抬起头来。他看到,在沙漠上无精打采地走着一长串勒勒车和骆驼。赶车的人和坐车的人,在烈日的暴晒下,显得疲惫不堪。不仅车相似,牛相似,就连车上车下的人也好像没有多大区别。有的车上或驼峰间坐着老人和孩子。他们在烈日炙烤的沙漠上无声无息地往前行进,在偌大的沙海上,在空旷的苍穹下,无声无息地往前行进……离格力图尔越来越近了。

格力图尔不仅没有躲避他们,而且牵马迎了上去。

"乡亲们!你们这是上哪儿去呀?"

"回家。"一个赶车的老汉瞟了一眼一副狼狈相的格力图尔,昏然欲睡地答了这么一句。

"这是什么地方?"格力图尔又问道。

还是那个老汉,不耐烦地对眼前这个不识趣的年轻人粗声粗气地说:"这是地狱!"

这时,一个年轻人跑出勒勒车队,一把拽住格力图尔的胳膊,把他拖到一边,压低声音说;"格力图尔!你好大胆!"

格力图尔惊喜参半地叫道:"啊,布和!"

"天呐!可真没想到。我以为你……"布和爱怜地看着格力图尔,哽咽了一下,说不下去了。

"你们这是从什么地方来?"格力图尔忍住见到同村人的激动,费劲儿地问道。

"从王府。"

"王府?我是站在去王府的路上吗?"

"我们是走在离开王府的路上……可你是怎么搞的?好像一个外乡人……"

格力图尔向四外看去,尽量在脑子里唤醒记忆。他突然令人心碎地苦笑一下,说:"可不是!我竟没看出来。也许我真的要死掉了……""别那么说,你这不是好好的吗?可是,快告诉我,这半年多你是怎么过来的?"

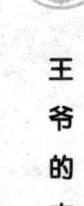

"怎么过来的！唉,连我自己也糊里糊涂啊！你上王府干啥？这些人都是多伦村的吗？我怎么都不认识？"

"这些人我也不认识。各旗的都有。来的时候,是仨一伙、俩一串的,回来就成了这么大的队伍了。你看,足有一百人啊！——唔,咱们边走边唠吧,我的车跑得很远了。"

格力图尔和布和追上勒勒车,他又问道:"你还没说完吧？"

"唔,可不是！我说了半天废话！这些人都是探望亲人的。有的是看儿子,有的是看丈夫,有的是看妻子,也有的是看爸爸。你看,那些孩子,怪可怜的。唉,这世道真是又混沌了！以往的安定日子一下子消失了……王爷要住宫殿,苦了阿拉特。哪家都有亲人在王府出苦力。他们想探望自己的亲人,想看一眼亲人的日子是什么样？可是,谁也没看着,就这么……回来了。"

"王爷不让看？"

"不让看！这不是,孩子眼巴巴等着叫一声爸爸,老妈妈唉声叹气地等着摸一把儿子的肩膀……可是,干脆就不让见！有的在外面等了六七天,结果,眼泪汪汪地离开了……"

"你来看谁？"

"我？"布和侧眼看着格力图尔,"看你的妈妈……"

"什么！你说什么？"格力图尔扯住布和衣袖站下,吃惊地瞪起眼睛。"别喊！说不定有人认识你呢！这可不是玩儿的。什么人都有啊！""快说！我妈妈在哪儿？你看到她没有？她怎么样？"

"唉,格力图尔呀！"布和摇头叹息道,"看你急的！听我慢慢和你说呀！——唔,走吧,我们到旁边坐一会儿,然后我再撵他们。"两个人离开车队,向旁边走去。正巧,又走到奥良哈的尸体跟前。"噢！死倒！多吓人！"布和后退一步说。

"那是奥良哈爷爷……"

"什么！"布和吃惊地说,"是他？"

"好像死了很久了。但不知道他怎么会死在这儿？"

"唉,可怜的老头儿！不用说,是给王爷赶车累死的。"

"他也来修王府？"

"是啊,修王府……王府没修完,他却死了。"

425

"这么大年龄……"

"王爷可不管年龄。还有十几岁的孩子呢。听说每天都有死掉的……咱们村一共抽去六十多。现在你舅舅是百夫长了,他把那些造反的嫌疑犯都派去修王府,奥良哈爷爷也在其内。"

"我妈妈也在其内?是不?"格力图尔急切地问道。

"当然,也在其内。不过,不是敖尔敦百夫长派的,是扎布曼都送去的。这不,敖尔敦总是挂念她,叫我来看看,拿来一些吃的和穿的……唉,敖尔敦很可怜,玳玛死了——他在敖包山发现了她的尸体,其木格妈妈被抓走了,他差点儿没疯了……唉!"

"别说他!告诉我,你看到我妈妈没有?"

"我不是说了吗?王爷不让看……唉,敖尔敦百夫长听到后,该多伤心啊!"

"别说他了!"格力图尔厌恶地厉声道,"你还知道些什么?都告诉我。"

"你别发火呀,格力图尔!我还能告诉你一些什么呢?让我想想,想想……唔,对了,你的那几个朋友,奈曼乌勒什么的,叫扎布曼都用马拖个半死,也押到王府服苦役去了。还有……乌日娜金和她爹爹……"

"他们怎样?"

"听说,科尔丹把乌日娜金送给王爷了。吉利图当天就疯了,他到处跑,到处喊乌日娜金,使劲儿用拳头敲扎布曼都的红漆大门,还敲自己的……脑袋……"布和说着忍不住流下泪来,他抽了一下鼻子,继续说下去,"后来,扎布曼都把他攥了出来,吉利图大伯就在野外乱跑,嘴里总是叫着:'乌日娜金,我的心肝!你在哪儿呀?'碰着谁跟谁要女儿,见到姑娘就问:'你是我的乌日娜金吗?'他瘦得只剩了一层皮,什么都吃,连土也往嘴里填,衣服破得稀烂,身上没一处好地方……村里人可怜他,从野外把他领回多伦村。可是他成天到晚叨咕:'我的孩子,你在哪儿呀?乌日娜金没了,我……也没了……'"布和说着,已经泣不成声了,"最后有一天,他又失踪了。人们到处找他,但是,只找到了被狼吃剩的……骨头……"

格力图尔听着布和流着泪的叙述,感到一阵阵晕眩。他悲哀得想哭,但流不出泪,他愤恨得想喊,但发不出声,只是痴呆了一样怔怔地看着布和,最后从牙缝挤出一句话:"科尔丹!你等着吧!"

"你说什么?"

格力图尔毫无表情地说："谢谢你，布和。你走吧。"

"那么你呢？还打算怎么办？这里可不能久留啊！到处都在抓你。王爷下了通缉令……"

"我去看妈妈……"

"不行！格力图尔。听我劝一句吧。你最好离开哲盟，跑得远远的，活命要紧啊！王府工地你进不去。四外全是岗哨。服役的人住在堑壕里——唔，是被堑壕围在里面，很宽很深的堑壕啊，里面还有狼。里面的人出不来，外面的人也进不去。听说有人想逃出来，结果掉进堑壕喂狼了……"

格力图尔似听非听地站了一会儿，突然爬上马背，向王府的方向飞驰而去……

62

格力图尔风尘仆仆地牵着马站在高阜上,望着在上升的气流中摇曳着的高耸的建筑群,影影绰绰地看到一排排脚手架上活动着的人。他想,奈曼乌勒他们大概就在脚手架上干活儿,母亲可能在下面抬着砖瓦木石,乌日娜金也许正禁锢在那赫然矗立的大殿里。他似乎看到了朋友们挥汗如雨,气喘吁吁;似乎看到了母亲累得昏昏沉沉,不断捶着压弯的脊背,痛苦地呻吟着;也似乎看到乌日娜金在王爷的蹂躏下哀哀哭泣。一种无法克制的哀痛袭入他的心房。他的心似乎要从喉咙中进出来!他多想立即骑马飞奔过去,挥鞭抽碎那摇曳中的可恶的高大建筑,抽碎那些闪亮的形瓦屋顶,救出可怜的妈妈、可爱的乌日娜金,和许多受苦难的朋友一起逃离这可恶的地狱!但是混进工地是不可能的。工地周围防守得太严密了。自从色旺诺尔布桑保王爷搬进正殿以后,守卫工地的旗丁增加到四百名,哨卡一下子多了一倍。巡逻的武装旗丁,时时吆喝着偶然经过的阿拉特,命令他们在守卫线以外一里处就下车、下马,不准再接近一步,即使是运输车队,两旁也有骑马的旗丁监押。因此,在白天进入王府工地是不可能的。

格力图尔站在那里,面对可望而不可及的王府工地,以及那一座连一座的守卫者的灰白色毡帐,痛苦而不甘心地叹了口气,回身牵着在烈日烘烤下和他一样昏昏沉沉的红鬃烈马,在远离工地的荒原上烦躁地、无目的地游荡着。后来,他总算看到了服役者的居住区,看到了堑壕的土墩。只有这里巡查的旗丁不多,旗丁的毡帐也是稀稀落落。这是唯一可以接近的地方。但是在白天照样不行。

傍晚,第二批运输车队在旗丁的监押下进入王府工地后,格力图尔把马藏在树丛中,借着上弦月的迷茫的灰光,躲过守卫者的眼睛,忍受着嗡嗡叫着的蚊子的围攻,爬到了沟边。

堑壕边上堆积的砂土很干,还散发着炎阳给它的温热。格力图尔趴在那里,朝里面望着。月光下,无数大小毡帐和简陋的席棚死气沉沉地聚集在一起,有时也有一两个人幽灵般在毡帐附近晃动一会儿,又不见了。毡帐离堑壕很远,小声说话是听不见的。格力图尔又观察了一下堑壕,不管是宽度还是深度,都证明了布和的话,是不可逾越的。他只能盼望着有人略微向这里接近一些,以便央求他找一找奈曼乌勒。他想,这些苦工是不会拒绝帮这个忙的。但是,格力图尔想错了。那些在一天的繁重的劳作中累得腰酸腿疼的苦工们,只要一回到居住区,便躺进毡帐或席棚不想再动一下了,谁还有兴致在夜里闲逛呢?而且,又有谁不要命地敢向堑壕接近呢?有一阵,他曾听到远处似乎有吵架和哭喊的声音,这以后,便什么声音也没有了。

夜深了,弯弯的下弦月在一片灰色云里缓缓穿行,格力图尔感到了夜凉和失望。看来不会有人出现了。他下意识地想试探一下堑壕的深度,看能不能下去后再爬上来。他拾起一个石块,向沟底丢去。可是还没来得及根据声音推断一下堑壕的深度,便听到沟底突然传来奔跑的声音,刹那间,他听到了狼的嚎叫声,同时看到几只饿狼瞪着绿色的眼睛,在堑壕里腾起,向沟壁扑抓。格力图尔吃了一惊,骇然地滚到土墩下,并作好了和饿狼搏斗的准备。

但是,那样深的堑壕,狼是跳不上来的。格力图尔听到堑壕里狼的急躁的刨地声、腾跃声和互相冲撞时的恶狠狠的叫声。他确信自己虽然安全,但进入堑壕是不可能的。他的紧张的神经松弛下来,准备离去了。

这时,他听到堑壕里侧有急促的脚步声和低语声。便又爬到土墩上边,这时,两个模糊的身影向这里接近。一时的冲动,急切的希望,使格力图尔忘记考虑其他,一心想着这两个人就是服役者,而服役者肯定和砍树造车的阿拉特一样,佩服格力图尔,不会加害于他的。唯恐这两个人又复离去,格力图尔便压低声音喊道:"喂,老乡!"

那两个人突然互相碰了一下,立即趴到地上。

"老乡!别害怕。格力图尔站起来说,"我是过路的,想看个朋友,求你们替我找一下。"

堑壕那边一个人似乎有点儿害怕地大声问道:"你是谁?是跑过去的吗?"

"不是。你们是想逃出来吗?我可以帮你们一把。只是求你们替我找一个人,我和他说几句话。"

那两个人低声合计了几句,壮着胆子站起来,其中一个问道:"你找谁?你是谁?快报报名字。"

格力图尔又向前走了一步,看了一眼企图向他扑来的饿狼,对里面的人说道:"求你们找一个叫奈曼乌勒的人,就说格力图尔找他。""什么?你是格力图尔?是喀喇沁旗的吗?"

"是,是喀喇沁旗的。"格力图尔很兴奋地说。但与此同时,他发现那两个人从肩上取下一件东西。"啊,枪!"他在心里惊叫一声,意识到把事情弄糟了,他立刻卧倒在地上向土墩下滚去,几乎在同一刹那,一阵火光从他眼前穿过,一声爆响震得他几乎失去了听觉。他在土墩下趴了一会儿,心里在嘭嘭地跳。后来,听觉恢复了,听到堑壕那边一阵嘈杂,有人大喊:"快来抓住格力图尔!"

格力图尔知道,堑壕里侧的旗丁正向这里接近,而且外侧的哨卡也准被惊动起来,他必须尽快离开。要知道,他仅仅是一个人,而且手里除了玳玛留下的匕首,再没有别的武器了。他轻轻顺着土墩向右爬去,并不时观察着不远处住着守卫者的毡帐。

堑壕里侧的喊声不断传过来,好像旗丁们的上司也来了。

"怎么回事?有人逃跑吗?"

"不,是格力图尔。"

"格力图尔!那个全盟通缉的逃犯?"

"正是他!"

"为什么不抓住他?"

"天呐!你看看有谁能跳过去呀!"

"你那一枪打中了吗?"

"好像……离他不远……"

"屁话!真是废物!快去前面鞴马,一定要捉住他!捉住的有赏!"

"是!"

"你,布得尔!快去报告额勒瓦奇尔。"

"是!"

格力图尔听着里面的吵嚷,下意识地笑了笑,更快地向前爬去。估计里侧的人已看不清他的时候,跳了起来,但里面的喊声,又使他屏住呼吸趴到地上了。

"喂！你们外边的人睡死了吗？"

这显然是在喊着不远处毡帐里的守卫者。格力图尔发现,那毡帐门口正有人朝他这里张望。虽然在迷茫的雾一样的月光中互相看不真切,但夜深人静,万籁俱寂,说话的声音是可以传得很远的。

"你喊什么？发生了什么事？"

堑壕里侧的人站在土墩上怒喝道:"你是死人吗？没听到枪声吗？"

"听是听到了。鬼知道你们是走火了还是打兔子！"

"混蛋！赶快抓住他！要误了事,我明天让额勒瓦奇尔老爷把你扔进堑壕！"

"我的老天妈妈！"

"别老天妈妈老天爷爷了！赶快行动！"

"怎么？有人逃跑吗？"

"少啰嗦！是格力图尔！就在你眼皮底下！"

"我的爷爷！你怎么不早说！"

这个旗丁立即钻入毡帐,拿出火枪,骑上马,向堑壕这里跑来。"快！顺着堑壕找！一定要抓住他！"

"是,百夫长大人。可是我一个人能对付得了他吗？"

"你手里的家伙是拨火棍吗？废物！"

"格力图尔可是大名鼎鼎呀,再说,他也不能是空手啊！"

"他没有枪,你大胆干吧！抓住他,死活都有赏！"

"遵命,百夫长大人。但愿仗着你的神威,马到成功！"

"你这个废话大王！马上行动！"

"是"。

"混账！往右边去！左边是大道,哨卡也多,他能往那边跑吗？你想放走他怎么的？"

那个守卫者掉转马头,搔了搔后脑勺,不得已地向右边走去,并且低声嘟嚷道:"你们这不是叫我去送命吗？"

格力图尔发现骑着马端着枪的人向他这里慢慢走来,便轻轻爬到一丛蒿草里,隐藏住身体。

那个旗丁走了几步,回头喊道:"没有哇！格力图尔没在这里！"走了几步,又这样喊了一句,气得堑壕里的百夫长火冒三丈。

"你再那样大声喊,我就向你开枪!"

"千万别开枪!百夫长大人,我不喊就是。"

但是他仍旧走几步说一句:"格力图尔没在这里。没有哇!"

格力图尔明白,他这是哀告格力图尔别向他下手,井水不犯河水,赶快偷偷跑掉吧!但是,里侧去鞴马的旗丁很快就要过来了,他这样慢慢地爬,能逃出去吗?他虽然觉得这个嘟囔着的旗丁又可笑又可怜,不愿对这样的人下手,但是情况如此紧迫,不得不委屈他一下,借他的坐骑用一用。

格力图尔屏住呼吸看着渐渐走近的旗丁,轻轻把匕首插入鞘内。当那马蹄踏在他眼前的青草上时,他一跃而起,拽住旗丁的右脚,把这个可怜的人扯了下来。那旗丁大叫一声,张着手扑倒在地上,火枪也从手里脱落了。格力图尔抓住马缰,把地上的火枪朝堑壕踢去,飞身上马,对趴在地上的旗丁说:"对不起,我借你的马用一下。"说完,抖起缰绳。

此时,堑壕里侧的百夫长顺着土墩奔过来,并喊着:"抓住他!"而这边的旗丁定了定神,哼唧了几声,爬了起来,走到土墩去找自己的火枪,那火枪正好在土墩的斜坡上躺着,他弯下腰去拿,脚底一滑,整个身体便向堑壕里摔去。他只留给夜空一声悲绝骇极的狂叫,便成了饿狼们的一顿美餐了。

骑马飞奔的格力图尔并不知道那个可怜的旗丁悲惨结局,只听到了身后传来乱糟糟的喊声,嘭嘭的枪声和隐约的马蹄的杂乱的嗒嗒声。当他找到自己的红鬃烈马,用匕首刺了一下"借来"的坐骑的屁股,叫它向远处狂奔,把追捕者引开去以后,感到身上一丁点儿劲儿都没有了,想起整整一天没吃东西,这才感到饿极了。他勒住马,跳下来便躺在红鬃烈马的旁边,又立即进入了梦乡。在梦中,他又和追击者展开了搏斗,并因寡不敌众被捕了。那些追击者踢他、骂他,他感到羞辱、感到疼痛。

他猛地睁开眼,从梦中醒来,看到周围站着不少持枪的旗丁,他的手被紧紧地捆住了。他真的被捕了。当天夜里,他被押解到额勒瓦奇尔的毡帐。第二天早上,出工的服役者们看到从总监的毡帐抬出一具尸体,被扔进堑壕。

63

额勒瓦奇尔的组织才能和做事的干练,在修建王府的过程中,越来越明显地表现出来。从奠基开始,没有发生一起逃跑事件,工地上一直井然有序,各个工序总能紧密地衔接,建筑速度远远超过了预计。不仅正殿与其附属设施全部竣工,而且偏殿、执事房、膳房、马厩和牢房都已在拆除脚手架,方圆近十里的宫墙也开始挖地槽了。当然,老天爷不下一滴雨是个有利的客观条件,但最主要的还是额勒瓦奇尔的精心安排、合理调度以及严密的管理。这使色旺诺尔布桑保王爷很满意,使博克拿多很妒忌,使额勒瓦奇尔很自豪。那些服役者,壮汉也好,妇女和儿童也好,望着一座座高耸的大殿迅速建成,想到回家的日子一天天接近,也很高兴。

然而,额勒瓦奇尔却没有受到任何褒奖,很难听到王爷的一句赞扬话。这使额勒瓦奇尔感到委屈。而博克拿多又由于妒忌时常在王爷面前说他的坏话,有时竟当着额勒瓦奇尔的面无中生有地编造,致使王爷每隔几天就要训斥他一顿,不是说他"阴怀怨望",就是说他"肆意怠工"。最叫他忍受不了的,是当着随从和服役者的面。被罢黜的梅伦在心里不能不怨气冲天了。

是的,这是不公平的。但有什么办法呢?对于额勒瓦奇尔,这几乎是不可避免的。他有时问自己:"博克拿多到底因为什么这样恨我呢?"在以前他们没有任何宿怨。那么,显然是他知道额勒瓦奇尔准备揭发他的劣迹,这肯定是科尔丹告诉他的。"是的,肯定是这么回事。"额勒瓦奇尔在心里说道,"那些话,我只对科尔丹说过。这个坏小子,和他爸爸一个样!"因此,额勒瓦奇尔不仅恨透了博克拿多,和科尔丹的裂痕也无法弥合了。

总之,随着大殿的耸起,王府工程总监的怨恨也在迅速增长。特别是当他挥着蒲扇在脚手架下走动或站在跳板的最上层远眺,眼见自己的辉煌成绩时,那由于委屈和怨气加在一起形成的块垒压得他透不过气来。那时,他便匆匆走进自己的毡帐,饮起闷酒。

一天,他巡查完工地,匆匆回到毡帐,闷闷地喝下几口酒,蓦然想到自己怀才不遇,感到浑身的才华无处施展,而且由于直言和才干屡遭冷眼和诬陷;而那些蝇营狗苟胁肩谄笑之辈、尸位素餐、不学无术之徒,反倒得意春风、青云直上。想到这些,酒劲和怒气一齐上涌,身上如着了火一样,便用力扯开衣襟,握起蒲扇,大步跨出门外。这时,一个旗丁正和一个牵马的人边争论边走过来。额勒瓦奇尔一眼认出,那牵马的人是罕都烈,此时此刻见到这个人,更点燃起心中的怒火。看得出,罕都烈是经历了一次艰难的旅行,满脸汗水,挂着一层尘土,衣服已被汗水浸透,紧紧贴在身上。那坐骑也是通体汗水。他一看见额勒瓦奇尔,便立刻站住,怨恨地看了旗丁一眼,朝额勒瓦奇尔打了一个拱,叫道:"额勒瓦奇尔老爷!"

额勒瓦奇尔没有搭理他,却向旗丁问道:"怎么回事?"

"回禀总监大人。此人要闯进王府,奴才拦住他,他就和奴才吵了起来。"

"唔?如此强横!可是你忘了吗?王爷有过命令,凡硬闯王府的人,不论何人,一律打死。"

"可是他说他是……"

"不管他是谁!"

罕都烈惊慌失措地又向额勒瓦奇尔打了一拱说道:"老爷,您真的认不出我了?我是罕都烈呀!"

"什么!"额勒瓦奇尔故作吃惊地说,"你是罕都烈大人?真没想到,也没看出来……你怎么弄成这般模样?"

罕都烈下意识地扬起袖子擦了擦脸上的汗污,怀着"在人矮檐下,不敢不低头"的心情,苦笑了一下说:"鬼天气!简直烤死人,而且尘土飞扬……"

"难怪我的人拦住了你。你那威严的老爷风度跑到哪儿去了?看你这副模样,我还当是被官兵追捕的逃犯呢!"

罕都烈听着额勒瓦奇尔的尖酸刻薄的话,心里实在不舒服,但他没有表现出刹那间产生的怨恨,只是显得有点儿窘迫,苦笑了一下说:"额勒瓦奇尔大人,卑职想求见博克拿多协理,特求大人给予通融和方便……"

"笑话!"额勒瓦奇尔怒不可遏地大声说道,"你和博克拿多是老交情,情同手足,配合默契,何用他人通融?协理大人一定很高兴和你宣扬一番他的

新胜利呢！"

"额勒瓦奇尔大人，请不要误会。如果奴才确有获罪于大人之处，来日定当负荆门下，甘受责罚。但眼下事情，实在紧迫，正是燃眉之急……万请开恩，放我进去。"

"发生什么事了？"

"这……"

"又是一出不让我知道的好戏吗？你们是很精于此道的。特别是你，罕都烈大人，常常扮演不出场的角色，我是很佩服你了！"

"额勒瓦奇尔老爷，您这是委屈奴才了……"

"住口！是我委屈了你？别以为我会永远蒙在鼓里！"

"是，老爷。可是……还是请老爷暂释前怨，念同胞手足之情，救令兄大人于水火……"

"唔？你的高贵的恩主发生了什么不幸吗？"额勒瓦奇尔问道，掩饰不住幸灾乐祸的心情，耸动起浓重的眉毛，把戏谑的目光投到罕都烈的脏脸上。

罕都烈哽了一下嗓子，声音显得又疲倦又沮丧地说："是的，额勒瓦奇尔大人。扎布曼都老爷在昨天被一伙强盗绑架了。"

"是吗？竟有这种事！"额勒瓦奇尔感到惊异，声调里也加入了关注。

罕都烈又投出一束乞求的目光，严肃而忧郁地说下去："大人知道，扎布曼都老爷年事已高，何堪强盗的折磨……"

曾有那么一瞬，额勒瓦奇尔对心狠手辣的二哥产生了同情，但当年父子相残、兄弟相煎的惨烈情景猛地袭进脑际，早把那同情的内容排挤得无影无踪了。他的脸上又满是怨恨、戏谑和幸灾乐祸的表情了。"是一伙怎样的强盗啊，竟如此厉害？"

"是巴兰森格。"

"唔！女的，割过博克拿多的耳朵……"

"是的，正是她。"

"那不必担心。我听说，她是从不伤害人的。大不了要些牲畜。你拿牲畜去交换你的老爷好了！"

"你说她不伤害人？我的老天！她这回一下子砍死了二十多个旗丁呀……简直像魔鬼一样……"

"看样子，巴兰森格把你的老爷看得比牲畜值钱呢。也许真会要他的脑袋……唔,有了博克拿多的耳朵,又有了扎布曼都的脑袋,如果她再要去你的四肢,那准会拼凑起一个举世无双的高贵人物呢!""额勒瓦奇尔老爷!您在开玩笑!我真不该和您说这些,您连一点儿手足之情都没有!"

"不幸的是我还多少有一点儿,但这一点儿我也终究会彻底抛掉!"额勒瓦奇尔愤然道,最后竟咆哮起来,"你竟会大言不惭地和我谈什么手足之情!害死父亲,逼死哥哥,把我赶出家门,又把我推上虎背、推进陷阱,那时,你们可还记得手足之情?该有报应了!早该有了!你这个刁钻的市侩,也会受到惩罚的!你马上滚开!去跪在博克拿多脚下请救兵去吧!他正好借此机会把自己的耳朵拿回来!"额勒瓦奇尔朝旗丁挥了挥手,一转身,向自己毡帐走去。

罕都烈恨恨不已地看了看钻进毡帐的额勒瓦奇尔,后悔刚才说了那么多叫他解恨的话,抬起胳膊使劲擦了一把脸,悻然跟着旗丁朝王府大殿走去。

王府的警戒确是严密的。外围的哨卡归总监节制,接近大殿还有三道岗,归骁骑校管辖,但这仍旧不能进入大殿,还须经过内侍、近侍等两道关卡才能站到大殿的地毯上。所以,额勒瓦奇尔的旗丁把罕都烈交给骁骑校的卫兵,便离去了。骁骑校手下的卫兵告诉罕都烈暂且等待一下,把他请求召见的话向里传递过去,如果协理想接见,会派人来传唤的。

一个小时过去了,没人来传呼;又一个小时过去了,仍无传呼的迹象。罕都烈焦急万状,在脚手架下走来走去。有时观看一下服役者们的有条不紊的忙碌,心里有点奇怪,为什么没有持鞭的监工?他四下搜索着,忽然觉得有一双仇恨的眼睛在注视着他。他擦了擦额上淌下的汗水,仔细向脚手架上看了看,啊!奈曼乌勒。是他,这个想谋反的罪犯正瞪着一对烈火般的眼睛恶狠狠地注视着他。罕都烈一怔,感到脚手架上的苦工们都变成了奈曼乌勒,又都幻化成巴兰森格。他慌乱了,正想拔腿逃开,只听"咣啷啷"一阵声响,一块木板飞落在他的脚前,吓得他赶忙退后几步。同时,从脚手架上传来一阵哄笑,有人喊道:"罕都烈大人!您可得小心点儿,这板子没长眼睛,要是碰到头上,准会开瓢啊!"

罕都烈循声看去,发现松和拉正向他做着鬼脸,旁边的一些人笑得前仰后合。他恶狠狠地朝松和拉挥了挥拳头,喊道:"等着!小混蛋!我早晚会收拾你的!"

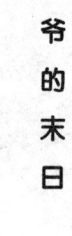

松和拉用手做个喇叭向他喊道:"我们可是好心欢迎大驾光临呀!"站在松和拉旁边的索伦扎鲁高声附和道:"对,欢迎大驾光临!可是额勒瓦奇尔老爷怎么连杯水也没招待呀?"

一个不相识的人笑着说:"他等着王爷的琼浆玉液呢!"又引起一阵哄笑。

罕都烈知道刚才的情景已被脚手架上的苦工们饱览无遗,他愠怒地朝额勒瓦奇尔的毡帐看了一眼,又羞又恼地转过身,回到旗丁指定的地点专心等候传唤去了。

罕都烈什么时候进入大殿的,不大清楚。到收工时,三个朋友嘻嘻哈哈跑下跳板,打算再找他逗逗,却已经无影无踪了。但奈曼乌勒、索伦扎鲁和松和拉仍被下午的恶作剧兴奋着,一边说笑,一边朝堙壕的唯一的大门走去。

"吓得他真魂出窍了呢!"松和拉炫耀着自己的功绩,"那一下要砸到他头上,那多来劲儿!"

奈曼乌勒刮了一下松和拉的鼻子,笑着说:"你就知道'来劲儿'!真砸死他,你也别再想什么来劲儿不来劲儿了。"

"没事儿!谁知道那板子怎么不愿意老老实实呆着,自己飞下去了呢?"

"你可真会编瞎话呀,小兄弟。看见格力图尔也是编的吧。"

索伦扎鲁笑起来说:"人不大,瞎话不少!净是编新奇事儿!"

松和拉认真地说:"你们不信就拉倒!我说的可是真话!"

索伦扎鲁挤了挤小眼睛,尖刻地说:"可能你想他想得太厉害了,格力图尔给你显显灵。其实呀,你看到的是鬼魂!"

"就算是鬼魂吧!"松和拉不服气地说,"反正我是看到了。"

"那好啊!"索伦扎鲁笑道,"今天正好是格力图尔归天的满月,你还会看到他呢!"

"没人和你争吵!"松和拉赌气地说,"我看你倒是不希望格力图尔活着。"

"你说什么!"索伦扎鲁忿然地冲口而出,"我希望他永远不死,希望他长生不老!希望他成了神仙!可是……谁不知道他死了?谁不知道尸体都被扔进了堙壕!"

奈曼乌勒叹口气道:"别吵了!谁也不希望朋友死掉……我原以为他会

逃出去的,如果找到巴兰森格妈妈,就好了。可是他,改不了那种莽莽撞撞的毛病……像个傻子,竟自投罗网……"

"你也认为他真死掉了?"松和拉委屈地看着奈曼乌勒阴沉痛苦的表情说道。

奈曼乌勒只是深深叹了口气。

"可我,确实看到了!也许……真是鬼魂。"

奈曼乌勒将信将疑地望着松和拉说:"你看得很真切吗?你再讲讲是怎么个情景?"

"那是二十天前,也就是听说格力图尔被额勒瓦奇尔扔进堑壕以后十天左右。我夜里出去解手。那天夜里,月亮很亮。我随便四外看了看,突然发现在堑壕边上的那座小毡帐门口站着一个人。他也正在看我。我吓了一跳,那不是格力图尔吗?我刚想说话,那个看守毡帐的旗丁便把他拉进门去了。我以为我看花了眼,也没敢跟你们说,第二天夜里.我又出去,我连续在几个夜里偷偷出去好几次,可再也没有看到。但我越想越不对劲儿,我没看错呀,月亮那么亮,又是脸对脸地看他……所以我才告诉了你们……"

奈曼乌勒沉吟了一阵,若有所思地说:"那座毡帐是专门看押企图逃跑的服役者的。这一个月看守得比以前紧多了。难道真是他?可是有人亲眼看到额勒瓦奇尔监视旗丁把他的尸体扔进了堑壕啊!真奇怪!要说额勒瓦奇尔,谁都知道他和扎布曼都有仇,也许……唉,真是奇怪呀!"

走了一段路,进入了堑壕的大门,苦工们都拖着疲惫不堪的身体钻进毡帐和席棚。奈曼乌勒又轻声问松和拉:"这件事你和别人讲过吗?"

"没有,只有你们俩知道。"

"那就好,不要和别人说。也许死去的人真能显灵。今天正好是其木格妈妈死去两个月,格力图尔遇难一个月。夜里我们偷偷祭奠祭奠他们。也许他们会显灵叫我们看一看的……"

"没有酒啊!"索伦扎鲁说,"用什么祭奠?"

"用我们的诚心。也许,格力图尔知道我们的事情,想来点化点化我们。"

"说真的,奈曼乌勒。"索伦扎鲁压低声音说,"你是大哥,我们尊重你,听你的。可是,在喀喇沁旗,我们等了好几年,事没闹起来,却险些送了命。这回能行吗?好多人过去都不认识,弄漏了,咱们非喂狼不可!"

438

奈曼乌勒叹了口气，说道："是呀，我心里也没底儿。愿意跟我们干的人还是少呀！"

"现在有多少人？"

"八十个。"

"不少。比我们在喀喇沁旗时还多了。"

"可这和那里不一样。在喀喇沁旗，只要巴兰森格一开火，我们就能一下子冲出去，五十人做内应不算少。可在这里……几道警戒，又没有外援，八十个人就太少了……"

"是这么回事儿，……"索伦扎鲁低头叹惜道，"唉，拿这些人真没法！怎么说也不动心。有一次，我找一个人说：'喂、咱们和王爷干吧！一起冲出去，找巴兰森格！'你猜他说啥？他说：'你行啊，光棍一条，图个痛快。我行吗？有父母，有老婆孩子，他们怎么办？不是要了他们的命了！你们愿咋干就咋干，我绝不会说出去，只求别把我掺合到里面就行。'你听听，我当时真想给他一耳光！"

奈曼乌勒苦笑了一下说："我们不能怪他们。人家说得也对，……都有家，谁也不愿意家破人亡。有八十个人决心跟咱们干就已经不容易了。——小心！额勒瓦奇尔过来了。"

三个人都闭紧了嘴。迎面走过来心绪烦乱的额勒瓦奇尔。

"索伦扎鲁。"额勒瓦奇尔喊道。

"额勒瓦奇尔老爷！"索伦扎鲁站下，鞠了一躬，"有什么吩咐吗？"

"唔，你稍微等一等。这两个是你的朋友吧？"额勒瓦奇尔倒背着手看着站在一旁的两个人。

"是的，老爷。"索伦扎鲁说，"我们都是扎布曼都的随丁，又都是'马屁股后边的幸存者'——这话是奈曼乌勒说的。"说完笑了笑。

"唔，对了。奈曼乌勒，旗丁都叫你瘸腿魔鬼，对吗？"

"对。"奈曼乌勒笑了一下说，"可是，我只是瘸腿而不是魔鬼。"额勒瓦奇尔赞赏地瞟了奈曼乌勒一眼，又说道："你们能活到今天，可真是天不该绝呢！听说你们光着身子被马拖了十几里。你们还时常记起那个情景吗？"

"记起？"奈曼乌勒满怀仇恨地说，"从那一天开始，我们三个发誓，每天必须重复一百次'用马拖死他'！"

"拖死谁？"

"扎布曼都和罕都烈。"

"那么说,你们每时每刻都在想报仇?"

"这是不能忘掉的,额勒瓦奇尔老爷。当然,我们不该在您面前说起这些……"

"在谁的面前也不该说!甚至对自己也不该说!只有藏在心里的仇恨,才能爆发出复仇的力量。不过,你们对扎布曼都不该有仇恨,你们是牧奴,他是主宰你们的主人……唔,不谈这个了。至于扎布曼都,他——不,算了!"额勒瓦奇尔转向索伦扎鲁,"索伦扎鲁,我和你说过,我想把你放在身边。你从明天开始,就到我的毡帐里去。""谢谢额勒瓦奇尔老爷。没齿不忘老爷大恩。"

素伦扎鲁目送着独自走去的额勒瓦奇尔,兴奋地冲到两个朋友面前,拍着他们的肩头高兴地说:"哥们儿!这回好了!准让你们借上光!"

奈曼乌勒微皱一下眉头,说:"我真担心你一高兴,什么都忘了。""不会的,大哥。我发誓!"

"那么你说说,当我们第一次听你说额勒瓦奇尔要提拔你时,我们商量了一些什么?"

"那怎么会忘?你说,额勒瓦奇尔和扎布曼都有仇,在王府又受窝囊气,也许能和我们想到一起。让我想办法透透他的口气。不错吧?"奈曼乌勒点头道:"不错,是这么回事。但他不和我们一齐干是可能的,我们只求他帮助一下就行。但你要讲清,我们跑出去,也就是给他报仇。"

"好吧,这个重任我保管担当得起来。"

"那就走吧,索伦扎鲁老爷。"奈曼乌勒戏谑着说,朝松和拉挤了挤眼。

三个人都畅快地笑了起来。

吃过晚饭后,服役者们都躺进毡帐和席棚酣然睡去。深夜静悄悄地来到苦工们的居住区。

四外静极了,只是偶尔传来堑壕里的狼叫。奈曼乌勒和索伦扎鲁、松和拉像三个夜游神一样,偷偷爬出毡帐,隐在毡帐的阴影里,朝紧靠堑壕边的孤零零的小毡帐看去。上弦月的微光照出小毡帐灰白的形象,它在静默中立着,显得死气沉沉。

将近半夜时分,他们看到有一个人影从堑壕的大门闪进来,飞快地向那座小毡帐接近,最后毫不犹豫地拉开门钻到里面。他们屏住呼吸一眼不眨

地注视着那扇刚刚关合的门。

"看清这个人了吗?"奈曼乌勒低声问。

"看清了。不是他。"松和拉悄声答道。

"他背着枪,是个旗丁。"索伦扎鲁喃喃地说。

"注意,门开了!"奈曼乌勒说。三个人的眼睛向那里死死盯去。他们发现接连走出两个人,里面的旗丁又把门拉上。

"天呐!真是他!"索伦扎鲁使劲儿抱住奈曼乌勒的胳膊,两个人都在打着哆嗦。这时,被旗丁带走的那个人好像朝他们望了一眼,三个人都险些惊叫起来。

"是他!错不了!"奈曼乌勒好容易说出话来,惊讶得不知怎么样才好。

"是鬼魂吗?"索伦扎鲁胆战心惊地说。

"不。他还活着。"奈曼乌勒说,擦了一把眼泪,"这到底是怎么回事呀?"

64

怒气冲冲打发走罕都烈以后,额勒瓦奇尔走进自己的毡帐,接连喝了好几杯烈酒。他感到胸膛里一阵比一阵闷热,好像要爆裂开来。新仇旧恨如此明确地在心海里涌动。他变成了一头要复仇的雄狮。是的,他要行动了。

傍晚,博克拿多派人送来一道命令,叫他抽派二十名火枪装备的旗丁交给罕都烈,明天早晨出发,到突泉迎回科尔丹。

"很好。"额勒瓦奇尔暗自想道,"这是个机会。巴兰森格要了扎布曼都的命,格力图尔可以要科尔丹和罕都烈的命。至少,我的仇恨可以消去一半!"

额勒瓦奇尔又兴奋地喝了一阵酒以后,静坐到半夜时分。他唤起贴身仆从去堑壕里把格力图尔叫来。然后走到门外,在朦胧的月光中,眺望着高耸的脚手架的阴影和大殿里的一片辉煌的灯火,不由得回忆起一个月前的那个夜晚。

那天夜晚,旗丁向他报告格力图尔在堑壕外活动,他立即叫旗丁们鞴马去追捕。他曾想,全盟通缉了几个月的罪犯如果真落在自己手里,那将是一件不世的奇功。和王府工程的成就合在一起,有谁建立过这样的勋绩呢?色旺诺尔布桑保王爷不该看重这样的奇才吗?他打算抓住格力图尔后,当夜就去向王爷报捷。但是,这样的幻想在他的脑海里稍纵即逝,很快被另一种强大得多的悲哀、忿然的思绪代替了。有谁看重他的才干,有谁赞赏他的功劳呢?偌大的王府工程,博克拿多之辈行之?!他,额勒瓦奇尔,也只有他额勒瓦奇尔却指挥若定,应付自如。可是过人的才思、卓著的功绩,又换来了什么?博克拿多的忌恨和谗陷不用提了,王爷只说了两次"很好",而且平淡得像对马的毛色下着评语一样,可是却声色俱厉地吼了无数次"阴怀怨望"和"肆意怠工",大有立刻把他枭首示众的架势。要说"怨恨",额勒瓦奇尔是有的,但他心里的怨和恨是截然分开、泾渭分明的:怨王爷听信谗言,恨当道小人营私舞弊,残害忠良。如今……功劳……假如把格力图尔推到王爷面前,不是会招致更大的忌恨而使自己处于更加不利的地位吗?回答是肯定的。所以,当旗丁把反剪双手的格力图尔推进毡帐时,额勒瓦奇尔已改变了押进大殿请功的主意。他犒赏了有功人员,旗丁们皆大欢喜地散去,身边只留下贴身仆从后,便开始了夜审。

他坐在靠椅上,喝了一口水,久久凝视着格力图尔那张刚毅果敢和毫无惧色的英俊面孔。

"你叫什么名字?"

"格力图尔。"

"你为什么不说叫巴图尔、额尔德尼或者官布?你不知道全盟通缉的正是格力图尔吗?"

格力图尔愤怒地看着额勒瓦奇尔,说道:"不用啰唆!要杀要砍,就快动手吧!"

"嘀!还挺英雄呢?可你是个蠢货!我问你,你为什么被通缉?""因为我要刺杀你的哥哥!"

"我的哥哥?"

"对。你的哥哥扎布曼都。"

"不错,那曾经是我的哥哥……唔,对了,我见过你,好像是冬天吧。那时我就对你的勇敢有所耳闻。不过,我听说你去行刺扎布曼都失败了,对吗?"

"我很后悔……"格力图尔咬着牙说道。

"你这话怎么讲?"

"我后悔当时没把匕首捅进他的胸膛。"

"你为什么这样恨他呢?"

"他杀死了我的爸爸,他的儿子又把……乌日娜金送给了王爷。""你的爸爸叫桑布。那个乌日娜金是你的妻子吗?"额勒瓦奇尔说着,站了起来。

"不是。但会成为我的妻子的。"

"唔,是这样……这是杀父之仇加上夺妻之恨啊!可是你的匕首为什么没捅进去呢?害怕了?"额勒瓦奇尔已经站到格力图尔的面前了。

"不,我从来没想过要害怕。"

443

"他挣脱了？逃跑了？"

"在我的手里他连动也别想动。"

"那是什么原因使你没有完成复仇的行动呢？"额勒瓦奇尔皱起眉头，感兴趣地问。

"因为行刺是不光明磊落的，是一种……"

"谁说的？"额勒瓦奇尔诧异地问道。

"科尔丹。"

"是他?! 因而你就放开了仇人，想充当一个英雄，采取另一种……纯属虚幻……可你的骄傲只能使你丢掉复仇的机会，永远达不到目的！"

格力图尔吃惊而疑惑地看着对面站着的人，不理解他说的话，更被这样一种审问方式弄糊涂了。

"听着，傻瓜！复仇是光荣的行为。任何一种复仇形式都无可指摘！行刺只能说明勇敢。什么不光明磊落的表现，胡说！你的犹豫，正好说明你的勇敢还不够，你的复仇决心还不强。"

"不！"格力图尔大声抗辩道，"只要能报仇，我是宁愿死的！可是，当时我不知道科尔丹把乌日娜金送给了王爷，把他当作一个善良的少爷。他的一句话，使我放下了匕首……假如在今天，我会叫他和他的鬼爸爸一起去见阎王！"

"可惜……"额勒瓦奇尔摇头道，"一失足成千古恨……丢掉的机会不会再来了。你说，我要放了你，你会怎样干呢？"

格力图尔眼睛一亮，毫不犹豫地回答："我会把扎布曼都、科尔丹和罕都烈全都杀掉！"

"仍旧采取不光明磊落的行刺吗？"

"只要能报仇！"

"你好像变得聪明起来了。可遗憾的是，晚了。你已经被捕了，而且，就要被砍头了。"

格力图尔好像直到此刻才想起眼前这个人是扎布曼都的弟弟，是科尔丹所尊崇的叔父，他眼里的光消失了，为刚才的发泄后悔起来，他满怀仇恨地狞视着额勒瓦奇尔，咬牙切齿地说："你为什么引逗我！你像扎布曼都一样狠毒，像科尔丹一样狡猾。科尔丹让我永远处在拿不定主意的悔恨之中，你却在我临死前给我增加新的悔恨！我恨你们，快动手杀死我吧！"

额勒瓦奇尔踱了几步,坐回到椅子里,慢条斯理地说:"你怎么喊也没有用了。你不应该恨我。临死前能懂得一点儿道理也是不容易的。古书道'朝闻道,夕死可矣'。你不仅是带着悔恨,同时也是带着心灵的启蒙走向死亡,这对你,总比浑浑噩噩死去要好。别着忙,我对你的审问还有最后一项。你老老实实地回答,你趴在堑壕外面干啥?想招引服役者逃跑吗?"

"不。我想看看我的妈妈。"

"你的妈妈?"

"是。我很想看看她!哪怕是一眼……"

额勒瓦奇尔从沉思中抬起头,轻轻说:"不……"

"你真狠!——额勒瓦奇尔!别折磨我了!拿起匕首刺进我的胸膛吧!"

额勒瓦奇尔站起来,示意仆从把椅子给格力图尔搬过去。

"坐下。我还没狠到那种地步,对临死的人提出的要求也不能满足。可是……唔,格力图尔,不幸的年轻人,我本不该使你在临死前再带上一个更加悲痛的消息……"

"你说什么!"格力图尔从椅子上跳起来,大惊失色地喊道,"难道我的妈妈……"

"是的。你见不到她了,正像她永远也见不到你一样。一个月前,她被王爷推进了堑壕,在饿狼的牙齿中死去了……"

格力图尔像被轰雷击了头顶,一下子失去了主宰,好半天才重又意识到自己的存在,仇恨充满了他的每条血管和神经,他的嘴唇咬出了血,眼睛里全红了。但脸上现出的却是绝望的表情,因为他知道,报仇的机会和可能已不复存在。他靠着椅子,看着额勒瓦奇尔,突然他靠在椅背上,失声痛哭起来:"妈妈!可怜的……妈妈!……"过了一会儿,他猛地抬起泪脸,狂吼道:"我为什么不能变成一把匕首,刺进色旺诺尔布桑保的心脏!"

"住口!"额勒瓦奇尔大喝道,"你再这样喊,我就活活把你扔进堑壕!"

"扔吧!扔吧!"格力图尔疯了一样喊着,"马上就把我扔下去吧!你们这些恶魔!难道我的妈妈也有罪吗?!我可怜的……妈妈呀!""听着,你不能恨王爷。你的仇恨不应当落在王爷身上!是扎布曼都和罕都烈把你的妈妈送到王府的——是的,他们把老幼病残都顶壮夫之数送到工地——是博克拿多把你的妈妈献到王爷的跟前——王爷想看看活人和狼的搏斗,并且是想把骁骑校投进去,可博克拿多用你的妈妈换下了骁骑校。明白了吗?你的仇恨不应落在王爷身上!你的仇人是扎布曼都、科尔丹、罕都烈和博克拿多!——好了,我对一个临死的人说的话够多了。现在已经快亮天了,让你的灵魂和黎明一起飞升吧!过来!抱住他!"额勒瓦奇尔命令着贴身仆从。

贴身仆从立刻奔过去,抱住格力图尔。

"用不着!"格力图尔毫无惧色地想甩开从身后抱住他的人。

"令人佩服!"额勒瓦奇尔冷冷一笑说,"那也得抱住。我要你站着取出你的心,把它献给王爷!"

额勒瓦奇尔的仆从紧紧抱着格力图尔,并伸过脸准备看一看自己的主人怎样取出一个人的心。

额勒瓦奇尔从茶几上拿起被缴下来的格力图尔的匕首,在手里掂了几下,举到头顶,猛地刺了下去……

格力图尔第一次经历死亡……他惊讶地发现,死不是个可怕的东西。他连一点儿痛楚的感觉都没有,只感到浑身轻飘飘的,灵魂大概就是这样离开躯壳的。但是,额勒瓦奇尔的一阵轻笑声却使他一下子惊醒过来。他终于明白了,额勒瓦奇尔的匕首没有刺向他,而是插在那个仆从的咽喉上。他迷惑不解地看了看额勒瓦奇尔,又看了看不明不白做了替死鬼的人,那个将死者的身体仍在蜷动,没有了光泽的眼睛曾睁开片刻,尤怨地看了看自己的主人,最后很安静地睡去了。

大概这个替死的人曾惨叫了一声,惊动了毡帐外巡逻的旗丁,一阵杂乱的脚步声传来。额勒瓦奇尔很快走出毡帐。

"发生了什么事,总监大人?"

"格力图尔不老实,企图行凶,被我一下子刺死了。等黎明服役者走出大门时,你派两个人来把格力图尔的尸体当着他们的面扔进堑壕。"

"是,大人。"

"去吧。"

额勒瓦奇尔打发走旗丁后,又走进毡帐,对格力图尔说道:"你到底还是害怕了!嗯?死,不是个好事。对不?你这样死一次以后,就更应该懂得死就要死得重如山岳。报不了仇,是不能轻易死掉的……"

格力图尔的神经已恢复正常,但他还弄不明白,额勒瓦奇尔为什么杀死

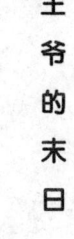

了仆从而留下了全盟通缉的逃犯?

额勒瓦奇尔明白格力图尔眼睛里的话,微笑着说:"你好像在问我为什么不杀死你,是不是?我告诉你,我喜欢你的勇气和复仇精神,你这样死掉,我为你惋惜。我知道你有深仇大恨。我认为,一个有着杀父之仇、夺妻之恨的人,他的报仇行为是可嘉的,上天也是允许的。但是,你的复仇行为还不成熟,有时被一些毫不相干的思想干扰,甚至——唔,来,我先给你解开绳子,我相信你是不会在救命恩人面前采取鲁莽行为的……"

绳子被解开了,格力图尔仍是迷惘地看着额勒瓦奇尔。

"你自由了!自由是多可贵的东西呀!"额勒瓦奇尔嘴唇上挂起善意和赞美的微笑,伸出一个指头指着格力图尔的鼻子,"还不相信吗?你这才叫死里逃生……现在让我把话说明白,你没有死,你自由了!你面前有两条路,一个是违背我的意愿,从我面前逃跑,而永远报不了你的仇;另一个是,留下来,由我给你安排报仇的机会。和你说实话吧,你能报了仇,我也就雪了恨!但是有一点,不经我的同意,你不能进行任何复仇的行动。现在你宣誓吧,在以后的日子里,你是不是听我的,也就是,你能不能服从你的救命恩人的命令?"

格力图尔想了一会儿,终于点头表示同意了。

"既然这样,我们就抓紧时间吧!"额勒瓦奇尔以不可违抗的声音说,"你呢,把衣服脱下来,给这个倒霉鬼穿上,那边有一套旗丁的服装,你穿上。我呢,还得处理一下'格力图尔'的尸体,把他的脸割烂……"

最后,来了两个旗丁,把"格力图尔"的尸体抬走了。服役者惊叹和嘈杂的议论声渐渐向工地方向移去,终至于消失。额勒瓦奇尔倒背着手,在门外踱了一阵,对手下人作出一个个指示,很快地,毡帐周围和苦工居住区的闲杂人等都已走开,四外是一片静悄悄。他又走回毡帐,领出格力图尔,就像往常带着一个唯命是听的旗丁去查看苦工居住区一样,毫无破绽地走进堑壕的大门,并拐到左侧一座孤零零的毡帐前。

"听好,格力图尔!"额勒瓦奇尔低声说,声音是强硬的和不可违抗的,"你暂时就住在这里。一会儿,会有一个旗丁来做你的伴当。你只能在后半夜出来活动一下,不准和其他人见面。你的食物,我会派人送来。而且,我要向王爷报告,格力图尔已被我处死……"

这是一个月以前的事了。站在月光下的额勒瓦奇尔又一次回忆起这些情节。他慢慢踱入毡帐,更仔细地推敲起自己的行为有无失策之处。他的结论是:一切都无懈可击。首先,格力图尔是全盟通缉的罪犯,复仇已成为他生命中的全部内容,早把生死置之度外,只要他还有一口气,这口气就要为他的复仇而使用。而他所要刺杀的人,简直就是额勒瓦奇尔的全部仇人。在这一点上,也仅仅在这一点上,他们是一个立场上的人。那么,为什么不利用这个难得的机会,把格力图尔的生命和复仇的力量暂时留一段时间,使其为了完成自己复仇的行为而甘心做额勒瓦奇尔的复仇工具呢? 其次,额勒瓦奇尔看出,他找不到能为了他而献出生命的忠实奴仆,他所能驾驭的人,都是些贪生怕死的胆小鬼,没有哪一个敢于身怀利刃、伏于道侧,心不跳脸不变地突然跃出刺死赫赫有名的博克拿多和科尔丹,就连他亲自挑选的贴身仆从也是这样的人,特别是看出他在王爷面前屡遭白眼,在王府里的地位已无足轻重,对主人已怀二心了。

所以,额勒瓦奇尔认为自己的复仇计划是完善无缺的;第一,复仇的根据充足,手段不过分,不会有灵魂上的不安;第二,复仇的条件或称复仇工具也已具备;第三,有了复仇的机会,科尔丹明天将出现在突泉到王府的路上,而且罕都烈将去迎接。

但是,这个计划并不是"无懈可击"的。假如格力图尔在行刺过程中失利甚至反遭逮捕,那时,额勒瓦奇尔怎样去为自己辩解呢? 所以,他本应该还有个第四项,去预料一下各种可能出现的结果并采取防范措施,也就是说,想方设法消除后顾之忧。这甚至应该是全部计划的最重要、最关键的一项。额勒瓦奇尔忽略了这一点。或者由于刺杀科尔丹要比刺杀博克拿多更难于下决心,刺杀博克拿多比刺杀科尔丹更难于有机会,因而他只是左一次右一次地绞尽心血设计如何完成这次行动,而没有去预测一下行动的结果。或者竟是鬼使神差,像各种凶杀案一样,非要使杀人者留下蛛丝马迹不可!

额勒瓦奇尔毕竟是个聪明人,而且考虑周全,办事精细。所以,当他乘着夜色的掩护,亲自把格力图尔送出王府工地的警卫线,准备回到毡帐里饮酒消夜的时候,突然想到了计划的不足之处。他的心脏里好像猛地飞进一把匕首,脑袋顿时轰然炸裂了,他脱口惊叫了一声,便从马背上滚落下来,昏厥过去了。

巡逻的旗丁闻声跑过来,发现是他们最爱戴的总监大人,便七手八脚地把他抬到马背上,送回毡帐。

额勒瓦奇尔苏醒过来,已是凌晨,他睁开眼睛迷惘地四外看了看,发现身旁站着几个恶魔般的旗丁。他以为是被捕后的酷刑使他昏迷不醒的,甚至误认为坐在椅子里的旗丁就是来审讯他的科尔丹。

"科尔丹,我承认我是失败了!"额勒瓦奇尔不自觉地喃喃道。

"额勒瓦奇尔大人!"一个旗丁亲切地叫道,"您摔得太重了。请您好好休息,有什么吩咐尽管说好了。我们都是忠于您的旗丁。"

额勒瓦奇尔使劲儿眨了一下眼睛,似醒非醒地说:"你说什么?我摔了?这是在哪儿?"

"这是在您的毡帐里,总监大人。"

"那边坐着的不是科尔丹?"

"不是的,大人。抽派的旗丁刚刚被罕都烈带走,科尔丹还没有回来。"

"那么,现在是……"

"现在是早晨,大人。您是在午夜过去不久,从马上摔下来的。"额勒瓦奇尔努力回忆着夜里的情景,意识到厄运尚未降临,但也许就在中午,他就不是躺在自己的床上,而是跪在王爷前面的地毯上了。他想:"唉!鬼迷心窍!我怎么会突然变得如此愚蠢?假如格力图尔失败,假如他反遭逮捕,假如……多可怕的'假如'呀!可每一个'假如'都有可能成为事实,每一个'假如'都是向我张牙舞爪的魔鬼呀!这本来是应该想到的,可我,竟一点儿也没想到!"

"额勒瓦奇尔大人,请您安心静养。我们希望大人以后夜里不必去巡查,我们是不会玩忽职守的。自从捉到格力图尔以后,我们晚上格外留神,请大人放心好了。"

听到旗丁说出格力图尔的名字,额勒瓦奇尔浑身一抖,他努力克制着自己,掩盖着心里的不安,闭上眼睛说:"好,谢谢你们。你们退下去吧,我想睡一觉。"

65

格力图尔可不像额勒瓦奇尔想得那么多,他从未制订过行动计划,也从未为行动的后果担扰。他的行动不是对计划的完成,而是思想或热情(热情也是一种不成熟的思想)的具体化形象化罢了。怎么想,就怎么干,刹那间的思想,马上就会变为行动。就是这么回事! 就眼前来讲,他脑子里只存在一个思想:报仇,为所有的亲人报仇!

所以,他在深夜被带进额勒瓦奇尔的毡帐时,预感到复仇的机会来临了,心里兴奋得骚动起来。是啊,这一个月可把格力图尔憋坏了。他几乎失去了自由,像只老鼠一样,只能在夜深人静时走出门呼吸几口凉爽的空气,看看天空的星斗。他曾无数次伏在门隙间搜索奈曼乌勒等几个朋友的身影,看到他们走出和走进大门,他真想扑过去抱着他们大哭一场。他已知道三个朋友住在哪一座毡帐,在夜晚时,他想去看望他们,但是'他只能站在门前悲哀地眼巴巴地看看住着朋友的毡帐。是的,这是难以忍耐的,可又必须忍耐,他曾答应额勒瓦奇尔不和任何人见面。他不能违背自己的话。但是,这难熬的一个月总算过去了,他就要走上复仇的神圣道路了。"额勒瓦奇尔一定都安排好了。"格力图尔站在额勒瓦奇尔面前,激动地想,嘴唇都在打颤了。他不等额勒瓦奇尔开口,就急不可耐地说:"快告诉我,什么时候? 在哪儿?"

可这时,曾经不自然地笑了一下的额勒瓦奇尔却皱起了眉头,过了好久,才慢吞吞地说:"你勇武有余,沉着不足。这很令我担心。一个临战的将帅,顶顶需要的是克制自己的激动,方能指挥若定。一个人单独去和敌人对垒,更需要头脑冷静,否则,稍有差池,就会前功尽弃。尤其,假如你和仇人不是面对面角斗,而是出其不意、攻其不备,那么,哪怕是极微弱的急切、激动、放纵感情和手忙脚乱,也会使你功败垂成。你现在必须冷静下来……"

格力图尔一边信马游缰地走着,一面想着额勒瓦奇尔的话,忍不住笑了,心里想:"有意思。真是一个又可爱又胆小的好老头……他是担心我失败呢!不过放心好了,格力图尔可从来没手忙脚乱过。有这样一枝好枪,"格力图尔顺手喜爱地抚摩一下背上那枝火枪的又光又亮的枪托,赞美地摇摇头,"真的,凭这样的好枪,加上我的射击本领,不要说一个科尔丹,就是一打科尔丹也别想活命!额勒瓦奇尔呀,等着好消息吧!还有,你该打听一下博克拿多的行踪,寻找机会,把这几个坏蛋全干掉!"

格力图尔越想越兴奋,情绪也越加高昂,他忍不住打了一声呼哨,驱马在草野上狂奔起来。蹄声震得黎明前的夜空颤抖不止……一直到太阳的红脸在天际张望他,他才从激情中平静下来,他勒住马缰,嘴上嘟囔道:"老头儿说对了,我真是需要冷静呢!"他四外看了一下,走上突泉到王府的官道,开始寻找合适的埋伏地点。

他找到了一个自认是再好不过的地点:这是一带洼地,去王府,这是必经的一段路。路的两端都是土岗,在这里埋伏起来,两边也都看不到。而且路边满是密密匝匝的灌木丛,格力图尔可以隐在里面,待科尔丹一出现,一跃而出,准会打他个措手不及;离路的不远处又正巧有一片树林,坐骑可以藏进去,等他打死了仇人,那些蠢笨的旗丁惊魂未定时,他可以几步蹿到林中,跨上坐椅,顺利地逃走。

格力图尔的设计不能说不完美,至少他自己是很满意的。他奇怪的是自己好像变得比以前聪明了,他笑着想:"我这不是和额勒瓦奇尔学乖,也弄出了个'计划'吗?"他很快藏好马,自己则钻进路边的树丛中,心里变得明亮而宁静。是的,剩下来的唯一的事情就是等待仇人出现了。

按照额勒瓦奇尔的预计,罕都烈一伙早起去突泉,和科尔丹同时返回当在下午,甚至是傍晚。所以他给格力图尔带上了一些熟牛肉和一壶酒。告诉他,找好埋伏地点后,可以吃些肉,喝点儿酒,还可以睡一觉,养精蓄锐。但不能睡得太久,自中午起,务必一直睁着眼睛,万不可因贪睡错过机会。不过格力图尔可不担心会错过机会,或者说,他不相信会错过机会。因为他根本不想睡,兴奋得无法睡。而且,他对复仇机会来得那么晚,总觉得不甘心,盼望甚至预感到那个时间会大大提前。所以,他的眼光从树丛的枝隙间射出去,从早晨开始,就死死盯在东北方向的岗顶,竟至忘了先会有一彪人马要从西南的岗顶驰过来。

说巧,真是巧极了。好像为了满足复仇者的愿望,先出现的竟真是东北岗顶出现的科尔丹的四轮马车。格力图尔兴奋和激动的心都要从喉咙中迸出,他摸过火枪,作好了行动的准备。可是,几乎在同时,他愣住了,心似乎抽搐了。额勒瓦奇尔怎么也忘了考虑科尔丹坐的是带篷的车呢?隔着车篷瞎打一气,不行,谁知道能不能打到他身上?跑过去截住飞奔的马车?不行,库玛也是力大无穷啊,和他搏斗,就会放跑科尔丹。那么先给库玛一枪?然后再弄死科尔丹可就像踩死个蚂蚁那样容易了,但这怎么行?格力图尔和库玛可一丁点儿仇也没有啊!这些刹那间闪出来的各种想法,在格力图尔的脑际飞来撞去,一时又没了主意。而此时,那马车正以飞快的速度驰下坡来,眼看冲到格力图尔的眼前了。"干脆,跳到车上去!用匕首干!"他这样想着,迅速放下了火枪,摸了摸腰间的匕首,在树丛里向路边爬去。

刹那间,八只大马蹄从眼前一闪而过,踏起的灰尘向格力图尔脸上扑过来。他不顾一切,腾身跃起,一把狠狠抓住车箱的边棱,悬空的腿蹬了几下,终于踩到车后的横木上了。马车开始向西南坡上驰去,速度稍稍缓慢了一些。驭手库玛和乘客科尔丹都没发现有刺客已站在车后。"一切顺利!成功了!"格力图尔在心里喜悦地惊呼道。他左手死死抓住篷盖,右手抽出匕首,然后轻轻掀开车箱后窗的缎帘,连头带匕首猛地钻到里边。但他没有刺下去,因为他看到科尔丹正靠在车箱侧壁上香甜地睡着,在暂白的更加清瘦的脸上挂着痛苦的表情,眼角还残留着一滴泪珠。"他难道也是一个有痛苦的人吗?他遇到了什么不幸呢?"格力图尔又有些手软了。这时,他耳边又响起额勒瓦奇尔强烈的声音:"傻瓜!复仇是光荣的行为。任何一种复仇的形式都无可指摘!你的骄傲只能使你丢掉复仇的机会,永远达不到目的。"他自己又无声地抗辩道:"可是,他的罪能构成死亡吗?他的灵魂并不全是丑恶,我对他也并不是光有仇恨啊!""动手吧,格力图尔。我不会反抗,我也不能反抗,我应该替爸爸接受惩罚……"科尔丹那微动的失去血色的双唇好像说出这样的话,极其细微,细得像一根针,刺进格力图尔的咽喉。但立即,额勒瓦奇尔的话又在耳边轰响了:"一个有着杀父之仇、夺妻之恨的人,他的报仇行为是可嘉的,上天也是允许的。你的犹豫和怯手,正好说明你的勇敢还不够,你的复仇决心还不强!你胆小、怕死!"

"不!"格力图尔在心里大声狂喊道,"只要能报仇,我是宁愿死的!行刺也是复仇!"格力图尔终于下了决心,举起匕首。

恰值此时,马车猛地停下,格力图尔的头在窗框上磕了一下,脚下一闪,他赶紧撤出头和胳膊,那缎帘又把他和科尔丹隔住了,他紧贴在车箱上,准备迎接一场搏斗了。同时,他在心里产生了两种想法:一是懊悔刚才的犹豫,二是竟替科尔丹感到庆幸。

"库玛!怎么回事?"被猛然刹车震醒的科尔丹从左边车窗伸出头去问道。

"我看迎面跑过来的好像罕都烈管家,那样子一定有什么急事。我就停下车来,以免惊了马。"

来人确实是罕都烈,他的坐骑后边,还有一队荷枪的旗丁。罕都烈也发现了科尔丹的马车,把旗丁约束在原地等着,自己跳下马跑了过来。

"科尔丹少爷!"

"唔,真是你。你好像从王府出来?为什么事跑得这么急?"

"我是准备……跑到突泉迎接你……"罕都烈扶着车门,上气不接下气地说。

"那也无须如此急切呀!……不过,你怎么知道我今天回来呢?"

"奴才……不知道少爷今天回来。博克拿多听人说你在两天前住进突泉西门附近的一个院落……唔,有人认识你的马车……所以,奴才今天想赶到突泉接你回来,就要了二十个旗丁。"罕都烈说着,回手指了指远远站立的马队,"这是为了保证少爷的……安全。"

"我住到什么地方,也有人去报告。这些人的舌头真该全割掉!"科尔丹不快地嘟囔道。

"少爷!"罕都烈说道,长吸一口气,心里总算平静了一些,话也能说得连贯了,"我来王府找你和博克拿多,有要紧事。扎布曼都老爷,令尊大人,又发生了不幸!"

科尔丹皱起眉头说:"家父又发生了什么事?又见到鬼魂了吗?""少爷!要比鬼魂可怕多了。老爷被巴兰森格绑架了!金银玉器,珠宝首饰被掠一空!"

科尔丹吃惊地说:"巴兰森格?"

"是的。前天夜里,她带领人马袭击了老爷官邸,杀死二十多个旗丁,声称是来给桑布报仇。他们冲进了院子,绑架了老爷。临行又赶走了一百多匹马……"

453

科尔丹慨然叹道:"我知道早晚会有这一场灾难的……可是,他们绑架了家父,没有说什么吗?既然巴兰森格不想要家父的性命,那一定是有别的目的吧?"

"少爷,您说对了。巴兰森格要她的女儿。她把我留下,也是让我把这个消息传递给少爷。"

"这不是'消息',这叫'条件'。可是,她的女儿是谁?在哪儿?她怎么会向我们要女儿呢?"

"她的女儿是乌日娜金。"

"什么?"科尔丹大惊道,"乌日娜金是巴兰森格的女儿!"

"是的。巴兰森格是吉利图的妻子,原名叫班卡。"

科尔丹的手痉挛地握着窗帘,骇然地闭上眼睛,喃喃地说:"竟有这种事……"他想起冬天被巴兰森格截获的情景,"看来,她以前并不知道乌日娜金在我们那里。否则,那次一定不会放掉我,而要用我去交换她的女儿和丈夫了。"

"少爷。奴才知道少爷把乌日娜金送给了王爷。所以跑来找你,求王爷把她放出来,拿她去交换老爷。可是,我和博克拿多一说,他很惊讶,说少爷并没有给王爷送美女!"

"那么,"科尔丹急切地说道,"你去找王爷了?"

"奴才不敢。博克拿多协理也觉得事情有点蹊跷。他说,不能去找王爷。如果科尔丹根本没有送,反为不美了。"

"你们还算聪明……不过,博克拿多这回抓住我的把柄了。""不会。博克拿多很关心我们老爷的安全。所以,他叫我赶快到突泉请你回来。奴才猜想,少爷一定知道乌日娜金的下落了?"

"是的,知道……"科尔丹在思索中说道,"我把她藏到了一个安全的所在,而这正好救了爸爸的命。"

"是啊。"罕都烈惨然一笑,说道,"我估计少爷舍不得把她送给王爷。但这次为了令尊大人的宝贵生命,奴才以为少爷定能……"

"你在胡说些什么!"科尔丹怒道,"难道我是贪图她的美貌才留下的吗?王爷的那些怪癖都是你们这些拍马逢迎的人给怂恿起来的,正像男人的无耻的眼睛引起女人的骄傲一样!是的……当然,我舍不得把乌日娜金这么一个十几岁的小姑娘送给王爷去玩弄。乌日娜金才十八岁,很好的一个姑娘,她不应该有自己的丈夫、有自己的快乐吗？我把她带走也是这个目的。可你们却想把她这一切都剥夺掉！是啊,我对爸爸说了个谎。我没有把乌日娜金送给王爷。我当时身边带着两个姑娘。这两个姑娘我都很喜欢,但她们并不都喜欢我。其中一个,巴不得成为我的妻子；而另一个,却随时都担心我有什么不利于她的举动。那么,我为什么不满足一个姑娘的正当愿望而消除另一个姑娘的疑虑呢？所以,我在离家的当晚,就和哈森结婚了！"

罕都烈听着科尔丹的话,好像在听着神话一样,新奇、迷离,不知如何置词,只是目瞪口呆地抻着脖子。

科尔丹接着说道:"她们和家母很和睦地生活在一起。家母教她们读书识字。事实证明,乌日娜金的聪明远在你我之上,你到现在连一篇经文都认不全,可她,仅仅半年,已经可以在家母帮助下读懂《秘史》了。家母也很喜欢她,可你们却要让她在王爷的淫威下啜泣。好了,我不和你谈这些。你也好,家严也好,现在总该明白我做的一切都是有道理的。那一次,我把爸爸的生命从格力图尔的匕首下夺了回来,而现在,又要用我保护下来的乌日娜金去挽回他的第二次死亡了。只是,我原来还有个想法,当我知道格力图尔的妻子玳玛已经死了的时候,很想找机会成全这一对恋人。"

"少爷。"罕都烈咽了一口唾沫说道,"少爷总是仁慈宽厚,但是我听说格力图尔已经死了。"

"是吗？什么时候？"科尔丹惊疑地问。

"一个月以前,即你去京师不久。被额勒瓦奇尔抓住,处死后扔进了堑壕。"

"是叔父?！"科尔丹沉吟道,"处死时谁看到了？"

"据说是把尸体扔进了堑壕后,额勒瓦奇尔老爷才去报告的。"

科尔丹的表情复杂地变幻着,种种疑虑都在眼里聚集,他思索般地轻声自语道:"叔父与格力图尔有仇吗？不,任何仇隙都不存在。他又是不主张暴刑的……怎么会……也许……"

"科尔丹少爷。"罕都烈说道,"他死了,也是去了一块大病。不必想他了。现在要紧的是尽快把老爷接回来。"

沉思中的科尔丹被罕都烈的声音惊醒,他甩了一下头,抖掉了各种思虑,说道:"我马上去接乌日娜金,她一定会高兴得跳起来。可是把她送到什么地方？"

"唔,对了。"罕都烈说道,从怀里掏出一张纸,递给科尔丹,"地点写在纸上,还画着图。"

科尔丹接过纸来,打开看了一下,说道。"这是白塔山,我去过。巴兰森格很精明。这是很高的一座山,四周都有较大的开阔地。我们的行动,她老远就可以一目了然。"

"少爷,要不要这些旗丁同去?以保证少爷和老爷的安全。"

"我知道怎样保证自己的安全。唉!你们这些人哪!好像不带大批扈从就无法炫耀自己的高贵身份!我不需要他们的保护。我不相信一辆普普通通的马车会引起人们的注意。我有一个忠心耿耿的库玛,就抵得上千军万马了。如果兴师动众,前呼后拥,只能把所有仇人都吸引到身边来。"

"那么我……"

"你更无须和我同行。你先去同博克拿多讲一下,就说父亲得救了。关于送美女的事……算了,这不必和他讲!然后你尽快赶回家,做好迎接家父的准备。"

"那么关于令母以及少爷结婚的事……"

"听便好了。我不让你和爸爸讲,你也照样会讲的。"

"不!那是……老爷对此是很关心的。"

"你赶快把那些带枪的人领走。我不愿意在我跟前站着一大群兵痞!"

"是。少爷。愿您诸事顺遂。"

罕都烈带领二十名旗丁驰去后,科尔丹叹了口气,对库玛说道:"库玛!把马头掉过来,顺原路回去。"

"是。少爷。要快还是要慢?"

"当然要快。越快越好!"

当马车以飞快的速度驰下坡去的时候,科尔丹发现右侧车门开了。他刚想拉严,却见一个人钻进车厢,不由得大吃一惊,想喊也喊不出来了。

格力图尔坐在科尔丹旁边,拉过那打颤的白嫩的手,像在忏悔似的说道:"饶恕我吧!科尔丹少爷。我向你发誓,从今天开始,我永远不许有人伤害你!"

科尔丹好容易说出话来:"你是来……"

"是的。我是来杀死你的。如果再有一眨眼的工夫,我就成了灵魂有罪的人了!"

"那么刚才……"

"我都听到了,都听到了!你的那些话,我都听到了。可是,求你什么也别问我,你刺死我也行,就是不要问我……"

"当然,你的要求从来都是光明磊落的。"

"可我……"格力图尔捂住脸哭了,肩膀在猛烈地耸动,"我做了什么啊?饶恕我,饶恕我吧!……"

科尔丹渐渐从惊骇中平复下来,而另一种使他心灵震动的感情却在迅速升起,他眼睛潮湿起来,像对格力图尔又像对自己似的轻声说道:"不要哭,不要哭……我们都需要……饶恕呀!"

库玛一个劲儿抖着缰绳,马车载着两个泪人风驰电掣般向突泉驰去……

66

扎布曼都老爷安全地返抵喀喇沁旗札萨克官邸时,受到罕都烈以下全体官员的夹道接迎。他在科尔丹的搀扶下走下车来,愤怒地扫了一眼俯首恭立的僚属,低着头,很快踏上台阶,进入敞厅,最后坐到了卧室的藤椅上。立即有人送上来热茶、糕点以及酒肉之类。扎布曼都连碰也没有碰,不耐烦地挥去了所有闲杂人员,身旁只留下默默无言的科尔丹。

"科尔丹,我请你在家住几天,并且不要离开我的房间。"扎布曼都头也不抬地说道,是一种命令的口吻,但又带着悲哀的感情。

科尔丹点了点头说:"是。"

扎布曼都有些埋怨地瞥了科尔丹一眼。父子俩又无话可说了。

当天夜里,扎布曼都老爷卧床不起了。

科尔丹知道父亲的身体素来出奇的健康,也知道被绑架后只挨了"起死回生"的菊花两记耳光。原来巴兰森格是准备给他点厉害看看,进行报复的。但听了女儿乌日娜金的诉说,稍稍消了点儿气,索性把他原封不动地交给了科尔丹。身体并未受到损伤,为什么转瞬间如染沉疴,茶食俱废,卧床不起,甚至连一句话也不能说了?更叫科尔丹纳闷的是,当罕都烈满头大汗地跑回来,报告说他亲自请来的名医已在客厅等候时,扎布曼都不容违抗地摇头拒绝,并用那虽然浑浊但却闪着怒火的眼睛瞪着罕都烈,使这个忠忱无二的老管家悲哀地唯唯诺诺地退了出去,偷偷在敞厅里抹了一阵眼泪。

第四天夜里,扎布曼都进入半阴半阳的状态。科尔丹和罕都烈都不敢睡觉了,坐在床边的两把藤椅里,一眼不眨地看着平躺在床上的已不再丰满的身体,有点儿毛骨悚然地听着从那干裂的嘴唇中发出的断断续续的呓语:声音时高、时低,有时自言自语,有时与人争吵;一会儿像在促膝谈心,说得心平气和;一会儿像是大祸临头,显得惊恐万状。科尔丹和罕都烈一直试图把那些含糊不清的不连贯的呓语拼凑起来,成为可以理解的内容,但终告失败。他们只听清了几个被一再重复的名字——昂布尔、桑布和菊花,再就是,他还轻轻叫了几次"爸爸"。

　　第五天早晨,扎布曼都的呓语停止了,身体纹丝不动,好像安静地睡着了,只是那张失去了润泽的脸上突然布满的皱纹在轻微地颤动,说明他的生机还没有全部消失。后来,科尔丹发现,父亲那总是板着的冷酷面孔,那轻微颤动的皱纹,似乎在逐渐变化,浮现出来一种痛苦的表情,眼角竟然渗出一滴泪珠。一股父子之情油然而生,科尔丹开始可怜起父亲了。他猛地跪在床边大声啜泣起来,在心灵深处大声呼喊着:"可怜的爸爸!"他哭着哭着,突然感觉到有一只大手轻抚着他的头。他抬起头来,看到父亲那一双慈爱的眼睛正看着他,那目光中似乎还有一种期待和哀怨。科尔丹猜测父亲在弥留之际肯定在等待着什么,忙说道:"爸爸,您一定是想见妈妈吧?我已派罕都烈去接她了。"

　　扎布曼都坚定而且略显厌恶地摇了摇头,但他的眼睛毕竟是闪起了亮光,受到了感动。这是因为从那雷鸣闪电的夜晚开始,直到现在,科尔丹是第一次喊他"爸爸"。他那枯萎的大手从科尔丹头上移到那张清秀的脸上,这从来未有过的爱抚,不仅使科尔丹更大声抽泣起来,也从扎布曼都快干涸的眼窝里滚出几滴热泪。

　　扎布曼都突然轻声说道:"给我……水…"

　　科尔丹惊喜地跳起来,立刻端过来半碗温茶,双手捧着送到那干裂的抖动的嘴唇上。扎布曼都喝了几口,深深吸了一口气,推开茶碗,示意科尔丹坐在他身边。科尔丹照办了。

　　扎布曼都深情地拉住科尔丹的手,说道:"好儿子……能在我临终前守在……我的身边……而且听你喊一声……'爸爸'!"

　　"爸爸!"科尔丹深感内疚地喊道,眼里涌出的泪水滴到父亲的大手上,"爸爸,您骂我吧!恨我吧!我不是个……好儿子呀!"

　　"不,科尔丹。这已经超过了……我的期望……我可以愉快地去……"

　　"爸爸,您会好起来的,如果您不拒绝医治……"

　　"科尔丹,你错了。你不了解你的爸爸……他的身体比健康的人……还要健康……不仅可以好起来,甚至……还可以活十年,二十年,甚至……可是,一个人活下去,不仅仅……要有肉体啊!还要有……精神……可爸爸的精神……崩溃了!"

"爸爸,是不是因为我和妈妈的走?"

扎布曼都摇了摇头说:"不,不是这个。"歇了一会儿,他接着说下去,"我是一个……札萨克。这是一个崇高的……荣誉。保护这种荣誉,是……神圣的责任!可是……科尔丹啊,一个被马贼绑架过的……札萨克,怎么能留下……被玷污的躯壳呀?!"

"爸爸!"科尔丹擦了擦泪水说,"您为什么直到现在还在追求那些虚荣?再说,我们的家族本来就不是……"

"不!"扎布曼都声嘶力竭地制止道,"科尔丹,不要那么说!也不准那么想!我们是……札萨克台吉,是的,是……札萨克台吉!当然……我们是经过几代人的……奋斗。越是来之不易,越要珍视它。你知道,爸爸不是到人间随随便便走一场……他是来奋斗的!甚至和你的祖父,你的伯父和叔父……没有爸爸的殊死搏斗,你就不会成为札萨克的继承人。我给你赢得了荣誉,攒足了家业,而且要作为一个维护了荣誉的堂堂正正的札萨克离开人世……"

科尔丹半怜悯半反感地看着气喘吁吁的父亲说道:"爸爸,在您的思想里,正直和荣誉为什么如此不能相容?这两者原本应该是一个东西啊!"

扎布曼都半怜悯半教训地说道:"正直……荣誉……都是给人看的,它们只有被人看到才有意义……正直不一定能获得荣誉,而荣誉却可以使你成为正直的人!"

"爸爸,难道竟是这样的么?"

"是的,科尔丹。"扎布曼都兴奋地说,脸上皱纹一下子减少了一半,额头也发出了亮光,说话也连贯起来,"只要获得了荣誉,什么都跑来了。正直,高尚,都跑来了。至于你说的那种正直,是一文不值的!"科尔丹不知道怎样回答才好,只是默默地低着头。

"我的话你明白了吗?"

"明白了,爸爸。"科尔丹回答道,声音里带着恐怖和悲哀。

"那么……"扎布曼都费劲儿地说,他的精力大概快耗完了,"科尔丹,我的好儿子,我只求你一件事,算作我的……临终遗言,只要你答应我,我就含笑九泉了……"

"说吧,爸爸。"科尔丹知道父亲已到生命的最后时刻了。

"你保证……答应我吗?"扎布曼都充满期待和忧虑地说。

科尔丹想了想,预料到父亲要说的话,全身透过一丝凉气,惶恐不安地说道:"除了叫我继承札萨克,我什么都可以答应。"

"什么!"扎布曼都狂喊一声,双眼愤怒地瞪着科尔丹,脸上的皱纹全部消失了。

"爸爸!"科尔丹站起来,看着那张突然变得亮晶晶的可怕的脸,轻声说道,"爸爸,我不配……"

"你……"扎布曼都愤恨地盯着科尔丹,慢慢挺直了身体……

科尔丹猛地扑向扎布曼都的尸体,大哭道:"爸爸!可怜的爸爸!"他哭得昏厥过去,直到下午斯琴赶了回来,把他抱到藤椅上,才慢慢苏醒过来,梦呓一般地喃喃地说:"爸爸去了吗?他一生那么不幸!走得又多么孤寂呀!"引得斯琴也失声痛哭起来。

接下来,当然是着手给扎布曼都发丧。按科尔丹的意思,一切从简从速,但忠于老爷的罕都烈还是偷偷派人去各处报了丧。吊唁的人络绎不绝地涌到喀喇沁旗札萨克官邸。这样,科尔丹又忙碌起来,并在不得已的情况下,一切礼仪又都按照札萨克的规模办了。

色旺诺尔布桑保王爷派协理台吉博克拿多吊唁亡友扎布曼都,并对死者家眷表示慰问。博克拿多告诉科尔丹,他可以承袭札萨克,俸禄等一仍其旧。但科尔丹执意请求继续在王府供职,侍奉王爷终身。三天后,王爷派人给科尔丹送来"忠孝双全"的旌表,赐给黄金白银各一百两,并同意他的请求,但一定要他在家至少守丧半年。科尔丹拜受了。

在大出丧后的一天,科尔丹正在自己的卧室里闷坐,佐领进来禀告,说有一个蒙面的凶汉言称是巴兰森格的特使,要见少爷,请少爷决定是否接见。

科尔丹沉吟道:"巴兰森格,她为什么派特使来?又是个蒙面汉……蒙面,有意思,这也许是强盗的习惯吧……叫他到客厅见我,你也同来!"

佐领退了出去。科尔丹则整理了一下衣服,走出卧室,进入正房的客厅。

过了一会儿,佐领把那个蒙面汉带进客厅。这人手中捧着一个用黄布包裹的方盒,脸上包着长围巾,仅露的两只眼睛,盯着科尔丹,稍显激动。

"科尔丹少爷!"

科尔丹听到来人的说话声,不由一惊,马上挥退佐领,迎上前去,说道:"格力图尔!"

"是我,科尔丹少爷。"格力图尔把手里的方盒递过去。科尔丹觉出分量很重,回身放到茶几上,正想问一问缘故。格力图尔除下头上的长围巾,笑了一下说道:"怕有人认出我来惹麻烦,只好把脸遮掩起来……"

"是呀,应该谨慎一些,这里的人差不多都认识你。请坐。"

两个人坐定后,科尔丹在胸前绞着双手,轻声地说道:"你的到来,确实是我未曾想到的。是从巴兰森格那里来的吗?"

"是的。"

"是她叫你来的吗?"

"是的。"力格力图尔回答道,抬头望了望科尔丹瘦削清秀的脸庞,凝重而无生气的神态,心里产生了怜悯,"班卡妈妈对您回护乌日娜金的义举,一直感激不尽。刚才呈献的木盒,内中是前些天拿去的金银玉器,现全数送回,以表示对少爷的感恩。"

格力图尔对那些文绉绉的言词说得十分不流利,科尔丹立刻听出那是在不得要领地重复着别人教过的话,但他还是很受感动,凄然一笑说道:"唔,其实,这大可不必……家父已不需要这些……"

"他需要,我就不拿来了。"格力图尔忍不住恨恨地说,"这是给你的。"

科尔丹苦笑着摇头道:"格力图尔呀,你真够鲁直!你忘了那是我的爸爸呀!"

格力图尔也觉出自己的失言,低下羞红的脸说:"我忘了,原谅……那么说,你爱他?"格力图尔又抬起脸,把询问和略带怨恨的眼光射在科尔丹清癯的脸上。

"我爱他?"科尔丹沉静地像在自问地说道,"是啊,单从他是我爸爸这一点上,我是爱他的。不过,我们不谈这些吧,人类感情中总有些难以克服和不甘心克服的弱点……特别是对一个离去的人,我们不该去批评他生前的过错……你不要因此恨我,当然也不必为你刚才的话感到不安。我喜欢你的坦率。怎么想就怎么说,不假修饰,这比冠冕堂皇、言不由衷好得多……唔,班卡再没有别的话了吗?"

格力图尔渐渐平和了,想了一想,回答道:"她让我转告你。为了表示感恩,从今往后不在喀剌沁旗境内活动,也希望你不参加清剿她的行动。"

科尔丹蹙额沉思了一会儿说道:"也就是说,我们两家相安无事。对吗?看来,班卡是个很讲义气的人。可是,格力图尔,我能作出这个保证吗?你想,如果全盟联合清剿她,喀喇沁旗能按兵不动吗?我用什么借口拒绝参加统一行动呢?而这样的统一行动,迟早是要有的,并且结局将是班卡全军覆灭。我倒是由衷地希望她再前进一步,干脆抛弃山寨,不去当个总是提心吊胆的草莽英雄,仍旧回到家乡,去当个好牧人。如果能这样,我是可以保证他们安居乐业的。"

"这是办不到的。我们的苦头吃得还不够吗?班卡妈妈绝不会同意的。"格力图尔说道,"说到全军覆灭,那要摆开阵势打打看。""好了,我们不必为这个争论了。但我还是希望你把我的话转告给班卡"。

"不。这些话,我不转告。"格力图尔刚毅果敢地回答道,"再说,不打你就行了,干吗管别人的闲事?"

科尔丹看着格力图尔天真的表情,忍不住笑了笑说:"这是我们整个民族的事情,怎么能不管呢?"科尔丹望着神情毫无变化的格力图尔,感到想法不同,难于谈到一起,便转换了话题,"我倒忘记问你了,乌日娜金好吗?"

谈到乌日娜金,格力图尔骤然为一阵巨大的幸福感所袭,英俊粗犷的脸上洋溢起快乐的光彩。他很自得地说:"她快活得像一只百灵鸟!整天唱啊,跳啊,要不就捧着书本给大家念故事。班卡妈妈那么喜欢她,把她当成了掌上明珠;全山寨的人都喜欢她,像对公主一样恭敬她。大家都说,还没见过这么有学问的姑娘,全山寨人加在一起,也没她认识的字多!"

科尔丹感慨地赞美道:"是呀,她非常聪明,学什么都不费劲儿。"格力图尔自顾兴奋地说下去:"她还硬拉着我念书,我不肯,她就笑着骂我'目不识丁'。你看,有了学问,骂人也好听!"

科尔丹不禁笑道:"那你就学呀,学会了,就不会挨骂了嘛。"

格力图尔摇头道:"不行,我一见那弯弯曲曲的黑道道就头疼,再说,我们这些粗人学那个有什么用?"

"怎么会没用呢?书本里有很多美好的东西,它可以使你聪明起来……"

"不!那里净是些骗人的话,只能使人变得狡诈。"

"是吗?"科尔丹扬起惊讶的眼睛说道,"你看我狡诈吗?乌日娜金也狡诈吗?"

"你们……当然不同。但不管怎么说,我是一辈子不和书本沾边儿的!"

科尔丹怜悯地看了格力图尔一眼,心里想着:"多顽固、多可怕的偏见!你们俩的不和谐已经开始了!"嘴上却问道:"乌日娜金和她妈妈一定相处得很好吧?我记得她们有十五年没见面了。"

格力图尔随口说道:"当然,她们相处得好极了!只是昨天发生了争吵。"

"为什么争吵呢?"

"好像乌日娜金埋怨班卡妈妈没有斯琴妈妈那样有学问。班卡妈妈生气了,她说:'你看斯琴好,去给她当女儿好了!'后来乌日娜金哭了,班卡妈妈也哭了。再后来,也就没事儿了。这算不了什么,她们会永远相亲相爱的。"

科尔丹听着格力图尔不大经意的叙述,眼前忽然闪现出乌日娜金和斯琴妈妈分别的一幕。

那一天,当格力图尔神话般出现在乌日娜金面前时,她毫不畏羞地惊呼着扑过去,那不假掩饰的由衷喜悦,那与情人如胶似漆般的搂抱,那和着眼泪的激动,曾使科尔丹感到艳羡,甚至朦朦胧胧地产生一丝妒意。

当时,科尔丹曾预料,她如果获悉不仅找到了爱人,而且马上要见到离别了十五年的亲生母亲时,一定会大喜过望地跳起来。但事实上,她并没这样。在别人看来似乎是奇迹般的消息,只是使乌日娜金产生了转瞬即逝的喜悦。科尔丹感到很惊讶,甚至认为违反常情。但他想了想,也便找到了合理的解释:对父母的爱总不能像对情侣的爱那样如火如荼般的热烈,如果说对父母的感情有如飘洒的细雨,那么对情侣的感情就是怒翻的狂浪。

后来,他们要启程了,乌日娜金很有点儿恋恋不舍,这在科尔丹看来,也是情理之中的事。乌日娜金是在出乎意料地逃脱了最可怕的打击,且自认为成了孤苦零丁的一个人之后,和弃家出走的斯琴把命运连结在一起的。同样分量的不幸可以使身世迥异、遭遇不同的人成为最亲密的旅伴,斯琴和乌日娜金正是这样建立起她们之间的情感的。所以,斯琴的温柔慈祥可以使乌日娜金感受母爱的温暖,乌日娜金的聪慧美貌亦可慰藉斯琴心灵的寂寞。因此,临到离别,如何能不难舍难分呢?

那时,乌日娜金温顺而凄然地站在斯琴面前,希望听听临别的嘱咐。斯琴拉着她的手,感到像在梦中一样迷离,久久说不出话来。乌日娜金的秀媚

的双目里噙满泪水,紧紧咬着颤动的嘴唇,突然双膝一屈跪了下去,哭倒在斯琴的怀里。"斯琴妈妈,我不愿离开你啊!"乌日娜金抬起泪脸望着也在潸然下泪的斯琴,发自肺腑地哭诉道,"我不愿……离开您,我说的是真心话呀!"斯琴抚摩着乌日娜金秀润的泪脸,说道:"不要哭,乌日娜金,要见到妈妈了,应该高兴才是。我也舍不得让你走啊,可总不能为了我而叫一个母亲伤心呐!"斯琴的话又牵引出乌日娜金不少感动的泪水,她把脸埋在斯琴的怀里,抽泣着说:"您真好,斯琴妈妈!我真想一辈子在您身边。您教了我那么多知识,我还想学更多的知识,还想看更多的书呀!假如不是为了交换……""唔,乌日娜金,不要说下去。没有今天的事情,你也应该回到母亲身边去……你对于你的母亲,比扎布曼都对科尔丹更宝贵……"斯琴一边流泪地说,一边抚着乌日娜金柔软而富于弹性的脊背,"乌日娜金,你聪颖过人,又肯专心学习,你会成为有学问的姑娘的。我的这点儿学问,已经满足不了你的求知欲望了。你既然那么爱书,就把那些书都拿去吧。"乌日娜金扬起脸说道:"不,您还要看啊。""我还可以弄到。"斯琴替乌日娜金揩去脸上的泪痕说,"不要拒绝我……我本应该送你点儿更宝贵的东西,可是……"乌日娜金大声说道:"不!斯琴妈妈,您给我的是最宝贵的东西!我一辈子都不会忘了您的好处的!"

科尔丹站在一旁目睹了这个离别前的场面,他的心受到了感动,更准确地说,是他的心灵受到了震动。他觉得面前的乌日娜金,已不再是仅具美貌与天真的少女。天生的丽质,天生的聪敏,一旦接受知识的熏陶,竟突然变得思想缜密、感情细腻了。她的野性消失了,取而代之的是女性中最可爱的成分——温柔。是的,乌日娜金在美貌外,增加了更宝贵的东西科尔丹的思想在如梦如烟的往事中漫游了一遍,又回到眼前的现实。但他不去细听格力图尔的叙述,只是在心里一再重复乌日娜金和母亲的"争吵",竟觉得心里有一阵不平常的骚动,早就开始潜滋暗长但此刻仍旧朦朦胧胧的想法无遮拦地袭进脑际。他觉得腻腻的,失去了力量,像凝然的晚霞上倦飞的暮云……他突然感到有一双眼睛在盯着他,似乎在研究,甚至已经看破了他此刻的心理,一股热流冲来,他的双颊立刻飞起玫瑰色的火焰。

科尔丹用一个做作的微笑和一个做作的摇头,掩饰着自己的局促和羞愧,并用一种干燥而粗重的声音说道:"请喝茶。"

其实,格力图尔只把科尔丹的失态当作疲乏。所以,当科尔丹刚说完,便慌忙说道:"你大概需要休息,我也该走了。"

"等一等。"科尔丹在神情恍惚中想起了一开始就想问的话,"过去我跟你说过,很想给你一个施展才干的机会。现在你已无牵无挂。所以还想问问你,你是想和班卡一起呢,还是愿意留在这里?"

格力图尔苦笑了一下说:"这两点我都做不到。因为我现在已不属于我自己。你不问,我倒忘了一件重要的事,我想求你把我带进王府工地……"

科尔丹吃惊地说:"你的话,我一句也不懂。请你先说说你为什么不属于自己?"

格力图尔说:"我在一次必死无疑的遭遇中,一个人救了我的命。我发誓按照他的话去做。可是我没有做到……而且,我想解除我的一部分誓言。我在他的面前立下的誓言,也必须当着他的面解除。假如他要杀死我,我也不能反抗。我不能做一个违背誓言的人,我更不能把生命看得比誓言更可贵……"

"你要解除的誓言就是要刺杀我吧?"

"是的。"格力图尔低下头说,脸色变得苍白起来。

科尔丹沉吟了一下说:"信守誓言是最可贵的品格,但这誓言的内容须是光明正大和无可訾议的。你的最后的行动,说明你已否定了你的誓言的正确性,你在另一个人面前说过的话,只是一个匆促之间未经深思的轻率的许诺。那么,当你仔细考虑省悟过来以后,抛弃这个轻率而错误的许诺,不该认为是违背誓言的行为。恰恰相反,在我看来,舍弃错误的许诺,避免灵魂受到责罚,不使悔恨来折磨你,这是值得赞扬的精神。你不该为此产生不安,倒是应该感到庆幸。我劝你,不要再回到错误的起点去纠缠,应该从正确的起点走下去。"

格力图尔冷静而沉郁地说:"你说的可能有道理。但我做不到,我不能不讲信义。男子汉大丈夫,要说一不二,说得出、做得到。向一个人立下誓言,要么不折不扣地履行它,要么违背誓言后甘受他的责罚。没有第三种选择。我是宁可死,也决不让别人说我是个不讲信用、忘恩负义的小人!"

科尔丹看着格力图尔表情中的特有的倔傲,慨叹道:"唉,格力图尔呀,在你的性格中有一种可怕的骄傲,它可能使你成为举世无双的好汉,但也可能使你成为毫无价值的牺牲者。"

格力图尔不甚理解地说:"当然,我可能死……我也不愿意死,特别是见

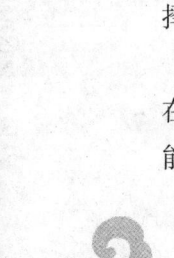

到乌日娜金后。但我想,乌日娜金也不希望我是一个背信弃义的人。我宁可堂堂正正地死去,也不能带着污点活下去。不谈这些了。活还是死,由我的救命恩人决定吧。"

"你一定要这样做吗"?

"一定!"

"乌日娜金同意吗?"

"我不想告诉她,不愿她为我担心。况且,不管谁不同意,我也不会改变决心。"

"你固执得真可怕!可是,这个掌握你的命运的人是谁呢?你再出现在王府工地,对他也是极其不利呀!"

"所以,我才请你把我带进去。我不能在见到他以前被旗丁杀死,也不能叫别人发现我又活着出现在他的身边。至于这个人是谁,你不问,我也要告诉你。他就是额勒瓦奇尔总监。"

科尔丹冷然笑了笑说:"我早就知道是他了。我猜测他不可能亲自杀死你。是啊,怎能不是他呢?恨得竟要除掉我!叔父这个人……唉,超人的才能使他骄傲,命运的坎坷使他冷酷,连续的不幸使他多疑,抱负的幻灭使他绝望;这一切遮住了他的慧眼,蒙蔽了他的心灵,看到别人受宠幸而嫉妒,想到自己遭冷眼而愤懑。因而,虚构出许多仇敌,熔冶出狠毒的报复心。而把这些仇恨发泄在扎布曼都的儿子、色旺诺尔布诺保王爷的'幸臣'身上,又是多么顺理成章!直到现在我才明白,他永远理解不了我,他狭隘的心胸永远不会向我敞开……多可怕的仇恨,多可恨的仇杀呀!我们的民族也许有一百次飞跃的机会,但促使它飞跃的民族精魂,却几乎全在私仇的角斗中被绞杀了。"科尔丹忧忿而激越地说着,不管格力图尔是否在听,不管眼前这个耿直单纯的莽汉是否听得懂,只顾说下去。好像他面前不是有一个,而是有一百个、一千个听众。他开始是坐着说,继而站起来讲,最后竟挥臂高喊了。格力图尔怔怔地注视着他,听不出他是在说额勒瓦奇尔好还是坏。他第一次发现,这个谦恭礼让、文雅柔弱的科尔丹,竟也能如此慷慨和热烈,内蓄着令人战栗的力量。而且,他的脸烧得通红,眼睛烧得通红,格力图尔担心他快疯了。

过了一会儿,科尔丹终于安静了。刹那间,他像一个斗败的公鸡、输下阵来的败将,两手无力地垂落下来。他慢慢走到桌旁,坐下去,声音凄绝地对格力图尔说:"你那时把匕首一下刺进我的胸膛该多好啊!那我就得到解脱了……"

"你说什么哪,科尔丹!我怎么会……"

"好了,不说它。"科尔丹轻轻挥臂道,"我还没有勇气或者说还不甘心死亡。我还要进行'知其不可为而为之'的奋斗!遗憾的是,凡是我喜欢和尊敬的人都不愿与我合作!我是一支孤军!好了,不说它!"科尔丹又轻轻而坚定地挥了一下胳臂,"格力图尔,我可以答应你,让你到额勒瓦奇尔叔父那里解除誓言。但你必须忍耐几个月。王爷原是让我承袭喀喇沁旗札萨克的。但这不属于我,我不想要。我还是要到王府供职。王爷已经恩准,但要我丁忧半年。那时,我可以把你送到额勒瓦奇尔面前。也许因为我送你去,他不至于叫你死。这半年里,你住在什么地方,可以随便。在这里或到乌日娜金身边都行。只是有一点,在这之前,你万不可贸然独身去王府,以免毫无意义地送死。"

格力图尔有点儿为难地说:"半年……这可太长了!"

"对于一个全盟通缉的逃犯,要活着去解除誓言,半年的时间并不算长。"

格力图尔想了想说道:"好吧,我可以和班卡妈妈以及乌日娜金在一起熬过这半年。"

67

公元1900年5月12日,旧历庚子年四月十五日,是图什业图王爷色旺诺尔布桑保的六十寿辰。逢十是大庆,加之宏伟富丽的王府已全部竣工,庆典的规模和气氛便更不一般了。连续十天的时间,两千多名服役的男女老少把王府周围十几里的方圆内清理了一遍,凡是有碍瞻观的坎坎墩墩全部铲掉,有煞风景的坑坑洼洼一律填平。道路铺上细砂,树木披满彩练。宫门外两座石狮前的广场用石夯砸得像镜面一样平,广场两侧搭满彩棚和临时马厩,宫门两边支起鼓棚乐厅,宫门上方带有飞檐风铃的堞楼上,挑起八个大纱灯。宫门里更是银花火树,鼎炉飘香。总之,整整十天里,宫门内外,车水马龙,人来人往,王府上下,一片繁忙喜庆的景象,楼台殿阁更是布置得金碧辉煌、光彩夺目,真是穷奢极侈、不可名状。草原上的庆典,这一次确实是登峰造极了。

庆典将在正日明月升空时开始。与此同时,博克拿多派人向额勒瓦奇尔传达了一项命令,要他对服役者严加防范,任何人在庆典时不得走出堑壕,违者严惩不贷。当然,为庆贺王爷寿辰,每个服役者特赏二两水酒。

拜寿的官员之多,也是空前的,不仅有盟内各旗的札萨克,还有接到请帖的三个邻盟的代表,盛京将军府和热河都统处的特使,而且还有俄国驻华公使馆的商务参赞索拉吉辽夫。至于附近各镇的商行、远远近近的大小巴彦就不可胜数了。

但额勒瓦奇尔却是例外,自从王府竣工后,王爷有令:不听召唤,额勒瓦奇尔不得进入宫门。对于一个为王府工程耗尽了心血和汗水,操劳了整整一年的总监,连在王府内行走的权利都被剥夺了,那心里的滋味是可想而知的。尤其是今天,不请他去参加庆筵,却只给他下了一通命令,这使他的五脏六腑像狂浪一样翻搅起来,如果不是紧束着腰带,那胸膛准会迸裂开来。

但是，"王命难违"，他只能心情郁郁地在薄暮的雾霭中，带着贴身侍从索伦扎鲁（额勒瓦奇尔和索伦扎鲁的父亲是很好的朋友，所以索伦扎鲁被总监偶然认出后，便荣幸地当了不必出苦力的侍从，因此给奈曼乌勒和松和拉也带来了一些好处。）先去查看了王府周围的各个哨卡，最后带领挑着水酒的随丁进入堑壕。分完酒后，不少服役者围住了他，壮着胆子问道：

"额勒瓦奇尔老爷，您一定带来了让我们回家的消息吧？"

"王府修完了，该让我们回家了。"

"可不是！一年了，连家也不让探！"

"就是判了刑，期满也该释放了！"

"大家别瞎嚷嚷！听额勒瓦奇尔老爷说话！"

大家肃静了以后，额勒瓦奇尔摇了摇头说道："你们能不能回去，我管不着。连我什么时候回家，我都不知道……我也是个……服役者！"

"额勒瓦奇尔老爷，您去给问一问吧！"

"您一会儿赴宴的时候，替我们求求王爷，就叫我们走吧！"

"家里人等了一年了！唉，畜群呐……大概全完了！"

"求王爷放了我们。以后再修王府，我们还来。"

额勒瓦奇尔挥了挥手，服役者们又安静下来，眼巴巴地盼望总监说出叫他们高兴的话。

"你们听着！"额勒瓦奇尔说道，"今天是王爷六十大寿。你们喝完酒就去睡觉。至于什么时候让你们走，我可以替你们问问王爷（谁知道我能不能见到王爷呀！）。我知道你们归心似箭，谁都有家小，谁都有畜群……你们更应该做的是……放牧。现在王府是竣工了，只剩下一座假山。但是……我想办法和王爷说说，假山是否暂不修建，如果王爷开恩，你们就可以很快回家了，在雨季到来之前，也许能亲手修好你们的毡帐和畜栏。不过……王爷准不准，我可不敢保证。"

"那我们就太感谢总监大人了！"

"还是总监大人好啊！"

"您跟王爷好好说说吧。王爷过生日，一高兴，备不住就会答应的！"

"王爷要不高兴，不答应呢？"

"不会吧。"

"不会吧？哼！我看王爷准会说：'不行！不修完假山不准走！'"

"天呐！那可怎么好？我真想我的儿子呀！"

"你的儿子！我他妈才结婚两天,刚尝到结婚的滋味,就来了！现在,我老婆准跟别人了！"

"我走时,老娘正重病,现在死活都不知道啊！"

"干脆！我们一齐逃跑吧！"

"对！我们冲出大门,跑回去吧！"

额勒瓦奇尔听着人们乱糟糟、悲切切和气恼恼的议论,皱起了眉头。他大声说道:"回到你们的毡帐！老老实实等着,任何越轨的行为都会给你们带来不幸！"说完,转身走了。但一阵巨浪却在不停地拍击着他的心房:"冲出去……造反……两千人,好大一支力量啊！如果……唔！该死的念头！"他突然站下四外看了看,似乎担心此刻的心声会飞出口外,但周围一片静寂,连虫鸣也没有,只有夜初的薄寒和脸上印着一道鞭痕的索伦扎鲁在悄悄地、默默地跟着他。

"我刚才没说什么吗?"额勒瓦奇尔打了一个寒噤,不禁回头问道。

"您什么也没有说。老爷。"索伦扎鲁毕恭毕敬地回答着。

"现在完事了。你可以随便走走。"

"额勒瓦奇尔老爷,我想去见见我的两个朋友,不知您能否恩准。"

"去吧。旗丁们认识你,不会受到阻拦的。"

"那么,关于奈曼乌勒说的……"

"住口！"额勒瓦奇尔轻喝道,"不准再提！如果他想胡闹,我就把他这个瘸腿魔鬼扔进堑壕,你也甭想留在我的跟前！"

"是,额勒瓦奇尔老爷。我们一定听您的。"

额勒瓦奇尔回望了一下罩在朦胧夜色中的服役者居住区,总觉得那里有种恐怖的气氛,心里不禁又是一阵通通乱跳。他赶忙掉过头,遥望了一下王府宫门内外辉煌的灯火,长叹了一口粗气,蹀蹀地向自己黑暗清冷的毡帐走去。这时,一辆华丽的马车正静静地停在门前。他怔了一下,猜不出还会有哪个有身份的人来拜访,忙紧走几步,到了马车跟前。啊！那稳坐在驭手位置上的竟是库玛。他不由得大吃一惊。老实说,半年前,他打发格力图尔去行刺科尔丹后,自认是办了一件不能再蠢的蠢事,一直处于后悔和担心之中。后来,他听说扎布曼都病死,科尔丹主持丧事,确信格力图尔没有去行刺,至少是没有成功。当然,最理想的还是格力图尔"忘恩负义",根本没去行刺,而是"溜之大吉"了。如果是这样,格力图尔只要逃得远远的,不再在哲盟露面,那可真是不幸中的大幸了!但果真如此吗?能否生出别的枝蔓呢?若是科尔丹看到了"刺客",而这失败的"刺客"又逃之夭夭,那就坏事了!所以,虽然从此没人讲起格力图尔的事,他又知道科尔丹要在家守丧半年,但他还是每时每刻都担心科尔丹会一旦出现在眼前。而现在,科尔丹的马车就停在门口,他一定稳坐在毡帐里等待这个提心吊胆的额勒瓦奇尔。

额勒瓦奇尔在惊愕中杂七杂八地想了片刻。一瞬间,他想从门前逃开。但终于镇定下来,拉开了毡帐的门。

更使他大吃一吓的是,和科尔丹对面坐着的是格力图尔!这是他无论如何未曾预料到的。他险些惊叫起来,怔怔地看着两个显得很平静的年轻人,心里呻吟道:"好啊,格力图尔,看来你根本不是去行刺,倒像去拜访一位好友!你欺骗了我……但科尔丹啊,你又为什么偏偏把他带进我的毡帐?唔,我明白了,你要向我表明,已经知道了一切底细,让我清清楚楚看到我的失败,清清楚楚感到我的倒霉。还有,你把格力图尔放在我的面前,看我怎么办?你估计到我既不能再用他行刺,又不敢损伤他一根毫毛;既不敢放跑他,又要像保护老子一样把他保护起来;像藏起传家宝一样不叫别人看到他,而且每分钟每秒钟都得在提心吊胆中挣扎……唔!可恨的、该死的科尔丹呀!你小小年纪,竟有这么多心机,而且又多稳健、多巧妙、多残酷、多狠毒啊!"

科尔丹似乎听到了额勒瓦奇尔的心声,表现出一个满不在乎的微笑,站了起来,向前走了一步,行了礼,平和地说道:"丁忧半载,未在叔父面前候问起居,尚乞宽恕。今天来王府复职,不敢在叔父大人门前驱驰,特下车拜见。"

额勒瓦奇尔总算使自己沉下心来,任凭事态发展了,因而冷冷说道:"知家兄仙逝,但重务在身,未能前去灵前哭拜……啊!和你同来的这位是……好像从未谋面?"

"叔父竟忘了。"科尔丹笑道,"他原是我的驭手格力图尔,您来王府前就见过他。"

"唔,那是很久前的事了。不过,他不是因刺杀令尊正被全盟通缉吗?"

"通缉的事儿是有,而刺杀的事不正确。他是主动放下匕首的,这比刺杀更需要勇气。唔,我该禀告为什么把他带给叔父大人。"科尔丹说着,瞟了额勒瓦奇尔一眼,发现他的身体轻轻抖了一下,"他求我把他送到您的面前,

他说有重要的事找您,可他不回答我这是一件什么事。我想,每个人都会有一些秘密,每个人也都有他自己的难处,我理解并体谅了他。但他自己无法进入王府。我以为,既然他想见的不是外人,而是我的叔父,我是应该帮忙的。所以,他和我同坐一辆车,现在又同坐在叔父大人的华帐中。我所禀告的就是这些,叔父大人,我要去觐见王爷,不再耽搁您和格力图尔的时间。——不过,叔父不去参加王爷寿诞的庆典吗?"

额勒瓦奇尔在一阵恍惚中心不在焉地说道:"我没有接到请帖。"科尔丹又神秘地笑了一下,朝格力图尔点点头,向额勒瓦奇尔行过告别礼,萧洒自如地走出毡帐。很快,那车轮滚动的辘辘声响了起来,并渐渐远去。

毡帐里只剩下心情复杂的、神情尴尬的、面对面站着的额勒瓦奇尔和格力图尔。他们的胸膛里似乎有无数的话想喷射出去,但又一句也说不出。他们的眼睛里,一个是询问加仇恨,一个是惭愧加询问,他们的视线刚一接触,就又避开了,而避开不久,却又对视起来。两个人这样面对面一言不发地站着,时间在静悄悄地过去。

还是额勒瓦奇尔先张开了发紫的嘴唇:"他全知道了?"

格力图尔低下头说:"是的。"

"你出卖了我!懦夫!"额勒瓦奇尔恨恨地咬着牙。

"不!我不是懦夫!"格力图尔滚下泪珠喊道,"但我不能杀死他!也不准任何人杀死他!我知道你会恨我,但你可以杀死我,却不准你说我是懦夫!我不怕死,你动手吧,像对待替我死的那个人一样,动手吧,我绝不躲避死亡!"

"我想杀死你!我恨我当初竟没有动手!但是现在,哼!"额勒瓦奇尔冷笑了几声,那是悲切的、恨入骨髓的又是无可奈何的冷笑。又是长时间的可怕的沉默。他们很可能进入一场十分艰难的对话,也许是激烈的争吵,也许是一个暴怒,一个请死,也许两个人同归于尽,也许两个人分别走上逃亡的路。但这一切都未曾发生,以后竟也未发生。在当时,结束他们这种对峙局面的是毡帐外的喊声:"额勒瓦奇尔总监大人!王爷请您去参加庆筵。庆典就要开始了,请大人马上去!"

额勒瓦奇尔忙推开门探出头来,高声说道:"知道了,我随后就到。"

68

这一天的夜晚真是少有的美！天空中没有一丝云，皓月东升后，蓝得亮晶晶的，正是月朗风清。整个王府内，喜气洋溢。高烧的红烛与满月争辉，耸立的琼楼和华服媲美。

如果顺便把竣工的王府描写一下，即便是粗线条地勾勒一番，也使人难于下笔。但王府到底什么样，总得说一说呀！没别的办法，只好抄袭，借用杜牧文章里的几句话了："……五步一楼，十步一阁，廊腰缦回，檐牙高啄，各抱地势，钩心斗角……"

其实，这样的描写对月光浸浴下隐约如画的图什业图王府一点儿也不过分。你走进王府大门后，看吧，月门曲廊，烘托有致，漏墙花窗，宛若天成；楼台殿阁，宫庭门阙，移步换形，目不暇接；特别是正殿和两旁的偏殿，瑰玮富丽，赫然耸峙，精雕细刻，各具神姿；加上含烟的绿树，吐香的群芳，宛转的歌声，悠扬的钟鸣，真个是神仙境界！

庆典就要开始了。宽阔的闪着亮光的大理石甬道上，由挑着寿字灯的美童前引，祝寿者的队伍次第登上铺着红毡的台阶，向正殿大门走去。大门被两个打扮得十分妖冶的美貌少女轻轻推开，一阵鼓乐喧鸣扑了出来，迎接这些肃然的拜寿者。

正殿里面，灯火辉煌，歌台繁响。正面铺着黄色丝绸的大条几上，摆着寿桃、寿糕和各种果品。条几后面，罩着黄色丝绸的高背寿椅上，色旺诺尔布桑保王爷身着王服，正襟危坐。王爷的左右各有一个捧着寿桃的美童。条几的左前方是衣冠楚楚的博克拿多，今晚庆典的司仪。他神彩奕奕，站得笔直，手里拿着早就开列好的礼单。当第一个进入正殿的人走到王爷案几前，在红色地毯上五体投地、脊背朝天的时候，博克拿多开始宣读：

"左翼中旗札萨克大台吉贺礼百担——"

跪着的人站起来，深鞠一躬，退后两步，转身向左走去，立刻有仆从把他引到确定好的位置上就座。后边的一个人便接踵向前两步，五体投地，脊背朝天。

"右翼后旗札萨克大台吉贺礼八十担——"

站起来，鞠躬，后退，向右转，就座。

地毯上履舄交错，鼓乐中司仪声朗。

左边是一排长桌，上罩红毯，摆满了山珍海味，金杯醇醴。右边亦复如是。

最后跪在地毯上的是科尔丹。应他的要求，宣读礼单时不称札萨克，只称梅伦。而且，除了索拉吉辽夫以外，只有他的别具一格的贺礼不是仅仅照礼单宣布一下，而是将实物放在王爷的眼前。

色旺诺尔布桑保很感兴趣地把条几上的罩着方盒的红绸揭去，一座光芒四射的金盾出现了。这是座精致的金盾，上面工细地刻镂着松竹鹤月，一行草书：与天地齐寿，并日月同辉。

王爷抚掌笑道："哈哈哈哈！太妙了！太妙了！"

科尔丹俯下上身说道："礼物菲薄，还望王爷赏脸笑纳是幸。"

"科尔丹！你真叫我喜欢……哈哈哈哈！"

科尔丹在王爷的笑声中快步走到他的坐位旁，他的右手正好是索拉吉辽夫。他同左右打过招呼，便坐下来，瞟了一眼斜对面的额勒瓦奇尔。

额勒瓦奇尔的坐位在右边最挨近王爷条几的地方。他绝没有想到会坐在这么个荣耀而体面的地方，他的正对面是博克拿多的坐位。他心里感到一阵激动，想道："是不是王爷终于认识到我这个总监的真实价值了呢？这是可能的。这么多有身份的祝寿者，几天来进出王府进行了细细的观赏，他们对这浩繁的工程、建筑的精美、布局的合理、完工的神速，能不在王爷面前啧啧称赞吗？是的，有谁能使这样浩大的工程在一年的时间内就全部修完呢？除了额勒瓦奇尔还会有谁具有这样的组织才干呢？肯定是王爷有所觉悟，不再相信博克拿多的毁谤了。如果王爷能认识到这一点，那真是一个英明之主。博克拿多算个什么？他只会说几句拍马屁的话，或想方设法假公济私、中饱私囊，科尔丹呢？当然很聪明，但太年轻，缺少经验和办事的干练，而且扎布曼都一死，他还能在王府呆几天？所以，除了博克拿多，最属额勒瓦奇尔有条件握起王府的权柄。要是论能力和学识，以及对王爷的忠诚，他可都在博克拿多之上啊！假如王爷真正觉悟了……"

对于额勒瓦奇尔这个怀才不遇、一直想对哲盟作出令人震惊贡献的闲散台吉，一个满腹经纶、无由施展，却屡遭左迁、备受冷眼，甚至时刻可能成为阶下囚的人，一旦受宠优渥（哪怕只是自己的虚构），那幻想会一下子把他的整个心灵占据。他甚至觉得自己已是大权在握的协理，马上要对王爷以下的人发号施令了……只是正在这时乐声戛然而止，大殿里一片肃静，才使可怜的额勒瓦奇尔没在幻梦中呼喊出来。

博克拿多站起来，有如舞鹤临风，摇摆着瘦长的身体，走上司仪的位置，高声念起颂词："值此皓月高悬之际，王府工程竣工之时，欣逢我王六十寿辰。此乃我盟喜中之最，乐中之极。王恩浩荡，赐胙我侪。让我们共举金樽，同祝王爷福如东海，寿比南山——"

全体起立，高举酒杯，"祝王爷福如东海，寿比南山"的颂声在大殿里轰然回荡。

额勒瓦奇尔一边随声附和，一边暗笑道："这是一篇很不像样的颂词。在这么多高贵的客人面前念这么一篇粗俗的文章，竟不觉得羞耻。等一会儿听听我的颂词，一定满座皆惊！"他想着，露出鄙夷不屑的神气，不觉摸了一下离开毡帐前匆匆塞入怀里的颂词。

霎时，管弦齐奏，舞姿翩翩。人们又都已落坐。美童美姬穿梭来往，斟酒上菜。贵胄显要互相频频碰杯，笑语喧哗。不久，座次就乱了，各自找着自己的朋友或谈伴，一边把酒杯碰得叮当乱响，一边毫无避讳地交谈自己感兴趣的话题——市价行情、舞女歌童、佳肴美酒，真是五花八门、津津有味。

最安静的要算科尔丹和索拉吉辽夫了。他们一面削着果皮，小口饮酒，一面轻声交谈着这一晚上最大的也是其他人所不可能关心的话题。索拉吉辽夫微眯双眼，骄矜地谈论着八个列强国特别是俄国帮助清廷剿除"拳匪"的计划、策略和具体部署。那样子，俨然就是整个中国的恩主，让对方知恩图报。科尔丹并不同意索拉吉辽夫的看法，但他很感兴趣，听得很用心，提问也很巧妙。这样，他俩谁也不想变换话题。

"据我所知。"科尔丹说道，"义和团的口号是'扶清灭洋'，太后是支持他们的呀！"

"科尔丹梅伦啊！"索拉吉辽夫笑着说，"口号是个蛊惑人心的东西，那是骗人的把戏！"

"那么贵国所谓'代为剿平'也是骗人的把戏吗?"

索拉吉辽夫一怔,接着笑出声来,把座席向科尔丹挪了挪,推心置腹地说:"科尔丹梅伦,我们之间的关系是不错的。当然,有过分歧,但终究还是合作得很好。不瞒你说,拳匪的暴行确实令我们气愤,我们多次要求皇上拿出镇压的行动;但皇上用人不当,镇压不力,并且百般纵容,反而使拳匪更加嚣张。这会影响你们的国本?我们不得不代为剿平。"

"但是,列国的行动,朝廷是不会满意的。"

"会满意的,科尔丹,会满意的。我们的行动也同样会使你满意,会使色旺诺尔布桑保满意。西太后有一句名言:'宁赠友邦,不予家奴。'这话多么精彩!我相信科尔丹梅伦也会明白这一个深刻的道理的。"

"那么,您这次到北满有何贵干?"

"这个……"索拉吉辽夫沉吟了一会儿,又笑着说:"我是在向你泄露机密呀!你知道,在北满,我们正在修筑东清铁路。从目前情况看,'拳匪'在北满也有活动,宽城子、哈尔滨等地和南满的盛京一样,已出现了拳坛。我带着公使的指令,告诫我们的人保护好铁路沿线,尤戈维奇总监工是个蠢货……"

科尔丹端起酒杯,喝了一口,辣得皱起眉头,他看着停下嘴巴的索拉吉辽夫说道:"据说,是太后放义和团进京的。这说明她喜欢义和团……不是蠢货才会办蠢事呀!"

索拉吉辽夫狡黠地笑了一下说:"这点望你宽心。太后终究会认识到,允许拳匪进京,是引狼入室,养虎贻患,最后要酿成大祸。在这一点上,太后是敏感的。所以她从来不准顽民聚众滋事。拳匪可不仅仅是滋事而已呀!他们早晨得势,晚上就会从西太后手里夺去皇位。到那时,太后不要说'听政',恐怕求一活命亦不可得。所以,为了清朝天下,我们是义不容辞的,宁可被暂时误解,作出巨大牺牲,也要帮助贵国。"

"义和团人多势大,贵国有把握一举荡平吗?"

"所以我说,我们愿意作出巨大牺牲。不过,请相信,我们一定会胜利的。以我国来说,我们仅在天津就投入十五门大炮和一个哥萨克兵团。在黑龙江北岸,我们有近二十万武装精良的军队,想进入北满,可以说朝发夕至!"

"看来,你们出兵北满是在所必行了。我觉得,这对清廷可不是友好的举动。"

"不。恰恰相反。我们出兵北满,仅仅是保护我们正在修筑的铁路,保护铁路的修筑权和侨居贵国的俄国人的安全。对贵国,则有更重大的意义:其一,代为剿灭'拳匪',其二,防止日本对满洲的侵略。这不是再友好不过的举动吗?具体到您的哲盟,我们在满洲保持足够的军事力量,对你们将起个屏障作用。你们可以高枕无忧,放心发展你们的牧业;无须花钱买枪买炮,增加什么防御力量。据我所知,您现在还没有这种安全感,对吗?"

"不。我是感到安全的。我们这里不会有'拳匪'来破坏勒勒车走的道路。"

"但愿永远如此。"索拉吉辽夫说着,笑了一下,"对了,我还有一件事需要科尔丹梅伦帮忙。我们急需一些食用牛……"

"多少?"

"一千头。"

"是贵国官兵食用吗?"

"是的。他们都知道,这里的牛肉比西伯利亚的牛肉好吃。"

"只可惜,我是爱莫能助。数字太大了。"

索拉吉辽夫听到科尔丹婉言拒绝,心里很不是滋味,冷笑了一下,不再作声。第二天,索拉吉辽夫直奔喀喇沁旗找到罕都烈,很快就弄走了一千头牛。科尔丹获悉此事,曾对罕都烈大发雷霆。这是后话,暂且不表。后来,他又想起了一件不愉快的事,向科尔丹投过去一个逼人的凝视,冷冰冰地说:"科尔丹梅伦,听说您拒绝承付木料、块石的运费,有这事吗?"

科尔丹也回报一个逼人的凝视,冷冰冰地说:"这些都须总监过手,我只不过是查核账目。但我觉得,拒绝承付运费,是对的。""是吗?敢问对在何处?""据说,协理借给您二百名旗丁巡护山场,而他们的饷银仍在王府工程账目中拨付。其次,运力的十之八九为王府征集的车辆和壮丁。第三,据说运抵王府的木料半数为朽材,而上等木料均由您手下人运至宽城子,充做东清铁路的枕木……"

"还有第四吗?"

"暂时只有这三条。"

"据说,据说!您应该知道'据说'是不能成为判断的依据的。"

"所以我需要进行查对。如果这些'据说'都不属实,我们当然要承付应当承付的款项。您是银行业务的泰斗,我相信您能明白,账目是不允许有丝毫差错的。"

"您应该知道,贵我双方的借贷合同是基于互相的信任。而不折不扣地执行合同条文,是双方必须履行的义务。"

"您也应该知道,合同条文并不能面面俱到、包罗无遗。我们之间的关系,有很多是合同以外的内容,这就需要我们具体协商了。"

索拉吉辽夫一时语塞:"好吧,我等待协商。"说完,推开坐椅,恨恨地离席而去。

科尔丹和索拉吉辽夫的谈话,并没有引起附近人们的注意。而注意他们交谈的额勒瓦奇尔,却根本听不到他们谈的是风花雪月还是天文地理。因为他的座位是在科尔丹的对面,当中不仅隔着舞女,还隔着鼓乐声。后来,他想偷偷绕过去听几句,可又被包围了。有一个客人端着酒杯走到他跟前,大声说:"王府工程,你是第一功臣!来,敬你一杯!"接着,一些人纷纷离座祝贺敬酒。额勒瓦尔也兴奋起来,大口地饮酒,谈笑风生。

寿筵已近半酣。不断哈哈大笑的王爷忽然瞥见了兴奋中的额勒瓦奇尔,便喊道:"额勒瓦奇尔,你过来!"

额勒瓦奇尔答应一声。离开周围的敬酒者,在微醉中走到王爷跟前。

王爷指了指身边的一个空座位说:"坐在这里。"

额勒瓦奇尔激动地鞠了一躬,坐了下来,望着兴奋、快乐的王爷,觉得自己要时来运转了。他轻轻把手探入怀里,打算取出颂词,却听王爷问道:"额勒瓦奇尔,那假山要什么时候修呢?"

额勒瓦奇尔把手抽出来,回答道:"为了尽快修成王府大殿,假山一直未动工。我想,可另选日子。"

"唔,那倒也不错。"王爷捻着胡须说,"一片平地,刹那间矗立起一座高山!嗯,很好。你很有心机,额勒瓦奇尔。"

"谢王爷褒奖。"

"不。你确实很能干。很好……你任总监的经历,证明你有过人的才智,很好……所以,我想重用你。"

额勒瓦奇尔的喉咙颤抖了。他站起来,俯身道:"王爷洪恩,奴才当竭力报效!"

"坐下说。今天你是客人,不必那么拘束。"

"谢王爷。"额勒瓦奇尔说着,又准备去拿出颂词了。

色旺诺尔布桑保王爷大概玩乐心切,把"重用"的一节忘了,又问道:"假山明天能动工吗?"

"明天?"额勒瓦尔奇吃了一惊,说道。

"明天。当然,稍迟个一两天也可以。"

额勒瓦奇尔知道在这个节骨眼上是不能叫王爷生气的,要是触忤了他的心情,那"重用"的话不仅听不到,甚至会根本取消,而这是他盼望已久的事啊!所以额勒瓦奇尔当即否定了请求改日筑山的打算,说道:"王爷如果命令明天开始,奴才就在明天动工。"

"很好。你坐下。唔,我刚才说什么了?对了,我说要重用你!"

额勒瓦奇尔在脑海里极其迅速地想着王爷可能把怎样一个重要的权柄位置,在庆筵的酒酣耳热中应许给他,兴奋得喉咙都干了。

王爷接过美姬递过来的一只削了皮的苹果,咬了一口说道:"王府是你修成的,你一定愿意叫整个王府在你的管辖之下,是吗?"

额勒瓦奇尔咽了口唾沫,心想:"天啊!这不是想让我当协理吗?也许是第二协理?怪不得叫我坐在那样的位置!"

王爷嘴里嚼着苹果,像背诵似的继续说:"近日地方不宁,各地蟊贼蜂起,盟内案件累增。女贼首领巴兰森格已啸聚五百匪徒,有窥望王府之嫌。为使王府不受骚扰,须有一个才干出众的人担当王府守卫。协理讲,只有你能当此重任。所以,打算在服役的丁壮中抽选五百精悍,在假山修成后,由你管带,守护王府。"

额勒瓦奇尔听了王爷的话,吃了一惊,所有设想竟在片刻间灰飞烟灭了。他的脑袋嗡嗡作响,脸上要热得冒汗了。

王爷的话仍在继续:"你的堑壕防止了服役者逃亡,你的哨卡防止了歹徒混入。所以,你一定有能力保卫王府的安全。你看怎样?"额勒瓦奇尔知道,守卫王府的差事比总监还要低贱,而且辛苦,没有了期。若发生紧急情况,他将首当其冲,随时有生命之虞,如有疏漏,他又将第一个受到责罚。赴筵开始时产生的幻梦,一下子飞到九重天上去了。他的手痉挛地抚着衣襟,一时说不出话来。

"怎么,不愿意吗?"王爷沉下脸说。

额勒瓦奇尔慢慢站起来,借着还没有消尽的酒力,说道:"王爷命令,奴才不敢不从。但奴才有几句披肝沥胆的话,向王爷陈述。请王爷详察。各旗各村所抽丁壮,在此服役已整整一年。劳苦日深,亲丁不得探视。奴才觉察到,他们已阴怀怨恨。只是由于奴才弹压,未得闹事。此等丁壮,再令守卫王府,又无归期,定生怠慢而成惰民,不唯不能御敌,且可能成为蟊贼之手足耳目。一旦握械,更易反戈滋事。以奴才愚见,假山成后,可令丁壮返归牧场,一可以暂平民怨,二可以振兴牧业。守卫王府之人,可移日另选精悍……"

色旺诺尔布桑保没等额勒瓦奇尔的慷慨陈词结束,便已压不住心头怒火。他使劲儿把手里的半个苹果抛到前面的地毯上,舞女立刻骇然惊散,乐声也停止了。王爷暴怒的狂叫声便占据了突然肃静起来的大殿的全部空间了。

"住口!照你说来,我是个暴君,阿拉特对我深怀怨恨,待期举动!我看,正是你对我心怀不满,假造民意,蛊惑人心!"

"王爷息怒。奴才不敢,如果奴才的话触怒了王爷,请王爷严加责罚。但……"

这时,协理博克拿多走到王爷面前,莞尔一笑,俯首道:"王爷息怒。我王继位以来,爱民如子,求贤若渴,这是四方仰颂,有口皆碑的。额勒瓦奇尔总监,论心,则体察入微;论目,则明察秋毫;而身为王爷近臣,又常在下民之间,闻见者特详,断不至以我王为'暴君',以百姓为'怨民'。总监口出'怨恨''怠慢'之语,定是酒后失言,非为有意谤讪。但奴才以为,总监的话定有别的意思。奴才想,总监才智兼人,德高望重,不甘久居人下;且守卫之事,夙夜巡戒,倍极辛苦。故请王爷收回成命,给总监一个权高位显、远离风雨的官职。请王爷明鉴。"说完带着满脸惶恐的神色,虔诚地退到座席上。王爷冷笑道:"你想当盟长还是当协理呀?"

"王爷!"额勒瓦奇尔跪下去说,"奴才不是贪位慕禄之辈,也不能粉饰多词,蒙王耳目。服役者归心的急切,任何人都能体察……"

"给我住口!你在大庭广众之间骂我不体恤下情,这还了得!来人!给我推出去砍头!"

王爷的命令使额勒瓦奇尔吓得满脸煞白,满座为之震惊。只有博克拿多在不动声色地摆弄着手中的橘子,好像他早就料到了这个场面。索拉吉辽夫捅了捅科尔丹,戏谑地说:"那是你的叔父吧?很刚烈的人呢。你不去说两句好话救他一命吗？"

科尔丹对索拉吉辽夫的戏谑感到恼怒。他也懂得满座的人没有一个不清楚额勒瓦奇尔是科尔丹的叔父，没有一个不知道科尔丹是王爷的宠臣，也没有一个不明白只要科尔丹出面讲情，额勒瓦奇尔就能活命。假如他此刻无动于衷地看着叔父被砍头，那各旗的王公贵族今后会如何看待他——科尔丹？所以，他还是慌忙站起来，一面想着面对如此场面，怎样处理才得体，一面走到地毯上跪下说："王爷，额勒瓦奇尔总监得罪王爷，罪该万死，望王爷念他在修建王府过程中，栉风沐雨，不辞艰辛，一片精诚，免其死罪。而且，王爷寿诞之日，不宜杀人。请王爷明鉴！"

"如果不是我的寿诞，不是科尔丹梅伦讲情，我定要砍下你的脑袋！暂且饶过你。"王爷狠狠看着额勒瓦奇尔，怒气犹盛地说，"来人，当众鞭打四十，赶出宫门！"

科尔丹还想说些什么，王爷挥了一挥手。

不一会儿，额勒瓦奇尔被两个旗丁按在舞毯上，打了四十皮鞭。这出戏便作为王爷六十大寿喜筵中一个独特的节目，在剩下来的狂欢的时间里，被人们当作下酒菜了……

69

额勒瓦奇尔被当众羞辱以后,使他从幻想境界的顶峰跌落到现实生活的最底层。他的尊严、他的人格从此会是……那些目睹这一情景的达官贵人会怎样议论和看待王府浩大工程的劳苦功高的总监呢?他们准会逢人宣扬:"你们知道吗?那个发明了用堑壕防止苦工逃跑的名声赫赫的额勒瓦奇尔,在王爷眼里就如一个阿拉特!要不是科尔丹和博克拿多讲情,王爷准会像宰一只羊那样杀了他!"而且这些饱食终日、无所事事的王公贵戚们,把这一"新闻"讲上一百遍也不会感到厌烦的,何况,他们还善于添油加醋!

科尔丹救了额勒瓦奇尔。这是获救者不能否认的。全体参加王爷庆典的人都是见证。额勒瓦奇尔不能不感谢科尔丹。但这种救命恩人的想法,却更加激怒了他。科尔丹这个小娃娃的一句话,竟救下了须髯飘飘、才华横溢的总监,这说明了一个问题,那就是,在王府中的地位,科尔丹是在天上,额勒瓦奇尔是在地下。科尔丹越是具有举足轻重的地位,便越是显出额勒瓦奇尔的微不足道!

一个高傲的才思超群的人,由于看到自己的卑微地位而产生的悲愤,不仅深入骨髓,且是没齿难忘的。额勒瓦奇尔从王府红灯高照的宫门外挣扎着爬起来以后,确信方才经历的不是噩梦,感到自己受到了双重的污辱,心头的怨忿迅速地涌到脸上,成了一团燃烧的火。王爷震怒、科尔丹讲情的场面一次又一次重现,他感到被人戏弄了,越来越相信这是科尔丹和博克拿多事先安排好的一场戏。一个笑嘻嘻激怒王爷,一个假惺惺救下叔父!

额勒瓦奇尔被跑过来献殷勤的两个旗丁搀扶着,拖着疼痛难忍的腿,向自己的毡帐走去,每走一步,对科尔丹的忌恨就增加一分。进入毡帐侧身躺在卧榻上以后,他在心里对王爷的尤怨几乎已经消失,只剩下对科尔丹的忌恨了。他觉得,王爷喜怒无常,挥霍无度,暴殄天物,有很多奇特得令人毛骨

483

悚然的爱好，但是，他是个王爷，是光绪帝的姑父呀！若不是这样，那倒是咄咄怪事了！抛开这些，色旺诺尔布桑保也不见得就是个坏王爷，他希望哲盟的经济走向崩溃？他愿意牧民困顿？他知道修建王府中的营私舞弊？这些，肯定是科尔丹和博克拿多在蒙蔽王爷。

假如有人点化王爷，揭去蒙蔽王爷眼睛的帷幕，那么，色旺诺尔布桑保王爷会从大梦中清醒过来，亲贤人，远小人，勤政恤民，哲盟还是有希望的。王爷呀，王爷，你要知道，额勒瓦奇尔才最忠于你，他才是你应该重用的能臣呀！谁是最有魄力的人物，额勒瓦奇尔；谁能够使哲盟文修武偃、物阜民安，额勒瓦奇尔！可你！可怜的王爷，你为什么看不到这些呢？博克拿多算个什么，不学无术，面谀小人；科尔丹算个什么，乳臭未干，华而不实。而且，他们同恶相济、狼狈为奸，对上则曲意逢迎以邀宠，对下则党同伐异以树威。长此以往，王爷呀，你可要架空琼楼、大权旁落了！尤有甚者，服役者阴怀怨恨，一旦滋事，定如洪水猛兽。水可以载舟，亦可以覆舟啊！王爷，你已迫临深渊了，还不回头吗？！

额勒瓦奇尔想着，腾地从床上跳下来，喃喃地说："不，王爷。我不能坐视，不能旁观，我要提醒你呀！我要奏他们一本，亲自交给你，你也许能猛醒过来……"他此刻异常兴奋，坐在桌旁，拨亮烛光，展纸提笔，开始写奏折了。奏折全文如下：

具禀奏王府工程

总监额勒瓦奇尔

为叩请

　　王爷查核协理梅伦假公营私过手侵渔搂占巨款并予弹劾惩饬事臣以微末过蒙拔擢忝居总监一年有余夙兴夜寐未尝稍懈公务临深履薄岂敢玩忽职守经手物料均派用场所领丁壮皆得效力欲报

　　王爷洪恩而不令糜费人力物力也

　　王爷筹款不易臣子倍应清廉叵耐协理博克拿多梅伦科尔丹狼狈为奸通同作弊外结罗刹为心腹以商干政内蓄爪牙作耳目假公营私法典视若草芥王章何啻弁毛在协理有受贿卖国之罪在梅伦有窃款买枪之嫌假造票据多报两万卢布弹冠相庆各分一万赃款凡此种种不一而足证据确凿历历可查王府内外议论纷纷臣仆上下群情汹

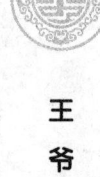

汹虽齿冷心寒而无一人为
王言者何耶惧协理淫威恐以卵击石悍梅伦获宠犹蚍蜉撼树自取罪
庆何人为之今臣不惧得罪巨猾置生死于不顾者乃爱
王心切故也此情此心天地共鉴唯吾王察之
王公正廉明冰清玉洁必能令贪污枉法者敛形而使枭獍灭迹也恳此
肃禀憬俟钧裁臣不胜惶恐待命之至此奏

　　额勒瓦奇尔一口气写完了这通奏折，又从头看了一遍，觉得有理有据，脉络清晰，是一篇杰作。恭书一遍，然后缄封好，揣入怀里。此刻，他很兴奋，既无睡意，也忘了屁股上四十皮鞭所留下的疼痛和耻辱。他想到外边去看看月色，望望星斗，呼吸几口凉爽的空气。他刚站起来，鞭伤的巨痛突然发作起来，好像有无数把刀子在他下体往下割着皮肉，疼得他脸色苍白，额头冒汗，眼前迸着金花。他闭上眼，咬住唇，双手拄在桌子上支撑着要仆倒的身体。此时，外面初起的晨风又吹送过来王府内经宿不断的鼓乐声。额勒瓦奇尔的眼前又是庆典的热闹场面了：舞蹈，畅饮，狂笑；皮鞭，皮鞭……人们谈论着总监的被打；畅饮，狂笑，舞蹈；博克拿多给王爷敬酒，科尔丹大声读颂词；王爷左手拉着科尔丹，右手拉着博克拿多，大声畅笑，巨觥狂饮，疯狂起舞……这一切都集中到一起，重叠，旋转，变成一团飞旋的火球，向他奔来，突然"轰"的一声，火球爆炸了，同时炸碎了额勒瓦奇尔……

　　额勒瓦奇尔大叫一声，口吐鲜血，昏倒在地。

　　三天后，额勒瓦奇尔仍处于昏迷状态，王府假山的奠基典礼在博克拿多的主持下进行。所有来拜寿的人均应邀参加典礼。未能到场的只有索拉吉辽夫和科尔丹，前者已在庆典的次日托词告别，后者略晚一日去吉林道胜银行核对账目。

　　这一天，从早晨开始，王府内外就呈现一片忙碌的景象。所有能走动的服役者，不分男女老幼，都被赶到堑壕外，分作几个大队，到王府周围各个方向去拣拾碎石。全体荷枪实弹的旗丁（应除去借给俄国人的二百名），也都出动，监押着服役者的长蛇队。王府内正殿的台阶下，王爷的八抬大轿已准备在那里，全部僚属和前来拜寿的客人分列两旁，等待着王爷起驾。

　　在正殿前面的广场上，是一个儿童的方阵。横九，竖九，共是八十一个人。这些孩子的年龄一律九岁。

还是在前一天，博克拿多派出不少旗丁，说因王府刚刚修成，殿内空虚，内侍嫌少，要各牧场毡帐挑选九岁男童贡献王府；又大肆宣扬这些孩子简直是进了天堂，到了享福的地方了。有的阿拉特很高兴，有的则很不愿意。但是，不管高兴也好，很不愿意也好，都得服从王爷的令旨，看着自己九岁的儿子被带走。

今天，这八十一个九岁儿童，都已清汤沐浴，食以膏粱之味，饰以文绣之衣，头着缨帽，脚穿彩靴，列成方阵，高高兴兴地站在王府庭院的青石板上了。受到了这样的待遇，孩子们感到高兴、奇怪和莫名其妙。置身豪华的建筑、精美的雕饰和达官贵人当中，周围又有八十一个旗丁（他们如天神般威武）持枪围护，九岁的孩子们确实感到目不暇接、恍同梦中了……

此时，色旺诺尔布桑保王爷正在卧室里喝着香味四溢的飞龙汤。王爷的卧室不算很大，却富丽堂皇。所有案几、坐椅、踏脚凳一色紫檀木，器皿奇形怪状，质料均为珍珠、翡翠、珊瑚、玛瑙和孔雀石。无论是雕、凿、锯、镂，皆尽其妙；无论是山、石、花、鸟，各具特色；似乎会萃了雕刻手法的全部精华，令人不禁为那高超奇妙的匠心运度拍案叫绝。穹形的屋顶吊着五个象征性的宫灯，门口两侧和卧榻两侧立着涂银的灯柱，上面是莲花形灯座，晚上每朵莲花上可以有十多支红烛放出炽烈的光。最奇特的要算王爷的卧榻，据博克拿多讲，这完全是西太后卧榻的样式，且多了一个水晶石"炕沿"。这条水晶石是拉空的，里面有一条金鱼，来回游动（这游动的金鱼是怎么回事，笔者尚未考证出来，只好付诸阙疑。）。这是北京玉石雕刻艺人的杰作。至于那好像有千百颗星星闪烁的丝绒窗帘、几乎透明的柞蚕丝床幔、壁上的名人书画等等，就不必细说了。

王爷终于喝完飞龙汤，博克拿多也兴冲冲趸了进来。

"王爷，一切准备就绪。"

"好。马上开始。"

不大一会儿，正殿的大门打开了。王爷身着华服，在博克拿多陪同下，由近侍搀扶着走了出来。他眯着眼站在台阶的最上层，看了看下面两侧的僚属和客人，又看了看列成方阵的八十一个九岁男童，捋着胡须笑了。

"王爷。"博克拿多自我炫耀地说，"王府是九九八十一殿，九岁男童是九九八十一个。九者，数之极，以表王爷寿满福盈；九者，天之高地之厚，以应乾坤之数；九九乃阳盛之意，愿王爷威震霄汉……"

王爷微微一笑,说道:"你想得很妙!这才会使这童子山名不虚设。"

"名副其实嘛!而且,奴才拟的童子山名,要比额勒瓦奇尔的飞牛山胜过百倍了。您说是吗,王爷?"

"嗯,的确要强多了。很好。——立刻举行奠基典礼。"

"是。——给王爷看轿!——起驾!"

随着博克拿多一迭连声地喊叫,等在宫门里的一群鼓乐手,立刻大吹大擂,堞楼下的大门轰然洞开,鼓乐队首先走了出去。后面是九对男仆,九对女侍,都是华服高冠,手捧祭天地鬼神的果品什物,其后一人,手捧着王爷给天庭的奏表。再后,八十一个九岁男童,穿着新衣服,横九竖九地列队而出。孩子们的眼睛里是迷惑不解的神色。

不知什么时候,宫门外攒聚了一群妇女——那八十一个九岁男童的母亲们。她们大概终于知道自己的儿子不是补王府内侍的不足,而是要被埋进假山的基底,便跑来看望儿子了。她们的衣服全破了,手上脸上都有伤痕,那是和守卫者搏斗造成的。但她们有什么办法呢?孩子们周围是持枪的旗丁,她们的前面也是持枪的旗丁,过不去,摸不着,看不清。她们只能哭和喊,大声呼唤着儿子的乳名……

孩子们听到母亲的哭声了。他们也终于意识到,眼前发生的决不是可喜的事情。幼小的心灵被一层可怕的阴影罩住了,开始惊惶四顾,有的看到了妈妈,哭喊着要奔过去。队形乱了。两旁横眉怒目的旗丁吆喝着、阻当着,把走出队列的孩子们一个个拽回到原来的位置上。博克拿多快步走出大门。看到外面的混乱情景,大骂着守卫者,又走到哭喊着的母亲们前面,大声喊道:"你们听着!你们的儿子有幸做王府假山的奠基之灵,这是做母亲的光荣!不准哭闹!有谁破坏了今天的盛典,就抠出她的双眼,叫她永远流不出眼泪!王爷马上驾到了,你们要肃静!肃静!"

然而,当王爷的华丽的八抬大轿颤悠悠出来后,母亲们的哭声更加凄厉了……

伴着大吹大擂的鼓乐声和母亲、孩子们的哭喊声,这个庞大的参加假山奠基典礼的队伍,浩浩荡荡来到假山的基底旁。

王爷的轿子停下后,鼓乐声也停了。参加典礼的王公、贵戚好像一点也没有听到妇女、儿童的悲绝的哭喊声,互相献着烟,谈论起烈日炎炎似火烧的天气。

在草原上,男女服役者都在运着土石,一队队向假山基底蠕动,一个个弓着腰,流着汗,步履艰难,大口喘息着。此刻,他们怎能知道自己背上的沉重的土石,将全部压在八十一个可爱的牧人之子的身上啊!

哭声渐渐传到他们耳朵里。然而,他们已习惯了身负重载、耳听哭声了……

假山基底旁,即将成为王府假山的奠基之灵的孩子的母亲们,哭喊着,在地上爬着,向前猛扑着,任凭王爷的丁勇们的马靴、拳头、皮鞭、枪托,落在身上、脸上、头上。她们的眼睛哭肿了,眼泪哭干了,鲜血淌出来了,她们的衣服烂了,头发散了,她们印满靴迹鞭痕的手深深抓进坚硬的土地里了……然而,她们的儿子,八十一个活蹦乱跳的可爱的九岁幼童,她们的骨肉,她们的心肝哪,已经被赶到假山的基底。无知的孩子们,终于知道他们将被埋在那个大坑里,从此不能再见到妈妈,不能再回到可爱的家,不能再骑马嬉戏了!他们想从那碎石的世界里跑出来,想去投入妈妈的怀抱,并决心不再惹妈妈生气了。但幼小的身体怎能冲出阻拦,怎能抵挡住殴打,无辜的血和无辜的泪汇流到一起了。

色旺诺尔布桑保王爷此时很高兴。他需要鼓乐声、畅快的哈哈大笑声、宾客们的祝贺声。他厌烦这哭声,不由得生气地看了博克拿多一眼,博克拿多对骁骑校使了一个眼色,骁骑校忙向旗丁布置。但维持秩序的旗丁此刻显得太少了,母亲们在拼命了。博克拿多皱了一下眉头,看到运土石的长蛇队快走到假山基底的边缘了,便对王爷说道:"王爷,可以开始吧?"

色旺诺尔布桑保王爷从轿子里走下来,高傲地看了周围一眼,说道:"开始!"

只见博克拿多一挥手,吹打乐器霎时轰响起来。

仆从们像众星拱月一样,随王爷走到假山基底边缘。有人递过酒杯,王爷在鼓乐声中祭了天地鬼神、焚化了奏表后,又返回到早已摆好的案几后面,落座了。他们和假山的基底之间由佳果陈酿隔开。主人和客人们,都十分感兴趣地欣赏那十几条长蛇队即将面临的惊愕场面了。

被累和热弄得昏昏然的苦役们,走到假山基底边,刚想把筐子里的土石倾倒进去,却被一阵揪心的孩子哭声惊住了,一个个骇然地停住手,骇然地看着碎石上哭着、喊着、爬着的孩子。他们的脸抽搐了,心抽搐了,泪流出来了,手颤腿软了。但是从基底跳上来的八十一个旗丁,立刻把枪托砸到犹豫、惊骇中的服役者的光背上。筐子被夺过去,扔到基底,砸在那群向上爬着的孩子们的头上。

后面的苦役们被拳打脚踢,但还是寸步难移。他们是在生埋自己可爱的后代啊!女人们吓得昏了过去。男人反抗了,有的被当场打死,扔进假山基底和八十一个幼童作伴去了……一场恐怖似乎是结束了。人们闭着眼,呜咽着把筐子里的土石轻轻地倾倒下去……一阵阵烟尘……

读者诸君啊,这曾经是真实的事情。但是,这是惨不忍睹的。笔者不得不忍痛把这个场面介绍给读者,他的心也在流着泪啊!然而,我不能再写下去了,不能把这个场面的每一个令人悲痛欲绝的细节都描写出来。不!那是笔者是做不到的。请设想一下吧,那八十一个可爱的孩子,那八十一个无辜的牧人之子,在土石的暴雨中怎样绝望地挣扎!请设想一下吧,那些高尚的母亲们因失去骨肉而痛不欲生的情景!听听那刺人心弦的各种声音吧:土石的哗哗声,一阵低过一阵(或者一阵高过一阵)的呼儿声和唤娘声,苦役们压抑的抽泣声,还有那呜呜哇哇的鼓乐声……不谐调吗?然而——这正是一曲宏伟乐章的前奏!预示着王爷的末日!

70

　　王府工程中幸存的一千五百名服役者,经过两个月的艰辛劳作,童子山竣工了。

　　在这两个月里,他们在皮鞭和火枪的看押下,修成了长九十丈、阔五十丈、高九丈的假山。山上栽植了奇形怪状的树木,垒砌了奇形怪状的石头,山顶修起了凉亭、神庙、石板路,山下开掘了一条一丈深、两丈宽的围山河。罪恶的童子山成了一个幽静古雅、风光奇绝的所在。

　　服役者们总算熬出了头,终于可以回家了。他们很高兴。在假山竣工的这天晚上,他们好像一下子把一年多的疲劳和痛苦都抖掉了,身上的伤似乎也不再刺心地疼痛了。精神轻松了,力量也恢复了。他们在围山河边,第一次用心地洗了脸上、手上和脚上的泥土,肩上搭着衣服,迈着轻快的步子,最后一次进入堑壕的唯一的大门。堑壕里很热闹。人们互相开玩笑,摔跤,邀请新结识的朋友到自己的牧场游玩,年轻的男女甚至含羞地谈起婚事来。地平线上的夕辉全部隐去后,人们还停留在毡帐外的草地上,三三五五地吸烟、闲谈和打蚊子。没有人想进去睡觉,都在享受着、消磨着这堑壕包围下的生活的最后一个晚上。只有今天,人们才体味出"快乐"和"轻松"这两个词的含义。

　　不久,刮起了风,刚刚升起的月亮,被乌云遮去了光辉,天空暗了下来。顷刻之间,阴云布满了天空。整个世界好像变成了一个密封的瓦罐,一柄多锋的利剑闪着耀眼的蓝光,把这瓦罐劈成两半,天空发出巨大的轰响。这响声随着那利剑的蓝光的不断闪烁,在天空中滚来滚去。大地被震得在脚下颤抖。

　　即将解放的服役者们,仍高高兴兴地迎风站着,望着闪电,听着雷鸣,想象着在风雨中牧马的紧张场面,想象着雨过天晴、碧空白云,牧场上浮苍流翠、卧牛奔马。是的,他们不仅感到轻松、快乐,简直觉得生活太美了,未来也太好了，心里涌动出从未曾有过的新希望。在这样的时刻，奈曼乌勒等人的心情是和外面的欢乐气氛无法协调起来的。所以他们躲过了笑逐颜开、喜形于色的人群，钻进那座看押犯人的小毡帐。这里一共有十个人，除了我们熟悉的那四个人外，还有六个不知名者，都是奈曼乌勒策划的暴动中的中坚分子，也就是说，都是铁下心来非干一下不可的人。但是，他们今天的聚会，既不是临战的部署，也不是战局的展望，而是心灰意冷地谈论着他们的失败。因为他们都知道，被回家的情绪鼓舞的服役者们，没有几个再想造反了。而明天人们一经踏上归途，就标志着起义的彻底流产，"痛痛快快干一场"的好梦只落得个一场空！

　　为什么落得这样的结局，大家议论纷纷，至少有一半人开始埋怨奈曼乌勒，说他犹豫不决，失掉了个绝好的机会；说他胆小怯战，忘却了人们的苦难。奈曼乌勒默默地听着，没认错，也没反驳，只是摇头叹息。

　　事实上，他们确曾有过一次机会。那是在开始修假山的时候，人们的悲愤情绪达到了顶峰。这时有人挺身而出，肯定会一呼百应，生死都不在话下的。但奈曼乌勒知道，这不是一哄而起的事情，必须在行动前作好充分准备。这时，愿意和奈曼乌勒一起干的人，已由原来的八十人猛增到二百人。这个数字是不小的。但他想到没有外援，没有武器、马匹。他计算过，夺取火枪将有很大的伤亡，没有内应难于攻坚，显然不能往里打，只能往外冲，这样，前面有两道防线，身后有王府内的旗丁，必然腹背受敌。在旗丁闻声跨马围剿下，依靠两条腿，又能有几人冲出包围啊？！那样，这场轰轰烈烈的义举又有多少意义呢？奈曼乌勒应许大家的是冲出去找巴兰森格，痛痛快快地活下去，决不允许把人们带向死亡。如果用一百八十个人的死亡换来二十个人的自由算作胜利的话，那他宁可不要这个胜利！

　　当然，现在是连这样一个硬拼的机会也没有了，除了毡帐里的十个人准备抛弃归家的机会，而加入即将成为"强盗"一伙的人，大概不会有几个人了。但是，奈曼乌勒并不为失掉上次那个机会而后悔，不，他没有丝毫的悔恨，即或现在又有一个机会，而条件还是和上次一样，那他还会毫不犹豫地舍弃这个机会。

　　但是，现在争论这些有什么意义呢？解释这些又有什么必要呢？眼前顶重要的事是要商议一下明天的事，特别是他们这四个人，和别人不一样。别人回去是自由阿拉特，至少是个可以平安活下去的随丁，而他们四人却是

491

囚徒。回喀喇沁旗，罕都烈不会放过他们。所以，他们决心在押解他们返回喀喇沁旗的途中，一定想办法逃跑。最后，奈曼乌勒问格力图尔："你打算怎么办？干脆明天混出去，找巴兰森格妈妈算了！"

"那怎么行！"格力图尔惊讶地说，"要走，也得经额勒瓦奇尔允许呀！"

"你呀！"奈曼乌勒无可奈何地摇头道，"格力图尔，他要不允许你走，你就在这儿呆一辈子？"

"别说呆一辈子，他就是给我一刀我也不能反抗啊！"

奈曼乌勒又转向一言不发的索伦扎鲁："你先探听一下额勒瓦奇尔的口风，他想把格力图尔怎么办？然后再想办法。今晚得弄个准信儿。"

"行吧。"索伦扎鲁懒洋洋地说，"我可以问问。但你们怎么没一个人关心我呢？明天一散伙，我失掉的比你们谁都多呀！"

奈曼乌勒刚想顶他几句，却听到外面一阵欢呼，立刻站起来推开门看。"是额勒瓦奇尔。走，听他说些啥。"奈曼乌勒向里面的人招着手说。

外面，当人们在闪电中看到心情不快的额勒瓦奇尔总监出现在堑壕里边时，一下子全都围了上去，欢呼着、蹦跳着、争着去搀扶他，抢着说些很有感情的话。这一年里，额勒瓦奇尔对服役者们没有过太苛刻的举动，他让服役者多干活儿，不是靠的训斥和鞭打，而是靠精心组织、合理调配。最近人们又听说，额勒瓦奇尔因为修假山一事获罪王爷，被当众毒打一顿。人们确信，这次毒打是因为替他们说话造成的。他为服役者吃了苦，人们理所当然地受了感动。所以，以往由于堑壕、饿狼一事对他产生的憎恨，一古脑儿抛开了。额勒瓦奇尔身边的人越聚越多，听到的动听话也越来越多，他也受了感动，在一瞬间，他曾这样想："如果把他们聚在我的麾下，都围绕着我。那将是一支多么大的力量！"可是，他立刻骇然一抖，不允许自己再想下去了。

他轻叹一口气，看着面前快乐的人群，说道："我希望你们立刻回家。但王爷不准。明天，女人、六十岁以上的老人遣散，余下的全部留下守卫王府。期限一年。"说完，丢下目瞪口呆的人群，迅速地一瘸一瘸地走了。

服役者们惊得心脏停止了跳动，说不出话，有的痛哭失声了。一眨眼的工夫，回家的希望破灭了。无论是快乐、轻松，也无论是希望、憧憬，一下子被雷声震得精光。情绪降到了零点。同时，另一种情绪开始向最高点上升。他们觉得，心里的悲痛、对王爷的怨恨像阴云布满天空一样，在胸膛里翻滚、膨胀，甚至要迸发出来了。

"王爷不让我们活了！"

新的情绪把久蓄心中的却是刹那间熔冶出的一句话交给了风云，变成了一阵雷声，在天空中滚动起来。

站在人群后边的奈曼乌勒的眼睛一下子亮了起来，他感到难得的机会在他们几乎绝望的时刻来到了，他兴奋地看着身旁的格力图尔，说道："王爷帮了我们大忙了！"

"你是说，我们现在……"

"对！可以干一场了！"奈曼乌勒用力敲了一下格力图尔的肩膀，"鬼东西！你真聪明啊！你看，现在我们可不是二百了。鼓动起来，再去找额勒瓦奇尔，他干不干也得把火枪给我们。天呐！多好的机会呀！"

奈曼乌勒说完，对着要散去的人群高喊一声："乡亲们！"

人们纷纷转过身，看着他，不知道他要说什么话。

"乡亲们！"他把格力图尔拉到身边，"我给你们看一个人，这就是格力图尔！"

人们都吃惊地向格力图尔看去，不明白已经处死的全盟通缉犯，怎么会在此刻出现在面前。

"和他们说两句。"奈曼乌勒小声对格力图尔说，看到格力图尔还在犹豫，便拽了他一把，"说嘛，怕啥？"

格力图尔向四周看了看，前进了一步，略一思索，便像震雷似的喊了一句："乡亲们！王爷不让我们活了！我们起来和他干吧！"

在一阵死一般的宁静和骚动过去后，人群中爆发出一声震耳欲聋的呼喊："干吧！"

这时，奈曼乌勒又向前走了一步，大声说道："乡亲们！格力图尔说得对！我们不能再忍耐了！我们不能留下守卫王府！我们要回家！想想吧，我们的牧场，我们的牲口，都要完蛋了！还要我们没年没月地做苦役！还逼着我们亲手活埋了……我们的孩子！不！我们不干了！我们要找王爷算账！我们要打出去，去找巴兰森格，格力图尔就是从巴兰森格首领那里来的！巴兰森格有五百弟兄，我们有一千人！干吧，乡亲们！上次，不少人不愿和我们一起干，我不埋怨你们，因为你们都有家。也有人说我胆小，失去了一次机会，我不生气，但我要告诉大家，我们不能去白白送死！我们是要轰轰烈烈干一场，痛痛快快活下去！乡亲们，谁愿意和我们一起干，马上到中间最大的席棚去！""走啊！"有人喊了一声，人们像潮水般涌向最大的席棚。

此刻,雨落下来了。来势汹涌,就像天空中有一个大海,一下子向大地倾泻下来。额勒瓦奇尔在雨中向自己的毡帐走去。

"王爷不让我们活了!"

这是额勒瓦奇尔走到堑壕门口时,从身后传过来的怒吼声,当他坐进自己的毡帐时,耳边还在响着这句话"这是一句充满多大仇恨的话呀!而且,这里面含蓄着一股多大的力量啊!如果……天呐,这不是我点起的服役者对王爷的怒火吗?"他打了个冷战,端起一大杯酒立即喝光了。他彷徨四顾,寂寥的毡帐显得空荡荡的,伴着孤灯的只有他自己,索伦扎鲁准又是跑到格力图尔那里去了!是的,这还有一个难题摆着,对格力图尔怎么办?杀死他?"他想道,"科尔丹要人怎么办?放了他?放了一个全盟通缉的逃犯!怎么办?天呐,天呐,天呐!"

"天呐!"额勒瓦奇尔吓了一跳,以为是自己喊出声来,但是声音来自门口,门随着喊声猛地开了,索伦扎鲁湿淋淋地闯进来,惊魂未定地说道:"鬼!"

"在哪儿?哪里有什么鬼?"

"外边……在那边……"索伦扎鲁用手指着门外。他是被奈曼乌勒派回来了解火枪的存放处的,但此刻已被鬼吓忘了。

额勒瓦奇尔握起匕首,向外走去,并对索伦扎鲁说:"去找两个旗丁,跟着我。"

额勒瓦奇尔推开门,钻入倾盆的暴雨中,一个闪电,照亮了他前面的一个人影,是一个女人,长发披散着,眼睛是红的,脸是青色的。他一阵寒栗。回身又钻进毡帐,对站在那里的索伦扎鲁说:"快去找人,立刻到我这里来!"

"是。"索伦扎鲁壮起胆子,出去喊来两个旗丁,几个人又一齐走出毡帐。

在大雨滂沱中,在泥泞的草地上,一个披散着头发的中年妇女向王府走去。在她的眼里看不见有痛苦的影子,但却是一双非常可怕的眼睛。是迟钝吗?是麻木吗?是不想活下去的绝望吗?是对未来存在渺茫的侥幸吗?不,这双眼睛,在从灵魂的最隐秘处向外倾泻着疯狂的暴风雨,倾泻着刻骨铭心的仇恨,倾泻着母亲的庄严……

对于这位童子山奠基之灵的母亲,这外界只有那必然要崩塌的天空。其他的一切,她没有也不可能去感觉了。

她向前走着,脚下打着滑。大地仿佛有了先知,在尽力挽留这个善良的母亲,只是趔趄了一下,她又无动于衷地向前走去。她的嘴唇微微张开着,雨水就从嘴角向下流去,流到脖颈,流入前胸;她的手向前伸着,就像要从那大雨中接过一份应得的报偿,喃喃地,却是用整个灵魂、整个心房在呼喊:"儿子!——"

闪电不息,雷声隆隆,大雨如注。

她倒下了,她挣扎着,摆脱了大地的拥抱,爬了起来。在电光中,在雷声中,她双手伸向前方:"儿子——"

她腿上满是泥了,身上满是泥了,头上满是泥了,但她还是往前走着,踏着泥泞的路,双手伸向前方……

她的前面出现了灯光,那是媒楼上的两个窗户,活像两只红色的眼睛,而她就是往这眼睛下面的无形大口里走去。

雨中的两座石狮扑来了!那两只冷酷的眼睛狞视着她,那张开的大口仿佛在呵哧呵哧喘着,就要吞噬它的捕获物……

然而,她还是平静地向前走,踏着泥泞的路,双手伸向前方:

她前面是王府的高墙了。那黑黝黝的巨块向她压下来。她还是往前走着,踏着泥泞的路,双手伸向前方。

现在挡住她去路的是一个高耸的怪物,它蓬松着头发,伸出无数只巨大的多爪的铁掌,呜呜地叫着,犹如狼嚎虎啸。这是王府的假山吗?不,这是儿子的坟墓!就在这下面,可爱的小生命永远地走了。山上奇形怪状的树、奇形怪状的石,都在雨中发出怪叫;每一棵树、每一尊石,都是怪兽,张牙舞爪,龇牙咧嘴。

她正是迎着它走去,双手伸向前方!

假山黑色的泥土上流着闪闪发光的雨水,使人感到鬼气森森;山脚下是湍流的河水,令人觉着毛骨悚然。但她——她是母亲啊!——还是往前走,已踏入河道中了,她上身前倾,双手向前:"儿子!——"

"妈妈!——"

这是什么声音?这不就是在土石的飞扬中,从挣扎着的小身体的恐怖的心灵里,爆发出来的绝望而疯狂的悲呼哀号吗?!

她好像听到了这一声突然的呼唤,她的眼睛亮了!她静静地站在河岸,上身前倾,双手伸向前方,好像在对风声、雨声和树声说:"别响,听!我的儿子在喊我呀!"她站着,静静地期待那声音的再现,想把它紧紧地捕捉住。但她的耳朵里只有风声、雨声和树声:

"呜……哗……,呜……哗……"

"儿子,你在哪儿呀!"瞬息间,她从梦幻回到了现实,似乎感到那超越现实的追求是多么痴呆和虚妄！她眼里的光彩消失了。

可是，忽然一声："妈妈！——"

这是多么真切的呼唤啊！

不只是眼睛了，她那呆滞的脸上也呈放出异彩，兴奋得浑身颤抖了。她不能再叫这声音消逝，她要捉住它，紧紧地、永远地、永远地拥抱在怀里！是的，只要这儿子的呼唤声伴着她，她还需要什么呢？"儿子！等着……妈妈……"她回应着，双手伸向前方，倾身扑向那不可见的但对于母亲却可以触摸甚至可以拥抱的声音……

高处的流水卷着浪花，喷着白雪，咆哮着，汹汹地飞来了！

也许这位可敬的母亲，这位幸福的母亲，这位伟大的母亲，真的拥抱着儿子的声音向那极乐世界走去了，走去了……

"儿子！"母亲在颤抖地低唤。

"妈妈！——"儿子在高声地悲呼。

母亲的低唤和儿子的悲呼，声声相应，响彻了暴风雨之夜……

当额勒瓦奇尔等四人终于看清在闪电中向童子山一步一滑地走去的母亲时，已经晚了。因为那位中年妇女只在河边站了片刻，便投入那激流中了！他们飞速向围山河跑去，寻找投河者的踪影。在石桥下，他们终于找到了她。但是，当她被抬上岸来放在石桥上时，只看到她眼睛微微张了一下，紫色嘴唇轻轻颤动了一下，似乎低声唤了一声："儿子……"在安详得异常漂亮的脸上留下一丝微笑，便永远停止了呼吸……

四个人浑身水淋淋地站了一会儿，表示对这位令人崇敬的母亲的哀悼。又默默地抬起那轻飘飘的身体，放在石桥下的水中，让她随着逝去的流水，永远安息了。

额勒瓦奇尔顶着大雨向毡帐走去时，眼前总是浮现那位母亲安详、美丽的面容，耳边总是响着那声悲切的低唤"儿子！"同时，"王爷不让我们活了！"吼声和着雷鸣又在轰响了。他瑟缩着身体，不敢想，也不敢听。然而那思潮却像那围山河的流水奔腾澎湃，那声音有如春天的第一声雷鸣，震撼大地。

"咱们的火枪发下来了吗？"回到毡帐后的索伦扎鲁终于记起了自己的任务。

额勒瓦奇尔茫然指了指床后，默默坐下来。但一种思绪立刻又闯入脑际："唔！这么大的雨，狼会淹死呀，堑壕会塌陷呀！他们会一哄而散，全跑

光的。而且……"母亲的安详的脸,"王爷不让我们活了"的怒吼,又出现了,又轰响了。"多深的仇恨！多大的力量！可是,那堑壕,那饿狼……他们也许真会闹事呀！"额勒瓦奇尔想着猛地跳起来,对索伦扎鲁喊道："跟我走！"

门开了,五六个湿漉漉的人闯了进来,是奈曼乌勒、格力图尔,还有松和拉和另外几个叫不出名字的壮汉。

"你们怎么出来了？"额勒瓦奇尔厉声问道,重又返身坐下,有些茫然失措。

奈曼乌勒说："你那六个守卫旗丁,是架不住我们几百双拳头的。""什么？"额勒瓦奇尔更加吃惊了,"你们把旗丁打死了？"

奈曼乌勒轻轻"哼"了一声说："他们要是痛痛快快放我们出来,我们是不会招惹他们的。"

"那些服役者？"

"放心吧,额勒瓦奇尔,他们一个也不会走的。"

"你们到底想干什么呢？"额勒瓦奇尔稍稍宽心了,不禁又打听道。

"干一件早就想干的事。我们想找王爷,问问他,让不让我们活？实话和你说吧,额勒瓦奇尔,我们现在有八百人,都是年轻力壮的大汉,他们派我们几个来同你商量,由你来做我们的首领！"

"什么！"额勒瓦奇尔的脸刷地一下子全白了,"叫我带领你们造反？"

"对。带领我们造反。"

"你们不要命了！我不准你们胡闹！"

"额勒瓦奇尔老爷,不是问你准不准,是问你干不干？"

"我……不能干。"

格力图尔向前走了两步,低着头对额勒瓦奇尔说："额勒瓦奇尔老爷,你可能还在恨我。但我还是要劝你,和我们一起干吧。你的仇可以报了。"

"住口！"额勒瓦奇尔怒道,"你这个虎口逃生的家伙,已经害得我好苦了！你还要恩将仇报吗？"

"不。"格力图尔说道,"我不会忘记你的不杀之恩。叫我生,还是叫我死,权力仍握在你的手里。你可以杀死我,但叫这些人不干是做不到的。"

松和拉大声说道："不管你干不干,我们是干定了。而且,我们不准你碰格力图尔一指头！"

"松和拉！"格力图尔厉声制止道,"不要瞎喊！——额勒瓦奇尔老爷,我的生命是你给的,你留下这个生命,是为了报仇。现在这个机会来了,你为什么要躲避它？请您好好想一想吧。"

"是应该好好想一想啊，额勒瓦奇尔老爷。"奈曼乌勒说道，"我们来找你，是因为你为人正直，有才能，相信你能把我们这支人马组织得井井有条、能攻善守，就像你监理王府工程那样卓有成效。是的，我们需要一个像你这样有能力的人；同时，格力图尔坚持推你为首领，因为你救过他的命，他担心我们一闹起来，你会和博克拿多他们玉石俱焚，他要报答你的大恩。格力图尔是我们的朋友，是桑布的儿子，是巴兰森格的女婿，我们没理由不尊重他的意见；否则，会有人像对那六个旗丁那样照样对付你；再说，你自己应该想到，你在王府的处境如何，王爷对你好还是坏？别看我们只是出力干活儿的阿拉特和随丁，但我们也看得很清楚。你忠心耿耿、鞠躬尽瘁，到头来却倍受诬陷，屡遭横祸；你才能出众，勋绩卓著；却地位微贱，如同奴仆。正言直谏则梅伦被夺，稍忤权贵则皮肉遭残。想一想，总监大人，你甘愿空怀壮志，埋没终生，一辈子受那些小人的窝囊气吗?! 最后，我还要告诉你，我们这里就是八百人，巴兰森格那里还有五百弟兄，只要干起来，就是轰轰烈烈的一番事业。和我们在一起干吧，王府旗丁是不堪一击的。何去何从，请总监大人三思。"

额勒瓦奇尔慢慢低下头去。

索伦扎鲁附在奈曼乌勒耳朵上说了一句什么，后者显得异常兴奋。他回身说道："松和拉！去叫刚才编好的火枪营统领带十个弟兄来，把这里的二百枝火枪搬出去！"

松和拉答应着飞快地跑出帐去。

额勒瓦奇尔看了看床后用毯子苫盖着的木箱，那里面是二百支火枪，立刻就要成为攻打王爷的武器了！不禁长长叹息了一声，又埋下头去。

干不干？这对额勒瓦奇尔确实是个痛苦而困难的抉择。他犹豫着，脸上的表情在变化着，一会儿是怨恨，一会儿是恐怖，一会儿是决心，一会是疑虑——进入王府后的一系列迭起的变故都朝他的脑海里涌去，一桩桩往事都在眼前显现出来，跳水的母亲的脸，堑壕里面的怒吼，奈曼乌勒的句句如千斤重锤的话，他脑海里和眼睛里的这一切又突然静止，突然不见了。在他的思想中，出现了这样一句话："我也想这样干，正在盼望着这样一个机会呀！"

额勒瓦奇尔的眼睛闪出光彩，"啪"的一声击案跳起，说道："干！"①

---

① 此次起义发生在1901年3月，本文因行文的需要，将这一时间提前到1900年秋。

71

从"啪"的一声击案而起的一刻开始,额勒瓦奇尔就不再是在呵斥和责骂中唯唯诺诺的总监,而是一支一千多人起义大军的领袖了。他在案前背着手走了几个来回,然后,俨然是一位真正的军事首脑,坐上主位,主持了起义军的第一次军事会议。他详细地听取了奈曼乌勒的初步计划,立即作了必要的组织安排;由他提议并一致通过了任命格力图尔、奈曼乌勒任副统帅,索伦扎鲁任额勒瓦奇尔的传令官,松和拉年龄小,就叫他做格力图尔的传令官。他把火枪营增加到两个,因为他确信手下的三百旗丁会毫不犹豫地跟他走。但为了把握起见,把这三百人分成两组,每组分别和另一百名苦工中的火枪手合并成一个火枪营,两个火枪营的统领分别由格力图尔和奈曼乌勒兼任。最后,额勒瓦奇尔作了围攻王府的部署。这对他是再容易不过了,他熟悉王府的每一寸土地,知道任何一个房间的用处,了解每一座府门的位置和坚固程度,甚至清楚到里面有多少旗丁,在什么地方守卫。总之,对这一切,他是了若指掌。他令格力图尔攻打正门,奈曼乌勒攻打后门,并准备把所有徒手的服役者,放在格力图尔火枪营的后面,呐喊助威。为了防止有人在攻破王府后,争夺财物、追逐舞女,额勒瓦奇尔还画了一张王府略图,标明了所有应该保护的房间。

这次会议开得非常成功,人人满意。特别是,人们从额勒瓦奇尔的炯炯如火的眼神,宽阔前额上智慧的深纹,浮在嘴角的一丝骄傲的嘲弄的笑意,以及上身微微前倾的稳重步履和不加矫饰的钟一样的声音,特别是他深思熟虑的战斗部署和指挥若定的态度,使人们相信选择了一个胸有成竹、手操胜券的天才统帅,因而对即将来临的战斗充满胜利的信心。

时近午夜,天上的暴风雨停歇了,地上的暴风雨就要开始,近两千人组成的队伍,气势汹汹地在王府的前后呐喊起来。

此时,王府大殿的夜宴正值高潮。在王爷两侧就坐的不仅有博克拿多和科尔丹,还有佐领、参领、笔帖式等很难有机会参加王爷夜宴的臣僚们。因为,王爷很高兴,大雨使这夜很凉爽,加上两个月来各地送来的贺礼中的食物多得必须处理了,夜宴扩大范围了。

但好景不长,门突然被推开了,王府内巡逻的百夫长慌里慌张地跑到王爷面前,报告了服役者围攻王府的消息。

"什么!"色旺诺尔布桑保王爷拍了一下面前的案几,发怒地狂吼起来,"简直是胆大包天!——博克拿多,还有你,科尔丹,去告诉他们,老老实实滚回去!要惹得我性起,我就亲手把他们一个个砍头!让他们血流成河,用他们的头颅再修一座假山!"

博克拿多和科尔丹站了起来,互相看了一眼,便一声不响地向外走去。他们一踏上石板路,便听到王府外面的喊声,一阵高过一阵,分不清是从哪个方向传来的。两人在呐喊声中走完了石板路,踏上了台阶,走入城门上的堞楼。

堞楼上的几个守卫的旗丁,正不知所措地向下看着。

"科尔丹,你去向他们下命令吧。"

"我?我想还是协理大人更有权威。"

"别说那个了!我的嗓子实在不得劲儿。"

科尔丹心里骂道:"你那张屄嘴是专门用来在王爷面前说恭维话的!"嘴上却说道:"只是命令现在已经不起作用了。闹出这样的事儿,说明他们把命令已视同草芥。我刚才想了一下,觉得叔父的看法是对的。为什么用这些人守卫王府?该让他们回家才对……"

"那你说怎么办呢?"

科尔丹摇了摇头,拉着博克拿多向窗口走去,并说道:"现在的办法是,问问他们有什么要求,如果就是要求回家,我看可以答应,然后再想别的办法。"

"那样王爷会允许吗?"

"王爷……这正是为了王爷……"

"那好吧,试试看。"

两个人走到窗口,刚把头伸出窗外就赶忙缩了回来。虽然看不清下面到底有多少人,但是由于他们的出现喊声暂时停止了,但他们知道那里人确

实不少,两座石狮的周围黑鸦鸦一片。而且那么多乌黑的枪口对着堞楼。

科尔丹顿了一下喉咙,说道:"喂!你们听着!你们先回去,有什么要求,明天和我说,我替你们转告王爷。"

回答他的是一阵高过一阵的怒吼,科尔丹分辨不出喊的是什么口号。

喊声弱下去后,人群中簇拥出一个人来,他朝着堞楼高声喊道:"科尔丹!去叫王爷出来,我有话和他说。"

"天呐!"博克拿多惊叫道,"是额勒瓦奇尔总监!"

"额勒瓦奇尔叔父!"科尔丹也大吃一惊,一股寒流窜上脊梁。这时,科尔丹又听到了格力图尔的声音:"喂!告诉你们,他不是总监,也不是你的叔父,是我们的额勒瓦奇尔统帅!他手下有五百个火枪手,三百个大刀手,五百个棍棒手!一会儿还有巴兰森格的五百勇士来会合!去把王爷请出来吧,要不我们可要开火了!"说着,拉过一枝火枪,朝堞楼"啪"地就是一枪,博克拿多的亮红顶叮当一声掉到地上,格力图尔的笑声和无数人的叫好声接着冲进窗口。

博克拿多大惊失色,慌忙退后几步,朝着傻呵呵站在一旁的旗丁嚷道:"快上去!给我开枪!"

"放下!"科尔丹大声制止着旗丁,"不准开枪!"回头瞪了博克拿多一眼,说话的声音变得十分尖硬,"你想把事态闹到不可收拾的地步吗?真是愚蠢透顶了!"

"你说什么?科尔丹!"

"我说你蠢!"科尔丹恨恨地喊道,"走!回去。"

"好啊,你是想给我下命令呀!我可是协理!"

"你是皇上也没有用!额勒瓦奇尔的本事难道不比你大?!你现在最好别想什么协理,想想活命吧!"说罢匆匆离开了堞楼。博克拿多想了想只好也跟了出去。

科尔丹走下堞楼,感到身上的力量在迅速消失,一阵莫名的悲哀使他滴下眼泪。回到大殿,正值百夫长又来报告说后门也被围住了。科尔丹叹了口气,感到大势已去,只好向王爷禀告道:

"王爷,他们一定要您出去。"

"笑话!"王爷暴跳起来叫道,"让我去我就去?告诉旗丁,给我开枪镇压!"

"王爷！那样只会坏事。他们有五百火枪手。我们可没有天兵天将呀！门外的旗丁已全部投到他们一边了。"

博克拿多怯生生地说道："王爷，我看王爷还是出去一下……否则，我们都完了！"

"混蛋！你害怕丢掉性命，却叫我去在他们面前讨饶！他妈的，事情都坏在你手里！"王爷急得破口大骂起来，"我的旗丁呢？哪儿去了？都他妈叫你送给那个大鼻子了！"

"王爷……"博克拿多吞吞吐吐地不知如何回答才好。

科尔丹接着说道："王爷，现在追究以往的过错已来不及了。我想，我们必须舍弃王府……"

"你是说逃跑？"

"这当然是很丢脸的。但在今天这种情况下，他们的怨怒至极使斗志旺盛，我们该先避避锋芒，以后或剿或抚。舍此别无出路。"

"博克拿多，你说怎么办？"

这在以往博克拿多总是侃侃而谈、头头是道，但眼下的事，他实在是腹内空空，道不得片言只字，只是呐呐道："王爷，奴才方寸已乱，实在难……"

"哼！"王爷朝他瞪了一眼，转向科尔丹，"现在王府内的权力统归你一身。下命令吧。"

科尔丹躬身领命，唤过统领："王府内一共有多少旗丁？"

"八十名。"

"不少。立刻全部集合，分成两部分，前后门各四十。命令他们马上开火，然后你迅速返回。明白了吗？"

"明白了。"

"科尔丹！"博克拿多惊叫道，"你不是说不能开枪吗？"

科尔丹瞥了他一眼，转向参领说："执行下述命令：第一，马上找人把一箱炸药搬到东边城墙的出水口处，听到枪响，立即引爆；第二，立即鞴上十匹马，牵到正殿门前。快去！"

科尔丹又对剩下的几个人说："回到你们的公事房，收拾好应携带的文簿案卷，立刻返回这里。快去！"

一切部署停当后，科尔丹把王爷扶出大殿，跨上刚刚鞴来的马匹。这时，王府前后都响起了枪声，几乎同时从东侧隐约传来一声沉闷的轰响。科尔丹对已跨上马的人说："走！不等了。"在科尔丹的带领下，五匹马朝东侧的城墙驰去……

王爷逃走后，正、后两面的激战持续了半个小时，起义的队伍在额勒瓦奇尔带领下进入王府，一直冲上正殿，这时，他们才知道王爷已逃离王府，他们受骗了。

额勒瓦奇尔考虑片刻，肯定色旺是去热河都统处，途中只能在格根庙歇脚。若是打乱了他的逃跑路线，也就难于活捉了。于是，立刻作出新的战斗部署："格力图尔，你可直趋格根庙；奈曼乌勒先去喀喇沁旗，捉住罕都烈后，也到格根庙会齐。我算定，你们将在明天活捉王爷。我和索伦扎鲁以及余下的人清理王府，准备酒宴，迎接你们的凯旋！"

72

在辽阔的蒙古草原上,喇嘛庙是受人尊崇而不可侵扰的圣地。大喇嘛,他们的地位在王公贵戚之上,对札萨克的任命,甚至对盟长的选择,他们的意见,往往有决定性作用。所以,每年都有远近的札萨克、王公们来朝拜。在这些喇嘛庙内,有一座锡嚼格图莫勒根格根庙。它的领地远远超过旗札萨克,又有数不清的沙比那儿(徒众)供驱使。加上各旗的"布施",每年的纯收益相当于一个普通札萨克的二十倍。这座大喇嘛庙,有住持喇嘛以下大小喇嘛六百余名,在建筑的富丽堂皇上也是出类拔萃的。神殿极其宏伟。座落在后半部的好像用几个大小不等的圆球垒起来的寺塔,高耸入云,几十里外就可以看见它的尖顶闪着的白光。暗紫色的庙门用厚铁包着,上面黑色大钉的圆形顶帽,组成虎头的图案,两只大铁环就好像穿在虎鼻子上。这座门比图什业图王府的宫门还大,坚固程度也是宫门所不及的。大门的上面是望楼,也比图什业图王府的堞楼高,里面很宽敞,挂着大钟。大门外的两侧,立着两个大鼎,比图什业图王府门前的两座石狮更显威严。庙门里,直通正面神殿的甬道,宽阔平整,铺的石板被无数双脚和膝盖磨得溜平。甬道两侧是万年青、仙人掌一类花草。正面和两侧的神殿,里面的光线都很暗,时常有轰然的回声传到大庭院中,置身庙中,自会产生一种超然和肃穆的感觉。

但是,被小喇嘛领进庙内的色旺诺尔布桑保王爷和科尔丹梅伦,既无心观赏庙景,也领略不到超然肃穆。有的只是躯体在紧张逃跑后的极度疲惫,心里充满了恐惧、怨恨、羞愧和凄惨。当他们踏上台阶时,由于十分吃力,各种不愉快就愈发强烈,特别是羞愧,似乎是随着台阶一步步升高。

小喇嘛把两个亡命徒引进正殿,先参拜了泥塑佛像,祷告了几句请佛爷保佑平安的话。但当他们听到自己的颤抖的声音在大殿里回荡,却增加了

恐怖与不安,好像可怖的神谴已经落在头上。

绕过正殿,他们便被带进了方丈。

红光满面的、披着宽大袈裟的、比佛像还要威武的住持喇嘛,庄重但不十分冷淡地接见了两个狼狈不堪的朝拜者,把他们让到两把椅子上坐定,吩咐小喇嘛献上茶水和果品。

住持喇嘛不动声色地对两个失魂落魄的客人观察了一番,呡了一口茶,把手里的念珠挂到脖子上,声音洪亮地说道:"两位贵客屈尊山门,有失迎迓。听说色旺诺尔布桑保起造王府,豪华宏伟,未去贺喜。在此,一并深至歉意。"

色旺诺尔布桑保王爷本来就感到难于启齿,听到住持喇嘛谈到修建王府,更触到痛处,一阵凄然和羞愧,愈发使他说不出话来。他嘴唇抖动了几下,只发出了一个单音词:"唉——"

住持喇嘛在心里冷笑了一下,郑重其事地问道:"此次大驾光临敝寺,不知有何见教?"

色旺诺尔布桑保王爷低下头去,看着想吃又不好意思拿到手里的果品,无精打采地说:"说起来,真是……惭愧。我是被赶出王府的。""竟有这事!"住持喇嘛惊奇地扬起眉头说道,"谁这样胆大包天,敢对皇亲国戚、神圣的王爷如此无礼!"

色旺诺尔布桑保再没有力量说下去了,把头深深埋入胸前。住持喇嘛询问地看了科尔丹一下,似乎想让他作一番说明。

科尔丹站起来向住持喇嘛鞠了一躬,说道:"佛爷,在下是喀喇沁旗扎萨克的嗣子,名叫……"

"唔,你是科尔丹,对吗?我认识令尊大人。听说你在王爷手下任梅伦——请坐下,继续说。"

科尔丹又施了个礼,坐了下去,盯着住持喇嘛微皱的眉头,说道:"前天夜里,王府壮丁造反,冲进宫门。王爷不得不暂时回避。因无处可投,故不揣冒渎神灵之罪,来求活佛庇佑。"

"唔,壮丁造反。有多少人?"

"我想,有六七百人,可能更多。"

"不少。不过,这些乌合之众,怎能轻易打进王府呢?"

"第一,事出突然,未加防范;第二,旗丁太少,不足御敌……""等一等。"住持喇嘛打断科尔丹的话头,说道,"据说你们有五六百旗丁,且又都是火枪装备,怎么说太少,不足御敌呢?"

"佛爷,是这样,我们的旗丁事实上超过您说的数字。但协理博克拿多借给俄国人二百名,另有三百名暂归额勒瓦奇尔管带,而这次造反,恰恰是额勒瓦奇尔为首,这三百名当然就倒戈了。王府内的旗丁,不到一百人……"

住持喇嘛惊讶地说:"你说什么!首恶竟是额勒瓦奇尔?他是令叔吧?"

"是的,佛爷。现在回想起来,额勒瓦奇尔叔父成为逆首毫不奇怪。"科尔丹看了看住持喇嘛询问的眼睛,又看了看王爷惊异的眼睛,继续说下去,"我了解叔父,他是个才能出众的人,又是刚正不阿的人,委以重任,定能有所作为。但在王府求用不得用,且屡遭羞辱左迁,心怀愤懑。叔父后来也曾想归隐山林,但协理有意作难,偏要王爷留他守卫王府。叔父求归不得归。此时,修建王府丁壮因王爷在工程告竣后仍不准返家而怨声载道,一触即发。因此,叔父有了发泄怨气的机会,走上叛逆的道路……"

住持喇嘛和王爷还不能一下子弄懂面前这个年轻人的奇谈怪论,所以都没说话,科尔丹深吸一口气,又接着说下去:"以博克拿多看来,像叔父这种逆来顺受惯了的人,无论受了多大委屈,也是不敢生出反叛的念头的。他既嫉妒叔父的才干,又想利用叔父的能力,所以他绝不肯让叔父有个显要地位。王府竣工前,王爷曾想重用叔父,但协理大人却和王爷说所有军职人员都是窝囊废,只有额勒瓦奇尔能确保王府安全。这样,不仅使叔父大失所望,而且在进退维谷的情况下,使他决心孤注一掷,同时,我们又给了他造反所需的人和枪。我粗略估计,他统率的人肯定在一千以上,火枪决不会少于五百支……"

"唔!"住持喇嘛惊叹了一声,"如此看来,这事还真有点儿不妙啊!在这种情况下,你们能逃出来,倒是个奇迹呢。"

科尔丹说道:"如果不是雨夜毁墙逃出,恐怕我们早就身首异处了!"

"所以,这已经不是什么'回避'了……唉,色旺啊色旺,我多次劝诫你,要加强防守力量,要收敛点儿性情,不要重用小人,可你,并未听我的话,结果,自讨苦吃。——那么,博克拿多呢?他没跑出来吗?"

"他?"科尔丹掩饰不住气愤地说,"请问问王爷吧。"

色旺诺尔布桑保恨得咬牙切齿地道:"这个坏蛋!他差点儿把我活活送

给那群暴徒！该死的……博克拿多！"

"怎么回事？"住持喇嘛向科尔丹问道。

科尔丹轻轻"哼"了一声说："到了生死关头，他心里就没有王爷了。当时，我们五个人走到天明，只剩下三个人，参领和佐领不见了，这时，一群暴徒正对我们穷追不舍。王爷身体发福，是不适合于逃跑的，速度当然快不了。我们得时时停下来等王爷。当我们又一次和王爷拉开了距离时，博克拿多忽然问我：'你想活命吗？''当然。'我说。他指指前边说：'你看到那片树林了吗？'我说：'看到了！'便明白了他的用意。因为我记得脚下的道路在那片灌木林处岔成两股，他一定是想在拐过去后，钻入灌木林。我想，这有什么意义？追赶的人不见了我们的人影，还不会在灌木林里把我们搜出来！正在疑惑不解，他又凑过来说：'看来，我们有救啊，科尔丹！可是必须快，我们拐过那片灌木林就钻进去！'我说：'王爷怎么办？'他说：'不能管他了，让他在后面跟着吧！壮丁们抓住他，就不会再去搜我们了！你说对不？'我听了这话，简直气炸了肺，记不得骂了他一句什么。他却冷笑说：'去跟你的王爷作伴吧！'说完，快马加鞭，一溜烟往前冲去了。我等了一会儿，和王爷一起拐过了那片灌木林，博克拿多果然不见了，只有马留在原地安闲地吃着草。我知道，都钻进去不是聪明的办法。这片灌木林还不及王府的庭院大。但我们必须想法逃脱追击。我勒住马，叫王爷抛弃他的坐骑，爬到我的鞍桥后边。后来，我看见那些追赶我们的人在留下的两匹马前犹豫了一下，就下马四散了，这使我们抢到了一点儿时间。好在天色已晚，这才摆脱了追击。"

住持喇嘛点点头，看着科尔丹说："你能忠于王爷，这很好……"说着，站起身，在室内慢慢地踱着，自言自语地说着，"没想到，竟是自诩固若金汤的哲盟先乱了套。偌大的王府，逆贼竟如探囊取物，不费吹灰之力。真是出乖露丑，丢尽了人！"

听着住持喇嘛以教训的口吻说出的话，色旺诺尔布桑保心里很不舒服，险上一阵红一阵白，但他没有发作，而且好像多少觉察到过去用人有失当之处，所以他低下头说："唉，事情都坏在博克拿多手里，我也是瞎了眼，竟用他做协理！"

"说这些有什么用？你们这些尊贵的王公落魄的时候才知道贤才，听几句忠告；一旦得势，依然故我。不谈这些了。还是说说你们打算怎么办吧？"住持喇嘛最后一句话是对科尔丹说的。

科尔丹道:"我准备同王爷一起去盛京将军府请求救兵,千人的武装暴乱,将军府是不能不派重兵镇压的。但我们匆匆逃出,车驾不备,资斧空乏,尚请佛爷垂怜相助。"

"这个容易,你们可以放心。另外,我给增祺将军写封信。没有我的信,他是不大可能发兵的。你们打算什么时候走?"

"我想,事不宜迟。佛爷深深体谅我们身处困境,恕我唐突,请佛爷最好现在就写信。我们下午即起身。王爷可以在车上睡觉。王爷看这样可以吗?"

色旺诺尔布桑保叹口气说:"就照你说的办吧。"

话音刚停,一个小喇嘛慌里慌张地走了进来,报告住持喇嘛说:"外面有几百人马围住了寺庙。声称要见王爷。"

色旺诺尔布桑保王爷、科尔丹梅伦以及住持喇嘛都大吃一惊。

科尔丹说道:"真没想到,他们竟这样快!"

住持喇嘛推开已准备好的纸笔,瞪了抖作一团的王爷一眼,说道:"你真使我的山门热闹起来了呢!"又转向小喇嘛问道:"庙门关好了吗?"

"没有。他们都停在门外,好像不准备冲进来。"

"蠢材!快去关上!"

"是。"小喇嘛一溜烟跑出去了。

"怎么办?"色旺诺尔布桑保焦急地说。

"你着急连个屁也不顶!"住持喇嘛不客气地说起粗俗话,扔下他们两个,径自走出房间,直奔望楼。

登上望楼往下看去,住持喇嘛顿时骇然。外面竟有这么多凶悍的骑手和牧民!举目远眺,一群群人正不断飞奔而来,不是几百人,简直有几千人!

庙门外的起义者们一见住持喇嘛,便齐声喊起来:

"要王爷出来!"

"减轻差役!"

"把王爷交出来!"

"火烧王爷!"

怒吼的声浪略微低下去以后,住持喇嘛高声说道:"我清静佛门,与俗世无涉,怎能接纳色旺诺尔布桑保王爷。尔等不可造次。尔等一时愚昧,受坏人蛊惑,竟至四处追逐王爷,干扰佛地清静,亵渎神佛,罪过罪过。佛门以慈

悲为怀,我劝尔等及早回头,免遭上天惩罚!"下面回答他的是一阵更激烈的声浪。

骑着马站在最前面的格力图尔仰着头对住持喇嘛喊道:"你不要骗我们了!王爷就在庙内,还有科尔丹。你只要把他们交出来,我们保证不动神庙一根草!"

"你怎么称呼?"

"我吗?就叫格力图尔老爷吧!"

格力图尔的话引起人们一阵哄笑和快乐的叫好声。

"你是为首的吗?格力图尔!"

"就算是为首的吧。怎么样?"

"不怎么样。我希望你相信我。我不会骗你们!色旺诺尔布桑保王爷确实未进本庙。你带领你的人马到别处去寻找吧"

"佛爷!你今天说的可净是骗人话!"说话的人是和格力图尔并排站着的奈曼乌勒,"跟你说吧,佛爷,有人亲眼看见科尔丹和王爷骑着一匹马到这里来了。你看,他们的马还在门外拴着!我们不冲进去,是给你留个面子,是因为对我佛的虔诚。你要再啰唆,我们就不客气了!"

格力图尔接着说:"等我们打进去捉住王爷,你的庙也就成平地了!"

住持喇嘛看到四面八方陆续有人向庙前奔来,有的骑马,有的徒步,有的手持棍棒兵刃,有的手拿弓弩猎枪。人愈聚愈多,喊声愈来愈大。唯一可以听清的一句话,便是"交出王爷"!他感到局面不好收拾了,但他还想用佛法对阿拉特最后来一次震慑:"尔等听着!佛法无边,惩恶庇善。尔等误入迷津,回头是岸。若再不听劝戒,定堕地狱!"

格力图尔大声喊道:"你看看,人越来越多,不见到王爷,谁也不会走。你说吧,是交出王爷,还是准备重修庙宇!"

"唉,你们真是作恶!"住持喇嘛说了这么一句,擦了一把汗,匆匆走下望楼。

住持喇嘛回到方丈,对面如土色的色旺诺尔布桑保王爷说道:"没办法,你的壮丁非要你出去说话不可。我看你还是去见见他们吧!也好开开眼界!"

"那怎么行?"王爷哭丧着脸说,"你就告诉他们,我没在这儿呀!"

"哼!你们自己就告诉他们了!你们的马就放在门口当幌子呢。"

"唉呀!"科尔丹惊叫道,"真糟糕!我们真是吓昏了头,竟忘了马……"

"色旺!怎么办?你不见他们,我的庙堂可要受到威胁了。那个叫格力图尔的凶汉声称,不交出王爷,就要我重修格根庙!"

"格力图尔?哪里又跑出个格力图尔!"

"他没死。"科尔丹简单地回答道,不再去管理缩成一团的王爷,只在地毯上走过来走过去。

此时,外面一阵高过一阵的喊声,已清晰地传到住持房间里来,冲进王爷的耳朵里,他不敢听了,索性捂上了耳朵。

"王爷。"过了一会儿,科尔丹说道,他看到王爷捂着耳朵,便走过去轻轻拉下王爷的手,"王爷,我去见他们。但是你必须赋予我全权,他们无论提出什么条件,我都可以答应。这样也许会保住王爷的性命……"

"行啊。"王爷像哭一样说,"只要能保住我的命……"

科尔丹叹了口气,走出房间,经过长长的甬道,登上望楼。

门外的人群一看见科尔丹出现在望楼上,立刻沸腾般地欢呼起来。科尔丹心里明白,人们的欢呼并不是对他的欢迎,而是因为他一露面,就证明王爷肯定在庙内。

格力图尔朝身后的人群挥了挥手喊道:"大家静一静,听听科尔丹有什么话?"然后,他仰起脸,盯住科尔丹说道:"王爷在里面吗?"

"在里面。"科尔丹点头道。

"让他出来!我们想见见他!"

"王爷身体欠安,正在佛爷的房间歇息。你们有什么话,尽管说,我可以替王爷做主。我想你们一定会有一些要求,有一些条件……我也相信你们不会对王爷有什么过分的举动。格力图尔,对吗?"

"不对!科尔丹少爷。"格力图尔笑道,"这回你可说错了。我们这回的行动非有点儿过分不可!我劝你把王爷当作一块臭肉扔到一边算了。我们可以放你回家,保证你的安全!"

"不。"科尔丹摇头道,"我不能离开王爷。如果需要,我就和王爷一同死!格力图尔,你知道什么叫'信义''忠诚',我不能在逆子以外再加一个不忠的骂名!"

"你很会说话,科尔丹少爷!"奈曼乌勒带着讥笑说,"你的话使我们想起来你以往的一些好处,特别是对格力图尔的恩惠。我们正是看在格力图尔的面上,免你一死。你赶快回喀喇沁旗吧!那里已经乱了套,罕都烈跑了,你的那些随丁们已投到我们队伍里来了!赶快回家收拾残局吧!"

"什么!"科尔丹悲哀地叫道,"那么家母……"

"放心吧,科尔丹少爷!"奈曼乌勒回答道:"我们不可能像令尊大人那么心狠手辣!但你的妈妈不愿留在喀喇沁旗,她说她要带着哈森到一个你知道的地方去!"

科尔丹放心地吁口气,感动地说:"谢谢你们,谢谢你们……"

这时,人群后面有人喊:"格力图尔!套住了!"

格力图尔回头问道:"套住什么了?"

"罕都烈!"

奈曼乌勒兴奋地大声喊道:"让开路!把罕都烈大人请过来!"

人们很快闪开一条路,一个很精神的年轻人骑马走过来,他手里握着套马杆,套马索正好勒在罕都烈的脖子上,魂不附体的罕都烈上气不接下气地跟在后面,不住地向四下里张望。

忽然,他一眼看到了格力图尔,便"噗通"一声跪到地上,哭丧着死灰般的脸,哀求道:"格力图尔!饶命啊!"

奈曼乌勒怒不可遏地跳下马,一瘸一拐地走到罕都烈面前,咬牙切齿地说:"饶谁的命?饶你?你恶贯满盈了!"他那紧握的拳头差一点儿向那可恶的头上砸去。

松和拉也跳了下来,扬手就是一个耳光,骂道:"狗养的!忘了你怎么折磨我们吗?忘了你怎么用马拖我们了吗?真该把你的肉一块块割下来吃了!"

人们一片喊打声。

格力图尔挥着双手道:"乡亲们!稍等一会儿,让我们听听罕都烈是怎么钻进套马索的?——喂,小伙子,你叫什么名?"

拿着套马杆的年轻人说:"赛吉拉呼。"

"多吉利的名字[①]!"格力图尔笑道,"看来我们大有希望啊!赛吉拉呼,跟大家讲讲,怎么立的功?"

赛吉拉呼清了一下嗓子,自豪地扫视了一下大群的人马,说道:"我是喀喇沁旗红柳村的。我们听说王府闹起了大事,高兴极了,都想来投军。可是

---

① 赛吉拉呼是蒙古语"希望"的意思。

我们总得有点儿见面礼呀！正巧,罕都烈被我看见了。我想:'狗东西！听说格力图尔没抓住你,叫我碰上了！我正好拿你当个见面礼,格力图尔和他的几个弟兄准能高兴！'我这么想着,就拿起了套马杆,跨上马,追了过去。他见大事不好,连加数鞭。不要命地向前飞跑。我心里说:'跑吧,狗东西,白扯！别说是你这么个糟老头子,就是一只猛虎也甭想逃脱我的套马杆！'我紧磕双镫,在后边紧追不放,这坐骑就'嗒嗒嗒'一阵风追上去了。到了跟前,我扬起套马杆,这么一甩,'嗖'——套上了,又这么一拽,'噗楞楞',就把他拉下马来了！"赛吉拉呼说得兴起,真的"一甩""一拽"起来,这下可就有趣了,只见罕都烈一会儿像被钓的鱼儿一样甩离了地面,一会儿又像拽死狗似的被拖了一段。那套马索一下子勒紧了,差点儿使罕都烈断了气,他躺在地上挣扎着,手忙脚乱地解着套索,费了半天劲儿才把那套马索松动了一点儿,坐在地上只有喘粗气的份儿。

赛吉拉呼低头看着罕都烈挤了挤眼说:"松一松吧,松一松吧。真对不起,罕都烈老爷！"又转向格力图尔,"就是这么回事儿。我们追了你们一天,特来献功！"

格力图尔微笑道:"干得真漂亮！赛吉拉呼,你立了大功！留下跟我们一起干吧,怎么样？"

"那还用说！我们来了不少人呢。"

"多少？"

"十个。"

"真不少。赛拉吉呼,给你个官当,你就做这十个人的十夫长吧！""谢格力图尔大人的栽培！"

赛吉拉呼的话和那俯首敬礼的滑稽样子,又引起人们一阵惬意的笑声。

格力图尔转向奈曼乌勒和松和拉,问道:"我们怎么打发罕都烈大人啊？"

松和拉满怀仇恨地说:"干脆,拖死！让他也尝尝被马拖的滋味！""对！拖死他！"不少人大声喊起来。

罕都烈在人们的喊声中不住地磕头求饶。

奈曼乌勒咬着嘴唇想了一下,说道:"拖死也解不了我们的心头之恨！"他又挥手叹了一口气,"算了吧,给他一刀让他痛痛快快死了算了！我们还是不看那样的……场面。"

格力图尔大声对罕都烈说:"听着,罕都烈!本应该用马拖死你,拖得你一块肉都不剩!不过我们可不像你们那些老爷便宜了你!——把他推到后边,砍头!"

罕都烈在绝望而无力的哭喊中被松和拉拽起推到人群后边去了……

奈曼乌勒低着头走到坐骑跟前,爬上马背,往后边行刑的地方看了看,叹了口气对格力图尔说道:"格力图尔,真该拖死他呀!他欠我们的债太多了……特别是桑布大伯……唉,我的心肠还是太软……好弟弟,你生我的气吗?你会不会说我忘了仇恨,忘了过去的苦难?"格力图尔真诚而感动地说:"奈曼乌勒大哥,我不会埋怨你,永远不会……你今天的行动,证明你有一颗高贵的心……"

奈曼乌勒又回身向后望着。他看到松和拉扬起大刀,不由得流下眼泪,仰望着天空,大声地喊道:"桑布大伯!我们给你报仇了!你看到了吗?"说着,和格力图尔抱头痛哭起来。

格力图尔一边哭一边说:"爸爸会看到的,会看到的。爸爸!你安息吧!妈妈!是的,我的仇还没有报完!"说着,擦去泪水,猛地把头扬起,看着望楼上的科尔丹,大声喊起来,"科尔丹!王爷是插上翅膀也飞不出去了,你赶快把他交出来!"

"交出王爷!"有人喊了一声,立刻又爆发出一阵雷鸣般的喊声。在人们的喊声中,格力图尔又对科尔丹说道:"怎么样?是听我们的,还是跟随王爷?"

"我……当然跟随王爷……"

"那你就回去告诉王爷,如果你们在太阳落山前不走出庙门,我们就冲进去!不管僧俗全部砍死!"

科尔丹垂头站了一会儿,又说道:"格力图尔!不管你们提出什么条件,我都可以代表王爷答应。但我只有一点请求:请留下王爷的性命。"

格力图尔怒气冲冲地朝科尔丹挥了挥手,从怀里掏出一张纸,叫旁边的人递给他一块小石头,包好后,向望楼上扔过去:"接着!科尔丹,你看看吧,那上面全写着!如果你认为那些罪状不符,我们就闪开道,放王爷走!"

科尔丹接在手里,把纸展开,那上面是额勒瓦奇尔亲笔开列的"色旺诺尔布桑保四十八条罪状"。科尔丹看着,不住地摇头叹气,渐渐低下了头。

"拿给我……看看!"

从背后传来的声音,使科尔丹吓了一跳。他回过头来,只见不知什么时候爬上来的色旺诺尔布桑保王爷气喘吁吁地坐在地上,正用一种期待的眼光看着他。科尔丹忙把那张纸递给了王爷。

　　王爷很仔细地读着,有时皱眉,有时点头,有时忿然,有时又冷然一笑。全部读完后,他重重地叹了口气,悲哀地说:"额勒瓦奇尔是条汉子,一句编造的话也没有……"

　　科尔丹怜悯地看着王爷,说不出是什么滋味。

　　"告诉他们……我知罪了……要能留我活命,我……洗心革面,痛改……前非!"

　　"王爷……"科尔丹忍不住落下泪来。

　　"去吧,去说吧!"

　　科尔丹用袖头擦去泪水,重重地叹了一口气,回身对着下面仍在怒吼的人群,挥了一下手,表示要说话,楼下开始静下来。他感慨而又悲哀地说:"王爷就在我的身后……他看到了你们的……诉状。王爷叫我告诉你们,他保证'洗心革面,痛改前非'……"

　　科尔丹的话使门外的人群感到惊讶和激动,立刻静得没有一点儿声音了。很多人听到昔日威严的神圣不可侵犯的王爷竟在一群低贱的黑骨头面前表示痛改前非,除了感到新奇和快意之外,又渐渐产生了恻隐之心。如果此时有人喊一声:"原谅他吧!"那么人们就会哄然一声散去大半。

　　"不行!"奈曼乌勒怒道,声音大得似乎震响了望楼上的大钟,"难道一句保证的话就能把王爷的罪愆一笔勾消吗?他欠我们的债太多了,我们要他的命!"

　　"对!让他偿命!"人们又怒吼起来,新的声浪和胜利的豪情又冲去了一些人心上的刹那间的软弱和退让。

　　科尔丹怨恨地大声说:"一个王爷在他的属下面前作出洗心革面的保证,同时也宽恕了你们的造反。你们还不知足吗?你们想让这世界重新混沌吗?要怎样才能满足你们的那颗不知餍足的心呢?格力图尔呀,奈曼乌勒呀!这仍旧不能使你们的高傲的心高兴得颤抖吗?这仍旧不能使你们从残忍走向宽恕吗?可恶的人们啊,收住你们的狂吼乱叫,收住你们的狂悖和嗜血,收住你们向罪恶和地狱走去的双脚……"

　　"住口!"格力图尔大怒道,"如果我没对你发过誓言,如果这些话不是从

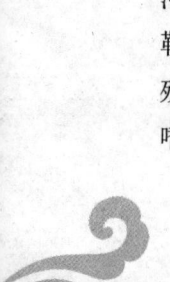

你的口中,而是从另一个人的口中说出来,我会立刻用手中的匕首割断他的喉咙,让他永世说不出话来!你的王爷刚刚说出一句悔过的话,你就为他不平了,为他喊冤了!可我们,奴颜卑膝地在他面前下跪,像对待神佛一样向他乞怜、哀告、哭泣,他知足了吗?收住他的狂悖和嗜血了吗?你为什么不为我们喊冤叫屈!你叫我们宽恕吗?说我们残忍吗?谁残忍?活活抠去我妈妈的双眼,又把她活活扔进堑壕任凭饿狼去撕咬她的……躯体,那时你为什么不让王爷从残忍走向宽恕?八十一个孩子有什么罪,被活活埋在假山下面,还欣赏他们悲惨的哭叫,那时你为什么不叫王爷从残忍走向宽恕?谁残忍?是我们吗?要谁宽恕?让我们这些活着的有家不能归的苦工,还是假山底下的屈死的冤魂?我们宽恕?!科尔丹,如果你不是昧着良心,如果你能向我们证明王爷的一切作为都可以宽恕,那么我们立刻散去,而且再给王爷修一座王府!"

格力图尔怒不可遏地说完,人群中怒骂声、哭喊声,像雷鸣般滚动起来。

科尔丹一时说不出话来,他回头看了王爷一眼,又吃了一惊。原来王爷已完全不是刚才那副可怜相了,而是平静、淡然,科尔丹从未见过色厉内荏的王爷有过如此表现,而且这是在震耳欲聋的怒吼的声浪里。

"扶我站起来。"王爷轻轻地说道。

科尔丹跑过去把王爷搀扶起来。王爷向他笑了笑,默默把那开列着他四十八条罪状的纸折好揣入怀里,慢慢地向望楼的窗口走去。

"王爷!有话还是我去说。"

"不。——这最后的话该由我自己说。"

王爷已站在窗口了。下面的人群看到王爷,怒吼的声音形成了一个更新的高潮,但不知什么原因,很快静下去了,空气变得肃穆而凝重了。

王爷的面容很疲惫,两天的奔波似乎有点儿憔悴了。但是表情是高傲的,心情是沉静的,他没有发抖,没有悲哀,没有乞怜,也没有怨恨,只有高傲。

突然,他一挥手,大声地、高傲地喊道:"我属下的阿拉特和随丁们!你们听着!我可以死,但我决不让你们这群贱民碰我一指头!我可以高傲地闭上双目,但我决不在你们面前结束生命!"说完猛地回转身,朝望楼下走去。

科尔丹紧跟了几步,又返回望楼的窗口,对盼望着的人们说道:"你们就要满足了……但是,格力图尔,我请你把人们请下马来,等在外面,留给王爷最后的一夜……明天早上,你们就可以心满意足地凯旋了……"

格力图尔想了想说道:"好吧!这是我们最后一次退让。但不能迟于明天早上……接着他命令人们四面散开,把格根庙团团围住,吩咐杀牛宰羊,等待天明。

夜幕落下后,人们燃起了篝火,闪亮的篝火照得格根庙周围如同一片火海,人们从来没像今天这样快活,四处都在饮酒,跳舞和舒畅的笑,甚至唱起了民歌:

……
如果看见贪得无厌的人,
就准备棍棒去挡住他的去路。
……
如果看见说话斯文的人,
就用弓箭射断他的脑袋。
公爷只会喋喋不休地说:
合掌祈祷呀!
逆来顺受呀!
怒释颜开呀!
……

73

色旺诺尔布桑保王爷临死前的镇静,使科尔丹大为震动。他看到了王爷身上可贵的东西,他想,如果当初不犹豫,和叔父同心协力除去博克拿多,大刀阔斧"清君侧",那么王爷可能不至于落得今天的下场。他感到惭愧,对不起王爷,并窥见自己身上还存在许许多多尚未克服的弱点。他希望王爷活下去,以现在为起点,重整旗鼓,把哲盟治理好。所以,在王爷伏案写遗嘱的时候,他一直坐在旁边掩泣不止,王爷把写好的遗嘱双手捧着递给他时,他一下子跪了下去,伏在王爷的膝上痛哭失声了。

"王爷呀!千万要活下去!我们想办法逃出去!要不,我和王爷一起死亡!"

"傻孩子!"王爷抚着科尔丹的头发说:"你看……你听……"

科尔丹知道,王爷让他看的是从庙外照进来的火光,那火光从王爷写遗嘱开始,就不断在王爷脸上晃动;王爷让他听的是从庙外传进来的歌声,那歌声从王爷写遗嘱开始,就不断在王爷耳畔回荡。

……
如果看见贪得无厌的人,
就准备棍棒去挡住他的去路。
……

公爷只会喋喋不休地说:
合掌祈祷呀!
逆来顺受呀!
怒释颜开呀!
……

是的,此刻的王爷甚至比科尔丹还要清醒。他知道这末日的来临是不可逃脱的。

"听着,科尔丹!你不能死。——看起来,死不是太叫人害怕的事。活也许更不易……但你必须活下去,逃避死亡。这不是耻辱,这是光荣!你要把我的遗嘱带出去,你要去盛京或热河去搬兵,你要代替我去剿平叛贼,代替我收拾河山。所以,对于你,活比死更有意义,也更……困难……好了,请你帮助我一下,把那条紫色的带子结到门框上……"

科尔丹已泣不成声了。

"快站起来!拿出勇气——这是我对你的最后一次命令,也是……请求……"

"王爷!你终于让我看出,你是能成为一个好王爷的呀!"

"多好呀!临死前听到了一句褒奖。"

时间很快到了凌晨。

哭得昏沉沉的科尔丹,在清晨的微寒中瑟缩着身体,顺着格根庙的甬道,独自一人向庙门走去。他抽开门栓,推开庙门,一眼看到并肩站在门外的格力图尔和乌日娜金——她是随同班卡一起带领人马到图什业图王府与起义军会合的,听说格力图尔来追王爷,便连夜赶来了。

格力图尔看了看羞红脸低下头的乌日娜金,便迎着科尔丹走过去。两个人面对面站在一起了。

"你胜利了,格力图尔!"

"他死了吗?"

"请随我来。"

两人默默无言地并肩走过甬道,走上台阶,走出正殿,走进方丈。地当中是一个临时搭起的灵床,王爷那挺直的肥胖的躯体静静地躺在上面。

科尔丹轻轻揭去王爷脸上的一块黄布。

科尔丹请求保留王爷的完尸,以便安葬。格力图尔答应了。

当格力图尔走出庙门,把王爷自缢而死的确切消息报告给同伴时,人群立刻欢呼起来,喜悦的激动的泪水洗去了人们脸上的污垢。

格力图尔立刻凯旋,因为在王府里,额勒瓦奇尔和班卡妈妈一定早已摆好酒宴,等着这些英雄们欢饮呢!

后　　记

　　我终于决定把第一部作品呈献给广大读者,唯一的希望是获得批评指正。

　　按着笔者"狂妄"的创作计划,《王爷的末日》仅仅是这部作品的三分之一,结尾时仍旧活着的人物,在以后的章节中,将有更新的命运、更复杂的经历,几乎所有的人物的面貌都将发生突变或巨变。目前,第二个三分之一——《王爷的末日》的姊妹篇(尚未定名),正在写作之中。但笔者深知,一个作者能否在创作的道路上走下去,不仅需要自己的决心和勤奋,更主要的是获得读者的认可。

　　所以,我诚恳地希望听到广大读者的指导,等候大家的公正评判,以便在"继续写下去"和"就此搁笔"之间,作出使广大读者满意的选择。

作　者

1980 年 11 月 14 日于长春